BASTEI LÜBBE

JOHN S. MARR
JOHN BALDWIN

DIE ELFTE PLAGE

ROMAN

Aus dem Amerikanischen von
Benjamin Schwarz

BASTEI LÜBBE

BASTEI LÜBBE TASCHENBUCH
Band 25703

Vollständige Taschenbuchausgabe

Bastei Lübbe Taschenbücher ist ein Imprint
der Verlagsgruppe Lübbe

Titel der englischen Originalausgabe:
The Eleventh Plague, erschienen bei Cliff Street Books,
a division of Harper Collins in New York

Lizenzausgabe: Verlagsgruppe Lübbe GmbH & Co. KG,
Bergisch Gladbach
Umschlaggestaltung: Tanja Diekmann
nach einer Idee von Marc Burckhardt
Satz: hanseatenSatz-bremen, Bremen
Druck und Verarbeitung: Elsnerdruck, Berlin
Printed in Germany
ISBN 3-404-25703-0

DIE ELFTE PLAGE, sui generis, ist Fiktion.
Aber die Männer und Frauen von der Federation of American Scientists, von SatelLife und der Weltgesundheitsorganisation (WHO), die das Konzept von ProMED geschaffen haben und weiterhin unterstützen, sind völlig real.
Dieses Buch ist diesen Wissenschaftlern und

ProMED-mail

gewidmet. Auf ProMED-mail ruht unsere vielleicht größte Hoffnung, sollte die Fiktion zur Realität werden.

DEMENTI

Die erforderlichen Verfahren und Materialien zur Herstellung der Toxine, die in diesem Roman Verwendung finden, sind abgeändert worden, um sie unbrauchbar zu machen. Die Verfasser rufen dem Leser jedoch ins Gedächtnis, wie einfach es für fast jeden Menschen ist, diese fiktiven Bedrohungen Wirklichkeit werden zu lassen.

PROLOG

Extrablatt des *San Antonio Light*:

Riesige Bienenschwärme attackieren Innenstadt und Vororte von San Antonio

Montag 13. April

Drei Zweitkläßlerinnen, ihre Mutter und weitere sechs erwachsene Personen starben gestern nachmittag, am Ostersonntag, als Schwärme aggressiver Bienen Teile des stark bevölkerten und von Touristen gern besuchten River Walk in San Antonio heimsuchten. Dutzende von Passanten wurden schwer verletzt. Krankenhäuser in der Nähe von Balcones Heights, Alamo Heights und Terrell Hills berichteten von Notaufnahmen nach Bienenstichen, nachdem ähnliche Schwärme in den Vororten angegriffen und unter anderem fünfzehn Mitglieder der First Apostle Baptist Church von Alamo Heights verletzt hatten.

Feuerwehr, Polizei und örtliches EMS-Personal zerstreuten die Schwärme in der Innenstadt mit Wasserschläuchen. Plötzlich auftretende starke Gewitter setzten dem Ganzen ein Ende. Umweltfachleute versicherten der Öffentlichkeit, daß es sich hierbei nicht um die berüchtigten »Mörderbienen« gehandelt habe, sondern um gewöhnliche Honigbienen, die von den Pflanzern der Umgebung zur Frühjahrsbestäubung eingesetzt werden. Wissenschaftler vermuten, daß die Schwärme durch eine Windhose, wie sie in der Gegend beobachtet wurden, von den Feldern fortgetragen worden waren.

Im ganzen wurden fünf Bienenschwärme gleichzeitig in der Stadt gemeldet, wobei der Angriff am bekannten River Walk der heftigste war. Vierzig Männer, Frauen und Kinder wurden mehrmals gestochen. Insgesamt fünfundsiebzig Personen wurden in die Krankenhäuser eingeliefert. Eine weitere Frau starb heute an der allergischen Reaktion auf das Bienengift ...

Sonntag, 12. April
San Antonio

Das Osterschwärmen, wie es wohl fortan genannt werden wird, verwandelte einen wunderschönen Frühlingssonntag in den Tag des Zorns: Zehntausende von Bienen drangen in Parks und Geschäftszeilen ein, die den River Walk in San Antonio säumen.

Der März war ungewohnt kühl gewesen, und dieser warme, einladende Apriltag bot den Leuten eine willkommene Gelegenheit, ihre Ostergarderobe auszuführen; der bezaubernd renovierte River Walk in der Innenstadt wurde dabei zum Anziehungspunkt für Besucher und Einheimische. Sightseeingboote, die Decks mit Reihen von Bänken bestückt, luden dazu ein, die vielen Attraktionen von Alamo City auf erholsame Weise zu genießen.

Die schmalen Ufer der wiederhergerichteten Kanäle säumten modische Läden und beliebte Restaurants, in denen sich am frühen Nachmittag Menschenmassen tummelten, die umherschlenderten, lasen oder sich einfach sonnten. Und obgleich Regenwolken immer bedrohlicher aufzogen, standen lange Schlangen vor den grellbunten Touristenbooten und warteten darauf, an Bord gehen zu dürfen.

Die Restaurants an den Kanälen servieren Mittag- und

Abendessen im Freien, und die Boote sind normalerweise voll besetzt mit Leuten, die sich an Deck aalen und den nur wenige Fuß entfernten Gästen zuwinken, doch heute ballten sich dunkle Wolken am Himmel zusammen, und der Wind frischte auf. Einer der Touristen hatte bereits seinen Laptop zugeklappt und darum gebeten, ihm das Essen drinnen, hinter den Glasfenstern, zu servieren, wo er den Kanal betrachten konnte, aber vor Wind und Wetter geschützt war.

Draußen wirbelten schon Servietten und Speisekarten über den Boden, die Ankunft der Bienen wurde von nur wenigen bemerkt. Zuerst schienen sie bloß übers Wasser zu streichen, doch bald waren sie überall.

Das Schrecklichste, das Unvergeßlichste in der Erinnerung dieser Restaurantbesucher waren die entzückenden kleinen Drillingsmädchen, die einander aufs Haar glichen und am Heck eines dieser Boote saßen – jedes Mädchen hielt einen weißen, heliumgefüllten Luftballon in der Hand, auf dem eine große gelbe Rose zu sehen war. Die Schnüre waren an ihren Handgelenken befestigt, damit die Ballons nicht in den Himmel davonfliegen konnten.

Die Drillinge waren genau an diesem Ostertag sechs Jahre alt geworden. Ihre Mutter kleidete sie stets alle gleich, kaufte ihnen die gleichen Spielsachen und schleppte sie überallhin, um sie voller Stolz den Leuten zu präsentieren. Ihr Traum war, daß ihre Mädchen Kindermodels oder mindestens Cheerleader würden. Während sie neben ihnen saß, ermunterte sie die drei dazu, den Leuten am Ufer zuzuwinken. Und wenn die Drillinge winkten, schwebten die Ballons auf und nieder und zogen alle Blicke auf das Boot.

Es wird für möglich gehalten, daß die erste Biene tatsächlich die Mutter gestochen haben könnte; aber man war sich allgemein darüber einig, daß die Drillinge, die mit ihren Armen herumfuchtelten, um die Bienen zu verscheuchen, mit ihren Luftballons andere Bienen trafen, die dadurch noch aggressiver wurden. Die Mutter der Mädchen schlug immer wieder laut schreiend mit ihrer Handtasche nach den Bienen, als diese sie durch das dünne Frühjahrskleid zu stechen begannen.

Entsetzt wichen die Drillinge gleichzeitig zurück. Als sie die Hände nach der Reling ausstreckten, strich offenbar ein neuer Schwarm Bienen über das Wasser heran und stach in jedes der sechs rosa Ärmchen. In Sekunden hatten die Insekten die puffärmeligen Kleider der Mädchen durchbohrt; ihre Schreie erregten die Aufmerksamkeit der Gäste in den Restaurants an den Kanalufern. Eine Frau auf dem Schiff rollte eine Zeitung zusammen und versuchte vergeblich, den Kindern zu helfen, indem sie auf die Bienen einschlug.

Die Mutter schnappte sich eines ihrer Kinder und sah sich suchend nach einem Ort um, wohin sie rennen könnte. Die Luftballonschnur, die sie ans Handgelenk ihrer Tochter gebunden hatte, verhedderte sich mit der Schnur ihrer Schwester, so daß der zweite der Drillinge, als die Mutter losrannte, zu Boden gerissen wurde und um so lauter schrie.

»Mami ... hilf mir!« rief das Mädchen. Aber ihre Schwester, den Rücken schwarz von Bienen, war es, die sie aufhob.

Die Mutter wurde hysterisch. Die Bienen entschieden den Kampf für sich und hüllten ihre Kinder in eine Wolke von Todesqual, die so dicht war, daß man kaum durch sie hindurchsehen konnte.

Am Ufer, nur Meter entfernt, wurden Scharen von Leuten ebenfalls gestochen. Selbst die, denen es gelang, eine Biene zu erschlagen, fanden ihre Hände im Nu von Dutzenden anderer Bienen bedeckt. Wenn sie versuchten, die Bienen von den Händen abzustreifen, indem sie die an Armen und Beinen rieben, waren die Gliedmaßen fast im selben Moment von Bienen überzogen.

Die beste Flucht schien inzwischen das Wasser im Kanal zu sein. Dermaßen von Panik erfaßt, daß ihr gesunder Menschenverstand sie verließ, sprangen vollständig bekleidete Menschen, die offenbar vergaßen, daß sie unter Wasser nicht atmen konnten, in den Kanal.

Im allgemeinen Chaos schrien andere Leute den Mädchen zu: »Springt ... springt ins Wasser!« Aber keiner der Drillinge konnte sie hören. Inzwischen waren sie so oft in den Kopf gestochen worden, daß ihre Augen zugeschwollen waren. Zwei von ihnen hatten tote Bienen in den Ohren, von den hysterischen Fingern der Kinder tief hineingestoßen, als sie versuchten, sich die Plagegeister vom Gesicht zu kratzen. Eines der Kinder fiel strampelnd aufs Deck, dann ein zweites.

Plötzlich eilte einer der Schiffspassagiere, ein dicker Texaner, zu Hilfe. Er trat in die Bienenwolke, als sei sie nicht vorhanden, zerriß die Schnüre an den Handgelenken der Mädchen und warf die Kinder vorsichtig eines nach dem anderen über die Reling in den Kanal. Schließlich wuchtete er auch noch die Mutter hinein, dann machte er selbst einen flachen Hechtsprung.

Zwei der Drillinge befanden sich bereits im Schockzustand, als der Texaner sie hochnahm. Als ihre Extremitäten anzuschwellen begannen, verloren sie allmählich das Bewußtsein. Der Sturz ins kalte Wasser belebte sie wieder, aber er rettete sie nicht. Die Mädchen gingen unter, weil sie nie schwimmen gelernt hatten.

Die Mutter fiel in einem steileren Winkel als der Cowboy in den Kanal und kam in dem hüfthohen Wasser sofort auf die Beine. Die Bienen ballten sich noch immer in ihrem Haar, aber sie beachtete sie nicht. Nichts zählte jetzt, da sie ihre Kinder dem Ertrinken nahe sah.

Verzweifelt blickte sie um sich und watete vergebens auf einen der zerstochenen Ballons zu – bevor sie dorthin gelangen konnte, war ihr Gesicht unter einer Schicht Bienen verschwunden. Und obwohl sie untertauchte und sich die Bienen mit den Händen wegstreifte, blieben die winzigen widerhakigen Stacheln in ihrem Fleisch stecken und schickten von dem tödlichen Gift eine Dosis nach der anderen in ihren Organismus.

Der Cowboy, der sich Cal nannte, sah, wie eines der Mädchen auftauchte, und kämpfte sich zu ihr vor. Gerade als er bei ihr ankam, ging sie unter, aber es gelang ihm, sie wieder an die

Wasseroberfläche zu ziehen. Ein Angestellter aus einem nahegelegenen Sportartikelgeschäft schleuderte, um zu helfen, ein Gummifloß in den Kanal und versuchte, es zu Cal hinüberzumanövrieren.

In dem Moment, als Cal danach griff, fielen die Bienen über ihn, das Mädchen und den Angestellten her, der sich aufrichtete, mit den Armen fuchtelte, als die Bienen zustachen, und rückwärts ins Wasser fiel. Das Floß schoß unter dem fallenden Angestellten weg nach oben und kippte um. Endlich sah Cal eine Chance. Er tauchte keuchend unter dem Floß auf, das kleine Mädchen im Schlepptau. Fast im selben Moment kam auch der Kopf des Angestellten nach oben, und zitternd untersuchten sie das Kind.

Das Gesicht des Mädchens sah aus, als sei es mit einer Luftpumpe aufgeblasen worden. Die Körper von unzähligen toten und sterbenden Bienen klebten ihr im Haar, auf den Ohren, der Nase, bohrten ihr die Hinterleiber in die Nasenlöcher und stachen zu, mitleidlos, gnadenlos. Das Kind atmete kaum noch; von dem wütenden Summen der Bienen abgesehen, war sein verzweifeltes Keuchen das einzige, was die Männer hören konnten.

Während die beiden sich unter der Deckung des Floßes den Kanal hinunter und von den Bienenschwärmen wegbewegten, versuchte Cal das Mädchen durch Mund-zu-Mund-Beatmung wiederzubeleben, aber dreißig Yards weiter starb sie in seinen Armen.

Erst später wurden die Leichen der beiden ertrunkenen Schwestern und der tödlich vergifteten Mutter gefunden und aus dem Kanal gezogen – zunächst ein Fluchtort, war er für sie alle zu einem nassen Grab geworden.

Der Tourist mit dem Laptop, der hinter der Glasscheibe des Cafés außerhalb jeder Gefahr saß, warf kaum einen Blick auf das Drama, das sich draußen abspielte. Er tippte vielmehr während des ganzen Geschehens hindurch geradezu manisch in seinen Computer und ließ sich nur hin und wieder von dem überhandnehmenden Chaos ablenken.

Er schien nicht einmal zu bemerken, als ein Mann geradewegs auf das verglaste Vestibül des Restaurants zurannte und sich, als er die Türen mit einem Ruck aufzureißen versuchte, an der Mittelsäule furchtbar den Kopf aufschlug. Blut floß ihm übers Gesicht, und ein Schwarm Bienen bedeckte seine Schultern, als der Mann nach drinnen wankte und schrie: »Helfen Sie mir!«

Ein Kellner zog ein Tischtuch unter den Gedecken weg und holte damit nach den Bienen aus; doch dann erkannte er seinen Fehler und warf das Tuch über den Mann wie ein Netz. Ein zweites Tischtuch folgte, und innerhalb von Augenblicken hatte der Mann sich beruhigt. Niemand sonst versuchte durch die Tür hereinzukommen, und niemand im Restaurant war an einem Ausflug nach draußen interessiert. Wer jetzt noch draußen war, floh. Sirenen heulten im Hintergrund, und der Himmel verfinsterte sich.

In Sekunden war der Bürgersteig so leer wie bei Tagesanbruch. Nur die Bienen tummelten sich noch dort, und ihr Gesumm übertönte selbst das Heulen des Windes. Plötzlich wurde der Himmel tiefschwarz, und ein heftiger Windstoß, rasend wie ein Orkan, heulte den Kanal hinunter. Wassermassen klatschten gegen die Fensterscheiben des Cafés, dann zog der Wolkenbruch in, wie es schien, nur wenigen kurzen Minuten weiter.

Als der Sturm sich legte, wurde es ruhig in dem Raum; nur das wütende Gebrumm einer einzigen unverletzten Biene, die drinnen in der Nähe der Fensterscheibe kreiste, war noch zu hören. Langsam flog sie auf die Bar zu, und die Leute starrten sie an, als wäre sie ein Geier.

Als ein Hilfskellner mit einer Handvoll Speisekarten nach dem Geschöpf ausholte, schwirrte es hinüber zu dem Mann mit dem Laptop und landete auf dem Ellenbogen seines Hemdes.

»He, Mister, passen Sie auf!« Ein Kellner gestikulierte voller Panik. »Da sitzt eine auf Ihrem Arm ...«

Ohne erkennbare Gemütsbewegung blickte der Mann von seiner Arbeit auf und betrachtete die Biene, dann griff er zu einem leeren Wasserglas, schlenzte die Biene blitzschnell von seinem Ärmel herunter und schloß sie unter dem Glas ein.

Während die Leute mit den Fingern auf das Glas zeigten, sammelte der Mann seine Sachen ein.

»Machen Sie sie doch tot!« Die Leute waren aufgebracht. »Sie haben doch gesehen, was die angerichtet haben ...«

Den hochgewachsenen, hageren Mann schien diese Aufmerksamkeit in Verlegenheit zu bringen. Er quälte sich in seinen Regenmantel, raffte seine Habseligkeiten zusammen und räumte das Feld.

»Ich kann nicht«, sagte er ruhig. »Ich bin Allergiker ... ich kann nicht ...« Er wandte sich von dem Tisch ab und zog sich zurück, aber es mangelte nicht an Freiwilligen, die darauf erpicht waren, die Gefangene unter dem Glas umzubringen.

Später bemerkte einer von den Kellnern zu einem anderen, wie gleichmütig doch dieser Typ erschienen war, und der andere nickte. »War mutig, der Kerl, Mensch. Mit dem Vieh auf seinem Arm. Muß 'ne komische Allergie sein, die der hat. Ich hatte 'ne Kusine, die schwoll an wie 'n Ballon, krepierte fast dran. Wollte kaum noch rausgehn. Hast du geseh'n, daß er Handschuhe anhatte? Frag' mich, ob er sie immer tragen muß, weil er allergisch ist. Verdammt. Scheiße, wenn man so leben muß!«

1

Mittwoch, 10. Juni
San Diego, Kalifornien

Noch lange nach der Tragödie erinnerte Dorothy Adams sich daran, wie windig es an dem Morgen war, als sie mit ihrer ersten Klasse den Zoo besuchte. Über San Diego fegen öfter spätfrühlingshafte Regenschauer und launische Wüstenwinde hinweg, die ihre Richtung je nach Jahreszeit wechseln. An diesem Mittwoch fiel die letzte allwöchentliche Exkursion auf einen grauen, böigen Tag. Die Betriebsamkeit der Kinder hatte etwas Erratisches, als sie in Reih und Glied auf das Kolibrihaus zumarschierten, an dessen Eingang sie stehenblieben, wo Dorothy sie zur Ruhe zu bringen versuchte.

Ein flachsblonder, grünäugiger Racker von sechs Jahren, der Joey St. John hieß, machte es wie üblich seiner Lehrerin mal wieder besonders schwer. Die inkarnierte Quirligkeit, wippte er auf seinen Hacken, während sie den Kindern klarzumachen versuchte, daß sie alle sich nicht rühren und keinen Mucks von sich geben dürften, wenn sie die Kolibris zu Gesicht bekommen wollten. Joey hatte einen Ring-Ding, drei kleine Schokoladen-Donuts, ein halbes Päckchen Jolly Ranchers und ein Sandwich mit Erdnußbutter und Gelee gegessen – alles Sachen, die ihm seine Eltern zu Hause niemals gestatteten – und hatte mit einem massiven Blutzuckerandrang zu kämpfen. Er wäre in der Lage gewesen, vor einem lebenden *Tyrannosaurus Rex* still zu stehen und keinen Mucks von sich zu geben, aber die lächerlichen Kolibris waren wirklich eine Zumutung. Dorothy Adams kannte Joey gut und hatte eine Vorliebe für den Jungen, der ein Schätzchen war – und das in mehrerlei Bedeutung des Wortes.

Joey war das einzige Kind eines der wohlhabendsten und einflußreichsten Männer in Südkalifornien – Joseph St. John (»Sin-dschin« auszusprechen, wie Joseph einem mitzuteilen niemals unterlassen würde), dem Immobilienmakler, der praktisch ganz La Jolla unter Kontrolle hatte – und seiner blonden, schönen Frau Eleanor.

Dorothy hatte es überrascht, daß die St. Johns ihren Sohn auf eine staatliche Schule schickten, aber das war, bevor ihr klar wurde, daß Joseph sen. den Rektor der Schule sowie die ganze Schulbehörde von La Jolla ebenfalls in der Tasche hatte. Joey wurde immer mit Samthandschuhen angefaßt und erhielt eine Aufmerksamkeit, wie sie die Kinder von normal begüterten Eltern niemals bekamen. Seine Lehrer wie auch seine Freunde wurden nach den christlichen Wertvorstellungen von deren Familien sorgfältig ausgesucht.

Dorothy hatte sich regelmäßig mit den St. Johns getroffen, seit Joey ihr Schüler geworden war. Sie begegnete ihnen mit gemischten Gefühlen. Joseph St. John sen., ein massiger, leicht übergewichtiger Mann mittleren Alters mit zurückweichendem mattrotem Haar, hatte den starren Blick des wahren Gläubigen und eine brüske, abweisende Art, die sie frösteln ließ. Seine Liebe zu seinem Sohn war echt, aber selbst diese Liebe galt zum Teil lediglich der Fortführung seines Namens, seiner Linie und seines Geschäfts. Für ihn als leidenschaftlichen rechtskonservativen Christen war die Welt schwarz und weiß.

Eleanor dagegen weckte in der jungen Lehrerin vielschichtigere Gefühle. Sie war blond, grünäugig und sehr zierlich, wenn auch statuenhaft. Obgleich ihre Erscheinung das allerkühlste Temperament vermuten ließ, war sie Gefühl und Übereifer in Person.

Mit einem Mann wie Joseph verheiratet zu sein war sicher kein Zuckerschlecken, ganz gleich, wie luxuriös die materielle Seite ihres Lebens war. Als übertrieben vorsichtige Mutter befand sie sich im Zustand fortwährender Angst. Dorothy war der Meinung, Eleanor St. John sollte sich weniger Sorgen um Joey machen – der war ein toller kleiner Kerl, der lediglich eine winzige Prise von der Brutalität seines Vaters abbekommen hatte. Dorothy glaubte, Joey könne auf sich selber aufpassen.

Nachdem Dorothy Joey, der ganz hinten in der Schlange der Kinder stand, noch ein strahlendes Lächeln und das Versprechen, leise zu sein, entlockt hatte, begann sie die Klasse durch die beiden äußeren Schwingtüren hineinzuführen, dann durch die zwei einen Luftvorhang bildenden inneren Türen, die das riesige Vogelhaus hermetisch abschlossen. Sie bemerkte nicht eine Sekunde lang, daß Joey hinter allen zurückblieb. Sie bemerkte auch nicht, daß er die Schlange verließ und zum Eingang zurückging. Sein Sinn für Unabhängigkeit und Abenteuer, den Dorothy Adams so bewunderte, trieb ihn fort von den lächerlichen Kolibris zu größeren, furchterregenderen Tieren wie Löwen, Tigern, Panthern, Leoparden – und, obgleich er es nicht wußte, zu einem ganz anders gearteten Menschenfresser, der mit der gleichen Heimlichkeit, Gerissenheit und Perfektion den Tod brachte wie eine dieser Wildkatzen, auf die Joey jetzt so versessen war.

Als der Junge eine der schweren äußeren Schwingtüren des Vogelhauses aufstieß, humpelte ein heruntergekommener alter Mann an ihm vorbei nach draußen und lächelte, als wollte er Joey dafür danken, daß er ihm die Tür aufgehalten hatte. Joey ließ die Tür wieder zufallen und hielt Ausschau, um sicher zu sein, daß der alte Mann außer Sichtweite war, dann öffnete er sie wieder und rannte los. Nach wenigen Metern verließ er den Weg und eilte einen schmalen Pfad durch eine Gruppe riesiger Eukalyptusbäume hinab.

»Kolibris ... baaah ... baaah«, sagte er leise vor sich hin, als er den staubigen schmalen Pfad durch die Bäume entlanglief. In seinem Freiheitsrausch bemerkte er den alten Mann nicht, der ihn von einer Bank aus beobachtete. Der grauhaarige Fremde erhob sich rasch, merkwürdig behende jetzt, und verschwand, wobei er einen kleinen, durchscheinenden gelben Gegenstand auf der Bank zurückließ.

Noch immer rennend, näherte sich Joey dem Löwenhaus, als er den gelben Gegenstand bemerkte, der in der Sonne leuchtete. Zu seinem Entzücken stellte er fest, daß es eine Plastikwasserpistole in der Form einer Buck-Rogers-Strahlenpistole war, und er griff ohne Zögern danach. Er sah, daß um den Griff der voll geladenen Spritzpistole, die klein genug war, um in seine Hand zu passen, Klebeband gewickelt war, und jemand hatte mit blauer Tinte »022.9« und ein paar Initialen an die Seite geschrieben. Für einen Moment verspürte Joey Gewissensbisse darüber, daß er sich mit dem Eigentum von jemand anderem aus dem Staub machen wollte – seine Mom würde ihm eine Woche Stubenarrest aufbrummen, wenn sie dahinterkäme –, doch sein sofortiges, sein absolutes Verlangen nach der Pistole setzte sich durch. Mit der neuen verbotenen Pistole bewaffnet, schlenderte er weiter, von dem hinter den Eukalyptusbäumen versteckten alten Mann beobachtet, der jetzt kerzengerade wie ein Marine-Offizier dastand – und lächelte.

Das Löwenhaus war phantastisch, genauso wie Joey es sich vorgestellt hatte. Von dort machte er sich auf den Weg zurück zum Vogelhaus, wartete, bis seine Klasse herauskam, und begann sich an sie heranzupirschen, während sie von einem Haus zum nächsten wanderte. Durch das Laub spähend, hatte er versucht, nahe genug an sie heranzukommen, um ein paar

Kinder mit der Wasserpistole abzuknallen, aber er hatte sie nicht getroffen. Er hatte sogar riskiert, von ihnen entdeckt zu werden, als er ihnen in den Streichelzoo folgte, doch Dorothy hatte die Kinder weitergeführt und weder sein Wiederauftauchen noch sein abermaliges Verschwinden bemerkt. Joey bückte sich, um ein Kaninchen hochzuheben. Auch wenn seine Mutter niemals zuließ, daß er sie berührte, liebte Joey Tiere, und dieses Kaninchen war das größte, das er je gesehen hatte. Ohne Beaufsichtigung begann er augenblicklich, mit dem Häschen zu spielen. Es sprang an ihm hoch und zerriß ihm sogar seine langen, beuteligen Shorts. Er strich das Fell an den langen weißen Ohren des Kaninchens glatt, blickte sich um, um zu sehen, in welche Richtung seine Klasse weiterzockelte, und gab dem Kaninchen, das Durst zu haben schien, ein paar Tropfen aus seiner Spritzpistole. Er hoffte dringend, er könnte die Pistole an einem Menschen ausprobieren, ehe er zurückgehen mußte.

Seine Chance bekam er direkt vor dem Affenhaus. Als er auf einen Gehweg hinuntersah, der unter ihm entlangführte, sichtete er eine gelangweilte Halbwüchsige mit einer übergroßen UCLA-Footballjacke, die sie sich über die Schulter gelegt hatte, einem Seniorring, der an einer Kette um ihren Hals hing, sechs kleinen Sicherheitsnadeln in jedem ihrer Ohren und im linken Nasenloch etwas, das aussah, als hätte sie sich drei Windungen Silberdraht reingefädelt. Ihre Lider waren dunkelrot geschminkt, ihre Haare eine Mischung aus Blond, Grün und Magentarot, und ihr Nagellack war schwarz. Sie war die perfekte Zielscheibe, und Joey verlor keine Zeit.

Sein erster Schuß traf sie gleich über dem Kinn. Er beglückwünschte sich, als sie hochblickte, ihn entdeckte und losschrie. Darauf reagierte er sofort, zielte höher und erwischte sie voll in ihrem Make-up. Sie wischte sich mit dem Jackenärmel über die Augen und verschmierte ihre Wimperntusche, das verlieh ihr das Aussehen eines Waschbären. Das Mädchen zeigte ihm wütend den Stinkefinger, aber Joey zielte noch mal. Diesmal jedoch gab die Pistole nur noch ein leeres Zischen von sich. Er saugte an dem Lauf, bloß um sicherzugehen, daß sie leer war, dann rammte er sie tief in seine Hosentasche und rannte davon, um seine Klasse zu suchen.

Erst als die Klasse sich auf den Ausgang zubewegte, merkte Dorothy Adams, daß ihr wichtigster Schützling verschwunden war. Im Vogelhaus hatte sie eigentlich nicht auf ihn geachtet, aber sie hätte schwören können, daß sie ihn am Streichelzoo gesehen hatte. Ihr Mut verließ sie, als sie jeden ihrer Schüler noch einmal in den Blick faßte. Nein, er war tatsächlich nicht da! Vollkommen außer sich, war sie eben im Begriff, die Parkpolizei zu rufen, als sie ihn seelenruhig aus den Gebüschen zum Parkplatz hinüberschlendern sah, wo die anderen Kinder inzwischen vor dem Schulbus warteten.

»Joey, wo bist du gewesen?« schrie sie beinahe.

Joey, der noch einmal sein glückstrahlendes Lächeln aufblitzen ließ, teilte ihr schlicht mit: »Entschuldigung, Miss Adams, ich mußte ganz dringend auf die Toilette.«

»Joey, um Himmels willen, du weißt doch, daß du mir das sagen sollst, wenn du mal mußt! Du hast mich zu Tode erschreckt!«

»Es tut mir wirklich leid, Miss Adams«, antwortete er mit großer Aufrichtigkeit. »Ich verspreche, ich werd's nie wieder tun.«

Es war leider ein Versprechen, das einzuhalten er keine Mühe haben sollte. Denn der Mann, der gesehen hatte, wie Joey auf das Mädchen schoß und selbst die letzten paar Tropfen der Flüssigkeit aus der Pistole saugte, flüsterte, als der Schulbus davonfuhr: »Gut gemacht ... gut gemacht«, voller Zuversicht, da er wußte, daß demnächst ein anderer unvorstellbarer Horror erneut den Feind heimsuchen würde.

Mittwoch, 17. Juni
St. Roch Hospital
10.00 Uhr

Dr. »Mac« MacDonald, eine der führenden Kapazitäten in pädiatrischer Thoraxchirurgie und so sonnengebräunt, gestählt und silberhaarig, wie es seine überlegene Stellung verlangte, bahnte sich mit den Schultern den Weg durch die Türen der Isolierstation und langte hinter seinen Kopf, um die Schnüre seiner OP-Maske zu lösen. Auf den Ärmeln seines blauen Kittels sah man Blut, mit dem er umsichtig jeden Kontakt vermied, als er seine Gummihandschuhe abstreifte.

Mit den Gedanken bei den neuen Symptomen, die sich an seinem jungen Patienten gerade zu zeigen begonnen hatten, ignorierte MacDonald faktisch den zweiten im Raum Anwesenden, Dr. Vincent Catrini, den Chef der Pädiatrie am St. Roch Hospital. Catrini war zweifellos ein exzellenter Arzt, auch wenn er nicht hervorragend war, aber seine zerknitterte und leicht unrasierte Erscheinung störte den pingeligen MacDonald. Ohne jede Bemerkung wuschen die beiden Ärzte sich und zogen sich um, dann gingen sie zusammen los, um die Eltern von Joey St. John zu treffen.

Während er mit Catrini durch die Gänge schritt, hoffte MacDonald verzweifelt, Catrini würde ihm das Reden überlassen. Schließlich handelte es sich hier um einen Einsatz auf allerhöchste Anweisung hin. Joey St. John war ein Einzelkind, und seine Eltern waren extrem wohlhabend, extrem einflußreich und extrem besorgt – so besorgt, daß sie einen ihrer Privatjets geschickt hatten, um MacDonald von einer Konferenz in Portland, Oregon, an der er gerade teilnahm, nach La Jolla einzufliegen. Als er schweigend neben Catrini im Fahrstuhl stand, sorgte er dafür, daß ein Ausdruck selbstbewußter Entschiedenheit seine nagende Unsicherheit verbarg.

Vincent Catrini hatte sich um Joey seit dessen Geburt gekümmert und war seinerseits erleichtert und beeindruckt von der raschen, effektiven Art, in der MacDonald den Eingriff am Brustkorb des Jungen vorgenommen hatte. MacDonald war eine Koryphäe auf seinem Gebiet, und Catrini dankte dem Himmel, daß die St. Johns reiche Leute waren, die sich solche Dienste leisten konnten. Es gab natürlich gute Kinderchirurgen im Kollegium von St. Roch, aber die St. Johns hatten auf den besten Spezialisten im Lande bestanden, und Catrini meinte ihn gefunden zu haben – auch wenn er von MacDonalds herablassender Art den Krankenhausmitarbeitern gegenüber zugegebenermaßen weniger als begeistert war. Er sah auf seine Uhr und betete im stillen, während er an die Tür von Joeys Privatzimmer klopfte, daß der andere Experte, der herbeigerufen worden war, bald auftauchen würde.

Auch Joseph und Eleanor St. John beteten, während sie tief erschüttert und aufrichtig demütig zu beiden Seiten des Bettes standen. Joeys kritischer Zustand hatte sie zu ganz normalen Eltern gemacht, sie hatten mit dem gleichen Maß an Verzweiflung zu kämpfen, wie es wohl alle Eltern eines schwer erkrankten Kindes empfanden. Es war, als seien der Reichtum und Einfluß, der den St. Johns so lange eine Sonderstellung garantiert hatte, verschwunden und habe sie machtlos zurückgelassen.

Beim Geräusch der sich schließenden Tür gingen beide Eltern auf die Ärzte zu, und Entsetzen spiegelte sich in ihren Gesichtern, ihren Blicken. Eleanor, eine beeindruckende Frau, griff nach Catrinis Hand und bat: »Vincent, haben Sie irgend etwas Neues erfahren? Bitte, so Gott will, erzählen Sie uns, was hier geschieht. Joey ist noch nie so krank gewesen. Niemandem, den wir kennen, ist so etwas je zugestoßen. Wir haben gebetet und gebetet und den Herrn angefleht, Joey zu verschonen. Sagen Sie uns einfach etwas Definitives. Was ist mit der Probeinzision? Was haben Sie gefunden?«

»Eleanor, das ist Dr. MacDonalds Spezialgebiet.«

Als Catrini MacDonald das Feld überließ, ging Eleanor zurück an das Bett ihres Sohnes, seine kleine Hand lag reglos auf der Bettdecke. Sie berührte Joeys Arm sanft, vorsichtig, um den Tropf nicht zu behindern, und ließ ihn in ihrer Hand ruhen, bereit, dem zu lauschen, was der Fachmann zu sagen hatte.

»Der Eingriff ist gut und ohne Komplikationen verlaufen.« MacDonald legte ein tröstlichstes Verhalten an den Tag. »Innerhalb weniger Minuten haben wir den Schnitt gemacht und schon wieder vernäht, und ich bin sicher, daß wir morgen eine Antwort haben werden.«

»Morgen?« Eleanor St. Johns Stimme war schrill vor Enttäuschung, und ihr Gatte wiederholte: »Morgen!«

MacDonald verlor keine Sekunde. Er steuerte stur geradeaus. Diese Leute mochten vielleicht die angesehensten Bürger in ganz Südkalifornien sein und Privatflugzeuge und sonstwas besitzen, aber es war völlig ausgeschlossen, daß er sich von ihnen verunsichern lassen würde. »Ich werde in ständigem Kontakt mit Dr. Catrini bleiben«, fuhr er fort, »und nach meiner Abreise werde ich die Abstriche des Materials untersuchen, das wir Joey abgenommen haben. Endgültige Schlüsse können wir jedoch wirklich erst dann ziehen, wenn das Ergebnis der Biopsie morgen früh kommt.«

Er hielt es für ratsam, nicht zu erwähnen, daß bestimmte Kulturen Tage, wenn nicht Wochen brauchen konnten, um heranzuwachsen. »Bis dahin«, setzte er hinzu, »ziehen Sie Trost aus dem Wissen, daß Ihr Sohn die bestmögliche medizinische Behandlung erhält.«

»Aber wir brauchen Antworten, Doktor.« Durch den Schleier des Schmerzes hindurch blickte Joseph St. John MacDonald mit einem rasiermesserscharfen Blick an, der keine Gegenrede duldete. »Meine Frau und ich haben schreckliche Angst. Er ist unser einziges Kind.«

Als habe die Bemerkung ihres Gatten das Stichwort gegeben, streckte Eleanor St. John die Hand aus und strich Joey damit über die Stirn. Der Junge war zierlich wie sie. Er wog keine dreißig Kilo, war sonnengebräunt und sah todkrank aus. Er trug eine Sauerstoffmaske, die mit Heftpflaster über Nase und Mund befestigt war, und schien gleichmäßig zu atmen.

»Ich weiß einfach nicht weiter, Dr. MacDonald«, fuhr sie fort. »Vor ein paar Tagen war er noch völlig in Ordnung, nicht wahr, Vincent?« Sie wandte sich wieder an Catrini. »Und wir haben ihn doch sofort zu Ihnen gebracht, als er Fieber und Schüttelfrost bekam, nicht wahr? Und jetzt das. Er war immer so gesund, und jetzt stirbt er!« schluchzte sie.

»Eleanor, so sollten wir nicht denken.« St. John ging hinüber zu ihr und legte den Arm um sie, eine Geste, die eher Autorität als Mitleid ausdrückte. MacDonald fiel der Altersunterschied zwischen den beiden auf, der schätzungsweise fünfzehn bis zwanzig Jahre betrug – in Kalifornien benutzten anscheinend selbst fromme Christen ihre Ehefrauen als Aushängeschild.

»Laß uns für einen guten Ausgang beten und auf die guten Seiten des Lebens schauen«, fuhr St. John fort. »Dr. Miller, unser Fachmann für Infektionskrankheiten, ist überzeugt, daß es weder die Hodgkinsche Krankheit noch Leukämie ist. Er hat uns das doch gestern abend gesagt, erinnerst du dich? Er hat gesagt, er glaubt, es wird sich als etwas Behandelbares herausstellen.«

MacDonald wußte, daß Miller vermutete, Joey könnte Tuberkulose oder eventuell eine Pilzerkrankung namens Kokzidioidomykose haben, die als Valley-fever bekannt war. Er hoffte inständig, daß etwas einfacher zu Behandelndes in Joey heranwuchs. Er räusperte sich. »Ich glaube, Dr. Miller hat Tb oder Valley-fever erwähnt, und ja, diese Krankheiten stehen weit oben auf der Liste, aber ich muß aufrichtig zu Ihnen sein; die Lymphknotenbiopsie bei Joey war nötig, weil sich seine Erkrankung immer noch als ein Lymphom herausstellen könnte.«

»Nein, nicht Krebs!« Mrs. St. John erstarrte, ihre rechte Hand fuhr entsetzt zu ihrem Mund, und sie stand vom Bett des Jungen auf.

Catrini trat neben sie und versuchte, sie mit einer Umarmung zu trösten. »Eleanor, heutzutage sind Lymphome und die Hodgkinsche Krankheit behandelbar – und heilbar.«

MacDonald fragte sich, ob die Eltern des Jungen eigentlich bemerkten, daß sowohl er als auch Catrini auf Nummer Sicher gingen. Die Knoten waren fraglos die Ursache von Joeys Fieber, Husten und Sepsis. Ob sie karzinomatös, durch Pilze bedingt oder tuberkulös waren, war alles andere als sicher. Wenn ihm jemand eine Pistole an den Kopf gehalten hätte, hätte er wahrscheinlich auf Kokzidioidomykose getippt, deren Symptome oft mit Tb verwechselt wurden. Eine Möglichkeit, wenn auch eine große, mehr aber nicht. MacDonald stand wie Catrini und Miller vor einem Rätsel, aber er hatte nicht vor, es publik zu machen.

»Ich würde gerne ein paar Fragen durchgehen, wenn Sie sich dazu in der Lage fühlen, Mrs. St. John.« Als sie weinend nickte, fragte MacDonald: »Hat Joey die Angewohnheit, Dinge in den Mund zu stecken – Spielsachen, Süßigkeiten, irgend etwas Scharfes – Stäbchen von Eis am Stiel zum Beispiel oder Zahnstocher, Strohhalme, oder diese Holzspießchen, die man für Schisch Kebabs verwendet? Wie sieht's mit Lollistielen aus?«

Mrs. St. John sah erstaunt auf. »Aber nein.« Sie wandte sich Catrini zu. »Vince, Sie wissen, daß wir Süßigkeiten kaum erlauben, und ich kann Ihnen versichern, Dr. MacDonald, zu Hause hat Joey nie Lollis gehabt. Ich habe Angst, er könnte mit dem Stiel im Mund hinfallen. Aus demselben Grund haben wir nicht mal Zahnstocher im Haus.« Die Zwecklosigkeit dieser Sicherheitsvorkehrungen angesichts dessen, was sie jetzt erlebten, ließ Eleanor ein weiteres Mal in Tränen ausbrechen, und ihr Gatte, sonst ein tougher Hombre, warf den Doktoren einen Blick zu, der Eis zum Schmelzen bringen konnte, und wandte sich an Catrini. »Warum ist das so wichtig?«

»Weil, Joseph«, erwiderte Catrini, »etwas diese Lymphknoten anschwellen läßt. Wenn es ein Erreger ist, könnte er auf direktem Weg zu ihnen gelangt sein und nicht indirekt über die Lunge, wie es bei einer Lungenentzündung wäre. Erreger könnten direkt in diesen Bereich eingeführt worden sein. Verstehen Sie, wenn jemand aus Versehen einen Zahnstocher verschluckt, und er durchbohrt auf dem Weg abwärts die Speiseröhre, können alle möglichen Erreger in den Brustraum gelangen und dort weiterwachsen.«

MacDonald, der sich von einem Einheimischen nicht die Schau stehlen lassen wollte, unterbrach: »Wie sieht's mit Tortilla-Chips aus, Mrs. St. John? Mag Joey so etwas?«

»Nein«, antwortete Mrs. St. John schnell, dann fügte sie als Erklärung hinzu, »um die Wahrheit zu sagen, wir – er – ißt nie mexikanische Speisen.« Sie zögerte. »Warum fragen Sie?«

Der ungläubigen Eleanor berichtete Catrini: »Von Chips weiß man, daß sie auf dem Weg nach unten die Speiseröhre aufschlitzen können, säuberlich wie ein Skalpell.«

MacDonald unterbrach: »Ich habe drei Kinder operiert, die Chips heruntergeschlungen hatten, ohne sie mit Speichel oder Mineralwasser aufzuweichen.«

Eleanor seufzte: »Man kann natürlich nie sicher sein ... aber das haben wir ja bereits Dr. Catrini gesagt, als er Joey aufnahm.«

»Ist Joey in letzter Zeit in irgendeine ungewöhnliche Gegend gereist, irgendeiner ungewohnten Situation ausgesetzt gewesen?«

Sich die Ereignisse im Leben ihres Sohnes in Erinnerung rufen zu müssen, ehe ihn dieser Fluch heimgesucht hatte, schien Eleanor St. John an den Rand des totalen Zusammenbruchs zu bringen. »Der einzige Ort, der mir einfällt, ist der Zoo von San Diego. Joeys Klasse hat mit der Lehrerin vor ein paar Tagen dorthin einen Ausflug unternommen. Am Mittwoch, glaube ich. Ja, am Mittwoch. Er liebt Tiere, er darf sie allerdings nicht anfassen. Sie wissen ja, sie sind die reinsten Krankheitsüberträger.«

»Könnte er etwas gegessen haben, das er nicht gewohnt ist?«

»Ach, das glaube ich nicht«, sagte sie. »Wir haben ihn sehr

genau über die Gefahren von Junk-food aufgeklärt, und er ist ein sehr gehorsames Kind.«

Armes, allzu behütetes Kind, dachte MacDonald, *keine so tolle Kindheit ohne Süßigkeiten, ohne Tiere, und jetzt das.* »Sind Sie sicher, Mrs. St. John, daß er nichts davon erzählt hat, was er im Zoo getan hat?«

»Nein, ich habe nicht die blasseste Ahnung, was er gegessen haben könnte. Vielleicht könnten wir seine Freunde und die Lehrer fragen ... aber wie ich Joey kenne, wenn er die Wahl hätte, wäre es Pizza. Pizza erlauben wir ihm. Er mag sie schlicht, extra viel Käse, keine Pilze ...«

Es wurde für die Frau immer schwieriger, auch nur ein Minimum an Haltung zu wahren, und ihre Larmoyanz ging MacDonald allmählich auf die Nerven. Mit einem ungeduldigen Blick auf das besorgte Paar teilte er kurz angebunden mit: »Fragen Sie bei seinen Lehrern und Freunden nach. Alles, was Sie erfahren, könnte von Nutzen sein. Auf jeden Fall sollten wir die Antwort kennen, wenn die Gewebeprobe zurückkommt. Und ich werde die Abstriche und Kulturen nach weiteren Organismen überprüfen. Seien Sie bitte versichert, ganz gleich, um welche Erkrankung es sich handelt, die moderne medizinische Wissenschaft wird sie besiegen«, und damit rauschte er majestätisch aus dem Zimmer, noch nicht einmal ahnend, wie gewaltig er sich irrte.

Mittwoch, 17. Juni
St. Roch Hospital
11.00 Uhr

MacDonald hatte beschlossen, zurück in sein Hotel zu gehen und am Pool eine geeiste Margarita zu schlürfen, als Catrini ihn anpiepte. Mit einem Blick auf das Display stellte er verärgert fest, daß die St. Johns ihn noch einmal zu sprechen wünschten. Hatte er ihnen denn nicht klargemacht, daß es, bis die Gewebeproben zurückkamen, wirklich nichts weiter gab, was er für Joey jetzt noch tun konnte? Machten sie ihm gegenüber bloß ihre gesellschaftliche Stellung geltend und zeigten ihm, daß sie der Kaiser und die Kaiserin von La Jolla waren und er nur der bezahlte Helfer, der ihren Befehlen gehorchen mußte, ganz gleich, wie launenhaft sie waren?

Als er vor der Tür zu Joeys Zimmer ankam, war Unruhe an die Stelle der Wut getreten. Was immer auch der Grund für dieses Herbeizitieren sein mochte, MacDonalds Instinkt sagte ihm, daß er sich auf Unerfreuliches gefaßt machen mußte. Als er das Zimmer betrat und sah, mit welch eiskalten Blicken die St. Johns ihn unverwandt anstarrten, wußte er, daß seine Intuition ihn nicht getrogen hatte.

»Mr. und Mrs. St. John, Vince, worum geht's?« begann er mit optimistischem Ton. »Sehen Sie, ich verstehe natürlich Ihre Besorgnis, aber wie ich Ihnen schon sagte, ich glaube, wir bekommen Joeys Zustand unter Kontrolle.«

»Ja, gut, Ihre Gewißheit tröstet mich, Doktor.« Mrs. St. John sah ihn so gefaßt an, wie es ihr Augenblicke zuvor nicht gelungen war. »Aber um uns einfach noch ein wenig mehr zu beruhigen, haben wir uns die Freiheit genommen, einen weiteren Berater herbeizubitten.« MacDonald blickte erstaunt auf.

Mr. St. John fuhr fort: »Dr. Catrini hat angedeutet, es könnten noch andere Bakterien sein, vielleicht sogar ein Virus wie dieses Four-Corner-Dings von vor ein paar Jahren. Er hat von einigen Krankheiten gesprochen, die von Stechmücken übertragen werden, oder von diesem Hantavirus, oder daß Joey sich vielleicht auch in dem Zoo was eingefangen haben könnte. Er hat einen Dr. Jack Bryne aus New York empfohlen. Wir haben gerade die Bestätigung erhalten, daß er in ein paar Stunden landen wird.« Mr. St. John drehte sich zu Catrini um und überließ ihm alle weiteren Erklärungen zu diesem neuen Mitspieler.

»Bryne ist Fachmann für exotische Infektionskrankheiten«,

teilte ihm Catrini mit, »und kennt sich besonders bei den neueren Viren aus, von denen täglich neue Erscheinungsformen auftauchen. Dr. Miller hat vor zwei Jahren in San Francisco einen Vortrag von ihm gehört. Brillant. Interessanter Werdegang. Er ist kein Mediziner. Eher so etwas wie ein Kenner von ungewöhnlichen Ansteckungskrankheiten. Ärzte bitten ihn um Rat, wenn ausgefallene Infektionen sie vor Rätsel stellen. Hat Jahre bei der Weltgesundheitsorganisation zugebracht. Als Programmleiter von ProMED verfolgt er die Entwicklung und Ausbreitung neuartiger Infektionskrankheiten. Vielleicht haben Sie davon gehört.«

MacDonald hatte keine Ahnung, und es war seinem Gesicht wohl auch abzulesen, denn Catrini fuhr fort: »Wie ich eben Mr. und Mrs. St. John erläutert habe, wurde ProMED 1993 von der Federation of American Scientists gegründet, um die weltweite Überwachung dieser neuen Krankheitserreger zu gewährleisten. Wissenschaftler aus hundertsechsundvierzig Ländern gehören mittlerweile dazu – Jack Bryne hat dieses Forum aufgebaut. Meine CDC-Freunde räumen ein, daß es ihrem eigenen E-Mail-System, WONDER, weit überlegen ist. Bryne ist dafür zuständig, einlaufende Mitteilungen nach ihrer Dringlichkeit zu sichten. ProMED könnte uns sehr wahrscheinlich den Schlüssel zu Joeys Krankheit liefern, und Bryne *ist* ProMED.«

MacDonald, ausmanövriert, nickte. »Ich habe volles Vertrauen in Dr. Catrinis Urteil. Ich bin sicher, er hat Ihnen die besten Leute empfohlen.« MacDonald münzte Catrinis Empfehlung zu einer ziemlichen Schmeichelei für sich selbst um. »Dieser Bryne scheint hervorragend zu sein.«

»Nun, dann sind wir erleichtert, Dr. MacDonald«, sagte Eleanor. »Wir hören sicher bald von Ihnen?« Sie hob herausfordernd den Kopf und lächelte eisig. MacDonald nickte.

Mr. St. John fuhr fort: »Nochmals vielen Dank, Dr. MacDonald. Als Dr. Catrini gestern abend die Möglichkeit erwähnte, daß es sich um das Hantavirus handeln könnte, verstehen Sie, als Joey anfing, Atemschwierigkeiten zu haben, da wollten wir die Besten.«

»Gute Idee«, sagte MacDonald diplomatisch. »Dieser Bryne, wo kommt er eigentlich her?«

»Albany«, antwortete Catrini. »Mir kam es ein bißchen seltsam vor, daß er nicht in New York beheimatet ist, aber Albany ist der Sitz von ProMED. Mir wurde versichert, er sei der Mann, den man holen muß. Und er hat zwei Doktortitel, wenn das irgendwas bedeutet.«

»Nun, heutzutage, wo die Welt so klein geworden ist, könnte ein Experte für diese neuartigen Viren eine gute Entscheidung sein.«

»Ich möchte, daß wir uns heute abend alle wieder treffen. Früh, wenn Sie nichts dagegen haben«, sagte Mrs. St. John. »Ich möchte wissen, was hier passiert, und ich möchte Sie bitten, mich sofort anzurufen, wenn Sie die ersten Ergebnisse bekommen. Dr. Catrini gibt Ihnen sicher Bescheid, wenn Dr. Bryne da ist.« Und sie wandte sich von MacDonald mit einem Blick ab, einem Blick voller Geringschätzung, der ihm zu verstehen gab, daß er jetzt vollkommen unwichtig war.

Stocksauer darüber, wie miserabel die Dinge liefen, verließ Dr. MacDonald Joeys Zimmer. Jetzt stahl ihm auch noch so ein Computerspezialist, der nicht mal Arzt war, die Schau, nur weil er ein sogenannter Experte für seltsame Infektionskrankheiten war! Schließlich war Hanta nur eine mögliche Erklärung für den Zustand des kleinen St. John – und Joeys Symptome paßten nicht einmal dazu: keine Blutverdickung, keine »weiße Lunge« auf dem Röntgenbild, was bedeutet, daß die Krankheit des Jungen nicht durch Flüssigkeit, die seine Lunge füllt, verursacht wurde. Das Problem lag außerhalb der Lunge, in dem Raum hinter dem Brustbein. Andere Organismen konnten dafür verantwortlich sein, viele andere Organismen, aber keiner davon war ein Virus.

Es könnte trotzdem Tb sein, überlegte MacDonald, als er in

den Aufzug trat und auf den Knopf fürs Foyer drückte. Ja, Tb war keine schlechte Vermutung. Oder vielleicht ein atypisches Mykobakterium, Legionellen, Kokzi oder irgendein Scheiß-Anaerobier, der aus den Zähnen des Jungen stammen und durch eine Perforation irgendwie in die Brusthöhle eingedrungen sein konnte. Anaerobier – Bakterien, die ohne Sauerstoff gediehen – waren schwierig zu behandeln, selbst mit intravenös verabreichten Antibiotika, falls sie ins Mediastinum gelangten.

Während der Fahrstuhl auf jeder Etage hielt und immer mehr Leute hereinströmten, überlegte MacDonald, daß *Coccidioides* nicht unwahrscheinlich sei. Er erinnerte sich, vor ein paar Jahren über eine Häufung von Kokzidioidomykose-Fällen gelesen zu haben, die direkt mit dem North-Ridge-Erdbeben zusammenhingen. Das Beben hatte Oberflächenstaub Hunderte von Meilen in die Luft befördert, und dieser Staub war mit Pilzsporen durchsetzt gewesen. Der Pilz, *Coccidioides immitis*, war im gesamten Sonora-Plateau verbreitet, einem trockenen Hochland, das sich von Arizona bis ins San Joaquin Valley in Kalifornien erstreckt. Winde hatten die Sporen aus ihren Brutstätten aufgewirbelt und wochenlang über das Tal geweht. Der Begriff »Valley-fever« war von frühen Siedlern der Region geprägt worden, um die seltsame, grippeähnliche Erkrankung zu beschreiben, die in seltenen Fällen tödlich sein konnte. Mit dem Valley-fever einher gingen »desert bumps«, Wüstenbeulen – ein Symptom der Krankheit: schmerzhafte, heiße rote Beulen auf den Schienbeinen.

Als der Aufzug endlich im Foyer ankam und die Menschenmassen sich nach draußen schoben, kam MacDonald zu Bewußtsein, daß er vergessen hatte, Catrini zu fragen, ob er die Beine des Jungen untersucht hatte. Nun, der morgige Tag würde es zeigen. Wenn der Kleine so lange lebte.

Als MacDonald zum Parkplatz ging, um in seinen Mietwagen zu steigen, fühlte er, wie sein Zorn langsam verrauchte und eine eiserne Gleichgültigkeit einsetzte. Teufel noch mal, der Fall war nicht mehr sein Problem. Er war jetzt das Problem von Bryne. Die St. Johns hatten ihn behandelt, als wäre er bereits Geschichte, und Geschichte war genau das, was er sein wollte.

Auf der Stelle faßte MacDonald den Entschluß, aus der Sache auszusteigen, ehe sie ihn feuerten. Im Laufe des Tages würde er den Fall an Catrini und den neuen Spezialisten abgeben und dann bei dem abendlichen Treffen für diese arroganten St. Johns die Ergebnisse zusammenfassen. Schnell wie ein Blitz wäre er wieder draußen und zurück in Santa Barbara. Bis dahin wünschte er sich nichts weiter als diese eiskalte Margarita und ein langes Bad in dem gechlorten Pool. Als er erleichtert ausatmete, stellte er fest, daß er diesen Bryne, ob er nun der größte Virusjäger der Welt oder ein absoluter Schwindler war, ganz bestimmt nicht beneidete.

2

Mittwoch, 17. Juni
San Diego, Kalifornien

Vince Catrini hatte im Foyer des luxuriösen Hotels Del Coronado – dem Kronjuwel in Joseph St. Johns Immobilienimperium – auf Dr. John Bryne gewartet, stundenlang, wie es ihm schien, aber es waren wohl eher nur fünfzehn Minuten gewesen. Während er mit den Blicken unentwegt den langen, überdachten Eingang zu dem Hotel absuchte, fragte Catrini sich unwillkürlich, warum Joseph St. John ausgerechnet diesen Ort für ihre Zusammenkunft ausgewählt hatte. Zum einen war das Hotel unbequem und unnötig weit vom Krankenhaus entfernt. Zum anderen sprach allein schon der Luxus dem Ernst des Anlasses der Zusammenkunft hohn. Schließlich war das kein Ärztekongreß. Es war ein Wettlauf gegen die Zeit, bei dem das Leben eines Kindes auf dem Spiel stand.

Bryne und dieses Arschloch MacDonald hatten Suiten in der obersten Etage mit Blick aufs Meer zugewiesen bekommen, eine Aussicht, da war sich Catrini sicher, die sie nicht oft genossen. Er war damit beschäftigt gewesen, die Fieberkurven und Laborberichte und die CT- und MRI-Bilder zusammenzustellen und Kopien davon in den provisorischen Konferenzraum zu bringen, der mit einem Diaprojektor, einem Fax und einer Spezialleitung ausgestattet worden war, um die Bryne schon im voraus für seinen Laptop gebeten hatte.

Die Zusammenkunft hatte eigentlich um 20.00 Uhr beginnen sollen, aber es schien, daß der Learjet der St. Johns, der Bryne an Bord hatte, wegen Turbulenzen etwa eine Stunde Verspätung haben würde. Trotzdem hieß das nicht, daß das Feuerwerk nicht pünktlich losging – dank MacDonald. Er hatte genau das durchgezogen, was nach Catrinis sicherer Einschätzung sein nächster Schritt gewesen wäre. Punkt acht marschierte MacDonald in den Konferenzraum und erklärte, er hätte vielversprechende Neuigkeiten. »Joey ging es heute nachmittag schon viel besser als gestern«, dozierte er. »Ihr Sohn ist ein zäher kleiner Soldat, und ich bin zuversichtlich, daß die Antibiotika ihm helfen werden.«

MacDonald fügte hinzu, er sei sicher, daß sie es mit keiner bösartigen Krankheit zu tun hätten und daß Joey in bester Obhut sei. Dann kam der Tiefschlag. »Ich werde den Fall von Santa Barbara aus überwachen. Jetzt möchte ich Ihnen ein paar Worte sagen, die schon sehr vielen besorgten Eltern geholfen haben ...«

Mrs. St. John verzog das Gesicht zu einer Grimasse. Der Mistkerl lief nicht nur davon, er setzte auch noch seine patentierte Rede zur »Elterlichen Streßreduktion« obendrauf.

»Das reicht jetzt wohl«, hatte Eleanor ihn angeblafft und damit klargemacht, daß sie mit dem Mann nichts mehr zu tun haben wollte. Dem Mann, von dem sie sicher angenommen hatten, er würde ihren Sohn retten. Dem Mann, der jetzt ihren kranken kleinen Jungen im Stich ließ.

Anderthalb Stunden später war Catrini nach der endgültigen Bestätigung, daß der Jet gelandet war, losgeschickt worden, um Dr. Bryne abzuholen. Während er auf ihn wartete, warf er noch mal einen Blick auf das ausführliche Dossier über Dr. phil. John Drake Bryne, das er von seinen Kollegen bei den Centers for Disease Control erhalten hatte.

Dr. John Bryne war als Sohn eines englischen anglikanischen Pfarrers und seiner amerikanischen Frau 1937 auf einer Reise nach China geboren worden. Die Eltern wollten dort als Missionare arbeiten. Als Kriegswaise war Bryne von der amerikanischen Army repatriiert worden und hatte England erst viele Jahre später zum ersten Mal betreten. Es war in der Virusjägerwelt bekannt, daß Brynes Erlebnisse während des Krieges äußerst traumatisch gewesen waren, doch es wurde weder von ihm noch von seinen Kollegen je darüber gesprochen. Welcher Gestalt die Schrecken auch immer gewesen waren, das Trauma hatte John Bryne nicht zum Monster werden lassen, vielmehr zu einem durch und durch guten Menschen, dessen Lebensziel es war, den Kranken zu helfen. Und bei dieser Arbeit hatte er sein Leben immer und immer wieder aufs Spiel gesetzt.

Catrini wußte, daß alle, die Jack Bryne kannten, ihn mochten und respektierten; daß er einer der hervorragendsten Virologen auf der Welt war; daß sein ProMED-System die einzige – wenn auch nur schwache – Hoffnung bot, die Krankheiten der Erde in den Griff zu bekommen; daß er neun Sprachen beherrschte; daß er ein unabhängiger Mensch war, mit einem tiefsitzenden Vorbehalt gegenüber jede Art von Autorität. Catrini wußte nur zu gut, daß dies bei den St. Johns ein Problem sein könnte. Er mußte einfach abwarten und sehen, was passierte.

Der andere faszinierende Punkt in Brynes Dossier war seine Ehefrau Mia Hart, eine Spitzenbeamtin im öffentlichen Gesundheitswesen von New York City, eine bemerkenswert schöne Frau mit äußerst scharfem Verstand. Vince hatte sie einmal auf einer Konferenz kennengelernt und nie mehr vergessen. Seit er Mia begegnet war, war er auf Bryne eifersüchtig; heute ausnahmsweise nicht, denn Bryne hatte sich für ihn sicherlich extra von seiner Arbeit freigemacht.

Catrini sah auf seine Uhr und schüttelte den Kopf. Erst vor sieben Minuten hatte er die Zeit kontrolliert. Am Telefon hatte

Bryne sich mit unüberhörbar englischem Akzent als »einsdreiundneunzig groß, mittleres Alter, hager, Krawatte« beschrieben. Doch seit er an ihrem verabredeten Treffpunkt, im Hauptfoyer, wartete, war keiner, der auch nur entfernt auf diese Beschreibung gepaßt hätte, vorbeigekommen.

Und mit einemmal stand er da. Ein hochgewachsener, distinguierter Mann mittleren Alters, der aus dem vorsintflutlichen Aufzug trat und innehielt, um seine Krawatte glattzuziehen. Als Vince hinübereilte, um ihn zu begrüßen, steuerte der Mann auf den Angestellten an der Rezeption zu.

»Doktor.« Catrini hob die Hand. »Ach, Doktor.«

»Ja?« Als der Mann sich umdrehte und sein Blick dem Catrinis begegnete, lag darin kein Hinweis auf freudiges Erkennen; vielmehr ließ eine seltsame Leblosigkeit Catrini durch und durch erschauern. Er zögerte.

»Dr. Bryne? Dr. Jack Bryne?« Bei der Nennung von Brynes Namen meinte Vince ein plötzliches Glitzern in den Augen des Fremden zu entdecken, und er streckte ihm seine Hand hin. Der Mann blickte auf sie hinunter.

»Entschuldigung, Sir«, mischte sich der Mann von der Rezeption ein, »das ist unser Gast Dr. Thomas Kay.«

»Oh, Verzeihung«, entschuldigte sich Catrini bei dem Mann. »Ich halte nach jemand anderem Ausschau.« Der Mann machte kehrt und tauchte augenblicklich in dem belebten Foyer unter. Catrini verdrehte die Augen, und der Mann an der Rezeption nickte und lächelte. »Der Typ ist 'ne echte Erscheinung. Verläßt sein Zimmer kaum. Vielleicht zwei Stunden täglich höchstens. Bestellt Zimmerservice. Und haben Sie diese ... diese Handschuhe bemerkt? Die zieht er nie aus. Leute gibt es. Da werde einer schlau ...«

Amüsiert kehrte Catrini auf seinen Posten zurück, ohne zu bemerken, daß Dr. Kay ihn von der anderen Seite des Raumes beobachtete.

Es war die Krawatte, vermutete Vince, die ihn den Fremden hatte ansprechen lassen, denn Krawatten, Halstücher oder

Fliegen sah man selten im »Del«. Als der nächste, der das Foyer betrat, ebenfalls eine Krawatte trug, war sich Catrini sicher, daß er seinen Mann vor sich hatte – obwohl er sich in seiner Vorstellung von Brynes Äußerem nicht heftiger hätte geirrt haben können. Schließlich hatte er erwartet, daß der Neuankömmling ebenso durchschnittlich aussah wie dieser schräge Vogel, den er fälschlich für Bryne gehalten hatte.

Falls der Mann, der hereinkam, wirklich Bryne war, dann war er, so wie er aussah, in Südkalifornien genau am richtigen Ort: langes, grau gesträhntes Haar, das nach hinten zu einem Pferdeschwanz zusammengezogen und mit einem roten Band zusammengebunden war, Jeans, Jeanshemd mit Krawatte, Tweedjackett, Turnschuhe, selbstbewußter Gang, athletische Haltung, zerfurchtes Gesicht. Er hatte leuchtend blaue Augen, eine tiefbraune Gesichtsfarbe und strahlte eine Art Clint-Eastwood-Selbstbewußtsein aus: er wußte genau, wer er war und was um ihn herum vorging – ein Mann für dringende Fälle, ohne Zweifel. Vince freute sich, ihn zu sehen.

Catrini winkte dem Mann zu, von dem er hoffte, er sei Bryne, lief zu ihm hinüber und bemerkte, daß die Krawatte mit blutroten klauenartigen Symbolen gemustert war – dem Lebensgefahr-Piktogramm, das überall in Krankenhäusern verwendet wurde, von den Behältnissen für gebrauchte Injektionsnadeln bis hin zu der Tür ins Pathologielabor. Das war der Beweis. Es mußte sich um Bryne handeln.

»Brien?« fragte er, als er in zwei wachsame Augen aufschaute, die vom Jetlag etwas düster wirkten, und seine Hand ausstreckte.

»Kommt der Sache ziemlich nahe. Nennen Sie mich Jack. ›Brin‹. Obwohl es wie ›Brien‹ geschrieben wird, wird es ›Brin‹ ausgesprochen, wie ›Gin‹.« Er lächelte und streckte zur Begrüßung die Hand hin. »Dr. Catrini, nehme ich an?«

Jack Bryne überragte sein Gegenüber um einen Kopf, aber er fühlte, daß ein physisches – oder energetisches – Gleichgewicht zwischen ihnen bestand. Er brauchte sich nicht zu bükken, um die Hand des Chefs der Pädiatrischen Abteilung zu ergreifen. Sie bot sich ihm, und Bryne schüttelte sie auf eine freundliche, ermutigende Art, die sich rasch verstärkte, um freudige Munterkeit zu verströmen. Bryne spürte die Kraft in Catrinis Händen und bemerkte die starken Muskeln an dessen Hals. Dieser Mann war wie er ein geborener Kämpfer – doch einer, der Freundlichkeit und Mitgefühl ausstrahlte. Jack mochte ihn sofort.

»Ich muß um Entschuldigung bitten, daß ich nicht anständig gekleidet bin«, grinste Bryne. »Ich hatte keine Ahnung, daß wir mit so viel Verspätung landen würden. Ich hatte eigentlich vor, mich in meinem Zimmer umzuziehen.«

»Verschwenden Sie bloß keinen Gedanken darauf«, antwortete Catrini. »Wir sind hier in Kalifornien. Ich bin so froh, daß Sie's geschafft haben, Bryne ... Kommen Sie, wir gehen nach oben.« Während Catrini ihn durch das Foyer führte, klärte er ihn über Joeys Fall auf, er redete mit den Händen und gestikulierte, um jeden Punkt zu unterstreichen. Es war deutlich zu sehen, daß Catrini um den Jungen ungeheuer besorgt war. Weniger deutlich war eine andere, unausgesprochene Besorgnis, die seine Unruhe sichtlich steigerte.

Nachdem sie den reichverzierten alten Aufzug betreten und Catrini Bryne die obligatorischen Fragen nach dessen Flug gestellt hatte – »feudal« war der einzige Kommentar des Virologen –, rückte der Kinderarzt mit dem heraus, was ihn die ganze Zeit gequält hatte. »Ähmmm«, murmelte Catrini, »ich habe unangenehme Neuigkeiten zu überbringen. Die Schwester aus der Intensivstation hat mich vor einer halben Stunde angerufen und mir mitgeteilt, daß sich der Zustand des Jungen verschlechtert hat.«

Bryne nickte verständnisvoll, er war sich Catrinis Problem voll bewußt. »Die St. Johns wissen es nicht?«

»Noch nicht.« Vince schüttelte traurig den Kopf. »Er hat eine Lungenentzündung mit beidseitigem Erguß bekommen.

Sie haben's erraten. Die Schwierigkeit wird sein, es den Eltern zu erzählen, ohne daß ich selber weine.«

Innerhalb nur weniger Sekunden hatte Bryne begriffen, welch ungeheuer große Liebe und Hingabe Catrini seinem kleinen Patienten schenkte. »Ich werde alles in meiner Macht Stehende tun, um zu helfen, Vince«, versicherte er ihm, als sie aus dem Fahrstuhl ausstiegen und sich zum Konferenzraum begaben.

Der Raum selber war im frühkalifornischen Prunkstil gestaltet: vergoldete Pilaster, handgeschnitzte Simse mit floralen Motiven, die die Decke umrankten, wobei jedes Detail davon Kunde gab, daß dieser Raum nur den allerwichtigsten Ereignissen vorbehalten war.

Als die beiden Männer eintraten, eilte überraschenderweise »Mac« MacDonald Catrini entgegen und rief: »Ich habe Sie seit unserem letzten Treffen ständig angepiepst!«

»Sie haben *mich* ...« Catrini traute seinen Ohren nicht. Der Mistkerl hatte nicht einmal auf seinen Piepser reagiert, geschweige denn den eigenen benutzt!

»Meine Herren, bitte.« Bryne trennte sie geschickt, ehe die Sache handgreiflich wurde, das letzte, was man in einer sowieso schon angespannten Situation brauchte. Währenddessen fing er den Blick von Mrs. St. John auf. Er konnte das Entsetzen in ihren Augen lesen, gleichzeitig die verzweifelte Hoffnung, daß er, Jack Bryne, das Wunder sei, das ihren Sohn retten würde. Sie wurde beinahe ein wenig lockerer.

Bryne hatte die seltene Gabe, besorgte Frauen zu beruhigen. Es hatte etwas mit seiner zerfurchten Schönheit, der ermutigenden Lässigkeit seines Pferdeschwanzes, den tiefblauen Augen, seinem unbesorgten Lächeln zu tun. Während Mrs. St. John von seinen Gefühlen der Anteilnahme durchströmt wurde, erkannte er die momentane Erleichterung in ihrem Blick.

»Ich fürchte, es ist meine Schuld, daß wir so spät beginnen«, sagte Bryne in den Raum, während sein Blick noch immer auf Mrs. St. John gerichtet war. »Es war freundlich von Dr. Catrini, daß er im Foyer so lange auf mich gewartet hat.« Er wandte sich an MacDonald. »Vince hat mir berichtet, daß Sie in Joeys Fall gute Arbeit geleistet haben.«

Catrini ging hinüber zu den St. Johns, um mit ihnen zu reden.

»Joseph, Eleanor«, sagte Catrini leise, »ich habe gerade einen Anruf aus der Klinik erhalten. Sie haben Joey wieder auf die Intensivstation verlegt. Allem Anschein nach hat er sich eine sekundäre Lungeninfektion zugezogen, eine Pneumonie, er hat beidseitig Flüssigkeit in seiner Lunge. Wir haben die Antibiotika gewechselt und –«

»Aufhören!« Eleanor schoß plötzlich von ihrem Sessel hoch und streckte die Hand in einer Gebärde aus, die ihn zum Schweigen bringen sollte. »Aufhören«, kreischte sie. »Bitte, bitte, hören Sie auf, diese sinnlosen medizinischen Begriffe zu benutzen. Wenn ich noch ein einziges Wort aus diesem Fachchinesisch höre, dann ... dann ... Kann uns denn keiner von Ihnen einfach sagen, was Joey krank macht?« Sie drehte sich zu ihrem Mann um. »Joe, warum wird uns das angetan?«

St. John legte den Arm um sie und sagte: »Wir wissen beide, daß Gott der Herr uns einer Prüfung unterzieht, Eleanor. Und wir müssen stark sein vor ihm.«

»O ja, ja«, antwortete Eleanor gefaßter. »Natürlich, Gott der Herr prüft uns. Du hast recht, Joseph, wir müssen stark sein vor ihm.«

Als Jack Bryne das hörte, wünschte er sich fast, auch so fest im Glauben verankert zu sein, aber dann fiel ihm die ungeheuere Bigotterie wieder ein, die diesen Glauben manchmal begleitete. Die St. Johns hatten dieselbe todsichere Wahrheitsgewißheit, denselben fundamentalistischen Seherblick, der ohne weiteres zur Katastrophe führen konnte. Er hatte an tiefgehegten Glaubensüberzeugungen Menschen, Dörfer, Stämme, Städte, ja Völker zugrunde gehen sehen. Jack ging freundlich auf Mrs. St. John zu, ohne ihr in irgendeiner Weise zu nahe zu kommen, und forderte sie auf, Platz zu nehmen. Dann setzte er sich in den Sessel, den Catrini zuvor geräumt hatte.

»Mrs. St. John«, begann er und beugte sich zu ihr vor, »ich darf wohl sagen ...« Schon sah er, wie sie sich etwas entspannte, wahrscheinlich aus Dankbarkeit dafür, daß eine neue Persönlichkeit zu Diensten war, jemand, der vielleicht eine Antwort wußte. »Ich darf wohl sagen, daß ich praktisch den gesamten Flug damit zugebracht habe, Joeys Krankengeschichte zu studieren, die mir Dr. Catrini in der Nacht übermittelt hat.

Was kann ich Ihnen jetzt erzählen, das Sie nicht bereits wissen? Daß Joey eine Infektion hat, die sehr schwierig zu diagnostizieren ist? Das wissen Sie. Daß Joeys Zustand ernst ist? Sie wissen es nur zu gut. Aber lassen Sie sich von mir raten: Überreagieren Sie nicht. Es gibt ein paar bakterielle und einige ungewöhnliche Viruserkrankungen, die sich oft mit diesen Symptomen melden. Die gute Nachricht ist, daß die meisten von ihnen selbst nach ein paar unangenehmen Tagen zu behandeln sind.«

»Zum Beispiel? Zum Beispiel?« mischte sich Joseph St. John ein. »Haben Sie irgendeine Idee?«

»Nein, im Moment habe ich noch keine.« Bryne redete weiter, hauptsächlich an Eleanor gewandt, vielleicht weil sie empfänglicher zu sein schien als ihr arroganter Gatte, vielleicht weil sie die Mutter dieses todkranken kleinen Jungen war. »Keine bestimmten Ideen«, fuhr er fort. »Sie haben wahrscheinlich von der Tularämie – der Hasenpest – gehört, sie kann sich mit den richtigen Antibiotika nach sechsunddreißig Stunden drastisch verbessern. Joeys Krankheit könnte ohne weiteres so etwas Einfaches sein, oder irgendeine Infektion, die er sich bei Tieren oder im Freien geholt hat, selbst im Garten hinterm Haus. Hat Joey irgendwelche Haustiere?«

»Nein, nein, nein, nein!« Überreizt hämmerte Eleanor St. John mit ihren Fäusten auf die Armlehnen ihres Sessels. »Das haben wir mit den anderen Ärzten schon dutzendemal durchgekaut!«

»Liebes«, dröhnte Joseph St. Johns Stentorstimme. »Liebes, der Mann muß doch fragen ... Wollen wir Reverend Ford rufen, damit er uns im Gebet beisteht?«

»Hören Sie zu, Sie alle.« Eleanor redete wie vom Dämon besessen – kalt, entschlossen, die Sache fest in der Hand. »Mein Sohn, mein einziges Kind liegt im Sterben.« Sie stand auf, um weiterzureden. »Die besten medizinischen Köpfe des Landes sind hierhergeflogen worden und tun nichts weiter, als Joey aufzuschneiden und mir eine Menge dämlicher Fragen nach nicht existierenden Haustieren zu stellen oder ob er rasiermesserscharfe Mais-Chips gegessen oder spitze Stäbchen verschluckt hat!« Sie verstummte für einen Moment und sah sich in dem Raum um, dann setzte sie sich wieder und senkte traurig den Kopf.

»Tut mir leid, tut mir leid«, sagte sie in den Raum hinein. »Es ist nur so: Mein Joey stirbt, und niemand tut *irgend etwas* ...!« Jetzt sank sie schlaff in den Sessel, das Gesicht in den Händen.

Das Schweigen, das auf Eleanor St. Johns Ausbruch folgte, kam Bryne beredter vor, als es irgendwelche Worte hätten sein können. Es sprach von Ohnmacht und Hoffnungslosigkeit, von tiefem menschlichem Leid und Schmerz. Wie wichtigtuerisch wäre doch jeder von ihnen, wenn er anders dächte.

»Biep-biep-biep!« Aus dem Nichts wurde die Stille durch den lästigen und hartnäckigen Piepser an Brynes Gürtel unterbrochen. *»Biep-biep-biep ... biep-biep-biep!«* Seine Hand fuhr an seine Taille und stellte das zudringliche Geräusch ab, dann warf er einen Blick auf die Nachricht des Absenders. Sie kam von Drew Lawrence, seinem besten Freund, nächsten Landsmann und unschätzbarsten Laborgehilfen bei ProMED, der ihm in einer dringenden Zehn-Wort-Nachricht mitteilte, er solle ihn anrufen, seinen Laptop anschalten und die ProMED-Bulletins durchsehen – und zwar SOFORT!

Als Bryne den Blick hob, sah er, daß Eleanor St. John ihn in einer Mischung aus Angst und Verzweiflung anstarrte. Sie befürchtete offensichtlich, daß Joeys Fall auch bei ihm nicht absoluten Vorrang hatte – ebenso wie bei MacDonald.

»Es tut mir furchtbar leid, Mrs. St. John«, erklärte er. »Ich hatte keine Ahnung, daß der Piepser eingeschaltet war. Ich habe gerade eine dringende Mitteilung von meinem Assistenten im Labor in Albany erhalten. Sie könnte durchaus etwas mit Joeys Fall zu tun haben. Ich muß sie entgegennehmen, aber ich versichere Ihnen, ich bin sofort wieder zurück. Und vergessen Sie bitte nicht«, lächelte er, »Joeys Gesundung steht für mich an allererster Stelle.«

Bryne ging in einen benachbarten Raum, setzte sich an einen Schreibtisch und drückte auf seinem Handy Drew Lawrence' Direktwahlnummer. Es war eine ganze Ecke später, als Drew normalerweise zu arbeiten aufhörte, aber das Telefon klingelte nur einmal, bevor cine müde, aber fröhliche Stimme antwortete: »Drew Lawrence, Arbovirus-Labor, was kann ich für Sie tun?«

»Drew, ich bin's. Habe eben deine Piepser-Nachricht gekriegt. Ich befinde mich gerade in einer sehr gefühlsgeladenen Sitzung mit den Eltern des kranken Kindes, wir müssen's also kurz machen. Was ist los?«

»Jack, du weißt, ich würde dich nie ohne Grund stören, aber hier ist es elf durch, und ich habe seit Stunden nicht mehr gesehen, daß du dich ins Netz eingeklinkt hast. Ich habe einen *SatelLife*-Bericht aus Kolumbien und einen aus Kentucky bekommen. Und ja, sie sind wichtig.« Bryne sah Drew vor sich, wie er vor seinem Hewlett-Packard-Computer saß und mit ein paar raschen Fingerbewegungen auf der Tastatur die ganze ProMED-Datenbank aufrief.

»Ach«, setzte Drew hinzu, »und da sind eine Menge dringende Anrufe. Warte mal, ich hol' eben mein Notizbuch raus ... Ja ... Deine Frau hat angerufen, Dr. Lyman hat angerufen und gesagt, du solltest ihm ein paar Budgetentwürfe fürs nächste Quartal vorlegen, es sei dringend. Heute hat sich ein neues Mitglied auf ProMED eingeschrieben – unser zehntausendster Abonnent –, ein High-School-Schüler aus Brooklyn namens Berger. Er hat uns einen Zeitungsausschnitt von etwas geschickt, das nach einem Zwischenfall mit Mörderbienen in Texas im letzten April aussieht. Warte ab, bis du es siehst. Ich denke, es sollte über ProMED laufen.«

»Ach komm, Drew, wir haben über Mörderbienen schon früher informiert.«

»Yeah, aber diese Sache hier ist viel merkwürdiger.«

»Okay – entschuldige, daß ich so kurz angebunden bin –, ich muß zurück zu den Eltern.«

»Du solltest wirklich 'nen Blick auf den Bericht aus Kentucky werfen; es geht um ein Pferdesterben, Ursache unbekannt. Ein Dr. Enoch Tucker hat angerufen, meint, es könnte eine Art Tollwut sein, und möchte mit dir sprechen. Kennst du ihn?«

»Tucker ist einer der erfahrensten Veterinäre alter Schule in Amerika, Drew. Er war in den siebziger Jahren Zweiter Generalstabsoberarzt und hat den einschlägigen Text über Zoonosen geschrieben.«

»Was?«

»Genau«, antwortete Bryne wehmütig. »Er hat sich in den privaten Sektor verkrochen, als Reagan ans Ruder kam, wie viele von den besten Leuten aus den CDC. Wenn Tucker uns anruft, dann muß es um etwas Außergewöhnliches gehen.«

Brynes Achtung vor dem Tierarzt hatte einen realen Hintergrund. Tucker war *der* Fachmann, wenn es um bizarre Nebenerscheinungen von Tierkrankheiten ging, um Krankheiten und Parasiten, die gelegentlich auch Menschen befielen, sogenannte Zoonosen.

»Dr. Tucker hat uns außerdem per FedEx einen mit dem Vermerk ›PERSÖNLICH‹ versehenen Umschlag mit einem Absender in Louisville geschickt.«

»Hast du das Päckchen greifbar? Bitte, mach es auf, sehen wir mal, was er uns schickt.«

Bryne hörte, wie Papier zerrissen wurde, gleich darauf war Lawrence wieder am Apparat. »Es sind Sonderdrucke, vier alte Zeitungsartikel über Pferde. Und eine Notiz auf Tuckers Briefpapier, nichts weiter als ›Zu Ihrer Information: Anrufen wenn möglich.‹ Hat mit Initialen unterzeichnet. Und er hat ein E-Mail mit dem Vermerk ›DRINGEND‹ an ProMED geschickt.«

»Worum geht's? Ich bin schon seit Stunden nicht mehr an meinen Laptop gekommen.«

»Scheint, daß es in den letzten drei Wochen in sechs Ställen siebzehn tote Rennpferde gegeben hat. Tucker bittet um Rat. Jetzt hat er sechs weitere Pferde innerhalb von zwei Tagen verloren. Es ist eine tödliche Krankheit ohne Diagnose und ohne verläßliche Behandlung. Er sagt, die Einheimischen nennen es eine Epidemie.«

»Klingt ernst«, sagte Bryne.

»Ach, das nur nebenbei«, fuhr Drew fort, »du und ProMED, ihr wurdet ihm von deiner alten Freundin, dieser TV-Starreporterin Victoria Wade, empfohlen. Auch sie hat versucht, dich zu erreichen.« Die Mißbilligung in Drews Stimme war nicht zu überhören. »Oft.«

»Vicky Wade.« Bryne versuchte, ihren Namen so unbeteiligt wie möglich klingen zu lassen. »Was macht die denn da?«

»Sie glaubt, es ist mal wieder so ein Versicherungsbetrug wie die Pferdemorde in Connecticut vor ein paar Jahren. *Hot Line* hat sie offensichtlich hingeschickt, damit sie die Story recherchiert. Anscheinend verweigern die Pferde jegliche Nahrungsaufnahme ...«

Bryne wollte sich auf das konzentrieren, was Drew ihm berichtete, aber das Bild von Vicky Wades hübschem Gesicht überflutete sein Hirn mit zärtlichen Erinnerungen. Es war Jahre her, daß sie sich das letzte Mal gesehen hatten, aber er konnte sich ihr Lächeln, ihre Lippen, ihr Strahlen so lebhaft vorstellen, als wären seitdem nur Tage vergangen. Er würde immer in Erinnerung behalten, wie nahe sie sich gestanden hatten, wie nahe sie dem Glück gewesen waren, und an ihre Trennung würde er immer mit Bedauern denken. Seine Liebe zu Vicky war von so anderer Natur gewesen als die Liebe zu seiner Frau, Mia Hart, und der Unterschied erstaunte ihn noch immer, selbst jetzt, da er mit Mia lebte. Ja, Vicky. War das nicht klar, daß sie in seinem Leben wieder aufkreuzen würde?

»Irgendwelche Hinweise?« fragte er Drew und zwang seine Gedanken, zu dem aktuellen Thema zurückzukehren. »Was hat Tucker rausgefunden?«

»Nicht viel. Von den drei sezierten Pferden hatte eines eine gutartige Geschwulst am Ende der Speiseröhre, das zweite Magenerosionen, das dritte eine Myiasisinfektion – einen Madenbefall von Pferdebremsenlarven in den Magenfalten. Nichts, was den Tod der Tiere erklärt.«

»Was sagen die pathologischen Befunde?« Er hörte Drew in den Papieren blättern.

»Hirnsektionen werden noch bearbeitet, die Resultate stehen aus. Zuchtpferde gehen auch in anderen Gegenden im Mittelwesten ein. Die Ursache ist ebenfalls unbekannt, die Erkrankung fast immer tödlich. Und Jack, es geht das Gerücht um, daß auch ein paar Schafe sterben könnten.«

»Drew«, sagte Bryne ziemlich eilig, »stell eine Übersicht der Details zusammen und nimm sie ins ProMED-Programm auf. Die Überschrift soll lauten: *DRINGLICH: ProMED-Anfrage: Wie lautet die Differentialdiagnose eines Pferdesterbens, Ort: Kentucky.«*

Ehe er das Labor zur Nacht verließ, würde Lawrence eine vollständige Liste der Symptome und Laborergebnisse zusammenstellen und sie dem ProMED-Bericht hinzufügen. Jeder ProMED-Abonnent würde die Notiz zu Gesicht bekommen. Oft, selbst bei kniffligen Problemen mit menschlichen Patienten, waren Veterinäre besser als Humanmediziner. Und beide,

Bryne wie Lawrence, wünschten sich, daß mehr solcher Leute wie Tucker sich ihnen anschließen würden.

Diese Zoonosen machten Lawrence angst: Tierinfektionen, die von Spezies zu Spezies sprangen und auch Menschen befielen. Ein Sprung vom Affen zum Menschen wie bei HIV war einer der unvorhersehbarsten, unvermeidlichsten und tödlichsten Wege, wie diese Erreger – die große Masse der sogenannten »neuen« Krankheiten – auftauchten. Und er arbeitete jeden Tag mit so vielen Proben. Niemand wußte, welchen Schaden sie anrichten konnten, welche menschlichen Schwächen sie ausnutzen würden. Wirte, die weder ererbte noch erworbene Abwehrmechanismen besaßen, konnten von raffinierten Nukleinsäurepartikeln befallen werden, die sich an keine Spielregel hielten. Wozu ein tierisches Virus fähig war, nachdem es sich über Millionen von Jahren in einer isolierten Affenpopulation in Zentralafrika entwickelt hatte, war unabsehbar, es konnte katastrophale Wirkungen haben, wenn es in die Bevölkerung von Manhattan eingeschleust wurde.

»Es wird eine neue Sache sein, Drew. Ganz gleich, was Tukker findet. Er kennt sie alle, und wenn er bei dieser mit seinem Latein am Ende ist, dann hoffe ich, daß wir ein bißchen Hilfe von unseren Freunden bekommen werden.«

Nur wenige Experten hatten die Möglichkeit, eng zusammenzuarbeiten. ProMED bot das erste Forum für einen Informationsaustausch unter Spezialisten, Veterinären, Doktoren, Medizinern, Entomologen und ganzen Scharen von Erforschern von Infektionskrankheiten.

Bryne fragte sich, wie lange es wohl dauern würde, bis die ersten Reaktionen auf die Anfrage kämen, wie viele Pferde sie noch vor dem sicheren Tod retten konnten. Andere angeschlossene »ProMEDer« würden ihm bald Vorschläge schicken, von denen einer vielleicht der Schlüssel wäre.

»Du hoffst, Jack«, sagte Drew bitter. »Ich glaube, ich werde beten.«

»Okay, Drew, ich vielleicht auch. Aber hör zu, ich muß jetzt wirklich gehen.« Bryne versuchte, Schluß zu machen. »Danke, daß du mich angepiepst hast. Bis dann. Entschuldige, daß ich dich so lange aufgehalten habe.«

»Nein, Jack, warte. Leg noch nicht auf. Ich fürchte, ich habe das Schlimmste für zuletzt aufgehoben. Schalte bitte ProMED ein. Ich habe die Sache schon eingegeben. Du siehst sie dir besser mal an.«

»Ich klinke mich sofort in ProMED ein.«

»Wunderbar.«

»Nacht, Drew.« Er schaltete das Handy aus und langte nach seinem Laptop.

Nach dem Gespräch mit Bryne hatte Drew Lawrence ein mehr als ungutes Gefühl. Jacks Ungeduld und Zerstreutheit waren offensichtlich gewesen, und über den Fall des kleinen St. John hatte er eigentlich überhaupt nicht gesprochen, was ein schlechtes Zeichen war. Drew kannte Jack ungefähr so gut wie sich selbst, und er wußte immer, wenn etwas nicht stimmte. Nachdem sie nun schon jahrelang zusammenarbeiteten, waren sie praktisch miteinander verheiratet.

Lawrence, ein kräftig gebauter Afroamerikaner mit einer angeborenen linksseitigen Hüftarthritis und gläubiger Baptist, hatte sein Gebrechen immer als eine göttliche Herausforderung betrachtet und sich mit vierzehn geschworen, die chronischen Schmerzen und die eingeschränkte Beweglichkeit niemals die Oberhand gewinnen zu lassen. Er beschloß, Karriere zu machen. Sport schied natürlich automatisch aus, und schließlich hatte er sich für die Naturwissenschaften entschieden, in denen er sich erfolgreich hervortat.

Als langjähriger Bewohner Harlems war Drew hin- und hergerissen gewesen, ob er mit seiner Familie nach Albany ziehen sollte, als das Wadsworth-Laboratorium der staatlichen Gesundheitsbehörde ihm ein Angebot machte, dem er sich nicht verschließen konnte. In Albany zu leben war für alle Lawrence eine gute Entscheidung gewesen. Seine Frau Elise blieb zu

Hause, engagierte sich aber auch in schwarzen Gesellschaftskreisen und für die Restaurierung der schönen alten Baptistenkirche, die zwei Querstraßen vom Regierungsgebäude entfernt lag. Sein Sohn Ali war zur SUNY gegangen und hatte dann an der NYU Jura studiert. Trotz seiner chronischen Schmerzen und seines Hinkens hielt sich Drew Lawrence für einen sehr glücklichen Menschen.

Das war es, was ihm durch den Kopf ging, als er etwas später seinen Computer ausschaltete, seinen Laborkittel auszog und sein Notizbuch aufklappte. Er setzte ein winziges Häkchen neben Victoria Wades Mitteilungen. Drew war ein Mensch, der sich nicht in anderer Leute Angelegenheiten einmischte, aber er wußte genug über Victoria Wades Geschichte mit Jack Bryne und über den angespannten Zustand von Jacks Ehe, um darüber besorgt zu sein, daß die Wade wieder auf der Bildfläche erschienen war.

»Verdammt!« war der stärkste Fluch in Lawrence' Wortschatz, und wenn dieser freundliche Mann ihn benutzte, wollte das schon etwas heißen. »Verdammt!« Dann blätterte er in seinem Notizbuch, machte sich einen Vermerk über die Geschichte mit den Bienen und unterstrich ihn, damit er sich daran erinnern würde. Er hatte Bryne eigentlich unbedingt von der Mitteilung erzählen wollen, die dieser Junge namens Berger gemacht hatte. Sie würde ihn neugierig machen.

Das letzte, was Bryne im Sinn hatte, war, die St. Johns warten zu lassen, aber nachdem er mit Drew gesprochen hatte, war es unumgänglich, ProMED einzuschalten und die beiden neuen Mitteilungen, die Drew erwähnt hatte, zu lesen.

Die erste war eine dringende Nachricht von einem alten Freund, Carlos Garcia, der bei der WHO in Genf arbeitete. Als Bryne den Text von Garcias Botschaft abrollte, bekam er große Augen. Er hätte sich einen Tritt in den Hintern geben können. Er hatte die meiste Zeit des Fluges damit verbracht, Joey St. Johns Krankenakten zu studieren. Ihm war mehr als nur die

Angelegenheit mit den Pferden entgangen. Was sich in Kolumbien tat, war schlimmer. Wovon Garcia berichtete, war eine Epidemie. Kolumbianische Ärzte behandelten Tausende von erkrankten Dorfbewohnern. Bryne überflog rasch die Information.

Jack, gib über ProMED bitte folgendes bekannt:
La Guajira, Kolumbien: 250 000 Menschen von einer grassierenden Dengue-Fieber-Epidemie betroffen, die inzwischen durch hämorrhagisches Dengue-Fieber und Schocksyndrome kompliziert wird. Epidemie außer Kontrolle ... Krankenhäuser überfüllt ... Sterberate schätzungsweise mindestens 13 000 Einheimische letzte Woche ... Noch nicht klassifiziert, aber das Sterben unter den Eingeborenen, vor allem bei Kindern, nimmt die Ausmaße einer Katastrophe an ... Moskitobrutplätze noch immer nicht identifiziert ... Epidemie wird sich zur Karibik hin ausdehnen ... Hilfe verzweifelt benötigt und erwünscht ...

Carlos G.

O nein, dachte Bryne, *es kann doch nicht so viele Menschen befallen haben.* Warum hatten sie ihm nicht geglaubt? Gott helfe diesen armen Menschen ... Er schüttelte den Kopf. Drew hatte ihn zu Recht angepiepst.

Voll Kummer wurde Jack bewußt, daß er diese Wendung der Ereignisse vorausgesagt hatte, als er vor Jahren dort unten als Berater fungiert hatte. Damals war er naiv gewesen, was das absolute Desinteresse der amerikanischen Wirtschaft an der dritten Welt anging. Er hatte wirklich geglaubt, die Bergwerksgesellschaft würde zuhören, als er sie drängte, die Straße ohne »Materialgruben« zu bauen, aber sie hatte es trotzdem getan, Gruben, Hunderte von Meilen lang, liefen parallel zur Straße und bildeten perfekte Moskitobrutstätten. Und nun verursachten die von den Moskitos übertragenen Viruserkrankungen diese Epidemie: hämorrhagisches Dengue-Fieber, dem sehr wahrscheinlich Gelbfieber folgen würde. Wie grauenhaft, daß er zu so einem hohen Preis recht behalten haben sollte.

Die zweite Mitteilung lautete:

Jack Bryne: Erbitte Ihre Anwesenheit im Gebiet um Louisville, um bei Untersuchung von kürzlich auf ProMED gemeldeten Pferdetodesfällen mitzuarbeiten. Werde alte Transportmittel koordinieren. Bin für Ihre Hilfe dankbar. Victoria Wade sendet freundliche Grüße. Enoch Tucker, Dr. med. vet.

»Vicky, Vicky«, gluckste Bryne zu seiner Überraschung laut vor sich hin, »immer einer Story auf den Fersen!«

»Was tun Sie da eigentlich, Dr. Bryne? Mein Mann und ich haben Sie nicht hierherfliegen lassen, damit Sie Computerspiele spielen!« Jack wäre fast aufgesprungen, als er Eleanor St. Johns Stimme hinter sich hörte, dann drehte er sich um und bemerkte ihre Verlegenheit.

Schon legten sich die Anzeichen von Zorn in ihren Gesichtszügen wieder – sie verwandelten sich rasch in Kummer. »Tut mir leid, Dr. Bryne«, sagte sie. »Meine Bemerkung war unangebracht ...«

»Nein, nein, Mrs. St. John.« Bryne erhob sich und wischte ihre Entschuldigung beiseite. »Mir ist klar, daß ich bisher keine große Hilfe war, aber wenn Sie Platz nehmen wollten, würde ich Ihnen gern zeigen, was ich gerade tue. Ich habe das gute Gefühl, daß es dazu dienen könnte, Joey zu helfen.«

»Dr. Catrini hat gesagt, wir können auf Sie zählen. Er sagte, Sie seien der Beste.«

»Nein, nein, ich bin nicht besser als jeder andere gute Forscher. Ich kriege das Lob ab, weil ich so viele engagierte Leute hinter mir habe. Ich bin nur so gut wie die Männer und Frauen, die an ProMED mitwirken.«

Er zog einen Stuhl für sie heran und erklärte dann, daß er über ProMED binnen Minuten Tausende von Ärzten in der ganzen Welt erreichen könne. »Unter strikter Geheimhaltung«, fuhr er fort, »kann ich ihnen alles über Joeys Fall berichten. Uns können Hunderte von Experten Hilfe leisten, neue Ideen vermitteln, ja selbst eine Diagnose stellen, Mrs. St. John.«

»Nennen Sie mich Eleanor. In so einer kritischen Situation scheinen Formalitäten vollkommen unangebracht.«

»Gut, aber nur, wenn Sie mich Jack nennen«, lächelte er.

»Abgemacht.« Sie lächelte jetzt beinahe selbst. »Also, Jack, wie bringen Sie denn all das von diesem kleinen Apparat aus fertig?« Eleanor St. John war immer noch nicht überzeugt.

»Zunächst einmal, Eleanor«, begann Bryne, »habe ich, wie ich Ihnen bereits erzählt habe, den gesamten Flug damit verbracht, Joeys Krankenakte zu studieren, die mir Dr. Catrini nach New York geschickt hat. Inzwischen habe ich all diese Berichte in eine einzige Datei übertragen. Ich habe jede Aufzeichnung, jeden Laborbericht, alle Röntgen-, CT- und MRI-Befunde eingescannt. Als letztes werde ich heute abend und morgen in aller Frühe die neuesten Berichte aus dem Labor von St. Roch hinzufügen. Sehen Sie.«

Während sie zusah, ließ er die Datei durchlaufen, die über Joeys gesamte Fallgeschichte einen Überblick gab.

»Und mit Ihrer Erlaubnis möchte ich Joeys Fall ProMED präsentieren und damit jede denkbare Hilfe erbitten.«

Ihr Gesicht hellte sich auf bei der Aussicht auf mehr Hilfe, viel, viel mehr Hilfe. »Natürlich. Tun Sie das, rasch!«

Nachdem Bryne seine Anfrage mit einem DRINGEND-Piktogramm versehen hatte, zeigte er auf die Mattscheibe. »Innerhalb von Minuten werden nun Sachverständige aus mehr als hundertvierzig verschiedenen Ländern einen Blick auf Joeys Fall werfen. Andere Virologen wie ich, einige der besten Epidemiologen, Spezialisten für Infektionskrankheiten, Mikrobiologen, Entomologen, Veterinäre ...«

Er tippte die letzten kurzen Befehlscodes ein, die die gesamte Datenflut freigaben, ehe er bemerkte, daß Eleanor vor Furcht erstarrt war, blind für alles, was er tat.

»Eleanor! Eleanor, was ist los?« fragte er sie.

»Veterinäre.« Sie antwortete mit monotoner Stimme. »Sie meinen Tierärzte?« Und als er nickte, begann sie buchstäblich zu zittern. »Tierärzte. O Gott. Dieser Zoo. Was ist, wenn es dieser Zoo war?«

Während Bryne an seinem Laptop arbeitete und Eleanor ihm dabei zusah, brachte Catrini Eiswasser. Eleanor dankte ihm und trank gierig. Zu sehen, daß Bryne Joeys Akten von seinem Computer aus verschickte, beruhigte sie enorm, und die Spannung im Raum ließ nach. MacDonald war damit beschäftigt gewesen, Joseph St. John zu beruhigen, der bald herüberkam und seiner Frau die Hand auf die Schulter legte. »Gibt's irgendwas, das ich tun kann?« fragte er Bryne.

»Nein, das wär's fürs erste, meine Herrschaften.« Als er aufstand, drückte St. John ihm die Hand.

Bryne und Catrini hatten die zunehmende Erleichterung der St. Johns bemerkt. Kaum hatte das Paar begriffen, was Joeys Ärzte für ihr Kind getan hatten und immer noch taten, hatte sich ihre Verkrampfung gelöst und schließlich in Vertrauen verwandelt.

»Wenn es Ihnen nichts ausmacht, mich zu entschuldigen«, sagte Bryne laut, »würde ich jetzt gern ins Krankenhaus hinüberfahren, um mir Joey persönlich anzusehen.«

»Natürlich, Dr. Bryne, sobald Sie bereit sind.« Mrs. St. John griff nach dem Telefon.

»Ich wäre sehr dankbar, wenn man mich fahren könnte«, gab Bryne zu. »Ich fühle mich den Freeways nicht gewachsen.«

»Aber natürlich«, erbot sich Catrini und griff zu seiner Aktentasche und den Schlüsseln. »Ich bringe ihn selber hin.«

»Und ich schicke Ihnen die Limousine hinüber, damit sie Sie zur Nacht zurückbringt, Dr. Bryne«, bestimmte Eleanor St. John. »Ihr Gepäck ist bereits in Ihrer Suite. Zögern Sie nicht, aufzubrechen.« Bryne, der sah, daß sich ihre Hände wieder verkrampften, wußte, daß es sinnlos war zu protestieren.

Ehe sie losfuhren, drängte Catrini das Paar, wieder nach La Jolla hinaufzufahren und sich etwas Ruhe zu gönnen, und versprach, sofort anzurufen, wenn sich etwas Neues ergäbe. Als sie Einwände machen wollten, bestand er darauf.

Dankbar, draußen und unterwegs zu sein, schnallten sich die beiden Männer in Catrinis schönem, altem Jaguar an und verließen die Garage lange vor der Limousine von St. Johns. Catrini fuhr mit beiden Händen am Steuerrad und nahm die kurvige Straße wie ein Fomel-1-Fahrer, das Gaspedal bis aufhundertvierzig Sachen durchgetreten. Als sie über den Scheitelpunkt der Coronado Bridge hinwegschossen, hatte Bryne fast das Gefühl von Schwerelosigkeit.

»Vince. Fahren Sie langsamer. Los. Sie bringen uns noch alle beide um.«

»Willkommen in Kalifornien, Jack. Alle fahren hier so. Ich paß mich bloß an. Außerdem kennen die meisten von der Polizei in San Diego meinen Wagen. Brauchen sich keine Sorge zu machen. Aber worüber hat denn Eleanor gerade gesprochen, als sie dermaßen die Fassung verlor?«

»Es waren die Tiere«, antwortete Bryne, »geradezu eine Phobie vor Kleintieren. Keine Haustiere, kein Zugang zu Haustieren der Nachbarn. Als ihr klar wurde, daß wir mit Veterinären Kontakt haben, schlug die Phobie richtig zu. Sie fing an, mir von seinem Ausflug ins Löwenhaus zu erzählen. Ich habe alles aufgeschrieben. Natürlich muß sie jedes Tier im Zoo als potentielle Zeitbombe ansehen.«

»Tja, Jack, wer kann es ihr verdenken? Ich komme mir in dieser ganzen Geschichte vor wie ein medizinisches Erstsemester. Wie sieht's denn mit irgendeiner Zoonose aus, die ins Profil passen könnte?«

»Tierische Infektionen?« dachte Bryne laut. »Fällt mir nicht viel dabei ein. Offenbar ist der Junge im Zoo seiner Lehrerin weggelaufen, aber nein, ich denke nicht, daß es eine Zoonose ist. Was ich allerdings denke, ist, daß wir es hier mit einer Mutter kurz vor dem Nervenzusammenbruch zu tun haben.

Wenn Sie ihren persönlichen Arzt kennen, sollten Sie ihn wohl mal anrufen.«

Catrini nickte zustimmend, dann kam er auf das Thema Joey zurück. »Wie wär's mit irgend 'ner Art Gift? Ein Pestizid vielleicht?«

»Bezweifle es, es hört sich nach einer Infektion an, Vince«, antwortete Bryne, als Catrini in seinen Stellplatz glitt und den Motor ausschaltete.

»Kommen Sie, geh'n wir nach oben.« Catrini sprang aus dem Jaguar, dann zeigte er auf die Straße. »Sehen Sie, da kommt Ihr Wagen schon. Hab's Ihnen doch gesagt. Alle fahren wie ich.« Bryne lächelte, als er seinen langen Körper aus dem winzigen Wagen wand und Catrini aus der Parkgarage zum Personaleingang folgte. Catrini winkte dem Wächter zu und führte Bryne zur Intensivstation.

Joey St. John schlief, als Catrini seine Kartei aufklappte und systematisch den dicken Stapel Papiere und Berichte durchblätterte. Zwei Schwestern standen hinter den beiden Ärzten.

»Verdammt, die Blutkulturen dauern noch, und die Biopsie kommt nicht vor morgen.« Bryne spürte die Ungeduld des Kinderarztes, als er ans Ende der Kartei kam und die Notizen der Schwestern überprüfte.

»Er wirkt dehydriert. Hat er irgendwelche Flüssigkeit durch den Mund zu sich genommen?« fragte Bryne.

»Intravenös erst seit gestern, Aufnahme und Ausscheidungen sind okay, lebenswichtige Funktionen stabil.« Dann stieß Catrini erstaunt einen Pfiff aus. »Die Zahl der weißen Blutkörperchen ist auf siebenundzwanzigtausend hochgegangen, obwohl wir die Antibiotika gewechselt haben.«

»Sehen Sie sich mal diesen Verband an, Vince. Ich finde, er sollte gewechselt werden.« Bryne zeigte auf das vier mal vier Zoll große Pflaster über dem Schlüsselbein des Jungen.

Eine der Schwestern reichte Catrini einen Karton mit Wegwerfgummihandschuhen. Er streifte sie über und nahm vorsichtig den Verband ab. Die andere Schwester hielt ihm ein kleines Handtuch entgegen und nahm ihm das verschmutzte Pflaster ab.

»Der Kartei zufolge wurde er vor nur einer Stunde gewechselt, aber sehen Sie mal, Jack.«

Der kleine Schnitt, den MacDonald gemacht hatte, um sein Instrument einzuführen, war mit drei schwarzen Seidenfäden geschlossen worden, die sich nach außen bauschten, als hielten sie einen enormen inneren Druck zurück. Dicker grüner Eiter quoll bei jedem Stich heraus.

»Na, kommen Sie, Stacey«, befahl Catrini, »wechseln Sie dies Ding hier, sofort.« Eine der Schwestern lief los, um einen frischen Verband zu holen, und währenddessen gestand er Bryne: »Jack, wir sind in Schwierigkeiten. Der Junge schwebt in akuter Lebensgefahr, Gott sei Dank hält er sich wacker.« Er reichte die Kartei der anderen Schwester hinüber. »Rufen Sie mich, wenn's was Neues gibt. Machen Sie sofort mit einem mobilen Gerät eine Röntgenaufnahme der Brust. Sein Zustand ist zu kritisch, um ihn noch mal durch den CT zu schleusen.« Er drehte sich zu Bryne herum, sichtlich erschöpft. »Jack, wir sehen beide am besten zu, daß wir etwas Ruhe kriegen; wollen Sie die Nacht bei uns zu Hause verbringen? Wir wohnen nur ein paar Querstraßen entfernt.«

Bryne dankte Catrini für die Einladung, wußte aber, er würde sich allein wohler fühlen. Er schüttelte Catrini die Hand, dankbar für dessen Unterstützung. Nachdem er versprochen hatte, am nächsten Morgen um sechs wieder zur Stelle zu sein, nahm Bryne den Aufzug hinunter zur Garage, wo er sich erleichtert auf den Rücksitz der St. Johnschen Limousine fallen ließ und behaglich die Beine ausstreckte.

Mittwoch, 17. Juni
San Diego
23.00 Uhr

Während der Wagen ihn zurück in den Luxus des Del fuhr, verglich Jack das reiche, elegante Innere des Fahrzeugs mit seinem kargen, vollgestopften Büro in New York. Offen gestanden schämte er sich ein bißchen wegen des Chaos, das er hinterlassen hatte. Er war auf die persönliche Bitte des Gouverneurs, dem kleinen St. John zu helfen, so rasch wie möglich aufgebrochen. Ach, dieser Schreibtisch: Lehrbücher, Zeitschriften, Ausdrucke, handgeschriebene Berichte, Faxe, heruntergeladene E-Mail, und bergeweise Memos ergossen sich von seinem Schreibtisch auf den Fußboden. Gott sei Dank war da Drew Lawrence, der den Laden in seiner Abwesenheit zuverlässig schmiß. Er mußte Gott wirklich danken für viele unerwartete Dinge, die ihm zuteil geworden waren.

Bryne blickte hinaus auf die Flecken des silbernen Mondlichts, das auf dem schwarzen Meer funkelte, und ließ die seltsamen Wendungen Revue passieren, die sein Leben seit dem Wach-Alptraum seiner Kindheit genommen hatte. Nachdem er seine beiden Doktorexamen abgelegt hatte, eines in Cambridge und eines an der University of Virginia, war er in die Weltgesundheitsorganisation in Genf eingetreten, eine Arbeit, die er nie bereut hatte. Er hatte viele der faszinierendsten Orte der Welt besucht – von den allergottverlassensten bis hin zu den himmlisch luxuriösen. Er hatte verschiedentlich an der Schweizer Akademie der Wissenschaften Vorträge gehalten und Ärzte beraten, die Staatsoberhäupter behandelten, von ihnen hatten viele verzweifelt bei der WHO um Rat gebeten.

Bryne war schon lange vor der Einladung der St. Johns der Luxus von Privatmaschinen zuteil geworden, er hatte in Präsidentenpalästen, aber auch in erbärmlichen Dorfhospitälern übernachtet. Er hatte an der Schulung von Ärzten überall auf der Welt mitgearbeitet, nur um zu erleben, daß sie und ihre

Träume durch sinnlose völkermordende Kriege vernichtet wurden. Damals war sein Leben dieser Arbeit vollkommen gewidmet gewesen, und an Familie hatte er nicht einmal gedacht.

Ganz unerwartet hatte er sich dann mit Ende Zwanzig verliebt und geheiratet – Lisle Barcley, seine zierliche, blonde Laborassistentin. Sie waren beruflich ein gutes Team, und das half ihm, sich vorzustellen, daß sie ebenso freundschaftlich auch private Partner sein könnten, und so hatten sie geheiratet. Ihre Vermutung hatte sich als richtig erwiesen. Die strahlenden ersten Tage ihrer Ehe waren reich an Arbeit und Freuden. Sie dachten sogar schon daran, eine Familie zu gründen, als Lisle bei einem Unfall auf einem Fußgängerüberweg von einem Wagen erfaßt wurde und tödliche Verletzungen erlitt – das Leben war so unfair. Aber es war passiert, und die sonnigen Tage schienen für immer zu Ende zu sein. Bryne wählte die Einsamkeit, um seinen Schmerz zu verbergen, und kehrte wieder ausschließlich zu seinen Forschungen zurück.

Und dann waren ihm nach einer langen, bitteren Zeit in der Vorhölle vier Gnadengeschenke zuteil geworden. Das erste, das ihn Europa verlassen und nach Amerika gehen ließ, wo es keine bösen Erinnerungen für ihn gab, war ein Angebot vom Gesundheitsbevollmächtigten des Staates New York, er sollte als Chefvirologe am angesehenen Zoonoselaboratorium des Staates New York arbeiten. Sein Büro und die Forschungseinrichtung, zehn Meilen westlich von Albany, bestanden aus einem Komplex von Flachbauten im Baukastensystem, die durch überdachte Gänge mit einem alten Bauernhaus verbunden waren. Von der Auffahrt aus wirkte das Landhaus aus der Vorkriegszeit bukolisch. Es besaß einen dicken gemauerten Schornstein, der mit Geißblatt überwuchert war, und bot einen schönen Blick nach Westen auf die Adirondacks.

In seinem Inneren war das Labor alles andere als friedlich. Es enthielt die von der New Yorker Staatlichen Gesundheitsbehörde benutzten Seuchen-Noteinrichtungen zur Eindämmung und Diagnose verschiedener »heißer« Infektionskeime: Tollwut, Hantavirus und andere durch Insekten übertragene tödliche Viren.

Das zweite Geschenk war Drew Lawrence. Als junger Mann hatte Lawrence in einem Labor am New Yorker Medical College als Assistent unter Dr. Eileen P. Halsey gearbeitet, die weithin als »Königin des Stuhls« und zudem als die beste Parasitologin galt, die die Medizinische Fakultät, jede medizinische Fakultät, je besitzen würde. Dr. Halsey war jahrelang Drew Lawrence' Mentorin gewesen. Als sie starb, beschloß Lawrence, sich nach anderen Laboratorien, anderen Behörden, anderen Städten umzusehen. Er hatte sich bedachtsam für die Arbeit an der berühmten Forschungseinrichtung des Staates New York entschieden, und zwar mehrere Jahre bevor Bryne dorthin kam.

Die beiden Männer hatten als Gleichberechtigte, die ihr Wissen miteinander teilten, nebeneinander gearbeitet. Lawrence war mittlerweile in Epidemiologie und Virologie ebenso erfahren, wie er es nach der Ausbildung bei Dr. Halsey in Parasitologie gewesen war.

Die dritte überraschende Chance, die sich Bryne bot, war ProMED. Als Programmleiter von ProMED war er derjenige, der alle einlaufenden Anrufe auf ihre Dringlichkeit, Eignung und Berechtigung hin kontrollierte. Er hatte für das System nicht nur deshalb Bewunderung, weil es einen fast sofortigen Informationsaustausch über neue Krankheitsaktivitäten ermöglichte, sondern weil es in seinen Augen auch ein System war, das nicht mit lästigen Regierungskontrollen zu kämpfen hatte. Bryne war es gewesen, der das Wort »büropathisch« erfunden hatte, um die Krankheiten zu beschreiben, die eher durch unerwünschte Regierungseinmischungen als allein durch Mikroben verursacht wurden. Gute Vorsätze pflastern wirklich den Weg zur Hölle, dachte er trübsinnig. Seuchen, Hunger, Bürgerkriege und so weiter – er bekam sie jeden Tag zu Gesicht.

Von allen Ärzten und Wissenschaftlern, die auf der ganzen Welt an das System angeschlossen waren, war Bryne derjenige, der das, was er die »Große Scheiß-Liste« nannte, als erster las. Er redigierte sie, häufig spätnachts, von seinem Homecomputer aus. Demzufolge war es oft Bryne, der Alarm schlug, wenn es eine Krise gab. Selbst Mia, die Ärztin von Beruf und ein verständnisvoller Mensch war und die seine Frau werden sollte, wurde manchmal ungeduldig angesichts der endlosen Krankheiten. Sie hatte ihn einmal Jeremias genannt, einen Propheten der Schwermut.

Und sie war das vierte Wunder gewesen. Es geschah gegen Ende der achtziger Jahre, als Jack es aufgegeben hatte, sich jemals wieder zu verlieben. Es passierte auf einer WHO-Konferenz in Paris, wo er zufällig eine Rednerin namens Dr. med. Mia Hart, M. P. H. hörte, die ihr Publikum und ganz besonders Jack mit ihren Erkenntnissen und ihrer Dokumentation über eine weitere tödliche Infektion bei Immungeschädigten beeindruckt hatte, einen obskuren Parasiten namens Kryptosporidium, der Menschen in New York City dahingerafft hatte.

Vom ersten Augenblick an, als Jack diese gelassene, einfallsreiche, intelligente und schöne Dunkelhaarige hinter dem Rednerpult sah, war er hin und weg, ja geradezu eingeschüchtert. Er hatte sich ihr zaghaft, beinahe schüchtern genähert, um ihr ein Kompliment zu machen, nachdem die Sitzung des Tages beendet worden war. Sie hatte gelächelt, seine Hand mit einem warmen, festen Griff in ihre genommen und ihm in die Augen geblickt.

Diese Augen. Ihre Augen. Es waren ihre reinen, himmelblauen Augen, die ihn für immer gefangengenommen hatten. Als Mia Jacks Leidenschaftlichkeit und natürliche Zartheit erspürt hatte, bemerkte er, wie eine Röte von ihrem Hals aufstieg und sich gleichmäßig über ihre Wangen verteilte, bis ihr Gesicht in der Umrahmung ihres glänzenden schwarzen Haares rot glühte.

Sie wechselte die Haltung. Er senkte den Blick. Bryne bemerkte, wie gelenkig sie war, wie anmutig sie jeden einzelnen ihrer einhundertsiebenundsechzig Zentimeter bewegte und wie graziös ihr Körper in dem blauen Maßkostüm wirkte, das sie umgab wie eine Haut, die gleich abgestreift wird. Tanzte sie gern, lief sie Ski?

»WHO.« Sie sah auf die Karte, die er ihr gegeben hatte. »Aus Genf. Ich bin nie dort gewesen. Ist die Gegend schön?« Der dunkle, volle Klang ihrer Stimme magnetisierte ihn. »Ich habe von den Brunnen gehört ...«

Ohne eine Sekunde zu überlegen, griff Bryne das Stichwort auf und lud Mia Hart im Anschluß an die Konferenz nach Genf ein. Ohne zu überlegen sagte sie zu. Doch fast vier Jahre sollten vergehen, ehe sie heirateten. In manchen dieser Nächte, die Bryne so weit weg von New York verbrachte, war er mit anderen Frauen zusammen, vor allem mit einer. Doch ihn und Mia verbanden Verläßlichkeit und Vertrauen, und nie waren sie lange voneinander getrennt: die Flugkosten, ganz zu schweigen von den Telefonrechnungen, waren astronomisch. Schließlich hatten sie die Sache offiziell gemacht und waren in die Alpen geflogen, um sich trauen zu lassen. Das war jetzt fünf Jahre her.

Es gab Zeiten – und Jack wußte genau, wann es soweit war –, da hatte Mia das Gefühl, mit diesem Mann verheiratet zu sein sei neben einer Auszeichnung vor allem eine Herausforderung. Das betraf nicht ihren Altersunterschied, der keinen von beiden berührte. Sie war geistig schon immer ihrem Alter voraus gewesen, und er bewahrte sich den trainierten Körper, die grenzenlose Vitalität und den ungebundenen Geist eines Fünfundzwanzigjährigen. Sie wußte, daß er sie liebte, wußte es mit absoluter Überzeugung, sie wußte, daß er immer für sie da sein würde, wußte, daß er sich gleichermaßen zwischen ihrem Leben und der Medizin aufteilte. Dr. Mia Hart wußte auch, daß ihre Berufe einen immensen Teil ihrer Zeit in Anspruch nehmen würden – und sie war sich nicht sicher, ob sie beide auf so viele gemeinsame Stunden bereitwillig verzichten wollten.

Daß sie eine attraktive junge Frau war, hatte Mias Bildungsgang in der medizinischen Fakultät eher erschwert. In der Defensive legte sie sich beizeiten eine eiserne Profimaske zu, die, wenn auch nicht durch und durch real, so doch überzeugend genug war, um bis auf den heutigen Tag ihr Auftreten zu bestimmen. Komischerweise war Jack der einzige, der den Panzer durchschaut hatte – und das gleich bei ihrer ersten Begegnung.

Als engagierte Ärztin erhielt Mia am New Yorker Medical College ein dreijähriges Forschungsstipendium für Infektionskrankheiten und von Harvard den Titel eines Master in Public Health, dann trat sie die Stellung als Chefepidemiologin bei der Gesundheitsbehörde der Stadt New York an. Nach nur zwei Jahren, in denen sie herausfand, daß Schönheit nicht unbedingt von Nachteil sein mußte, wurde sie zur Ersten Stellvertretenden Leiterin ernannt, nur einen Rang unter dem Leiter der Gesundheitsbehörde. Viele ihrer Freunde und Kollegen waren verblüfft, wie schnell sie auf der dienstlichen Erfolgsleiter nach oben geklettert war, aber ihr gereichten eine Reihe brisanter gesundheitlicher öffentlicher Krisen zum Vorteil, bei denen sie ihre Fähigkeit unter Beweis stellen konnte, die Presse zu bestricken und die Beamten der Stadt New York um den Finger zu wickeln. Als 1993 in Indien die Pest ausbrach, wollten einige Leute, daß der Flughafen JFK geschlossen würde. Mia Hart wendete eine Krise von der Stadt ab, indem sie dem Bürgermeister vorschlug, man sollte einfach alle Passagiere, die aus Indien kamen, überprüfen. Sie hatte sich mit dem Auftreten der Legionärskrankheit in einem Krankenhaus in der West Side befaßt, einen Cyclosporidien-Ausbruch auf importierte Himbeeren zurückgeführt und als Ursache einer E. coli-Epidemie in Greenwich Village durch Taubendreck verunreinigtes Wasser festgestellt.

Als sie Einspruch gegen die Wiederinbetriebnahme der historischen Fontäne am East River einlegte, geschah es deshalb, weil ihrer Meinung nach Flußwasser viel zu gefährlich war, um in die Luft gesprüht zu werden. Schließlich stimmte Dr. Hart – nachdem sie einen Medienwirbel entfacht hatte, der in der *Village Voice*-Schlagzeile »TYPHUS AUS DER LUFT?« kulminierte, dem Plan nur unter der Bedingung zu, daß ein Chlorierungssystem eingebaut würde. Nach Jahren der Vernachlässigung wurde die Fontäne nun restauriert, und ihre feierliche Übergabe im Rahmen einer Prominentengala war für den Herbst vorgesehen.

Jack Bryne war mit einer sehr einflußreichen Frau verheiratet, Mia Hart mit einem bedeutenden Mann. Sie liebten und begehrten einander noch immer mit der Glut der ersten Leidenschaft, aber beider Karrieren hatten sich entfaltet, bevor sie sich kennengelernt hatten, und die Arbeit setzte ihre Beziehung zunehmend unter Druck. Sie brauchten sich ständig, mußten sich aber mit einer Fernehe begnügen. Neben dem Pendeln zur Arbeit von getrennten Bleiben unter der Woche wurde auch die Wochenendreise zum routinemäßigen Bestandteil ihres Lebens. Beide hatten gelernt, auf Reisen zu lesen und zu arbeiten. Sie lebten in dem Bewußtsein, daß sie mit ihrer Arbeit ungezählte Menschenleben nicht um der Habgier, des Ruhms und des Glanzes willen retteten.

Wie viele Millionen von Menschenleben auf dem Spiel standen, konnte Bryne nicht einmal schätzen, aber er hatte die Schrift an der Wand gesehen, und Mia ebenso. Viren hießen die neuen Herausforderungen der Gegenwart: Marburg, Sabiá, HTLV-I und II, Rinderwahnsinn und Bornavirus. Jack war ihnen auf ihrem eigenen Territorium begegnet: Er hatte in den sechziger Jahren Felduntersuchungen in Bolivien geleitet, später im Sudan, in Thailand, Kambodscha, China und 1992 am Baikalsee in Ostrußland.

Seither war er von Genf nach London und von London nach New York gezogen. Im Laufe der Jahre, während er den exotischen Formen des Lebens – und des Todes – nachging, hatte er auf diesem Kreuzzug Seite an Seite mit einigen der bedeutendsten Virus-Cowboys gekämpft – mit Johnson, Frazer, Woodall und McCormick. Einige hatten sich zur Ruhe gesetzt, wie sein alter Freund Carl Rader, während andere noch immer Jobs bei der WHO hatten – Jan de Reuters in Amsterdam, Matt Liang in Shanghai. Nach den Säuberungen in den Centers of Disease Control durch die Reagan-Regierung hatten sich einige sehr kluge Burschen plötzlich draußen vor der Tür wiedergefunden und waren irgendwie durch die Roste gerutscht und verschwunden, wie zum Beispiel Frank Bishop und Ted Kameron. Und andere, viele andere, waren gestorben, nachdem sie sich – groteskerweise – mit den Krankheiten infiziert hatten, die sie erforschten.

Alle diese brillanten Köpfe hatten sich einer einzigen Aufgabe gewidmet – Viren zu sammeln, die unheimlichen, die tödlichen und vor allem die neuen. Und nun, nachdem viele Soldaten das Schlachtfeld verlassen hatten, befand Bryne sich praktisch allein auf der Jagd aller Jagden: nach dem »Großen Unbekannten« – dem Virus, das HIV und Ebola in den Schatten stellen würde. Während er fieberhaft danach suchte, hoffte Bryne inbrünstig, er würde es nie finden. Er betete, daß er in La Jolla nicht etwa zufällig darauf gestoßen war.

Als er seine feudale Suite zum ersten Mal sah, verspürte Jack Gewissensbisse darüber, daß er eingewilligt hatte, seine regulären Verpflichtungen aufzugeben, alles aufzustecken und sich spontan auf die dringende Bitte reicher und mächtiger Leute mit einem kranken Kind nach Kalifornien zu begeben. Ein einziges krankes Kind – wo es doch Milliarden auf der ganzen Welt gab, deren Eltern sich nicht einmal einen Arzt leisten konnten, viel weniger einen fachärztlichen Berater. Doch Joey St. Johns Fall war sehr seltsam und beängstigend. Er war einzigartig, und aus diesem Grund publizierte er ihn auf der Stelle in ProMED.

Zu aufgekratzt, um zu schlafen, goß Bryne sich einen kräftigen Schluck von dem zwanzig Jahre alten Scotch aus der Zimmerbar ein. Dann setzte er sich ans Telefon, um auf Mias Anrufbeantworter eine herzlichere Botschaft als seine letzte zu hinterlassen, damit etwas Liebevolleres auf sie in ihrer beider Landhaus wartete, wenn sie am Morgen aus der Stadt zurückkam.

Das Telefon klingelte die geforderten fünf Male, aber statt seiner eigenen Tonbandstimme hörte er eine sehr verschlafene Mia sagen: »Dr. Hart.«

Einen Moment lang überlegte Bryne, ob er auflegen sollte, statt sie in ihrer Ruhe zu stören, aber er wollte – nein, er mußte – sie jetzt sprechen.

»Mia, ich bin's. Entschuldige bitte. Ich dachte, du wärst noch in der Stadt, und wollte sichergehen, daß du meine Nachricht findest, wenn du am Morgen nach Hause kommst.«

»Jack«, sie machte eine Pause, während sie offenbar nach dem Wecker auf dem Nachttisch suchte. »Es ist mitten in der Nacht. Wo bist du?« Sie wurde langsam wach. »Ist alles in Ordnung?«

Nach einem kräftigen Schluck Scotch sagte er: »Nein, ist es nicht, aber mir geht es gut, keine Sorge. Ich bin in San Diego. Bin hergerufen worden, um die Eltern eines Kindes mit einer sehr vertrackten, sehr erschreckenden Krankheit zu beraten.«

»Was ist es deiner Meinung nach?« Mochte Mia auch verschlafen sein, sie war stets der Profi aus der Gesundheitsbehörde.

»Nicht jetzt, Liebling, es ist spät«, sagte er. »Ich habe nicht – niemand hat – den geringsten Schimmer! Morgen früh sollten wir mehr wissen. Ich bete nur, daß der Junge es bis dahin schafft.«

»Und was meinst du, wie lange sie dich brauchen werden?« Er bemerkte eine leichte Schärfe in ihrer Stimme.

»Keine Ahnung, nicht die geringste. Liebling, es tut mir wirklich leid, daß ich so plötzlich abreisen mußte.«

»Ach, Jack, ist doch in Ordnung.« Jetzt verfiel sie in diesen resignierten Ton, den er fürchtete. »Es ist okay ...«

»Danke für dein Verständnis«, sagte Bryne, obwohl er wußte, daß sie seine ständige Abwesenheit nicht verstehen wollte und es eigentlich auch nicht konnte. »Dicker Kuß, mein Herzblatt, und es tut mir leid, daß ich dich geweckt habe. Ich rufe dich morgen an, wenn ich mehr erzählen kann.«

»Jack, warte! Leg noch nicht auf. Deine alte Flamme, Vicky Wade, schmachtet förmlich danach, mit dir zu sprechen.«

»Du lieber Himmel, das ist doch Schnee von vorgestern, Mia!«

»Ganz egal. Als ich gestern abend hier ankam, waren mindestens sechs Nachrichten von ihr auf dem Anrufbeantworter. Sie klang ziemlich hysterisch. Als sie das siebte Mal anrief, habe ich ihr gesagt, sie könnte dich über ProMED erreichen. Ich hoffe, das war okay.«

»Klar, danke.«

»Heißt das, du wirst in *Hot Line* auftreten?« Vicky Wade war schließlich eine der besten Korrespondentinnen bei dem Fernseh-Nachrichtenmagazin, das 60 *Minutes* das Leben schwermachte. »Weil, wenn sie die Geschichte bringt, weißt du, daß ich eifersüchtig werde ...«

»Ich bezweifle es. Drew sagt, sie hat wegen irgendwelcher neuer Bazillen angerufen, über die sie Nachforschungen anstellt. Wer weiß! Aber Herrgott, Mia, du hast absolut keinen Grund, eifersüchtig zu sein!«

»Bloß weil sie superberühmt, supertoll, supereinflußreich ist und schon jahrelang nach dir lechzt? Du hast recht«, lachte sie, »ich werde wohl langsam paranoid.«

»Okay«, lachte Bryne in sich hinein. »Du weißt, wie sehr ich dich liebe.«

»Ich weiß, ich weiß. Es ist nur so, daß ich allmählich vergesse, wie du aussiehst.«

»Liebling, ich glaube nicht, daß ich lange hierbleiben muß, und dann werden wir Zeit zusammen verbringen können, gemeinsam Abendbrot essen, Champagner trinken, uns tagelang vor dem Kamin lieben ...«

»Dein Wort in Gottes Ohr.«

»Genau. So, und jetzt schlaf weiter und vergiß nicht, Liebling, du bist meine einzige und größte Liebe.«

»Na, wenn du es so sagst, beginne ich sofort, wenn wir aufgelegt haben, Holz fürs Kaminfeuer zu sammeln.«

»Warte, bis es draußen hell ist. Ich liebe dich, Mia«, sagte er sanft.

Worauf sie erwiderte: »Gute Nacht, Jack« und auflegte.

Bryne spülte eine neue Welle von Gewissensbissen mit einem zweiten Scotch weg, saß da, blickte ins Leere und fragte sich, ob die Rettung der Menschheit es wert war, die eigene Ehe dafür zu riskieren. Dann wandte er seine Aufmerksamkeit wieder dem kritischen Zustand von Joey St. John zu – und die Gewissensbisse verwandelten sich in Angst.

3

Donnerstag, 18. Juni
San Diego
5.50 Uhr

Jack Bryne durchquerte das Foyer des St. Roch Hospitals, fand die Treppe, nahm zwei Stufen gleichzeitig, eilte in den ersten Stock hinauf und ging den Korridor hinunter auf das Pathologielabor zu. Er hoffte, Joey hatte die Nacht überlebt, und gleichzeitig quälte ihn eine furchtbare Angst: Was würde die Biopsie an den Tag bringen?

»He, Jack!« Catrini kam lächelnd auf ihn zu.

»Vince!« Bryne grinste zurück. Er war sich bewußt, daß ihr Lächeln die einzige Waffe gegen die bedrohliche Unklarheit von Joeys Fall war. Mit einem kurzen Nicken zur Tür des Pathologielabors sagte er zu dem Kinderarzt: »Hoffen wir, daß wir bei den guten Beziehungen der St. Johns zum Allmächtigen auf ein bißchen göttliche Hilfe für Joey rechnen können.«

Catrini schüttelte traurig den Kopf. »Sie haben die Befunde von gestern abend gesehen?«

»Sicher. Es gibt keinen einzigen Hinweis auf ARDS, also ist es wahrscheinlich nicht Hanta. Aber etwas sehr Unheimliches geht hier vor. Die Knoten werden dicker.« Als sie den Korridor entlanggingen, fragte Jack: »Haben Sie das neue CT gesehen?

Es bricht an allen Ecken und Enden hervor. Sagen Sie, Vince, er ist doch Kokzi-negativ, nicht wahr?«

»San-Joaquin-Fieber?« Catrini schien schockiert zu sein. »Sicher, Joeys serologische Befunde und Abstriche waren negativ, er war nicht in der Wüste, und er hatte keinen Hautausschlag. Er hat ganz entschieden kein San-Joaquin-Valley-Fieber.«

»Das ist schon ein Trost.«

»Yeah«, antwortete Catrini. »Jeder Trost, so klein er auch ist, kommt gelegen ... He, in meiner Eigenschaft als Italiener und römischer Katholik wette ich um einen Dollar, daß Sie nicht mal sagen können, wer St. Roch, der heilige Rochus, war.«

Bryne grinste. »Vince, Sie sind tatsächlich um einen Dollar reicher! Ich habe den Namen noch nie gehört.«

»Na ja, die meisten Leute wissen es sowieso nicht, der heilige Rochus ist der Schutzheilige der Pest, der Beulenpest. Er trat an die Stelle des heiligen Sebastian, der nicht viel helfen konnte.« Catrini zögerte, ehe er langsam fragte: »Haben Sie Pest in Betracht gezogen, Jack?«

»Aber nein, das habe ich nicht ...«, räumte Bryne ein.

»Keine Sorge.« Catrini gab ihm in einer kameradschaftlichen Geste einen Klaps auf den Rücken. »Bislang sind diese Tests ebenfalls negativ verlaufen. Der heilige Rochus wird St. Roch heute keinen Besuch abstatten müssen!«

Als sie die Schwingtüren des Pathologielabors aufstießen, rief ein Assistent ihnen zu: »He, Vinnie, Dr. Hubert hat was für Sie. Er ist dort drüben, unter der Haube.«

Catrini führte Bryne hinüber zu einer massigen Erscheinung, die wie der Weihnachtsmann in einem weißen Laborkittel aussah. Über ein Photomikroskop gebeugt, starrte der Pathologe vollkommen konzentriert auf das, was er dort sah.

Catrini berührte Hubert ganz leicht, aber dringlich an der Schulter, um ihn auf sich aufmerksam zu machen. Der Pathologe fuhr von seinem Hocker hoch, selbst von dieser behutsamen Berührung aufgeschreckt und erstaunt über die Gesellschaft.

»Dr. Hubert«, begann Catrini, »das ist Dr. Jack Bryne, er ist der Virologe aus New York, den die St. Johns als Berater hinzugezogen haben. Jack, das ist Henry Hubert, unser Pathologe.« Die beiden Männer gaben sich die Hand.

»Ich bin froh, daß Sie beide hier sind.« Hubert zog die Stirn, kraus. »Werfen Sie mal einen Blick auf den Gewebeschnitt, den wir der Brust des Jungen entnommen haben.«

»Was ist es?« fragte Catrini. »Können Sie es bestimmen?«

»Nein, Vince, ich möchte immer noch keine Vermutung wagen«, erwiderte Hubert, »aber es ist schlimm. Ich mache mir Sorgen. Es sieht so aus, als hätten wir diesmal ein wirklich tödliches Virus darunter. Es kann nicht wissen, daß es sich in ein gesundes Lebewesen hineinfrißt, um zu wachsen, aber es tut es.«

Er blickte auf den Objektträger; Tausende winziger Gebilde, die wie rosa und weiße Lakritzbonbons aussahen, schienen in einem bläulichen Brei erstarrt zu sein – aber nur für einen Laien sahen sie wie Bonbons aus. Für einen Profi waren es grampositive Bakterien – winzige, schreckliche, kugelförmige Killer, manche waren langgezogen, andere wie Kanonenkugeln geformt.

Catrini fiel auf, daß er in all den Jahren, die sie zusammenarbeiteten, niemals zuvor Entsetzen in den Augen des alten Pathologen gesehen hatte, und der Ausdruck des Entsetzens verstärkte sich, als Hubert weitersprach.

»Wenn ich richtig sehe, hat dies hier niemand, jedenfalls niemand in den Vereinigten Staaten, seit Jahren, vielen Jahrzehnten zu Gesicht bekommen ... Sehen Sie, der eingefrorene Gewebeschnitt des kleinen St. John zeigte zunächst keine Blasten oder bösartigen Zellen, also dachte ich, ich suche erst mal nach Bakterien ...«

»Okay.« Vince wartete darauf, den Rest zu hören, während Hubert ihm einen anderen Objektträger reichte.

»Alle Pilz-Färbungen trocknen noch, aber mir ist klar, wir haben hier keine Kokzidioidomykose vor uns. Es ist nicht Hodgkin, kein Lymphom und keine Leukämie.«

»Ist das eine gute Nachricht?« fragte Catrini.

»Gewissermaßen«, sagte der Pathologe düster. »Aber ich entschloß mich, einen raschen Test auf Bakterien mittels Gramfärbung vorzunehmen. Und peng! Was immer es auch ist, es ist grampositiv *und* es produziert Sporen.«

»Bacillus subtilis?« wagte Catrini einen Vorstoß. »Oder ein Clostridium?«

»Nee.«

»Also, um Gottes willen, Henry, wenn's nicht die sind, was, dann? Der Junge war bis vor etwa zwei Tagen gesund, und er hat nicht AIDS, also ist es wahrscheinlich nicht subtilis. Was ist mit Aktino?«

Hubert starrte in ein zweites Mikroskop. »Nein, das glaube ich nicht. Sehen Sie selber. Keine Schwefelkörnchen. Ich muß Ihnen sagen, ich weiß nicht weiter. Wir sind hier bloß eine L-2-Einrichtung.« Er schüttelte den Kopf. »Die Sicherheitsabzugshaube reicht für die meisten Dinge, aber um wirklich sicher zu sein, werde ich diesen Objektträger unter die Haube tun und selbst bearbeiten. Ich werde die Gesundheitsbehörde von San Diego hinzuziehen. Und die werden in diesem Fall vielleicht Sacramento alarmieren – und vielleicht auch die Cowboys bei den CDC.«

»Um Himmels willen, alles, nur das nicht!« explodierte Catrini. »Nicht die Bundesbehörde!« Catrini sah vor seinen Augen einen Berg von Formularen, die ihn die nächsten Wochen beschäftigen würden, lästige Arbeiten, die ihn von seinen Patienten fernhalten würden. »Warum müssen wir denn die Bundesbehörde alarmieren? Die Leute vom Staatlichen Gesundheitsamt sind doch verdammt noch mal clever genug. Die meisten kommen von den CDC.«

Hubert gab keine Antwort, er nahm den Objektträger von seinem Platz unter dem Mikroskop, legte ihn in eine kleine

Glasschale und ging zu einem großen Baldachin hinüber, der aussah wie die Abzugshaube über einem Herd in einer Restaurantküche. Die Ventilation erzeugte einen Unterdruck in dem Apparat und saugte alle in der Luft herumschwirrenden Keime nach oben durch einen großen HEPA-Filter in der Decke – und von da aus durch ein Labyrinth von Rohrleitungen zu einer Abluftöffnung an der Außenseite des Krankenhauses und hinaus in die klare, warme Luft von San Diego, wobei gewährleistet wurde, daß ein Filter alle gefährlichen bakteriellen Laborverunreinigungen abfing.

Das Amt für Sicherheit und Gesundheit am Arbeitsplatz – OSHA – hatte gefordert, daß Krankenhaus-Zuluftöffnungen sich nie näher als dreißig Meter zu solchen Abluftöffnungen befinden dürften, um Nosokomialerkrankungen vorzubeugen – Ausbrüchen von Infektionskrankheiten innerhalb von Krankenhäusern. Die OSHA hatte entdeckt, daß sonst die Ansaugöffnungen für saubere Luft Keime aus einem mikrobiologischen Labor der Einrichtung selbst wieder zurück ins Krankenhaus saugen und sie dann direkt in das Frischluftsystem befördern konnten. Vor dieser Entdeckung waren im Laufe der Jahre Dutzende von Ärzten, Schwestern, Belegschaftsmitgliedern, ja selbst Patienten erkrankt.

Hubert war zweifellos auf das Katastrophenfall-Szenario eingestellt, und das konnte sie alle betreffen. Da er die Gefahr von einer Biologielabor-2- zu einer L-3-Bedrohung hinaufgestuft hatte, lag die Vermutung nahe, daß sie es mit einem Organismus zu tun hatten, der der Pest gleichkam. Jede höhere Sicherheitsstufe bedeutete eine größere Bedrohung.

»Sie müssen mit mir eine Weile Geduld haben«, sagte Hubert und warf einen Blick auf die Probe. »Ich sage Ihnen Bescheid, sobald ich dies hier bestimmen kann. Wir könnten es mit einer *Bac-tec*-Kultur versuchen, um den Prozeß zu beschleunigen. Aber ich hätte es lieber, wenn das die Leute aus Sacramento täten. Es ist zu gefährlich.« Er wandte sich an Catrini. »Auf was haben Sie den Jungen gesetzt?«

»Floxacillin.«

»Gut. Das sollte eigentlich so ziemlich alles abdecken«, antwortete der Pathologe, und als Bryne zustimmend nickte, bemerkte er, daß der Ältere schweißgebadet war.

In dem Moment kam eine junge Krankenschwester herein, die einen Objektträger in der Hand hielt, als wäre er ein kostbares Juwel. Von solch erlesener Gesellschaft eingeschüchtert, kam sie zunächst ins Stottern, als sie den Pathologen unterbrach: »Dr. Hubert, Dr. Alvarez bittet Sie, sofort einen Blick auf das hier zu werfen. Es kommt aus der Notaufnahme. Die Schwester schickt noch mehr Abstriche und eine Kultur runter, aber Dr. Alvarez wünscht einen sofortigen Bericht über dies hier. Ein Mädchen da oben ist in einem wirklich schlimmen Zustand ...«

Bryne und Catrini traten zur Seite, als Hubert das Glasplättchen zwischen Daumen und Zeigefinger nahm.

»Wo ist es entnommen worden?« fragte er und trat an eine Reihe von Metalltabletts neben einem Binokularmikroskop. »Oberhalb oder unterhalb der Gürtellinie? Wie lautet die Krankengeschichte?«

Die Schwester wurde vor Verlegenheit rot und gestand: »Ich weiß es nicht. Meine Abteilungsleiterin sah mich vorbeigehen, und dann fing Dr. Alvarez an zu schreien. Er wollte, daß das sofort zu Ihnen gebracht wird. Und er gab es mir.«

Hubert war sichtlich aufgebracht. »Sagen Sie mir nur, ob Sie die Patientin gesehen haben oder gesehen haben, wo Alvarez den Abstrich abgenommen hat.«

»Ja, sicher«, sagte die Schwester, die mutiger wurde. »Es war schrecklich. Es stimmte irgendwas nicht mit ihren Augen – Dr. Alvarez sagt, er müsse vielleicht das Auge entfernen. Sie ist gerade erst ein Teenager. Nasenringe, Ohrringe, alle möglichen Ringe und schwarzer Nagellack und rote und grüne Haare. Sie ist wirklich krank. Ich hab' gesehen, wie Dr. Alvarez ihr schwarzen Eiter aus dem linken Auge geholt hat. Und sie hatte so schwarze Flecken am Hals – wie Muttermale oder Zecken, aber das waren keine.« Ihr Mut verließ sie wieder. »Das ist alles, was ich weiß.«

Der Pathologe schüttelte den Kopf, als er den Objektträger für ein paar Sekunden in ein niedriges Becherglas mit einer klaren Flüssigkeit gleiten und dann ruhen ließ. Darauf tat er ihn in einen zweiten, dann zum letzten Durchlauf in einen dritten Becher.

Bryne nickte. Ihm war klar, was Hubert machte, er nahm auf schnelle und einfache Weise einen Farbtest auf Bakterien vor, er wußte so gut wie Hubert, daß es nur zwei Möglichkeiten gab – gramnegativ oder grampositiv. Gramnegativ hieß, daß die Bakterien sich rötlich verfärbt hatten.

Jedermann in der Medizin wußte, daß die gefährlichsten bakteriellen Infektionen gramnegativ waren: Bakterien, die aus dem Darm stammten. Wie die Salmonellen waren die meisten gramnegativen Organismen enterisch, das heißt, sie lebten im Darm. Wenn es die gefährlichen von ihnen schafften, in die Blutbahn zu gelangen, waren Sepsis und Tod die Folge. Andere, weniger gefährliche Stämme lebten auf der Haut, vor allem unter der Gürtellinie, und machten im allgemeinen keine Probleme.

Da dieser neue Abstrich von einer Wunde im Gesicht stammte, von einem Auge, wußte Bryne, daß er wahrscheinlich grampositiv sein würde. Während Hubert das Glasplättchen trocknete, indem er es in der Luft bewegte, vermutete Bryne, es könnten Streptokokken sein, vielleicht aber auch einer der kürzlich aufgetauchten, gegen Antibiotika resistenten Staphylokokkenstämme. Dieser tödliche neue Staphylokokkus jagte jungen Ärzten wieder Respekt vor ihrem Uraltfeind ein – dem Verursacher von Eiterbeulen, Furunkeln, Karbunkeln und, im entsprechenden Milieu, von toxischen Schocks. Streptokokken verursachten Mandelentzündungen und die sich schnell ausbreitenden Hautinfektionen, die als Erysipel bekannt waren. Weiter innerhalb sich ausbreitende Streptokokken riefen »fleischfressende« Infektionen und die Lungenentzündung hervor, an der der Vater der Muppets, Jim Henson, gestorben war.

»So, nun schauen wir uns das mal an.« Hubert legte das trockene Plättchen vorsichtig auf den Objekttisch eines dritten Mikroskops und justierte die Feineinstellung. »Sie sagten, Alvarez wartet auf eine Antwort?«

»Ja, Doktor«, antwortete die Schwester, »er war in der Notaufnahme, als ich wegging.«

Hubert stellte das Mikroskop genau ein, fügte der Probe einen Tropfen Öl zu und stellte die Schärfe noch einmal nach. Während er vorsichtig an den beiden kleinen Knöpfen drehte und gespannt hinsah, bewegte er das Glasplättchen auf dem Objekttisch. *»Särrrrrrr interessant, ja?«* sagte der Pathologe in breitem Bühnendeutsch. Er stand auf, ging hinüber zu dem anderen B-3-Mikroskop, dem mit Joeys Probe, und starrte wortlos auf das, was er sah; dann überprüfte er die zweite Probe mit der Ölimmersionstechnik noch einmal und stellte die Schärfe sorgfältig nach.

»Sehr interessant.« Diesmal machte er die Bemerkung ohne Schauspielerallüren, und Bryne nahm einen neuen Unterton wahr – an die Stelle der professionellen Neugier war inzwischen echte Furcht getreten.

»Sie sehen genau gleich aus.« Endlich sprach Hubert. Er drehte sich auf seinem Hocker herum. »Ich möchte schwören, wir haben hier dieselben Erreger wie im Fall St. John, und das gefällt mir überhaupt nicht.« Er bewegte sich noch einmal zwischen den beiden Mikroskopen hin und her und unterzog die Proben einer kritischen Prüfung. »Beide zeigen gelegentliche und charakteristische bambusförmige Konfigurationen. Es ist klar ... Sehen Sie, dort ist noch ein Klumpen.«

»Aber«, unterbrach ihn Bryne, »Sie können das doch nicht allein aus der mikroskopischen Untersuchung einer Ölimmersion schließen.« Er wußte nur zu gut, daß die meisten Bakterien gleich aussehen, entweder rot oder blau, Kugeln oder

Stäbchen. »Was bringt Sie zu der Annahme, daß die Krankheit des Jungen vom selben Erreger ausgelöst worden ist?«

»Jahre der Erfahrung, in denen ich gelernt habe, die kleinen Burschen zu hassen«, antwortete Hubert. »Und während *Bergey's Manual* vielleicht nur eine oder zwei oder tatsächlich drei Formen und zwei Farben definiert, kann ich zweifelsfrei morphologische Feinheiten feststellen, die in der Bibel der Bakteriologie nicht einmal verzeichnet sind.«

Um seinen Standpunkt zu beweisen, machte er eine Handbewegung zu dem Mikroskop hinüber. »Diese und die von dem Mädchen haben große, robuste Körper. Und ... die hier ebenfalls. Es ist nicht zu übersehen. Beide haben Sporen, die unter die Stäbchen gemischt sind. Dicke fette Sporen, die genau wie Zeitbomben aussehen, genau das sind sie ja auch. Schauen Sie sich's mal an.« Er bat Bryne mit einer Handbewegung hinüber an das Mikroskop.

Bryne beugte sich nach vorn, stützte seine Ellenbogen auf die Arbeitsfläche und starrte auf die Anordnung dunkelblauer Flecken unter sich. Ein Schwarm winziger, langgestreckter Auberginen, an einem Ende leicht gebogen, schien auf der Fläche herumzuschwimmen. Er blinzelte und justierte die Schärfe. Unter die Stäbchen gemischt waren bisweilen kugelige Formen, die etwas größer waren als die bambusförmigen Stäbchen, aber eine viel glattere Oberfläche hatten.

Die Angst, die Bryne empfunden hatte, verwandelte sich abrupt in Ärger, dann in überwältigenden Zorn: nur Zentimeter war er von dem Feind und seiner unberechenbaren Macht entfernt. Diese winzigen Keime waren unsterblich. Am Ende konnten sie mühelos gewinnen.

Bryne erinnerte sich allzu deutlich an die Worte aus einem Vortrag, den Joshua Lederberg vor ein paar Jahren in der Academy of Medicine gehalten hatte: »Sie haben die Gene, wir haben das Hirn, aber ich weiß nicht, wer am Ende den Sieg davontragen wird.« Bryne persönlich wußte, es war schon so gut wie zu spät; der Junge war den Keimen voll ausgesetzt.

»Vince«, rief er zu dem Kinderarzt hinüber, »die größeren, die mit der glatten Silhouette, sind die Sporen ... Es ist genau, wie es Dr. Hubert gesagt hat.«

»Und diese sonderbaren Sporen«, fügte Hubert hinzu, »sind glatt, weil sie von einer Extraschicht schützender Polysaccharide umgeben sind. Die macht sie resistent gegen Einfrieren, Kochen und natürlich gegen Antibiotika. Bis die Bazillen sich entschließen, aus den Sporen hervorzubrechen, hat man eine Chance. Aber die große Frage ist, wann sie sich möglicherweise dazu entschließen. Es könnte Jahre dauern ...« Seine Stimme wurde leiser, dann, nach einem Moment des Nachdenkens, wurde sie wieder lauter. »Aber ich kann Ihnen trotzdem nicht sagen, worum es sich hierbei handelt. Es tut mir leid, ich weiß es ganz einfach nicht ...«

»Aber«, bohrte Catrini nach, »man kann einem Menschen doch nicht jahrelang Antibiotika verabreichen!«

Statt ihm eine Antwort zu geben, wandte Hubert sich an die Schwester. »Ich rufe Alvarez sofort in der Notaufnahme an. Apparat 2224, stimmt's?« Die Schwester nickte, und Hubert wählte.

Während der Pathologe auf die Verbindung wartete, zeigte er auf die Objektträger. »Ich schicke die neuen von dem Mädchen per FedEx rauf nach Sacramento. Dort arbeiten sie schon an der Kultur von dem kleinen St. John. Die haben sie dann morgen früh. Unterdessen arbeite ich hier weiter ... Oh.« Er lauschte, als das Telefon am anderen Ende abgenommen wurde, dann fluchte er. »Das Befinden des Mädchens ist kritisch. Alvarez hat sie auf die Intensivstation verlegt.«

Ein Neurologe und ein Neurochirurg wurden im selben Moment über die Sprechanlage des Krankenhauses ausgerufen, als Bryne sich von dem Mikroskop wegdrehte – was er gehört und gesehen hatte, ließ ihn zusammenfahren. Jetzt wandte er sich nachdrücklich an Catrini. »Vince, es ist von entscheidender Wichtigkeit, daß wir erfahren, was dieses Mädchen und der kleine St. John gemeinsam haben. Wir müssen das sofort herausfinden. Wie können wir das anstellen? Wo sind die Eltern des Mädchens? Kann eines von den beiden Kindern überhaupt mit uns reden?«

Catrini rannte sofort auf die Tür los, ohne auf Bryne zu warten. »Sehen wir zu, daß wir Alvarez finden. Ich will dieses Mädchen sehen. Gleichzeitig können wir Joey überprüfen. Ich werde ein paar Anrufe machen. Kommen Sie, Jack, Sie haben recht, sehen wir mal, ob sie uns was erzählen kann.«

Als sich die Tür zum Pathologielabor hinter ihnen geschlossen hatte, blickte Bryne Catrini in die Augen und sagte zu ihm: »Hubert ist gut, Vinnie. Wenn er recht hat, und die beiden Kinder haben denselben Erreger, ruft jemand am besten auch die anderen Krankenhäuser an. Vielleicht gibt es noch mehr solche Fälle.«

Als Jody Davis in St. Roch eingeliefert worden war, hatte sie bereits hohes Fieber – 40,5 Grad rektal. Sie hatte schon in der Notaufnahme wirres Zeug von sich gegeben, geschrien, um sich geschlagen, getobt. Als Bryne und Catrini auf der pädiatrischen Intensivstation ankamen, war sie schon zur Ruhe gebracht worden. Nachdem Alvarez ihr intravenös Valium gespritzt hatte, wirkte ihre Atmung fast regelmäßig.

Jodys langes Haar, eine verfilzte Mixtur aus Grün und Rot, breitete sich in grotesken Formen über das Kopfkissen aus. Aber das Grauenerregende an ihr waren die Augen. Die Schwestern von der Intensivstation hatten so etwas wie diese Augen noch nie gesehen.

Sie waren geschwollen und vereitert und hatten die Größe und Farbe fauliger Pflaumen angenommen. Die dicken, grünlichen Lider waren von der Schwellung angehoben worden, so daß sie weit aufgerissen waren, beide Pupillen starrten blicklos geradeaus, die Iris rotbraun, die Hornhäute blutig und zerrissen. Aus den Winkeln ihrer Lider und aus jedem der Tränenkanäle quoll eine braune, brandige Flüssigkeit, die Handgelenke des Mädchens waren festgebunden, damit sie sich nicht mit den Armen übers Gesicht wischte. Sie warf sich wie in Zeitlupe hin und her, ihre Wunden waren ohne Zweifel quälend, und immer aufs neue wiederholte sie, man hätte auf sie geschossen – ihr in die Augen geschossen.

Catrinis Aufmerksamkeit wurde von der Stationsschwester in Anspruch genommen, die ihm durch das Glasfenster mit einem Telefonhörer in der Hand Zeichen machte. Catrini und Bryne rannten zugleich aus dem Raum. Der Anruf kam von Hubert, und sie schalteten auf Lautsprecher, so daß sie beide die Unheilsverkündung des Pathologen hören konnten: »Vincent«, schnauzte er, »bringen Sie diese Patientin sofort auf die Isolierstation. Die weißen Blutkörperchen des Mädchens sind auf fünfundfünfzigtausend hochgeschnellt, toxische Granulationen, eine extreme Verschiebung nach links, einige Blasten. Sie hat eine leukämoide Reaktion, und ich kann in dem peripheren Abstrich tatsächlich Stäbchen – Bakterien – sehen. Bambus!«

Catrini legte auf und rannte wieder hinein. Er sah, wie das Mädchen zu zappeln begann, das Hemd rutschte ihr vom Hals. Man sah ein halbes Dutzend schwarze Wunden, aus denen ein widerlicher, grünlicher Eiter auf ihren Oberkörper troff. Abschürfungen, Einstichlöcher? Er sah noch einmal hin. Nein, es waren ... Eiterbeulen – große, eiternde Beulen, die auf ihrer Brust, in ihren Achselhöhlen aufbrachen.

»Masken auf! Masken auf! Diese Patientin kann die Pest haben!« schrie Catrini, während er auf die Isolierzelle zurannte, in der Joey lag.

Im Laufen streckte Bryne eine Hand aus, um ihn aufzuhalten. »Vince, nein!« Er zwang ihn zuzuhören. »Das da drin ist nicht die Pest. Ich habe in Kambodscha mehr Pestkranke gesehen, als ich in Erinnerung behalten möchte ... Und sie sehen niemals so aus. Überlegen Sie. Pest bildet nicht diese Sporen aus. Das hier ist etwas anderes, etwas Schlimmeres. Wir brauchen sofort die Laborberichte.«

Ehe Catrini antworten konnte, kam eine junge Hilfsschwester atemlos den Korridor heruntergerannt. »Oh, Dr. Catrini, ich bin ja so froh, daß Sie hier sind. Es ist noch mal Dr. Hubert. Er sagte, ich solle sofort nach Ihnen suchen. Man hat ihn aus Sacramento angerufen.«

»Reden Sie, was haben die gesagt?«

Mit verwirrtem Gesicht richtete die junge Frau ihre Botschaft aus: »Er sagte, ich soll Ihnen sagen: ›Ant tracks.‹ Ameisenspuren. Aber Dr. Catrini, was sind denn Ameisenspuren?«

»Anthrax!« zischte Bryne. »Großer Gott, sie meint Anthrax! Milzbrand!« Abrupt drehte er sich um und sah wieder durch das Fenster zu dem Mädchen hinein, und Catrini trat neben ihn, als sie das Tor zur Hölle jäh auffliegen sahen.

Zwei Schwestern, die beide weder Isoliermasken noch normale chirurgische Masken trugen, hatten die ganze Zeit versucht, das Mädchen festzuhalten, doch jetzt wichen sie von ihr zurück, als würde sie jeden Moment in Flammen aufgehen. Plötzlich begann Jody Davis wie von Sinnen zu schreien, warf ihren Kopf zurück und bog den Rücken durch. Ihr einsamer Klageschrei wurde lauter und lauter, und eine dünne, blutige Flüssigkeit begann ihr aus Augen, Ohren und Nase zu laufen. Nun verwandelte sich ihr Geschrei in ein Ringen nach Luft, immer wieder rang sie in unerträglichem Schmerz und in Panik nach Atem, bis ihr Herzschlag flacher wurde. Während das Personal der Intensivstation sich in Kittel und Masken quälte, erzitterte Jody und starb.

Ihr letzter und kläglichster Schrei war es, der Joey St. John aus zwölf Stunden Halbdämmer weckte. Sein Bett stand auf der anderen Seite der Intensivstation, ihrem genau gegenüber, und er hatte seit dem frühen Morgen unruhig geschlafen. Dann hatte das Geheul eingesetzt.

Plötzlich setzte Joey sich kerzengerade auf, Entsetzen in den Augen, und begann an dem Verband an seiner Schulter zu zerren. Das Klebeband löste sich, und er zog daran, keuchte vor Schmerzen, rang nach Atem und zerrte an der Wunde über seinem Schlüsselbein. Mit einemmal begann er in einem heftigen, quälenden Anfall zu husten, dann streckte er die Hände aus und packte beide Seiten des Bettes. Den Blick geradeaus in die Luft gerichtet, gelang es ihm, mühsam Luft zu holen, dann würgte er.

Bryne und Catrini, durch ihre eigene Machtlosigkeit wie gelähmt, sahen, wie Joeys Augen sich langsam nach hinten drehten und seine kleine rechte Hand ein letztes Mal an MacDonalds Einschnitt zerrte. Die Fäden verfingen sich in den Fingernägeln des Jungen und rissen aus der weichen Haut seines Halses aus.

Während Joey zu schreien versuchte, begann die septische Flüssigkeit, die sich in seiner Brust mit solchem Druck gestaut hatte, daß sie ihn zu ersticken drohte, aus der frisch geöffneten Halswunde herauszusprudeln.

Eine obszöne, kaffeefarbene Flüssigkeit schoß mit solcher Kraft in die Höhe, daß sie gegen die Deckenfliesen zwei Meter über dem Kopf des Jungen spritzte. Der Strahl ließ nicht nach, selbst dann nicht, als Joey nach hinten fiel. Die eklige Flüssigkeit schoß aus seinem Hals heraus, spritzte über die ganze Decke bis zur Wand und floß dann die Wand herunter zum Fußboden und unter das Bett des Jungen. Dort kam sie zum Stehen. Zugleich mit Joey St. Johns Herz.

Die beiden Ärzte standen am Fußende des Bettes, Catrini bekreuzigte sich, und Bryne murmelte: »Die armen unschuldigen Kinder, Gott segne sie.« Keiner sprach mehr ein Wort, und beide wußten, daß das Allerschlimmste – den St. Johns Bescheid zu geben – noch vor ihnen lag.

Als sie sich gerade aus der Intensiveinheit zurückziehen wollten, kam eine Schwester, die wie ein Footballspieler gebaut war, durch die Tür am Ende des Korridors gestürmt. Ihre Stimme war das genaue Abbild ihrer Autorität, als sie ihnen befahl: »He, Sie beide, Sie verlassen nicht die Station!« Sie drängte sich vorbei an Schwestern, Krankenpflegern, einer freiwilligen Helferin, die einen Wagen mit Comic-Heften und Zeitschriften vor sich her schob, an ein paar erschöpften Eltern, die ihre Kinder auf der Intensivstation besucht hatten, und an zwei erschrockenen Medizinstudenten vorbei.

»Alles herhören!« bellte sie.

Sie ging auf Bryne und Catrini los, baute sich vor ihnen in echter Militärhaltung kerzengerade auf und erklärte: »Für diejenigen von Ihnen, die es nicht wissen, ich bin Deborah Gaynor, die Hygieneschwester. Sie alle«, ihre ausladende Handbewegung schloß jedermann auf der Station ein, »ich sagte, *Sie alle* rühren sich nicht von der Stelle!« Sie langte in einen Behälter mit HEPA-Masken und schnauzte: »Na schön, und jetzt ... binden Sie sich die vor – jeder!«

»Kampfstoff Gaynor wieder im Einsatz«, flüsterte Catrini kaum vernehmbar. »Deborah Gaynor, die Schwester der Hölle – sie könnte genausogut *Akte X* entsprungen sein!«

Bryne war von Gaynors Verhalten nicht im geringsten überrascht. An welchem Ort auch immer, die ICN oder Infection Control Nurse, die Hygieneschwester, war offenbar immer ein Zuchtmeister mit diktatorischen Vollmachten über das gesamte Krankenhauspersonal. Es war alles andere als amüsant, zuzusehen, wie Gaynor sich dem Typ entsprechend verhielt, wie sie den Korridor entlangstampfte und Befehle brüllte: »So, alle in der Intensivstation und auf diesem Korridor, alles stehen- und liegenlassen! Schaffen Sie die drei anderen Kinder hier in die Isolierabteilung. Unterdruckräume. Tempo, Tempo!«

Als Gaynor Bryne und Catrini dabei ertappte, daß sie noch zögerten, bellte sie: »Sie zwei rein hier und Kleider ausziehen!« Sie widersetzten sich nicht.

Bryne stellte sich unter die Dusche und seifte sich ein. Wie befohlen, hatte er seine Kleider zum Verbrennen in einen roten Bio-Sack gesteckt und seine Uhr in eine ekelhafte Lösung aus Clorox und Wasserstoffsuperoxyd gelegt. Einige gegen Bleichmittel widerstandsfähige Dinge aus seiner Brieftasche, wie Kreditkarten, Führerschein und Personalausweis, durfte er behalten. Man hatte ihm gesagt, daß er sich sein Haar so schnell wie möglich abschneiden lassen solle, da Anthrax eine Affinität zu Haaren habe.

Jeder Mann hat offenbar Samson-Gene, dachte Jack, als er den Verlust seines schulterlangen Pferdeschwanzes betrauerte. »Vince, bitte helfen Sie mir.« Ein letztes Mal betastete er den Pferdeschwanz. »Ich werde ihn mir wieder wachsen lassen müssen.« Ohne ein Wort schnitt der Kinderarzt den Zopf mit einer Chirurgenschere ab und warf ihn samt dem roten Band in einen Kübel.

Bryne hörte noch immer, wie das Isolationspersonal durch die Gänge vor den Duschen rannte. Er war in eine winzige Zelle gesperrt worden. *Auschwitz,* dachte er. Dann kamen andere Bilder, tief vergrabene Bilder und Worte, gegen deren Erinnerung er ankämpfte, das Trauma, das er ein ganzes Leben verdrängt hatte und das er doch nicht ausmerzen konnte. *Krieg dich ein, Bryne, krieg dich ein. Dafür ist jetzt keine Zeit*, dachte er, während er sich zusammenriß. Ihm war klar, was ihm bevorstand.

Nachdem er geduscht und sich so einigermaßen beruhigt hatte, nahm Bryne Catrini die Chirurgenschere aus der Hand und schnitt sich den Rest seines Haars von der Stirn bis zum Wirbel ab. Er schaute in den Spiegel, um den spitz in die Stirn zulaufenden Haaransatz auf gleiche Länge zu bringen. Als er damit fertig war, hatte er einen brauchbaren selbstgemachten Soldatenhaarschnitt, der nicht übermäßig auffallen würde. Hier wurde niemand wegen seines Geschmacks zur Rechenschaft gezogen.

Die Dringlichkeitssitzung, die nach Brynes Kenntnis bald beginnen mußte, würde mit einem exquisiten Aufgebot an Epidemiologen, Seuchenbekämpfern und den Leuten von den CDC aufwarten, kampferprobten Profis, von denen viele ihr Leben in diesem unendlich winzigen Raum zwischen Zivilisation und Katastrophe zugebracht hatten.

Diejenigen, die ihr seltsames Gewerbe in der Dritten Welt

betrieben, nahmen an der Sache immer alles todernst. Dies waren die Ärzte von der Front. Dies waren die Männer und Frauen, die die geschwärzten Leichen wie Bauschutt aufgestapelt gefunden hatten, die auf Haufen menschlicher Überreste die Insekten in solchen Massen gesehen hatten, daß sich eine Schicht aus fetten Fliegen und ihren Maden, oft mehrere Zentimeter dick, kräuselte und wand, als blase der widrigste aller Winde darüber hin, während darunter eine Hierarchie von Parasiten nach Freßbarem suchte.

Bryne trat wieder unter die Dusche und ließ das gechlorte Wasser direkt in seine Nase laufen; es brannte, als es ihm in den Rachen hinablief, er gurgelte damit und spuckte es aus. Er formte die Hände zu einer Schale, ließ Wasser hineinlaufen, hob sie an sein Gesicht und saugte das Wasser in die Nase, spritzte es sich in die Augen, drückte es sich in die Ohren und trank es. Er wollte dieses verdammte Anthrax töten, sichergehen, daß keine durch die Luft übertragenen Sporen sich in seinem Innern befanden. Er schneuzte seine Nase mit den Fingern und achtete darauf, daß der Schleim durch den Gully abfloß, ohne ihn zu treffen. Er säuberte seine Fingernägel mit einem Maniküréstäbchen und schrubbte seine Finger mit einer Bürste.

War Catrini genauso gründlich wie er? Irgendwie bezweifelte es Bryne, aber er hoffte inständig, die Naivität des Kinderarztes zu unterschätzen. Sobald sie sich abgetrocknet hatten, würden sie beide Antibiotika einnehmen müssen, und zwar in rauhen Mengen. Als Bryne aus der Dusche trat, stieß er auf den nackten Catrini, der sich abtrocknete und gleichzeitig zu telefonieren versuchte. Bryne griff nach Bademänteln für sie beide und machte Vince ein Zeichen, daß er mit ihm reden müsse.

Catrini legte die Hand über den Hörer und sagte zu Jack:

»Das sind die St. Johns. Ich rufe jetzt Eleanor an. Das Telefon klingelt ... aber bis jetzt ist niemand drangegangen.« Bryne bemerkte die Traurigkeit in seinen Augen. Dann hob Catrini die Hand in die Höhe und drehte sich herum, als jemand am anderen Ende abnahm.

Während er sich ein Handtuch um die Taille schlang und ein zweites über die Schultern legte, fixierte er das Telefon, das er benutzte. Lämpchen blinkten auf jeder Leitung.

Jack bemerkte, daß nicht nur Sirenen vor dem Krankenhaus heulten, sondern daß auch das Rotorenstakkato eines Helikopters zu hören war, der auf dem Dach landete. Bryne schüttelte seinen Kopf. Dieser Tag würde die Hölle werden.

Eine verzweifelte Schwester versuchte, Catrinis Blick einzufangen, es gelang ihr nicht. Er legte das Telefon auf, ohne sie zu bemerken.

»War das Eleanor, Vincent?« fragte Bryne besorgt.

»Nein, und ich danke Gott für diesen kleinen Gunstbeweis. Es war ihr Hausmädchen, sie sagte mir, Eleanor und Joseph seien gerade im Pool. Es wäre mir ein Graus gewesen, es ihnen am Telefon sagen zu müssen. Ich fahre rüber und sage es ihnen persönlich, Jack. Sobald wir die Seuchenkontrolle hinter uns haben.«

»Darf ich mitfahren?« fragte Bryne, und er bemerkte die Erleichterung in Catrinis Gesicht, als der spontan nickte.

Endlich gelang es der Schwester, Catrini auf sich aufmerksam zu machen, sie zeigte auf den Telefonhörer in seiner Hand, und er drehte sich wieder zum Telefon um. Diesmal legte er mit einem kleinen Lächeln auf und trat zu Bryne, während sie sich weiter abtrockneten.

»Meine Frau, Kathy, hat einen Schwager, der einsachtzig ist. Sie bringt Ihnen ein paar Sachen mit. Mögen Sie Haifischleder?«

»Klar, und für Sie, Vinnie, auch was Besonderes, nehme ich an?«

»Natürlich, ich dachte, vielleicht der Smoking ...« Catrini zuckte zusammen, als er Bryne beobachtete, der sich seine Schultern abtrocknete. »Großer Gott, Jack, wo haben Sie das denn her?« Er sah auf die Narbe, die sich von Brynes linker

Schulter bis zur Innenseite seines Ellenbogens erstreckte, der weichen Beuge, aus der man Blutproben entnimmt.

Auf beiden Seiten der dünnen, roten Linie sah man paarweise ein Dutzend verblaßter Nahtnarben, eine Linie alter Einstiche parallel zu dem Hauptschnitt. »Sie brauchten einen besseren Chirurgen, Jack«, bemerkte Catrini gequält. »Wo haben Sie das Ding her?«

Die Frage war ihm unzählige Male gestellt worden. Er würde die Wahrheit niemals jemandem sagen. Die wahre Geschichte grub immer wieder diese grauenhaften Bilder aus, die er unter der Dusche tief in sein Inneres hatte hinabstoßen müssen; die wahre Geschichte forderte zu viel von ihm, war zu bedrohlich für den Menschen, der er geworden war. In seiner Jugend war er gelegentlich mit der Wahrheit herausgerückt. Aber damit hatte er schon vor Jahren ein für allemal aufgehört.

»Drachenfliegen, Vince, Drachenfliegen in der Schweiz. Bin in einem Baum hängengeblieben.« Irgendwie schien die Vorstellung, daß ein verrückter Wissenschaftler über die Alpen hinwegschwebte und in eine Fichte sauste, die Leute zufriedenzustellen; auf jeden Fall ließ sich auch Catrini so abspeisen.

»Miese Arbeit, Jack«, sagte Catrini endlich.

»Nein, Vincent«, sagte Bryne und berührte die alte Wunde, »eine wunderbare Arbeit.«

Durch das Fenster sah Jack, wie die Morgensonne den Pazifik in der Ferne aufschimmern ließ, und zeigte nach draußen, um das Thema zu wechseln. »Dieses Grauen hier drin. Und diese Schönheit da draußen. He, wann werden sie uns denn endlich laufenlassen?«

»Bald ... wir werden so viele Antibiotika kriegen, daß wir in drei Tagen C. *difficile*-Diarrhöe haben.« Bryne wußte, daß Catrini auf eine bakterielle Vergiftung anspielte, eine Nebenwirkung bei der Einnahme von zu vielen Antibiotika wie zum Beispiel Ceclor, das sie in Kürze in dicken weißblauen 250-

Milligramm-Kapseln einnehmen würden. In Massen. Die Medikation bot den besten Schutz gegen die durch die Luft übertragenen Milzbrand-Bazillen, denen sie beim Sterben von Joey und dem Mädchen ausgesetzt gewesen waren.

Sie zogen die Bademäntel an und gingen zusammen in die Schwesternstation hinaus, wo Vinnie für sie beide einen kurzen Fragebogen ausfüllte. Gaynor, die Schwester der Hölle, teilte ihnen ihre Medikamente zu, und Catrini erhielt Tabletten, die für fünf reichten. Er ließ eine Handvoll in die Tasche seines Bademantels gleiten und machte sich mit Jack im Schlepptau auf den Weg zu seinem Büro, wo seine Frau Kleider für sie beide bereitgelegt hatte.

Als Catrini ihm Abendessen und ein Bett zur Nacht anbot, nahm Bryne dankbar an. Er war erleichtert, daß er aus dem Del ausziehen konnte, und fand, daß mit Vinnie zusammenzusein merkwürdig tröstlich war, nachdem sie beide dem gleichen Grauen ausgesetzt gewesen waren. Anthrax. Milzbrand. Tatsache war, daß jeder von ihnen einem schrecklichen Tod entgegensah, vielleicht innerhalb von Tagen. Die Schlacht in ihren Organismen war im Gange, der Sieger stand nicht fest.

Bryne stellte sich die in ihm herumschwimmenden Keimzellen vor, denn sie waren, eingeatmet, fast mit Sicherheit in ihm, trotz allem. Die drohende Nähe seines Todes ließ ihn frösteln. Er fragte sich, wie Catrini, der gute Katholik, sich fühlen mochte.

Jack hätte es gefreut, wenn er gewußt hätte, daß Vinnie sich durch seine Gegenwart ebenfalls erleichtert fühlte. Es half, die Angst im Zaum zu halten. Auf jeden Fall hatte er das Gefühl, daß er und Jack zu einer echten Vertraulichkeit gefunden hatten, die auf gegenseitigem Respekt beruhte. Die Medien würden bald ausschwärmen, und er war sicher, daß der Virologe außer Alleinsein und häuslicher Kost ein bißchen Ruhe brauchen konnte. Vielleicht ein hübsches Rippenstück von einem neuseeländischen Lamm und eine wirklich gute Flasche Wein.

Vielleicht sogar den 78er Romanée-Conti, den er schon viele Jahre daliegen hatte. Ja, besser sie tränken ihn heute abend, falls sich morgen ihr Leben dem Ende zuneigte!

Donnerstag, 18. Juni
La Jolla
10.00 Uhr

Die Fahrt zu den St. Johns verging wie im Flug. Keiner der beiden Männer hatte viel zu sagen. »Wissen Sie, Jack«, seufzte Catrini schließlich, »Joey war wirklich allzu behütet; er war genau das, was man sich unter einem armen kleinen reichen Jungen vorstellt. Keine Haustiere, keine Spiele oder Spielsachen, die seine äußerst konservative Mutter für ›destruktiv‹ hielt. Keine Star-Trek-Laserpistolen, keine G. I. Joes, keine Space Invaders. Er hatte alles, bis auf eine normale Kindheit.«

»Verstehe, Vince.« Als sie in das Anwesen der St. Johns einbogen, überlegte Bryne: »Bis wir Genaueres wissen, haben wir wohl davon auszugehen, daß die Eltern nicht akut gefährdet sind, oder?«

»Na ja«, antwortete Catrini, »ich habe eine ganze Tasche voll Antibiotika mitgebracht, und ich will sie beide zu einer Kontrolle unten haben, Röntgen, Blutuntersuchung und so weiter.«

»Herrgott, als wenn der Tod ihres Sohnes nicht schon Unglück genug wäre!«

»Vergessen Sie nicht, Jack«, dachte Catrini laut, »Eleanor wollte gestern abend bleiben, ich war derjenige, der darauf bestand, daß sie nach Hause fuhr.« Er schüttelte den Kopf. »Ich hätte mich über die Vorschriften hinwegsetzen können. Jetzt wünsche ich mir beinahe, ich hätte sie bleiben lassen. Wenigstens wäre sie am Ende dagewesen.«

»Hätten Sie ihr das wirklich gewünscht, mein Lieber?« fragte Bryne sanft. Ohne eine Antwort abzuwarten, streckte er die Hand aus und rüttelte Catrini freundschaftlich an der Schulter. »Wir wissen beide, daß Sie das Richtige getan haben.« Trotzdem stieß Catrini einen Seufzer aus, als er den Wagen parkte.

»Ist Mrs. ...«, begann Catrini seine Frage, als ein Hausmädchen in Schürze und Haube auf ihr Klingeln hin öffnete, aber sie bat sie mit einer Handbewegung sofort herein.

Vor ihnen lag ein hinreißender Raum aus weißem Marmor: Vor einem über sechs Meter breiten gewölbten Fenster, das einen überwältigenden Blick aufs Meer bot, schwang sich eine wunderbare Alabastertreppe zu einem Zwischengeschoß empor. Mit dem Pazifik im Rücken standen die St. Johns wie Silhouetten vor dem Fenster. Eleanor griff nach der Hand ihres Mannes, und zusammen kamen sie die Treppe herunter, auf die Eingangstür zu.

Als sie den Fuß der Treppe erreichten und Catrinis Gesichtsausdruck bemerkten, durchfuhr Eleanor ein Schauer. Sie ließ die Hand ihres Mannes los und rannte auf die beiden Männer zu. Als sie die Tränen in Catrinis Augen sah, schrie sie: »NEIN! NEIN!« und brach beinahe zusammen, aber Bryne machte einen Schritt auf sie zu und bewahrte sie davor umzusinken.

»Oh, Vince, nein. Bitte sagen Sie, daß es ihm gutgeht, bitte!« Eleanor begann zu schluchzen, dann hielt sie abrupt inne und wischte sich die Augen. Mit außerordentlicher Selbstbeherrschung riß sich diese sensible, verletzte Frau zusammen und stieg dadurch enorm in Brynes Achtung. Er sah, wie sie die Hand ausstreckte und die Tränen auf Catrinis Wangen berührte.

»Es ist gut«, sagte sie gefaßt, »ich weiß, Sie haben alles getan, was Sie konnten. Vincent, Sie dürfen sich keine Schuld geben. Joseph und ich haben volles Verständnis.« Ihr Mann nickte und legte ihr den Arm um die Schultern.

»Wir könnten jetzt in Wut geraten«, sagte er zu ihnen. »Ich bin sicher, Menschen haben in solchen Fällen schon mit Klage gedroht. Sie müssen wissen, wie schwer dieser Verlust für uns ist.« St. John schien sie alle zu überragen, sein Zorn und sein Leid waren fast greifbar. Seine Halsadern traten hervor, seine Augen standen voller Tränen. Trotzdem schien von ihm das Gefühl stoischer Resignation auszugehen, von Hinnahme, nicht von Leid. Wieder einmal beneidete Bryne diese Leute um ihren frommen Glauben.

»Ich danke Ihnen, Joseph, Eleanor«, sagte Catrini endlich. »Ich weiß, wie unendlich schwer dies ist, aber ich würde gern kurz mit Eleanor sprechen, wenn es geht.«

»Natürlich«, sagte sie in einem freundlichen Ton. »Kommen Sie mit nach oben, Vincent. Dort ist ein sonniges Plätzchen, wo wir sitzen können. Und ich würde Ihnen gern etwas zeigen.«

Nachdem Catrini und Eleanor nach oben verschwunden waren, wandte Bryne sich an Joseph St. John. »Ich bin über Ihren Verlust zutiefst bekümmert. Niemand hat dies erwartet. In der Klinik ist alles getan worden – aber niemand, niemand vermutete Milzbrand.« Bryne fuhr fort in seinen Erläuterungen zu dieser Infektionskrankheit.

St. John nahm in einem Sessel Platz und blickte zu Bryne hoch. »Milzbrand. Das ist doch etwas aus dem Mittelalter, nicht wahr? Wie kann er es sich nur zugezogen haben? Und wo? Das ist doch einfach nicht real!« Er blickte starr geradeaus, als plötzlich Angst sein Gesicht durchfuhr. »Wir bekommen es doch nicht etwa auch, oder? Sollten Eleanor und ich uns untersuchen lassen?«

Bryne zog sich einen Sessel heran, nahm St. John gegenüber Platz und wählte seine Worte mit Bedacht. »Ich glaube nicht, daß Sie sich Sorgen machen müssen, obgleich ich weiß, daß Dr. Catrini, nur um sicherzugehen, Ihnen beiden Antibiotika geben wird. Milzbrand ist eine Krankheit mit tödlichem Ausgang, aber das merkwürdige daran ist, daß er normalerweise nicht über die Luft übertragen wird.«

Bryne wußte, daß, wenn jemand Milzbrand bekam, sich die

Erreger in den Lymphknoten der Brust vermehrten. In Joeys Fall hatte fast mit Sicherheit keine Übertragungsgefahr bestanden, erst in den letzten Stunden, als die Bazillen in seine Lunge gelangten. Selbst wenn der Milzbrand rasant verlaufende Infektionen hervorrief, wie es zum Beispiel die Legionellen taten, übertrug er sich normalerweise nicht auf andere Menschen.

Bryne, der sich Joeys verzweifelten Todesschrei und die aufplatzende Wunde in Erinnerung rief, wußte natürlich genausogut, daß Milzbrand in diesem Stadium sehr gefährlich sein konnte, vor allem weil die Erreger an die Luft abgegeben wurden. Das war auch der Grund, warum er eine beliebte Waffe in der biologischen Kriegführung war: Sporen konnten in Artilleriegranaten kilometerweit transportiert werden, um feindliche Truppen zu infizieren.

»Wir alle sind ratlos, wie Joey sich dies zugezogen haben könnte«, fuhr Bryne fort. »Milzbrand ist in diesem Land seit einem halben Jahrhundert kein Problem mehr gewesen.«

Er erläuterte, daß früher vor allem Jäger von dieser Krankheit befallen wurden, wenn sie Rotwild zurichteten, gewöhnlich durch eine Infektion an den Fingern, wo ein schwarzes Geschwür entstand, das sich ausbreitete – gelegentlich zum Auge. Mit den Gedanken bei dem Mädchen, beschloß er, das Thema Augen nicht weiterzuverfolgen.

»Ich würde sagen, daß von den weniger als zehn Fällen, die wir in den letzten fünfzig Jahren in den Vereinigten Staaten hatten, alle aus importierten Quellen stammten – von ausländischen Tierprodukten wie Ziegenhäuten und afghanischen Garnen. In den zwanziger Jahren bekam es ein Mann, der von Berufs wegen Billardkugeln aus Elfenbein schnitzte, von den Stoßzähnen afrikanischer Elefanten.« Er sah sich im Zimmer um. »Mr. St. John, hat jemand in der Familie in letzter Zeit ein Geschenk bekommen, etwas von einem Freund?«

»Was meinen Sie?«

»Zum Beispiel ein Elfenbeinfigürchen, gewebte Wandbehänge, exotische Geschenke aus Übersee? Verstehen Sie, der Milzbranderreger kann jahrelang auf Haaren oder in kleinen Rissen von Stoßzähnen oder natürlichem Elfenbein überleben. Normalerweise lebt er in der Erde, und Tiere nehmen ihn aus dem Gras auf. Menschen können sich Milzbrand aus dem Erdboden zuziehen, trotzdem ist er meistens auf Tierkontakte zurückzuführen.«

»Nein, keine Geschenke.« St. John machte eine Pause, dann sagte er: »Elefanten. Sie sagten, Elefanten. Könnte Joey ihn sich von den Elefanten im Zoo geholt haben?«

»Ich weiß es nicht, Sir«, gestand Bryne. »Am Mittag wird es eine wichtige Konferenz geben. Leute aus den staatlichen und den Bundesgesundheitsbehörden werden kommen. Danach sollten wir mehr wissen.«

»Eleanor und ich sollten bei der Konferenz anwesend sein.«

Bryne runzelte die Stirn. »Ich glaube, das wäre keine gute Idee. Ich weiß, was Sie fühlen, aber bleiben Sie besser hier bei Ihrer Frau. Sie braucht Sie gerade jetzt. Wenn wir irgend etwas herausfinden, glauben Sie mir, Sir, werden Sie und Mrs. St. John die ersten sein, die es erfahren.«

Aber er wußte, daß dem nicht so sein würde. Nicht, wenn diese Sache wirklich gigantisch war. Nicht, wenn Joey nur das erste Opfer war ...

Als sie wieder zurückfuhren, sagte Catrini zu Jack: »Wissen Sie, was Eleanor mir zeigen wollte?« Er kramte in der Tasche seines zerknitterten Leinenanzugs herum. »Das hier!« Er hielt ihm einen in einen Ziploc-Beutel eingeschlossenen blinkenden Gegenstand hin. Als Bryne danach griff und ihn sich genau besah, sagte er nur: »Gottverdammich!«

Catrini wurde gestattet, wieder auf das Krankenhausgelände zu fahren, aber sie wußten, was ihnen bevorstand: Reporter und wahrscheinlich auch Kamerateams.

»Da sind sie.« Catrini zeigte auf die Satellitenantennen der

Übertragungswagen. »Sieht so aus, als hätte CNN Wind gekriegt. Gehen Sie schon rauf zur Konferenz, Jack. Ich möchte nur kurz in mein Büro und was nachsehen. Wir treffen uns oben in Nummer zwölf, dem großen Konferenzraum für den Verwaltungsrat. Faßt an die dreißig Personen, und ich wette, er wird bis unters Dach gefüllt sein. Und«, setzte Catrini hinzu und klopfte auf die Tasche, in die er den Gegenstand zurückgesteckt hatte, den ihm Eleanor St. John gegeben hatte, »ich wette, die pinkeln sich alle in die Hose, wenn ich mit unserer blinkenden kleinen Bombe ankomme!«

4

Donnerstag, 18. Juni
St. Roch Hospital, Sitzungszimmer
12.00 Uhr

Als sie sich durch die Medienbarrikade vor dem Krankenhaus einen Weg bahnten, kamen sie sich so vor, als müßten sie die Verteidigung einer Torlinie durchbrechen, aber irgendwie schafften Bryne und Catrini es, ohne einen Kratzer davonzutragen oder ein Wort zu äußern, das man zitieren konnte. Nun sahen sie sich Dutzenden von verbissenen Leuten gegenüber, die in Gruppen um den Konferenztisch im Sitzungszimmer des Krankenhauses herumstanden.

Als ein tief fliegender Helikopter in Richtung Zoo abdrehte, blickte jemand aus dem Fenster und bemerkte: »Ich hoffe bloß, diese CNN-Arschlöcher fliegen die Chopper nicht rüber zum Zoo. Dann drehen da die Tiere durch. Und wenn sie das tun, wer weiß, was dann von den Rotorblättern aufgewirbelt und über Südkalifornien hinweggeweht wird!«

Ein anderer stimmte in den gereizten Chor ein: »Scheiße! Wenn es im Erdboden steckt, bricht hier bald 'ne Epidemie aus! Diese Scheißidioten. Kann denn nicht jemand den Gouverneur bitten, daß er den Choppern befiehlt, sich vom Zoo fernzuhalten?«

»Das ist bereits geschehen, mein Freund«, versicherte eine

ruhige Stimme den anderen. »Keine Überlandflüge mehr. Das da ist der letzte.« Der Sprecher war ein schlanker Mann in einem Sommeranzug. Die meisten anderen hiesigen Konferenzteilnehmer waren eher lässig gekleidet, nicht zuletzt aufgrund der Eile, mit der sie vom Bürgermeister zusammengerufen worden waren.

Der Mann im Anzug, flüsterte Catrini Bryne zu, sei Don Lesan, der Direktor der Staatlichen Gesundheitsbehörde von Kalifornien. Er leitete die Sitzung, trat ans entgegengesetzte Ende des langen Konferenztisches und bat, indem er mit einem Kaffeebecher auf den Tisch klopfte, um Ruhe.

»Okay, okay, Leute!« er mußte den Lärm im Hintergrund überschreien, »lassen Sie uns anfangen. Jeder ... Bitte!« Ein Großteil der Menge ließ sich auf den letzten leeren Stühlen rund um den großen rechteckigen Tisch nieder. Catrini setzte sich auf einen Stuhl neben Lesan; Bryne, der noch immer in kleinen Schlucken Kaffee aus einer Styroportasse trank, entschied sich für einen Platz an der Wand, ein Stück vom Geschehen entfernt.

»Vielen Dank, daß Sie auf eine so kurzfristige Ankündigung hin gekommen sind«, begann Lesan, als schließlich Stille eingetreten war. »Wir sind alle beschäftigt, manche von uns befanden sich sogar im wohlverdienten Urlaub, ich werde mich also kurz fassen, und das werden hoffentlich alle tun. Okay, lassen Sie uns loslegen. Für diejenigen, die mich nicht kennen, ich bin Donald Lesan, Staatliche Gesundheitsbehörde Sacramento, und ich bin vom Gouverneur und dem Bürgermeister gebeten worden, diese Sitzung zu leiten. Zuerst ein paar Grundregeln.«

Er lenkte die Aufmerksamkeit der Versammlung auf eine hübsche, sportliche Frau, die etwas entfernt an der einen Seite saß. »Dies ist Ms. Fisher, die die einzige sein wird – und ich meine absolut die einzige –, die mit Reportern spricht. Keiner von Ihnen, keiner von uns wird Interviews geben. Verstanden?«

Einige murrten, aber nur einige, denn die meisten im Raum hatten früher schon Nachrichtensperren erlebt und wußten, sie gehörten zur Routine bei dieser Art von Notsituationen.

»Zweitens«, fuhr Lesan fort, »bedauert der Bürgermeister die karge Unterbringung der Auswärtigen. Wir wollten die Zimmer nicht zu weit verstreut in der Stadt, damit Sie Ihre Notizen am Ende des Tages untereinander vergleichen können –«

»Aber *Motel Six*!« rief eine junge Frau. »War das Stadtgefängnis denn belegt?«

Zusammen mit den übrigen Teilnehmern lachte Lesan leise in sich hinein, doch nicht lange. »Im Ernst, ein Plus von diesem Motel ist schlicht, daß sie die Lampen immer brennen lassen. Geben Sie sich keinem Irrtum hin, dies wird eine Tag-und-Nacht-Unternehmung werden, bis wir die Situation im Griff haben. Wir haben es hier mit Milzbrand zu tun, liebe Freunde, nicht mit einem Strandurlaub ... So, und nun nennt bitte jeder um den Tisch herum Namen, Stellung und Dienstnummer. Ms. Fisher läßt außerdem einen Notizblock herumgehen, auf den jeder von Ihnen bitte seinen Namen, seine Dienststelle, dienstliche Telefonnummer, die Fax- und Piepsernummern und im Fall unserer auswärtigen Gäste seine Zimmernummer schreibt. Okay, fangen wir an.«

Während Ms. Fisher sich erhob, einen Notizblock auf den Tisch legte und mit Gesten zu verstehen gab, er solle ausgefüllt und dann im Uhrzeigersinn weitergegeben werden, nickte Lesan dem Mann zu seiner Linken zu, der den Blick um den Tisch wandern ließ und sich räusperte.

»Gordon Lubold«, verkündete der Mann, »Seucheninformationsdienst, CDC, Atlanta«, dann nickte er dem links neben ihm Sitzenden zu. »Jack Haser, Forschungsleiter, Abteilung besondere Erreger, Centers for Disease Control, Atlanta bis Fort Collins.« Nach Haser kamen »Donnie Huber, Referat Pflanze und Tier, Landwirtschaftsministerium der USA, Rockville, Maryland« und »Leo English, Chefveterinär, Zoologischer Garten San Diego«.

»Scott Hubbard, Washington, D.C.« Der nächste, der sich von seinem Stuhl erhob, sprach mit leiser, geradezu südstaatlerhafter Langsamkeit, was in einem extremen Gegensatz stand zu der starken Autorität, die er ausstrahlte und die ihm die allgemeine Aufmerksamkeit sicherte, noch ehe er sich vorstellte: »Special Agent, FBI.«

Hubbard war ein hagerer, etwa vierzigjähriger Mann mit scharfen Gesichtszügen, dessen leuchtend grüne Augen jede andere Person am Tisch belauerten und es zur Kenntnis zu nehmen schienen, wenn jemand unter dem Druck seines Blikkes die Augen senkte. Er sah auf seine Uhr, bevor er weiterredete, womit er zu verstehen gab, er sei in Eile, doch zu warten bereit, bis sich der Raum beruhigt hätte.

»Sehen Sie, meine Damen und Herren«, sagte Hubbard, »ich möchte im Grunde nur unterstreichen, daß wir gern alle wesentlichen Einzelheiten den Medien fernhalten würden, aber ich bin sicher, Sie verstehen die Notwendigkeit dieser Nachrichtensperre ... ich habe nun noch eine zusätzliche Bitte an alle, die direkten Kontakt mit den beiden Patienten und/oder ihren Ärzten hatten.«

Als Catrini das hörte, zogen sich seine Augenbrauen überrascht und unsicher in die Höhe, und er drehte seinen Stuhl so weit herum, daß er mit Bryne Blickkontakt aufnehmen konnte, der seinerseits leicht die Achseln zuckte, um anzudeuten, daß er keine Ahnung hatte, was als nächstes käme. Keiner von beiden mußte lange auf die Antwort warten, denn Hubbard fuhr sogleich fort: »Wenn diejenigen von Ihnen, die in irgendeiner Weise Kontakt zu den Opfern hatten, nach der Sitzung dem Bureau ein paar Minuten ihrer kostbaren Zeit opfern könnten, wären wir äußerst dankbar. Das Bureau räumt diesem Vorfall höchste Priorität ein, und wir erwarten von Ihnen, daß Sie Ihre Zeitpläne so einrichten, daß Sie uns behilflich sein können.«

Umgeben von einem Chor kaum verhohlenen Murrens nahm Hubbard wieder Platz und fuhr sich mit der Hand langsam über sein kurzgeschnittenes aschblondes Haar, wobei er erneut die Umsitzenden dazu herausforderte, seinen Blick zu erwidern, ohne daß jemand das Angebot annahm. Alle hatten sie das Unerwartete erwartet, aber das FBI? Warum? Was konnte das bedeuten?

Hubbard nickte ungeduldig dem Mann zu seiner Linken zu, der so durcheinander war, daß er fast über seinen eigenen Namen stolperte: »Jerry Borden, Gesundheitsverwaltung der County San Diego.« Sie setzten das um den Tisch herum fort mit »Maryann Connelly aus dem Pressebüro des Bürgermeisters«, »Mike Schultz, Landwirtschaftsministerium der USA, L. A., Tierquarantänestation«, »Jimmy Edwards, Seuchenabteilung, Staatliche Gesundheitsbehörde Kalifornien, Sacramento« und einem sehr jungen Mann, der sich vorstellte als »Charles Smithers, Sommerpraktikant, Medizinstudent im zweiten Wahlfachjahr, Medizinischer Fachbereich Stanford, im Arbeitseinsatz bei der Staatlichen Gesundheitsbehörde von Kalifornien ... Ähmmmm ... Ich bin nicht sicher, ob ich hier dabeisein sollte. Man hat mir gesagt, ich sollte runterkommen, deshalb –«

»Okay, Smithers«, unterbrach ihn Lesan, »Sie können bleiben.«

In diesem Raum voller gestandener Profis war der junge Medizinstudent offensichtlich nervös geworden. Mehrere Teilnehmer nickten und zwinkerten ihm zu, als wollten sie zu ihm sagen: »Willkommen im Lachkabinett!«

Der nächste, der sich vorstellte, war ein distinguierter, gutaussehender Mann, der aussah, als sei Ferragamo sein persönlicher Stilberater. »Armand de'Isle, vorläufiger Direktor des Zoologischen Gartens San Diego«, sagte der international bekannte Milliardär und Philanthrop bescheiden, obwohl praktisch jeder unter den Anwesenden wußte, wer er war.

Und dann war Vince Catrini an der Reihe. Alle hatten ihn verstohlen, aber genau beobachtet. Er ließ sich von allen ausführlich mustern, ehe er erklärte: »Dr. Vincent Catrini. Ich war der Kinderarzt des Jungen.« Er setzte sich sofort wieder hin, während die Leute, die hinter den Sitzenden im Raum verteilt waren, ihre Namen und Zugehörigkeiten nannten. Bryne gelang es, seine Angaben fast unhörbar zu machen.

»Okay«, wandte sich Lesan an den Raum, »jetzt wissen wir alle, wer wir sind. Um Zeit zu sparen, lassen Sie mich Ihnen jetzt berichten, was wir bislang wissen. Neue Informationen von jedem von Ihnen sind natürlich äußerst willkommen.«

Er schaute auf einen mit Notizen gefüllten Block und begann seine Ausführungen. »Dr. Catrinis Fall, der kleine St. John, ist heute morgen um sechs Uhr elf hier im St. Roch gestorben, zur selben Zeit wie das Mädchen. Heute am frühen Morgen bestätigten unsere Labors, daß es sich bei beiden Fällen um Milzbrand handelt. Wir glauben, die beiden Toten stehen nur insofern miteinander in Verbindung, als sie zur selben Zeit im Zoo in San Diego waren. Folglich muß der gemeinsame Nenner der Zoo sein, und die wahrscheinlichste Ursache ein dort gehaltenes Tier.«

Armand de'Isle hob die Hand, um sich zu Wort zu melden. »Don, wir haben unsere Tiere überprüft, unsere neue Bestandsliste, die in letzter Zeit verendeten Tiere, Krankenberichte der Zoobeschäftigten. Die einzige Angabe, die von Nutzen sein könnte, und ich will mich hierin dem Urteil von Dr. English fügen, ist der Tod eines einzigen Tieres. Dr. English wird sich auch über die importierten Tiere äußern, die wir in letzter Zeit erworben haben.«

Der Chefveterinär des Zoos erhob sich aufs Stichwort und begann zu sprechen. »Wie Sie wahrscheinlich wissen, kommt Milzbrand in den USA nicht vor, darum haben wir die Quarantäneakten eines jeden Tiers im Zoo überprüft. Alle Tiere in San Diego, die per Flugzeug von außerhalb der Vereinigten Staaten kommen, müssen entweder JFK, LAX oder San Francisco passieren. Die großen und alle afrikanischen Tiere müssen Kennedy durchlaufen. Wiederkäuer und Unpaarhufer kommen in Newburgh, New York, in Quarantäne – Wiederkäuer dreißig Tage, Unpaarhufer sechzig wegen afrikanischer Pferdekrankheiten –, erst danach werden sie hierher überführt. Alle Elefanten werden in Kennedy von Ungeziefer befreit und dann weitergeschickt.«

»Was ist mit Asien?« fragte jemand.

»Seattle oder Los Angeles«, fuhr English fort. »Keine großen Probleme, bis auf die Ebola-Sache in Reston vor ein paar Jahren. Die Affen damals kamen von den Philippinen.«

»Haben Sie irgendwelche anthrax-positiven Tiere in Ihrem Zoo gefunden?« fragte Haser von den CDC.

»Ja«, antwortete der Tierarzt, ein Chor erschreckter Ausrufe folgte. »Ja, wir haben eines gefunden. Wir hatten ein positives bei einem der kürzlichen Todesfälle.«

»Ein Geier?« Die Frage wurde von einem Biologen gestellt, der wußte, daß Vögel zwar nicht an Milzbrand erkranken, ihn aber über ihren Kot verbreiten können, sollten sie kontaminiertes Aas gefressen haben.

»Nein, kein Geier, aber ich wünschte, es wäre einer gewesen. Die Sache ist viel schlimmer – ein Kaninchen, eine Häsin aus dem Streichelzoo. Hier geboren und aufgezogen. Ohne Kontakt zu anderen Tieren, außer ihrer Gefährtin, einer anderen Häsin, die wir identifiziert haben und die gesund zu sein scheint. Wir haben sie aber isoliert und verabreichen ihr Antibiotika.«

Des weiteren erläuterte English, daß ein Geier zwar eine »normale« Erklärung für die Katastrophe gewesen wäre, aber Wildkaninchen niemals natürliche Wirte von Milzbrand seien. »Kaninchen, meine Damen und Herren, können Milzbrand nur im Labor bekommen, und es muß sie jemand damit infizieren. Ich habe gesehen, wie so was geschieht – während meiner Untersuchung des Explosionsunglücks von Swerdlowsk 1979. Hunderte von Tieren und Menschen sind damals nach einer Explosion in einer Forschungseinrichtung für biologische Kampfstoffe an Milzbrand gestorben. Zweiundvierzig weitere Menschen gingen schließlich daran zugrunde, sie hatten allesamt die Erreger eingeatmet.

»Was wollen Sie damit denn andeuten?« fragte Lesan. »Biologische Kriegführung?«

»Ich weiß nicht«, fuhr English fort. »Dieses Kaninchen ist im Zoo zur Welt gekommen und war nie krank. Aber ein Ausbruch von Milzbrand setzt nicht unbedingt einen terroristischen Akt voraus. 1989 gingen in Wales etwa viertausendfünfhundert Schweine an Milzbrand ein und wurden verbrannt. Die Gehöfte, Häuser und Landstraßen mußten mit Formalin abgespritzt werden. Wir haben nicht die geringste Lust, es auch im Balboa Park zu tun, aber möglicherweise müssen wir.«

»Aber wie steht's denn mit dem Risiko für Menschen?« fragte jemand.

»Wenn Sie darüber Angaben haben wollen«, antwortete English, »sehen Sie sich Simbabwe in den achtziger Jahren an. Da sind fast zehntausend Menschen, darunter viele Kinder, an Milzbrand gestorben. In den USA tritt er selten auf – keine Fälle in den letzten zehn Jahren –, aber draußen in den Entwicklungsländern gibt es ihn.«

Es waren einige Leute im Raum, die wußten, daß er mit seinen Behauptungen leicht übertrieb. Erst 1974 war ein Weber in Kalifornien an Milzbrand gestorben, infiziert von den Sporen in den pakistanischen Garnen, die er verarbeitete. Sporen waren auch in Häuten aus dem Mittleren Osten und in Ziegenfelltrommeln aus Haiti gefunden worden. Statistisch gesehen war English im Recht, aber Zahlen bedeuteten jetzt wenig.

»Meine Herren, verehrte Anwesende, bitte.« Catrini war von seinem Stuhl aufgesprungen. »Hier geht es nicht um etwas, das aus Afrika kommt. Hier geht es um zwei kalifornische Kinder, und es geht um jeden hier in diesem Raum!«

Er blickte zu Bryne hinüber, um sich ein ermutigendes Nikken zu holen, und fuhr fort: »Wie Sie wissen, sind die beiden Kinder unmittelbar hintereinander gestorben. Beide auf der Intensivstation, beide nur Minuten nacheinander ... Den ersten Fall habe ich betreut. Der Junge war bestmöglich versorgt.

Niemand, ich wiederhole, niemand hat an Milzbrand gedacht. Wir hatten drei Berater, davon war einer unser ID-Berater, zwei kamen von außerhalb, alle Experten auf ihrem Gebiet. Keiner von ihnen kam auf Milzbrand. Und warum sollten wir auch? In den USA stirbt niemand daran.« Er feixte fast, sich der Ironie seiner Aussage nur allzu bewußt.

»Zuerst«, fuhr der Kinderarzt fort, »nahmen wir an, beide Kinder hätten sich den Milzbrand an einem Zootier geholt. Aber da lagen wir falsch.«

»Und was genau, Dr. Catrini«, blaffte Lesan ihn an, »macht Sie so sicher?«

»Das hier«, erklärte Catrini und entnahm seinem Jackett den Ziploc-Beutel, den er Jack im Wagen gezeigt hatte. »Diese kleine gelbe Wasserpistole aus Plastik. Durch die Pistole sind die beiden gestorben!«

Auf Catrinis Enthüllung hin brach in dem Sitzungszimmer ein schon fast höllisch zu nennender Lärm aus. Aber es gelang ihm, die Leute so weit zu beruhigen, daß er weiterreden konnte. »Dr. Alvarez hat die Anamnese bei dem Mädchen, Jody Davis, gemacht und konnte mit ihr und ihren Eltern sprechen, ehe sie starb. Die Patientin glaubte, sie hätte sich die Augen mit Wimperntusche infiziert. Später, als sie fast im Delirium war, fiel ihr wieder ein, daß ihr im Zoo ein Junge mit einer Wasserpistole in die Augen gespritzt hat ... Ich bin inzwischen sicher, daß das Joey gewesen sein muß.«

»Und warum?« fragte Lesan.

»Weil«, erläuterte Catrini, »folgendes geschehen ist, als wir zu den St. Johns fuhren, um ihnen die traurige Nachricht zu überbringen: Mrs. St. John sagte, es gebe da etwas, was sie mir zeigen wolle, etwas Ungewöhnliches. Ihre Haushälterin hatte dies heute morgen unter der Matratze des Jungen gefunden, als sie das Bett neu bezog – ich nehme an, alle hofften, Joey käme bald nach Hause. Verstehen Sie, der springende Punkt ist strenge Vorschrift –, Joey durfte niemals mit Wasserpistolen spielen, auch nicht mit anderen Spielzeugpistolen.«

»He, Moment mal –« Lesan sah die Dinge außer Kontrolle geraten und versuchte, die Sitzung noch einmal an sich zu reißen, aber Catrini ließ sich nicht aufhalten. Er hielt den Beutel in die Höhe, so daß jeder ihn sehen konnte.

»Werfen Sie einen Blick auf den Knauf der Pistole.« Er zeigte auf das Spielzeug in dem Plastikbeutel, dann richtete er seine nächsten Worte an Special Agent Hubbard. »Um den Griff ist ein Stück Klebeband gewickelt, auf dem ein paar Zahlen und die Buchstaben ›LMPG‹ stehen. Bisher habe ich keine Ahnung, was die Buchstaben bedeuten, aber die Zahlen sind eine andere Geschichte.«

Catrini hielt den Umsitzenden den umwickelten Pistolenknauf hin, dann fuhr er fort: »Wir alle benutzen Codes, Abkürzungen und ähnliches. Ich muß alle meine gottverdammten Diagnosen und Leistungen codieren, um sie von den HMOs erstattet zu bekommen. Die Codereihe kam mir vertraut vor ... Null-zwei-zwei Punkt neun. Benutzt jemand von Ihnen den Internationalen Code zur Klassifizierung von Krankheiten?«

Die Experten schienen amüsiert. Natürlich benutzten sie gelegentlich den Code, aber nicht annähernd so oft wie Zehntausende von Ärzten, die von den Paragraphenreitern dazu gezwungen wurden, aus Patienten ständig nur Zahlenreihen zu machen. Nachdem der Kinderarzt die Sitzung ins Stocken gebracht hatte, wiederholte er noch einmal die Zahlen. »Null-zwei-zwei Punkt neun. Immer noch um eine Antwort verlegen? Ich nicht, nicht mehr. Und jetzt bin ich verdammt froh, daß das FBI hier ist ... weil diese Nummern aus dem Code sind. Ich habe sie nachgeschlagen, und Null-zwei-zwei Punkt neun ist ... die Codezahl für Milzbrand!«

Catrini unterbrach sich einen Moment, dann schob er den Plastikbeutel quer über den Konferenztisch zu Agent Hubbard hinüber und sagte: »Haben Sie keine Angst, das Ding zu berühren. Dr. Bryne da drüben hat mir versichert, daß sich die Milzbranderreger nur im *Innern* der Pistole befinden, und sie sind inzwischen wahrscheinlich getrocknet. Das einzig denkbare Gesundheitsrisiko wäre, wenn jemand auf die Idee käme, die Pistole auseinanderzubrechen.«

»Also was genau versuchen Sie uns mitzuteilen, Dr. Catrini?« fragte Hubbard insistierend.

»Was ich Ihnen mitzuteilen versuche, Agent Hubbard«, erklärte Catrini, »ist, daß es kein Zufall war, daß Joey und Jody an Milzbrand gestorben sind. Es war Absicht. Jemand, irgendein hintertriebener Mensch, hat mit der deutlichen Absicht zu töten Milzbrand in diese Wasserpistole gefüllt und, nach der Codierung am Griff zu urteilen, gewollt, daß die ganze Welt davon erfährt!«

Donnerstag, 18. Juni
Hotel Del Coronado
San Diego, Kalifornien

Der Mann, den Vinnie Catrini irrtümlich für Jack Bryne gehalten und dann prompt vergessen hatte, saß auf einem Riesenbett, rauchte eine Zigarette nach der anderen und erwartete sehnsüchtig den Zimmerservice. Wenn er eine Mission ausgeführt hatte, war er immer besonders freßgierig, manchmal tagelang, und er hatte sich ein veritables Festmahl bestellt. Er kratzte sich in den Handflächen, dann zwang er sich zum Lesen, um seine Geduld zu testen, gab auf, öffnete seinen Laptop und hatte mit wenigen Klicks das WONDER-Programm der Centers for Disease Control angewählt. Aus seiner eindrucksvollen Sammlung suchte er sich einen fünfstelligen, nicht seinen eigenen Benutzercode und das passende Kennwort.

Es verblüffte ihn, daß nicht mehr Menschen wußten, wie man an Computerkennwörter rankam: so einfach wie an Schlüssel, die unter Fußmatten liegen. Es waren meistens Namen von Ehefrauen und Kindern, Initialen, Geburtstage und Postleitzahlen. Er hatte genaugenommen das Komplettverzeichnis des Seucheninformationsdienstes der Centers angesteuert. Bei den Centers-Computern hatte man mit dem richtigen Kennwort Zugang zu allen Dateien. Aus dem Hauptmenü der CDC lud er die unerledigten E-Mail-Dateien und -Bekanntmachungen herunter, dann gab er einen Suchbefehl mit fünf Schlüsselwörtern ein – *Ciguatera, Hylae, Ergot, Apis* und *Anthrax.* Nichts. Verärgert und enttäuscht verließ er WONDER, klinkte sich in eine andere medizinische Datenbank, MEDNET, ein und ließ dasselbe Suchprogramm laufen, dann stieg er bei ProMED ein und las die letzten Eintragungen. Heureka!

Ihm wurde klar, daß dieser kurze Zwischenfall im Foyer mit dem kleinen Mann, der ihn irrtümlich für Jack Bryne gehalten hatte, ein gutes Omen gewesen war, ein vorzügliches. Denn hier auf ProMED las er jetzt zum ersten Mal Meldungen über seine Bienen – Apis –, über seine Kreationen. Hier, so daß die ganze Welt sie sehen konnte, fanden der Bienenschwarm, die Pferde und die Kinder im Zoo Erwähnung! Gott war wirklich gut – auch wenn es Hiobs Geduld bedurfte, es zu erkennen. Gott machte Seine Versprechen wahr. Hier in Kalifornien hatte Er ihm sogar seinen kühnsten Wunsch erfüllt – an Ort und Stelle mit dabeizusein, wenn seine raffinierten Pläne ihre grausigen Früchte trugen.

Früher oder später würde irgendein Klugscheißer wie sein alter Saufkumpan aus Haiti, Jack Bryne, zwei und zwei zusammenzählen, und sofort wäre eine ganze Meute hinter ihm her, wahrscheinlich angeführt von irgendeinem Federfuchser aus dem FBI. Das FBI erledigte alles nach Vorschrift, kein Grund, sich deswegen Sorgen zu machen. Schon eher fürchten mußte er die Leute, an die das FBI sich wandte, intelligente unabhängige Wissenschaftler wie Bryne. Jemand von den CDC oder den Bundesbehörden würde nicht lästig werden. Der gute alte Boy-Scout Jack war bereits auf dem Schauplatz aufgekreuzt. Nun ja, Bryne würde er einfach reinlegen müssen – und ihm damit das Leben erheblich schwerer machen.

Er bezweifelte, daß irgend jemand je den Großen Plan entschlüsseln würde.

Er fragte sich, ob es zu augenfällig gewesen war, den Code auf die Spritzpistole zu schreiben. Schließlich hatte er ihnen schon viele Hinweise gegeben. Vielleicht gab es dieses Mal jemanden, der aus dem »LMPG«-Code und den neuen Daten auf ProMED seine Schlüsse zog. Er mußte wachsam bleiben und wie ein Jäger denken. Er machte sich eine Liste.

Als er während der vergangenen Monate seine tödliche Mission verfolgt hatte, hatte er vorgegeben, auf Studienurlaub in Schottland zu sein. Jetzt, beschloß er, sei es an der Zeit, für die Wissenschaft wieder existent zu werden, sich zurückzumelden, nicht als der Rächer Gottes, sondern als der bahnbrechende Toxikologe, dessen Karriere völlig zu Unrecht ruiniert worden war. Dem die Chance verweigert worden war, nicht nur das Gesicht der Wissenschaft für immer zu verändern, sondern als der fähigste Toxikologe der Welt anerkannt zu werden: Dr. Theodore Graham Kameron.

Als der Zimmerservice kam, gab Kameron dem Kellner ein großzügiges Trinkgeld – wie es der Üppigkeit der Mahlzeit entsprach: Champagner von Krug – nur der beste –, Austern, Kaviar, Caesar-Salat mit rohem Ei und Anchovis, ein praktisch rohes T-Bone-Steak, ein Käseteller und heißes Toffee-Eis. Ach, welche Lust zu töten – und welche Lust zu jagen!

5

Donnerstag, 18. Juni
San Diego, Kalifornien

Bryne war es gelungen, sich von den meisten Sitzungen im St. Roch-Hospital freizumachen, nachdem er einer Seuchenschwester versichert hatte, er nähme Antibiotika. Die Karte, die ihm die Schwester gab, wies ihn an, sofort anzurufen, sollten sich bei ihm Symptome wie Fieber, Schüttelfrost oder Kopfschmerzen einstellen, dann hieß es weiter: »Ein Sozialarbeiter wird sich einmal wöchentlich melden. Dies ist eine routinemäßige Sicherheitsvorkehrung, die getroffen wird, wenn direkter Kontakt zu in der Luft befindlichen Pathogenen wie Tb, Masern, Pest bestanden hat ...« Bryne bemerkte, daß Milzbrand nicht einmal auf der Liste stand.

Auf jeden Fall konnte er dem, was bereits bekannt war, wenig hinzufügen. Er hatte an den neuen Erkenntnissen weitergearbeitet, aber es hatte wenig, wenn überhaupt etwas gebracht. Den St. Johns hatte er sein tiefstes Mitgefühl ausgesprochen, mehr konnte er jetzt nicht mehr tun.

Während er auf das immer wieder verschobene Treffen mit dem FBI wartete, zog er seine Telefonkarte durch den Schlitz und tippte Tuckers Privatnummer in den Apparat. Der Veterinär hob beim ersten Klingeln ab.

»Dr. Tucker, hier ist Jack Bryne. Ich bin leider aufgehalten worden. Das einzige, was ich jetzt noch machen kann, ist, heute abend eine Spätmaschine nach Indianapolis zu nehmen. Dann könnte ich mir einen Wagen –«

»Nein, nein. Ich bin so froh, daß Sie überhaupt herkommen können, Jack. Jemand holt Sie ab und chauffiert Sie morgen früh nach Churchill Downs. Ich sorge für ein Zimmer im Suisse Chalet Motel. Auf unsere Kosten natürlich. Es ist nicht das schickste Haus am Platz, aber es liegt in der Nähe vom Flughafen.«

»Ich bin Ihnen sehr dankbar, Mr. Tucker. Ich werde zeitig zur Verfügung stehen.«

»Nein, Mr. Bryne, wir sind Ihnen dankbar. Der Fahrer holt Sie um sieben ab.« Jack legte auf, dann rief er mit schlechtem Gewissen bei Mia an und hinterließ auf dem Anrufbeantworter eine Nachricht, in der er ihr mitteilte, daß er einen Abstecher nach Indianapolis machen müsse und wo er wohne. Er warf einen Blick auf seine Uhr und schüttelte ungeduldig den Kopf in der Hoffnung, die Jungs vom FBI kämen bald zu Potte. Aber dem war nicht so.

Als es schließlich soweit war, zog sich Agent Hubbards eingehende Befragung, fast ein Verhör, so lange hin, daß Bryne seinen Flug verpaßte und mit Tucker noch mal neue Termine machen mußte. Hubbard und die vier anderen Beamten, die er hinzugezogen hatte, um jeden an dem Vorfall Beteiligten zu befragen, hatten Jack besonders eingehend über den Umfang seiner Reisen in alle Welt zur Rede gestellt.

»Sie verstehen offenbar nicht, Agent Hubbard.« Jack, allmählich ziemlich frustriert, hatte den Mann ein letztes Mal zu überzeugen versucht. »Ich bin so was wie die Notfeuerwehr. Mein Job ist es, da zu sein, wo man mich braucht. In England wegen des Rinderwahnsinns. In Japan, wenn es Anzeichen von Bioterrorismus gibt. Oder in San Diego, wenn ich gerufen werde. Sogar in Churchill Downs, dorthin geht meine nächste Reise – auf Bitten eines der herausragendsten Veterinäre der Welt.«

»Trotzdem, Dr. Bryne«, hatte der Agent geantwortet, »wo immer Sie auch sind, *gibt* es Ärger.«

»Mir fällt nichts mehr ein, wie ich Ihnen das, was auf der Hand liegt, sonst noch erklären soll, Mr. Hubbard.« Jack merkte, daß er nicht mehr weit davon entfernt war, sein Gegenüber zu Boden zu schlagen. »Ich darf wiederholen, ich fahre nicht einfach plötzlich nach Lust und Laune irgendwohin. Ich werde als Berater an den jeweiligen Ort gebeten.«

»Jetzt würden wir gerne ein bißchen ausführlicher wissen, worin genau Ihre Beschäftigung mit der biologischen Kriegführung bei der Weltgesundheitsorganisation bestanden hat.«

»Aber das haben wir doch schon alles durch!«

»Nur noch ein paar Fragen, Dr. Bryne.« Hubbard hatte ein freudloses Lächeln aufgesetzt. »Dann sind Sie wieder ein freier Mann!«

»Frei? Das klingt, als würden Sie mich irgendeiner Sache bezichtigen. Ist das Ihr Ernst, Agent Hubbard? Brauche ich einen Anwalt?«

»Natürlich nicht, nichts dergleichen. Dies ist nur eine weitere Routinebefragung.«

Aber die »Routine«-Befragung dauerte noch eine ganze Stunde, ehe den FBI-Männern klarzuwerden schien, daß Bryne nicht viel mehr zu erzählen hatte. Und so fuhr Bryne dankbar mit Catrini zu einer willkommenen, wenn auch nicht geplanten Übernachtung ins Haus des Kinderarztes.

Als sie bei ihm zu Hause ankamen, stellten sie fest, daß der ganze Catrini-Clan bereits zu Bett gegangen war. Der Kinderarzt, der sich bereits gedacht hatte, daß Jack Kalifornien so schnell nicht würde verlassen können, tischte eine exzellente Flasche Port nebst einem Stück cremigsten Gorgonzola, Bath-Oliver-Bisquits, einer Schale Obst und zwei kubanischen Zigarren auf.

Erschöpft ging Catrini bald zu Bett.

Jack trug das Tablett in den Garten hinaus, setzte sich allein an den Pool und genoß die wohlriechende Würze der kalifornischen Nacht. Die Delikatessen, die Vinnie ihm kredenzt hatte, entzückten seinen Gaumen, lenkten ihn aber in keiner Weise von seinen gräßlichen Vermutungen ab.

Was für ein Gemüt mußte man haben, um etwas so Grauenhaftes zu tun, wie es diesen Kindern angetan worden war? Wie krank mußte man sein? Und dann konkreter: Auch wenn man so krank war, wie kam man überhaupt an Milzbranderreger heran?

In der Neuen Welt kam Milzbrand praktisch nicht mehr vor, was bedeutete, die Primärquelle mußte in Afrika oder, noch wahrscheinlicher, in endemischen Gebieten im Mittleren Osten gelegen haben. Trotzdem konnte man lange suchen, ohne sicher zu sein, daß man einen Fall von menschlichem Milzbrand entdecken würde. Die Wahrscheinlichkeit war größer, ihn bei krankem Vieh zu finden, zumindest aber würde man das Land verlassen müssen.

Als die Weltgesundheitsorganisation Bryne gebeten hatte, die Hintergrundberichte über die japanischen Sarin-Terroristen zu sichten, hatte er Interpol-Akten über die »Heilige Expedition« der Gruppe aus dem Jahr 1991 vorgefunden, bei der sechs Sektenmitglieder nach Zaire gereist waren, um Ebola-Viren aufzutreiben. Sie hatten fünf Krankenhäuser in und um Kikwit durchsucht. Als sie keine virulenten Fälle fanden, kehrten sie mit leeren Händen zurück. Von dem Sektenführer waren heimlich Tonbandaufnahmen gemacht worden, als er einer Versammlung seiner Anhänger von seinen Plänen erzählte, das Virus über zehn amerikanischen Großstädten abzuwerfen, nur um zu sehen, was passieren würde. Ebola als Freizeitvergnügen. Bryne schüttelte den Kopf.

Großer Gott, jetzt hatten sie es mit Milzbrand als Freizeitvergnügen zu tun – und das hatten nicht irgendwelche verrückten Sektenanhänger angeleiert, die nicht wußten, was sie taten, sondern jemand, der es *genau* wußte, der es nur zu gut wußte.

Die Unvereinbarkeit dieser gräßlichen Gedanken mit dem idyllischen Ort, an dem er sich befand, war fast zum Lachen.

Bryne nippte an seinem Port und genoß die Zigarre – und genau in dem Moment kam ihm der Gedanke. Kuba – die Karibik! Natürlich! Er hatte sich geirrt, was die Herkunft der Milzbranderreger anging. Es war nicht die Alte Welt. Der Ort lag nur zwanzig Minuten von Miami entfernt, genau hier in der westlichen Hemisphäre: eine beispiellose Fundgrube von Infektionskrankheiten, die eigentlich dem Mittelalter angehörten. Natürlich gab es Milzbrand in der Neuen Welt: auf Haiti. Und Bryne erkannte fast im gleichen Moment, daß es tatsächlich einfach war, an eine Kultur zu kommen, sie zu transportieren, zu züchten und anzuwenden – wenn man verschlagen genug war, um so etwas tun zu wollen.

Bryne lehnte sich in dem Liegestuhl zurück, streckte seine langen Beine aus und gab sich der Erinnerung an jene Monate in den sechziger Jahren hin, als er am Albert Schweitzer Hospital gearbeitet hatte. Haiti war damals wie heute hoffnungslos verarmt: Marasmus, Kwashiorkor, Unterernährung, Dehydrierung, Diarrhöe, Schwachsinn, Tod.

Das Albert Schweitzer Hospital existierte noch ein paar Jahre weiter, auch noch nach dem Tode seines Gründers, Dr. Mellon. Dessen Frau war in der winzigen Gesundungsoase zurückgeblieben, umgeben von Tausenden, die an Tuberkulose, Typhus, Malaria, Lepra und an der neuen Seuche starben, die dann unter der Bezeichnung AIDS bekannt werden sollte. Das Hospital hatte Bryne so grausige menschliche Gebrechen vor Augen geführt – er hoffte wirklich, sie nie wieder sehen zu müssen.

Ja, Haiti mußte es sein. Bryne wurde klar, wie unkompliziert es war, sich dort eine Milzbrandkultur zu beschaffen. Die Ziegen. Er erinnerte sich, daß sie, wenn sie starben, am Straßenrand lagen, bis Hunde, Ratten oder Geier sie fraßen. Ziegen gingen an Milzbrand ein. Man konnte die offenen schwarzen Geschwüre sehen, aus denen Flüssigkeit sickerte. Man konnte die Fliegenschwärme hören, die die Krankheit auf andere Tiere übertrugen. Um Milzbrandbazillen herzustellen, brauchte man nichts weiter als eine kleine Probe: Man mußte eine kranke Ziege finden, einen Abstrich an einem Geschwür machen, um an die Bakterien zu kommen, und sie in ein Teströhrchen stecken.

Bryne wußte genau, wie man weiter zu verfahren hatte. Das Rezept war in einer Broschüre mit dem Titel *Uncle Fester's Cookbook* abgedruckt gewesen, einer Terroristenfibel. Einfach, aber wirkungsvoll. Ein Rezept aus *The Anarchist's Cookbook* war sogar noch weiter gegangen. Es empfahl, Milzbrand in ein Schafsauge zu injizieren, und wies darauf hin, daß Schafsaugen ohne weiteres auf jedem griechischen Markt zu haben waren. Er hatte die beiden Bücher gelesen, als er in Genf an einer Bioterrorismuskonferenz teilnahm, es hatte ihn eiskalt überlaufen.

Die Rezepte waren ein Kinderspiel, sie funktionierten, und sie konnten Zeitschriften entnommen werden, die fast an jedem Zeitungskiosk verkauft wurden; bestimmte Anleitungen waren vor einiger Zeit im Internet erschienen. Er hatte seine WHO-Kollegen davor gewarnt, daß die Rezepte funktionierten, ihre allgemeine Zugänglichkeit machte ihm angst.

Eine der Milzbrand-Nährlösungen erforderte Jell-O (jede beliebige Geschmacksrichtung), einige Eßlöffel Zucker und zwei Tassen Wasser. Drei Blutwürste und zwei ganze Eier wurden darunter gemischt, und dann stellte man es beiseite. Schließlich mußte der Hersteller Knochenmehl auf dieses Gebräu streuen und es vorsichtig auf einer Wärmeplatte auf niedriger Stufe erwärmen. Wenn es warm war, wurde ein Teströhrchen Eiter, der Milzbrand enthielt, hinzugefügt.

Nach zwei Stunden wurde die Mixtur in eine Petrischale, einen Erlenmeyerkolben, in Tupperware oder auch bloß in einen Müllbehälter aus Plastik gegossen – es funktionierte in allen Gefäßen.

Den Deckel dicht verschließen, warten und öffnen, wenn man das Zeug benutzen will. Simpel. Aber warum? Warum?

Plötzlich von Müdigkeit übermannt, löschte Bryne die Zigarre, trank seinen Wein aus und trug das Tablett ins Haus. Er mußte ein paar Stunden Schlaf finden, er mußte sich zumindest darum bemühen. Im selben Moment, als er sich hinlegte, begannen seine Gedanken von neuem Karussell zu fahren. Warum? Wer? Es blieb ihm nichts weiter übrig, als nachzudenken und auf die Morgendämmerung zu warten.

Freitag, 19. Juni
San Diego

Endlich kam der Morgen, und Jack bereitete sich auf die Reise zu dem nächsten Problemfall vor. Er und Catrini trennten sich in dem gemeinsamen Wissen, daß sie möglicherweise denselben grauenhaften Tod zu erwarten hatten, einen Tod, dessen Zeugen sie am Tag zuvor gewesen waren. Wochen würden vergehen, ehe sie aufhören konnten, Antibiotika zu schlucken, aber Jahre konnten vergehen, ehe die Sporen sich tief in den Alveolen ihrer Lungen oder in einem Hiluslymphknoten zu vermehren begannen.

Sie tauschten Telefonnummern und E-Mail-Adressen aus und nahmen sich vor, sie auch wirklich zu gebrauchen. Catrini, der nur allzu erpicht darauf war, aus St. Roch herauszukommen, bestand darauf, Bryne zum Flughafen zu bringen.

Unterwegs sprach keiner der beiden Männer das Wort »Milzbrand« aus, und keiner bemerkte Scott Hubbard in dem Wagen hinter ihnen.

Hubbard ging vieles im Kopf herum, und einiges hatte mit dem Mann im Wagen vor ihm zu tun. Als der FBI-Agent die erste Sitzung in San Diego verlassen hatte, hatte er augenblicklich dafür gesorgt, daß die gelbe Wasserpistole per Kurier ins J.-Edward-Hoover-FBI-Gebäude in Washington geschafft wurde. Als nächstes faxte er zu routinemäßigen Sicherheitsüberprüfungen eine Liste der zu Befragenden ans Bureau. Hubbard hatte vor, die Nachforschungen zu koordinieren, indem er individuelle Werdegänge und Sicherheitsbiographien miteinander verglich, um zu sehen, ob nicht irgend etwas Korrespondierendes aus ähnlichen Listen zum Vorschein kam, die von den FBI-Dienststellen in anderen Großstädten erstellt worden waren. Das Zoopersonal war schon durch hiesige Außendienstmitarbeiter unter die Lupe genommen worden. Hubbard selbst befragte den Arzt des Jungen und die hinzugezogenen Berater, Bryne und MacDonald.

Kaum war die Pistole in D.C. angekommen, wurde sie einer mikroskopischen Inspektion unterzogen. Das Klebeband an dem Plastikgriff war unter einem Stereomikroskop sorgfältig abgelöst und Faser für Faser untersucht worden. Die Tinte würde man analysieren, ihren Hersteller identifizieren. Jeder Bestandteil würde einer erschöpfenden Analyse unterworfen werden. Die Buchstaben »LMPG« waren an Kryptographen bei der National Security Agency geschickt worden.

Der chinesische Hersteller der Wasserpistole, die koreanischen Großhändler und die Einzelhändler in den USA waren innerhalb von Stunden ausfindig gemacht worden. Endlos viele Anhaltspunkte wurden gefunden. Endlos viele Sackgassen. Die Pistole war einer der Massenartikel, die Wal-Mart von einem Laden zum anderen gekarrt hatte. An der Warenliste waren zahlreiche Veränderungen vorgenommen worden, bis die Pistole zum Verkauf kam, und es würde niemals eine Chance bestehen, die Pistole zu einer bestimmten Verkaufsstelle zurückzuverfolgen.

Von den Großhändlern war nichts weiter zu erfahren, als daß seit 1991 mehr als 26 000 Wasserpistolen des gleichen Modells über das Wal-Mart-Verkaufsnetz verkauft worden waren. Es gab keine Angaben darüber, wie viele davon gelb waren.

Hubbard war überzeugt, daß sie sich in einer Sackgasse befanden – bis die Namen und Werdegänge aller Teilnehmer an der Sitzung in San Diego durch Computer kreuz und quer verglichen wurden. Drei Teilnehmer hatten Akten, zwei davon waren Routineangelegenheiten. Und dann – Bingo! Die dritte Akte: dick, voll von erschreckendem Hintergrundmaterial, die Akte von John (Jack) Drake Bryne. Sie wurde komplett kopiert und dann mit einem einleitenden Bericht über den Vorfall im Zoo versehen. Dienststellen in allen Großstädten würden sie erhalten.

Das FBI-Team hatte Bryne stundenlang intensiv durch die Mangel gedreht, aber er hatte nichts preisgegeben. Hubbard brüstete sich damit, ein guter Agent mit einem hervorragenden Instinkt zu sein, und irgend etwas an diesem Bryne hatte nicht echt geklungen. Vielleicht war es seine äußerst augenfällige und tiefsitzende Gereiztheit gegenüber jeder Art von Autorität – eine Spur des obsessiven Hasses auf die Regierung, die diese Bürgermiliztypen hier im Westen alle hatten. Oder es war seine eifernde Hingabe, die fast zu überzeugend war, um real zu sein. Zum Teil hatte Scott Hubbard deswegen ein Auge auf Bryne geworfen, aber nicht nur deswegen. Es war reiner Instinkt, aber der FBI-Mann war davon überzeugt, daß Bryne ein Geheimnis hatte, etwas, über das er nicht sprechen wollte.

Dann kam Brynes Akte zum Vorschein, und Hubbard wußte nicht nur, daß er recht gehabt hatte, er wußte von diesem Moment an, daß er nach dem, was er gelesen hatte, seinem Hauptverdächtigen nicht nur bis zum Flughafen folgen würde, sondern überallhin in der Welt.

Freitag, 19. Juni
Indianapolis, Indiana

Als der Flughafen-Zubringerbus Bryne vom Terminal zum Motel fuhr, gelang es ihm einzuschlafen, aber kaum schlief er, begann ein Alptraum: Pferde, Dutzende von wunderschönen

Pferden starben auf einer Weide, fielen in eine Grube, starben auf grauenhafte Weise. Würgend, keuchend versuchten sie zu laufen, stürzten. Er wachte mit einem Ruck auf, in Schweiß gebadet. Verlegen, außerstande, die Bilder abzuschütteln, war er froh, daß der Bus leer war.

Selbst nachdem er im Suisse Chalet Motel abgestiegen war, merkte Jack, daß der Traum – die schreckliche Realität, die ihn erwartete – ihn immer noch verfolgte. All diese unschuldigen, kranken Pferde. Bei Tuckers Epidemie würde es sich wahrscheinlich um die Östliche Pferdeenzephalitis handeln. Er hoffte, daß er sich irrte, hoffte, daß es eine der vielen anderen möglichen Erkrankungen war, und sei es irgendeine Art von Futtervergiftung: Pflanzen wie Kreuzrebe, Bahiagras, Florestina, Wolfsmilch, Wicke. Sie alle enthielten Zyanid, Blausäuresalz. Wenn die Pferde frei weideten, konnten sie an diese Wildblumen und -pflanzen geraten sein. Er wußte, daß selbst Apfelkerne Zyanid enthielten. Eine einzige Tasse davon konnte einen Menschen töten. Eine Tasse Aprikosenkerne konnte einen Elefanten töten. Ricin, das Nebenprodukt von Castornüssen – dieselben, aus denen man Rizinusöl gewann –, war tödlich. Im letzten Dezember, erinnerte sich Bryne, war in Arkansas ein Mann aufgegriffen worden, der genug Ricin besaß, um damit tausend Menschen oder Hunderte von Pferden umzubringen.

Mein Gott, dachte Jack, könnte diese Pferdekrankheit ein zweiter »Freizeitvergnügungs«-Alptraum sein, von dem nächsten Irren erzeugt? Oder war es so was wie ein Finanztrick? Waren die Pferde versichert? Er erinnerte sich, daß vor ein paar Jahren in Connecticut Grand-Prix-Springpferde durch Stromschläge getötet worden waren, wegen der Versicherungssummen, die höher waren als das, was die Besitzer verdient hätten, wenn die Pferde ihr Leben lang Preise bekommen hätten. Aber die wenigen mit Stromschlägen getöteten Pferde waren alle Grand-Prix-Springpferde gewesen – nicht ganze Ställe voller Rassepferde.

Äußerst erschöpft beschloß Bryne, sich ein paar Minuten hinzulegen, aber er schlief tief ein, fast eine ganze Stunde, wie er hinterher feststellte – bis das Telefon klingelte. Das schrille Läuten des Apparates weckte ihn nicht sofort, aber es gellte weiter, bis Bryne den Hörer von der Gabel zerrte und sich ans Ohr hielt.

»Hallo, hallo«, murmelte er.

»Jack, hier spricht deine Frau, weißt du, Mia Hart«, sagte sie spitzbübisch. »Warum hast du mir gestern abend gesagt, du wärst unter dieser Nummer erreichbar? Ich habe es immer wieder versucht, aber man sagte mir, du hättest noch nicht eingecheckt.«

»O nein!« Er schlug sich mit der Faust gegen die Stirn, als ihm einfiel, daß er vergessen hatte, sie noch mal anzurufen, nachdem er die Flüge geändert hatte. »Mia, es tut mir furchtbar leid ... Ich wollte dich anrufen. Scheiße! Verstehst du, die Leute vom FBI bestanden darauf, alle in den Fall St. John verwickelten Leute zu befragen, und bis zu mir kamen sie erst, als es zu spät war, um das Flugzeug noch zu erreichen. Seit heute mittag habe ich fünfmal den Flieger gewechselt. Ich bin hier gerade angekommen.«

»Das FBI, was in aller Welt! Haben sie dir das Leben schwergemacht?«

»Na ja, sie haben weder Streckfolter noch Daumenschrauben angewandt, aber unter Spaß stelle ich mir was anderes vor. Ich begreife, vor welchen Schwierigkeiten sie stehen, aber ich konnte ihnen sowieso eigentlich nichts erzählen. War aber schließlich doch eine lange Nacht. Der Obermacher ist ein richtiger Scheißtyp.«

»Ach, Jack, es tut mir leid, daß ich dich geweckt habe. Anscheinend müssen wir uns das ständig gegenseitig antun.«

Bryne, der sich gerade vorstellte, wie schön sie war, und der wußte, wie traurig seine ständige Abwesenheit für sie war, sagte mit seiner romantischsten Stimme: »Schatz, du mußt dich nicht entschuldigen. Es gibt nichts Luxuriöseres, als von einer schönen Frau mit einer verführerischen Stimme geweckt zu werden.«

»Du hast sie nicht alle, Dr. Bryne.« Sie versuchte, streng zu sein, aber er spürte das Vergnügen hinter ihren Worten. Dann war sie ernst. »Jack, nach allem, was ich gelesen und im Fernsehen gesehen habe, bin ich froh, daß du von San Diego fort bist; die Sache dort klingt wirklich haarig!«

»Das, meine Liebe, ist eine Untertreibung. Da ist mehr im Gange, als CNN dir möglicherweise erzählen kann.« Er schüttelte seinen Kopf, immer noch groggy, die Strapazen der vergangenen paar Tage holten ihn nun ein.

»Hör zu, Jack, du hörst dich wirklich todmüde an. Sieh zu, daß du ein bißchen Schlaf kriegst, erledige, was immer du in Churchill Downs zu erledigen hast, und komm dann hierher. Ich will dich sofort in den Armen halten, wenn nicht noch schneller.«

Für den Augenblick entschied Bryne sich, die Wirklichkeit zu ignorieren, die ihn in den Ställen erwartete, und sagte aufrichtig zu seiner Frau: »Morgen abend liege ich in deinen Armen. Und glaube mir, Liebling, ich freue mich auf jede Sekunde. Wenn ich den letzten Zug nach Albany schaffe, bin ich vor Mitternacht bei dir.«

»Könnten wir nicht eins draufsetzen und morgen abend in New York bleiben?«

Bryne spürte, wie die lang aufgestaute Anspannung und mit ihr eine altbekannte Strenge in seine Stimme drang. »Wenn ich Glück habe, schaffe ich den Spätzug, mehr kann ich nicht –«

»Ich weiß, mein Schatz, aber ...« Er fühlte, wie ihre Begeisterung nachließ.

»Mia, ich bin seit Tagen nicht mehr im Labor gewesen!«

»Aber mußt du denn den ganzen Tag in Kentucky zubringen?«

»Ich muß damit rechnen. Es ist ein schlimmer Ausbruch, ich glaube aber nicht, daß es über Nacht dauern wird, und wenn ich einen frühen Flug kriegen kann, dann kannst du Gift drauf nehmen, daß ich's tue.«

»Yeah«, sagte sie bitter, »ich hoffe bloß, daß jemand diese Rechnung zahlt.«

Bryne fühlte, wie seine Geduld langsam mürbe wurde. »Wir werden Churchill Downs bitten, die Rechnung zu übernehmen. Die Sache ist verdammt gefährlich, Mia. Einige der möglicherweise befallenen Pferde sind bereits an Ställe im ganzen Land verschickt worden, zwei nach Saratoga. Mia, ich komme zurück, so schnell ich kann. Ich habe diese Dinge schon früher erlebt, und ich *muß* helfen.«

Jack spürte das eisige Schweigen, das sich zwischen ihnen ausbreitete, selbst als sie sprach. »Jack, um Gottes willen, was treibt dich nur? Was meinst du mit ›Ich habe dies schon früher erlebt‹?«

Ihre Worte ließen ihn in Deckung gehen. Er wußte, sie würde es merken, aber er konnte nicht anders. »Mia, bitte, ich habe gar nichts damit gemeint. Sollte bloß theatralisch klingen, ein schlechter Scherz ... Aber Liebling, ich kann jetzt im Augenblick keine genaueren Pläne machen. Laß mich dich aus Churchill Downs anrufen, sobald ich eine genauere Vorstellung davon habe, was los ist. Okay?«

»Jack, leg nicht auf. Ich wollte keinen Streit anfangen, aber manchmal setzt du dir diese ›Projekte‹ in den Kopf, und dann merke ich plötzlich, daß ich dich schon seit Wochen nicht mehr zu Gesicht bekommen habe. Du wirst mir buchstäblich entrissen.« Er konnte hören, daß sie sich zwischen Wut und Tränen bewegte. »Du hast mehr Vielfliegermeilen angesammelt als irgendein Politiker, und gerade jetzt müssen wir uns öfter sehen, nicht seltener. Ja, du wirst mir entrissen ... Liegt das an mir?«

»Oh, Mia, nein, nein, nein. Es liegt nicht an dir, mein Schatz. Ich habe nie kürzertreten können. Ich nehme an, ich hab's nie wirklich gewollt. Aber jetzt will ich. Ich möchte dich glücklich machen. Ich fühle mich miserabel, wenn wir nicht beisammen sind, und mir ist trübsinnig zumute, wenn mir bewußt wird, wie sehr ich dich verärgere. Ich will das nicht.«

»Ich ärgere mich nicht«, sagte sie mit Nachdruck. »Ich bin verliebt in dich von A bis Z, Jack. In deine Verrücktheiten, dein Engagement, in all die Dinge, die dich zu dem machen, was du bist. Aber Jack, ich muß dir sagen, ich weiß, daß es etwas gibt, das an dir nagt, und wenn du dich jemals dazu entschließen wirst, mir diesen verborgenen Teil von dir zu zeigen, dann begreife bitte, daß ich nicht da bin, um zu urteilen, ich will dir Mut machen.«

»Ich liebe dich, Mia. Danke.«

»Ich liebe dich auch, Jack. Und vergiß nicht, Victoria Wade herzlich von mir zu grüßen.«

Er gab ein gespieltes Stöhnen von sich, sagte ihr noch mal, daß er sie liebte, legte auf und begann erneut, über die Pferde nachzudenken.

Samstag, 20. Juni
Indianapolis

Bryne stand in der strahlenden Morgensonne vor dem Motel und wartete auf Tuckers Fahrer, als er von der Zeitung aufblickte, die er gerade las, und einen silberfarbenen Lexus vom Highway einbiegen sah. Wer immer den Wagen fuhr, er hatte es wirklich eilig, denn er kam in Höchstgeschwindigkeit auf ihn zugeschossen. Als der Wagen nahe genug war, daß Jack den Fahrer erkennen konnte, setzte sein Herz einen Schlag aus: Es war Vicky. Auch mit einem Kopftuch, das um die Haare geschlungen war, und mit einer dunklen Autobrille war Victoria Wade nicht zu verkennen. Der Wiedererkennungsschreck war groß genug, um Bryne ihre ganze gemeinsame Geschichte in Erinnerung zu rufen, und mit der Erinnerung jagte ein Sturm von Gefühlen einher, der so heftig war, als hätten sie sich erst in der letzten Nacht getrennt.

Manche Dinge ändern sich nicht: Er war nie länger als nur ein paar Augenblicke an ein und demselben Ort, und Vicky Wade kam nie zu spät. Pünktlichkeit war eine Frage der Ehre für sie, ein Grund – wenn nicht eine Entschuldigung dafür –, daß sie so rücksichtslos fuhr, wie sie fuhr. Ihre Innenreifen quietschten, als sie in die Motelauffahrt einbog, wo sie abrupt bremste und hielt.

Jack zog die Beifahrertür auf, und ihm strahlte das gleiche schöne Lächeln entgegen, das er in Erinnerung hatte. Und dieselbe außergewöhnliche Stimme fragte: »Jack, bist du's wirklich?«

»Victoria Wade, was tust du denn hier? Ich hatte dich in Churchill Downs erwartet.«

»Was ich hier tue?« wiederholte eine der bekanntesten und geachtetsten Frauen im Fernsehjournalismus. »Dir nachlaufen, Jack Bryne. Dasselbe wie immer. Im Ernst, Tucker hat mich hergeschickt. Spring rein. Jack, Tucker braucht deine Hilfe. Er ist deprimiert; seine Leute haben mir gesagt, er ist nicht mehr derselbe.«

»Das ist nicht gut«, sagte Bryne, auf der Stelle besorgt. »Aber Tucker hörte sich okay an, als ich mit ihm sprach.«

»Es kommt und geht, es geht ihm ganz gut, seit ich hier bin. Ganz nebenbei bemerkt, ich freue mich gerade daran, wie toll du aussiehst«, schnurrte sie herausfordernd.

»Nein, ist das eine Überraschung.« Bryne fühlte sich plötzlich aufs Gesprächsniveau eines Zwölfjährigen zurückversetzt. »Als Dr. Tucker einen Fahrer erwähnte, ahnte ich ja nicht, daß er ... ähmmm ... dich meinte.«

»Tja, der Sender läßt mich als Taxifahrer jobben, und du hast ausgesehen, als wärst du spendabel.«

Er grinste.

»Hüpf rein. Wir haben 'ne ziemliche Fahrt vor uns.« Sie machte eine Bewegung mit dem Kinn. Er verstaute sein Gepäck auf dem Rücksitz. »Ich erklär' dir alles auf der Fahrt.«

Bryne nickte, ließ sich auf den Sitz gleiten und sah sie an.

»Vicky, es ist toll, dich zu sehen. Du siehst wunderbar aus, nicht einen Tag älter. Ich kann gar nicht glauben, daß es schon fünfzehn Jahre her ist.«

»Himmel, du hast recht. Ich war damals erst zwei Jahre beim Sender.« Er sah, daß ihr Haar unter dem Kopftuch noch dasselbe kräftige, dichte Strohblond zeigte; selbst hinter dem Steuerrad sitzend strahlte ihr Körper noch Anmut aus. Und die Stimme, Millionen vertraut, schien noch schmeichelnder zu werden, als sie sich erinnerte: »Fünfzehn Jahre. Südamerika. Kolumbien. Ich war an dieser Story über die Exxon-Kohlengruben.«

»Ja, Vicky, und meine Prophezeiung, was die Materialgruben betraf, hat sich neulich erfüllt.«

»Ich habe davon gehört, Jack. Laß uns das Thema wechseln.«

»Ja, erinnerst du dich an unser Dinner in Barranquilla, nachdem alles vorüber war? Den Aguardiente?«

»Ja, Jack, wir haben dieses Brettspiel gespielt, *Careers*.«

»Richtig, und der Gewinner mußte eine Runde Aguardiente spendieren. Wenn ich mich recht erinnere, hast du uns alle überrundet, Victoria.«

Genau gesagt erinnerte Bryne sich an jeden Tropfen des starken Zuckerrohrschnapses, an jeden Augenblick des Spiels, das ihrer beider Leben vorwegzunehmen schien. Bei *Careers* wählt jeder Spieler verdeckt Spielpunkte aus den drei Kategorien Liebe, Ruhm und Geld aus. Wade, die Gewinnerin, hatte alle ihre Punkte auf Ruhm gesetzt. Jack, der sein Ziel unter den drei Kategorien aufgeteilt hatte, verlor, doch diese Niederlage hatte sie nicht von dem Versuch abgehalten, ihre Lebensstrategien während des nachfolgenden Wochenendes in Cartagena zu ändern. Als das Wochenende vorbei war, hatte keiner der beiden Spieler gewonnen: *Ruhm* flog zurück in die Staaten, um eine Story zu recherchieren; *Liebe-Ruhm-Geld* kehrte allein nach Genf zurück, nachdem er das Spiel um sein Glück verloren hatte.

Vicky betrachtete ihn von oben bis unten. »Du siehst noch genauso gut aus wie in Cartagena«, sagte sie.

»Nett von dir, meine Liebe, aber die Wahrheit ist, daß ich ein paar Pfunde und ein paar graue Haare mehr habe. Aber du, du siehst wirklich auch aus der Nähe noch wie eine junge Frau aus.«

Sie lächelte bitter. »Na, wenn mein Trainer und das ganze Gejogge, das ich mache, mich nicht in Form halten können, sind wir alle verloren. Ich jogge zweiundzwanzig Kilometer pro Woche, wenn ich kann.«

»Beeindruckend wie immer.«

»Es ist wirklich lange her, Jack.« Er hörte die Zärtlichkeit in ihrer Stimme, die noch immer so tröstlich war wie vor Jahren.

Merkwürdigerweise verschlug ihm dieser Trost erneut die Sprache, und er mußte sich anstrengen, um etwas herauszubringen. »Ich sehe dich öfter im Fernsehen.«

»Schwindel mich nicht an, Jack Bryne. Ich wette, du siehst kein bißchen mehr fern als früher!«

»Du bist voreingenommen! Ich sehe immer die Programme durch und versäume nie eine *Hot Line*, wenn ein Beitrag von dir dabei ist.«

»Das ist lieb von dir, Jack.« Als sie ihn ansah, merkte er, daß sie beide noch immer dieselbe Zuneigung zueinander empfanden wie vor Jahren. »Wirst du rot, Jack? Nun muß ich wohl glauben, daß du tatsächlich meine Sendungen ansiehst. Und ich fühle mich geschmeichelt. Ich weiß, wie beschäftigt du bist. Nein, nicht geschmeichelt, ich bin gerührt.«

Und mit diesen Worten löste sie ihren Sitzgurt und küßte ihn voll auf den Mund, ehe sie den Blick wieder der Straße zuwandte.

»Bloß eine weitere Geschicklichkeitsübung, die ich in meine Fahrkünste eingebaut habe«, lachte sie.

»Gottogott, ich dachte, so was kriegt man nicht fertig, ohne daß zwölf Wagen aufeinanderdonnern, mindestens zwölf.«

»Ach Jack, du hast bisher nur an der Oberfläche meiner verborgenen Talente gekratzt.«

»Das ist ein erschreckender Gedanke.«

Sie wechselte das Thema: »Jack, du kommst mir sehr glücklich vor.«

»Ich habe wieder geheiratet, weißt du. Ich habe eine wunderbare Frau.« Es erschreckte ihn, daß er hoffte, sie würde vielleicht ein klein wenig eifersüchtig sein; wenn sie es war, dann war sie offensichtlich nicht bereit, es zu zeigen.

»Glücklichsein steht dir. Es freut mich, daß du jemanden gefunden hast«, bemerkte sie, dann setzte sie herzlich hinzu: »Die Nachricht über Lisle hat mir leid getan. Es muß schrecklich gewesen sein. Ich habe nicht mal gewußt, daß sie gestorben ist, erst vor ein paar Jahren hab' ich's erfahren. Und da habe ich sehr mit dir gefühlt. Ich war oft kurz davor, dich anzurufen, aber ich wußte nicht, ob du von mir hören wolltest nachdem ich deine nicht für die Öffentlichkeit bestimmten Äußerungen über Ebola im Fernsehen benutzt hatte.«

»Das ist doch ›Schnee von gestern‹.« Jack wischte ihre Besorgnis vom Tisch. »Ich wollte, du hättest angerufen ...«

Als Antwort beugte sie sich herüber und küßte ihn wieder, diesmal unschuldiger, auf die Wange. »Es freut mich, daß es dir gutgeht. Weißt du, du hast mir die ganze Zeit gefehlt.«

Entschlossen, das Thema noch einmal zu wechseln, lächelte Jack. »Und ich kann's immer noch nicht fassen, daß ich neben *der* Vicky Wade sitze.«

»Willst du ein Autogramm als Beweis, daß du mich wirklich kennst?« scherzte sie. »Nein, im Ernst, Jack, erzähl mir bloß nicht solchen Unsinn. Du hast mich damals gekannt –«

»Lange bevor du mir beigebracht hast, daß ›Die Story immer der König‹ ist ...«

»He, Kleiner«, sagte sie, diesmal hielt sie den Blick starr geradeaus gerichtet, »ich habe nie versucht, dich hinters Licht zu führen. Sprich zu mir, und du sprichst zur Welt. Wobei mir einfällt, daß meine Produzenten mir sagen, in San Diego ist eine riesige Story im Kommen, und ich weiß, du warst da. Wenn's irgendwas gibt, was du meinen schütteren Kenntnissen hinzufügen möchtest – ich spreche jetzt als Vertreterin von ATV –, würde ich dir gespannt lauschen. Wenn du weißt, was ich meine, Dr. Bryne.«

Bryne antwortete: »Sie meinen, Ms. Wade, daß das, was ich Ihnen jetzt über San Diego erzähle, in allen Abendnachrichten zu hören sein wird.«

»Wenn du mir zum Beispiel erzählen würdest, warum man beschlossen hat, den Zoo zu schließen?«

»Tja, eigentlich ist es ein bißchen kompliziert ... Ich möchte lieber nicht ...«

Sie streckte die Hand in die Höhe. »Verstanden. Fall erledigt. Kommen wir jetzt zu der Sache, die mich im Augenblick mehr interessiert. Ich werde dir erzählen, warum ATV ausgerechnet mich hierher geschickt hat, um mit Dr. Tucker zu arbeiten. Wegen meiner Peace-Corps-Ausbildung bin ich bei *Hot Line* für alle medizinischen Geschichten zuständig. Und die hier ist sehr seltsam. Um dieser Geschichte willen wünschte ich, ich wäre Medizinerin geworden, nicht Reporterin. Wie dem auch sei, Tucker und alle Züchter wollten sich an die Presse wenden, und sie beschlossen, sich an *Hot Line* zu halten ... Mehr als die Hälfte unserer Stories beginnt mit einem Tip, davon kommen viele von ProMED. Vergiß das nicht.«

»Tucker hat weder mir noch ProMED viele Details verraten«, sagte Jack. »Treffen wir uns mit ihm an der Rennbahn?«

»Ich bin sicher, er wird da sein. Er braucht dich, um einen Blick auf die Gehirne der toten Pferde zu werfen. Die Tierpathologen von Churchill Downs haben weder Tollwut noch Prionen noch sonst was gefunden, weil sich der Großteil der Gehirne verflüssigt hat. Offen gesagt, und das hast du nicht von mir gehört, Tucker sagte, sie haben nichts, was deiner Erfahrung mit Tollwut nahekommt. Ich hatte den Eindruck, er denkt, ein Virus von einem Waschbären könnte mutiert haben, wenn das möglich ist. Es hatte was mit Negrischen Körperchen zu tun. Sage ich das richtig?«

»Sehr richtig«, sagte Bryne.

»Er ist die ganze letzte Nacht aufgeblieben. Es ist schlimm. Sie haben in einem halben Dutzend Farmen Pferde verloren, südlich von hier, in Richtung Ohiobecken. Es war ein furchtbarer Moskitosommer, und viele Farmen hatten Probleme mit stehenden Gewässern. Die Wächtervögel hatten keine Anzeichen von Virusinfektionen. Tuckers Leute haben unter Dutzenden von Wildvögeln und freilaufenden Hühnern Stichproben genommen, nichts. Die Entomologen haben auf jeder Farm nach Moskitolarven geschöpft, aber keinen wirklichen Anhalt für ein Problem gefunden. Sie haben aber ein paar Culex-Moskitos gefunden, die imstande sind, Viruserkrankungen wie zum Beispiel die Pferdehirnenzephalitis zu übertragen.«

»Bestehen abgesehen vom Standort noch irgendwelche anderen Verbindungen zwischen den Pferden? Zum Beispiel gleiche Besitzer, Besitzer in Schwierigkeiten, pleite gegangene Verbände?« fragte er, aufs neue beeindruckt von ihren Recherchen.

»Du meinst, jemand hat all die Tiere absichtlich umgebracht, wegen Geld getötet. Tatsächlich ist das der Grund, warum wir überhaupt hier runtergefahren sind. Aber es ist eher unwahrscheinlich, soweit ich sehe.«

»Es kommt vor.«

»Es kommt immer wieder vor, kein Zweifel«, räumte sie ein. »Aber wenn jemand ein Pferd tötet, dann, weil es nicht laufen will. Man wird aus eigenem Interesse kein Pferd töten, das in der Lage ist, Fünfundzwanzigtausend-Dollar-Fläschchen mit Samen zu produzieren, sooft der Besitzer das will. Und es macht Sinn, ein einzelnes Pferd um der Versicherung willen zu töten, aber wenn nicht jemand den Versuch unternimmt, diese Stallbesitzer in die Pleite zu treiben, kann ich für das, was hier passiert, kein Motiv erkennen – noch viel weniger eine Methode. Wenn man heutzutage ein ›Ferner-liefen-

Pferd‹ der Versicherung wegen umbringen will, benutzt man einen Zweihundertzwanzig-Volt-Viehstachel. Bringt das Herz zum Stillstand, sieht aus wie ein Herzschlag. Die meisten Versicherungen zahlen sofort. Aber darum geht es hier nicht. Dr. Tucker kennt alle hiesigen Züchter, und er ist sich sicher, daß sie einwandfrei sind. Offen gesagt, er steht vor einem Rätsel.«

»Tucker vor einem Rätsel?« Bryne zog eine Augenbraue in die Höhe.

»Ja, vor einem Rätsel«, fuhr sie fort. »Wie jeder andere Tierarzt, mit dem ich geredet habe. Es gab vor ein paar Monaten in Illinois zwei ähnliche Fälle. Frühe Symptome waren ein rasch einsetzendes Zittern, dann hörten die Tiere auf zu fressen, und in der Folge war eine erhebliche Schwäche der Hinterläufe zu beobachten. Dann brachen sie zusammen und gingen ein ...« Sie schüttelte traurig den Kopf, als Bryne sie ansah. Vielleicht hätte er für ihren Kuß nicht so unempfänglich sein sollen. Sie war schön, aber ... zurück zur Sache.

»Siebenundzwanzig Pferde aus fünf verschiedenen Ställen sind bis gestern eingegangen«, überlegte er. »Und man weiß immer noch nicht, warum.«

»Und ich weiß immer noch nicht, was du unternehmen willst, um die Sache zu stoppen«, provozierte sie ihn.

Worauf er nur antwortete: »Wirst es schon noch erfahren, Ms. Wade, wirst es erfahren.«

6

Samstag, 20. Juni
Churchill Downs, Kentucky

Die Rasenflächen von Churchill Downs waren sorgfältig gemäht, die Szenerie friedlich. Es war für Bryne und Wade nach dem Kampf gegen den morgendlichen Verkehr von Louisville eine Erlösung, als sie auf das Gelände der Rennbahn einbogen. Wade verlangsamte den Lexus am Tor auf Schrittgeschwindigkeit, während Jack zu dem riesigen Gebäude neben ihnen aufsah – vielleicht dem ältesten und vornehmsten architektonischen Wahrzeichen im amerikanischen Pferdesport. Die Kiefern. Die blühenden Gärten. Die Stille.

Mit seinen dunkel gedeckten Türmchen, den riesigen Buntglasfenstern und der sieben Generationen dicken Schicht eines leuchtenden kolonialen Weiß erschien das Clubhaus in Churchill Downs von außen immer grandioser als von innen. Im Vorbeifahren sah Bryne mit Erstaunen, daß das Alter seinen Tribut gefordert und dem Haus eine gewisse Schäbigkeit verliehen hatte.

»Die Pferde sind es, auf die es hier ankommt«, sagte Victoria, als sie sah, wie er das Haus betrachtete.

»Vielleicht für die Besitzer, aber mir kommt es darauf an, was die Tiere umbringt.«

Wade lächelte bitter. »Ich kann dir versichern, daß die in Churchill Downs laufenden Pferde eine bessere medizinische Betreuung bekommen als die meisten Menschen auf diesem Planeten. Vom Futter bis zu den Tierärzten, von der Streu bis zu den Vitaminen hat ein Spezialberater ein Wörtchen mitzureden. Diese Tiere stellen viele Millionen Dollar schwere Finanzunternehmen dar. Die Tiere beschäftigen Dutzende von Mitarbeitern.«

»Wer kontrolliert die verschiedenen Futterartikel?«

»Das ist wirklich interessant«, sagte sie. »Die Ernährung der Pferde wird von Pferdeernährungswissenschaftlern überwacht. Bestimmte Hafermischungen vor den Trainings, bestimmte Mischungen aus Weizen, Gerste und Luzernen vor den Rennen. Jede Mischung beruht auf persönlichen Berechnungen eines Trainers. Ich wette, du hast gedacht, nur Superprominente haben ihre eigenen Küchenchefs und Trainer.«

»Wie steht's mit der Sicherheit um die Pferde während des Rennens?«

»Sicherheit ist natürlich das Kronjuwel im Ruf dieser Rennbahn«, erklärte Wade. »Die Besitzer wollen ATV hier haben, damit wir bestätigen – sollte *Hot Line* die Geschichte bringen –, daß der Turf sicher ist. Dr. Tucker ist der Auffassung, daß niemand an einer Tragödie wie dieser hier interessiert ist, es sei denn, jemand versucht sie zu vertuschen.«

Jack folgte Victoria zur Direktorensuite, in der sie sechs offensichtlich besorgte Männer, alle in Anzug und Krawatte, bereits erwarteten. Auf dem runden Mahagonitisch lag nichts außer einer großen, abgenutzten Bibel. Als Vicky und Jack eintraten, erhoben sich alle, offensichtlich erleichtert.

Enoch Tucker, ein kleiner, eindrucksvoller Mann, dessen schütteres weißes Haar seinen kahlen Schädel einrahmte, begrüßte die beiden und stellte sie dann dem Vorstand auf persönliche und professionelle Art und Weise vor. Er erwähnte Jacks Arbeit über die Östliche Pferdeenzephalitis, dann bat er darum, keine Zeit mit Höflichkeiten zu verlieren. Die fünf Besitzer von Churchill Downs waren von Anfang an von der Epidemie in Angst und Schrecken versetzt worden, und Tucker, der mehr von den betroffenen Tieren behandelt hatte als jeder andere Tierarzt, teilte dieses Entsetzen inzwischen. Er kannte die Männer seit Jahren, und sie vertrauten ihm und bezahlten ihn nobel für seine Verläßlichkeit, Ehrlichkeit und Diskretion. Enttäuscht war er, daß er persönlich nichts tun konnte, um die Krise zu beenden, und er betete darum, daß Jack Bryne dazu in der Lage sein würde. Seine Ausführungen waren so knapp wie möglich.

Die einzige Gemeinsamkeit zwischen den Fällen war bisher, daß jedes erkrankte Pferd entweder als Dreijähriger zum ersten Mal am Kentucky Derby im Mai teilgenommen hatte oder einen Stall neben einem dieser Pferde gehabt hatte. Fast alle toten Pferde waren vor dem Rennen in Churchill Downs untergebracht. Bis heute waren die Todesfälle vergleichbar, die Ursache jedoch unbekannt. Alles deutete darauf hin, daß die Pferde der Infektion ausgesetzt waren, als sie sich auf der Rennbahn befanden – vielleicht sogar am Renntag selbst.

Im Anschluß an diese Ausführungen informierte Tucker die Gruppe über die Zahl der Todesfälle, er aktualisierte die Liste der kranken Tiere und skizzierte in groben Zügen, wie die Pferde auf die eine oder andere Weise mit dem Derby in Verbindung gekommen waren. Er skizzierte außerdem seinen Pro-MED-Fragebogen, mit dem er sich nach weiteren vergleichbaren Fällen erkundigt hatte. Es schien klar zu sein, daß jemand auch in anderen Ställen mühelos Pferde infizieren konnte, wenn er das wollte.

Tucker äußerte die Vermutung, es könne sich um Sabotage handeln, und schien mit dieser Bemerkung eine Bombe gezündet zu haben. Lastendes Schweigen breitete sich im Raum aus.

»Trotzdem«, fuhr Tucker fort, »bin ich davon überzeugt, daß wir den Ruf von Churchill Downs schützen, die Saison retten und den Turf im nächsten Frühjahr offenhalten können.«

Befürchtete Tucker tatsächlich, daß man die Rennbahn

schließen mußte? fragte sich Bryne. Wieso zog er auch nur in Erwägung, die Rennbahn dichtzumachen?

»Es gibt so viele Faktoren, die eine Epidemie dieser Art verursachen könnten«, erläuterte Tucker, »daß es praktisch unmöglich ist, der Rennbahn die Schuld an dem Unglück zuzuweisen. Vielmehr verhält es sich so: Je mehr wir wissen, je mehr Erreger – beziehungsweise potentielle Erreger – wir identifizieren können, desto undurchsichtiger wird die Lage. Und je undurchsichtiger die Lage wird, desto schwieriger ist es natürlich, irgendeine Form von Haftung zu fordern. Je mehr Nachforschungen wir anstellen, um so schwieriger wird es sein, der Rennbahn die Schuld anzulasten. Bedenken Sie das, wenn ich Sie bitte, sich die Ausführungen von Dr. Bryne anzuhören.«

Jack erhob sich und begann zu sprechen. »Ich möchte in keiner Weise zu verstehen geben, daß Ihre hervorragenden Mitarbeiter nicht alles in ihrer Macht Stehende getan haben, um Ihnen eine Diagnose zu geben. Aber es sind neue Erreger unterwegs, die bisher noch nicht in die Literatur Eingang gefunden haben und daher vielleicht nicht in Betracht gezogen oder überprüft worden sind.«

»Zum Beispiel?« fragte einer der Besitzer.

»Zum Beispiel ein neues, masernartiges Virus, eine Variante des Staupevirus. Nun, von Staupe werden üblicherweise Fleischfresser befallen – Hunde, Löwen in Gefangenschaft, Tiger, Leoparden.«

»Aber keine Pferde, Gott bewahre«, unterbrach ihn einer der älteren Besitzer, Leigh S. Connors. Er war ein intelligenter, aristokratischer Mann, dessen Familie schon seit mehr als hundert Jahren Pferde zum Derby meldete.

»Leigh, lassen Sie ihn ausreden!« mahnte Tucker.

»Danke.« Bryne nickte dem Tierarzt zu. »Es überrascht Sie vielleicht zu hören, daß die Staupe mit den Masern verwandt ist, an denen Menschen erkranken, und ebenfalls verwandt ist mit der Rinderpest, die Rinder befällt. Eine andere Masernform ist die *peste de petits ruminants*, die es auf Schafe und Ziegen abgesehen hat. Dasselbe trifft auf die Robbenstaupe bei Seehunden zu.«

»Bei Seehunden?« fragte ein jüngerer Mann, der am anderen Ende des Tisches saß.

»Ja, richtig. Anfang der Neunziger starben plötzlich in Rußland, um den Baikalsee herum, Tausende von Seehunden. Nach zahlreichen Diskussionen und internationalen Debatten auf einem frühen ProMED-Symposion hat sich nun herausgestellt, daß der Erreger ein völlig neues, masernartiges, eng mit der Staupe verwandtes Virus ist. Die Seehunde haben infizierte Hundekadaver gefressen, und das Virus ist von einer Spezies auf die andere übergewechselt.«

Bryne führte dann weiter aus, er erwähne derartige Krankheiten, weil vor einigen Jahren ein neues masernartiges Virus bei australischen Pferden ausgebrochen sei. Dieses Virus hätte schließlich auf Menschen übergegriffen und sie ebenso getötet. »Alle masernartigen Viren werden über die Luft übertragen«, setzte er hinzu, »und sind hochgradig infektiös.«

»Meinen Sie, unsere Pferde haben dieses Virus?« fragte der jüngere Mann. »Einige von ihnen waren in Australien. Werden auch Menschen diese Krankheit bekommen?«

»Das ist nicht unmöglich. Aber Sie haben auch Pferde aus England, Spanien, Saudi-Arabien beherbergt. Sehen Sie, das Virus könnte importiert worden oder aber eine völlig neue Masernform sein.«

»Aber haben Sie nicht gesagt, Viren greifen nur bestimmte Wirte an?« fragte Leigh Connors.

Bryne zuckte mit den Schultern und sagte zu ihm: »Das ist heute die Lehrmeinung. Aber bedenken Sie, zuverlässige neue Überlegungen deuten darauf hin, daß Ebola zum Beispiel sogar ein Pflanzenvirus sein könnte. Das ist nicht nur ein *Artensprung*: Es ist der Sprung aus einem Reich, Plantae, in ein anderes, Animalia. Was nur wieder beweist, wie wenig wir wissen. Zum Beispiel wird Kohl von einem Virus befallen, das dem Tollwutvirus am nächsten steht. Wir werden viele Tests durchführen müssen, meine Herren. Ich danke Ihnen.«

Bryne setzte sich, und Tucker stand auf und faßte zusammen: »Also abgemacht. Ich werde Dr. Bryne alle Materialien übergeben, die er von hier braucht, und die anderen Proben bekommt er, wenn Ms. Wade ihn nach Indianapolis zurückfährt. Die Botaniker am Forschungsinstitut von Eli Lilly werden dann auch ihre ersten Ergebnisse über Pflanzengifte vorliegen haben.« Er wandte sich an Bryne: »Was denken Sie, wie lange eine Antwort brauchen wird?«

Obwohl er im Grunde keine Vorstellung hatte, hörte Jack sich sagen: »Etwas Definitives könnte Wochen in Anspruch nehmen. Aber das New Yorker Labor ist so schnell wie nur –«

»Nein!« schrie Leigh Connors und sprang von seinem Stuhl auf. »Wir werden nicht noch mehr verdammte ›Spezialisten‹ heranziehen. Hier sorgt Gott der Herr für uns.« Er lief auf die Tür zu, dann blieb er stehen und drehte sich zu Enoch Tucker um. »Wenn die Leute hören, daß wir irgendwelche sagenhaften Experten aus New York City kommen lassen und nun auch noch diese Fernsehleute, dann schlagen die Gerüchte Wellen. Verdammt noch mal, ich will das einfach nicht!«

Zwei Leute aus dem Vorstand schienen sichtlich erleichtert, als Connors hinausstürmte und die schwere Tür hinter sich zuschlug. Der jüngere Mann, der Jack die Fragen gestellt hatte, schien im Namen aller noch anwesenden Besitzer zu sprechen, als er sich entschuldigte. »Leigh will ja nichts weiter«, erklärte der Mann, »als den Züchtern und der Öffentlichkeit die Gewißheit geben, daß die Rennbahn sicher ist. Dann könnte man den ganzen Vorfall vergessen. Wir wären Ihnen äußerst dankbar für Ihre Hilfe.«

»Gut.« Tucker erhob sich wieder. »Also, Dr. Bryne war so freundlich, eine Reise quer durch den Kontinent zu unterbrechen, um nach Kentucky zu kommen, und er hat das auf meine Bitte hin getan. Es war für Dr. Bryne eine kostspielige Unterbrechung, und ich habe die Absicht, seine Kosten und Gebühren in meine nächste Rechnung aufzunehmen.« Er grinste. »Wir wollen doch nicht, daß Leigh sieht, daß Schecks auf ›irgendeinen sagenhaften Experten aus New York City‹ ausgestellt wurden, nicht wahr?«

Victoria fuhr den Wagen, in dem Tucker, sie und Bryne sich zu drei der nahe gelegenen Ställe begaben. Auf jeder Farm konnte Bryne ein paar Abstriche nehmen. Im Laufe der nächsten Stunden erlebte Jack von neuem ein Bild der Hölle: Einst gepflegte, glänzende Hengste versuchten, auf den Beinen zu bleiben, die Ohren zurückgelegt, mühsam atmend, würgend; andere, kraftlos hingestreckt, traten mit den Hufen gegen ihre Stallwände. Es war fürchterlich, und das schlimmste daran war, daß nichts getan werden konnte, um dem Sterben ein Ende zu machen. Zumindest noch nicht.

Am frühen Nachmittag hatten Jack und Vicky Tucker abgesetzt und waren auf dem Rückweg zu dem berühmten Botanischen Garten Eli Lilly in Indianapolis. Während Jack versuchte, die gräßlichen Bilder der kranken Pferde aus seinem Gedächtnis zu vertreiben, erwähnte Wade, daß sie von zwei Veterinären an der Indiana University ein Fax erhalten hatte, worin diese die Vermutung äußerten, die Pferde könnten Sommerflockenblumen gefressen haben, und meinten, das Zittern werde auch oft durch Wasserdost hervorgerufen. Zyanidvergiftung aus in der Natur vorkommenden Quellen war bereits ausgeschlossen worden. Sie schlugen vor, Wade solle mit den Giftpflanzenexperten im Botanischen Garten reden, und da wollten sie jetzt hin.

Wade verließ den Highway und nahm direkt Kurs auf den Garten. Beim Fahren witzelte sie mit Bryne über die Art und Weise, in der Tucker den Vorstand überredet hatte, Jacks Laborarbeit und Nachforschungen zu finanzieren.

»Darf das Geld nicht behalten, selbst wenn ich's kriege«, erklärte Jack. »Ich muß es an den Staat New York abliefern.«

»Verdammt noch mal, Bryne, behalte es!« sagte sie entschlossen. »Du hast diese armen Pferde gesehen! Connors braucht die Informationen, ob er nun zahlt oder nicht. Wichtiger noch, Tucker ebenfalls.«

Als Bryne fragte: »Und ATV auch?«, schaute sie weg.

Bis sie sich eine Antwort überlegt hatte, hatte Bryne seinen Sitz bereits nach hinten geklappt und war eingeschlafen, um schließlich vom Rauschen eines Brunnens geweckt zu werden. Er blickte aus dem Wagen und sah ein riesiges, kreisrundes Becken, umgeben von kubischen Betonplastiken und einladenden Rasenflächen. Er spürte Vickys Hand auf seinem Ärmel.

»Aufwachen, Jack, wir sind da. Ich gehe rein. Dein Piepser hat verrückt gespielt, aber ich habe ihn aus dem Verkehr gezogen.« Sie öffnete ihren Sitzgurt. »Na, komm.«

»Ihnen einen wunderschönen Morgen, Ms. Wade«, scherzte er. »Und wo um alles in der Welt *ist* mein Piepser?«

Sie machte das Handschuhfach auf, nahm seinen Funkempfänger heraus und reichte ihn ihm.

Jack warf einen Blick auf die Botschaft. Wieder Lawrence. Er langte nach hinten, um seinen Laptop vom Rücksitz zu nehmen. »Wir treffen uns hier. Ich liebe die freie Natur, wenn's dir nichts ausmacht«, rief er, als sie aus dem Wagen stieg.

In wenigen Augenblicken hatte er die ProMED-Schlagzeilen überblättert und las die Mitteilung. Lawrence hatte das Konzept der Finanzierungsanträge und den Haushaltsentwurf fertiggestellt, von denen er gesprochen hatte – wann denn? Vor wie vielen Tagen war er in Kalifornien angekommen? Es mußte der Jetlag sein. Bryne hatte das Gefühl, die Zeit aus den Augen zu verlieren. Lawrence wollte wissen, ob er in Indianapolis bleibe und den ganzen Antrag per E-Mail zugeschickt haben wolle. Aber warum hatte Lawrence denn wegen einer solchen Routineanfrage den Piepser betätigt?

Bryne tippte eine kurze Antwort ein und bat Lawrence, die Unterlagen bei sich zu behalten, denn er sei auf dem Rückweg. Dann blätterte er nach oben und las die ProMED-Schlagzeilen.

Eine Nachricht hinsichtlich des therapeutischen Gebrauchs

bestimmter Hautflüglertoxine sah interessant aus; mehrere Fälle von Influenza A schienen dringend zu sein; und ein gefährlicher Listeriose-Ausbruch in Frankreich. Jedoch nichts über Tuckers Pferde.

Und dann sah er *sie*. Eine höfliche, taktvolle Mitteilung eines pakistanischen Arztes, der einen Kommentar zu dem ungewöhnlichen Fall des kranken Jungen in San Diego abgab. Bryne hatte eine Zusammenfassung von Joeys Labortests und des klinischen Erscheinungsbildes vor der Milzbrand-Diagnose rausgeschickt, worauf der pakistanische ProMED-Teilnehmer eingegangen war:

> An ProMED:
> So seltsam es in Ihrem wunderbaren Land erscheinen mag, schlage ich vor, Sie sollten Milzbrand in Betracht ziehen. Hochachtungsvoll, Dr. med. Sirhan Khan, Aga Khan Hospital, Karatschi, Pakistan.

Erst schüttelte Bryne den Kopf, dann warf er einen Blick auf die Absendezeit und stieß einen Fluch aus – die Nachricht war nur wenige Stunden zu spät gekommen! Auch andere würden die richtige Diagnose stellen und dies mitteilen, aber sie würden alle zu spät kommen. Wenn Jack seinen Notruf nur schneller über ProMED losgelassen hätte und wenn Joey und dem jungen Mädchen massive Dosen der richtigen Antibiotika verabreicht worden wären, könnten sie jetzt vielleicht noch leben.

Er schaltete den Laptop aus, klemmte ihn unter den Arm und steuerte auf die sonnenbeschienenen Rasenflächen jenseits des Brunnens, hinter den Kolonnaden des Gebäudes zu. Es tat ihm gut, im Freien zu sein. Es war wärmer als in New York, die Luft frisch und verlockend. Jack wurde gewahr, wie sehr er etwas Sonne brauchen könnte und wie sehr er Ruhe nötig hatte.

Als er zum Hauptgebäude des Museums hinaufschaute, bemerkte er ein hellblaues Transparent, in das Schlitze geschnitten worden waren, um es winddurchlässig zu machen. Es wies auf eine größere neue Ausstellung hin: DIE ALTEN KÜNSTE ÄGYPTENS. Das Transparent flatterte leicht im Wind und lockte ihn in den Garten, aber er beschloß, seinen Pflichten nachzukommen, drehte dem Sonnenlicht den Rücken zu und trat in die kühle Dunkelheit der Museumsräume ein.

Plötzlich überfiel ihn aus dem Nichts ein überwältigendes Schwindelgefühl. Der Raum schien sich um sich selbst zu drehen. Er mußte sich unbedingt hinsetzen. Er fühlte einen stechenden Schmerz in der Brust. Wenn dies kein Déjà-vu-Erlebnis war, war es doch auch kein mattes, unerklärliches Gefühl; es war vielmehr entsetzlich stark und absolut angsterregend. Was konnte das sein? Zu viel Kaffee, zu wenig Schlaf? So viele Möglichkeiten. Milzbrand? Nein, sagte er sich, nein.

Zuckerschock, entschied er. Mußte es sein. Er hatte seit sieben Stunden nichts mehr gegessen, weil Victoria sich nie die Mühe machte, deswegen unterwegs anzuhalten. Er schüttelte den Kopf, um das Schwindelgefühl zu vertreiben. Schon besser. Erleichtert machte er sich auf die Suche nach dem Restaurant. Vicky würde er später auch noch finden.

Auf seinem Weg durch die Korridore sah Bryne sich plötzlich einem äußerst beunruhigenden Anblick gegenüber, Turners gewaltigem Gemälde *Die Fünfte Plage*. Das riesige Ölgemälde stellte die Rache Jahwes, Jehovas Strafe, dar, die den Pharao und seine ägyptischen Untertanen dafür heimgesucht hatte, daß sie das auserwählte Volk in Knechtschaft hielten. Ein grausamer Tod für die Unterdrücker und ihre Tiere. Unheilvolle schwarze Wolken fegten vorüber, Stürme blitzten am Horizont auf. Rinder und Pferde lagen tot am vorderen Bildrand. Eine Pyramide leuchtete im Hintergrund.

Das Bild vibrierte von Geschrei und Schmerzen, von Flucht und Tod. Bryne war erstarrt – bewegungslos. Er mußte sich ins Bewußtsein rufen, daß das, was er sah, nur Öl auf Leinwand war und – ein Zufall. Trotzdem, da waren sie, all diese sterbenden Pferde.

Schließlich fand Vicky Wade ihn zitternd vor dem Gemälde. »He, bist du okay? Komm mit, Jack«, drängte sie und zog ihn am Arm. »Laß uns hier rausgehen. Ich hab' was zu essen.« Sie blickte zu dem Gemälde auf. »Was für ein entsetzlich deprimierendes Bild. Was stellt es dar?«

»Den Zorn Gottes, Vicky.«

Sie ließ ihre Hand in seine gleiten und führte ihn weg, und er war erleichtert.

Während sie auf der Fahrt Sandwiches aßen, gab Wade Jack eine Kopie der Berichte von den Pflanzenspezialisten.

»Jack, diese Namen sind alle griechisch – oder lateinisch. Kannst du dir das mal ansehen?« fragte sie ihn. »Die Botaniker pflichten Dr. Tucker bei. Die Pferde scheinen an einer pharmakologischen Ursache einzugehen und nicht an einem Krankheitserreger. Worum es sich auch handeln mag, es zerstört einen bestimmten Teil ihres Hirns – langsam oder schnell, das hängt vermutlich von der Dosis und dem Zeitraum der Giftaufnahme ab.«

Bryne zuckte mit den Schultern. »Die Hauptfrage ist trotzdem, um welches Toxin es sich handelt. Und daraus ergeben sich weitere Fragen: Wann genau haben die Beschwerden begonnen? Wie weit verbreitet ist diese Epizootie? Und welche Pferde sind vor allem betroffen?«

Vicky nickte. »Einer der Veterinäre war nicht deiner Meinung. Er machte den Vorschlag, daß ein Slow-Virus – eine Prionenvariante – in die Pferdepopulation eingeschleust worden sein könnte. ›Pferdewahnsinn‹ nannte er es. Ist das möglich?« fragte sie, eine Story in der Nase.

»Prionen sind ziemlich real. Englands Erfahrungen mit dem Rinderwahnsinn sind erst der Anfang.«

Als Vicky den Spiegel zurechtrückte, bemerkte Bryne, daß sich ihnen ein blauer Lieferwagen mit hohem Tempo näherte, als wolle er sie überholen. Aber dann bremste er und blieb in gleichmäßigem Abstand genau hinter ihrem Wagen. Bryne, der nach hinten sah, dachte zuerst, sie würden verfolgt, aber dann kam er zu dem Schluß, daß seine Erschöpfung ihn Gespenster sehen ließ.

»Die Lilly-Leute«, fuhr Vicky fort, »hatten außerdem die Vermutung, die Quelle könne auch im Futter zu finden sein, das mit irgendwas versetzt wurde. Wenn Kühe über infiziertes Futter Prionen aufnehmen können, kann das bei Pferden auch der Fall sein.«

»Das ist eine reale Möglichkeit«, gab Bryne zu. »Vergiß nicht, die Briten leiden noch immer und werden noch lange darunter leiden, weil für Rinderwahnsinn die Inkubationszeit bei Kühen ungefähr zehn Jahre beträgt. Bei Menschen kann es weniger sein. Und wenn diese Pferde etwas Neues haben ...«

»Könnte es auch Menschen befallen?«

»Durchaus. Bei dem Rinderwahn haben wir eine potentielle Pandemie vor uns. Und die Öffentlichkeit weiß nicht, daß Prionen auch in anderen Organen als dem Gehirn nachweisbar sind, zum Beispiel im Rückenmark oder im Nervengewebe des Muskelfleisches. Verstehst du, so haben's auch die Kühe gekriegt, indem sie Fleischabfälle gefressen haben, darunter Schaf-Überreste im Kraftfutter. Alles hat angefangen mit Gajduseks Arbeit über die Kuru-Krankheit, und fast fünfzig Jahre später bekommt Prusiner den Nobelpreis für die Idee.«

Bryne wollte nicht fragen, aber er überlegte, ob Vicky wohl im Garten arbeitete, denn Prionen sind in Knochenmehl zu finden. Man war der Meinung, daß selbst winzigste Teilchen, in ein Auge gelangt, genügen könnten, um eine Infektion auszulösen. Er wußte auch, daß Rinderhirne als Zusatz in Hautcremes, Feuchtigkeitsspendern und Körperlotions für Frauen verwendet werden, weil Sphingomyelin die Cremes geschmeidig macht, und die Flüssigkeit aus Rinderaugen wird dazu benutzt, Milchshakes einzudicken. Aber er sagte nur: »Und nebenbei, wenn du eine echte Story suchst, warte ab, was in Japan passieren wird. Es war der einzige Markt der Briten für Rinderrückenmark. Die Japaner verzehren es roh, in dünne

Scheiben geschnitten wie Sashimi. Sie schwören, es sei ungefährlich. Es gilt als Delikatesse.« Wade sah ihn ungläubig an.

Bryne fuhr fort: »Glaub's mir. Nicht nur Vogel Strauß steckt den Kopf in den Sand.« Sie lächelte, und er sagte: »Die Japaner haben doch sogar geleugnet, daß sie ein AIDS-Problem hätten, bis schließlich die Wochenendtouren japanischer Geschäftsleute in die Bordelle Bangkoks nicht mehr zu vertuschen waren. Dasselbe könnte auf BSE zutreffen. Erinnere dich, dafür beträgt die Inkubationszeit zehn Jahre. Japan ist ein einziges riesiges Teströhrchen.«

Als Bryne sich umdrehte, sah er, daß der blaue Lieferwagen ihnen immer noch folgte. »Oder es könnte Tollwut ohne Negrische Körperchen sein. Obgleich Negrische Körperchen im allgemeinen das Kennzeichen von Tollwut sind, findet man sie nicht in den Gehirnen tollwütiger Fledermäuse. Es könnte sich um diese Art Mutation handeln. Tatsächlich könnten die Pathologen in Churchill Downs das übersehen haben, wenn sie nach Negrikörperchen gesucht haben. Unser Labor kann die Antikörper-Fluoreszenzanalysen für Fledermaus, Fuchs, Stinktier und so weiter vornehmen. Aber Vicky, wenn wir es hier mit irgendeinem mutierten Tollwutstamm oder einer neuen Prioneninfektion zu tun haben, wird Tucker fachmännische Hilfe brauchen.«

Bryne deutete mit dem Kopf zu einem Päckchen auf dem Rücksitz hinüber. »Tucker hat mir Objektträger mit Hornhautabstrichen, Follikelproben aus der Halsregion und ein paar Gewebeproben aus der Nähe der Hufe mitgegeben. Seine Mitarbeiter müssen diese Proben wochenlang gesammelt haben. Da steht uns eine Menge Arbeit bevor, es bedeutet, daß Dutzende von Tests durchzuführen sind. Wirklich, Vicky, warum ich? Mein Budget ist eine Katastrophe. Ich bin schon mit meinen alltäglichen Routinearbeiten im Hintertreffen.«

»Um ehrlich zu sein«, grinste sie schüchtern, »hat Enoch dich nach Louisville gebeten, bevor er auch nur eine Möglichkeit sah, dich zu bezahlen. Aber keine Sorge, der Sender finanziert unsere ganze Arbeit, da kannst du auch noch auf dem Etat für die Recherche stehen ...« Sie verstummte mitten im Satz, lächelte und blickte ihn von der Seite an. »Na, wer stützt jetzt wen?«

»Tja«, er schüttelte den Kopf, »ich lerne von einer Meisterin. Aber ich würde es gratis machen, wenn Enoch mich bäte. Natürlich brauche ich noch mehr Gehirnschnitte, auch von den anderen Pferden.«

»Tucker hat aufbewahrt, was er konnte, aber ich habe dir ja gesagt, einige haben sich praktisch aufgelöst, verflüssigt. Es ist, als fräße sich Batteriesäure in ihre Schädel hinein und zerstörte einen Großteil der Struktur.«

»Das ist weder für Tollwut noch für Rinderwahnsinn typisch«, murmelte Bryne.

»Was kann so was denn dann bewirken?«

»Herrgott, Vicky, ich weiß es nicht. Ich bin gut, aber wieso kommst du auf die Idee, daß ich so gut bin?«

»Das ist ganz einfach, mein Schatz, du bist es.«

Sie kamen früh genug zum Flughafen, um im Terminal noch bei einem Drink ein bißchen zu plaudern.

Jack trank einen Schluck von seinem Watney's und sagte zu ihr: »Ich bin sehr glücklich, dich wiedergesehen zu haben, trotzdem muß ich dich fragen, was du hier wirklich tust.«

Vicky lächelte. »Ich bin die Reporterin. Ich bin diejenige, die die Fragen stellen sollte.«

»Ich wußte gar nicht, daß dies ein Interview ist.«

»Ist es auch nicht.« Sie nippte an ihrem Weißwein. »Es sitzen nur zwei alte ... ähmmm ... *Freunde* auf einem Flughafen bei einem Drink zusammen.«

»Also, du willst mir nicht erzählen, warum du hier bist.«

»Doch, ich dachte, ich hätte es schon getan. Es ist kein Geheimnis. Es ist genau das, was es zu sein scheint. Hör zu, ich bin eine verdammt gute Journalistin, und ich rieche eine heiße Story aus einer Meile Entfernung. Diese Pferdesache, ich bin nicht sicher, warum, aber ich *weiß*, daraus wird eine Bombengeschichte. Ich weiß eigentlich nicht, ob ich denke, es ist so was wie Betrug, Erpressung – oder doch Tollwut oder sogar ein neues Virus. Davon kommen ja täglich genug zum Vorschein, und *Hot Line* ist stolz darauf, all den neuen Krankheitserregern nach wie vor dicht auf den Fersen zu sein. Du weißt, wir haben die erste Story über Rinderwahnsinn gebracht.«

»Das weiß ich genau. Ich habe sie gesehen.«

»Und meine Neugier bei dieser Pferdegeschichte wird noch weiter geschürt durch die Tatsache, daß Enoch Tucker vollkommen im dunkeln tappt. Das hat man selten bei ihm.«

»Und deine Intuition sagt dir, es sind Bioterroristen, die ein neues Virus benutzen, das wir noch nicht bestimmen können?«

»Tja, so ungefähr. Vielleicht. Offen gestanden ist das der Grund, weshalb ich Tucker gesagt habe, er soll dich dazuholen.«

»Herrgott, ich hoffe, ich kann helfen.«

»Ich hoffe es auch. Ich mag ja wie eine gefühlskalte Journalistin aussehen, aber es bricht mir das Herz, wenn ich diese schönen Tiere leiden sehe.«

»Ja, mir auch. Und der Gedanke, daß die Sache auf Menschen überspringen könnte, ist grauenhaft.« Jack richtete zufällig den Blick auf die Uhr über der Bar. »Mein Gott, ich muß zu meinem Flieger.« Er griff rasch zur Rechnung, aber sie schnappte sie ihm weg. Nachdem sie gezahlt hatte, gingen sie zusammen zum Flugsteig. Er ließ seine Reisetasche, die alles Material enthielt, das Vicky ihm gegeben hatte, durch den Metalldetektor gleiten, dann drehte er sich um, um auf Wiedersehen zu sagen.

»Jack«, begann sie, »wenn du auch nur den Versuch machst, mir dafür zu danken, daß ich dir ein Bier spendiert habe, dann küsse ich dich noch mal, das schwöre ich.«

»Tut mir leid, Vicky, es ist bloß ...« Er fühlte sich nervös, verloren, als sie beide Arme nach oben streckte und ihm ihren Mund hinhielt. Bryne küßte sie auf die Wange. Als er sich langsam von ihr abwandte, um durch den Ausgang zu gehen, lächelte sie traurig und warf ihm als Antwort eine Kußhand zu.

»Jack«, hörte er sie rufen und drehte sich um. »Jack, bitte ruf mich an, wenn du in New York bist. Ich meine es ernst, Mister. Wir müssen rausfinden, was hinter der Sache steckt.«

Oder *wer*, dachte Bryne und warf ihr einen spöttischen Gruß zu, ehe er die 737 bestieg, die ihn zurück zu Mia bringen sollte.

»Ms. Wade? Vicky Wade?« Sie war nur wenige Schritte vom Ausgang entfernt, als Vicky hörte, wie ihr Name gerufen wurde. Sie drehte sich um und sah einen Mann in einem grauen Anzug auf sich zukommen, der eine zusammengerollte Zeitung in der Hand hatte. Während er neben ihr in den gleichen Schritt verfiel, lächelte er, aber seine Freundlichkeit hatte etwas Gereiztes. Sie nickte und warf ihm einen nervösen Blick zu.

Der Mann schien ihre Nervosität zu spüren und stellte sich in der gedehnten Sprechweise eines Südstaatlers als »Scott Hubbard, FBI« vor. Im Gehen zeigte er ihr diskret seine Erkennungsmarke. »Ms. Wade, ob wir wohl ein paar Minuten miteinander plaudern könnten?«

Vicky wußte nicht, worum es ging, aber es gefiel ihr nicht. »Ich bin so beschäftigt wie immer, Mr. Hubbard«, sagte sie knapp und hoffte, ihn damit zu verscheuchen.

Er stellte sein Lächeln nicht ein, als er sagte: »Ich verspreche Ihnen, Ma'am, es wird nicht länger als ein paar Minuten dauern.«

Vicky, die nie in Panik geriet, fühlte sich plötzlich einer beängstigenden Unsicherheit nahe. Sie überlegte, ob sie ihn abschütteln sollte, indem sie in aller Ruhe in die Damentoilette hineinspazierte, von ihrem Handy aus New York anrief und ihren nächsten Schritt besprach. Dann überlegte sie es sich anders.

Eine ATV-Reporterin und das FBI haben ein kleines informelles Gespräch auf dem Flughafen von Indianapolis. Warum nicht? Sie spürte den ersten Hauch von etwas, das sich als eine weitere dicke Story entpuppen konnte. »Okay, dort drüben.« Sie zeigte auf eine Reihe Stühle in einer leeren Abfertigungszone.

»Es gibt hier ein Besprechungszimmer, das wir benutzen können –«

»Dort oder gar nicht«, unterbrach sie ihn. »Sie wissen sicher, daß ich bei ATV arbeite. Wenn ich meinen Flug verpasse, kriege ich Ärger. Aber wenn ich mit Ihnen rede, ohne die Rechtsabteilung zu informieren, werde ich bestimmt gefeuert. Wenn Sie also zu einem zwanglosen Gespräch mit mir bereit sind, dann werden wir das dort tun. Wir setzen uns da drüben maximal zehn Minuten hin. Ich nehme die ganze Unterhaltung auf. Ich erreiche mein Flugzeug, behalte meinen Job, und wir machen mit unserem Leben weiter wie bisher.«

»Sicher, Ms. Wade«, nickte Hubbard, »lassen Sie es uns beide aufnehmen. Und ich werde unser Gespräch mit Freuden kurz halten.«

Sie gingen hinüber zu den Stühlen, nahmen Platz, holten ihre Bandgeräte hervor und gaben Datum, Uhrzeit, Ort und Gesprächsteilnehmer ein. Dann begann Hubbard.

»Sie sind eine Freundin von Dr. John Bryne, richtig?«

»Ja, natürlich, wir sind sehr alte Freunde. Warum fragen Sie?«

»Sie haben vielleicht gehört, daß die gerichtsmedizinischen Labors des Bureaus in letzter Zeit schwer unter Beschuß geraten sind.«

»Natürlich«, antwortete sie. »*Hot Line* hat ausführlich darüber berichtet.«

»Nun, aufgrund der ... ähm ... angeblichen Inkompetenz sind wir dabei, unabhängige wissenschaftliche Talente anzuwerben – Sachverständige, Ratgeber, Leute wie Dr. Bryne, ein hochqualifiziertes Beratergremium, wenn Sie so wollen. Im Augenblick durchleuchten wir den Werdegang einer Reihe von

Wissenschaftlern, die die Kenntnisse und Erfahrungen haben, um uns zu helfen, Informationen in puncto biologischer Kriegführung und Terrorismus zu sammeln.«

»Tatsächlich?« fragte Vicky, deren Interesse erwachte.

»Ja, Ma'am«, erwiderte Hubbard. »Wir versuchen momentan gerade, bestimmte BW-Agenten auszuschalten, von denen wir wissen, daß sie in die Vereinigten Staaten eingeschleust worden sind. In der Vergangenheit haben wir derartigen Bedrohungen gegenüber eine relativ passive Rolle eingenommen. Aber nach all den Aufregungen in den Labors und der Tatsache, daß es in jüngster Zeit ein paar Vorfälle gegeben hat ...«

»Wann?«

»Das ist geheim.«

»Hat es Personenverluste gegeben?«

»Geheim, Ms. Wade. Wenn Sie so weiterfragen, wird unser kleines Gespräch enden müssen.«

»Okay, sprechen Sie weiter, Mr. ... Hubbard, nicht wahr?« Sie konnte nichts dagegen tun, sie hielt ihr Gegenüber für ein ziemlich aufgeblasenes Arschloch – und für einen furchtbar schlechten Lügner.

»Ja, Hubbard ist mein Name, Ms. Wade. Was ich Ihnen erzählen kann, ist folgendes: Wir glauben, daß bestimmte Institutionen und insbesondere kulturelle oder politische Ereignisse, an denen viele Menschen beteiligt sind, für den Einsatz dieser Materialien – biologischer Kampfstoffe – ausgesucht werden – vielleicht bereits dazu ausgewählt worden sind.«

»Warum erzählen Sie mir das?«

»Sicher nicht als Pressemitteilung, Ms. Wade.«

»Aber?«

»Wie ich Ihnen schon sagte, durchleuchten wir den Background von Leuten, die uns helfen könnten, so etwas zu verhindern, von Leuten wie Bryne, von Leuten wie Ihnen.« Er setzte wieder sein humorloses Lächeln auf. »Von Leuten, die Zugang zu Informationen haben und bereit wären ...«

»Für das FBI zu spionieren?«

»... uns zu helfen, etwas aufzuhalten, das leicht zu einer folgenschweren Tragödie werden könnte.«

»Sprechen Sie weiter«, gab Wade ihm zu verstehen, froh, daß sie das Gespräch mitschnitt.

»Wir bitten Sie um nichts weiter als darum, uns ein paar schnelle Fragen über Dr. John Bryne zu beantworten. An Dr. Brynes Hilfe in dieser Angelegenheit sind wir besonders interessiert, und bevor wir an jemanden herantreten, holen wir routinemäßig Informationen über dessen Freunde und Bekannte ein. Das ist lediglich eine Vergangenheitsüberprüfung.«

Vicky glaubte nicht eine Sekunde lang, was er sagte, sie fragte trotzdem: »Was möchten Sie wissen?«

»Also, wir wissen, daß Bryne zum zweiten Mal verheiratet ist. Das erste Mal heiratete er, als er bei der Weltgesundheitsorganisation in Genf arbeitete. Ich glaube, seine Frau war seine Laborassistentin. Ich hörte, sie ist bei einem Autounfall umgekommen.«

»Nein, nach allem, was ich weiß, war es ein Unfall mit Fahrerflucht. Der Täter ist nie gefaßt worden. Ich hatte in den Jahren damals keinen Kontakt zu Jack, aber man hat mir erzählt, daß er furchtbar gelitten hat.«

»Hat es sich auf seine Arbeit ausgewirkt?«

»Natürlich. Mein Gott, er ist doch auch nur ein Mensch!«

Dann nahm Hubbard sie ins Kreuzverhör, fragte nach allen Reisen Brynes, nach seinen Fremdsprachenkenntnissen und dann nach seiner Kindheit. Schließlich blaffte Vicky ihn an: »Hören Sie zu, über seine Jugendjahre hat er nie gesprochen. Vielleicht hat er einmal gesagt, daß er im Krieg verwaist ist, das ist alles. Ende des Interviews.« Sie sah auf ihre Uhr. »Sie wissen mehr über ihn als ich ...«

Als Hubbard sich ein paar letzte Notizen auf einem Block machte, wurde ihm klar, daß auch er Informationen anbieten mußte. Etwas Solides. Etwas Schockierendes. Das aufsehenerregende Material, das er in Brynes Akte entdeckt hatte. »Das ist wahr, Ms. Wade.« Er lächelte, und nachdem er ihr Jacks ganze furchtbare Geschichte erzählt und beobachtet hatte, wie sie aschfahl wurde, sagte er: »Also, vielen Dank für Ihre Zeit. Jetzt heißt es, zurück zum täglichen Einerlei, Ms. Wade, zum täglichen Einerlei ...« Er tippte mit der zusammengerollten Zeitung gegen ihr Tonbandgerät, als wollte er einen Punkt setzen.

Es waren genau zehn Minuten vergangen, als Scott Hubbard Vicky dankte, sich erhob und in der Menge verschwand.

Zu verblüfft, um sich zu rühren, blieb Vicky sitzen, schüttelte ungläubig den Kopf und spulte das Band ihrer Begegnung mit Hubbard zurück. Sie drückte auf die Start-Taste. Das Band war leer. Fluchend griff sie in ihre Handtasche, nahm ihr Handy heraus und klappte es auf. Sie drehte die Aufnahmelautstärke hoch und tippte die Direktwahltaste einer New Yorker Nummer. Vicky hörte das Telefon in ihrem Büro klingeln, dann sprang ihr Anrufbeantworter an, und sie ging ihre Anrufe durch, bis ihre Produktionsleiterin an den Apparat kam.

»Büro von Ms. Wade, Cara Williams am Apparat.«

»Cara, ich bin's.« Wade arbeitete mit der klugen, aristokratischen Lateinamerikanerin jetzt schon vier Jahre zusammen; sie kannten einander gut, und beide hielten sich an die Spielregeln. »Ich hatte gerade eine der merkwürdigsten Begegnungen meines Lebens, und ich möchte, daß du unser Gespräch hier mitschneidest. Ich werde es auch aufnehmen.«

Vicky hörte, wie das an ihr Telefon angeschlossene Tonbandgerät in Gang gesetzt wurde. »Okay«, teilte ihr Cara mit. »Schieß los.«

»Es hat sich ausgerechnet auf dem Flughafen Indianapolis abgespielt. Ein FBI-Agent, Scott Hubbard, fragte mich nach der Herkunft eines meiner Bekannten namens Jack Bryne aus, der bei der Gesundheitsbehörde des Staates New York als Virologe arbeitet. Ich habe das Gespräch aufgenommen, aber das Band ist leer. Dieses Miststück Hubbard muß einen Magneten benutzt haben. Wahscheinlich in einer Zeitung, die er bei sich trug, versteckt. Er hat mich geradezu ausgequetscht über Brynes Aktivitäten, seine Zeit bei der Weltgesundheitsorganisation ... Wie dem auch sei, ich kenne Jack mit Unterbrechungen seit Jahren.«

»Mit Unterbrechungen?« fragte Cara. Vicky sah vor sich, wie Cara in diesem Moment ihre Augenbrauen hochzog.

»Wir schneiden das hier mit, Cara, und ja, wir kennen uns ... gesellschaftlich ... aber er war auch immer eine verläßliche Quelle, wenn's um spannende medizinische Informationen ging. Der Mann ist ein Genie. Ich bin ihm jetzt wieder bei der Churchill-Downs-Geschichte über den Weg gelaufen.«

»Ja, sprich weiter«, sagte Cara mit wachsender Neugier.

»Ich bin überzeugt, daß das FBI auf der Rennbahn irgendeiner Sache auf der Spur ist, und nun wollen sie wissen, was Jack hier zu tun hat, vor allem, nachdem er gerade in San Diego gewesen ist. Hubbard wollte wissen, wo wir uns kennengelernt haben, er hat mich ausgefragt über Jacks religiöse Überzeugungen, wie viele Jahre er schon in New York ist, ob ich ihn jemals in Europa besucht hätte, ob Jack in letzter Zeit eine Weile im Pazifik gewesen ist.«

»Worüber bist du beunruhigt?« fragte Cara. »Daß du vertrauliche Informationen weitergegeben hast?«

»Jack und ich sind seit Urzeiten befreundet, Cara. Ich kenne nicht einen einzigen schlechten Zug an ihm. Trotzdem hat Hubbard mir zu guter Letzt mehr über Jack erzählt, als ich ihm je hätte erzählen können. Ich habe ihm nichts weiter gesagt als das, was man auch aus *Who's Who* oder von jeder guten medizinischen Datenbank erfahren könnte, wenn man von seiner ersten Frau absieht. Oh, und ich konnte schwerlich verbergen, daß wir alte Freunde sind.«

»Na«, schnaubte Cara verächtlich, »da werden sie bestimmt wiederkommen, um mehr zu erfahren ... Aber Vicky, möchtest du denn nicht wissen, warum das FBI dich rausgepickt hat und wie das mit der Derby-Story zusammenhängt? Das macht mich stutzig, und ich frage mich allmählich, wer dieser Bryne eigentlich ist.«

»Ich vermute, irgendwie habe auch ich mich schon immer gefragt, wer er ist.« Ihre Gedanken wanderten zu dem Kuß zurück, den sie sich gegeben hatten, ganz gleich, wie kurz er gewesen war, dann fiel ihr wieder ein, daß dieses Telefongespräch aufgenommen wurde. »Jedenfalls wollte ich dir das gleich erzählen. Ich geb' dir meinen Zeitplan durch, sobald ich hier fertig bin. Für den Moment lassen wir's einfach dabei, daß ich übermorgen wie geplant in New York sein werde. Ich möchte außerdem eine eingehende Recherche über John Drake Bryne. Ich will Nexis, Lexis, Sexis und Plexis über ihn wissen. Schalte das Cyber-Verzeichnis von Research ein, um jeden Artikel, jede biographische Einzelheit über ihn, jede Rede von ihm zu finden. Ruf die WHO an. Ruf beim Staat New York an. Und sieh zu, ob du irgendwelche Organisationen von Überlebenden aus Gefangenenlagern des Zweiten Weltkriegs ausfindig machen kannst. Geh gründlich vor; irgendwas ist hier im Busch. Danke.«

»Okay. Wiedersehen.«

Als Vicky aus dem Flughafen hinausging und sich zu ihrem Wagen begab, hätte sie am liebsten laut über sich selbst gelacht, weil sie sich eingebildet hatte, man könne dem FBI trauen. Sie zahlte die Parkgebühr, dann bemerkte sie den blauen Lieferwagen, auf den Jack sie aufmerksam gemacht hatte; beide Sonnenblenden waren heruntergeklappt. Er fuhr gleichzeitig mit ihr an, und obgleich er nur kurze Zeit hinter ihr blieb, fand Victoria Wade das jetzt überhaupt nicht mehr lustig. Sie war wütend und verängstigt.

Auf der Fahrt zurück nach Churchill Downs gingen ihr die alptraumhaften Geschichten, die Hubbard über Jack erzählt hatte, nicht aus dem Kopf.

In all den Jahren, die Vicky und Jack sich kannten, hatte sie nicht einmal geahnt, daß seine Kindheit so grauenhaft gewesen war. John Bryne hatte seine Kindheit während des Zweiten Weltkriegs in einem japanischen Kriegsgefangenenlager zugebracht, in dem die Behörden die Insassen wie menschliche Meerschweinchen benutzten – sie führten mit gräßlichen Infektionskrankheiten Versuche an ihnen durch.

Scott Hubbard saß hinter dem Steuer des blauen Lieferwagens und folgte dem Wagen von Vicky Wade nur ein paar Minuten lang. Was er ihr aus Brynes Vergangenheit enthüllt hatte, hatte sie schockiert. Vielleicht hatte er sie sogar dazu gebracht, über sein eigenes wachsendes Interesse an Bryne nachzudenken, wenn nicht gar, es zu teilen. Auf jeden Fall hatte er das Interview gelöscht, und sie würde toben. Ein wütender Reporter konnte sehr wertvoll sein. Hubbard wußte, er hatte ihre Neugier geweckt. Das ließ die Tür offen für zukünftige Kontakte. Sie würde mit ihren eigenen Nachforschungen beginnen, da war er sich sicher. Er bog ab, als der Funkwagen die Verfolgung übernahm, aber er sorgte dafür, daß sie ihn sah; er wollte seine Absicht deutlich machen. Das FBI war mit ihr und mit Bryne noch lange nicht fertig.

Hubbard hielt sich für einen Typ, der die Spielregeln befolgt. Als seine Vorgesetzten am Anfang beschlossen hatten, sich bei Einzelheiten der Nachforschungen nicht an die festen Regeln zu halten, war er irritiert gewesen – vor allem ärgerte es ihn, daß er solo arbeiten sollte. Aber die unkonventionelle Art machte die Dinge tatsächlich einfacher. Und dieser Fall hatte ein paar interessante Vorzüge, von denen Victoria Wade nicht der geringste war.

Natürlich hatte er sie im Fernsehen gesehen, das hatte die ganze Welt, aber in Wirklichkeit war sie noch schöner. Ihre grünen Augen hatten ihn hypnotisiert, ihr goldblondes Haar leuchtete, und sie bewegte sich mit athletischer Grazie. Er freute sich schon jetzt darauf, sie wieder befragen zu können, auch um ihren Charme zu genießen, aber vor allem weil er sicher war, daß sie mehr über Bryne wußte, als sie erzählt hatte, und weil sie ihm gar keine Fragen wegen der Pferde gestellt hatte.

Das FBI war bei diesen Pferdetodesfällen den bundesstaatlichen Betrugsverästelungen nachgegangen, seit die erste Versicherungsforderung gestellt worden war. Es war ein routinemäßiges Verfahren zur Untersuchung von potentiellem Betrug – die Art von Untersuchung, die für einen Agenten mit Hubbards Erfahrungsniveau zu belanglos war. Nein, er wurde für schwierige Fälle aufgespart. Für solche wie den letzten, der sich nach der Entdeckung der Wasserpistole erst allmählich in seinem ganzen Ausmaß enthüllt hatte. Milzbrand, biologischer Terrorismus. Priorität Nummer eins. Und dann entdeckten sie per Computer plötzlich Brynes Verbindung zu beiden Fällen.

Zunächst hatte Hubbard dem Fall so ratlos gegenübergestanden wie alle anderen auch, zwischen relevanten Personen, Opfern oder Zeugen bestanden überhaupt keine Verbindungen. Verbissen fuhr das FBI jedoch fort, täglich Quervergleichsprüfungen an jedem vorzunehmen, der auch nur entfernt mit der Geschichte in San Diego und allen anderen FBI-Nachforschungen in Verbindung stand. Schließlich tauchte Brynes Name auf – mit einem Querverweis auf seinen Flug nach Indianapolis. Er war in Begleitung von Victoria Wade gesehen worden, deren Name bereits auf der Liste derjenigen stand, die mit dem Fall in Kentucky zu tun hatten.

Als der Priorität-Nummer-eins-Zusammenhang entdeckt worden war, hatte Hubbard San Diego nur wenige Minuten vor Bryne mit einem FBI-Flug verlassen und war von den Agenten in Louisville augenblicklich über den neuesten Stand in Kenntnis gesetzt worden. Das FBI wußte schon seit Wochen, daß ATV an der Story dran war. Hubbard hatte immer den Eindruck, daß die Leute von den Nachrichtenmedien genausoviel Betrug und Korruption in der Welt witterten wie das FBI und oft als erste davon wußten. Brynes Anwesenheit auch an diesem Ort schien mehr als ein Zufall zu sein.

Vom Autotelefon aus rief Special Agent Scott Hubbard das Büro in New York an und ordnete an, daß jemand Brynes Flugzeug abpaßte und ein Auge auf ihn hatte, bis er selber käme.

7

Samstag, 20. Juni
New York City

Teddy Kameron fühlte sich energisch, erfrischt, wie ein neuer Mensch und klang auch so – ganz im Gegensatz zu dem schweigsamen, in sich gekehrten Neurotiker, der er während der letzten paar Monate gewesen war, vor seiner »Vision« und der ersten Begegnung mit der »Stimme«. Wenn seine Wissenschaftskollegen über diesen neugeborenen, geradezu redseligen Teddy erstaunt waren, so zeigten sie es nicht. Einer seiner klatschsüchtigen alten Freunde aus D.C. erwähnte, daß das FBI sich dezent nach Jack Bryne erkundigt habe. Der Freund wußte nicht, warum, aber Teddy war sicher, der Grund war San Diego.

Und als Kameron die Mitteilungen auf seinem Anrufbeantworter abhörte, vernahm er tatsächlich die Stimme von Special Agent Hubbard. Das war eine wunderbare Entwicklung der Dinge. Nun brauchte er nichts weiter zu tun, als seinerseits den Agenten anzurufen, den gerade richtig dosierten Schatten eines Zweifels auf Brynes Standhaftigkeit zu werfen, sollte Brynes Name überhaupt fallen, und in seiner Mission fortzufahren.

Er kramte in der Vierzimmerwohnung herum, die er weiterhin bewohnte, auch nachdem Monica, seine Frau, ihn verlassen hatte, ihn verlassen hatte auf dem Gipfel seiner Schande. Die Stille in der Wohnung war unermeßlich – eine möblierte Wohnung in einem von einem Portier bewachten Haus an der Upper East Side, wo die anonyme Großstadt niemandem echte Nachbarn bescherte.

In vielerlei Hinsicht war Teddy froh, daß Monica gegangen war – das machte die Missionen und die Zeit, die er in seinem Labor im Norden der Stadt, seinem wahren Zuhause, zubrachte, viel einfacher. Um die Wahrheit zu sagen, ihr Weggang war ihm total egal.

Sie hatten sich auf dem College kennengelernt, wo er von vielen Mädchen angehimmelt worden war; seine Blondheit, sein gutes Aussehen und seine vornehmen Manieren hatten dafür gesorgt. Dennoch war er mit wenigen aus- und mit noch wenigeren ins Bett gegangen; seine vernarbten Handflächen und seine seltsamen Eigenheiten vertrieben sie fast alle. Wenn sie ihn verließen, wie sie es unweigerlich taten, weinte er stets, was in ihm den Wunsch entstehen ließ, sie zu erwürgen; doch schließlich schwanden die Erinnerungen und weckten in ihm nur noch traurige, ferne Gelüste, wenn sich ihre Wege auf dem Campus wieder kreuzten.

Monica jedoch, Monica war anders gewesen. Sie war alles andere als unattraktiv, ein irischer Rotschopf, eine Waise, die von einer sehr katholischen Tante und einem Onkel in Queens aufgezogen worden war. Folglich war sie fromm, was Teddy nicht wenig störte, weil es ihn an seine Mutter erinnerte. Sie hatte etwas Vornehmes an sich und das starke Verlangen, die Frau eines erfolgreichen Wissenschaftlers zu sein.

Sie war auch sehr leidenschaftlich oder gab es zumindest vor, wenn sie Teddy versicherte, er sei ein heißer und wunderbarer Liebhaber. Seine Unfähigkeit, einen Orgasmus zu bekommen, schien ihr dabei nicht viel zu bedeuten, sie war sicher, sie könne ihn zum Höhepunkt bringen. Das würde sie auch müssen, wenn sie mit ihm die große Familie gründen wollte, auf die sie ihre erwartungsvollen Blicke richtete. Kameron vermutete, daß sie ihn auf ihre eigene, gesellschaftlich streberhafte Art liebte. Er andererseits empfand gar nichts für sie – sexuell ganz bestimmt nichts –, aber er spielte mit preisverdächtiger Perfektion die Rolle des liebenden Gatten, selbst im Bett.

Der Ärger begann, als sie nach Atlanta zogen. Monica, in New York geboren und aufgewachsen, haßte den Süden. Sie haßte ihren Job als Lehrerin an einer High-School. Sie haßte seinen Arbeitsfanatismus, der sie allzu viele Nächte voneinander trennte. Sie haßte die Hitze. Vor allen Dingen haßte sie die Tatsache, daß er immer noch keinen Orgasmus bekam, was bedeutete, daß sie nicht schwanger werden konnte.

Sie wurde mit der Zeit immer frommer, sie bedrängte ihn, mit ihr in die Kirche zu gehen, und tapezierte die Wände ihrer Wohnung mit Heiligenbildern. Sex fand praktisch nicht mehr statt, und er hätte nicht glücklicher sein können – wenn man davon absah, daß sie ihn mit ihrem Genörgel, ihrem Strebertum und der Beterei immer mehr an seine Mom erinnerte.

Die Dinge besserten sich für kurze Zeit, ehe er die CDC verließ und sie wieder nach New York zogen. Durch einen Kirchenfunktionär, den er auf einer von Monicas Veranstaltungen kennengelernt hatte, knüpfte er die Verbindungen zu dessen religiösen Hintermännern. Als sein Trumpf im Ärmel, der unter dem Namen Kameron-Test bekannt werden sollte, der Realität immer näher kam, erwachte auch Monicas Ehrgeiz von neuem. Dann kam das Debakel. Die Laborexplosion bei den CDC. Sein Verschulden. Seine Karriere.

Statt des Vermögens, das sie erwartet hatte, gab es plötzlich keinen Ruhm mehr, keine Arbeit, keine Subventionen; das ganze fromme Netzwerk schnitt ihn total. Monica hatte nie etwas von Teddys raffiniert angelegtem Treuhandvermögen erfahren, und so dachte sie, daß alle ihre Ersparnisse aufgebraucht seien und sie praktisch mittellos dastanden.

Eines Nachts teilte sie ihm mit, daß sie ihn verlassen werde.

Es bestand natürlich keine Aussicht auf Scheidung, weil die Kirche sie nicht erlaubte, aber sie wollte Rom um eine Annullierung ihrer Ehe bitten. Teddy war es völlig gleichgültig, ob sie sie erhalten würde. Er hatte nicht die Absicht, noch mal zu heiraten. Sie ließ ihm die Wohnung, sicherlich würde er niemals die Miete aufbringen können. Er gab ihr die Hälfte von allem, was ihrer Meinung nach ihr gemeinsamer Besitz war. Was sie nie erfahren sollte, war, daß sie gerade noch rechtzeitig ausgezogen war. Wäre sie geblieben, hätte er sie umbringen müssen.

Samstag, 20. Juni
Guilderland, New York

Bryne war tagelang nicht zu Hause gewesen. Er war in dem kleinen Bauernhaus im Wald erschöpft und dennoch besorgt darüber angekommen, wieviel von seiner Arbeit liegengeblieben war. Zu seiner Enttäuschung war Mia nicht dort. Er hatte gehofft, er könnte seine unerwartete Abwesenheit sofort bei ihr wiedergutmachen, und nun blieb ihm die Chance versagt. Er stieg die Treppe zu ihrem Schlafzimmer hinauf.

Manchmal wünschte er sich ein einfacheres Leben. Manchmal wünschte er sich, sie führten eine andere Beziehung als diese Wochenendehe. Es erfüllte ihn dann mit Bitterkeit, wenn sich die ermüdenden Tage in einsame Nächte wie diese verwandelten. Mia missen zu müssen war immer das Schlimmste, wenn er nach Hause geflogen kam in ein leeres Bett in ihrem Häuschen, das sie ihr »Cottage« nannten – es lag nur eine halbe Meile vom Labor entfernt, und Jack erinnerte es an die kleine Zweitwohnung, die er in Genf gehabt hatte.

Als er ins Schlafzimmer kam, bemerkte er auf seinem Kopfkissen ein Kuvert von ihrem blaßblauen Briefpapier. Er fürchtete seinen Inhalt, war aber erleichtert, als er sich endlich traute, den Brief zu öffnen. Sie teilte ihm mit, sie habe dringende Angelegenheiten in der Stadt zu erledigen, die vor Montag getan sein müßten, sie wisse nicht, wie lange es dauern würde, und sie sei jetzt schon krank bei dem Gedanken, daß sie nicht da wäre, wenn er nach Hause käme. Sie versprach, so schnell wie möglich nach Guilderland zurückzukommen und ihm dann zu beweisen, wie sehr sie ihn liebe.

Erleichtert darüber, daß sie nicht verärgert war, streckte Jack sich auf seiner Seite des Bettes aus, tätschelte die Stelle, wo ihre Hüften hätten liegen sollen, und seufzte, als sich seine Muskeln entspannten. Er beschloß, die Augen einen Moment lang zuzumachen und Mia dann in New York anzurufen. Nur einen kleinen Moment ...

Er hörte ein leises Klingeln – weit weg, schwach, er fühlte, wie der Glockenton sich in sein Bewußtsein bohrte.

Das Telefon. Nein. Viel langsamer.

Er versuchte zu schlafen.

Er bemühte sich aufzuwachen.

Wieder hörte er die Glocke, abgehackt jetzt, eher wie eine Schulglocke, die jemand hin und her schwang. Er blickte um sich und sah, daß die Fenster offen waren. Aber es waren nicht die Schlafzimmerfenster. Es waren die Fenster in der Baracke.

Der Baracke im Internierungslager Pingfan, Einheit 731.

Die Glocke läutete unaufhörlich, wie sie es immer im Morgengrauen tat, wie sie es tat, seit Jack und seine Mutter acht Monate zuvor ins Lager geschickt worden waren.

Alle Gefangenen mußten sich anziehen, auf die Latrine gehen, sich beim ärztlichen Dienst melden und auf die Waage stellen. Jeder wurde untersucht und gewogen, und in akkurater japanischer Schrift wurden Notizen gemacht. Dann wurden die Insassen auf einen Hof und durch ein Tor geführt, durch das sie auf ein offenes Feld blicken konnten. Dutzende von Pfählen mit Metallfesseln zum Anketten der Hände waren auf dem Feld aufgestellt worden. Jeden Tag wurden etwa zwanzig

Gefangene für die Pfähle ausgesondert. Meistens waren es Chinesen, gelegentlich wurde aber auch ein amerikanischer oder britischer Soldat für das jeweilige Experiment ausgewählt.

Morgens mußte Bryne, acht Jahre alt, mit Hunderten anderer Gefangener, von Wärtern angetrieben, um das Lager herumlaufen. Das dauerte eine quälende Stunde. Schließlich wurden sie zu den Baracken zurückgebracht und bekamen etwas Wasser, Reiskuchen und eine dünne Brühe aus fettlosem Fisch. Es gab nichts zu tun, als in Angst dazusitzen und darauf zu warten, daß es Nachmittag wurde.

Jeden Nachmittag erschien ein Hauptmann, manchmal in Begleitung eines Sanitätsoffiziers, bei den Baracken und ließ die Gefangenen antreten. Und jeden Nachmittag wurde eine Gruppe Gefangener – darunter immer drei oder vier der Gesündesten und Stärksten – ausgesondert, von dem Arzt untersucht und dann nach draußen geführt.

Bryne war von dem Sanitätsoffizier viele Male bemerkt, aber nie ausgesondert worden. Sie alle wußten, warum. Sie warteten darauf, daß er zunahm. Er war groß für einen Jungen seines Alters, fast ebenso groß wie viele seiner Mitgefangenen, aber immer noch mager, nicht so kräftig, wie sie ihn haben wollten. Sie waren geduldig. Sie gaben ihm Tofu, Fischkuchen und mehr Reis, als ein Infanterist zu essen bekam. Das Protein rettete ihn, die ausgewogene Diät ließ ihn wachsen. Bei voller Körperkraft würde er dann eine perfekte Testperson für die Waffen sein, die sie im Lager herstellten.

Waren die Offiziellen und die ausgewählten Gefangenen verschwunden, dann kletterte Bryne immer von seiner Pritsche in die Dachbalken hinauf und weiter nach oben zum höchsten Punkt in der Baracke, wo er sich ins Innere eines kleinen, aus Latten bestehenden Türmchens kauerte, das zur Ventilation diente. Von dort konnte er über die Dächer der anderen Baracken auf das Feld mit den Pfählen sehen, an denen all die Handschellen hingen.

Er sah zu, wie sie die Gefangenen nach draußen führten, Männer aus der einen Baracke und Frauen aus einer anderen. Er hielt nach seiner Mutter Ausschau. Zum Glück war sie bisher nie unter ihnen aufgetaucht. Wenn die Leute an die Pfähle gefesselt waren, wurden Ärzte in einem langen schwarzen Daimler auf das Feld chauffiert, und die Assistenten, die sie begleiteten, hielten alle vorgenommenen Prozeduren in großen schwarzen Hauptbüchern fest. Als nächstes sah der kleine Jack Bryne, wie die Soldaten Kisten von den Lieferwagen abluden.

Jeder Soldat stellte eine Kiste in Windrichtung vor einem Gefangenen auf und zog sich dann rasch zurück. Die Ärzte und ihre Assistenten sammelten ihre Papiere ein und fuhren davon.

Lange schien nichts zu geschehen.

Die Gefangenen standen an den Pfählen.

Manche konnten sich sogar hinsetzen.

Manche wandten die Gesichter von den Kisten ab.

Manche beteten.

Mit einemmal ließ ein Federmechanismus an jeder Kiste den Deckel aufspringen, und Jack sah eine Rauchwolke – oder war es Staub? – aufsteigen und, vom Wind erfaßt, auf die Gefangenen zutreiben. Sie versuchten, mit ihren gefesselten Händen an ihre Gesichter zu reichen und sich mit den Ärmeln abzuschirmen.

Jeder Nachmittag war anders.

Manchmal passierte nichts, die Gefangenen zeigten keine Reaktionen. Es mochte eine Stunde vergehen, selbst eine Nacht und ein Tag, und immer noch standen sie an den Pfählen.

Manchmal fuhr dann ein gepanzerter LKW vom Labor hinaus und besprühte die Gefangenen.

Manchmal wurden die Gefangenen nach nur einer Stunde weggeführt.

Manchmal kam ein Trupp Soldaten angefahren, die von den

Lastwagen stiegen. Sie erschossen systematisch jeden Gefangenen aus nächster Nähe.

Was sich nie veränderte, war, daß keiner der für das Nachmittagsexperiment ausgesuchten Gefangenen jemals in die Baracken zurückkehrte.

Er sah, was mit den anderen geschah.

Manchmal stob aus der kleinen Kiste eine gelblichgrüne Wolke hoch, und die Gefangenen starben qualvoll, aber schnell.

Manchmal schrien sie stundenlang. Der kleine Bryne sah sie, sah ihre schwarzen Münder, ihre weißen Augen, aber er hörte sie kaum. Die mandschurischen Winde wehten ihre Stimmen von dem Lager fort, so gewiß wie der Wind Hunderten und Aberhunderten von gefesselten Gefangenen den Giftrauch in die Gesichter blies, während Jack Bryne zusah. Es war derselbe sibirische Luftstrom, der die in Pingfan hergestellten Ballons mit ihren Tanks voller Toxine, Bakterien und Viren von den japanischen Heimatinseln in östlicher Richtung bis nach Ann Arbor trug.

Jack wußte, irgendwann würde auch er an der Reihe sein, und selbst in seinen Träumen wußte er, daß er sich wünschte, erschossen zu werden.

Plötzlich wurden in seinem Traum die Gefangenen in ihren Todesqualen zu den sterbenden Pferden in Churchill Downs, verwandelten sich in Joey St. John und Jody Davis in ihren letzten grauenhaften Augenblicken, in eine Masse verrückt gewordener Bienen, in das überwältigende Grauen von Turners *Fünfter Plage*. Die Bilder wälzten sich in seinem Gehirn im Kreise herum wie ein Schreckenskarussell, bis er sie fast hören konnte – die Glocke, die Glocke, die Glocke! Gott sei Dank, es war das Telefon. Jack erwachte zitternd, schwitzend und nahm den Hörer ab.

Es war Mia, die seiner Stimme sofort anmerkte, daß etwas nicht in Ordnung war, und fragte, ob es ihm gutgehe. Natürlich sagte er ja, es sei alles in Ordnung, er habe nur geschlafen, als sie anrief. Diesmal hatte sie gute Neuigkeiten. Sie hatte das Problem in der Stadt in Null Komma nichts gelöst, stand auf dem Bahnhof in Albany und würde in zwanzig Minuten bei ihm sein.

»Brauchst nicht mal die Tür aufzuschließen«, sagte sie. »Ich komme gleich rauf ins Bett. Und rühr kein Glied. Noch nicht.«

»Ich verstehe das als Anweisung einer Ärztin«, lächelte Bryne. Er legte auf und schaffte es, trotz seiner Furcht vor weiteren Lageralpträumen in einen ungestörten, friedlichen Schlummer zu sinken.

Das nächste, dessen er gewahr wurde, war, daß Mia neben ihm lag und ihn küßte, ihn heftiger und immer heftiger küßte. Fast im selben Moment hatte er ihren schönen, geschmeidigen Körper unter seinen geschoben, während ihre weichen Hände in die Muskeln seines Hinterns griffen. Nun war es an ihm, sie zu küssen, sie zu küssen trotz der alten Schmerzen in seinem verletzten linken Bizeps. Als er seine Küsse verlangsamte, packte sie ihn noch fester und ließ ihre Hand zu seinem Ellenbogen hinaufgleiten.

Plötzlich raste ein scharfer Schmerz durch sein Armgelenk nach oben und stach in seine Schulter. Aus Versehen hatte Mia den Speichennerv dort erwischt, wo er am exponiertesten war, und der jähe Schmerz zwang Bryne, seinen Arm wegzuziehen, sich von ihr herunterzuwälzen und aufzusetzen.

»O Jack, Entschuldigung ... ich wollte nicht –«

»Natürlich nicht, Liebling.« Er streichelte ihr Gesicht mit der Hand seines gesunden Arms.

»Jetzt habe ich alles kaputtgemacht!«

»Das hast du ganz sicher nicht, mein Schatz, aber sei eine gute Ärztin und massiere mir die Wunde.«

Während sie das tat und an den Narben und Stichen mit den Fingerspitzen entlangfuhr, fragte sie ihn – wie sie es schon viele Male getan hatte –, wo er sich denn nach seinem Drachenflugunfall um Himmels willen habe zusammenflicken lassen.

»Ich weiß, es ist das Verrückteste, daß ich mich nicht daran erinnern kann, aber ich kann's wirklich nicht. Beginnender Gedächtnisschwund ...«

Sie betrachtete ihn im Licht der Nachttischlampe und spürte seine Unsicherheit.

»Lügst du mich an, Jack Bryne?« Sie kniete hinter ihm auf dem Bett. Als die Frage wie ein Stein auf ihn niedersank, schlang sie die Arme um seine Schultern, bevor er antworten konnte. »Weil«, sagte sie scherzhaft, »wenn ich dahinterkomme, daß du von irgendeinem eifersüchtigen Ehemann niedergestochen oder von einer dieser armen Frauen angegriffen worden bist, die du überall auf der Welt verführt und sitzengelassen hast, und diese Drachenflieger-Geschichte, die ich blind geglaubt habe, erstunken und erlogen ist –«

»Stop, Liebling«, sagte er energisch. »Glaube mir, alle Gerüchte von meinen Liebschaften sind die reinste Übertreibung.« Noch während er das sagte, dachte er wieder, daß er es niemals ertragen könnte, ihr die Wahrheit zu erzählen – über die Verletzung, über das russische Feldlazarett, das er eine »Schweizer Klinik« nannte, über den amerikanischen Soldaten, der ihm, nachdem das Lager repatriiert worden war, Penicillin gegeben hatte, damit er es auf die Wunde strich, und der ihn wahrscheinlich davor bewahrt hatte, an Wundbrand zu sterben.

»Okay«, sagte Mia gerade, »ich höre mit den Liebschaften auf, aber sieh doch bloß, wie du dich aufregst. Ich habe buchstäblich nur einen Nerv berührt. Etwas stimmt nicht mit dir, und wenn ich helfen kann –«

»Ich brauche keine Hilfe!«

»Ach, Jack, komm her.« Sie streckte die Arme aus, und er ließ sich von ihr umarmen.

»Entschuldige, Mia, es war eine höllische Woche.«

»Ich weiß, Jack, ich weiß«, sagte sie ruhig.

»Nein, nein, du weißt es nicht. Ich bin nicht mal sicher, ob ich es weiß«, begann er. Und plötzlich verstand er das Ende des Traums, diese wirbelnden Schreckensbilder, als eine Art Bestätigung dessen, worüber er nachgegrübelt hatte, ohne es sich selbst einzugestehen. Jetzt verstand er, jetzt sah er klar.

»Mia«, begann er, »du wirst denken, das ist verrückt ...«

»Was ist verrückt, Jack?«

»Die Milzbrand-Geschichte in San Diego und die Pferde in Kentucky. Ich glaube, sie hängen zusammen.«

Mia machte ein interessiertes Gesicht. »Wirklich, wie denn?«

Jack wußte, es würde nicht einfach sein; schließlich war seine Frau Ärztin und Wissenschaftlerin, und was er ihr erzählen wollte, hörte sich ziemlich stark nach Science-fiction an.

»Tja.« Er ließ sich Zeit und überlegte sich seine Worte genau. »Hör mich bis zu Ende an, ehe du etwas sagst. Ich habe in Indianapolis ein Bild gesehen, ein Gemälde von Turner mit dem Titel *Die Fünfte Plage*, du verstehst, die Plagen in den Büchern Mose. Die Fünfte Plage ist die Seuche, an der alle Tiere sterben. Und da war's auf dem Bild, nachdem ich gerade aus Louisville gekommen war, wo die Pferde wirklich starben. Jeder der Beteiligten vermutet eine Art Sabotage.«

»Und ...«

»Und dann erinnerte ich mich, daß eine andere Plage die Geschwüre sind – als was man Milzbrand deuten könnte. Wir wissen, daß die Sache in San Diego einwandfrei Sabotage war. Jemand hat eine mit Milzbrandbazillen gefüllte Spielzeugpistole dorthin gelegt, wo ein bestimmtes Kind sie finden mußte, er hat sogar die medizinischen Codezahlen für Milzbrand auf den Knauf geschrieben. Und kürzlich haben wir auf ProMED Berichte über einen Bienenschwarm erhalten – der Schwarm ist eine andere der Plagen –, es war in San Antonio vor ein paar Monaten. Das merkwürdige ist, es waren keine Mörderbienen. Es waren normale Honigbienen, aber irgend etwas hatte sie aggressiv gemacht.«

»Ich bin nicht ganz sicher, ob ich verstehe, worauf du hinauswillst, Jack.«

»Ich denke folgendes: Irgendein geistreicher Irrer – oder ein Rudel Verrückter – wendet moderne bioterroristische Methoden an, um die Zehn Plagen des Alten Testaments wieder aufleben zu lassen.«

Mia sagte nichts, sie hörte weiter zu.

»Und, mein lieber Schatz, es werden noch mehr Plagen kommen. Und ich bin es, der sie aufhalten muß, persönlich aufhalten, weil niemand, niemand sonst mir dies glauben, geschweige denn aufgrund dieser Theorie etwas dagegen unternehmen wird.«

Er entwarf einen Plan, wie er die anderen Plagen ausfindig machen wollte, und erklärte, daß dies unbedingt unter ihnen beiden und Drew geheim bleiben müsse, weil er sicher sei, daß es andere Leute gebe, denen er nicht trauen könne; Leute – oder auch nur eine einzige Person –, die noch mehr Schrecken planten. Leute, denen er keinen Wink geben wolle. Er wünschte sich, daß sie das alles verstand, daß sie ihm dabei half, den Glauben an sich selbst zu behalten, aber in ihrem Gesicht sah er nichts als Bestürzung.

Sie fragte ein bißchen zu sanft: »Jack, fühlst du dich gesund? Du mußt ja mit den Nerven fix und fertig sein.« Ihm wurde klar, daß sie ihm kein Wort abnahm, und das war dasselbe, als hätte sie gesagt, er verliere den Verstand.

Jetzt, wo es zu spät war, das zurückzunehmen, was er gesagt hatte, versicherte er ihr wie auch sich: »Ich bin einfach erschöpft, einfach vollkommen erledigt.«

»Jack«, bohrte sie nach, »es besteht doch keine Gefahr, daß du dich im Krankenhaus angesteckt hast, oder?«

»Mia, mein Schatz, ich nehme prophylaktisch Antibiotika. Keine Sorge. Ich bin in Ordnung, bloß müde.« Er rieb sich die Augen.

»Jack –«

»Bitte, Mia, ich will jetzt nicht mehr reden. Morgen. Ich muß mal eine Nacht richtig durchschlafen. Ich liebe dich, und zu Hause und bei dir zu sein ist die beste Medizin, die man sich wünschen kann.« Mia küßte ihn sanft und murmelte: »Ich liebe dich auch, Jack.« Dann rollte sie auf ihre Seite.

Bryne schlief schließlich ein, aber zuvor dachte er noch an einen Satz über Mose aus einer Predigt, die sein Vater einmal gehalten hatte. »Und sie gebar ihm einen Sohn, und er nannte ihn Gersom. Denn er sprach: Ich bin ein Fremdling geworden in einem fremden Land.«

8

Montag, 22. Juni
Zoonose-Laboratorium des Staates New York
Guilderland, New York
7.30 Uhr

Drew Lawrence hatte das ganze Wochenende durchgearbeitet, um sicherzustellen, daß die komplette Liste »dringender« Mitteilungen ausgedruckt war und zu Brynes Durchsicht um sieben am Montagmorgen bereit lag. Er war schon vor Morgengrauen in Jacks Büro gewesen und hatte das Teewasser aufgestellt, aber von dem Virologen war noch nichts zu sehen.

Drew hatte außerdem einen detaillierten Überblick über die Aktivitäten von ProMED während der vergangenen Jahre zusammengestellt, damit er von den Wissenschaftlern der Federation als Grundlage für einen neuen Subventionsantrag überprüft werden konnte. Die Zeit wurde allmählich knapp. Er blätterte die Datenlisten durch.

Um das System mit dem Bostoner Zulieferer SatelLife *on line* zu halten, waren hundertfünfzigtausend Dollar im Jahr nötig. Der Großteil der anderen Mittel war für Teilzeitkräfte, Büroausstattung, Miete und ein kompliziertes Telekommunikationssystem nötig. Eine Summe von zirka einer halben Million für drei Jahre. Kein riesiger Betrag, aber Geld, das die Federation of American Scientists nicht hatte. Bryne, Drew und die anderen Wissenschaftler hatten im Laufe der Jahre Freizeit geopfert, aber ProMED befand sich in elementarer Geldnot, und bisher war dem nicht abgeholfen worden.

Als Jack Bryne vor ein paar Jahren auf der Szene erschienen war, hatte es zwischen ihm und Lawrence ein kleineres intellektuelles Geplänkel gegeben, das unentschieden ausgegangen war. Drew wußte, daß Bryne ihn brauchte; im Lauf der Jahre kannte Lawrence alle Leute in ihren Kreisen, und er half Jack bei politischen und internen Streitigkeiten, die die Nachteile bei der Arbeit in einem großen dezentralisierten Laborsystem der Regierung darstellten.

Mit dem »Verlies« in Guilderland, wie Jack Bryne die kerkerartige Gebäudegruppe bezeichnete, hatten sich beide soweit angefreundet. Ihr Arbeitsverhältnis entwickelte sich zu einer bereichernden Zusammenarbeit. Bryne kümmerte sich um den Routinekram, während Lawrence die wichtigen Laborarbeiten erledigte. Beide betrachteten die Zeit, die sie für ProMED aufwandten, eher als extravagantes Hobby und weniger als anstrengende Arbeit.

Jack bezeichnete die »dringenden« Bulletins als die »Große Scheiße-Liste«, Lawrence würde das nie tun. Nicht er. Viel zu respektlos. Drew schaute auf die Uhr und korrigierte seine Haltung, um den Schmerz in seiner Hüfte zu mindern, als er sich zu Brynes Schreibtisch hinüberreckte, um die Ausdrucke und den Subventionsantrag dort abzulegen.

In fünf übersichtlichen Tabellen und zwei Graphiken hatte er die Arbeit von ProMED zusammengefaßt. Ein Dutzend Hilfstabellen, graphische Darstellungen und Listen standen ebenfalls zur Verfügung, wenn sie verlangt würden, sei es von Bryne oder von den Leuten in Washington. Es war erstaunlich, wie das System in den letzten paar Jahren gewachsen war: Die neue Darstellung bot eine prägnante Zusammenfassung, während andere Tabellen und Graphiken über elementare Verwaltungsarbeiten, Veröffentlichungen und wissenschaftliche Beiträge Auskunft gaben und eine Aufschlüsselung der ProMED-Abonnenten nach Erdteilen, dann nach Ländern boten.

Drew war gerade dabei, das Material so auf Jacks Schreibtisch auszubreiten, daß er es nicht übersehen würde, als das Telefon klingelte.

»Lawrence hier.«

»Bryne ebenfalls hier, Drew. Alles okay?«

»Alles startklar.«

»Drew, könntest du mir einen Gefallen tun?«

»Na klar, *capitán.*«

»Hast du das Übersichtsblatt über langsame Viren zur Hand? Außerdem die Liste mit den Tierbeteiligungen in letzter Zeit? Vergiftungen, Bisse, Attacken, Tollwut, all das? Ich habe eine Idee, die mich nicht hat schlafen lassen, Drew.«

»Warte mal«, sagte Drew. »Ich habe hier eine Liste, die Säugetiere, Vögel und Insekten umfaßt. Willst du, daß ich sie dir vorlese? Sind nur ein paar.«

»Ja, ja, lies vor.«

»Okay, sechs Tollwutattacken, keine große Sache, die üblichen Verdächtigen, bis auf einen Wolf im Iran. Hat vor zwei Monaten siebzehn Menschen gebissen. Dann habe ich Känguruhs in Australien, die erblinden, ein Myxovirus steht im Verdacht, ein Vogelsterben in Mexiko durch H4N3-Influenza-Stämme, Seehunde mit Seehundstaupe und diverses Material über Rinderwahnsinn, eine neue Mäusekrankheit und drei Frösche. Warum fragst du?«

»Weil ich diesen Traum nicht loswerde.« In seiner Stimme war etwas, das Lawrence beunruhigte, ihn noch mehr beunruhigte, als Bryne fragte: »Du liest doch die Bibel, Drew, oder?«

»Klar.« Lawrence war frommer Baptist. »Versuchst du endlich, deine Seele zu retten?«

»Nein, im Ernst, Drew. Im Zweiten Buch Mose ist die Fünfte Plage, die die Ägypter heimsucht, die Seuche, an der die Tiere sterben, stimmt's? Ich habe vor ein paar Tagen in Indianapolis ein Bild darüber gesehen. Ich habe mich gefragt –«

Lawrence unterbrach ihn. »Die Tiere sind gestorben, aber die Ägypter wurden verschont. Mose Zwei, Kapitel neun, Vers drei. Verliert übrigens in der Übersetzung 'ne Menge. Die Ursache wird nicht bezeichnet. Es muß aber irgendeine Form von Zoonose gewesen sein. Kam nach ... dem Ungeziefer, glaube ich. Yeah, die Vierte Plage war das Ungeziefer.«

»Ich bin in Verlegenheit, Drew. Was war mit dem Ungeziefer gemeint? He, es wird spät. Ich sollte dich an die Arbeit gehen lassen«, sagte Bryne geistesabwesend, »aber vorher lies mir doch noch die Liste über Insekten und Gliederfüßler vor – ist sie ähnlich wie unsere Liste über Säugetiere und Vögel? Ich brauche eine vollständige Liste.«

»Hab' sie hier, aber sie ist zu lang, um sie am Telefon zusammenzufassen. Du kommst doch heute morgen hierher, nicht wahr? Oder soll ich sie dir nach Hause faxen?«

»Nein, spar dir die Mühe, ich bin gleich da«, sagte Bryne.

»He, warte mal 'ne Sekunde.« Drew bremste ihn, ehe er auflegen konnte. »Was ist eigentlich in Kalifornien passiert? Was ist da drüben los? Ein FBI-Agent namens Hubbard hat dich angerufen. Hat das was mit dem kleinen Jungen zu tun?«

»Ich erzähl's dir, wenn ich rüberkomme. Ach ja, noch was. Du mußt für mich unbedingt in dem schwedischen Leitfaden das Kapitel über die infektiösen Erkrankungen an *Kohle* nachschlagen.«

»Du meinst Milz –«

»Genau, Drew!«

»Hat das was mit der Mitteilung zu tun, die wir von diesem pakistanischen Arzt erhalten haben?«

»Nicht jetzt, Drew. Später.«

»Okay. Wie du sagtest – *Kohle*.«

Während sie sprachen, hatte sich die Unruhe, die Bryne in der Stimme gehabt hatte, auf Lawrence übertragen. Milzbrand? Er fragte sich, warum er das Wort mit »M« nicht hatte aussprechen sollen, und ob es irgend etwas mit dem Typ vom

FBI zu tun hatte. Fürchtete Jack, daß die Telefone angezapft waren?

Und warum dieses plötzliche Interesse an Gliederfüßlern, was ein Allerweltswort war, um eine bestimmte Unterart von Lebewesen zu bezeichnen, die sich von den meisten Tieren unterschied? Diese Kreaturen hatten keine Wirbelsäule, und ihr Körper wurde durch ein Außenskelett, einen Hautpanzer gestützt. Insekten und andere Krabbeltiere. Klein, aber potent, konnte so ein Centroides-Skorpion mit einem einzigen Stich töten. Kinder in Südamerika, Indien und Australien starben binnen Stunden, nachdem sie mit diesen kleinen Kreaturen gespielt hatten, die wie Zwerghummer aussahen. Zu Gliederfüßlern zählten auch Spinnen, Feuerameisen, Blasenkäfer, Raubwanzen, Hundertfüßler, Tausendfüßler, Zecken und Tausende andere Sorten.

Gliederfüßler, Milzbrand, Ungeziefer. »Und was genau tut Jack jetzt?« wollte Drew von dem leeren Raum wissen.

Lawrence beschloß auf der Stelle, seine Bibel hervorzuholen und noch mal das Zweite Buch Mose zu lesen, um sich auf Brynes Fragen vorzubereiten. Dann fiel ihm der Artikel über die Mörderbienen wieder ein, den ihm der Junge aus Brooklyn geschickt hatte, dazu einen Zeitungsausschnitt über den Bienenüberfall in Texas vor drei Monaten. Konnte nicht schaden, einen Blick darauf zu werfen.

Das Phänomen der Mörderbienen war vor mehr als vierzig Jahren aufgetaucht, als ein brasilianischer Millionär eine neue Unterrasse der Honigbiene oder »mellifera« in sein Land einführte, die *Apis mellifera adansonii*, die ihre Tausende von Jahren alte Fähigkeit verfeinert hatte, Blumen auf den Hochplateaus Südafrikas zu finden. Die Idee, die dahinterstand, war, diese Unterrasse in Brasilien heimisch zu machen, um mit anderen honigproduzierenden Ländern, vor allem den Vereinigten Staaten, konkurrieren zu können, die ihren Honig von überzüchteten, zahmen Arten erhielten – ganz im Gegensatz zur »adansonii«, die eine gewaltige Produzentin eines gehaltvollen Honigs aus unterschiedlichen Kohlehydraten war. Der in Aussicht gestellte Ertrag für die brasilianische Landwirtschaft war unermeßlich hoch, ebenso die Profite, die aus diesen afrikanischen Bienen geschlagen werden sollten. Aber ach, was für ein Preis war für diesen Reichtum gezahlt worden.

Nur ein Jahr später geschah es, las Drew, daß sechsundzwanzig vollständige Völker der afrikanischen Bienen zufällig aus einem Vorort von Bahia entkamen und sich auf den Weg nach Norden machten, wo sie sich mit einheimischen Bienen kreuzten, um eine neue, furchteinflößende Art hervorzubringen, die *Apis mellifera scutetella* oder »Mörderbiene«, wie die Presse sie wenig später nennen sollte. Etwa 1980 hatten sie ganz Brasilien, Venezuela und Kolumbien erobert, und sie zogen weiter in nördlicher Richtung auf Zentralamerika zu.

Vom ersten durch Mörderbienen getöteten US-Bürger wurde 1985 berichtet. Bald wurde der Anblick von Tier- und Menschenleibern, die mit Bienen bedeckt waren, in süd- und mittelamerikanischen Medien allgemein bestätigt. Mörderbienen wurden nun zum Thema von zweitrangigen Hollywood-Filmen, aber auch zum Gegenstand intensiver Nachforschungen.

Seit 1967 war bekannt gewesen, daß die Stacheldrüse der Biene zumindest zwei »Alarmdüfte« enthielt – Isopentyl- und Isoamylazetat. Wenn eine Biene einen Angreifer stach, wurden diese flüchtigen Chemikalien freigesetzt, machten andere Bienen auf die Gefahr aufmerksam und lösten ihre instinktive Reaktion, Hilfe herbeizuholen, aus. Normalerweise war diese Reaktion meßbar und vorhersehbar, aber die Kreuzung der brasilianischen domestizierten Bienen mit denen aus Afrika hatte die Stärke des Reizstoffes um das Zehnfache gesteigert.

Die Mörderbiene war zu einer zufällig durch Biotechnik hervorgebrachten Waffe geworden, die ohne weiteres imstande war, die größten Säugetiere oder Hunderte von Menschen zu töten, war sie erst einmal durch Isopentyl- und Isoamylazetat in Fahrt gebracht, zwei Chemikalien, die mühelos herzustellen waren, entweder durch die Bienen selbst oder durch einen ebenso emsigen Chemiker. Drew las zu seinem Entsetzen, daß zwanzig Mörderbienenstiche eine Maus töten können, fünfzig einen durchschnittlich großen Hund, hundert ein Kleinkind und fünfhundert einen Erwachsenen. Ein durchschnittlicher Bienenstock enthielt 25 000 Bienen, aber die Freisetzung des Alarmstoffs einer einzigen Biene konnte den gesamten Stock, bis auf die Königin und ein paar Drohnen, auf den Plan rufen.

Bis 1996 war von vier mit Bienenschwärmen in Zusammenhang stehenden Todesfällen in Südkalifornien berichtet worden. Es sei nur eine Frage der Zeit, hieß es in dem Artikel, wann die Mörderbienen in den Vereinigten Staaten überall zu finden sein würden. Der Aufsatz war vor dem Zwischenfall in Texas verfaßt worden. Aber hatte der Junge nicht geschrieben, daß die texanischen Bienen ganz normale Honigbienen waren, die sich wie Mörderbienen *verhielten*?

Lawrence sah auf und blickte in Jack Brynes nervöse Gesichtszüge. Jack hatte sich nicht einmal dazu aufgerafft, hallo zu sagen. Er zeigte auf ein Schaubild auf dem Schreibtisch und fragte Drew: »Kannst du mir sagen, welche von diesen Kreaturen schwärmen? Hör zu, ich weiß, daß wir dringendere Dinge zu erledigen haben. Ich muß eine Unmenge Anrufe machen, und wir müssen uns diese Objektträger in meiner Reisetasche ansehen. Aber sag mir zuerst, liegt irgendwas über Insekten vor? Weitere Angriffe von Insekten auf Menschen oder Tiere?«

»Schau dir die Hautflügler an, Jack, auf dem großen Blatt oben. Dann geh die Liste runter.«

Bryne warf einen Blick auf beide Blätter. Vier Hautflügler. Keine Feuerameisen. Somit blieben Wespen, Hornissen und Bienen.

»Was steht in den vier Berichten?«

»Alles Apis, lieber Freund. Bienen. Überhaupt keine Vespera.«

Bryne sah sich den Bericht an:

ProMED, Italien:
Apis-mellifera-Schwarm erzwingt Evakuierung von Kloster.

Jack sah Drew gespannt an, dann wandte er sich dem nächsten Bericht zu:

ProMED, Mexiko:
Bienen greifen hiesiges Dorf an, Esel vertrieben. Keine Todesfälle bekannt.
ProMED. La:
Durch Centrolenella verursachter Todesfall. Tödliche Alkaloidvergiftung, Bericht von Einzelfall.

Er runzelte die Augenbrauen über den Todesfall, aber erst der nächste Bericht machte ihm den Alptraum bewußt:

ProMED, San Antonio, TX
Honigbienen attackieren Innenstadt und Vororte von San Antonio.

Bryne las die grauenerregende Beschreibung der Attacke. Zehntausende von normalerweise harmlosen Bienen hatten sieben Erwachsene und drei Kinder getötet. Er war entsetzt.

Konnte jemand dies wirklich geplant haben? Das Bienengift in einem Labor herzustellen wäre sicherlich zu kompliziert. Aber die Alarmstoffe? Bryne wußte, daß man sie in jedem guten High-School-Chemielabor zusammenmixen konnte. Literweise, wenn jemand es wirklich darauf abgesehen hatte, eine Substanz synthetisch zu erzeugen, die Bienen durchdrehen ließ, irgendwelche Bienen, alle Bienen: Afrikanische Bienen, ja selbst amerikanische Honigbienen konnten sekundenschnell in stumpfsinnige Mordmaschinen verwandelt werden.

Und damit wären es drei bis jetzt: der Ungezieferschwarm, die Seuche, an der die Tiere starben, die Eiterbeulen und Geschwüre ...

Spiele ich ein privates kosmisches Pokerspiel, überlegte Bryne, *oder ist jemand – irgendeine abstruse Kultgemeinschaft – dabei, die Zehn Plagen der Bibel wiederaufleben zu lassen? Oder spiele ich Patience mit einem unvollständigen Satz Karten?*

Dienstag, 23. Juni
Manhattan
11.00 Uhr

Umgeben von seinen Giftbehältern saß Theodore Kameron in seinem Labor und klinkte sich in ProMED ein. Es freute ihn, daß die Bienen immer noch zur Debatte standen. *Ich denke, ich schaue mir noch mal dieses kleine Bravourstück aus meinem »Work in Progress« an,* entschied er. Er verließ ProMED, tippte das Paßwort LMPG ein, um die Chronik aufzurufen, an der er für die Nachwelt schrieb, und begann zu lesen:

> *15. April*
> *Kameron hatte sich in Geduld geübt. Die »Visionen« und die »Stimme« hatten ihn verändert, ihn besänftigt, ihm Energie verliehen. Er hatte die Aquarien gefüllt, saß in seinem Geheimlabor und freute sich an dem rosigen Leuchten, das den Raum erfüllte, als die Lampen über dem Wasser eingeschaltet wurden. Er sah voller Ehrfurcht, wie dick der Schaum angewachsen war und die Bassins mit Farben überzog. Er brauchte keine Fische; die Aquarien enthielten einen viel gefährlicheren Räuber.*
> *Er wußte genau, was er brauchte, um Bienenschwärme dazu zu bewegen, näher zu kommen: Duftstoffe, die aus riesigen Entfernungen zu ihnen drangen. Und er wußte auch, daß er bereit sein mußte, bereit sein und warten, lange bevor ihm die »Stimme« sagen würde, wohin sie fliegen sollten.*
> *Es nahm nur wenige Abende in Anspruch, den Reizstoff her-*

zustellen. Kameron begann mit weißem Essig in einem Emailletopf, fügte alkalische Substanzen hinzu, rührte um, erhitzte und tat ein weiteres Reagens hinein, dann wartete er. Als er sicher war, daß sich die Mischung geklärt hatte, stellte er sie in einen kleinen Kühlschrank. Anfang des Monats war er, wie von der »Stimme«, dem Tetragrammaton, angewiesen, unter falschem Namen nach Texas gereist, um einen Probelauf durchzuführen, und dabei hatte er die Mischung auf dem Sims vor seinem Motelzimmerfenster ausprobiert.

Er wartete, bis der Wind richtig stand, bis die Sonne die Bienenstöcke erwärmte und die Blüten öffnete. Als der Wind auffrischte, machte er das Fenster auf und träufelte ein paar Tropfen des Gebräus auf das Fensterbrett.

Zwanzig Minuten lang passierte nichts, aber der Wind wurde stärker, und er sah die Krokusse und Narzissen vor seinem Zimmer blühen und wußte, Bienen gab es reichlich. Er war geduldig, wie es die »Stimme« ihm befohlen hatte, und endlich sah er eine dicke Arbeitsbiene über den Rasen in Spiralen auf das Fenster zufliegen. Nachdem sie zur Ruhe gekommen war, begann sie aufgeregt zu tanzen und den winzigen Klecks des Reizmittels zu umkreisen. Plötzlich flog die Biene mit ausgefahrenem Stachel auf, schlug mit wütendem Gebrumm gegen die Fensterscheibe und purzelte benommen auf das Fensterbrett.

Er sah sorgfältig nach, ob nicht schon weitere Bienen da waren, dann schob er das Fenster auf und zermalmte die auf dem Rücken liegende Biene mit einer grünen Nylonfliegenklatsche. Das war nicht unangenehm. Er schloß das Fenster, verließ das Zimmer, stieg in seinen Mietwagen und fuhr zu einem Haushaltswarengeschäft, wo er zwei Dosen Wespen- und Hornissenspray mit langen Tüllen kaufte. Der Einkauf hatte nicht länger als eine Viertelstunde gedauert, aber als er zurückkam, konnte er das Fenster seines Zimmers nicht mehr sehen.

Das ganze Fenster war mit einer dicken, wogenden Schicht Bienen überzogen. Ihre glänzenden orangegelben Körper und die durchsichtigen, zitternden Flügel verliehen den zusammengeballten Insekten einen geradezu haarigen Anblick. Er mußte sich das Lachen verkneifen, als er sah, wie der Mann vom Empfang des Motels herbeigelaufen kam und den Leuten zurief, sie sollten nicht näher kommen. Als er die erste Spraydose aus der Tüte nahm, winkte er dem Angestellten zu, dann richtete er die Tülle auf den Schwarm, der allein in der Zeit, die es gebraucht hatte, den Deckel von der Dose zu ziehen, beängstigend angewachsen war. Noch mehr Bienen kamen unterdessen heran, und ehe er lossprühte, stellte er sich auch die zweite Spraydose bereit.

Mit einer Spraydose in jeder Hand besprühte Kameron die schwärmenden Bienen. Innerhalb von drei Minuten lagen Tausende von ihnen tot im Gras. »Sie setzen sich besser mit dem Direktor in Verbindung«, sagte er zu dem Angestellten, ganz der brave Bürger, der zu sein er vorgab. »Diese Bienen können wirklich lästig sein. Kinder hätten gestochen werden können.«

Nun war Teddys Geduld endlich belohnt worden, und die »Stimme« hatte gesprochen. Er sollte mit seiner kleinen, doch kostbaren Last nach San Antonio fahren. Ja, San Antonio sollte durch den Bienenschwarm gezüchtigt werden. Er beschloß, er würde in aller Ruhe eine reichliche Menge von dem Reizmittel bei der allerersten Kirche verspritzen, an der er vorbeikam. Dann weiter zur Ostersonntags-Promenade am River Walk.

Dienstag, 23. Juni
New York City

Ach, das war ein herrliches Stück Arbeit gewesen, trotzdem hatte Teddy das Gefühl, daß er besonders gut über die Frösche berichtet hatte. Selbst jetzt, nachdem er es schon unzählige Male gelesen hatte, war er wieder beeindruckt.

> *Nach dem ersten Erfolg, den Kameron mit Hilfe der Macht der »Stimme« errungen hatte, jetzt dies! Seine Ladung Baumfrösche traf ein – alle tot. Es brach ihm das Herz. Es war ungeheuer schwierig gewesen, die richtigen Frösche zu finden, ganz zu schweigen von all den Schwierigkeiten einer panamaischen Exporterlaubnis, gepaart mit den unsicheren Bedingungen der Verschiffung.*
>
> *Aber der »Stimme« durfte man sich nicht versagen. Teddy überredete seinen verläßlichsten Händler dazu, den Versuch zu machen, einen zweiten Container mit Pfeilfröschen, Dartfröschen und Filigranglasfröschen direkt aus Panama, Kolumbien und Costa Rica auf die Reise zu schicken. Sein Händler bot keine Garantien und führte nie Buch. Es war perfekt.*
>
> *Der Plan erschien so einfach. Laß die schönen Baumfrösche kommen. Die kleinen Kreaturen haben Amine, Peptide, Steroide und Alkaloide in ihrer Haut: Batrachotoxin, Gephyrotoxin, Pumiliotoxin, Epibatidin und Samandarin. Füttere die Baumfrösche mit Schildläusen, Heuschrecken und Schaben. Überziehe die Insekten mit pulverisierten Mykotoxinen. Füge ein paar weitere »organische« Alkaloide hinzu. Wenn die Frösche nicht sterben – und das tun sie selten –, werden sie deren Gifte in ihren körnigen Hautdrüsen speichern, die der Laie als Warzen kennt. Er mußte staunen über die Fähigkeit der Baumfrösche, Toxine aus tropischen Ameisen, Tausendfüßlern und Käfern zu speichern. In Gefangenschaft würden sie ihre Gifte langsam verlieren, aber er konnte sie*

aus seinem eigenen kleinen Vorrat an Säften versorgen – darunter mit einem für sie neuen, seinem alten Liebling, mit Yohimbé.

Der Händler lieferte, aber das Wetter im Herkunftsland war kühler als erwartet, und auch seine zweite Ladung kam tot an. Jetzt war er ziemlich durcheinander. Die »Stimme« hatte gesprochen, und ihr mußte gehorcht werden. Er gab ein weiteres Mal die Order und betete, daß mit dem dritten Mal wirklich der Zauber gebrochen wäre. Die Frösche hatten vor den Läusen zu kommen. Sie mußten Nummer zwei sein.

Eine Woche später hatte er Glück. Drei Dutzend zierliche schwarzgelbe Baumfrösche, Centrolenella valerior – Filigranglasfrösche – trafen auf JFK ein, und sie lebten. Alle hatten überlebt, ja sie waren richtig putzmunter. Er konnte ihre leuchtenden Zeichnungen durch die Plexiglasscheiben des Käfigs sehen. Gelb und schwarz mit einem zarten Anflug Orange. Und er sah das Mitglied des Christlichen Rates vor sich, für das sie bestimmt waren.

Teddy, muß man wissen, hatte eine Schwäche für Verkleidungen. Als er die Reise nach Louisiana unternahm, kostümierte er sich als Kurier und setzte sich eine Perücke, eine falsche Nase und eine Sonnenbrille auf, um sicherzugehen, daß Bischof LaPierre ihn auf keinen Fall erkennen würde. Als er in der Residenz eintraf, sagte er der Haushälterin, er hätte die Anweisung, das Paket persönlich abzugeben.

Natürlich hatte LaPierre keine Ahnung, wer der Lieferfahrer war. Vergnügter Stimmung forderte er Kameron auf, doch Platz zu nehmen, während er das elegant verpackte Geschenk auswickelte. Das Holzkästchen entzückte den Bischof. Er sagte zu Teddy, er könne erkennen, daß es in Costa Rica geschnitzt worden sei. Im Innern des Kästchens – das Atemlöcher aufwies – sah man ein dichtes, feines Maschenwerk. Der Bischof hob den Deckel des Kästchens ab, und Dutzende von quicklebendigen schwarzgelben Baumfröschen hüpften heraus. In begeistertes Lachen ausbrechend,

sammelte Seine Exzellenz die kleinen Schlingel wieder ein. Die Frösche hüpften im ganzen Pfarrhaus herum.
Dies war der Moment, da Dr. Kameron sich voll Bedauern verabschiedete. Während er in seinem Mietwagen davonfuhr, den er unauffällig und weit weg geparkt hatte, stellte er sich vor, was jetzt passierte.
Bischof LaPierre würde wohl annehmen, die Frösche seien ein Geschenk von einem früheren Gemeindemitglied, das nach New York umgezogen war und vielleicht Urlaub in Costa Rica machte, jedenfalls von jemandem, der seine Liebe zu Fröschen kannte. Der Absender lautete »L. M. P. G.«, und er zerbrach sich wahrscheinlich den Kopf, wer es sein könnte, als plötzlich sein Herz zu rasen begann und ein akuter Speichelfluß einsetzte. Die Frösche schienen zu leuchten, obgleich er wußte, daß das nicht möglich war. Nun begann alles zu funkeln. Plötzlich regte sich etwas unter seinem Talar. Das konnte nicht sein. Seine Eminenz versuchte, die aufsteigende Wärme und die Schwellung in seinem Schritt zu ignorieren, die ihm, wie er meinte, schon vor vielen Jahren abhanden gekommen war.
Dann hätte er wohl Schwierigkeiten, an sich zu halten. Außerdem würde er Probleme mit der Atmung haben ... sehr ernste Probleme.
Teddys Stimmung stieg noch weiter, und er sah seiner nächsten Mission in einem Rausch der Begeisterung entgegen, wie er ihn sich niemals erträumt hätte.

Mittwoch, 24. Juni
Zoonose-Laboratorium, Guilderland
9.00 Uhr

»Jack, ich nehme alles zurück.« Lawrence trat in Brynes Büro, mit einem Blatt Papier in der Hand. »Ich habe das hier auf Nexis gefunden.«

»Was denn, Drew? Was nimmst du zurück?« Bryne brütete über dem ProMED-Budget und wollte eigentlich nicht abgelenkt werden, aber er wußte, daß Lawrence ihn nicht stören würde, wenn es nicht wichtig war.

»Hab' 'ne Antwort auf deine Frösche, und du wirst es nicht glauben. Wirf mal 'nen Blick auf den Umfang dieses Ausdrucks; es gibt da so einen Typ an den NIH, der hat über hundert Aufsätze über Frösche und ihre Toxine geschrieben. Faszinierend.«

»Erzähl mir mehr.« Bryne legte die Liste hin, die er gerade studierte.

»Die kleinen Racker haben eine toxische Keule in ihrer Haut. Sie können mühelos einen Hund töten, wenn der Hund auch nur einen einzigen beißt. Aber, und das ist ein interessanter Punkt, diese Frösche stellen das Gift nicht so her, wie das Reptilien tun. Die Frösche scheinen die Gifte zu sammeln ...«

»Was hast du gesagt, Drew? Die Frösche tun was?« Bryne blickte auf und griff nach den Ausdrucken.

»Sieht ganz so aus. Die Gifte in ihrer Haut kommen aus der Umgebung, von Dingen, die sie fressen.«

»Okay, und ...«

»Diese Frösche leben von giftigen Insekten, Spinnen, Tausendfüßlern, Wespen. Und sie verdauen das Gift nicht, sie absorbieren es vielmehr, verarbeiten es in ihrem Organismus und sondern es in die Haut ab.«

»Großer Gott, du meinst, jeder Frosch produziert einen anderen giftigen Cocktail, je nachdem, was er frißt?«

»Sieht so aus. Erstaunlich. Es scheint, daß manche, aber nicht alle ihrer Gifte von stechenden Insekten stammen, meistens von Wanzen, Käfern und dergleichen. Aber die ursprünglichen Quellen der meisten Alkaloide, die sie enthalten, müssen noch gefunden werden, weil die Wälder abgeholzt werden und alle diese Chemikalien verschwinden. Sie könnten zur Herstellung von Medikamenten eingesetzt werden. Sie sind sehr, sehr wirkungsvoll.«

»Von wie vielen Froscharten reden wir?«

»Von Dutzenden, scheint es, wenn man die Unterarten mitrechnet. Ich hab' den Typen bei den NIH angerufen. Er war ziemlich hilfsbereit. Und hier kommt das Verblüffende: Ich habe ihm von dem Bischof in Louisiana erzählt, und er wußte schon über ihn Bescheid. Er hat die Frösche tatsächlich im Augenblick in seinem Labor. Das Staatslabor hat sie ihm geschickt. Sie sind eine gefährdete Art.«

»Und er hat bestätigt, daß der Alte mit Bestimmtheit daran gestorben ist, daß er sie angefaßt hat?« fragte Bryne immer noch ungläubig.

»Ja«, fuhr Lawrence fort, »die Frösche enthielten genügend Toxine, um zwanzig Menschen zu töten. Und noch etwas ...«

»Ja?«

»Der Typ sagt, daß diese Baumfrösche nicht nur alle erwarteten Gifte enthielten, sondern auch noch ein neues dazu. Er schien das für wirklich wichtig zu halten.«

»Und, was war es?«

»Der Neuling«, Drew sah auf seine Blätter, »stammt eigentlich aus der Rinde eines Baumes, des Corynanthe-Yohimbebaumes. Die Rinde enthält ein exotisches Alkaloid, Yohimbé. Es verursacht Veränderungen in den Herz- und Blutgefäßen. Zuviel kann den Blutdruck sprunghaft in die Höhe schießen lassen und Zittern, ja selbst Schlaganfälle bewirken. Man nimmt sogar an, daß es Erektionen auslöst, selbst bei Leuten, die nicht sexuell erregt sind.«

»Und so ist der Kerl gestorben, mit einer Erektion?«

»Das hat man mir jedenfalls erzählt. Es könnte dieses Yohimbé gewesen sein. Dies und all die anderen Toxine. Aber das auffällige daran ist, daß Frösche keine Baumrinde fressen, nicht wahr?«

Bryne nickte. »Vielleicht haben sich die Frösche von Insekten ernährt, die die Rinde gefressen haben. Worauf willst du hinaus, Drew?«

»Es war nicht genau Yohimbé. Es war der reine Stoff namens Yohimbin. Kristallin rein. Auf dem Chromatogramm stellte sich nur ein Peak dar. Die Chemikalie muß synthetisiert worden sein. Es war ein kommerzielles Yohimbin-Präparat, meint der Typ.«

»Könnte sein, es könnte aber auch ein reiches natürliches Vorkommen sein. Warum? Denkt er, es gehört nicht zum normalen Speiseplan der Frösche?«

»Nein, Jack, weil dieser Baum, Corynanthe, nicht im costaricanischen Regenwald vorkommt. Der Typ von den NIH hat mir das erzählt. Er ist nur in Westafrika zu finden.«

»Das bedeutet, die Frösche wurden manipuliert«, überlegte Bryne. »Was bedeutet, ich verliere nicht den Verstand.«

9

Donnerstag, 25, Juni
Zoonose-Laboratorium, Guilderland

Das FedEx-Paket aus Kentucky kam ein paar Minuten nach zehn an. Lawrence sah, daß es noch »rauchte«; ein gutes Zeichen, das bedeutete, daß Trockeneis die Proben noch immer kalt hielt. Er packte die sperrige Kiste aus, ließ den Trockeneiswürfel vorsichtig in den Ausguß gleiten, zog dann vier Plastikfläschchen heraus, die er neben die Objektträger stellte, die Bryne ihm gegeben hatte. Ganz einfach, eine simple Tollwutserie mehr, Kinderspiel – obgleich er und Jack sich einig gewesen waren, daß es Wochen in Anspruch nehmen würde, all das übrige Material zu bearbeiten, das Bryne aus Churchill Downs zusammengetragen hatte.

Lawrence haßte große Objekte wie diese Pferde. Die Prozedur, die nötig war, um ans Gehirn zu gelangen, war Schwerstarbeit – dreckig, laut, und es waren Sägen nötig. Der eine Elchkopf, an dem er vor drei Jahren gearbeitet hatte, hatte den ganzen Tag in Anspruch genommen, und das Labor stank noch eine Woche danach. Auch Kühe waren übel. Sie schienen einen anzusehen, wenn man ihnen nicht ihre Augen schloß, bevor man mit dem Sägen begann. Aber diesmal war das Gehirn schon entnommen, präpariert, in kleine, dünne Scheiben geschnitten und fix und fertig zur Bearbeitung.

Es war schwierig, Jacks Theorie über die Erneuerung der biblischen Plagen zu ignorieren – angesichts des Bienenschwarms, der Baumfrösche, ja selbst des Milzbrandes, der ohne weiteres eine moderne Version der biblischen Geschwüre sein konnte. Und wenn sich bei dem Pferdesterben herausstellte, daß es von Menschen herbeigeführt worden war, na dann ... Für Lawrence war es ebenso schwierig wie für Bryne, sich auch nur versuchsweise vorzustellen, was für eine Art Geistesgestörter – oder waren es mehrere? – wohl so eine grausige Unternehmung hatte starten können.

Drew fragte sich, ob das FBI wohl auch in dieser Richtung Nachforschungen anstellte. Dieser Agent Hubbard hatte Jack mehrere Male angerufen, ohne sich deutlich zu äußern, was er wollte, aber er hatte, tja, bedrohlich geklungen. Auch Vikky Wade hatte sich fast täglich gemeldet und sich besorgt angehört, nicht nur, wenn sie nach den Testergebnissen der Pferde fragte, die bisher noch nichts erbracht hatten; auch wenn sie nach Jack fragte, klang sie seltsam. Drew war nicht sicher, was da vor sich ging, hoffte aber, es sei alles geschäftlich. Bryne hatte eisern darauf gedrungen, daß nur Lawrence und Mia von der Plagen-Theorie erfuhren und daß es dabei bliebe.

In dem Moment fiel Drew der Junge aus Brooklyn wieder ein; er hatte den Bienenschwarm verdammt schnell bemerkt. Wie hieß er noch gleich? Berger, yeah, Berger. Es wäre nützlich zu sehen, womit der Junge sich jetzt gerade beschäftigte, am besten, er schickte ihm eine E-Mail.

Sonntag, 28. Juni
Brooklyn, New York
13.30 Uhr

Shmuel Berger saß zusammen mit vier anderen halbwüchsigen Jungen aus seiner High-School vor dem Fernseher. Er wußte sehr wohl, daß es einem orthodoxen Juden verboten war, sich einen Film wie diesen anzusehen, aber es war eine herrliche neue Erfahrung – ein Horrorfilm, und das in Farbe!

Erst vor kurzem hatten seine Eltern einen winzigen Schwarzweißfernseher gekauft, dessen Benutzung sie aber auf Nachrichten und bestimmte kulturelle Berichterstattungen eingegrenzt hatten. Ein Videorecorder stand nicht zur Debatte.

Die Eltern aller seiner neuen Schulfreunde ließen die Jungs die Filme sehen, die die lokalen Sender samstags und sonntags brachten. Für Shmuel kamen die Samstage natürlich nicht in Frage. An diesem Wochenende brachten sie eine Sonderreihe mit alten Krimis. Es war nicht zu vermeiden, daß Shmuel mindestens einen der Streifen verpaßte. Am späten Sonntagmorgen hatte er seiner Mutter irgendwas vorgemurmelt von wegen, er wolle einen Freund aus der jeschiwe besuchen. Dann war er schnurstracks zum Bus gerannt.

Der Film, den er sich ansah, war 1971 gedreht worden und hieß *Das Schreckenskabinett des Dr. Phibes.* Die Farben waren schrecklich. Er und die anderen Jungs schrien vor Lachen, als ein Irrer, gespielt von Vincent Price, sich an einem Chirurgen rächte, der unbeabsichtigt den Sohn des Wahnsinnigen getötet hatte. Danach brachte Price eine ganze Schar von Opfern um, die Angestellten des Arztes, einen nach dem anderen, indem er sich der Plagen des »Alten Testaments« bediente. Der Film war kitschig, ungenau, komisch, schaurig und ... verboten!

In dem Film kam ein Rabbi vor, der hanebüchen falsch porträtiert war. So etwas gab es gar nicht. Und Fledermäuse wurden in der Chumasch auch nicht erwähnt. Außerdem waren alle hebräischen Gestalten verwechselt worden. Der Film war Mist, aber er erinnerte Shmuel an die merkwürdige Geschichte von dem Bienenschwarm, die er an ProMED geschickt hatte. Es war schon eine Weile her, seit er nach einer Fortsetzung Ausschau gehalten hatte.

Als er von seinen Freunden wegging, fuhr er mit dem Bus zur Brooklyner Stadtbibliothek an der Grand Army Plaza. Dort setzte er sich an einen Computer mit allgemeinem Zugang zum Internet. Es war mal wieder Zeit, in dieser wunderbaren, freien Sphäre herumzusurfen. Dort, und nur dort, konnte Shmuel in jede beliebige Welt eintreten, ganz gleich, welche er sich aussuchte – Grundlagen der Naturwissenschaft, medizinische Forschung, Spiele, sogar Sex; er würde den Cyberspace nach seinen unwiderstehlichen, oftmals verbotenen Gedanken, Bildern und Ideen durchstöbern.

Heute jedoch ging er als erstes auf ProMED und erblickte voller Stolz die Meldung über den Bienenschwarm in San Antonio, dann einige neue Zusätze, die sehr, sehr interessant waren – vor allem nach diesem lächerlichen Film, den er eben gesehen hatte.

Er ging aus dem Programm raus und begann ernsthaft zu surfen, auf der Suche nach etwas, das die Fachleute vielleicht übersehen haben könnten und an dem ProMED sehr interessiert sein würde. Und dann fand er *plaguescape.com.*

Sonntag, 28. Juni
Manhattan
23.00 Uhr

Theodore Kameron saß in seinem Labor, sonnte sich in der Herrlichkeit seiner Sammlung und wartete darauf, daß ihm die »Stimme« ausführliche Anweisungen für seine nächste Mission gab. Es lief alles wunderbar. ProMED führte inzwischen mehr von seinen »Zwischenfällen« auf als bisher. Eine Verbindung zu ihm konnte absolut nicht gezogen werden – selbst wenn jemand dahintergekommen war, daß es sich nicht um Ereignisse höherer Gewalt im traditionellen Sinne handelte, sondern um das Werk eines Menschen, der von der Hand einer rächenden Gottheit gelenkt wurde. Noch erfreulicher war, daß es ganz den Anschein hatte, als würde Jack Bryne selbst zu einem Hauptverdächtigen für San Diego und die Pferde. Hubbard würde daran arbeiten, diese Ereignisse nun jeden Tag noch enger miteinander zu verknüpfen.

Teddy hatte den Anruf des FBI-Agenten erwidert und sich zuerst dumm gestellt, als das Thema Jack Bryne aufkam.

»Also, Agent Hubbard«, begann Teddy, »natürlich kenne ich Dr. Bryne, und wir sind uns im Laufe der Jahre bei verschiedenen Vorträgen und Veranstaltungen begegnet, aber ich denke eigentlich nicht, daß ich ihn gut genug kenne, um Ihnen irgendwie behilflich zu sein. Macht es Ihnen etwas aus, wenn ich Sie frage, welcher Art Ihr Interesse ist?«

»Nicht im geringsten, Dr. Kameron. Wir ziehen ihn für eine Sonderkommission in Betracht, die das Bureau auf dem Gebiet des Bioterrorismus schafft. Die Meinung seiner Wissenschaftskollegen über seine Qualifikationen ist uns wichtig. Wir haben bereits mit vielen Ihrer Kollegen gesprochen.«

Teddy wußte, daß der Mann das Blaue vom Himmel herunterlog, war aber beeindruckt, wie glatt ihm das von der Zunge ging. »Also, Agent Hubbard, wie *kann* ich behilflich sein?«

»Würden Sie Dr. Bryne als, sagen wir, autoritätskritisch bezeichnen? Schließlich müßte er mit dem Bureau zusammenarbeiten.«

»Sie meinen, ob er die Spielregeln befolgt? Nein, Sir, Jack Bryne ist ein weitgehend auf sich selbst gestellter Mensch. Bockt unter strenger Kontrolle, habe ich gehört. Liebt es, Dinge auf seine Art zu erledigen. Aber ich darf Sie daran erinnern, daß er für die Regierung des Staates New York arbeitet, und die scheint mit ihm zufrieden zu sein.«

»Das stimmt«, antwortete Hubbard. »Wie sieht's mit seinem Temperament aus? Lässig? Leben und leben lassen?«

»Tja«, Kameron nahm sich Zeit für seine Antwort, »ähhh, nein, so würde ich ihn überhaupt nicht beschreiben. Von Dr. Bryne weiß man, daß er sehr ... leidenschaftlich ... an Dinge herangeht.«

»Tatsächlich? Wie ist es mit schlechter Laune?«

»Agent Hubbard, ich kenne ihn wirklich nicht so gut. Einige meiner Kollegen fanden, daß er tatsächlich rasch in Wut gerät, aber ich persönlich kann das nicht sagen.«

»Sie haben das Wort ›leidenschaftlich‹ gebraucht, Dr. Kameron. Könnten Sie sich darüber etwas ausführlicher äußern?«

»Agent Hubbard, das macht mich sehr verlegen. Ich habe Ihnen gesagt, ich kenne den Mann nicht so gut.«

»Ich verstehe. Nur noch ein paar Fragen. Nun zu ›leidenschaftlich‹.«

Teddy seufzte. »Noch einmal, das habe ich von Kollegen, aber, oh, ich möchte den Mann doch nicht um eine Stellung bei einer Bundesbehörde bringen ...«

»Das werden Sie auch nicht, da bin ich sicher, Dr. Kameron. Sprechen Sie bitte weiter.«

»Es gibt tatsächlich einige wenige in der Wissenschaftsgemeinde, Agent Hubbard, die der Ansicht sind, Dr. Brynes ausschließliche Beschäftigung mit Krankheit und Giften sei morbide, geradezu monomanisch – aber das kann der pure Neid sein.«

»Was, wenn es nicht nur Neid ist?«

»Also, eigentlich ... weiß ich nicht, ob ich Ihnen das erzählen sollte, aber Sie sind ja bei der Regierung. Ich habe in den sechziger Jahren mit Dr. Bryne einige Zeit auf Haiti zugebracht, als wir beide Gaststipendiaten am Albert Schweitzer Hospital außerhalb von Port-au-Prince waren. Und es ist mir peinlich, es zugeben zu müssen, aber wir haben uns eines Abends furchtbar betrunken, und er erzählte mir die Geschichte seiner Kindheit. Es war absolut grauenerregend.« Hubbard sagte nichts.

»Um die Wahrheit zu sagen«, fuhr Teddy fort, »ich habe mit meinen Drinks ziemlich hausgehalten, während Bryne sie gar nicht schnell genug kippen konnte; ich bezweifle, daß er sich an den Abend überhaupt erinnern kann, ganz zu schweigen von dem, was er erzählt hat.«

»Grauenhaft. Wirklich?«

»Ja, sehen Sie, seine Eltern waren Missionare in China. Als der Zweite Weltkrieg ausbrach, wurde die ganze Familie in ein Internierungslager gesteckt, in dem biochemische Waffen an den Gefangenen getestet wurden. Ihm gelang es, am Leben zu bleiben, aber beide Eltern wurden umgebracht – die Mutter direkt vor den Augen des Jungen. Ich nehme an, man könnte sagen, dort nahmen sowohl seine kritische Einstellung zur Macht als auch sein Interesse an Toxinen ihren Anfang. Wenn das einen morbiden Zug hat, kann man ihm wirklich nicht die Schuld geben.«

»Das ist sehr interessant, Dr. Kameron, wirklich sehr interessant.«

Und ich wette, du hast das schon gewußt, sagte sich Kameron im stillen, dann zu Hubbard: »Ich möchte Sie noch mal daran erinnern, Sir, daß Dr. Bryne ein glänzender, hervorragender Wissenschaftler ist, er ist sehr angesehen.«

»Erinnerung notiert«, sagte Hubbard. »Ich denke, das wär's so ungefähr, Dr. Kameron. Sie sind eine ungeheure Hilfe gewesen.«

»Ich hoffe nur, ich habe nichts Unpassendes gesagt. Oh, du meine Güte. Ich hoffe doch sehr, das ist alles vertraulich, Agent Hubbard?«

»Aber ja, das versichere ich Ihnen. War gut, mit Ihnen gesprochen zu haben, Doktor. Wenn Ihnen noch irgend etwas zu Dr. Bryne einfällt, vergessen Sie nicht, mich anzurufen. Die Nummer haben Sie ja.«

»Ja, Agent Hubbard«, schloß Kameron das Gespräch, »das werde ich sicher tun.«

Teddy war höchst zufrieden damit, wie das Gespräch gelaufen war – besser noch als erhofft. Es war wirklich zu schade, daß er wahrscheinlich nicht noch einmal mit dem FBI reden würde – es sei denn, er konnte etwas liefern, das die Schlinge enger zog, in der Jack Brynes Hals bereits steckte.

Montag, 6. Juli
Gesundheitsamt, New York City
10.00 Uhr

Dr. Mia Hart hatte mit ihren epidemiologischen Ausführungen bereits begonnen, einem Vortrag, der von Dutzenden von Ärzten, Krankenschwesternschülerinnen und Sommerpraktikanten aus den höheren Medizinsemestern der Columbia University besucht wurde, als Jack, der sich freute, sie zu überraschen, sich auf einen Platz ganz hinten im Hörsaal schob. Er merkte, daß das Auditorium bereits elektrisiert war, von dem Thema wie auch von der Rednerin. Jack fühlte sich von Mias immenser persönlicher Anziehungskraft, vor allem in einem öffentlichen Forum, immer ein bißchen eingeschüchtert. Nicht nur, daß sie umwerfend schön war, sie überzeugte vor allem als überragende Expertin – eine Wissenschaftlerin, auf die man sich verlassen konnte.

Mia hatte ein Dia mit ominösen Gebilden auf die große Leinwand hinter sich werfen lassen: wunderschöne Farben, dunkle Blautöne am unteren Bildrand, die nach oben in ein helles Blaugrün verliefen – leider ein gräßliches Thema. Die Titelzeile war in Rot, Daten und Namen gelb gehalten. Eine zweite, kleinere Leinwand auf der rechten Seite am Fuß des Podiums wurde hell, und das Bild eines Ritters auf einem Pferd erschien darauf. Ein Ritter, der von der Gestalt des Todes bedroht wurde. Jack erkannte, daß es ein Holzschnitt von Dürer war. Sein Blick wanderte zur großen Leinwand hinüber, und er las:

Jahrhundert	Haupterreger	Jahrhundert	Haupterreger
11.	Ergotismus	16.	Ruhr
12.	Pocken/Blattern	17.	Tuberkulose
13.	Lepra	18.	Typhus
14.	Pest	19.	Cholera
15.	Syphilis	20.	HIV/AIDS

»Wir können also feststellen«, sagte Mia gerade, »daß jedes Jahrhundert seinen eigenen Erreger hatte. Wir können darüber streiten, ob sie eurozentrisch waren, aber ich vermute, diese Krankheiten in Europa befielen schon früh auch große Teile von Asien und Afrika – und später die sogenannte ›Neue Welt‹.«

Die Pest, führte sie aus, verwüstete im vierzehnten Jahrhundert Europa, aber ihre Ursprünge waren asiatisch. Viele glaubten, daß die Syphilis aus Afrika gekommen sei und Ergotismus, die Mutterkornvergiftung, dessen Toxin, ein Pilz namens *Claviceps,* sich auf modrigen Roggenkörnern entwickelte, aus dem Nahen Osten nach Europa und Afrika gelangt sei.

Genau in dem Moment betrat ein zweiter Spätankömmling den Hörsaal und setzte sich ans entgegengesetzte Ende der Reihe, in der Bryne saß. Selbst aus der Ferne kam der hochgewachsene grauhaarige Mann Jack vage bekannt vor, aber er konnte ihn beim besten Willen nicht unterbringen. Vielleicht würde er nach dem Vortrag ein paar Worte mit ihm wechseln. Jetzt wandte er seine Aufmerksamkeit wieder Mias Ausführungen zu.

»Wenn man *Claviceps* in Brot aus schimmeligem Roggen zu sich nimmt«, teilte Mia den Zuhörern mit, »führt das Mutterkorn – das wiederholt gut dokumentierte Epidemien in ganz Europa auslöste – zu Mutilation, zu Krämpfen und Veitstanz. Das Toxin ist eine Analogie zu dem, was wir als LSD kennen ... Leider können wir nicht ausführlich auf jede dieser Krankheiten eingehen, Stunden wären dazu nötig, und die Zeit haben wir nicht. Ich fasse mich kurz, aber diese Erreger waren jeweils in ihrer Zeit gewaltige Katastrophen.

Im zwölften Jahrhundert kamen die Pocken auf, besonders in Europa, wo ummauerte Städte ihre Verbreitung förderten. Im dreizehnten Jahrhundert erschien die Lepra auf der Bildfläche, die echte Lepra – nicht der biblische *Aussatz*, worunter jede entstellende Hautkrankheit von der Schuppenflechte bis zu den Masern verstanden wird. Nur war die Krankheit, die im Spätmittelalter durch Europa tobte, noch viel virulenter als unsere heutige Art. Die Beschränkungen, die den Opfern auferlegt wurden, waren sicher gerechtfertigt, die Glocken allerdings, die Leprakranke am Hals zu tragen hatten, um gesunde Leute vor ihrer Anwesenheit zu warnen, weil sie ›unrein, unrein‹ waren, wie sie ständig rufen mußten, scheinen ein wenig übertrieben ...«

In diesem Augenblick ging ein Piepser im Auditorium los und löste allgemeines Gelächter aus. Mia brachte alle mit einem Augenzwinkern in Richtung des Studenten zum Schweigen. »Obwohl die Dinger einen heute wahrscheinlich auch vor ihren Besitzern warnen sollen ...

Aus irgendeinem Grund«, fuhr Mia fort, als sich die zweite Lachsalve gelegt hatte, »ebbte die Lepra, nachdem sie in Schweden ihren Höhepunkt erreicht hatte, während der zweiten Hälfte des Jahrhunderts ab. Es ist die Hypothese geäußert worden, daß ein neues Gebrechen – gefördert durch Burgen und das Aufkommen von Stadtstaaten und großen städtischen Zentren – die Menschen tatsächlich gegen die Krankheit immunisierte, die sich auf ihr gegenwärtiges Areal, die Tropen, zurückzog.«

Sie zeigte auf die Liste auf der großen Leinwand. »Und die neue Krankheit, die die Lepra aus Europa vertrieb, war Tb. Aber Tuberkulose mit einer durchschlagenden Wendung. Da sie durch die Luft übertragbar und hochansteckend ist, kann

Tb die Lepra verdrängt haben, indem sie verwandte Antikörper produzierte. Das heißt aber nicht, daß ich Tb als Mittel gegen Lepra empfehle!« Wieder glucksten die Zuhörer in sich hinein.

»Ich glaube nicht, daß wir darüber debattieren müssen, welche Krankheit das vierzehnte Jahrhundert beherrschte: Es war die Beulenpest, gefolgt von der Lungenpest, dem sogenannten Schwarzen Tod. Die Pest kam unzweifelhaft über die Seidenstraße aus dem Osten, erreichte Italien um 1325 und breitete sich in ganz Europa aus, wo sie innerhalb weniger Jahrzehnte fünfundzwanzig Millionen Menschen dahinraffte, ein Viertel der Bevölkerung. Die Pest war ein Killer ohne Ansehung der Person. Wahrscheinlich verwüstete sie auch Asien und Afrika, aber leider verfügen wir nicht über viele schriftliche Zeugnisse, um dies untermauern zu können. Wir wissen aber, die Plage Pest gibt es auch heute noch.«

Nicht nur diese Plage, die PLAGEN! dachte Jack niedergeschlagen. *Wenn sie so gescheit und neuen Ideen so aufgeschlossen ist, warum hört sie mir dann nicht zu? Das wird sie aber. Ich muß sie dazu zwingen, meinen Gedanken zu den Plagen Beachtung zu schenken.*

»Ein 1530 veröffentlichtes Gedicht«, fuhr Mia fort, »über einen Hirten namens Syphilis gab der nächsten Krankheit ihren Namen. Wir wissen, daß die Syphilis in Europa nur ein paar Jahre nach Kolumbus' erster Reise ausbrach. Das könnte Zufall sein. Es könnte auch sein, daß er mehr als nur Gold nach Hause brachte. Die Krankheit kam zwar erst am Ende des fünfzehnten Jahrhunderts auf, aber sie beherrschte ihre Zeit ebenso, wie es die Pest getan hatte. Als Mörderin von Frauen, Männern und kleinen Kindern erhielt sie die Bezeichnung ›große Pocken‹, um sie von dem kleineren Gebrechen, den Pocken, zu unterscheiden. Als ihre Bösartigkeit abnahm, wurde sie in der ganzen Welt endemisch.«

Bryne sah, wie sich im Publikum eine Hand in die Höhe reckte. Eine junge Examenskandidatin fragte Mia, warum sie die Neue Welt nicht erwähnt habe. »Schließen Sie Nord- und Südamerika in Ihre Betrachtungen nicht ein?«

»Gute Frage«, pflichtete Mia bei. »Die Epidemien der Alten Welt waren in der Neuen Welt von großer Bedeutung. Als Cortez, Pizarro und andere damit begannen, die beiden amerikanischen Kontinente auszubeuten, schleppten sie Pocken und Masern ein. Die Pocken töteten in Mexiko neunundvierzig Millionen Indianer, und die Masern dezimierten die eingeborenen Völker in der Karibik und in Zentral- und Südamerika, nicht zu vergessen die Eingeborenen von Grönland und später die Bewohner von Alaska, Zentralafrika und den Südseeinseln.«

Sie unterbrach sich, um aus einem Becher auf dem Pult einen Schluck Wasser zu trinken, dann fuhr sie fort: »Ja, die Krankheiten der Alten Welt waren in der Neuen Welt ziemlich erfolgreich. Vor allem, wenn ihnen Menschen dabei behilflich waren. Doch lassen Sie uns nach Europa zurückkehren.« Ein neues Dia, das einen Außenabort zeigte, erschien. »Möchte jemand von Ihnen die Vermutung äußern, warum ich die Ruhr fürs sechzehnte Jahrhundert ausgewählt habe?«

»Schlechte Abwasserkanäle!« rief jemand.

»Genau! Oder überhaupt keine Abwasserkanäle. Sehen Sie, der ganze europäische Kontinent befand sich im Krieg; große Heere, die ohne sanitäre Einrichtungen und ohne jede Ahnung von Keimen und Bakterien ständig in Bewegung waren, verdreckten alles mit ihren Fäkalien. Eine feine Kotschicht bedeckte weit und breit alle Oberflächen in Europa – Schwerter, Säbel, Schreine. Entschuldigen Sie bitte das krasse Wort, aber bei der Ruhr ging es nicht bloß um fehlende Scheißhäuser, die Scheiße selbst hat uns eine Botschaft hinterlassen. Erst vor ein paar Wochen hörte man ständig neue Meldungen über *E. coli* O157:H7. Nun, das Plasmid, das *E. coli* 0157:H7 erworben hat, stammt von dem Erreger, der Bakterienruhr auslöst.

Stellen Sie sich im sechzehnten Jahrhundert Zehntausende

von englischen, französischen, flämischen, italienischen und deutschen Soldaten mit einer Krankheit vor, die die inneren Darmschichten wegfrißt, schwere Bauchkrämpfe, blutigen Durchfall, hohes Fieber und schließlich Sepsis und Tod zur Folge hat. Ganz Europa war eine gärende Latrine – bis die ständigen Kriege zu Ende gingen, Rohrleitungen in den Häusern aufkamen und Rudimente einer öffentlichen Gesundheitspolitik Wirkung zu zeigen begannen.

Die Tuberkulose dominierte das achtzehnte Jahrhundert, als Europäer wie Amerikaner große Städte zu bauen begannen. Die Zusammenballung von Menschen, Armut und Mangelernährung beschleunigten die Ausbreitung von Tb.

Die folgenden hundert Jahre hindurch«, fuhr Mia fort, »beherrschte der Typhus, wahrscheinlich aus Rußland eingeführt, die eurasische Welt. Wie die Ruhr wurde er auf und in den Körpern von Soldaten weitergeschleppt, die nicht baden wollten oder konnten. Als Napoleon 1812 mit dreihunderttausend französischen Soldaten nach Rußland marschierte, starben die meisten an dieser Krankheit. Wenn Sie mich fragen, haben weder das russische Heer noch das Wetter Napoleon besiegt, sondern der Typhus, und ich wette, Napoleon wäre darin mit mir einer Meinung.

Das neunzehnte Jahrhundert«, führte Mia weiter aus, »gehörte eindeutig der Cholera, von der Pandemien die ganze Welt heimsuchten. Die höchste Sterblichkeitsrate für ein einziges Jahr in der Geschichte der Stadt New York gab es 1832, die zweithöchste 1866. In dem Jahr wurde auch die erste Gesundheitsbehörde in der Stadt gegründet, um die Ausbreitung der Cholera zu verhindern.

Nun zu der letzten, oder fast letzten der Epidemien«, kommentierte Mia, als ein Dia erschien, das eine Graphik zeigte, auf der im Jahr 1980 beginnend und mit Schätzungen bis zum Jahr 2000 weltweit die AIDS-Toten dargestellt waren: Die Linie schoß in einem Achtzig-Grad-Winkel nach oben und flachte dann im nächsten Jahrhundert ab. »So, bis zu unserem nächsten Seminar, bei dem wir uns dieser modernen Plage zuwenden werden, danke ich Ihnen allen.«

Die Lichter im Hörsaal gingen an, die Scheinwerfer der Projektoren wurden ausgeschaltet, und ein dankbar begrüßtes Ventilatorengebrumm begann, den drückend heißen Raum zu kühlen, während die Zuhörer sich auf ihren Plätzen ausstreckten.

Mit einem Blick auf die Uhr fragte Mia: »Fragen, Bemerkungen, Zweifel, Klagen?« Einige der jüngeren Studenten lachten. Hände schossen in die Höhe. Sie beantwortete Fragen nach der Pest 1993 in Indien. Warum stand Ebola nicht auf ihrer Liste? Und wie stand's mit der Grippe?

Ein Arm, dessen behandschuhte Hand einen schwarzen Kugelschreiber hielt, streckte sich von einem Platz ganz hinten in die Höhe, und eine tiefe Stimme stellte sich vor: »Dr. Theodore Kameron.«

TED Kameron! dachte Bryne. *Das war der Nachzügler! Wie merkwürdig, daß ich vor nur wenigen Tagen dachte, er wäre von der Erdoberfläche verschwunden.*

»Und Ihre Frage, Dr. Kameron?« wollte Mia wissen.

»Dr. Hart«, fuhr die hochgewachsene, gutaussehende, liebenswürdige Gestalt beinahe schüchtern fort, »stimmt es nicht, daß die sogenannten aufstrebenden Pathogene, diese neuen Infektionskrankheiten, schlicht unmöglich vorherzusagen und zu kontrollieren sind? Können wir nicht sagen, daß sie im Gegensatz zu den Katastrophen der Vergangenheit stehen, die oft nur Neuauflagen dessen sind, was bereits geschrieben steht?«

»Doktor«, schickte sich Mia an zu antworten, »ich denke, ich weiß, worauf Ihre Frage hinauswill. Ja, ich denke, wir erleben fortwährend neue Wellen von Infektionskrankheiten. Jede Zivilisation hat ihre eigene Begegnung, fast alle haben versucht – und sind damit gescheitert –, Krankheit vorauszusagen und zu überlisten, schon die alten Römer.«

»Oder die Ägypter und die Griechen«, setzte Kameron hinzu.

»Ja, sie auch.« Hart bat um eine letzte Frage und hielt nach einer Hand Ausschau.

Bryne strich sich über die Stirn, erhob sich, stellte sich vor und erhielt das Wort. TED Kameron schaltete seinen Kassettenrecorder an, ehe Bryne sagte: »Unabhängig von irgendeiner geheimnisvoll getriebenen Kraft, und damit meine ich nicht den Allmächtigen ... wenn wir tatsächlich eine Krankheit pro Jahrhundert erlebt haben, meinen Sie nicht, daß die Dinge in letzter Zeit an Tempo zugenommen haben?«

»Das ist ein wichtiger Punkt«, räumte Mia ein. »Die Dinge scheinen sich tatsächlich im Laufe des letzten Vierteljahrhunderts ausgeweitet zu haben. Denken Sie an das explosive Bevölkerungswachstum, das die ›grüne Revolution‹ ermöglicht hat. Abgesehen von AIDS sind Ebola, Legionärskrankheit, Lyme, Lassa und Ehrlichiosis aufgetaucht, um nur einige zu nennen. Es hat wohl tatsächlich den Anschein, daß die Dinge an Tempo gewinnen. Meine Hauptsorge gilt dem Aufkommen eines gegen Antibiotika resistenten Organismus – eines total unempfindlichen Bakteriums, das sehr wohl etwas beschleunigen könnte, das ich das ›Postantibiotische Zeitalter‹ nenne.«

Bryne schüttelte den Kopf. »Nein, meine Frage zielt auf etwas anderes ab. Sie sagen, es ›könnte‹ geschehen. Wir *wissen* aber, daß es geschieht. Das Problem ist, wenn es mal angefangen hat, wie können wir es in Schach halten? Doch was ich wissen möchte, ist, was, meinen Sie, wird die echte große Krankheit des einundzwanzigsten Jahrhunderts sein? Die Krankheit, die unsere Enkel in Erinnerung behalten und für die Nachwelt festhalten werden, wie es unsere Vorfahren getan haben, wie wir es heute mit HIV/AIDS tun. Wie wird der nächste Name lauten, den Sie auf Ihrem Dia für das einundzwanzigste Jahrhundert eintragen? Und kann eine Vorhersage die Krankheit aufhalten? Wird Gott sie entfesseln oder der Mensch?«

Es gab eine Unruhe unter den Zuhörern. War dieser zweite Typ ein Irrer oder ein Genie? »Dieser Mann dort hat recht!« sagte Bryne und zeigte auf Kameron. »Jede Kultur in der Geschichte sagt ihr Ableben voraus. Wie heißt unser Armageddon?« Bryne setzte sich, und Kameron lächelte zu ihm herüber.

Mia war, wie die Zuhörerschaft auch, von Jacks Ausbruch völlig verblüfft. Sie war besorgt, äußerst besorgt. Sie sah direkt zu ihm hin und sagte nichts. Ted Kameron andererseits war erfreut, etwas zu beobachten, das sichtlich als eine Spannung zwischen den beiden zu erkennen war. Eine andere Frau? Oder zog auch Mia Brynes geistige Gesundheit oder gar seine Unschuld in Zweifel? Was auch immer es war, Bryne tat ihm fast leid. Eine Ehefrau wie sie, so stark, so rigide. Teddy realisierte, daß Mia Hart ihn an seine eigene Ex-Frau und an seine Mutter erinnerte.

Mia gab ein Zeichen, daß die Vorlesung zu Ende sei, und dankte den Zuhörern für ihre Aufmerksamkeit. Studenten, Ärzte und Krankenschwestern verließen im Gänsemarsch das Auditorium, und Jack versuchte sich durch die Menge zu Kameron hindurchzuwühlen, aber er erwischte ihn nicht mehr. Teddy, der das Band mit Brynes Äußerungen wohlverwahrt in seinem Taschenrecorder hatte, eilte ins Labor, um eine Kopie herzustellen. Hatte er es erst mal richtig zurechtgeschnippelt, würde es wie Manna vom Himmel sein, wenn es beim FBI eintraf.

10

Dienstag, 7. Juli
Zoonose-Laboratorium, Guilderland
10.30 Uhr

Bryne saß gereizt an seinem Schreibtisch, er hatte viele Gründe, verärgert zu sein. Vor allem das Abendessen mit Mia war eine Katastrophe gewesen. Jack hatte sich ein extra blutiges T-Bone-Steak bestellt, und Mia, die sich die Wildkasserolle ausgesucht hatte, fiel unablässig über ihn her und erinnerte ihn an die sehr realen Gefahren von *E.coli* O157:H7, die bakterielle Mutation, auf die sie in ihrer Vorlesung zu sprechen gekommen war – die inzwischen ein neues, kompliziertes und ziemlich potentes Toxin hervorbrachte, das Krämpfe, blutigen Stuhl, Fieber und bei vielen Kindern akutes Nierenversagen hervorrief. *E.coli* O157:H7 war zuerst bei Wiederkäuerherden im Staat Washington aufgetreten und breitete sich in Herden im ganzen mittleren Westen aus. Nach Routineschlachtungen wurden die Erreger durch den Verarbeitungsprozeß in alle Richtungen weiterverbreitet.

Das Fleisch, aus dem Hamburger hergestellt wurden, war das allerschlimmste, weil eine einzige Portion Rinderhack, in riesigen Mahlwerken zusammengemischt, die Bakterien von hundert verschiedenen Kühen enthalten konnte. Zu kurz gebratene Burger, Taco-Fleisch und Steak-Tatar waren tödlich, aber ein extra blutiges T-Bone-Steak kam der Sache ziemlich nahe. Die Epidemie im August 1997 hatte quer durch die Vereinigten Staaten Hunderte von Toten gefordert.

Jack wäre fast zusammengezuckt, als er sich Mias Attacke gegen das Hauptgericht, das er gewählt hatte, anhören mußte; er sagte schließlich aber nur: »Liebling, dies hier ist ein sehr, sehr gutes Restaurant. Und außerdem, wie oft tue ich das denn schon? Ich habe seit Tagen keine richtige Mahlzeit mehr gehabt.«

Die Schultern zuckend, gab Mia pikiert zurück: »Nun, es ist ja dein Leben. Ich nehme an, du hast ein Recht, dir dein Gift auszusuchen.« Daraufhin senkte sich ein unbehagliches Schweigen auf sie herab, während sie ihren 91er Torre Giorgi schlürften – den Jack großzügig bestellt hatte, als er sich ausgemalt hatte, daß dies ein feierliches Wiedersehen würde.

Als das Hauptgericht schließlich serviert wurde, war Essen das letzte, woran sie dachten. Die Distanz zwischen ihnen war nicht zu leugnen. Und das war, bevor er ihr von Louisiana und dem seltsamen Tod des Bischofs erzählte. Er hatte bemerkt, daß sie durch seinen Ausbruch bei der Vorlesung immer noch irritiert und verärgert war, und versuchte verzweifelt, sie zu erreichen. Kein Glück.

»Jack, alle Vorkommnisse, die du mir unlängst geschildert hast, sind natürliche Phänomene«, entgegnete sie. »Aus irgendeinem Grund, den ich nicht begreife, suchst du nach irgend etwas, was deine sehr sonderbare Theorie stützen könnte. Schau mal, ich wette, ich könnte im Internet eine Notiz über einen Hagelschauer finden, der sich irgendwo gerade ereignet. Bedeutet das, daß eine Verschwörung stattfindet? Oder Heuschrecken? Letztes Jahr sind sie in Utah geschwärmt. Hat das eine tiefere Bedeutung? Jack, bitte!«

»Das war im vorletzten Jahr. Ich rief ...« Bryne schien zerstreut zu sein. Mia machte große Augen und wechselte das Thema. Sie versuchten, den Wein mit Genuß zu trinken, fuhren gegen zehn zurück in die Wohnung und legten sich nach einem flüchtigen Gutenachtkuß hin. Mia schlief noch, als er aufstand, um den ersten Frühzug nach Albany zu erreichen.

Es war fast halb elf, als Bryne im Labor ankam, später als er eigentlich wollte. Nachdem er Drew ein Hallo zugerufen und keine Antwort erhalten hatte, fiel ihm wieder ein, daß Lawrence einen Arzttermin hatte und den ganzen Vormittag nicht im Labor sein würde. Jack beschloß, erst mal die E-Mails durchzusehen, die wichtigeren Mitteilungen auszusondern und dann in eine Art Reihenfolge zu bringen. Die Berichte häuften sich, füllten seine Mailbox immer schneller und schneller, und er besaß kein Zauberwort, um sie aufzuhalten.

Er war bereits völlig zugeschüttet. Er hatte Tucker und Vikky seine Schlußfolgerungen zur Ursache des Pferdesterbens in einer, höchstens zwei Wochen versprochen und hatte immer noch nichts liefern können. Nicht, daß er und Drew nicht unablässig Tests vorgenommen hätten. Das hatten sie, aber jedesmal waren die Ergebnisse negativ gewesen, für Tollwut, für eine von Lebensmittelvergiftung verursachte Leukopemie, für einen auf Prionen hindeutenden pathologischen Befund und für die bekannten Arboviruserkrankungen. Er und Lawrence waren verwirrt, aber das half weder Tucker noch seinen Pferden.

Jack bemerkte, daß die Plagentheorie, die er nur noch mit Drew teilte, bei ihm zu einer fixen Idee wurde. Er war sich sicher, daß er die Zweite Plage mit den Fröschen, die Vierte Plage mit dem Ungezieferschwarm und die Sechste Plage mit den Geschwüren, oder in diesem Falle mit dem Milzbrand, identifiziert hatte.

Aber wie stand es um die Erste Plage mit dem sich in Blut verwandelnden Wasser, der Dritten Plage mit den Läusen, der Fünften Plage, der Seuche, die die Tiere befällt, der Siebten Plage mit dem Hagel, der Achten Plage mit den Heuschrecken, der Neunten Plage mit der Finsternis und der Zehnten Plage, dem Tod des Erstgeborenen? Bisher gab's da nichts. Vielleicht wurde er paranoid. Nun ja, verrückt oder nicht, er mußte trotzdem arbeiten. Er konzentrierte sich darauf, die Mitteilungen an ProMED durchzublättern.

Plötzlich sah er etwas Interessantes. Es war eine E-Mail-Nachricht, die jemand in Florida abgeschickt hatte, der Name des Absenders sagte ihm nichts. Sie lautete:

> An ProMED:
> Bestimmte alarmierende Vorfälle haben sich vor vier Monaten zugetragen – in St. Cloud, Minnesota, am 3. März; in Bangor, Maine, am 4. März; in New Canaan, Connecticut, am 5. März. Könnte zwischen diesen Vorfällen ein Zusammenhang bestehen? Ausführliche Berichte folgen. Zuerst mit Ergotismus vertraut machen.

Was zum Kuckuck sollte das denn bedeuten? überlegte Bryne, perplex über die trockene Ironie des Schicksals, daß Ergotismus, die Mutterkornvergiftung, gerade erst in Mias Vorlesung zur Sprache gekommen war und nun ohne jeden Zusammenhang auf ProMED erschien. Und wer war dieser geheimnisvolle neue Mitarbeiter? Na ja, vielleicht war die Gleichzeitigkeit nur Zufall. Jack wartete, bis auf dem Bildschirm ein Artikel, *Ergotismus, eine kurze Geschichte*, aus einer englischen Tageszeitung erschien. Er begann ihn nach Informationen abzusuchen, die in Mias Vortrag nicht enthalten gewesen waren.

Ergotismus, las er, hat seinen Ursprung bei den Assyrern, die bemerkten, daß Roggen, ein Getreide, das sie nicht kannten, mit schwarzen »Pusteln« verseucht war, Pusteln, die auf den Körnern wuchsen. Sie hielten die Gefahren dieses Phänomens bereits 600 v. Chr. auf Sandsteintäfelchen fest.

Der Giftstoff, ein mikroskopisch kleiner Pilz, durch Wind oder Insekten verbreitet, dringt in das Keimzentrum des Roggenkorns ein. Diese Pilzsporen befallen die meisten anderen Getreide nicht, weil sie weitgehend an die Art gebunden sind. Der Pilz, *Claviceps purpurea*, bildet eine Vielzahl starker Toxine, die beim Menschen schwere Symptome auslösen können. Die alten Griechen kamen dahinter, daß mit Mutterkorn verseuchtes Getreide Krankheit und Tod zur Folge hatte. Roggen mied man in der römischen und ägyptischen Kultur. Die Einführung des Roggens in Ägypten fällt mit dem Niedergang der Letzten Dynastie zusammen, ein globaler Zusammenbruch, mit dem die Zivilisation um das erste Jahrhundert v. Chr. endete.

Bryne erfuhr, daß mit dem Aufstieg des Christentums und dem Umzug der Kirche nach Konstantinopel in ganz Europa der Anbau von Roggen begann, aus dem man Brot und andere Getreideerzeugnisse herstellte. Gleichzeitig breiteten sich auch die durch Mutterkorn ausgelösten Halluzinationen aus.

Er sah vom Bildschirm auf und überlegte, was wohl aus diesem Fluch geworden war, der in seiner Vorstellung nur als ein Überbleibsel des Mittelalters existierte. Aber vielleicht recycelte die Geschichte den Ergotismus – oder *irgend jemand* tat es ...

Dienstag, 7. Juli
New York City
10.30 Uhr

Kameron zog den Nylongurt um seine Taille straff und drückte die Velcro-Verschlüsse zu. Er wollte sicher sein, daß die Elektroden einwandfreien Kontakt hatten. Er drückte auf den AUFNAHME-Knopf an seinem Abhörgerät, und das Stimmrelais, das von jedem Geräusch im Raum ausgelöst wurde, schaltete sich ein. Selbst im Schlaf mußte er Aufnahmen von sich machen: seine Lebenszeichen, seine Stimmungen, seine Diät, seine Ausscheidungen. Er mußte wissen, was mit ihm geschah. Wissenschaft. Sein Glaube schlechthin. Er schwor sich bei seinem Schicksal, bei seiner Selbstdiagnose so objektiv wie nur möglich zu sein. Menschenmöglich.

Er mußte sich selbst überwachen, denn er vermochte nie im voraus zu sagen, wann ihn die »Stimme« das nächstemal rufen würde. Er mußte dringend wissen, was es war, was er da hörte. Er mußte wissen, warum ihm das geschah. Er mußte der Wissenschaft den Beweis liefern, daß die Götter des Menschen die Götter des Gehirns waren. Es war sicher sein Gehirn, das zu ihm sprach in der Stimme Jehovas. Seine eigene Stimme war es jedenfalls nicht. Er nahm die Geräusche im Zimmer auf, wenn die »Stimme« zuvor mit ihm geredet hatte. Über das Blut. Über die Läuse, über die Seuche, die die Tiere befällt. Er hatte so vieles gehört. Seine eigene und die »Stimme« eines anderen mischten sich auf den Tonbändern. Er spielte sie immer wieder ab, so wie er seine Notizen über diese grauenhaften Momente immer wieder las. Momente, in denen er den Namen Gottes herausschrie, Momente, in denen er die »Stimme« hörte, die Stimme eines Gottes, der mächtig und rachsüchtig war.

Als Wissenschaftler hatte er sich geschworen, nach der Verwandlung des Wassers in Blut, nach den Fröschen, den Läusen, dem Ungezieferschwarm, der Seuche, die die Tiere befiel, den Geschwüren, dem Hagelschlag und den Heuschrecken, dafür verantwortlich zu sein, daß zum ersten Mal die Existenz Gottes objektiv dokumentiert werden würde.

Wenn Dr. Kameron merkte, daß die »Stimme« gehört werden wollte, bereitete er sich darauf vor, stellte die objektiven Meßinstrumente der Medizin darauf ein, die Phänomene zu überwachen, die, wie er hoffte, ein Protokoll der Ermächtigung eines Menschen durch die Gottheit ergeben würden. Er wußte, wenn die »Stimme« redete, daß die »Stimme« ihn erwählt hatte, weil nur er unter allen Menschen das nötige Wissen besaß, um dafür zu sorgen, daß Sein Wille geschehe. Hätte die »Stimme« ihm die Fähigkeit verliehen, ihren Namen auszusprechen, wenn sie sich nicht Teddys eigener Göttlichkeit sicher gewesen wäre? Seine Mutter hatte ihm gesagt, er sei verflucht. Er hatte ihr damals nicht geglaubt, und inzwischen wußte er, daß sie sich vollkommen geirrt hatte; er war der Allerheiligste der Heiligen.

Er rückte die EEG-Gurte zurecht und versuchte sich zu entspannen. Die »Stimme« schien sich alle paar Wochen einzustellen, inzwischen öfter, drei Abende war er jetzt schon zu Hause geblieben und hatte sein Herz, sein Blut und seine Stimme überwacht. Seine Aufnahmen pflegte er stets zu übertragen. So war er in der Lage gewesen, alle sechs »Ergreifungen« zu dokumentieren, ob aus dem Gedächtnis oder durch seine Tonbänder. Und während die Macht der »Stimme« seine Erinnerung an den Zorn Gottes wachhielt, diktierte er detaillierte Schilderungen seiner Aktionen, wie er die biblischen Plagen erdachte, ausführte und vor seinen Augen und durch seine Hand entstehen ließ ...

Nachdem Teddy Kameron sich abgehört hatte, machte er sich einen Spaß daraus, Jack Bryne die ausführlichen Ergotismus-Berichte noch eine Weile vorzuenthalten, einfach aus Prinzip. Der Mann war so anmaßend, er verdiente es, die Ungeduld zu erleiden, die Teddy immer fühlte, wenn er darauf wartete, daß die »Stimme« ihm Befehle erteilte. Kameron hatte dafür Sorge getragen, daß das Material nicht ausgedruckt werden konnte.

Er hatte sich den Absender aus Florida beschafft und seiner Sammlung hinzugefügt. Der Benutzer war ein elfjähriger Junge, der unmöglich irgendwelche Kenntnisse über Ergotismus oder über die relevanten Geschehnisse haben konnte. Sollte Jack anfangen, auf ProMED Ergotismus-Fragen zu stellen, würde man ihn für verrückt erklären – und für Special Agent Hubbard wäre er endgültig ein schuldiger Irrer mit dem unwiderstehlichen und hoffärtigen Verlangen eines gemeingefährlichen Psychopathen, dem man auf die Schliche kommen konnte.

Während er darauf wartete, daß Jack das Material las, mit dem er den Computer fütterte, warf Teddy noch einmal einen Blick auf seinen Bericht darüber, wie er für die Dritte Plage sein Wissen in die Tat umgesetzt hatte.

Mittwoch, 1. April, Tag der Aprilnarren
Kameron brauchte in der Bibliothek keine Stunde, um sieben Postversandlieferanten von unbehandeltem Roggen ausfindig zu machen, bei jedem eine Zehn-Pfund-Probepakkung per Internet zu kaufen und weitere Einkäufe in Aussicht zu stellen, sobald er die Probe in seinem neuesten Rezept verwandt hätte. Bäckereibedarfsfirmen verschickten Listen von Getreidelieferanten, und es gab ständig neue Kreuzungen, die getestet wurden.
Teddy zwang sich, mit dem Öffnen der Pakete bis zum Abend zu warten, dann verbrachte er gebannt eine Stunde mit der Durchsicht der Lieferung, er durchsuchte den Roggen nach dunklen Körnern. Den wirkungsvollen Körnern. Verschiedene Lieferanten boten verschiedene Qualitäten zu unterschiedlichen Preisen an; die gesunden Proben konnte er auf der Stelle ausfindig machen und tat sie sofort zur Seite. Die Proben mit auch nur wenigen dunklen Körnern wurden einer Spezialbehandlung unterzogen. Sie enthielten bereits, wonach er suchte. Jede neue Partie seiner Topkandidaten streute er in eine flache Plastikschale.
Er besprühte sie alle mit einem leichten Frischwassernebel, dann deckte er die Schale mit einem dunklen Tuch zu. Jede Probe wurde sorgfältig markiert – Lieferant, Trennungsdatum, Befeuchtungsdatum, Anzahl der Tage in Finsternis als Vorgefühl auf die größeren Tage der Finsternis, die bevorstanden.

Bryne weitete seine Lektüre aus und erfuhr, daß größere Ergotismusepidemien verläßlich im Mittelalter geschildert wurden – zu den Symptomen zählte Gangrän der Füße, Hände, ja der Arme und Beine. Manchen Leuten fielen aufgrund der starken Gefäßverengung durch die Mutterkorngifte Gliedmaßen ab. Nasen wurden blau, dann schwarz, lösten sich aus den Gesichtern und hinterließen klaffende Löcher. Frauen erlitten Fehlgeburten, und viele Leute wurden von

Schlaganfällen und Psychosen heimgesucht. Ganze Städte waren betroffen.

Halb wahnsinnige Überlebende, die geringere Dosen des Mykotoxins zu sich genommen hatten, tanzten in den Straßen, manche vor Qual, die die Gifte verursachten, manche in abergläubischer Raserei, um sich von den bösen Spinnen des Teufels zu befreien, denen die Schuld an der Krankheit gegeben wurde – daher die »Tarantella«, das italienische Wort für Spinne. Das Volk nannte die Krankheit »St. Antoniusfeuer«, und eine Pilgerreise zum Schrein des Heiligen galt als einziges Heilmittel gegen die Schmerzen und das ungeheuere, hartnäkkige Jucken, das den Ausbruch einer Mutterkornvergiftung ankündigte.

Bryne hielt inne, um sich eine Notiz zu machen; die Erwähnung des Juckreizes war wichtig.

Bedeutsam war auch die Tatsache, daß Pilgerreisen oft tatsächlich Heilung brachten, weil die Pilger ihre heimischen, giftigen Brote zurückließen und sich unterwegs nicht vergiftete Nahrung kauften. Elstern galten als volkstümliche Heilmittel: »zwanzig und vier« der schwarzen Vögel in eine Pastete gebacken. Und wenn die Pilger am Grab des heiligen Antonius ankamen, waren die Symptome der Mutterkornvergiftung verschwunden.

Während Bryne geradezu zwanghaft weiterlas, hatte Teddy Kameron weitergearbeitet, an seiner Autobiographie gefeilt, seine Notizen durchgesehen, Fortschritte aufgezeichnet und dies alles den Texten in den »LMPG«-Dateien hinzugefügt:

Theodore Graham Kameron nahm jede zugedeckte Schale mit den feuchten Körnern und stellte sie in ein eigens angefertigtes Gestell. Eine indirekte Heizung hielt die Schalen auf konstanter Temperatur, während er wartete.

Täglich setzte er mehr Feuchtigkeit hinzu, notierte seine Daten und beobachtete, wie sich die Dunkelheit unter den

Roggenkörnern ausbreitete. Nach nur wenigen Wochen war er sich darüber klar, welche Körner er züchten wollte.
Es waren nicht die Roggensamen allein, die Teddy züchtete. Jetzt kultivierte er die Pilze, die giftiges Mutterkorn erzeugten. Und das in Massen.
Nach nur zwei Tagen nahm er die erste Schale von dem beheizten Gestell, um nachzusehen. Teddy schätzte, daß über 4000 Körnchen in der Schale gewesen waren, als er anfing. Nun trennte er die nicht infizierten von den vielen neuen, wunderbar aufgeschwollenen, dunkelgrauen, denen, die moderten – Hunderte, alle mit Pilzen verseucht.
Jedes graue Korn wurde mittels eines kleinen Geräts, das Kameron gebaut hatte, aufgesaugt. Es bestand aus einem winzigen Glaszylinder mit zwei Plastikröhrchen, die aus den Korken ragten, und einem HEPA-Filter, der die Gifte von seiner Lunge fernhielt. Das eine Röhrchen war lang genug, um über die Roggenkörner hinwegzustreichen wie ein winziger senkrechter Staubsauger. Das andere Röhrchen steckte er in seinen Mund und saugte daran. Er war außerhalb jeder Gefahr. Er benutzte eine Wasserdruck-Absaugpumpe, die mit dem Wasserhahn am Ausguß verbunden war und deren Auslaß er hinter dem Knie des Ausgusses in die Abwasserleitung gezwängt hatte. Die Toxine konnten so nicht in die Luft entweichen und in seine Atemluft geraten.
Jedesmal, wenn Teddy saugte, rutschte ein verseuchtes Roggenkorn in das Plastikröhrchen und fiel auf den Boden des Sammelgefäßes. Er arbeitete präzise und nahm nur die grauen Körner.
Als er die Schale zum ersten Mal kontrolliert hatte, waren nur wenige Körner infiziert gewesen. Am zweiten Tag doppelt so viele; am dritten Tag die vierfache Menge. Nach nur einer Woche waren in der Schale mehr als zweihundert Roggenkörner dunkelgrau geworden. Alles in allem wogen sie weniger als ein Gramm. Für Kameron waren sie wunder-

schön, weil sie ausreichten, um zwei Dutzend gesunde Erwachsene zu töten, um sie qualvoll zu töten, langsam zu töten, ohne eine Spur zu hinterlassen.
Es funktionierte perfekt. In nur wenigen Wochen hatte er weit mehr verseuchte Körner gezüchtet, als er erwartet hatte. Doch nach einer raschen Berechnung stellte Teddy zu seinem Schrecken fest, daß sie nicht annähernd reichen würden ...

Bryne hatte augenblicklich den Entschluß gefaßt zu recherchieren, wie wirkungsvoll die Getreidebestände der USA auf Mutterkornbefall kontrolliert wurden. Konnte das denn heute wirklich noch passieren, was der geisterhafte E-Mail-Absender behauptete? Er wandte sich wieder dem Artikel zu und erfuhr, daß Deutschland und Frankreich im Mittelalter am heftigsten heimgesucht und daß die Deutschen von Halluzinationen und Krämpfen befallen worden waren, während die Franzosen unter Gangränen gelitten hatten. Diese von Mutterkorn befallenen Roggenkörner konnten ohne weiteres sekundäre Stoffwechselprodukte hervorbringen, darunter LSD – Mia hatte es in ihrer Vorlesung erwähnt.

Durch muffige Brote krank geworden, tanzten einst Zehntausende halb irrsinnige Bewohner Europas auf den Straßen, von denen viele an Skotomen litten, blitzartigen Lichtreflexen auf den Netzhäuten der Augen; andere hatten Visionen der Heiligen Jungfrau und wieder andere zogen als Flagellanten umher.

Die Raserei weitete sich nach ersten Ausbrüchen in den Niederlanden über den Rhein aus. Das katholische Europa befand sich in der Krise. Da die Kirche der Epidemie natürlich machtlos gegenüberstand, entwickelte sich ein wilder Antiklerikalismus. Klöster wurden niedergebrannt, Bischöfe vertrieben, und Proteste und Aufstände setzen sich fort.

Und, überlegte Bryne, in noch einmal hundert Jahren kam in Deutschland der Protestantismus auf.

Während der Renaissance war der Verkauf von befallenem Roggen weitergegangen, breitete sich nach England, Schweden und Rußland aus und ging erst im achtzehnten Jahrhundert zurück – obwohl schon 1630 ein französischer Arzt die Ursache der Krankheit auf muffigen Roggen zurückgeführt hatte. In dem Artikel wurde sogar die Vermutung geäußert, daß die Hexenverfolgungen von Salem durch Ergotismus ausgelöst worden sein könnten. Die letzte Epidemie in den USA wurde im Jahre 1825 im Staat New York konstatiert.

Bryne war überrascht. *In meinem Staat? Wo denn? Nie davon gehört.* Er machte sich noch eine Notiz und las dann den Artikel zu Ende.

Es wurden verschiedene Theorien zur Diskussion gestellt, warum der Ergotismus in Europa spätestens im neunzehnten Jahrhundert nachzulassen begann. Der Hauptgrund war wohl die Einführung der Kartoffel (die das Angewiesensein auf Getreide, insbesondere auf Roggen, aufhob). Der letzte dokumentierte Vorfall ereignete sich 1951 im südfranzösischen Pont St. Esprit.

Entbehrt nicht einer gewissen Ironie, dachte Bryne. *Genau da, wo es mal angefangen hatte.*

Und Teddy las währenddessen weiter:

Dazu getrieben, seine Mission so schnell wie möglich in Angriff zu nehmen, begann Kameron unter einem anderen falschen Namen telefonisch Roggen in großen Mengen zu bestellen und wartete voller Ungeduld darauf, daß die Lieferungen eintrafen.

Er hatte Mülltonnen aus Plastik bereitgestellt, als die Säcke per LKW eintrafen. In der zweiten Woche hatte er fast tausend Liter Roggen in Arbeit. Acht der robusten Hunderfünfzig-Liter-Plastikmülltonnen, die er bei Sears erworben hatte, paßten perfekt unter die Chromstahl-Arbeitsfläche in seiner Küche.

Feierlich öffnete Teddy jeden Sack und schaufelte den Roggen liebevoll in die sorgfältig beschrifteten Tonnen. Er befeuchtete die Körner, doch bevor er die Tonnen verschloß, schüttete er vorsichtig ein paar Löffel von den sorgsam ausgesuchten dunkelgrauen Körnern, die inzwischen durch den schwarzen Pilz völlig pelzig geworden waren, direkt auf die feuchten, frisch eingetroffenen Körner.

Jeden Tag kam er nun in die Küche seines Labors, kontrollierte die Heizgeräte, nahm die Deckel von den Tonnen und schaufelte die oberste Körnerschicht heraus. Ein rascher Gang zum Sortiertisch, und innerhalb von zehn Tagen hatte er fast achtzehn Kilo von den grauen Körnern beisammen, von denen jedes mit den Pilzen befallen war, die reines Mutterkorn erzeugten.

Nun kam der kreative, der künstlerische Teil. Das befallene Getreide durchlief in einer Kornmühle seine letzte Verwandlung, die es zu einem feinen, dunklem Pfeffer ähnelnden Pulver verarbeitete. Teddys Herd konnte vier große Schüsseln einer Brownie-Teigmischung fassen, die er im Supermarkt gekauft hatte. Er verteilte das Pulver gleichmäßig auf jede der Schüsseln, verrührte es mit dem Inhalt und kippte dann die Mischung vorsichtig auf Butterbrotpapier.

Nach dem Abkühlen war der süß duftende Teig backfertig bei einer Temperatur, die niedrig genug war, um die wunderbare, von den Pilzen erzeugte Substanz nicht zu zerstören. Dann ging es ans Schneiden, Verpacken und Versenden. Prompte Zustellung war von wesentlicher Bedeutung. Aschermittwoch war vorbei, und die Osterfeiertage kamen schließlich rasch näher ...

Teddy unterbrach die Lektüre seines Berichts, sah auf seine Uhr und beschloß, Bryne jetzt den Rest des Materials zu schikken. Er verließ die Datei seines Spezial-Tagebuchs, ging auf Sendung und schickte das Material an Brynes E-MailAdresse. Seine kleinen »Dramen« erregten ihn. Er verfaßte sie auf der

Grundlage von Zeitungsberichten und Anrufen bei Ortsansässigen, die gerne tratschten – je blutrünstiger, desto besser –, aber er schmückte sie für Bryne um der dramatischen Wirkung willen aus, machte aus ihnen Passionsspiele, von denen jedes eine eigene göttliche Botschaft enthielt. Als die ersten Dateien zu Bryne auf dem Weg waren, fühlte Kameron, wie sein Glied steif wurde.

Bryne wollte die ankommenden Dateien abkopieren, noch bevor er sie zu lesen begann, aber es funktionierte nicht. Er konnte sie auch nicht ausdrucken oder speichern. Mußte ein ganz raffinierter Hacker sein, dieser makabre Absender. Hmmm. Er würde also das Zeug von der Mattscheibe weg lesen müssen. Er war absolut schockiert und verwirrt, als er das tat.

Dienstag, 3. März
St. Cloud, Minnesota
Es hatte zu schneien begonnen, sehr heftig für das Land der Seen. Pastor Thomas Matthew Ogilvie, D. D., in eine Daunenjacke, Handschuhe und Schal eingepackt, freute sich nicht auf die Fahrt, aber er mußte unbedingt seinen Arzt aufsuchen. Das schreckliche Jucken währte nun schon Tage. Zuerst an seinen Fingern, dann an beiden Armen. Er konnte sich das Kratzen nicht verkneifen. Es war schlimmer als das, was er von seinen Hämorrhoiden gewohnt war, die Haut an seinen Armen und Beinen wurde rot und heiß und glühte fast vor Juckreiz. Seine Zehen begannen zu brennen, die Ohren taten höllisch weh. Seine Frau, Marlene, sagte, wahrscheinlich sei es nur eine Allergie. Er fand sie nicht besonders mitfühlend.
Sie war überhaupt in letzter Zeit sehr abweisend, vielleicht weil er mit der verwöhnten Tochter, deren Mann und den vier Kindern, die bei ihnen wohnten, ein Machtwort geredet hatte. Sie konnte es jetzt nicht mehr erwarten, endlich in ihr

neues Haus zu ziehen. Ja, Marlene war sauer auf ihn, hatte sich sogar geweigert, einen von den Brownies zu essen, die ihm ohne Namen oder Adresse aus New York City geschickt worden waren, nur ein kleines »LMPG« war in den Boden der Dose gekratzt. Woher sie auch gekommen waren, vielleicht von einem früheren Gemeindemitglied, sie waren köstlich, hausgemacht. Er war im Grunde froh, daß Marlene keine hatte probieren wollen.

Zum Glück schaffte er es relativ mühelos durch den Schnee bis zum Arzt. Die Kälte im Wagen schien den Juckreiz zu lindern, vor allem an seinen Armen und Unterarmen.

Seine Zehen waren taub – darüber war er beunruhigt –, und seine Hände waren kälter, als er es je erlebt hatte. Nach einer Weile konnte er das Steuer fast nicht mehr halten und begann mit seinen Handgelenken zu steuern. Es schneite so heftig, daß er kaum lenken konnte. Fast da, Gott sei Dank. Er blickte in den Rückspiegel, als er in den Parkplatz der Praxis abgebogen war. Seine Nasenspitze, die Spitze ganz vorn, war weiß wie Schnee, schmerzte aber nicht. Der Schmerz würde später kommen, das wußte er, wenn ihm wieder warm würde.

Als Ogilvie ins Wartezimmer kam, sah er eines seiner Gemeindemitglieder, Wilmot Jones, netter Kerl, Versicherung, aber sehr geschwätzig. Als er hallo nickte, fühlte Ogilvie, wie sich in seinem Handschuh etwas löste. Ein Eiszapfen? überlegte er. Dann fühlte er auch in seinem anderen Handschuh einen Eiszapfen. Er mußte diese Handschuhe ausziehen.

Er zog mit den Zähnen an den Fingerspitzen beider Handschuhe, bis sie lose waren, dann biß er in das Bündchen und streifte den linken Handschuh ab. Er fiel mit einem Knackgeräusch auf den Fliesenboden. Ohne zu überlegen machte er dasselbe mit seinem rechten Handschuh und hörte wieder den dumpfen Aufschlag. Beide Handschuhe schienen mit ... Eiszapfen gefüllt zu sein ...

Plötzlich hörte Ogilvie, wie Wilmot Jones schrie: »Herrgott, Ehrwürden. He, Doktor, Doc Santos! Kommen Sie schnell her!«

»Was ist denn los, Wilmot?« fragte Ogilvie, der sah, daß Jones entgeistert auf die Handschuhe am Boden starrte, dann hoch zu den Händen des Geistlichen.

Als Ogilvie auf seine Hände blickte, traute er seinen Augen nicht. Keine Finger, er hatte keine Finger mehr. Nur Stümpfe, weiße Stümpfe. Er sah, wie ein Finger seiner linken Hand aus dem Handschuh rollte und aufs Linoleum fiel. Dann, es war unglaublich, löste sich noch ein Finger aus seinem rechten Handschuh. Er sah seinen Ehering an einem der kalten, weißen Stummel. Das alles war in ein paar Sekunden geschehen.

Die Mattscheibe wurde plötzlich schwarz. Bryne der einfach nicht glauben konnte, was er eben gelesen hatte, wußte nicht, was er tun sollte. Er wünschte, noch jemand hätte diese Mitteilung gesehen. Er wünschte, Drew wäre da. Zum ersten Mal, seit er in dem Labor arbeitete, hatte er wirklich Angst. Trotzdem konnte er nichts weiter tun als abzuwarten, was als nächstes auf der Mattscheibe erscheinen würde. Er hörte das Klingeln seiner E-Mail, das ihn darauf aufmerksam machte, daß wieder eine Nachricht ankam. Bryne las den nächsten seltsamen Bericht mit demselben Erstaunen wie den ersten.

Mittwoch, 4. März
Bangor, Maine
Dr. Kevin O'Reilly, ein Arzt, der zu alt war, um noch Hausbesuche zu machen, war abends um 23.00 Uhr von den Nonnen angerufen worden. Zu Beginn des Telefonats hatte er vorgehabt, Schwester Angelica zu bitten, ihre Mitschwester zur Notfallstation zu bringen, bis sie den Namen der Äbtissin genannt hatte.

Es hörte sich zuerst nach so was wie Lebensmittelvergif-

tung an ... Ihm wurde berichtet, daß die Mutter Oberin zum Abend nichts weiter zu sich genommen habe als einen Imbiß, bestehend aus Milch und einigen besonderen Brownies, die am selben Tag mit der Post gekommen waren. Nicht lange nach dem Essen hatte sie über furchtbares Jucken geklagt, vor allem in den Fingern. Dann setzten Bauchkrämpfe ein, rhythmisch wiederkehrende Schmerzanfälle, die sie ans Bett fesselten. Die Schmerzen setzten sich in ihrem Unterleib fest. Blinddarmentzündung? überlegte O'Reilly. Unwahrscheinlich. Es gab nur einen Zustand, der ihn um Mitternacht noch losfahren ließ – aber dann nicht zu einem Nonnenkloster. Doch er machte sich auf den Weg.
Als er an die massive Holztür des Klosters klopfte und Schwester Angelica ihm öffnete, sah er hinter ihr Hunderte von Kerzen. Die Kerzen brannten in Kerzenhaltern, in gläsernen Andachtsschreinen, auf Zinntellern, die nur zu bestimmten Messen benutzt wurden. Die meisten der weißen Wachskerzen wurden jedoch von den Nonnen des Ordens in ihren Händen gehalten. Nie hatte er alle Nonnen gleichzeitig zu Gesicht bekommen, nie so viele Kerzen.
Als bei dem Orden akkreditierter Gynäkologe und Chefgynäkologe am St. Patricks Hospital kannte er die meisten von ihnen. Er wußte zum Beispiel, daß die Äbtissin ein Fibrom hatte, aber sie war schon weit über siebzig und wollte sich nicht mehr operieren lassen. Dies hier war jedoch etwas von viel größerer Bedeutung als ein rebellierendes Fibrom. Einige der Nonnen beteten, andere flüsterten oder beteten den Rosenkranz. Viele weinten und riefen Jesus um Hilfe an. Als O'Reilly darum bat, die alte Nonne sehen zu dürfen, wurde er nach oben in ein Zimmer geführt, in dem zehn rangältere Nonnen eine Nachtwache um ein Bett hielten, in dem eine äußerst magere alte Frau mit aufgedunsenem Unterleib lag. Die Mutter Oberin litt offensichtlich Qualen und hielt krampfhaft die Laken umklammert, als die Schmerzen

wie eine Woge durch ihren Körper rollten. Eine Nonne unmittelbar zu ihrer Rechten wischte ihr die Stirn, und eine andere massierte ihr den Bauch.
»Alle drei Minuten jetzt«, sagte eine Nonne. »Vor kurzem lagen die Krämpfe noch fünf Minuten auseinander.«
Es kann nicht sein, dachte O'Reilly bei sich. Diese Achtzigjährige lag in den Wehen und war drauf und dran niederzukommen. Es war, als hätte man ihr ein Mittel injiziert, das man Frauen in schweren Wehen manchmal gibt. Ergotamin.
»Alles bitte nach draußen«, brüllte O'Reilly, nur Schwester Angelica gab er ein Zeichen zu bleiben.
Eine rasche Überprüfung mit nur einer mit einem Gummihandschuh bewehrten Hand stellte eine rundliche Wölbung fest, die durch den Geburtskanal ausgestoßen wurde. O'Reilly legte die Zange an, um die Passage zu erleichtern. Die Äbtissin preßte und schrie, als sie endlich niederkam. Schwester Angelica wurde bei dem Anblick ohnmächtig. O'Reilly verspürte ein Stechen in der Brust, als er es sah – das anderthalb Pfund schwere gestielte Fibrom, von dem sie sich nicht hatte trennen wollen. Es war aus der Gebärmutter der Frau, getrieben von einer gewaltigen Kraft, ausgestoßen worden, die auf die in ihrem Innern so lange eingeschlossene Masse gedrückt hatte. Er durchtrennte den Stiel und legte die Geschwulst in die kleine Wiege neben dem Bett, die eine der getreuesten Novizinnen nebst Windeln bereitgestellt hatte, nur für den Notfall.

Bryne las weiter, so schnell er konnte. Aber wieder wurde die Mattscheibe dunkel, als er den Bericht auszudrucken versuchte.

Kann das alles real sein? fragte er sich. Natürlich konnte er in den Lokalzeitungen nachsehen, um festzustellen, ob diese Geschichten jemals zur Veröffentlichung freigegeben worden waren – oder mit den beiden beteiligten Ärzten Kontakt aufnehmen. Aber warum wurde ihm überhaupt Zugang zu diesem

Material gegeben? Vielleicht würde die nächste Meldung Klarheit verschaffen. Er schaute auf den Bildschirm, und eine neue Mitteilung erschien:

Donnerstag, 5. März
New Canaan, Connecticut
Das Treffen mit dem Pfarrer war äußert gut verlaufen, und Neil Edison war bester Laune. Er und Tammy würden in sechs Wochen kirchlich getraut werden. Die Zeremonie würde kurz sein, schlicht und ohne großen Aufwand. Ehrwürden Phillips hatte größtes Verständnis für die großen finanziellen Schwierigkeiten des jungen Paares gehabt.
Der Pfarrer hatte ihnen während des Brautunterrichts Milch und eine Dose frischer Brownies vorgesetzt, und Neil hatte kräftig zugelangt. Er spürte es jetzt. Sein Magen war gefüllt und juckte sonderbarerweise tief drinnen. Als er es Tammy sagte, antwortete sie, so jucke es ihn jetzt die nächsten sieben Jahre, und er hatte gelacht.
Er hatte die Mittagspause in seinem Job als Programmierer genutzt, um sich mit ihr in dem Pfarrhaus zu treffen, und raste jetzt über den Merritt Parkway zurück. Als er den letzten Zug von seiner Marlboro nahm und sie aus dem Fenster schnippte, schlug der Schmerz ein wie eine Kanonenkugel, dann explodierte er in seinem Bauch.
Auf einer Skala von eins bis zehn ist das eine Zwanzig, dachte Neil, unmittelbar bevor der Wagen von der Ausfahrtrampe herunterschlingerte und Neil das Bewußtsein verlor.
Neil hatte in gewisser Weise Glück; ein anderer Fahrer sah den Wagen von der Straße abkommen, fand den jungen Mann bewußtlos und brachte ihn ins Krankenhaus. Auf der Notfallstation waren Chirurg und Radiologe einer Meinung, daß Neil sich in einer chirurgischen Akutsituation befinde und eine sofortige Laparotomie benötige. Bei einem ansonsten gesunden jungen Mann, der im Augenblick ohne Bewußtsein war und dessen Bauch sich hart wie ein Brett an-

fühlte, bedeutete das wahrscheinlich einen durchbrochenen Blinddarm. Das würden sie sondieren, sobald der Operationssaal startklar war.

Schläuche wurden an die Venen beider Arme angeschlossen, ein weiterer Schlauch – ein Foley-Katheter – wurde ihm in die Blase eingeführt, der kleine Ballon aufgeblasen, um das Herausrutschen zu verhindern. Eine Metallsonde wurde in seine Speiseröhre eingeführt. Sie waren startbereit. Das Skalpell des Chirurgen öffnete mühelos den Bauch.

Die Bauchmuskeln wurden vorsichtig auseinandergezogen, bis man durch eine halbtransparente Membrane die Eingeweide sehen konnte. Irgend etwas war ganz und gar nicht in Ordnung – die Därme wirkten schwarz. Sie öffneten die Bauchhöhle, und ein fauliger Gestank verbreitete sich im Operationssaal.

»Takayasu?« fragte der assistierende Chirurg und suchte die Bauchhöhle ab, dann schrie er: »Sehen Sie doch die Arterie! Sie ist leer!« Er zeigte auf ein stengelartiges Fleischgebilde, das einer rosafarbenen Nudel glich, die an der Öffnung ausgeblichen war. Das Blutgefäß war vollkommen aufgedrückt worden, aber kein Blut kam heraus. »Der Junge hat eine Darmlähmung, so was wie einen schweren Herzinfarkt!«

Neils Blutkreislauf zur Spirale der Arterien, die das Duodenum, Jejunum und Ileum versorgten – den gesamten Dünndarm –, war unterbrochen. Der gleiche Mechanismus – ein Gefäßverschluß – war auch Ursache von Herzinfarkt, Schlaganfall und Gangrän eines Körperglieds. Diesmal hatte der Dünndarm dran glauben müssen.

»Ach, du meine Güte ...«, unterbrach der Anästhesist, und alle Augenpaare fixierten ihn. Er saß am Kopfende des Patienten und sah nach unten auf die Füße der Desinfektionsschwester. Sie machte einen Satz nach hinten, als sei eine Schlange dabei, sie in den Fuß zu beißen.

Auf dem Boden lag der übliche quadratische Plastikbeutel

zur Aufnahme des Urins, der mit einem Schlauch verbunden war; er schlängelte sich in Spiralen auf dem Fußboden und hätte eigentlich unter den Laken und Abdeckungen dorthin verschwinden müssen, wo er mit dem Körper des Mannes verbunden war. Aber der Schlauch war auf den Boden gefallen. Der Ballon war noch heil. Auch der Foley-Katheter war nicht kaputt und nicht herausgerutscht.

Neils Penis, von der Blutversorgung abgeschnitten, hatte sich zu einem satten Dunkelrot verfärbt und lag, immer noch mit dem Katheter verbunden, am Boden.

Als Bryne den Satz las, wurde der Bildschirm dunkel und blieb dunkel, und er schaltete seinen Computer aus.

Er ging nach draußen, um nach dem Ende seiner Lektüre ein wenig frische Luft und Sonne zu tanken, er hatte es nötig. Er war gerade wieder ins Arbeitszimmer zurückgekehrt, als Drew Lawrence hereinkam.

»Drew, das mußt du dir ansehen!« Er schaltete den Computer an, um Lawrence die Mitteilungen zu zeigen, und fand nichts. Das ganze Material – jedes Zeichen davon – war spurlos verschwunden.

Bryne beschrieb Lawrence die drei Botschaften, der nur ungläubig den Kopf schüttelte. »Das ist er bestimmt, Drew«, dachte Jack laut. »Es ist bestimmt der Kerl, der hinter den Plagen steckt. Er weiß, daß wir über ihn im Bilde sind, wer er auch ist. Warum tut er das? Um zu beweisen, daß ich ihn nicht kriegen kann – oder um mich dazu herauszufordern, es zu versuchen?«

Montag, 13. Juli
Zoonose-Laboratorium, Guilderland

Der Juli war bislang ungewöhnlich heiß gewesen. Die ersten beiden Wochen verstrichen, und Jack und Drew waren äußerst enttäuscht von ihrem eigenen Unvermögen, die Ursache des Pferdesterbens herauszufinden, ganz zu schweigen von Enoch Tucker – und Vicky Wade, die beide hohe Erwartungen in sie setzten.

Vicky hatte jeden zweiten Tag angerufen, und jeden zweiten Tag teilte ihr Bryne dasselbe mit: keine neuen Ergebnisse. Sie hatte sogar zwei-, dreimal die Fahrt hinauf zum Labor auf sich genommen, um – wie sie ihnen geradeheraus gestand – sicherzugehen, daß sie ihr nichts vorenthielten. Das war bestimmt einer der Gründe, dachte Drew, aber es steckte noch mehr dahinter, und das machte ihm Tag für Tag mehr Sorgen.

Wade kreuzte immer am späten Morgen auf, frisiert und gekleidet, als träte sie im nächsten Moment vor die Kamera, und schnüffelte eine Weile im Labor herum, auf der Suche nach irgendwelchen Ansätzen zu einer Geschichte; schließlich endete es immer damit, daß sie mit Jack zum Mittagessen ging. Sie war so klug, auch Drew dazu einzuladen, aber der behauptete stets, er hätte zuviel Arbeit. Er wußte, daß er sowieso nicht erwünscht war, und er legte keinen Wert darauf, in etwas hineingezogen zu werden, *falls* zwischen den beiden irgend etwas im Gange war. Einer Sache war er sich sicher: Bryne hatte die Plagen-Theorie ihr gegenüber nicht erwähnt – sonst hätte sie ihnen beiden deswegen ununterbrochen in den Ohren gelegen.

Diese Mittagessen – in irgendeinem Edellokal, finanziert von Vickys Spesenkonto – zogen sich stundenlang hin. Auch wenn Jack und Wade nur über die mysteriöse Pferdegeschichte redeten, sie taten es bei Wein. Und Jack mußte sich nach einem Mittagessen mit Vicky am Nachmittag immer für eine Weile hinlegen.

Es war wieder mal ein Wade-Tag gewesen, und Jacks Abwesenheit, schließlich auch der Rückstau an zu bearbeitendem Material erforderte, daß sie bis spät in den Abend hinein arbeiteten. Zwei neue Fälle waren aus Jamestown, N. Y., angekommen – eine Katze und ein Waschbär, beide möglicherweise tollwütig. Die beiden arbeiteten schweigend nebeneinander an dem Material, bis Bryne plötzlich fragte: »Drew, gibt es irgendeine Meldung zu Läusen?«

Drew, der gerade einen Objektträger unter das Mikroskop schob, lächelte. »Ich bin dir um Ellen voraus, Jack. Die Dritte Plage waren die Läuse. In den ProMED-Archiven haben wir nichts Lohnendes. Die üblichen Kopfläuse, das ist alles. Hast du eine Idee?«

Bryne hatte keine – oder vielmehr, er hatte keine, die in seinem Unterbewußtsein herumschwamm und drauf und dran war, sich zu einem logischen Gebilde zusammenzufügen und als folgerichtige Theorie zu erweisen. Die grausigen Ergotismus-Episoden setzten ihm immer noch zu. Als er mit der E-Mail-Adresse in Florida Kontakt aufzunehmen versucht hatte, hatte er einen elfjährigen Jungen erreicht, der nicht die geringste Ahnung hatte, wovon Bryne überhaupt redete. Er hatte die seltsamen E-Mails, die vom Bildschirm verschwanden, Drew gegenüber natürlich erwähnt, und er nahm die Sache nicht auf die leichte Schulter. Aber er hatte sich entschlossen, den Vorfall Mia gegenüber nicht zur Sprache zu bringen. Im schlimmsten Fall würde er ihren Ängsten um seine geistige Gesundheit noch mehr Nahrung geben, im besten Fall erntete er ihre Verachtung.

Und doch war da etwas, irgend etwas. Wer auch immer diese Berichte verfaßt hatte, er besaß viel mehr Informationen, als sie irgendeiner Zeitung entnommen werden konnten – und viel genauere Kenntnisse über die Auswirkungen des fraglichen Toxins. Dazu kam das »LMPG«, das, wie sich Jack sehr wohl erinnerte, auf dem Knauf der Wasserpistole in San Diego gestanden hatte. Diese Tatsachen zusammengenommen, stellten nahezu sicher, daß der Absender des Materials mit dem Täter von San Diego identisch war. Aber handelte er alleine, ließ er die biblische Rache auf die Welt von heute herabregnen? Schließlich hatte Ergotismus, dachte Jack, nichts mit dem Zweiten Buch Mose zu tun. Oder doch?

Das klirrende Klingeln des Telefons ließ ihn zusammenfahren, aber seit diesen Mutterkorn-Geschichten schien ihn alles zu erschrecken. Wer auch immer sich in seinen Computer eingeklinkt hatte, er hatte Bryne überzeugt, daß das Böse – das reine Böse, das Böse an sich – tatsächlich existierte und daß niemand davor sicher war.

»Jack Bryne«, meldete er sich auf das Klingeln. »Dr. Bryne.« Die unbekannte Stimme war zögerlich und jungenhaft, versuchte jedoch, erwachsen zu klingen. »Ich bitte um Entschuldigung, daß ich so spät noch anrufe, aber ich konnte nicht früher telefonieren. Ich mußte meine Nachforschungen zu Ende bringen. Und außerdem kostet es jetzt weniger.« Er flüsterte beinahe. »Mein Name ist Berger, Shmuel Berger. Ich bin Schüler. Ich habe mit Mr. Drew Lawrence korrespondiert.«

»Mit Drew? Sie sagten, Ihr Name ist Berger?«

Drew schaute von dem Mikroskop auf, unter dem er ein Objekt begutachtete, gab mit dem nach oben gestreckten Daumen ein Okay-Zeichen und kritzelte Jack eilig eine Notiz hin: »Der Bienenschwarmbericht!«

»Ja, Mr. Berger«, sagte Brync zu dem Jungen, »Mr. Lawrence erinnert sich sehr gut an Sie. Schießen Sie los. Erzählen Sie mir von Ihren Nachforschungen.« Er hörte, wie der Junge schluckte.

»Ich glaube, Ihre Fragen haben mit den biblischen Plagen zu tun.« Der Junge sprach mit breitem Brooklyn-Akzent.

Bryne war erstaunt. Seine Erkundigungen auf ProMED waren mit vielen anderen Problemstellungen vermischt gewesen, aber dieser Schüler hatte es durchschaut. »Ja, das stimmt, Berger. Wie sind Sie drauf gekommen?«

Aufgeregt platzte Berger heraus: »Na ja, seh'n Sie mal, da gibt's den sogenannten ›Schwarm‹, das könnten wilde Tiere, irgendwelche Fliegen oder Bienen sein – wie die Bienen, deretwegen ich mich mit Dr. Lawrence in Verbindung gesetzt habe.«

Jetzt fiel Bryne ein, daß Drew ihm von Berger erzählt hatte, als er in San Diego angekommen war. Der Junge war auf Draht und machte ganz ohne Frage seine Hausaufgaben. »Und das sich in Blut verwandelnde Wasser?« Schweigen. »Was ist mit den Läusen?«

»Na ja, Doktor, Sir, das habe ich gerade erst rausgefunden. Die hebräische Bezeichnung für Läuse ist *kinim,* was oft allgemein mit ›Ungeziefer‹ übersetzt wird, aber das griechische *sciniphes* bedeutet Moskito oder Stechmücke. Ich persönlich glaube, daß es irgend etwas war, das heftiges Jucken auslöst. Es müssen nicht *unbedingt* Läuse sein, wie wir sie kennen ...«

Heureka! Bryne wußte, daß die Tiere einschließlich der Insekten von Aristoteles tausend Jahre *nach* dem Exodus klassifiziert worden waren. Das hieß, daß jedes Insekt oder *alles*, was Juckreiz auslöste, verantwortlich sein konnte. Es war das Jucken! Und nach allem, was er wußte, konnten für die LMPG-Ungeheuer »Läuse« vielleicht der Ergotismus sein – die letzte Ursache, nach der zu suchen ein Wissenschaftler von heute auch nur auf die Idee käme!

Nach dem Schrecken der verschwindenden Botschaften waren Bergers freundliche, offene Umgangsformen wie ein Atemzug in frischer Luft. »Berger«, fragte Jack, »wie können wir mit Ihnen in Kontakt treten?«

Shmuel antwortete, indem er Bryne seine private Telefonnummer und Adresse nannte, die Bryne dankbar und sorgsam notierte. Wenigstens noch einer, der nicht meinte, er wäre verrückt – und ein offensichtlich begabter Knabe.

»Danke, Berger«, beendete Jack das Gespräch. »Sie sind eine große Hilfe gewesen. Und melden Sie sich bitte sofort, wenn Sie auch nur *denken*, Sie wären etwas auf der Spur. Okay?«

»Klar, Doktor«, antwortete Shmuel. »Na, ich möchte Sie nicht länger aufhalten.« Und er legte auf.

»Kluger Junge«, sagte Jack zu Drew. »Sag mal, kannst du dein Netz so erweitern, daß es jede Form von Juckreiz einschließt, egal ob Insekten oder nicht?«

»Hat das was mit den ›Läusen‹ zu tun?«

»Könnte sein.«

»Ich kann's mit Nexis versuchen. Jede Nachrichtenmeldung, jedes Illustriertenzitat mit dem Wort ›jucken‹ wird da erscheinen, aber laß mir bitte ein bißchen Zeit. Es gibt bestimmt 'ne Menge Gejucke auf der Welt – Allergien, Krätze, Gürtelrose, Schuppen, Psoriasis, Giftsumach und Efeu. Wie weit willst du zurückgehen?«

Mit einem Blick auf die Notizen, die er sich von den mysteriösen Mutterkorn-Botschaften gemacht hatte, schlug Bryne vor: »Versuch's vom Beginn des Jahres an. Vielleicht März. Halte Ausschau nach Vorkommnissen in Minnesota, Maine und Connecticut. Okay?«

»Alles klar.«

»Zu schade, daß wir's nicht bis morgen haben können, wenn unser Gast kommt.«

»Yeah, wir werden mit Special Agent Hubbard endlich mal Klartext reden. Vielleicht kriegen wir tatsächlich raus, was er will.«

»Er behauptet, er möchte sich über meine Aufgaben in Sachen Bioterrorismus bei der WHO unterhalten.«

»Vielleicht ist es meine Vergangenheit als leidenschaftlicher Radikaler, Jack, diesen Typen glaube ich nichts. Sie wollen immer was anderes als das, was sie behaupten.«

»Wir können nichts weiter tun, mein Freund ...«, sagte Jack heiter, noch immer begeistert von Bergers Anruf, »... als abwarten – und hören, was er will!«

11

Dienstag, 14. Juli
New York State Thruway
11.30 Uhr

Special Agent Scott Hubbard, fast schon sein ganzes Leben ein leidenschaftlicher Kriegsfan, hatte sich im Laufe der Zeit auf den Zweiten Weltkrieg spezialisiert. Sein Vater war auf Iwo Jima verwundet worden, und sie hatten oft darüber gesprochen; manchmal kam es dem jüngeren Hubbard fast so vor, als hätte er selbst im Pazifik mitgekämpft. Nicht nur besaß er die vollständige Serie von *Victory at Sea* und *The World at War* auf Videocassetten, er hatte sich auch eingehend mit jeder größeren Schlacht dieses Krieges beschäftigt. Ja, von ihm konnte man nahezu alles über den Zweiten Weltkrieg erfahren, aber sogar er hatte nie etwas von der Einheit 731, dem Internierungslager in Pingfan gehört. Erst als die kurze Erwähnung in Dr. John Brynes Akte aufgetaucht war.

Hubbard war beunruhigt, als er feststellte, daß Teile aus Brynes Akte fehlten. Er fragte seine Kollegen vom Bureau, warum das Material nicht aufgenommen worden sei, und bekam nie eine klare Antwort. Er hatte eine intensive Recherche gestartet und war schließlich dahintergekommen, daß das, was entfernt worden war, zum Teil weit zurückreichte: in die Zeiten vor den alten G-2-Jungs, in die OSS, in die alte Army

CWS – die Chemical-Warfare-Service-Truppe –, die frühen Vorläufer von Fort Detrick. Nicht nur wegen seiner eigenen wachsenden Zweifel Bryne gegenüber, sondern auch wegen der lückenhaften Vergangenheit des Virologen mußte Hubbard ein paar Fragen stellen.

Hubbard fuhr auf dem New York State Thruway in einem klapprigen Wagen der Regierung durch starken Wind und heftigen Regen in Richtung Norden. Keine angenehme Fahrt, aber seine Gedanken waren mit einem seltenen Buch beschäftigt, an das er gekommen war, nicht über geheime Quellen, sondern ganz simpel über die Ausleihe der New Yorker Stadtbibliothek: *Einheit 731 – Japans geheime biologische Kriegführung im Zweiten Weltkrieg.*

Das unbekannte Buch, 1989 von zwei Engländern namens Williams und Wallace veröffentlicht, war eine Offenbarung nicht nur über Bryne. Hubbard erfuhr, daß die Japaner unter der Leitung von General Shiro Ishii den Krieg gegen die Chinesen mit vorwiegend bakteriologischen Waffen geführt hatten, mit einer wahren Industrie zur Herstellung dieser Waffen im Hintergrund, die die unmenschlichsten biologischen Experimente durchführte, die je erdacht worden waren. Rätselhaft blieb, warum der Skandal die Öffentlichkeit niemals erreicht hatte. Schon vor Pearl Harbor waren die brutalen Pläne einsatzbereit gewesen.

Im November 1941 wurde ein einzelnes Flugzeug unbekannter Herkunft gesichtet, das niedrig über die Straßen einer chinesischen Stadt namens Changteh hinwegflog. Zwei Augenzeugen am dortigen Presbyterianischen Krankenhaus hatten beobachtet, wie Reiskörner, Papierstückchen, Watte und winzige Püppchen zur Erde herabschwebten. Eine Woche später traten bei den Kindern der Stadt Pestsymptome auf. Für Changteh war Pest etwas Neues, und lokale Berichte wurden mit großem Interesse von britischen, russischen und amerikanischen Geheimdienstagenten gelesen, denen es gelang, das Flugzeug zu einem Flugplatz in der japanisch besetzten Mandschurei zurückzuverfolgen. Die Pest nahm ihren Lauf, und die Dokumente gingen »verloren«. Wegen des Vorfalls wurde offiziell nichts weiter unternommen. Aber schließlich waren die Dokumente wiedergefunden worden, und Hubbard hatte, wonach er suchte.

An irgendeiner Stelle des Buches fand Hubbard zu seinem Erstaunen die Reproduktion einer alten vervielfältigten OSS-Zusammenfassung von John »Jack« Brynes frühen Papieren. Das war ein unschätzbarer Fund! James und Anne Bryne waren mit ihrem Sohn John in drei getrennten Lagern eingesperrt gewesen – erst in Mukden, dann in der Einheit 731 in Pingfan und schließlich in einer weniger bekannten zoonotischen Abteilung von 731, der Einheit 100 – der Hippo-Epizootie-Einheit, die auf botanische und tierische Pathologie spezialisiert war. In dem OSS-Bericht, den Hubbard im FBI-Archiv fand, wurden die japanischen Experimente beschrieben, die vor und während der Gefangenschaft der Familie Bryne in die Tat umgesetzt worden waren. Wie schrecklich dicht die Japaner an der Perfektionierung der Mittel zur biologischen Kriegführung gewesen waren! Sie hatten eine Seuchenfabrik errichtet. Hubbard las über die Viren – Pocken, Cholera, Typhus, Rotz, Salmonellen.

Lange bevor der Krieg in Europa begann, bereiteten die Offiziere unter General Ishii den eventuellen Einsatz einer Epidemie von hämorrhagischem Fieber als biologischer Waffe vor, und sie benutzten für ihre Experimente das Gelbfiebervirus. Die Japaner hatten gegen Ende der dreißiger Jahre versucht, sich einen tödlichen Gelbfieberstamm direkt aus den Rockefeller-Laboren in New York City kommen zu lassen. Als dieser Plan scheiterte, versuchten sie es mit Brasilien, mit demselben Ergebnis.

Eine separate Abteilung, Einheit 100, führte viele chemische und biologische Versuche durch, ganz besonders interessiert war die Einheit an der Erforschung von Erfrierungserscheinungen: Man setzte die Opfer winterlichen Temperaturen aus, um zu studieren, wie erfrorene Gliedmaßen mit einem einzigen Schlag mit dem Knüppel weggehauen werden konnten. Die menschlichen Objekte aller dieser Versuche wurden *moruta*, »Klotz«, genannt, die japanische Bezeichnung für »Affe«. Die meisten Insassen waren Chinesen, aber es gab auch mehr als tausend Leute aus dem Westen – für den Fall, daß die Chinesen gegen eine bestimmte Mikrobe immun oder für sie anfälliger waren. Und weil man die Armeen der Westler, der Amerikaner und der Russen, am meisten fürchtete, brauchte man dringend Leute aus dem Westen als Versuchsobjekte.

Die Einheit 731 war groß und besaß alles, auch ein eigenes Flugfeld. Sie war für Massenproduktionen entworfen und erbaut worden: Brutapparate für Flöhe, Kolonien von Nagetieren, Entwässerungskammern und Förderbänder, die kilogrammweise Lieferungen tödlicher, gefriergetrockneter Bakterien auswerfen konnten. Bis 1945 waren allein über vierzig Kilogramm Milzbranderreger hergestellt und sorgsam gelagert worden – mehr als genug, um alle Bewohner der Erde zu töten. Diejenigen, die das Pech hatten, Überlebende der Giftversuche zu sein, wurden oft immun gegen Dutzende von Krankheiten und aus diesem Grunde schließlich in die Einheit 100 geschickt, wo sie als Versuchspersonen für die thermischen und chemischen Experimente benutzt wurden, die niemand überlebte.

Es gab keine Unterlagen darüber, wie Brynes Vater umgekommen war. Der Tod seiner Mutter war von einem russischen Major dokumentiert worden. Er hatte sofort nach der Aufsichtsübernahme in Pingfan die Massengräber ausheben und die Opfer nach den Blechmarken an ihren Hälsen identifizieren lassen. Wenig später wurden sie mit den frischeren Leichen japanischer Soldaten wieder bedeckt.

John »Jack« Bryne war am 14. August 1945 repatriiert worden, nachdem eine russische Streitmacht, bestehend aus anderthalb Millionen Soldaten, fast sechstausend Panzern und über fünftausend Flugzeugen, die Kwantung-Armee in der Mandschurei erbarmungslos vernichtet hatte. Das war der Punkt, an dem die Fährte endete. Brynes FBI-Akte enthielt keine Angaben über die Jahre zwischen der Repatriierung 1945 und 1957, als seine Schulunterlagen einsetzten, auch hier gab es nichts Außergewöhnliches bis zum Jahr 1967, als er bei der Weltgesundheitsorganisation aufkreuzte. Vielleicht hatte es nichts gegeben, das absonderlich genug war, um eine Eintragung zu rechtfertigen. Das war zweifellos eine Möglichkeit – aber keine Gewißheit, nicht im geringsten. Nicht für einen Agenten mit Scott Hubbards Ermittlungsfähigkeiten ...

Dienstag, 14. Juli
Zoonose-Laboratorium, Guilderland
12.30 Uhr

Als Bryne auf dem Flur vor seinem Büro Stimmen hörte, war er fast erleichtert. Er hatte mit Lawrence noch einmal die Details der bizarren Ergotismus-Episoden durchgesprochen, dazu die zusätzlichen Puzzleteile, die der Anruf von Shmuel Berger geliefert hatte. Sie saßen einander gegenüber, und Lawrence machte sich Notizen in einem Arbeitstagebuch.

Bryne war beeindruckt von Drews Engagement, nicht zuletzt, weil er von den Schmerzen wußte, die sein Kollege ausstand. Sein linkes Bein hatte er ungelenk neben seinem Stuhl ausgestreckt, um mögliche Krämpfe zu vermeiden. Trotzdem war es Drew, der aufsprang, um auf das Klopfen an der Tür zu reagieren. Kurz nachdem er auf den Flur hinausgegangen war, hörte Jack ihn sagen: »Hier herein, Sir.«

Der Inquisitor, der über Brynes Vernehmung in San Diego den Vorsitz geführt hatte, war zu früh dran. Hubbard hatte am Vortag angerufen und darum gebeten, Dr. Bryne sprechen zu können, um den Vorfall in San Diego und andere Dinge vertieft zu erörtern. Da Jack den Verdacht hatte, daß das »Treffen« nur eine Neuauflage des ersten Verhörs sein würde, hatte er vorgeschlagen, sich in seinem Labor zu treffen – aus dem schlichten Grund der eigenen Bequemlichkeit. Der Agent hatte bereitwillig zugestimmt, trotz der Anreise.

Beim Händeschütteln taxierten sich die beiden Männer noch einmal gründlich. Beide gleich groß, beide mit starkem Händedruck und dem festen Blick hart erworbenen Selbstvertrauens. Hubbard begann die Unterhaltung mit der Erklärung, daß man ihn, obgleich er genaugenommen Washington zugeteilt sei, im Moment in der Region II – dem Großraum New York – auf Sondereinsatz stationiert habe. In diesem Moment fing Lawrence Brynes Blick auf und nickte zum Fenster hinüber. Bryne, abgelenkt, drehte sich um und sah jemanden, der gerade dabei war, eine Autotür abzuschließen. Jemand! Vicky Wade war unmöglich zu verwechseln. Zweimal in wie vielen Tagen?

»Wenn's einmal anfängt zu regnen«, murmelte er vor sich hin und irritierte Hubbard, der gerade etwas sagte. *Was für ein Scheißmorgen*, schäumte Jack innerlich. *Erst lädt sich das FBI selber ein, und jetzt ...*

Unterdessen fuhr Hubbard fort: »... und obwohl dies also im Grunde eine Routineangelegenheit ist, kann ich Ihnen versichern, daß wir jede Hilfe, die Sie uns möglicherweise geben können, als höchst willkommen betrachten ... Ähm.« Schließlich bemerkte Hubbard, daß Brynes und Lawrence' Gedanken bei einer anderen Sache waren als bei dem, was er gerade gesagt hatte. »Habe ich Sie bei irgend etwas unterbrochen? Ich weiß, ich habe mich verfrüht, aber ich hatte gehofft, wir könnten ein paar Minuten ...«

Genau in diesem Augenblick platzte Victoria Wade herein. Ihre Augen leuchteten, als sie Bryne erspähte; als sie Hubbard sah, wurde ihr Blick schlagartig kalt. Sie eilte hinüber zu Bryne, blickte sich um und entschuldigte sich. »O Jack, verzeih bitte den Überfall. Ich bin auf dem Weg zur Rennbahn in Saratoga. Dort geht das Gerücht um, daß einige von den Pferden krank werden, und ...« Der Regen fegte über das Dach und ließ ein gespenstisches Klirren auf den Dachpfannen ertönen. Sie nickte Hubbard und Drew zu und fügte an: »Entschuldigt, Leute, aber meine Zeit ist knapp bemessen. Jack, könnte ich dich kurz privat sprechen? Vielleicht draußen auf dem Flur? Es ist vertraulich.«

»Warte eine Sekunde. Hier hat es jeder eilig.« Jack nahm die Situation in die Hand. »Darf ich dich erst mal Special Agent Hubbard vom FBI vorstellen?«

»Victoria Wade«, begrüßte Hubbard sie unverbindlich, als wären sie sich nie begegnet, »ich habe Sie im Fernsehen gesehen. *Hot Line*. Es ist fast so, als würden wir uns kennen.«

Wade, die sich offensichtlich dazu entschlossen hatte, in dieser Situation nichts von ihrem Zusammentreffen auf dem Flughafen preiszugeben, gab ihm die Hand, blickte ihm ins Gesicht und sagte nur: »Nett, Sie kennenzulernen.« Sie hatte sich in Hubbard geirrt, das merkte sie jetzt, er konnte lügen, und das ziemlich gut. Sie überlegte, ob sie Bryne von ihrer Begegnung erzählen sollte.

Bryne stutzte und sah zu Vicky hinüber. Irgendwas stimmte nicht; Vicky schien mit ihren Gedanken woanders zu sein.

»Setzen wir uns doch.« Jack wies auf einen ziemlich großen Tisch in einer Ecke des überfüllten Raumes. »Es könnte sein, daß uns alle das gleiche Thema beschäftigt.« Er wandte sich an Hubbard. »Ms. Wade und Mr. Lawrence sind absolut vertrauenswürdig. Ganz gleich, was Sie zu fragen haben. Sie können es gerne in ihrer Anwesenheit tun«, sagte er, überzeugt davon, daß es nicht schaden konnte, Zeugen zu haben.

Hubbard war sich ganz und gar nicht sicher, ob ihn die gleichen Dinge beschäftigten wie Bryne. Bryne hatte eine Vergangenheit, die einen entweder zu Mutter Teresa oder zu Jack the Ripper werden lassen konnte. Er war dem Agenten suspekt gewesen, noch ehe Hubbard von Pingfan gewußt hatte, sogar ehe ihm klargeworden war, daß Bryne es sich zur Gewohnheit machte, an Krisenherden aufzutauchen.

Und Bryne war nicht der einzige im Raum, von dem das

Bureau ein Dossier besaß. Drew Lawrence, so hatte sich herausgestellt, war ein frühes Mitglied von CORE gewesen, hatte in den sechziger Jahren mit den Black Muslims und in den frühen siebziger Jahren mit dem SNCC sympathisiert, hatte diese Organisationen verlassen, als er heiratete, und war jetzt aktives Mitglied einer Baptistenkirche in Albany. Hubbard hatte von Lawrence ein Foto aus jungen Jahren, auf dem er mit einer riesigen Afrofrisur zu sehen war, und obwohl der Mann inzwischen konventionell aussah – wer wußte schon über seine wahren politischen Ansichten Bescheid? Nein, für Hubbard war Drew Lawrence nicht vertrauenswürdig. Und Victoria Wade? Hubbard rechnete damit, daß alles, worüber sie redeten, hervorragende Aussichten hatte, in *Hot Line* zu landen.

Vicky merkte, daß ihre Anwesenheit Unbehagen hervorrief. Sie war nicht erwartet worden und zweifellos nicht erwünscht. Was Hubbard ihr auf dem Flughafen über Jack erzählt hatte, beunruhigte sie noch immer. Sie war hin- und hergerissen zwischen dem Wunsch, alles zu hören, was gesagt würde, und dem Willen, dem Treffen zu entfliehen. Schließlich entschied sie sich für letzteres.

»Hören Sie«, wandte sie sich an die drei Männer, »ich muß rauf zur Rennbahn in Saratoga, um einige Trainer zu interviewen. Dieses Treffen paßt nicht in meinen Zeitplan. Tut mir leid, daß ich so reingeplatzt bin.« Sie hatte die Spannung in dem Raum gefühlt, gespürt, daß sich da eine größere Story zusammenbraute, und sie hoffte verzweifelt, daß Jack der Mittelpunkt dieser Story sein würde. Was sie allerdings wußte, war, daß das FBI Jack oder sie oder sie beide beobachten ließ.

»Mr. Hubbard, es war mir ein Vergnügen«, sagte sie, als sie sich erhob. Sie fühlte sich, als hätte sie Jack hintergangen, weil sie ihr Zusammentreffen mit Hubbard auf dem Flughafen nie erwähnt hatte. »Drew, schön, Sie gesehen zu haben«, lächelte sie, zog ihre Wagenschlüssel hervor und zwinkerte Bryne zu, merkte dabei, daß sie ihm immer noch nicht von den neuen Ereignissen erzählt hatte. Sie zog ihn beiseite und flüsterte rasch:

»Jack, Dr. Tucker ist durchgedreht. Die Ärzte meinen, es wäre der Streß wegen der ganzen Geschichte. Aber er hat Gehörhalluzinationen gehabt. Sie denken, es könnte ein Gehirntumor sein. Ich hoffe inständig, es ist nichts, was mit den Pferden zu tun hat. Ich war bei ihm. Wir sprechen uns bald.« Und sie marschierte hinaus in den Regen.

Die drei Männer sahen zu, wie die Tür sich schloß, dann nahmen Bryne und Hubbard an dem großen Tisch Platz, in dessen Mitte ein Dachsschädel montiert war. Lawrence brachte für alle Kaffee, dann drehte er den Dachsschädel – *Meles*, das erste tollwütige Exemplar seiner Art in dem Staat – ein wenig, so daß die gefletschten Zähne Hubbard zugewandt waren.

»Dr. Bryne«, begann Hubbard, »was können Sie mir von Ihrer Zeit bei der WHO erzählen – etwas über biologische Kriegführung vielleicht?«

»Tja, Mr. Hubbard, eigentlich haben Sie mir damit nur eine halbe Frage gestellt.« Jack lehnte sich auf seinem Stuhl zurück und überlegte, was Hubbard wohl meinte.

»Sehen Sie, Mr. Hubbard«, fuhr Jack fort, »die wichtige Unterscheidung ist, daß es zwei *Bios* gibt, nicht nur eine: biologische Kriegführung – Biological Warfare oder BW – und biologischen Terrorismus, BT. In beiden Fällen setzen die Täter biologische Stoffe ein, aber die Bestrebungen und beabsichtigten Ziele weichen stark voneinander ab. Woran sind Sie interessiert?«

»An beiden, nehme ich an«, sagte Hubbard und zuckte zusammen, als er einen Schluck von dem heißen Kaffee trank.

»Verzeihung«, entschuldigte sich Drew. »Hab' vergessen, Ihnen zu sagen, daß die Maschine den heißesten Kaffee im ganzen Staat New York macht, aber wenn er abkühlt, ist er stärker als das, was man normalerweise aus diesen Maschinen rauskriegt.«

»Ist in Ordnung«, nickte Hubbard. »Fahren Sie fort, Dr. Bryne.«

»Einfach ausgedrückt: Die Taktik der biologischen Kriegführung ist, erst eine Schlacht durch Kampfuntauglichmachung zu gewinnen – was immer noch besser als Töten ist – und dann den Krieg mit der Zeit strategisch für sich zu entscheiden. Wenn man zum Beispiel Opfer mit Staphylo-Endotoxinen aus dem Verkehr zöge, würden sie etwa eine Woche an Erbrechen und Durchfall leiden. Überlebende – Soldaten wie Zivilisten – haben möglicherweise auch danach noch mit tükkischen, weitreichenden Folgen zu kämpfen. Von Agent Orange zum Beispiel.«

»Und wie steht es mit dem biologischen Terrorismus, Dr. Bryne?« fragte Hubbard und machte sich Notizen.

»Nun«, Bryne, der auf einem Notizblock, den er mit zum Tisch gebracht hatte, gedankenlos herummalte, blickte auf und fuhr fort: »Der biologische Terrorismus andererseits will eine Aussage machen, eine politische Aussage, eine religiöse Aussage. Er manifestiert seinen Standpunkt, indem er Menschen tötet, oft so viele Menschen wie möglich. Der BT hat einen lokaleren Effekt, wie zum Beispiel die Sarin-Anschläge in der U-Bahn von Tokio am 20. März 1995.«

»Also«, fragte Hubbard, »geht's den einen um Sieg und den anderen nur darum, eine Aussage zu machen?« Er faßte Lawrence in den Blick, der über das Thema ebenfalls gut Bescheid zu wissen schien.

»Ja, bedenken Sie dabei aber: biologische Mittel sind so stark«, steuerte Drew bei, »daß jeder Terrorist damit mehr als nur sein ›taktisches‹ Ziel erreichen kann. Die könnten eine Stadt von der Größe New Yorks erledigen.«

»Richtig«, fuhr Jack fort. »Beim BT ist die Anwendung eines Mittels selektiv; es soll augenblicklich wirken und keine Möglichkeit einer Behandlung mit Impfungen oder Antibiotika bieten. Das BT-Ziel wird sorgfältig ausgesucht, lange vor der Tat. Die Tat hat stets eine Art symbolische Bedeutung, die manchmal verborgen ist, und sie muß um der größten Wirkung willen an einem symbolischen Ort stattfinden. Traditionellerweise eine symbolische Menschenansammlung an einem symbolisch bedeutsamen Ort.«

»Zur symbolischen Vernichtung wovon?« fragte Hubbard, der überlegte, ob Bryne seine Äußerungen auf persönliche Erfahrungen zurückführte oder vielleicht auf zukünftige Pläne.

»Ist das Ganze nicht nur ein vom Wahn gezeichnetes Symbol geistiger Tollheit?« bemerkte Drew, der sah, wie Hubbards Blick von Bryne zu ihm wanderte.

»Natürlich. Geistige Tollheit. Die Mentalität des ›wahren Gläubigen‹. Für mich – für uns – ist ein mit Menschen vollbesetztes Flugzeug kein Symbol. Es ist schlicht ein Flugzeug voller Menschen.

Und doch«, setzte Hubbard mit düsterer Stimme hinzu, »sind es oft die Verrücktesten, die unmöglich aufzuhalten ... und zu erkennen sind.«

Ein angespanntes Schweigen senkte sich über den Raum, bis Bryne, nachdem er von seinem Kaffee getrunken hatte, fortfuhr: »Also, von der Handlung eines einzelnen Menschen zum staatlich gesponserten Terrorismus, zur biologischen Kriegführung, das ist ein weiter Sprung, der uns in eine ganz andere Richtung befördert. Symbolik ist für die BW nicht annähernd so wichtig wie die Windrichtung.«

»Soll heißen?« fragte Hubbard.

»Soll heißen, die BW setzt chemische Massenvernichtungswaffen ein, und die tun genau das, was ihr Name besagt. Ihre Wirksamkeit hängt von dem Ausmaß des Widerstands, dem Ort – Stadt, Land, Tropen, Wüste, Berge und so weiter – und von der Stärke des Feindes ab. Wobei Stärke die Anzahl der Soldaten, ihre Offensivkraft und ihre Fähigkeit bedeutet, sich gegen die Erreger zur Wehr zu setzen, die man gegen sie einzusetzen plant.«

»Ich verstehe«, murmelte Hubbard, mit den Gedanken bei Bryne und allem, was er über Pingfan gelesen hatte.

Jack goß sich noch etwas Kaffee ein und fuhr fort: »Bei der Aktion Desert Storm zum Beispiel waren alle alliierten Truppen gegen Milzbrand geimpft worden. Es lagen Zehntausende von Ampullen Atropin bereit für den Fall, daß Sarin oder andere organische Phosphate zum Einsatz kämen. Wir wissen heute, daß die Iraker Artilleriegranaten mit Milzbrand- und Botulismustoxinen gefüllt hatten, und es war nur gut, daß sie nie abgefeuert wurden, denn Saddam hatte ›Bot-Tox.‹, Typ F. Die einzigen Antitoxine, mit denen unsere Soldaten immunisiert worden waren, waren die Typen A, B und E – vollkommen nutzlos gegen F.«

»Wirklich?« fragte Hubbard, der fast zusammengezuckt wäre. Die ersten Top-Secret-Berichte über Botulismusfälle in verschiedenen Gegenden der Vereinigten Staaten waren erst kürzlich in New York eingetroffen. Er hatte noch nicht einmal die Zeit gehabt, mehr als die einzelnen Zusammenfassungen zu lesen. Konnte Bryne darüber Bescheid wissen?

»Nun ist BT«, fuhr Bryne fort, »im Gegensatz zu BW beinahe wie ein Schachspiel, die Fähigkeit des Feindes, auf ein bestimmtes Mittel zu reagieren, wird eingeschätzt, und dann wird ein anderes, vollkommen unvorhergesehenes Mittel eingesetzt, wie zum Beispiel Bot F. Bei jedem neuen Gebilde – je exotischer, desto besser – wird vom Feind erwartet, daß er in Panik gerät.« Er hielt inne, um die psychologischen Auswirkungen zu unterstreichen.

»Sehen Sie, was die Panik betrifft«, sprach Jack weiter, »niemand wird großartig in Panik ausbrechen, wenn er hört, daß ein neues Grippevirus entdeckt worden ist – schließlich wird man jeden Winter der Möglichkeit ausgesetzt, sich eine Grippe zu fangen. Aber lassen Sie mal die Regierung den Versuch machen, der Bevölkerung beizubringen, daß etwas exotisch Grauenhaftes wie Ebola sich ausbreitet, dann ist das eine total andere Sache. Angesichts der Unbekanntheit der Krankheit, angesichts dessen, was sie anrichten kann, und des Wissens, daß sie nicht eingedämmt oder behandelt werden kann, reagieren die Leute, als lebten sie im Mittelalter. Es ist eher wie eine Szene aus *MAD Max* oder *Escape from L. A.*«

»Verstehe«, nickte Hubbard.

»Eine Sache, die sowohl auf die Geschichte der biologischen Kriegführung als auch auf den Terrorismus zutrifft«, sagte Bryne, »ist, daß nachträglich verfaßte Dokumente über den Einsatz biologischer Stoffe weitgehend verborgen bleiben. Der Sieger übernimmt nicht nur den Feind, sondern auch die historischen Dokumente. Geschichte ist das, was der Sieger den Leuten zu erzählen beschließt.«

»Könnten Sie das ein bißchen ausführlicher erläutern?«

»Natürlich«, sagte Jack. »Die Verlierer sind tot. Woran sie gestorben sind, ist nicht unbedingt das, worüber die Historiker schreiben werden. Und die Sieger werden oft den Einsatz ihrer Waffen absichtlich im dunkeln halten. Berichte werden dementiert. Desinformation kommt ins Spiel. Auf der einen Seite könnte die Verwendung von BW- oder BT-Kampfmitteln mühelos als Völkermord betrachtet werden. Andererseits möchten sie ihren Sieg lieber tapferen Soldaten und hochdotierten Generälen anrechnen als einem Krankheitserreger. Und schließlich möchten sie vielleicht ihr Geheimnis für sich behalten für den Fall, daß sie es noch mal benutzen müssen. Historikern bleibt der wahre Grund, warum eine entscheidende Schlacht, selbst ein Krieg gewonnen wurde, weitgehend verborgen.«

Hubbard rutschte nervös auf seinem Platz hin und her. »Nicht *alles* wird vertuscht. Ich habe in Amherst das College besucht, und ich weiß mit Bestimmtheit, daß Lord General Jeffrey Amherst den unwiderleglichen Beweis, keine ruhmreiche Denkschrift, sondern ein schriftliches Dokument hinterlassen hat, daß er Häuptling Pontiac und seine Stämme in Pennsylvania und Ohio dadurch vernichtet hat, daß er an sie vorsätzlich Wolldecken verteilte, die mit Pocken infiziert waren.«

»Ja«, räumte Bryne ein, »aber für jede rauchende Pistole in der Hand eines Täters gibt es sicher Dutzende von anderen Fällen, über die niemand je etwas erfahren wird.«

»Wie zum Beispiel Pingfan?« Hubbard wagte den Sprung und sah genau hin, wie Bryne das Wort mit ausdruckslosem Gesicht zur Kenntnis nahm.

Genau in diesem Moment stand Lawrence auf und griff in seine Jackentasche. »Hier haben wir den besten Bericht von allen.« Er zog ein abgegriffenes Buch hervor, die alte Taschenbibel seines Vaters aus dem Zweiten Weltkrieg. »Der erste schriftlich niedergelegte Fall einer mysteriösen Epidemie und Kriegführung findet sich in Samuel, Erstes Buch, Kapitel vier, Vers eins. Um das Jahr 1400 v. Chr. standen die Israeliten kurz davor, sich an einem Ort, der als Eben-Eser bekannt war, in den Kampf gegen die schwerbewaffneten, blutrünstigen Philister zu stürzen.«

»Würden Sie das als den ersten israelisch-arabischen Krieg bezeichnen?« wollte Hubbard wissen.

»Nein«, erklärte Drew. »Die Philister waren eigentlich keine Araber, aber, ja, die Israeliten wurden von Völkern angegriffen, die in der Gegend lebten, die heute als Palästina bekannt ist.«

»Hmmm ... interessant«, überlegte Hubbard, den Blick immer noch fest auf Bryne gerichtet.

»In Eben-Eser«, fuhr Drew fort, »verloren die Israeliten viertausend Mann, doch nicht den Krieg. Sie zogen sich zurück und riefen von einem Ort namens Shiloh Reservetruppen herbei. Die frischen Truppen brachten eine Geheimwaffe mit, die Bundeslade, die der Sammelpunkt für einen Gegenangriff wurde.«

»Warten Sie! Dreitausend Jahre bis zur nächsten Schlacht von Shiloh«, unterbrach ihn Hubbard. »Und Grant verliert dreizehntausend Mann, die Konföderierten zehntausend. Kein biologischer Krieg, nur Musketen und Bajonette. Eine blutige Geschichte, Shiloh.«

Dann nippte er an seinem Kaffee und hörte Drew zu, der berichtete, wie die Philister, durch das Jubelgeschrei eines Heeres verwirrt, das sie gerade in die Flucht geschlagen hatten, erneut angriffen, zusätzlich dreißigtausend Israeliten töteten und die Bundeslade als Kriegsbeute eroberten. »Das war der Moment, in dem der Spaß erst begann. Als sie in die Stadt Aschdod zurückkamen, wurden die Philister von einem rachedurstigen Gott heimgesucht, ein Ereignis, das man als das erste Dokument einer biologischen Kriegführung deuten kann.«

Hubbard richtete sich auf. Lawrence' Bibelkenntnisse erschienen ihm ein bißchen zu umfassend.

»Die Philister stellten die heilige Lade neben eine Statue ihres Gottes Dagon. Am nächsten Morgen waren Dagon Kopf und Hände abgeschlagen worden. Und dann begannen die Menschen zu Tausenden an etwas zu sterben, das heute aus den hebräischen Buchstaben als *›Hämorrhoiden in ihren Geschlechtsteilen‹* übersetzt wird.«

»Könnten es nicht die Lymphdrüsenschwellungen der Beulenpest gewesen sein?« schlug Bryne vor, der Lawrence' Bericht über die Schlacht zum ersten Mal hörte.

»Was immer es auch war«, berichtete Drew weiter, »die Krankheit breitete sich von Aschdod nach Gat und von dort nach Ekron und sieben Monate lang im ganzen Land der Philister aus. Die Bibel berichtet, daß über fünfzigtausend Philister umkamen, ehe ihr Herrscher die Lade endlich an die Israeliten zurückgab, die, von Samuel angeführt, den geschwächten Feind bei Eben-Eser besiegten, wo alles seinen Anfang genommen hatte. Wenn man im Vierten Buch Mose Kapitel einunddreißig, Vers neunzehn bis vierundzwanzig liest, wird klar, daß die Israeliten über Ansteckungsgefahren Bescheid wußten.«

»Noch Kaffee, Mr. Hubbard?« fragte Bryne. Hubbard schüttelte verneinend den Kopf, während er Drew unverwandt anstarrte.

»Also«, nahm Drew den Faden wieder auf, »ich bin fast fertig, aber die ganze Sache wird noch faszinierender. Sehen Sie, die Philister versuchten den Gott der Hebräer mit einem Geschenk zu versöhnen, das aus zehn goldenen Standbildern bestand – fünf waren Mäusen nachgebildet, die anderen fünf waren goldene Kugeln. Als Historiker sich zurechtzureimen versuchten, was genau die Kugeln dargestellt haben könnten, neigten sie zu der Annahme, es seien vergrößerte Leistenlymphknoten, ein Merkmal der Beulenpest.« Er schloß seine Rede: »Wie schon Casey Stengel sagte: ›Man kann's nachschlagen!‹« Drew lächelte und fügte noch hinzu: »Bis ins neunzehnte Jahrhundert war nicht bekannt, daß die Pest von Flöhen auf Nagetiere übertragen wurde, aber die goldenen Mäuse deuten darauf hin, daß die Philister die Pest irgendwie mit Mäusen in Verbindung brachten.«

»Poussin malte eine Ratte in sein Bild *Die Pest in Aschdod*«, bemerkte Bryne. »Woher konnte er das wissen? Man müßte argumentieren, daß, ganz gleich, was es für eine Krankheit war, die Hebräer sie entweder kannten und mieden – oder sie sogar wissentlich ihren Feinden zufügten. War die Lade eine Art Trojanisches Pferd? Die Strafe Gott zuzuschreiben ist eine fabelhafte Art, Kritik gar nicht erst aufkommen zu lassen – wie ich schon sagte, eine typische Taktik der biologischen Kriegführung. Desinformation, Schuldabwälzung, Unschuldsbeteuerung, alles könnte seinen Anfang im Buch Samuel haben. Hut ab, Drew. Ich hatte davon noch nie gehört!«

Hubbard lehnte sich zurück. »Meine Herren, bitte fahren Sie fort.«

Bryne erzählte nun von Ereignissen jüngeren Datums: von der quälenden Agonie der biologischen Kriegführung im Laufe der Zeiten – die Karthager, die mit Kobras gefüllte Körbe von ihren Schiffen auf die Römer schleuderten; die Tataren, die Pestopfer in italienische Garnisonen katapultierten; Deutschland, England und die Vereinigten Staaten, die die Greuel in und nach den beiden Weltkriegen vertuschten. Er beschloß, sich nicht mit den Japanern zu befassen. Daß Hubbard Pingfan erwähnt hatte, war eine äußerst unerfreuliche Überraschung gewesen. *Wollte er mir damit sagen, daß er alles über mich weiß?* überlegte Bryne.

Hubbard entschloß sich, seinen eigenen kleinen Beitrag zu leisten und ein paar unbedeutende Geheiminformationen preiszugeben. »Apropos vertuschen: Wußten Sie, daß im Koreakrieg aus US-Flugzeugen Adlerfedern abgeworfen wurden, die in pathogene Bakterien getaucht waren? Und als es in den achtziger Jahren auf Kuba eine ungewöhnliche Zunahme an hämorrhagischem Dengue-Fieber gab – behauptete Castro, es handle sich um BW, hinter der die USA steckten, aber seine Beschuldigungen führten zu nichts.«

»Und jetzt haben wir hämorrhagisches Dengue in ganz Mittel- und Südamerika«, antwortete Bryne mit einem ironischen Lächeln, »und es bewegt sich unaufhaltsam auf den Süden der USA zu. Zufall oder absichtliche BW?« fragte er Hubbard, der sich in einem kleinen Spiralbuch Notizen machte, aber nur mit einem Achselzucken reagierte.

Bryne fuhr fort: »Eine Theorie besagt sogar, daß der Ausbruch der Beulenpest in Indien 1994 in Wirklichkeit durch pakistanische Terroristen ausgelöst worden sein könnte. Meine Frau könnte Ihnen mehr darüber erzählen. Aber niemand hat je eine Kultur der Bakterien in die Hände bekommen, um ihre Genealogie zu überprüfen, was interessant gewesen wäre, wenn nicht gar belastend. Man hätte ihre Herkunft feststellen können, verstehen Sie.«

»Wie steht's um den Milzbrand in Kalifornien, Dr. Bryne?« Hubbard fand, es war an der Zeit, zur Hetzjagd zu blasen.

»Selbstverständlich denke ich andauernd darüber nach«, antwortete Jack ruhig. »Es scheint ein Akt biologischen Terrorismus zu sein. Aber er entspricht nicht vollkommen dem Muster – keine Bekennerschreiben, keine Drohungen, von denen ich wüßte. Warum Joey St. John das Opfer war, keine Ahnung. Was denkt das Bureau, wenn ich fragen darf?«

Hubbard schwieg einen Moment, dann antwortete er: »Wir sind so ziemlich derselben Meinung. Es gibt andere Vorfälle, über die ich Ihnen nichts sagen darf ...«

»Andere Milzbrandfälle?«

»Andere ... Vorkommnisse ... geheim.« Hubbard war neugierig, wie Bryne reagieren würde, der ernstlich besorgt zu sein schien. »Auf alle Fälle, Dr. Bryne, hätte ich gerne gewußt, ob wir Sie als Hilfsquelle benutzen dürften. Mir ist klar, daß dies ein bißchen außerhalb Ihres Gebiets liegen könnte. Schließlich sind Sie Virologe.«

»Aber Jack hat sich früher bei der WHO damit beschäftigt«, mischte Drew sich ein.

»Ich ... wir wissen das. Und nebenbei, Dr. Bryne, ich höre, Sie sind neuerdings an Ergotismus interessiert? Darf ich fragen, warum?«

»Wo haben Sie das gehört, Mr. Hubbard?«

»Ach, irgendwo.« Zum ersten Mal an diesem Tag setzte Hubbard sein sphinxhaftes Lächeln auf, denn der Informant, der ihn auf ProMED aufmerksam gemacht hatte, war anonym gewesen.

Da er absolut keine Ahnung hatte, wieviel Hubbard wußte oder von wem er es gehört haben mochte, beschloß Bryne, seine Meinung für sich zu behalten. »Um die Wahrheit zu sagen, meine Frau hat neulich über das Thema einen Vortrag gehalten und mich gebeten, ein paar Recherchen für sie anzustellen. Ich würde Ihnen sehr gern schicken, was ich herausgefunden habe«, bot Bryne an.

»Ich verstehe, vielen Dank, ich werde darauf zurückkommen.« Wieder dieses Lächeln. »Das Gespräch war sehr fruchtbar, Dr. Bryne, Mr. Lawrence. Ich muß jetzt los. Muß zurück in die Stadt, dann nach Washington.« Und weg war er.

Bryne war von der ganzen Begegnung noch Tage danach irritiert. Dieser FBI-Mann war ein verdammt unangenehmer Zeitgenosse, nicht die Sorte, die man zum Gegner haben sollte. Es beunruhigte Jack, daß er bereits auf der falschen Seite war. Dazu die Tatsache, daß Hubbard es geschafft hatte, Dinge über ihn herauszufinden, die ihn eigentlich nichts angingen. Er war verdammt gut im Recherchieren: erst Pingfan aus dem Nichts, dann Ergotismus. Es war klar, daß Hubbard diesen ganzen Weg nicht auf sich genommen hatte, um über BT zu reden. Er war in San Diego gewesen, von seiner Dienststelle in Washington dorthin entsandt. Vielleicht verfolgten sie dieselbe Spur, und Hubbards Auftrag lautete wirklich, Bryne als Hilfsquelle zu benutzen. Trotzdem wußte Jack, daß Hubbard ihn als Verdächtigen betrachtete. Plötzlich überkam ihn ein flaues Gefühl. Er ging zu seinem Laptop, klinkte sich in ProMED ein und fand, als er die Liste halb durchgesehen hatte, daß das grauenhafte Ergotismus-Material wieder da war – nur diesmal hatte man es ihm untergeschoben, dem Programmleiter von ProMED. Er rief Drew, der sofort kam und die Berichte durchlas, die sich diesmal ausdrucken ließen. Bryne bat ihn, die Dateien zu löschen, wenn die Ausdrucke vollständig wären.

Was zum Teufel ging hier vor? Es schien klar zu sein – ein raffinierter Hacker lieferte dem Bureau Informationen über ihn und infiltrierte gleichzeitig sein gesamtes Computersystem. In diesem Moment wurde Jack Bryne bewußt, daß er Hilfe brauchte, aber nicht die Art Hilfe, die ihm das FBI bieten konnte.

Er brauchte Kollegen, Tausende von Profis, Leute, die ihm helfen würden, die Fragen zu beantworten, auf die er keine Antwort fand. Dem FBI standen gewaltige Hilfsquellen zur Verfügung. ProMED ebenfalls. Wenn er nicht bald seine Theorie beweisen konnte, würde das FBI weiter seine Zeit vergeuden – und er würde wegen abscheulicher Taten belangt werden, die er nicht begangen hatte, während es dem wahren asozialen Psychopathen freistand, seine abstrusen Zerstörungsgelüste nach biblischem Vorbild an der Welt auszulassen ...

Hubbard fuhr in bester Stimmung von Brynes Laboratorium ab und ließ die Bilder des Zusammentreffens noch einmal Revue passieren: die Bibelbezüge in Verbindung mit der Tatsache, daß Brynes Eltern Missionare gewesen waren, schließlich die Experimente in Pingfan. Es paßte alles zusammen. Dr.

John Bryne konnte sehr wohl ein gefährlicher Irrer sein, der seine Mission in der Wiederholung alttestamentarischer Rache sah. Er griff zu seinem Handy und tippte die Nummer einer Organisation ein, von der sogar in der Regierung nur sehr wenige Menschen wußten, die Sonderbehörde für Internationalen Radikalen Terrorismus, die von dem berühmten Biochemiker und altgedienten Ermittlungsbeamten Konteradmiral Frank E. Olde geleitet wurde. Ein Stabsoffizier meldete sich, doch ohne ihn ausreden zu lassen, begann der FBI-Mann zu sprechen. »Hubbard hier, stellen Sie mich zu Admiral Olde durch.« Er mußte nur wenige Sekunden warten. »Ich habe sein Labor gerade verlassen, Admiral. Sie hatten ohne Frage recht, eine sehr lohnende Reise.« Er wartete, während Admiral Olde sprach.

»Ja, Sir, ich denke, es besteht ein Nexus zu biblischem Wissen«, antwortete Hubbard und nickte. »Ich habe Drew Lawrence kennengelernt. Er hat mir Textstellen über bakteriologische Kriegführung aus dem Buch Samuel vorgelesen. Und welche Überraschung, Vicky Wade schneite ganz zufällig herein. Sie hatten schon wieder recht, Admiral.«

12

Dienstag, 14. Juli
Flughafen O'Hare, Chicago
14.00 Uhr

Theodore Kameron amüsierte sich königlich, er schaffte es, Jack Bryne zu entmutigen und Scott Hubbard mit anonymen Tips im Internet und direkten Andeutungen am Telefon zu steuern. Hubbard hatte tatsächlich noch zweimal bei ihm zurückgefragt, aber Teddy hatte ihm gesagt, er hätte seiner ersten Aussage nichts hinzuzufügen. Bislang war Bryne der einzige Mensch, der irgend etwas zu unternehmen schien, um ihn aufzuhalten, und das ließ ein wenig Besorgnis aufkommen, da er offensichtlich damit begonnen hatte, genaue Nachforschungen anzustellen. Sehr genaue, aber sie kamen alle viel zu spät.

Inzwischen verfaßte Hubbard wahrscheinlich seinen nächsten belastenden Bericht über Bryne und wartete auf eine »rauchende Pistole«. Ach ja, der Ergotismus-Trick war ganz klar der richtige Weg gewesen. Na ja, bald gäbe es wohl ein bißchen mehr, um das sich Bryne Sorgen machen müßte. Schon allein der Gedanke daran machte Teddy hungrig – hungrig und geil.

Da seine Mission in den Medien nicht angemessen verfolgt wurde, jedenfalls nicht so, wie er es sich sehnlichst wünschte, nahm er sich vor, dem ein bißchen nachzuhelfen. ProMED war ein kleines, nur einer begrenzten Anzahl von Menschen zugängliches Organ, die Sender und die Zeitungen waren etwas ganz anderes. Seine Enttäuschung war groß, und er haßte es zu warten.

Er ging zum Zeitungsstand des Flughafens und kaufte fünf Tageszeitungen aus Städten verschiedener Bundesstaaten sowie eine *USA Today*. Er fand einen Platz im Warteraum, machte es sich bequem und begann zu blättern. Vor ihm brummte ein kleiner Münzfernseher vor sich hin, das Programm wechselte zwischen Morgenwetterberichten und Hinweisen auf die bevorstehende Landwirtschaftssendung. Er ignorierte die Wettervorhersagen, steckte trotzdem Geld in den Apparat und machte sich an die Zeitungslektüre.

Von *USA Today* wurde er nicht enttäuscht. Die Zeitung brachte den lange erwarteten Artikel über die wachsende Milzbrand-Angst in Südkalifornien. Ein überirdisches Gefühl durchflutete ihn, und einen Augenblick lang war er zufrieden, Gottes Wille würde geschehen. In einem Kästchen neben dem Artikel wurden die Milzbrand-Symptome bei Mensch und Tier beschrieben. Von einer geheimgehaltenen Anzahl von Fällen bei Zootieren wurde berichtet, ferner davon, daß mehr als drei Dutzend Erwachsene und Kinder »aus Vorsichtsmaßnahmen« in Krankenhäuser eingeliefert worden waren, und ein Anwachsen der Zahlen stehe zu befürchten, weil die Krankheit aufgrund der Sporen eine sehr variable Inkubationszeit habe. Weitere Fälle wurden erwartet. Der Zoo in San Diego war geschlossen worden und sollte es vorerst auch bleiben.

Der Artikel brachte eine exklusive Kurzbiographie des bekannten Arztes Dr. »Mac« MacDonald, der mit den Vorfällen befaßt gewesen war und die Leser ermahnte, auf früheste Milzbrandsymptome zu achten – die Hautläsionen, die er als schwarze Eiterbeulen beschrieb, die sich vergrößern, tiefer ins Fleisch eingraben und übelriechenden Eiter ausfließen lassen. Die anfänglichen Läsionen würden sodann ausbrechen wie Vulkane und eine hochgiftige Flüssigkeit ausspucken.

Die ungewöhnlichere Form, der Milzbrandbefall des Brustraums, Mediastinitis, an der ein namentlich nicht genannter sechsjähriger Junge gestorben war, wurde kurz erwähnt. Die Eltern und der Kinderarzt lehnten alle Interviews ab. *Genau, wie es der Doktor befohlen hat*, daçhte Teddy, *und genau rechtzeitig, Gottes Wille geschehe!*

Er überflog die anderen Zeitungen, enttäuscht darüber, daß Nachrichten über das Pferdesterben in Kentucky offensichtlich rar waren. Er klappte seinen Laptop auf und machte seinen routinemäßigen schnellen Rundgang durch die medizinischen Internetadressen: WONDER, Physician-on-Line, MedScape, Outbreak, BioSpace, Home Page und AgNet.

Noch immer waren die einzigen Hinweise auf das Sterben der Pferde in den Warnungen an Tierärzte der FDA und auf ProMED zu finden. Es freute ihn, daß wenigstens irgend jemand – auch wenn es immer noch nur Jack Bryne war – die Geschichte verfolgte.

Kameron sah auf seine Uhr. Zeit für die tägliche Pressekonferenz über Getreidepreise vom Staat Iowa. Und auf AgNet gab es »Speculator's Newsletter«, einen Internet-Ratgeber, der von Getreide-Kapitalanlegern benutzt wurde. Er las ihn mit Entzücken.

Juli – Maispreise ziehen scharf an wegen Ausbreitung von Mißernten

Mais-Jahresernte in Iowa

STARK VON MYKOTOXINEN BELASTET

Maisqualitätsprüfung der Iowa State University

Maisuntersuchungen zeigen: Kornqualität schlechter als erwartet

Kontakte: Außenstelle Tiermedizin

(5 15) 5 55-87 90

Ames, Iowa – Heiße, trockene Bedingungen während der Wachstumszeit lassen Zweifel an der Qualität und dem Nährwert der Maisernte dieses Jahres aufkommen. Die Qualität der diesjährigen Maisernten in weiten Regionen von Kansas, Iowa, Nebraska und Oklahoma ist schlechter als bisher erwartet.

Teddy überflog die Mitteilung rasch, froh, daß er später auf sie zurückkommen und sie in allen Einzelheiten lesen konnte. Der springende Punkt war, daß zwei separate Untersuchungen von Maisproben, die von dem Feld abgenommen worden waren – die eine auf Lysingehalt, die andere auf Maisbrand und die daran beteiligten Pilzerreger analysiert –, beide Male höhere als zugelassene mykotoxische Belastungen erbracht hatten und daß in den Proben auch Vomitoxin gefunden worden war. Beide Untersuchungen wiesen außerdem darauf hin, daß der North Central Distrikt übermäßig mit Aflatoxin B_1 verseucht war ... Kameron unterbrach seine Lektüre für einen Moment und speicherte den Bericht auf seiner Festplatte, dann las er weiter.

Es überraschte Teddy keineswegs, daß Aflatoxin, das am häufigsten festgestellte Mykotoxin, und auch Vomitoxin nachzuweisen war. Er wußte das, er zählte darauf. Was Teddy suchte, waren Informationen über Aspergillus. Als er zur Alarmmeldung des Staates Iowa weiterblätterte, fand cr sie.

ISU-Offizielle haben gewarnt, daß die Belastung durch die Dürre und die unzeitig hohen Temperaturen während dieses Sommers weite Gebiete des mittleren Westens für den Aspergillus-Schimmelbefall haben anfällig werden lassen. Das beste Milieu für das Gedeihen von Aflatoxin, stellten sie fest, ist. eine Temperatur zwischen 77-90 Grad Fahrenheit (25-32°C) und eine relative Luftfeuchtigkeit von über 80 Prozent. Für das Schimmelwachstum ist eine Gesamtfeuchtigkeit des Getreides von zwischen 15 und 25 Prozent erforderlich. Gelagerter Mais kann Aflatoxine produzieren, wenn er nicht richtig getrocknet oder bei 14 Prozent oder weniger Luftfeuchtigkeit gehalten wird. Auch wenn nur kleine Bereiche im Mais 15 Prozent oder mehr Feuchtigkeit enthalten, bilden sich Aflatoxinnester.

Wasser ist ein Stoffwechselprodukt des Schimmelwachstums, und das infizierte Korn kann Feuchtigkeit an benachbarte Körner abgeben, womit der Prozeß sich lawinenartig ausweitet. Handelsübliche Schimmelbekämpfungsmittel können einem weiteren Schimmelwachstum und dem Entstehen von Aflatoxin zuvorkommen, aber sie können nicht das bereits im Mais enthaltene Aflatoxin zerstören. Wenn der Verdacht auf Verseuchung besteht, sollten das Futter und vor allem der Mais sofort untersucht werden. Wenn die Mais- oder Futteranalysen auf Aspergillus-Schimmelpilze mit Hilfe von Schwarzlichttests positiv verlaufen, sollten weitere Untersuchungen auf Aflatoxin vorgenommen werden. Annähernd 50 Prozent der in den Toxotogischen Labors der Vetterinärmediziner an der University of Illinois untersuchten Proben enthielten 20 Milliardstel Teile (ppb) Aflatoxin. Wenn in Mais 20 ppb oder mehr festgestellt werden, darf er dem zwischenstaatlichen Handel nicht zugeführt werden.

Teddy lud die Adressen und Telefonnummern herunter. Lob sei dem Herrn, sie erzählten ihm alles, was er wissen mußte. Und es gab noch mehr:

Ein einziges aflatoxinhaltiges Korn oder der Bruchteil eines Korns unter 3200 Körnern (1kg) kann zu einer Aflatoxinkonzentration führen, die größer als 20 ppb ist. Futter, das 20 ppb Aftatoxin enthält, kann die Nährleistung herabsetzen und sollte nicht an Ferkel verfüttert werden.
Läßt man mit Aflatoxin verseuchten Mais über ein Sieb oder Gitter laufen, kann man bis zu 50 Prozent des Aflatoxins daraus entfernen. Die Rückstände sollten. an keinerlei Vieh verfüttert werden, da sie einen sehr hohen Aflatoxingehalt haben. Als letztes Mittel kann man Mais mit Ammoniak behandeln, um das Aflatoxin zu zerstören. Es ist ein riskantes Verfahren, und Sie sollten sich detaillierte Instruktionen von Ihrer Landwirtschaftlichen Beratungsstelle verschaffen, ehe Sie das Wagnis eingehen. Kleine Mengen können mit Ammoniak behandelt werden; der behandelte Mais färbt sich braun und kann dann als Viehfutter verwendet werden.

Plötzlich war jegliche Enttäuschung, die er zuvor empfunden haben mochte, von ihm gewichen, alles war perfekt. Die »Stimme« hatte gesprochen, und alles war klar. Jack Bryne und seine kindischen, häretischen Nachforschungen würden ihm niemals gefährlich werden. Seine Mission war ihm nie erfreulicher, gewisser erschienen als jetzt, und um das zu feiern, begab er sich zur nächstgelegenen Flughafen-Cocktaillounge, wo er sich mit einer Bestellung von gebratenen Kalbshoden, Pommes frites und einem Stinger etwas gönnte, das ihm zu seinen Göttlichen Bestrebungen wunderbar zu passen schien.

Dienstag, 14. Juli
Zoonose-Laboratorium
14.45 Uhr

Guilderland N.Y.
Der Programmleiter wiederholt seine Bitte um die Hilfe von Kollegen aus Afrika und dem Mittleren Osten bezüglich neuerer Beobachtungen oder Berichte von Heuschreckenschwärmen und wie sie lokale Bevölkerungen in Mitleidenschaft gezogen haben könnten. Bitte schicken Sie jede Information an den Programmleiter von ProMED.

Jack Bryne, Programmleiter. ProMED

Bryne war nicht wohl dabei, als er die kurze Mitteilung losließ, denn seine Pflichten als Programmleiter von ProMED schlossen die private Nutzung des Forums aus. Aber wenn er es sich recht überlegte, dann hatte ProMED fünfzehn Antworten auf Milzbrand erbracht, als er Joeys Fall *on line* gesetzt hatte. Die Beiträge waren zu spät angekommen, aber sie waren richtig gewesen. Es war den Versuch wert.

Er fügte seiner Plagenliste gerade »Milzbrandbeulen« hinzu, als das Telefon klingelte. Es war Drew aus der Stadtbibliothek von Albany.

»He, Drew, was gefunden?«

»Ich hab' bloß an der Oberfläche gekratzt, entschuldige bitte den Ausdruck! Dieser gruselige Ergotismus-Bericht hat wirklich was gebracht. Ich habe die Suchmethode nach Boole angewandt und ›Jucken‹ mit ›Tod‹ gekreuzt. Das hat die Resultate deutlich eingegrenzt. Es wurden nur die Berichte herausgesucht, in denen beide Wörter vorkamen.«

»Phantastisch, was hast du gefunden?«

»Ich habe eine erheblich ›solidere‹ Version von dem Fall aus New Canaan erhalten, wo die Sache mit dem Ergotismus aufkam. Es ist eine Zeitungsnotiz, recht kurz. Soll ich sie dir vorlesen?«

»Sicher, leg los!«

5. März

New Canaan, CT. Extrablatt des Stanford Advance

Ein siebenundzwanzigjähriger Mann ist im Stanforder Krankenhaus an einer Mutterkornvergiftung gestorben. Der Name des Mannes ist von der Krankenhausleitung nicht genannt worden. Einem Krankenhaussprecher zufolge hat der Mann einen tödlichen Darminfarkt erlitten, als durch das Medikament Ergotamin die Blutzufuhr zu den Eingeweiden abgeschnitten wurde.

Ergotamin kommt in bestimmten rezeptpflichtigen Migränemitteln vor, und es wird zur Behandlung von Schwangerschaftskomplikationen verwendet. Spuren des Medikaments wurden im Blut des Mannes gefunden, nachdem die Ärzte vor dem Hintergrund eines möglichen Verbrechens entsprechende Untersuchungen angestellt hatten. Die örtlichen Behörden sind dabei, Familie und Freunde zu befragen, um die Herkunft der Droge zu ermitteln. Einer der Beamten äußerte die Vermutung, daß der Mann das Medikament von einem wohlmeinenden Menschen erhalten haben könnte, der es gegen Migräneanfälle einnahm, und daß er versehentlich zu viele Tabletten geschluckt haben könnte. Der Beamte erwähnte auch, daß der Mann Raucher war, was die Wirkung des Mittels erheblich verstärkt hätte. Die völlig verzweifelte Verlobte des Mannes erzählte Reportern, er habe sich bester Gesundheit erfreut, habe aber, kurz bevor er zusammengebrochen sei, über Juckreiz am ganzen Körper geklagt.

Bryne dachte über das nach, was Drew ihm vorgelesen hatte. War es das? Bezeichnete Ergotismus die »Läuse« der Dritten Plage? Es stimmte mit dem überein, was der junge Berger gesagt hatte. Lawrence hatte keine Berichte über die Fälle in Maine oder Minnesota gefunden, aber wie viele Ärzte würden sich auch nur die Mühe machen, die Probe auf eine Krankheit zu machen, die angeblich schon vor Jahrhunderten ausgestorben war? Wer immer auch ProMED das Material, das wieder verschwunden war, hatte zukommen lassen, er beherrschte sein Geschäft, und es war ein gruseliges Geschäft.

»Danke, Drew«, sagte Jack, dann fragte er: »Könntest du einfach auf die schnelle noch mal 'ne Suche nach ›Mutterkorn‹ und ›Tod‹ machen? Vielleicht findest du nichts, aber einen Versuch ist es wert.«

»Aber klar«, antwortete Drew. »Nach dem Mittagessen bin ich wieder da.«

Bryne ging zurück an seinen Monitor. Er suchte das ProMED-Archiv rückwärts ab, bis zum April und Mai, und da war es: Der Bienenschwarm in San Antonio war auf ProMED im Juni zum ersten Mal erschienen, aber damals war die Geschichte ein isolierter Vorfall gewesen. Wie die Frösche. Wie Joeys Milzbrand.

Jack wußte, daß er allein stand. Er mußte sich eine Möglichkeit ausdenken, wie er um Hilfe bitten konnte, ohne sein professionelles Publikum, aus dem einer höchstwahrscheinlich der Täter war, wissen zu lassen, daß er nach einem Mörder – oder nach mehreren Mördern – suchte. Die Zeit raste, und die nächste Katastrophe war seiner festen Überzeugung nach schon vorprogrammiert. Er war froh, daß er diese Anfrage nach den Heuschrecken losgeschickt hatte. ProMED war seine einzige Chance. Er wußte, daß er Hubbard anrufen mußte, und er wußte, er durfte damit nicht allzulange warten.

Dienstag, 14. Juli
Flughafen O'Hare, Chicago
15.00 Uhr

Kameron las Brynes Anfrage nach den Heuschrecken auf seinem gepolsterten Fiberglasstuhl in O'Hare, während er auf seinen Flug nach Washington wartete. Er richtete sich mit einem Ruck auf, als ihm klarwurde, daß ihm Bryne nicht nur auf der Fährte war, er kam ihm jetzt sogar zuvor. Nun ja, wenn das ein Katz-und-Maus-Spiel werden sollte, war Jack Bryne ein anerkanntermaßen würdiger Gegner. Und ihre sonderbare Beziehung, eine Art Konkurrenz der Verdammten, war, wie Teddy sich jetzt wieder erinnerte, vor Jahrzehnten entstanden, in den sechziger Jahren, an einem schwülheißen Abend in einer Bruchbude von Bar auf Haiti.

Der junge Engländer Bryne und der junge Amerikaner Kameron hatten schon zu viele warme Prestige-Biere gekippt, sie hatten Zuckerrohr gekaut und zwischendurch immer wieder Rum zum Runterspülen bestellt – oder vielmehr Jack Bryne hatte welchen bestellt. Teddy hatte sich zurückgehalten, weil er sein Gegenüber nach Kräften aushorchen wollte. Bryne war bereits so hinüber, daß er sich am nächsten Tag bestimmt nicht mehr an ihr Gespräch erinnern würde, geschweige denn dreißig Jahre später.

Damals hatten die beiden jungen Männer an einem Programm zur Erforschung von Infektionskrankheiten mitgearbeitet, wobei, wie Bryne es formulierte, »ich in der einen Woche, die ich hier bin, so viel Leid und Elend gesehen habe, daß es mir für ein ganzes Leben reicht«.

An jenem Nachmittag waren die beiden mit einem Professor losgezogen, um toxinverseuchte, auf den Straßen überfahrene Tiere aufzusammeln, die das Land auf Haiti verpesteten. Obwohl Teddy Wert darauf legte, für sich zu bleiben, hatte er zugestimmt, als Bryne vorschlug, einen Drink oder auch drei nach so einer gräßlichen Arbeit zur Beruhigung der Nerven gemeinsam zu nehmen. Ein Abschiedsdrink außerdem, denn Teddys Dienstzeit war zu Ende, und er reiste am nächsten Tag ab.

Kameron tat alles, um sich nicht anmerken zu lassen, wie leid es ihm tat, daß er abreiste. Er liebte die Arbeit. Krankheiten und Toxine erregten ihn geradezu, und Haiti war das Epizentrum von beiden. Er verspürte eine deprimierende Traurigkeit, wie ein Urlauber, der wieder nach Hause fahren muß und noch gar nicht zurück will. Eine ungeheure Traurigkeit in der Tat.

Teddy wußte, daß er die Neugier des Engländers gereizt hatte. Nicht so sehr wegen seiner glänzenden Fähigkeiten in der Toxikologie, seines schier unglaublichen Gedächtnisses oder wegen seiner hochgewachsenen, blonden, gutaussehenden Erscheinung – anormal für einen so scheuen Menschen –, sondern wegen seiner Hände. Er hatte bemerkt, daß Bryne immer wieder hinstarrte, wenn seine Finger sich ständig um sich selbst bewegten, um die Handflächen zu verbergen, und sein sonderbares Händeschütteln beobachtete, das rasch nur die Fingerspitzen berührte, nicht die Handflächen.

»Ich sehe, Sie haben meine Hände bemerkt«, begann Teddy, als Bryne schon ziemlich betrunken war. »Möchten Sie wissen, wie es passiert ist?« Bryne nickte. »Habe ich mir gedacht. Okay, dann los. Ich habe mich verbrannt. Ich war noch ein Kind.« Er zeigte ihm die Narben, die seine Handflächen außen herum vollständig umliefen und bis zur Unterseite jedes Fingers reichten. Es sah so aus, als ob seine Handabdrücke mit roter Tinte konturiert worden wären, aber er öffnete die Hände stolz, um zu zeigen, wie gut die Hauttransplantate angewachsen waren.

»Aber wie –?« war Bryne herausgeplatzt.

»Ach, gar nichts Ungewöhnliches«, erwiderte Teddy. »Meine Mutter war gerade beim Backen, und die Backofentür stand offen. Ich kam zufällig in die Küche gerannt und stolperte.«

Beim Erzählen öffnete und schloß er immer langsam seine Hände. »Verstehen Sie, der Herd war glühend heiß, ich versuchte mich festzuhalten. Ich streckte die Hände aus ...« Er verstummte, schlug mit den Händen auf den Tisch, die Kerze flackerte. »Unglücklicherweise blieb die Haut, wie Sie sehen, am Metall kleben. Die Handflächen brieten an der Tür fest, und meine Mutter mußte meine Hände mit einem Spatel losstemmen.«

Zum ersten Mal streckte Teddy seine langen, spitz zulaufenden Finger aus, während er dem Briten erzählte: »Ich habe ihr natürlich vollkommen verziehen ... Ich meine, sie wollte ja nur helfen, und sie ist sowieso vor ein paar Jahren gestorben, also wie hätte ich ihr nicht verzeihen können? Und schließlich haben die Ärzte mit den Transplantationen fabelhafte Arbeit geleistet. Fast kein Verlust an Beweglichkeit. Natürlich kam die Haut, die sie zum Verpflanzen benutzten, von meinen Beinen, folglich hatte sie Haarfollikel, aber es wachsen nicht allzu viele Haare, und die kann ich rasieren.«

Bryne sagte nichts, der Schrecken hatte ihn stumm werden lassen – bis Teddy vorschlug: »Und nun, mein Freund, erwidern Sie den Gefallen und erzählen Sie, wie Sie an diese entsetzliche Narbe an Ihrem Arm gekommen sind.«

»Das werde ich niemals erzählen, schlagen Sie sich das aus dem Kopf«, hatte Bryne gesagt, und dann: »Vielleicht erzähle ich es Ihnen heute abend, aber dann erzähle ich es nie mehr wieder.« Und er hatte ausführlich von seiner Kindheit im Gefangenenlager berichtet. Dann verstummte er, ehe er noch einen Drink kippte.

Ach, Kamerad, hatte Kameron damals gedacht*, wir haben so viel gemeinsam; wir sind beide verstümmelt – innen und außen. Vielleicht hat uns das Schicksal in diesem ungeheuren Sündenpfuhl zusammengeführt. Vielleicht führt uns das Schicksal eines Tages wieder zusammen.*

Kameron mußte über die Tücke des Geschicks fast lachen, denn es war genauso gekommen. Wenn es Teufelsschach war, was sie spielten, dann hatte Teddy den nächsten Zug – und der würde gut sein.

Als er jetzt an Bord des Flugzeugs ging, das ihn von Chicago zum Schauplatz seines nächsten Auftrags bringen würde, dachte er über sein wundersames Werk nach. Kameron erinnerte sich an Billy Pussers Versammlung im Juni in Virginia, gleich nachdem er wieder auf der Bildfläche erschienen war. In früheren Zeiten hatte er Pussers Vorträge besucht. Nachdem er den Mann kennengelernt hatte, hatten sie sich gemeinsam der Aufgabe gewidmet, Geldmittel aufzutreiben. Wie viele hochqualifizierte Wissenschaftler war Teddy gezwungen, jedes Jahr Monate daran zu arbeiten, Hilfsgelder beizuschaffen. Es war eine Kunst, und in gewisser Weise liebte er sie. Doch jetzt hatte er eine andere Mission. Kaum hatte das Flugzeug seine Reisehöhe erreicht, schaltete er seinen Laptop ein, tippte sein Codewort »LMPG« ein und las seine eigene Geschichte:

1987

Da er gebeten worden war, sich vor seiner Bestallung aus den CDC zurückzuziehen, hatte Theodore Kameron wie jeder andere unabhängige Forscher ständig dringenden Bedarf an Hilfsgeldern. Doch er hatte Glück, denn er verstand etwas von dem Geschäft und wußte, wo man zu suchen hatte. Die Schulen und Kirchenratsversammlungen des Bibelgürtels, die waren es, wo er wirklich glänzte. Worauf war diese seltsame gegenseitige Anziehung wohl zurückzuführen? Vielleicht auf seine Inbrunst, die die meisten von ihnen dazu brachte, seinen Ersuchen und Versprechungen beizupflichten.

Und es war eine Energie, eine Kraft und ein Feuer in seinen Augen, wenn er das Wort an sie richtete. Sie konnten es deutlich sehen und hielten es fälschlich für Glauben.

Kameron hatte seine Forschungsmittel jahrelang stetig einfach dadurch aufgebessert, daß er seine Fähigkeit verfeinert hatte. Konzernberater, Firmenvorstände, Bewilligungsausschüsse und Anwaltsverbände davon zu überzeugen, wie wichtig es war, seine Krebsforschung zu finanzieren. Nun, da Teddy so dicht vor der Vollendung seiner »Wunderwaffe« stand, hatte Pusser, ein Anwalt mit den allerbesten kirchlichen Verbindungen, tatsächlich für ihn ein Treffen mit dem christlichen Rat organisiert – einem sehr betuchten Verband mit Mitgliedern im ganzen Land, die für die christlich-fundamentalistische Sache von Bedeutung waren, darunter dem mächtigen Fernsehprediger Cato Phipps, dem konservativsten katholischen Bischof in Louisiana, einem gewissen Monsignore LaPierre, von dem es hieß, er stehe weit rechts vom Papst, und einem kalifornischen Immobilienmakler mit nationalem politischem Einfluß, der Joseph St. John hieß.

Das Gespräch hatte in einer bildhübschen Villa in Virginia stattgefunden, dem Haus eines Industriellen, der rechtskonservativen christlichen Unternehmungen Millionen spendete. Pusser, der Anwalt, trat dabei gewissermaßen als Vermittler auf, als Teddy klar und eingängig das Mittel zu erläutern begann, das seiner festen Überzeugung nach das kommende Medikament gegen bestimmte Krebsformen sein würde.

»Krebszellen selektiv zu töten und die normalen Zellen zu schützen, das ist der Trick«, begann er seine Darstellung. »Ich war immer der Meinung, daß Pilzgifte die endgültige Antwort bergen; schließlich werden alle Antibiotika aus Pilzen gewonnen. Cyclosporin genauso.« Als er darlegte, wie seine systematische Bestandsliste an Mykotoxinen überprüft und an Krebszellstämmen getestet werden könnte, waren sie beeindruckt gewesen. Als er den etwa fünfundzwanzig prominenten Christen im Raum erzählte, daß der Wille Gottes ihn zu seinen Entdeckungen geführt habe, war seine Zuhörerschaft doppelt beeindruckt.

»Und, meine Herren«, schloß er, »ich bin von meinem Ziel,

unzählige Leben zu retten, nur noch wenige Schritte entfernt.« Kamerons Heilverfahren, dachte er bei sich, der Schlüssel zu unermeßlichem Reichtum.

»Also, damit ich Sie richtig verstehe, Dr. Kameron«, der Sprecher war der kalifornische Immobilienmakler Joseph St. John, »es tötet Zellen – schlechte Zellen, nur die bösen Zellen, ist das so?«

Kameron hatte genickt.

»Und die guten Zellen werden verschont?« Wieder ein Nikken.

»Aber wie sieht es mit Fötuszellen aus?« fragte der Bischof von Louisiana, LaPierre. »Wird Ihr Mittel denn nicht die ungeborenen, die heranwachsenden Zellen töten, als ob sie Krebszellen wären?«

»Nun, Herr Bischof.« Es war Teddy plötzlich nicht besonders wohl zumute, und er versuchte auszuweichen. »Wie viele Medikamente, die wir heute verwenden, dürfte es nicht während der Schwangerschaft genommen werden –«

»Weil es den Fötus tötet oder schädigt«, unterbrach ihn der Bischof.

»Nun«, räumte Teddy ein, »ja.«

»Könnte es dann auch«, fragte ihn Pusser, »als Abtreibungspille, als Am-Morgen-danach-Pille benutzt werden, wie das Versuchsmittel in Frankreich, das unter der Bezeichnung Ru486 bekannt ist?«

»Es könnte zu diesem Zweck benutzt werden, aber –« Er sah das Entsetzen in ihren Augen, noch ehe Pusser ihn mitten im Satz unterbrach: »Vielen Dank, TED, wir werden uns sicher so schnell wie möglich wieder mit Ihnen in Verbindung setzen.«

Sie würden sich wieder mit ihm in Verbindung setzen, klar täten sie das. Natürlich täten sie das. Aber sie hatten es nie getan. Sechs Monate später wurden Zuschüsse nicht nur abgelehnt oder gingen ihm verloren, er wurde auch angeklagt und verlor das Patent auf ein anderes Medikament, das er entwikkelt hatte. In einem Prozeß wurde er des Vertragsbruchs bezichtigt. Wenn nicht die Erbschaft gewesen wäre, die er auf den Caymans versteckt hatte, wäre er pleite gewesen. Kameron konnte es nicht glauben. Mit einemmal wollte die christliche Organisation den Mann nicht mehr kennen, der zuvor ihr Hätschelkind, ihr Liebling, ihr wissenschaftliches Genie gewesen war.

Als seine Frau ihn verließ, wurde ihm noch bewußter, daß seine Kontakte mit seinen Kontrakten gestorben waren. Offensichtlich hatte der Christliche Rat ihn in seiner unendlichen Weisheit mit einem Bannfluch belegt, zu einem Menschen erklärt, dem man nicht trauen dürfe. Oh, er hielt schon noch gelegentlich Vorträge. Er stammte aus altem, reichem Haus, aber trotzdem war jeder Pfennig willkommen. Er sprach vor nichtkirchlichen Wissenschaftsverbänden wie dem in Aspen, wo er zum ersten Mal die »Stimme« gehört hatte, die ihm befahl, Rache zu nehmen ...

Und als die »Stimme« Theodore Kameron sagte, er solle an einer von Billy Pussers Konferenzen in Virginia teilnehmen, war er verwirrt, aber er gehorchte natürlich. Um nicht erkannt zu werden, färbte er sich die Haare, ließ sich einen Van-Dyke-Bart stehen und setzte sich eine Brille auf. Als er zu der Tagung fuhr, erinnerte er sich, daß Anwälte wie Pusser und die übrigen christlichen Fundamentalisten immer ihre Augen verdreht hatten, wenn Teddy die finanziellen Vorteile einer steuerlich abzugsfähigen Spende erklärte – wie es einer sich anbahnenden Partnerschaft Form verlieh, sobald die Technik vor einen kommerziellen Hintergrund gestellt wurde.

Teddy hatte Geldmanagerkonferenzen wie die von Pusser oft genug besucht, um aus fremden Quellen die vorgestanzten Phrasen zwischen all den recycelten Wendungen zu erkennen, die diese Vorträge ausmachten. Pusser bezahlte einen Ghostwriter, und seine Ergüsse waren amüsant für die meisten, sogar für Teddy. Jedenfalls beim ersten Mal.

Pusser, ein massiver, vierschrötiger Mann mit ergrauendem rotem Haar und frischer Gesichtsfarbe, hatte sich gleich nach dem Mittagessen zu seiner Rede erhoben. Er nickte den versammelten Häuptern einer Reihe von Kirchen, den Generalsyndikussen und Seniorpartnern vieler der angesehensten Anwaltskanzleien Amerikas zu. Während er mit erhobener Hand um Ruhe bat, sammelte Pusser sich, als zaghafter Beifall im Raum entstand, dann anwuchs: Pusser hatte aus vielen dieser Leute Millionäre gemacht. Schließlich hob Pusser erneut die Hand, um das Klatschen zum Schweigen zu bringen.

Er zog ein Taschentuch hervor und wischte sich die breite Stirn, dann dröhnte er ins Publikum: »Danke Ihnen ... vielen Dank!« Wieder wurde applaudiert.

Jetzt klopfte er mit dem Buttermesser gegen sein Weinglas.

»Meine Damen und Herren«, sagte Pusser, als im Publikum Stille eingekehrt war, »nun, war das Buffett nicht wunderbar?« Der Beifall setzte wieder ein. Pusser brachte ihn zum Schweigen und fuhr fort: »Es macht mir Sorge, eine so begeisterte Begrüßung von Menschen zu erhalten, die als eine ›Plage hungriger Heuschrecken‹ bezeichnet worden sind.« Schweigen senkte sich auf die Versammelten. Wollte er sie beleidigen? Kameron, der in dem Raum weit hinten saß, schien der einzige Anwesende zu sein, der wußte, worauf Pusser hinauswollte.

»Bitte erschießen Sie nicht den Boten, meine Lieben«, fuhr Pusser fort. »Ich bin nicht derjenige, der Sie Heuschrecken genannt hat. Und es war auch nicht die liberale Presse, und es war auch nicht der Präsident, der Himmel stehe ihm bei. Ich werde Ihnen sagen, wer es war. Doch zuvor möchte ich Sie alle ermahnen: Wir müssen diesen ›Heuschrecken‹-Ruf ablegen. Wir müssen unserem Rechtsberuf ein christlicheres Image verleihen.«

Pusser lehnte sich zurück, überzeugt, daß diese Bemerkung ihm das rechte Lager seiner Zuhörer gesichert hatte. Immerhin ließ er seinem Ghostwriter eine noble Bezahlung zukommen.

»Heuschrecken. Hungrige Heuschrecken«, fuhr Pusser fort. »Mir zum Beispiel ist diese Bezeichnung äußerst peinlich. Als Anwalt, der seinen Glauben und seine Arbeit ernst nimmt, trifft mich diese Verunglimpfung, meine Damen und Herren, selbst von einem Gegner, mitten ins Herz«, und um dies zu unterstreichen, hämmerte er sich mit der Faust auf die Brust.

»Aber der Mann, der diese Äußerung getan hat, war kein Gegner, kein Atheist ...« Er holte Atem. »Kein Reporter.« Wieder machte er eine Pause. »Es war unser Bruder ...

Es war der Präsident des Obersten Gerichtshofs, der verstorbene Warren Burger, der Rechtsanwälte ›einen hungrigen Heuschreckenschwarm‹ genannt hat, ›der sich anschickt, das Land kahlzufressen‹.«

Pusser ließ dem Auditorium einen Moment Zeit, diese Eröffnung auf sich wirken zu lassen, ehe er wiederholte: »Es war Oberrichter Burger. Der Mann, der mehr als die meisten Menschen dafür getan hat, Gott von unseren Kindern und unseren Gemeinden fernzuhalten. Und wenn Warren Burger, ein Kollege des Mannes, der uns vorschreiben will, wann wir zu beten haben, ein Mann, der das Wort der Bibel von den Lämmern Gottes fernhält, tja, wenn der mich eine *Heuschrecke* nennen möchte ... also dann bin ich stolz darauf, ein Insekt zu sein.« Pusser blickte sich um, hörte, wie sich der Applaus erhob, so wie er es gewohnt war, und genoß die Situation.

Kameron hatte höflich mit den übrigen geklatscht.

Er hatte die Burger-Story schon ein paarmal gehört.

Doch diesmal war sie anders.

Jetzt faszinierte sie ihn.

Jetzt wußte er, warum die »Stimme« ihm befohlen hatte, hierher zu reisen.

Heuschrecken. Heuschrecken. Er sah sich unter den Zuhörern um. Er sah sie, die Heuschrecken, die Anwälte. Ihm war schwindlig. Er hatte das Gefühl, den Raum verlassen zu müssen. Fliehen.

Heuschrecken. Plötzlich spürte er die Macht des Herrn.

Wieder einmal sprach die »Stimme« in Teddys Kopf.

Und wieder einmal wußte er, was zu tun war.

Diese Anwälte waren gefräßige Grashüpfer. Dies waren die Leute, die die Achte Plage treffen mußte.

Dies hier waren die wahren Heuschrecken, Kannibalen, die sich selber fressen würden.

Monatelang hatte ihn die Heuschreckenfrage beunruhigt. Er war kein Entomologe, aber er wußte über Arthropoda Bescheid. Kannte ihre Gifte: Hornissen, Feuerameisen, Skorpione, Spinnen, Tausendfüßler. Zwanghaft hatte er sich immer wieder vorgesagt: *»Heuschrecken, quälend wie nie zuvor, kamen über das Land. In alle Gegenden Ägyptens.«*

Er hatte sich erinnert und überlegt, und dann hatte die »Stimme« ihn zur Antwort geführt.

Er hatte seinen Bauch getätschelt und die Hand nach einem Butterbrötchen ausgestreckt. Zeit, sein Lieblingstierchen zu füttern, das in seinem Innern wartete, zum letztenmal.

Spät an diesem Abend, als Kameron die Konferenzbroschüre durchblätterte, die Pussers Gesicht auf der Innenseite zeigte und eine Kurzfassung von Pussers berühmter Rede enthielt, war ihm dann alles offenbart worden.

Kameron hatte seine Zeitungslektüre unterbrochen, erneut über Bryne nachgedacht und gespürt, wie der alte Jagdkitzel wiederkehrte. Dennoch, er hatte sich bei der Vorbereitung dieser kommenden Plage solche Mühe gemacht, daß er sich von Bryne nicht einfach reinlegen lassen durfte. Außerdem gab's da noch die Siebte Plage oder, wie Teddy sie lieber nannte, die »Juli-Überraschung«. Wenn er nur daran dachte, spürte er, wie ein göttliches Gefühl von Erregung ihn überkam.

Dienstag, 21. Juli
Brooklyn, New York
7.00 Uhr

Shmuel Berger stieg die sanften Hügel von Borough Park hinauf. Es fiel ein warmer, weicher Regen. Er ließ die vertrauten Düfte von Kreosot und Hafenwasser aufsteigen, die Gerüche alter Piers und alter Ladungen. Shmuel schlug seinen Kragen nach oben und zog seinen Filzhut tiefer. Er war neu und teuer gewesen, aber er war »auf Zuwachs« gekauft worden. Er hielt den Kopf gesenkt und achtete auf die Spalten im Trottoir, achtete darauf, den Regen von seiner Brille fernzuhalten.

Wie immer, wenn er an der letzten Ladenfront ankam, blickte er nach links, die Querstraßen hinauf fast genau nach Norden, und blinzelte zur nahen Erhabenheit der Skyline von Manhattan hinüber. Ihre Türme ragten in der Lücke zwischen den verfallenen Läden in die Höhe und füllten selbst in diesem Grau den gesamten Himmel mit funkelnden Versprechen. Während der neununddreißig Schritte hinüber auf die andere Straßenseite war er nicht mehr in Brooklyn; während der neununddreißig Schritte standen ihm die glitzernden Türme unbegrenzter Möglichkeiten vor Augen, und er wußte, daß er jetzt, zum ersten Mal, da er diesen Weg ging, dazugehörte.

Auf den gegenüberliegenden Gehweg, in den Schatten des nächsten Blocks voller Läden und nur noch drei Querstraßen weiter zur Jeschiwe, seiner Talmudschule, die er fast zehn Jahre besucht hatte. Er hielt den Kopf gesenkt und konzentrierte sich auf das, was vor ihm lag.

Plötzlich nahm der Regen zu. Diesmal hob Shmuel den Kopf, um zur City aufzuschauen. Solange er sich erinnern konnte, hatte er sich geschworen, dorthin zu kommen, und er hatte es geschafft. Er war hinausgelangt. So weit hinaus, wie man halt mit siebzehn kommen kann, aber immerhin hinaus. Er war an der Jeschiwe ein eifriger Schüler gewesen, und die Thora war eine ernste Leidenschaft. Doch jeden Tag, an dem er diese Straßen überquert hatte, hatte er sich nach der Fata Morgana Manhattan gesehnt.

Dann vor zwei Jahren das Wunder: Er war in die Stuyvesant High School in Manhattan aufgenommen worden, die älteste und vornehmste Begabtenschule der Stadt. Er bat seine Eltern, wechseln zu dürfen, sie aber waren ängstlich und unentschlossen: Shaul und Rivka Berger glaubten, wie alle orthodoxen Juden aus Borough Park, daß die materielle Welt sich ihrer ruhenden Mitte habhaft mache. Sie sahen, wie ihr Junge nun, Gott behüte, das Weltliche und das Heilige miteinander ins Gleichgewicht zu bringen versuchte.

Wenn sie in der heimischen *schul* beteten, waren sie auf die Bildung ihres Sohnes immer sehr stolz gewesen; sein leuchtender Verstand war für sie das Licht gewesen, das vom *ner tamid*, dem ewigen Licht, her leuchtete, dem Licht, das ihnen erlaubte, ihn forschen zu lassen – und so hatten die Lichtreflexe von Manhattan den Blick des jungen Shmuel von Brooklyn und von der Thora abgelenkt.

Für Shmuel war sein Viertel eine Enklave der Frommen, vielleicht aber auch ein religiöses Ghetto. Mit siebzehn war er sich immer noch nicht sicher, was. Sein Vater war ein *sofer*, ein frommer Schreiber, und die Erwartungen waren immer hoch gewesen. Er hoffte, daß Shmuel eines Tages dieses ehrenvolle Handwerk ergreifen würde. Der Junge war sich sicher, daß einer seiner vier Brüder diese Tradition fähiger fortsetzen konnte. Er wünschte sich zur Stuyvesant High School. Seine Familie wünschte sich einen Thoraschüler. Er teilte ihnen sehr aufrichtig mit, daß seine Liebe zur Thora nie geringer werden würde, ganz egal, wo er zur Schule ginge.

Irgendwie ließen sie sich schließlich erweichen.

Stuyvesant war der Himmel. Naturwissenschaften, Zutritt zu Computern, ein ganzes Universum an Problemen und Aufgaben. In zwei Jahren hatte er vieles gelernt, und die Zeit war so schnell vergangen. Er hatte es für unmöglich gehalten, daß sein früheres Leben in seine gegenwärtige Welt eingreifen würde, aber jetzt ... Schicksal. Das Schicksal hatte ihn zur Naturwissenschaft, zur Prognose, zur Biologie gebracht.

Das Buch. Er hatte seine Bestimmung in einem Buch erblickt, aber nicht in der Thora. Es trug den Titel *Mikrobenjäger*, und es hatte ihn dazu gebracht, die geheimen Nachforschungen anzustellen, die von einem, der fest an die Redlichkeit der Wissenschaft glaubt, gefordert werden. Und die Lektüre bestätigte ihm seine Bestimmung, dieselbe Bestimmung, die ihn heute zu seinem alten Freund und Lehrer zurückführte, zu seinem Rabbi.

Durch die großen, nassen Pfützen tief in den ausgetretenen Sandsteinstufen patschend, fühlte Shmuel, wie sich seine Füße in die vertrauten Vertiefungen einpaßten. Er neigte den Kopf nach hinten und ließ das Wasser über seine Hutkrempe und an seinem schwarzen Mantel herabrinnen.

Als Shmuel an der Jeschiwetür ankam, küßte er die Fingerspitzen von Zeige- und Mittelfinger, dann strich er mit ihnen über die kunstvoll aus Olivenholz geschnitzte *mesusa*, die am Türpfosten befestigt war.

Diese einfache Handlung, Hand an die Lippen, Hand an das winzige Kästchen oben neben der massiven Tür, war ein Akt der Treue zu seinem Vater und zu den Gesetzen seiner Vorväter. Das jüdische Gesetz – *halacha* – gebietet, daß an jeder Tür so ein kleines Kästchen angebracht sein muß, in dem sich ein winziges Pergament befindet; alle diese Pergamente hatte sein Vater mit einer Inschrift versehen und war sehr stolz darauf.

Der Stolz auf das Blut Abrahams war es, was diese kleinen Türpfosten-Talismane symbolisierten. Denn es war das Blut der geopferten Lämmer gewesen, das an die Türen des hebräischen Volkes in Ägypten gestrichen wurde. Das frische Blut an den Türen sollte den Todesengel dazu bewegen, das Volk Mose, die Auserwählten, zu verschonen.

Er stand im Regen und zögerte, ob er eintreten sollte, er kam sich albern vor. Vielleicht sollte er besser wieder gehen.

Gestern hatte er diesen Besuch für eine großartige Idee gehalten, aber heute?

Er hatte die *rebezen*, Rav Solomons Frau, angerufen, um zu hören, ob er sich mit ihrem Mann treffen konnte, der *Rosch jeschiwe* war, der Rektor der Schule. Er fragte, ob er am nächsten Tag kommen dürfe, vielleicht nach *schacharit*, den Morgengebeten. Die *rebezen* erinnerte sich warmherzig an ihn und sagte, ihr Mann würde sich sehr freuen, einen so geliebten früheren Schüler wiederzusehen, selbst nach so langer Zeit ...

Sie ließ die Bemerkung in der Schwebe und gab Shmuel damit zu verstehen, daß sie von ihm eine Entschuldigung für sein langes Ausbleiben erwartete. Er aber brachte das nicht fertig, und sie hatte dann ebenfalls nachgegeben, ihm schließlich nur noch eingeschärft, daß er sich nicht verspäten solle.

Als er jetzt durch das Glas in der schweren Tür blickte, sah er Rav Solomon, der ihn aus seinem Dienstzimmer neben dem Heiligtum beobachtete. Natürlich war Shmuel pünktlich, aber selbst durch die vom Regen besprenkelte Scheibe sah er die Augen des alten Mannes funkeln. Er schob sich nach drinnen, hängte seinen Mantel auf und sah den Rabbi schüchtern an.

»Komm rein, komm rein, Shmuely«, winkte der Rav. »Und mach die Tür hinter dir zu. Wir haben viel nachzuholen. Ich hoffe, wir können beide etwas voneinander lernen. Es ist viel Zeit vergangen.«

Erleichterung überkam Shmuel. Diese tanzenden Augen, der gewaltige, schöne Bart, das paradiesische Lächeln. Daß der Rebbe nicht ärgerlich war, merkte er an der Herzlichkeit der Begrüßung, und er war froh, wieder einmal hier zu sein. Shmuel begrub die Sorgen, die er sich gemacht hatte, und wartete, aber nicht lange. Der Rabbi ging sofort an die Arbeit, wie üblich.

»Die *rebezen* hat mir gesagt, du hast Fragen zu der Thora, die du mit mir bereden mußt.«

»Ja«, antwortete Shmuel. »Aber ich bin nicht sicher, wo ich anfangen soll.«

»Nicht sicher, wo du anfangen sollst?« lachte Rav Solomon. »Du warst nie um Worte verlegen, als du hier Schüler warst.«

Steckte in dieser Bemerkung ein Tadel? Shmuel wußte, daß jedes Wort des Rabbis sorgsam abgewogen war, daß er sich selten, wenn überhaupt, müßiger Unterhaltung hingab und daß er *loschn-hore*, Klatsch, peinlich vermied, weil es nach der Kabbala, der Grundlage des jüdischen Mystizismus, der Seele einen Makel zufügte, wenn man schlecht über jemanden redete.

Mach's kurz und schlicht, entschied sich Shmuel. »Rav Solomon, ich brauche ausführlichere Informationen zu den Plagen.«

»Zu den Plagen ...« Die Augen des alten Mannes richteten sich auf einen Punkt über dem Kopf des Jungen und schienen Bilder aus vergangenen Jahrhunderten zu erblicken, Bilder des Leidens, Bilder der Befreiung. »Eine sehr ernste Sache.« Er machte die Augen fest zu, als er die Worte äußerte, versenkte sich tief in sein Inneres und verharrte nahezu reglos. Shmuel überlegte, ob er wohl atmete.

Abrupt kehrte der Rebbe in diese Welt zurück. »Aber was möchtest du denn über diese Plagen wissen? Du warst doch immer sehr gut im *Raschi* und *Rambam*. Die Bedeutungen sind in den Texten ausführlich erläutert.«

»Aber Rav Solomon, ich muß genauer verstehen, wie Haschem sich in diesen Plagen offenbart.«

Der Rav sah seinen ehemaligen Schüler an. Und wartete. Und überlegte. »Blut ist Blut, Shmuely. Frösche sind Frösche. Heuschrecken sind Heuschrecken. Nach was für einer tieferen Bedeutung suchst du? Was beunruhigt dich?«

Shmuel holte tief Luft. »Rabbi, haben Sie bitte Geduld mit mir. Es ist ein Rätsel, an dem ich knobele. Die Plagen besser zu verstehen ist wichtig für mich.«

»Ein Rätsel? Du kommst nach zwei Jahren zurück in die Jeschiwe wegen eines Rätsels?«

»O nein, Rav Solomon. Bitte, es ist kein Kinderrätsel, sondern ein Rätsel für die Wissenschaft. Ein Rätsel, bei dem viele, viele Menschenleben auf dem Spiel stehen.«

Rav Solomons Gesichtszüge entspannten sich, als er sah, wie sehr den Jungen seine Mißbilligung erregt hatte. »Ein Kind zu sein, Shmuely, ist manchmal gar nicht so übel. Vielleicht solltest du ganz vorn anfangen und mir erzählen, worum es bei diesem Rätsel geht.«

Daraufhin begann Shmuel systematisch die ProMED-Anzeigen zu schildern, und fast wie von allein schien sich die Geschichte mit dem leisen Zureden seines Lehrers und vor dem Hintergrund des warmen, dunklen Arbeitszimmers zu entwickeln, gegen dessen Fenster der Regen pochte.

Ja, das war seine Bestimmung, Shmuel spürte es deutlich, während er redete und irgendwie das *schtetl* in den Cyberspace brachte und zusah, wie sich langsam ein verständiges Lächeln in das Gesicht des alten Mannes grub.

13

Freitag, 7. August
New York City
9.00 Uhr

Teddy blätterte zur entsprechenden Datei weiter, in der allen nachfolgenden Generationen von sämtlichen Plagen in vollständigen und lebhaften Einzelheiten berichtet würde. Und nun zur Niederschrift der Achten Plage:

Billy Pussers »Heuschrecken«-Rede hatte Theodore Kameron beflügelt, denn nun wußte er, wie nützlich ihm seine »vertraute Gefährtin« sein würde. Die Heuschrecken würden fressen und sich danach an ihren Brüdern vollfressen.

Sie würden viel zuviel essen. Viel zu viele.

Er war vorsichtig mit der Diät, vorsichtig in der Zubereitung. Um seiner Gefährtin zu helfen, um sie tief in seinem Innern am Leben zu erhalten.

Gutes Essen war wichtig für einen starken Leib. Kameron aß aufwendig, aber vorsichtig, und er sah, daß alle seine Lieblinge es gleichfalls taten. Dieser hier war sehr viel mehr als nur ein Liebling. Obgleich die Kreatur genaugenommen zweigeschlechtig war, behandelte Teddy sie von Anfang an wie eine »Sie« und nur wie eine »Sie«. Sie war sein Stolz und seine Freude. Er hatte sie zwar nie gesehen, aber er wußte, sie war gesund und stand in der Blüte ihres Lebens.

Er hatte seine Gefährtin vor fünf Monaten auf einem Markt ein paar Kilometer außerhalb von Port-au-Prince während eines Besuchs in der Karibik gefunden. Er hatte die Auswahl zwischen vielen gehabt, und alle verdienten sie seine Zuneigung, aber bei dieser einen – war es Liebe auf den ersten Blick gewesen. Und für nur wenige amerikanische Dollar war die Kreatur wirklich fast geschenkt gewesen! Er warf sofort die Speckschwarte weg, die ihr Zuhause gewesen war, und befreite seine neue glänzende *amour*. Später spülte er sie mit einer Flasche warmem Prestige hinunter – Jahrzehnte nach dem Abend mit Bryne war es immer noch das einzige Bier, das auf dem haitianischen Markt erhältlich war.

Als er mit einem seiner vielen falschen Pässe in die USA zurückreiste, hätte der Zoll nie auch nur vermuten können, was er in seinen Innereien versteckt hatte. Binnen kurzem war sie zu einer prächtigen, wahrscheinlich fast sechs Meter langen Kreatur herangewachsen. Der Bandwurm, seine Geliebte, war, wie Dr. Kameron, ein Allesfresser, sie liebte Fette, Kohlehydrate und proteinreiche Speisen, und ihr Wirt gab ihr von allem das Beste.

Nun war es an der Zeit, den Ertrag seiner Investition zu messen. Er kritzelte eine ungefähre Rechnung hin:

150 Tage x 500 Eier =75 000 insgesamt

Selbst wenn man zehn Prozent Brutverlust einräumte, hatte sie fast siebzigtausend lebensfähige Nachkommen produziert. Falls, unter idealen Umständen, die siebzigtausend gleichmäßig unter zweitausend Menschen verteilt werden sollten, würde jede Person fünfunddreißig krankheitserregende Dosen schlucken. Oft würde nur eine einzige Larve benötigt werden. Zehn wären mehr als reichlich. Zwanzig wären Overkill. Fünfunddreißig überstiegen selbst die wildesten Alpträume jedes Parasitologen. Kameron wollte noch mehr.

Die neuen Bandwurmglieder kamen jeden Tag zum Vorschein und wanden sich unter ihm in der Toilettenschüssel. In einem Chromstahlsieb spülte er von den Abschnitten – sie sahen aus wie zum Leben erwachte Stücke warmer Makkaroni – die fäkalen Verunreinigungen ab, dann legte er sie in leere Babynahrungsgläser mit Schraubdeckeln. Die Bandwurmhülle der Segmente löste sich schließlich in der Salzlösung einfach auf und gab etwa fünfhundert unsichtbare Eier frei, die auf den Boden des Glases sanken. Jedes Ei war ungefähr zehnmal so groß wie ein weißes Blutkörperchen.

Die Eier waren geduldig und warteten auf ihre Befreiung. Denn für diese Eier ist die Aufforderung zur Entwicklung die Verdauung. Ihre zähen, widerstandsfähigen Außenhüllen müssen weich werden, damit sie ihre komplizierten Schalen abwerfen können, und um weich zu werden, brauchen sie das Bad in der hydrochloriden Magensäure.

Das Land der Verheißung würde für diese Eier nicht im Darm eines Schweines liegen, so wie es die Natur vorgesehen hatte, sondern im menschlichen Magen, fremd, doch warm und behaglich. Rasch, wie sie es in einem Schwein nie täten, würden die Larven sich einnisten. Dann würden sie sich in Bewegung setzen, die Schleimhaut des Dünndarms durchbohren und sich in die Blutbahn schwemmen lassen. Während sie die vorhandenen Nährstoffe in sich aufnähmen und die Nahrung durch eine bewegliche osmotische Zellmembrane in sich einsaugten, würden sie in einer Woche zur Größe eines Sandkorns heranwachsen.

Konnten sie erst einmal in den extrazellulären Flüssigkeiten schwimmen und gingen auf Suche nach fruchtbarem, weichem Gewebe, dann breiteten sie sich aus und bewegten sich nach außen – an Orte wie zum Beispiel in die vordere Kammer des menschlichen Auges, wo sie durch die Wölbung des Augapfels vor zerstörerischen weißen Blutkörperchen geschützt waren. Oft schwammen sie auch in die dunkle, feuchte Rückenmarksflüssigkeit der Ventrikel tief im Innern des Hirns hinein – oder noch weiter und ließen sich in den weichen Windungen der Großhirnrinde selbst nieder.

Sie waren Zufallskreaturen, und opportunistisch wie sie waren, gaben sie sich auch mit weniger günstigen Gegenden wie der Haut, den rechten Herzkammern und dem dichten, schwammigen Lungengewebe zufrieden, und häufig auch mit den dunklen, einsamen Winkeln der Bauchhöhle.

Natürlich würde der Körper versuchen, sich zu wehren, indem er Scharen von Lymphozyten ausschickte, um den Feind zu attackieren, doch bald würde die immer größer werdende Zyste den Körper dazu bringen, sie für harmlos zu halten und deshalb auch von den verschiedenen Komponenten des Immunsystems nicht erkannt werden.

Ungehemmt würde nun jede Zyste stetig, unaufhaltsam wachsen. Klein zuerst, dann immer größer, von der Größe einer Erbse zu der einer Weintraube, einer Pflaume, eines Pfirsichs, dann zur Größe einer überreifen Orange – schließlich zur Größe, Gestalt und Erscheinung einer weißlichen Hydrokulturtomate, der sie oft ähnelten, wenn ein Pathologe eine aus einem Leichnam herausschnitt.

Teddys geliebte Kreatur war inzwischen, nach ihrer täglichen Eierproduktion zu urteilen, vollkommen reif und erwachsen. Er hatte für seine *Liebschaft* wunderbar gesorgt, aber sie war trotzdem gefährlich. Sie konnte sich völlig verändern, wie es bei Frauen oder Männern ja auch öfter geschieht, wenn sie das Erwachsenenalter erreichen.

Er griff zu einem Glas, gefüllt mit dem herrlichen Merlot, den er aufgemacht hatte. War es Zeit, sich auf Wiedersehen zu sagen? Er betrachtete die Medizin. Sollte er die Tablette jetzt nehmen? Die wunderbare Pille würde fast augenblicklich den robusten Kopf seines Wurmes, den Skolex, aufzulösen beginnen – und die Mutter töten, den Liebhaber töten, Weibchen und Männchen in einem, ihn, Kameron, aber verschonen.

Teddy drehte die Tablette in seiner Hand. Nur ein leichtes Schwindelgefühl, wahrscheinlich etwas Durchfall. Er speiste Wachteln heute abend. Nein, er würde die Pille morgen nehmen, nachdem er weitere dreihundert Eier geerntet hätte, die sein Liebling absondern würde.

Und so würde der Schweinebandwurm, *Taenia solium*, sterben, sich seines Todes ebensowenig bewußt wie seines Lebens, geopfert der bedeutendsten Sache von allen ...

Das Timing war perfekt. Teddy war bereit zum nächsten Schritt. In der letzten Augustwoche versammelten sich die Anwälte stets im vornehmen Kurhotel Land's End, versteckt in den Resten eines riesigen Laubwaldes – inzwischen in Golfplätze, Reitwege, Autobahnen und Tagebauminen parzelliert –, der sich einstmals Hunderte von Meilen über West Virginia, Tennessee und Kentucky erstreckt hatte und in den Blue Ridge Mountains von Virginia begann.

Teddy fand es geradezu angenehm, von Lynchburg, der Heimat des *Chap Stick* und Jerry Falwells, dorthinaus zu fahren. Die Landschaftsausblicke waren grandios. Vor Jahren hatte man diese Reise mit Eisenbahn und Pferdewagen gemacht. Inzwischen gab es zwei Gründe, weshalb es die Leute nach Land's End zog. Sie kamen wegen ihrer Gesundheit und um Golf zu spielen.

Mit seinen gepflegten Anlagen und dem unvergleichlichen Essen war Land's End immer schon das bevorzugte Haus für die Standestreffen der Gutbetuchten gewesen, der Golfer, Zahnärzte, Chirurgen und Anwälte.

Gegenwärtig kamen Spezialanwälte zusammen, um über ihre Erfolge im Transfer von Geldern auf Institutionen zu sprechen, die von der Steuer befreit waren. Für sie erreichte ihre Arbeit am letzten Arbeitstag vor dem 15. August ihren Höhepunkt. An diesem Tag läuft die automatische Fristverlängerung, die der IRS jedem Steuerzahler einräumt, offiziell aus. Da karitative Spenden sich nach der durch das Gesetz erlaubten steuerlichen Absetzungs-Höchstgrenze richteten, warteten Konzerne, reiche Einzelpersonen und Investoren zwangsläufig immer bis zur letzten Minute, bis sie den höchstmöglichen Scheck für ihre bevorzugte wohltätige Stiftung ausschrieben.

Oft waren die Spendengelder an die konservativeren Kirchen bedeutend, und es war Usus, daß die Anwälte, die mit diesen Transfers zu tun hatten, mit einem Prozentanteil an der Gesamtabschreibung honoriert wurden. Wenn der Sommer näher rückte, gab es einiges zu feiern bei den Treuhandanwälten, die die vielen Spendenorganisationen vertraten, von denen die Wirtschaft bestimmter Südstaaten praktisch beherrscht wurde. Zusammen mit den Stiftungs- und Investitionsbevollmächtigten entschieden sich diese Treuhandanwälte immer für Land's End. Für das Golfspiel. Und das Essen. Sie aßen für ihr Leben gern.

Mit der Hilfe dieser Gruppe von Menschen, vor allem Männern, wurden schätzungsweise 6,8 Milliarden Dollar jährlich in die Tresore von tausend kleinen Kirchen und Synagogen transferiert. Kleine Kirchen und Synagogen mit hübschen kleinen Immobilienbesitztümern und Investmentportefeuilles. In seinen alten Zeiten mit Pusser hatte Kameron eine Menge über diese Gruppe von Anwälten erfahren, unter anderem auch, daß das gesamte Wochenende steuerlich absetzbar war: es würden Reden gehalten und angehört, man konnte die Aktivitäten unter dem Stichwort ›Wissenschaftliche Tätigkeit‹ subsumieren. Schließlich waren sie Rechtsanwälte.

Mit seiner kostbaren Ladung und in angemessener Dienstkleidung gelang es Teddy ohne weiteres, sich unter die Floristen und die Küchenmannschaft zu mischen. Er beobachtete, wie die Anwälte sich immer wieder von ihren Eßtischen an den geschwungenen Fenstern des sonnigen Kolonnadensaals erhoben, zum Buffet hinüberschlenderten und sich dort in die Schlangen einreihten.

Während sie von ihren Tischen fort waren, räumte Teddy, als Extrahilfe bedenkenlos akzeptiert, das Geschirr ab und legte neues Tafelsilber auf. Das Essen war exzellent. Er war einer von der Mannschaft, die Platten mit geräucherten Forellen, Wildfasanen, frischem Spargel und bergeweise gebratenen

Wachteln herbeischaffte; und der an den Platz jedes Gastes die allerschönsten Blumen stellte.

So wie den Blumen beim Lunch ein letztes, erfrischendes Spritzbad verabreicht worden war, bevor die Gäste hereinkamen, so wurden die Blumen zum Abendessen besprüht. Teddy sprayte gewissenhaft die Lilien und Primeln, Bubiköpfchen und Geweihfarne. Ein bißchen von dem Wasser sprühte natürlich über die Platzdeckchen und Blumenarrangements und auf das Silberbesteck, die Brotteller, die Buttermesser, über die Ränder der Wassergläser, über die Endivien- und Wasserkressesalate, auf die Servietten und Speisekarten, die neben jedem Platzset warteten.

Die Gäste erschienen, die Servietten wurden in die Hemdkrägen gesteckt, das Brot wurde gebrochen, die Butter verstrichen, das Wasser in kleinen Schlucken getrunken und im Salat herumgestochert.

Ein herrliches Festmahl wurde gehalten, und Fröhlichkeit herrschte im Übermaß. Als sich der erste Redner des Abends erhob, um das Wort an die Zuhörer zu richten, waren alle Wangen im Saal vor Sattheit und finanziellem Erfolg gerötet.

Dieser erste Redner war Kamerons alter Freund William (ehemals »Screamin' Billy«) Pusser, und Kameron bemerkte mit Bestürzung, daß Pusser den Speisesaal erst gegen Ende des Essens betreten und *nichts gegessen* hatte. Dieser Scheiß-Glückspilz von einem Dreckskerl, er hatte kein Recht auf Rettung. Na ja, gab Kameron sich die Versicherung, es konnte immer noch ein nächstes Mal geben. Von einer Tür in der Küche aus sah Teddy, wie Pusser sich erhob, zum Podium ging und seine Rede begann.

»Meine Herren, ich bin gebeten worden, heute abend darüber zu sprechen, welches Bild die Massenmedien von amerikanischen Anwälten entwerfen. Aber eigentlich möchte ich mich dazu nicht äußern ... Dagegen werde ich Ihnen sagen, wie Ihr Berufsstand von einem viel Befähigteren als mir betrachtet wird ...«

Da seine Mission erfüllt war und er wußte, was vom Podium zu hören sein würde, verabschiedete Kameron sich in aller Stille, begeistert von der Aussicht darauf, wie anders dieses Jahr die Geschäfte für so viele, viele Heuschrecken laufen würden.

Und nun begann Teddy eine neue Datei für die Leidensgeschichten der Achten Plage. Das liebte Teddy am meisten von allem: diese Berichte zu schreiben – die Sterbeszenen noch einmal vor seinem inneren Auge erstehen zu lassen. Er wußte, Bryne würde fasziniert sein. Er verfaßte sie alle aufgrund von Augenzeugenberichten, die er sich durch Anrufe bei Einheimischen verschaffte. Wenn er behauptete, er sei von irgendeiner Zeitung, wie zum Beispiel *The Star*, redeten die Leute immer ohne Punkt und Komma.

Samstag, 22. August
Sherman, Connecticut
15.45 Uhr

An schönen Wochenenden kann man die Schnellboote, die die friedlichen Weiten des Lake Candlewood durchpflügen, schon lange vor acht Uhr am Morgen hören. Die Auswärtigen, deren Ferienhäuser den See säumen, widmen sich mit Vorliebe einer exklusiven Sportart: Sie schieben ihre unglaublich übermotorisierten Zweisitzerboote auf ihren Anhängern hinunter ans Wasser und rasen mit ihnen herum wie verrückt.

Eines der schnellsten dieser Boote, eigentlich für Meeresrennen gebaut, gehörte einem Anwalt namens Ed Rivers. Seine Kanzlei, Smithson & Rivers, beschäftigte siebzehn Juniorpartner, und zusammen mit dem alten Mr. Smithson, der als Anwalt der Erzdiözese New York im Dienst von fünf verschiedenen Kirchen stand, verbuchte die Firma einen Überschuß von 44 Millionen Dollar im Jahr. Als Rivers Smithsons Tochter heiratete, hatten sich vier Bischöfe erboten, die Trauung abzuhalten.

Ed Rivers war ein fast durch und durch berechenbarer Mensch, und seine Klienten hielten das für einen Vorzug. Er brachte die alljährlichen Kirchenspenden ein, und diese Beziehungen machten ihn zu einem vermögenden Mann, der einflußreich genug war, um an der jährlichen Versammlung im Land's End teilzunehmen. Und die Honorare setzten ihn in den Stand, seiner Bootsleidenschaft frönen zu können.

Ed und seine Familie kamen schon seit den Tagen an den Lake Candlewood, als Ed noch Student an der Cornell gewesen war. Sein schnittiger, PS-starker Wasserflitzer schien die Erfüllung eines Jungentraumes zu sein, das schnellste Boot auf dem See zu besitzen.

Der Lärm ärgerte manche Leute, aber sie sagten nicht viel, weil Ed allgemein beliebt war. Er war immer gut für ein paar kostenlose Feuerwerksspektakel. Jeden Sommer brachte er des öfteren eine Gruppe von Freunden aus der Stadt mit und ließ die Landratten auf seinem Partyboot herumtuckern – ein maßgefertigtes Achtundvierzig-Fuß-Hausboot mit allen Annehmlichkeiten einer Intercontinental-Hotelsuite plus riesigem Achterdeck mit Markise, von wo aus seine Gäste ihm zusehen konnten, wie er mit seinem auf den Namen »Angel's Breath« getauften Donzi den See umpflügte.

Ed war ein guter Bootsfahrer, er hatte in Florida eine Rennbootausbildung gemacht und drei Hochseeüberfahrten zu den Bahamas aufzuweisen.

Während Rivers an diesem bestimmten Nachmittag in einem langsamen Bogen am Hausboot vorbeifuhr, sah er den Barmann auf dem Deck Bloody Marys mixen. Er jagte die Zwillings-Mercurys hoch, kam in Sekunden auf Wahnsinnstouren und preschte mit einem vier Meter hohen, aus seiner Heckwelle hochschießenden Hahnenschwanz über den See. Ein paar hundert Meter entfernt nahm er das Gas weg, um zu wenden, und ließ das Boot seitwärts gleiten, während die Heckwelle sich ausbreitete; hinter ihm schien sich der See zu glätten, als ob eine gigantische Maurerkelle ihm die Strecke für seinen Rückweg glattstreichen wollte. Diesmal hatte er vor, dicht an dem Hausboot vorbeizurasen, um den Jungs einen kleinen Nervenkitzel zu verschaffen.

Als er wendete, spürte er ein leichtes Kribbeln in den Augenwinkeln. Dann hatte er das Gefühl, als striche ihm eine unsichtbare elektrische Feder über beide Wangen, ein winziger prickelnder Stromstoß. Ed schüttelte den Kopf und fuhr sich mit der Hand über den Nacken. Plötzlich zog sich ein merkwürdiger Kopfschmerz hinter seinem linken Auge zusammen und wurde stärker.

Er rieb sich die Schläfen mit den Fingerspitzen und fühlte sich sofort besser, rückte seine Schutzbrille zurecht, wendete das Boot, nahm Kurs auf die Hausbootparty und brachte die Motoren auf Touren.

Das elegante Boot jagte mit halbgeöffneten Drosselklappen über den See, zurück zu Eds Gästen, das Wasser war perfekt, und das Boot arbeitete sich an die fünfundsechzig Meilen pro Stunde heran.

Ed fühlte sich phantastisch.

Blauer Himmel, schnelles Boot, tolle Leute ... Was für ein Leben! Er warf den Kopf nach hinten und blickte in den Himmel hinauf. Plötzlich leitete der Trigeminusnerv auf der rechten Seite seines Gesichts einen elektrischen Schmerzschlag weiter, der so stark war wie der Stromstoß aus einem Starkstromkabel.

Eine organische Störung, die in das Innerste von Ed Rivers' Gehirn vorgedrungen war, hatte kurz nach dem Treffen im Land's End zu wachsen begonnen. Stunde für Stunde wurde der Blasenwurm immer größer, schob sich in jeden Spalt hinein, den er finden konnte, und es gab viele. Unaufhaltsam war der Organismus so weit angeschwollen, daß er einen Teil des Gehirns gegen den Schädel drückte und zermürbende Schmerzen verursachte.

Vor Schmerz drehte Ed den Kopf mit einem Ruck nach rechts. Unwillkürlich nahm er die rechte Hand vom Steuerrad und fuhr sich damit durchs Gesicht. Ein neuer Schmerzanfall hinderte ihn, die Hand wieder nach den Gashebeln auszustrekken. Mit der Linken hielt er sich am Steuer fest, als ginge es auf Leben und Tod. Endlich ließ der Schmerz nach; er griff nach den Gashebeln und zog sie zurück.

Als er allmählich mit dem Tempo herunterging, bemerkten Gäste auf dem Hausboot, wie Ed sich die Wange hielt, schnappten sich ihre Drinks und traten an die Reling. Er winkte, irgendwie ... aber als er die Hand ausstreckte, um das Boot noch weiter zu verlangsamen, traf ihn der dritte lähmende Schlag. Diesmal riß er die Hand mit einem Ruck nach hinten, und sein Windjackenärmel verfing sich am Gashebel des Starboots. Er zog ihn bis zum Anschlag mit. Die Motoren röhrten, und das Boot machte einen Satz.

Nur die linke Hand am Steuer, zerrte Ed im Todeskampf das Rad unwillkürlich hart nach Backbord. Das vier Tonnen schwere Fiberglasboot krängte heftig, nahm in Sekunden Tempo auf und schoß direkt auf das Hausboot zu.

Das Schnellboot kam auf mehr als fünfzig und tötete auf der Stelle zwei Menschen. Ein junger Anwalt, der in der Kabine war, als Eds Boot in die Hausbootseite hineinfetzte, sah, wie sein Bein von der Schraube mehrmals zerschnitten wurde, als das Boot über ihn wegrauschte. Das Bein erlitt so viele Spiralschnitte, daß es im Krankenhaus in Danbury amputiert werden mußte.

Der Parasit, der Ed Rivers das Leben nahm, tötete sodann noch einige Menschen am Strand: Eds Schnellboot bohrte sich durch das Hausboot hindurch und fegte die fünfundzwanzig Yards bis zum Ufer, wo es das Wasser verließ und breitseits in ein altes Airstream aus Aluminium donnerte. Boot und Trailer gingen in Flammen auf. Der Trailer explodierte und riß eine ganze Familie aus East Orange in den Tod. Es dauerte vierzig Minuten, bis Freiwillige aus Warren mit einem Feuerwehrwagen zu dem abgelegenen Ort durchkamen. Bis dahin war nicht mehr viel zu retten. Eds Körper wies extreme Verbrennungen auf.

Zunächst war unklar, was eigentlich genau geschehen war. Die Anzahl der Klagen, die über Nacht gegen Eds Nachlaßverwaltung angestrengt wurden, zwang die Familie, in eine Autopsie einzuwilligen.

Der Pathologe war der erste, der zu Eds Gehirn vordrang und die gelatineartigen Finnen bemerkte, Dutzende von ihnen. Er sah ihre Münder. Sie bewegten sich. Noch immer am Leben, pulsierten sie im Innern ihrer Membranhäute wie Embryos, genau das, was sie ja auch waren ...

Samstag, 29. August
Bergen County, New Jersey

Kaum eine Woche nach Ed Rivers' seltsamem und tragischem Tod machten Richard und Edna Rubin dem Ältestenrat und dem Oberrabbi, den offiziellen Investment-Beauftragten der mehr als 75 000 in der Bergen County lebenden Juden, eine Vorlage.

Richard und Edna war vollkommen klar, daß die Synagogen der Bergen County mehr Geld anzulegen hatten als viele kleine Länder und daß ihre Schulen in den luxuriösen Fin-de-Siècle-Villen der Geldbarone des vergangenen Jahrhunderts saßen. Die Häuser der Gemeindemitglieder, alle einen bequemen Spaziergang vom Tempel entfernt, waren durchweg schön, gepflegt und äußerst teuer.

Die Rubins und ihre halbwüchsigen Kinder, Sohn und Tochter, noch nicht reif für Englewood, wohnten etwas bescheidener in Leonia. Als sie den Hügel hinunter zu ihrem Treffen fuhren, vorbei an den Stanford White Mansions, wußten sie, eines Tages würden sie hierherziehen.

Ihr Treffen mit dem Rabbi und dem Immobilienagenten begann pünktlich auf die Minute, und die Präsentation lief gut. Jedermann schien erfreut über die Informationen, die Edna bezüglich der Wiedereinrichtung der Pensionskassen und der Umstrukturierung einiger Immobilienholdings gab. Mit diesen Konzepten hatten sie sich im Land's End vertraut gemacht, wo sie und Richard zwei der wenigen jüdischen Teilnehmer gewesen waren.

Alles, was jetzt noch fehlte, um das Geld sofort zu transferieren, war die Unterzeichnung der Ermächtigungsurkunden, die dem Treuhandvertrag mit der Synagoge beigeheftet waren. Dies bedeutete 75 000 Dollar Honorar für die Rubins. Als sie wegfuhren, war die Sache so gut wie unter Dach und Fach. Ihre zwanzigminütige Fahrt zurück zum Büro hatte sie an einigen der schönsten Häuser vorbeigeführt. Gehobener Stimmung traf Edna bereits im geheimen ihre Wahl. Diese Transaktion würde alles verändern.

Richard andererseits war ganz und gar nicht gehobener Stimmung, weil ihn dieselben pochenden Kopfschmerzen quälten, unter denen er seit einer Woche litt. Edna hatte ihm immer wieder die Schläfen massiert. Sie erinnerte ihn daran, daß er immer Kopfschmerzen bekam, wenn er sich zuviel zumutete, und das Ausarbeiten der Vorlage hatte sie beide viel Kraft gekostet. Aber die dunklen Schatten auf seinen Wangen, die tiefen Ringe unter seinen Augen waren nicht zu übersehen. Sogar ihre Tochter hatte sie bemerkt.

Kaum war Richard von der Lemon Avenue abgebogen und ins Parkhaus der Kanzlei gefahren, legte er den Kopf auf das Steuerrad. Mit ihren kühlen, starken Fingern löste ihm Edna die Verspannungen im Nacken, so daß er sich fast augenblicklich besser fühlte. Er küßte sie. Es ging ihm viel besser. Gut genug jedenfalls, um wieder an die Arbeit zu gehen.

Von der Rezeption aus, die mit einer dauerfröhlichen, sommersprossigen Rothaarigen mit britischem Akzent besetzt war, boten die Fenster der Kanzlei eine weitläufige Aussicht auf Manhattan im Osten und auf den Hudson River, der unter den imposanten Palisaden nach Süden floß. Hinter einer langen Glaswand plagten sich elf Anwälte in kleineren Büros ab, die um Richards und Ednas Zimmerflucht herum angeordnet waren.

Das Paar begab sich direkt in Richards Büro, wo er zum Telefon griff, um die Citibank anzurufen und anzuordnen, daß die Fonds am Nachmittag wieder eingerichtet würden. Zwischenzeitlich hatte das Kopfweh zwar nachgelassen, aber als er auf die Verbindung wartete, stach der Schmerz heftiger zu als je zuvor. Aus Angst, er könnte hinfallen, umklammerte Richard die Schreibtischkante. Gerade als er laut aufschreien wollte, hörte der Schmerz auf. Er holte tief Luft, als sich die Vermittlung der Citibank meldete, und war imstande, die Treuhandabteilung zu verlangen.

Er wartete, während er plötzlich auf recht scheußliche Weise gewahr wurde, daß er den Verstand verlor.

Er hörte ein Kreischen in seinem Kopf.

Er hatte die Kontrolle über sich verloren.

War es ein Schlaganfall?

Das Klingeln. Der Schmerz. Das Klingeln.

Er brauchte Hilfe. Er versuchte zu handeln. Ins Krankenhaus fahren. Den Schmerz ausschalten. Doch statt dessen legte er nur den Hörer auf und stand reglos da.

Edna neigte ihm besorgt den Kopf zu, aber er ignorierte sie. »Keine Antwort?« fragte sie, aber er konnte sie nicht mehr hören.

Er hatte ihr zu sagen versucht, sie solle einen Krankenwagen rufen, aber als sich die Worte in seinem Kopf bildeten, wurden sie von etwas in seinem Gehirn beiseite gedrängt.

Schaltkreise unterbrochen.

Erinnerungen nicht mehr gebildet.

Bestehende Erinnerungen dem Zugang entzogen.

Denken und Sprechen waren nicht mehr erreichbar, und die Signale, die noch in seinem Gehirn hin und her liefen, hatten keinen Bezug, keine Bedeutung, weil sie nicht mehr von dem Teil des Gehirns verarbeitet wurden, das den Verstand beherrschte.

In Richards Gehirn schwammen jetzt Dutzende von aufgeblähten Finnen in die Ventrikel seines Großhirns, den Hirnrindenbereich hinab, der die Sinneseindrücke kontrolliert. Einige hatten schon begonnen, die Übermittlung von Hörerinnerungssignalen aus dem Brocaschen Zentrum in die Bereiche »augenblicklicher Information« umzuleiten.

Gedanken, die Richard schon lange vergessen hatte, wurden ihm nun als unmittelbare Instruktionen von einer Kommandostimme vorgetragen, die gleichzeitig aus alten Schwarzweißfilmen und aus Richards Innerem zu kommen schien. Er wußte, was er zu tun hatte. Er kannte die Rolle, die für ihn bestimmt war.

Er sprang auf, legte seine Hände um Ednas Hals, schloß die Finger um ihre Kehle und drückte mit aller Kraft zu. »Hure! Jesabel!« schrie er, während er sie würgte.

In weniger als zwei Minuten war sie tot.

Sonderbarerweise schienen ihm beide Hälften seines zerrütteten Gehirns dazu zu gratulieren, daß er seine Frau ermordet hatte. Er meinte Beifall zu hören. Durch die Glastrennwand sah er die entsetzten Gesichter der anderen Anwälte und auch das einer Sekretärin, einer attraktiven, vorzeitig ergrauten Frau von über Vierzig, die am Telefon war und zweifellos die Polizei anrief. Sie arbeitete schon jahrelang bei den Rubins, sie mochte die beiden, und es lag Panik in ihrer Stimme.

Richard sah sie verzweifelt wählen, verließ das Büro, ging hinüber zu ihr, nahm ihren Hals in seine Hände und begann ihren Kopf hin und her zu schütteln und zu schreien: »Jesabel! Metze! Hure Babylons!« Ihr Genick brach mit einem Knakken.

Er ließ ihren leblosen Körper wie einen Sack zu Boden fallen und wandte sich den anderen zu, hob die Hände an seine Stirn, schrie auf und fiel rücklings um.

Nach einiger Zeit traf die Polizei zusammen mit den Leuten vom Rettungsdienst ein, sie schafften die Leichen fort und brachten den noch immer bewußtlosen Richard ins Krankenhaus. Alle im Büro waren sich einig, daß die Vorkommnisse eine medizinische Ursache haben mußten, vielleicht so etwas wie ein Schlaganfall.

Richard starb noch in derselben Nacht.

Bei der Autopsie fand man die Bandwurmbläschen überall in seinem Gehirn. Da die Polizei an der Sache beteiligt war, wurde auch an den beiden toten Frauen eine Autopsie vorgenommen. Bei der Sekretärin kam nichts Ungewöhnliches zum Vorschein, aber bei Edna verhielt sich die Sache ein bißchen anders.

Der Pathologe schätzte, daß, hätte Richard Edna nicht erwürgt, sie bestenfalls nur noch ein paar Wochen zu leben gehabt hätte. Ihr rechter Lungenflügel war beinahe gänzlich von einer glänzenden Finne ausgefüllt, die fast so groß war wie ein Babykopf; wenn der geplatzt wäre, hätte er sie fast auf der Stelle getötet ...

Montag, 31. August
Boulder, Colorado
14.00 Uhr

Vor zwölf Jahren hatte Sheila Watts, irischer Herkunft, den lutherischen Rechtsanwalt Dan Hammer geheiratet, einen Mann, mit dem sie sich nach heutiger Kenntnis noch nicht einmal zum Rendezvous getroffen hätte. Maßlose Streitigkeiten waren das Leitmotiv dieser Ehe gewesen, sie wechselten mit langen Perioden erbitterten Schweigens. Zeiten der Trennung wurden nicht nur willkommen geheißen, sie waren redlich verdient. Sheila hatte dafür gesorgt, daß sie ihren Mädchennamen behielt – eine prophetische Tat, jetzt, da die Ehe praktisch nicht mehr existierte.

Wenn Dan von einem Prozeß oder einer Konferenz wie der, die er im Land's End besucht hatte, nach Boulder zurückkam, pflegten Sheila und er sich zu treffen, um über das Sorgerecht für ihren neunjährigen Sohn Joshua oder über die bevorstehende Trennung zu reden – oder um zu diskutieren, wer die Sache vermasselt hatte. So allmählich wurde ihnen klar, daß die Ehe zwar vorübergehend sein kann, eine Scheidung aber ewig dauert.

Dan hielt sich für einen im Grunde guten Menschen, aber andere hatten daran so ihre Zweifel. Während der siebziger Jahre hatte Hammer sein in der juristischen Fakultät von Harvard trainiertes Adlerauge auf die alten Dokumente geworfen, die von der amerikanischen Regierung unterzeichnet worden waren, als an den Osthängen der Rockies Crow-, Apache- und Pawnee-Reservationen eingerichtet wurden. Er brachte Jahre damit zu, Nachforschungen zu betreiben, nach D. C. zu trampen, und errichtete in den Gewölben der Nationalarchive praktisch seinen Wohnsitz. Als er fertig war, hießen die Indianer nicht mehr Indianer. Sie hießen reiche Leute.

Bohrrechte auf Öllager, Schürfrechte auf Kupferminen, Wasserrechte, Nennungen auf vergessenen Urkunden – alles wurde in schnelle Vermögen verwandelt, und Dan Hammer leitete die Verfahren gegen die Bundesregierung im Namen der Stämme.

Anfangs schmähte ihn das Establishment, doch mit der Zeit begann er, wie jeder gute Robin Hood, von den Reichen zu nehmen, während er weiterhin den Armen gab. Seine Praxis bediente allmählich einen Großteil körperschaftlicher und kirchlicher Klienten, aber immer noch viele amerikanische Ureinwohner. Inzwischen ziemlich wohlhabend, hatte Hammer sich auf den hohen Lebensstil luxuriösester Bedürfnisse verlegt. Die Scheidung würde unangenehm werden.

Dan war in der Stadt, um den Sohn für eine Woche nach Aspen zu holen, und hatte darauf bestanden, sich mit Sheila auf dem neuen Flughafen von Denver zu treffen, und das trotz der langen Anfahrt von Boulder und der Probleme, die er mit den Augen hatte. Hatte er grauen Star? Sie hatte ohne weiteres eingewilligt – sie tat alles, um Dan ja nicht in ihrem Hause empfangen zu müssen.

Ärgerlicherweise hatte Hammers Flug auch noch Verspätung. Sheila hatte Josh gerade zur Videoanzeige geschickt, als sie Dan die Rolltreppe herunterkommen sah. Er trug Schuhe, die ihn noch gewaltiger erscheinen ließen, und einen großen Stetson. Als er Sheila theatralisch mit dem Hut zuwinkte, bemerkte er, daß mehrere Reisende ihn ansahen. Er genoß die Aufmerksamkeit in vollen Zügen. Sheila wünschte, er würde tot umfallen.

Plötzlich sah Sheila selbst aus der Ferne, daß Dan aus der Nase zu bluten begann. Und nicht zu wenig.

Dan konnte es nicht wissen, eine ziemlich große Finne war in seinem rechten Nasenloch, oberhalb seiner Siebbeinzellen, geborsten. Der Blutstrom war stark und so erschreckend, daß er den Hut fallen ließ. Er nieste heftig, und aus seiner Nase schoß ein Blutstrahl, der eine Frau unter ihm auf der Rolltreppe traf. Tropfen, rund, rot und naß, bedeckten den Mantel der Frau, ihre Hand, das Rolltreppengeländer.

Der Schmerz hinter Dans Augen war so heftig, daß er sich nicht wegdrehen konnte. Andere Finnen tief im Innern seines Hirns waren durch das starke Niesen zerplatzt. Er versuchte, die Blutung mit den Fingern zu stoppen, doch ein neuer Schwall Blut spritzte der Frau, die sich umgedreht hatte, über das ganze Gesicht. Sie schrie auf, dermaßen entsetzt über den blutigen Guß, daß sie einen Schritt rückwärts machte, um ihm zu entkommen. Sie trat ins Leere und verlor das Gleichgewicht. Im Fallen streckte sie die Arme aus, und ihre Hand löste sich rot vom Geländer – Dans Blut hatte sich über das ganze Gummigeländer der Rolltreppe ergossen.

Als sie nach hinten kippte, stieß sie mit dem Kopf gegen die Frau direkt unter ihr. Beide stürzten zusammen nach vorn. Die Stufe der Rolltreppe, auf der Dan stand, kam gerade unten an, als er vor Schmerzen auf die Knie fiel. Durch den Schwung ihres Sturzes waren die beiden Frauen entgegenkommenden

Passagieren direkt in den Weg gefallen, und jemand trat der ersten Frau auf die Hand. Als sie von neuem aufschrie, erschienen fast sofort Sicherheitsbeamte mit gezogenen Waffen. Irgend jemand schaltete schließlich die Rolltreppe ab.

Dan selbst war nahe daran, vor Qual zu schreien, als mit einemmal der Schmerz aufhörte. Während er sich langsam hochrappelte, floß ein Schwall hellrosa Flüssigkeit – wässerig, ganz anders als dickes Blut – aus seinem linken Nasenloch und brachte ihn zum Würgen. Dann hörte auch das auf.

Ihm war schwindelig, er sah nur verschwommen, und er hatte Kopfschmerzen. Trotzdem war das alles besser als die Höllenqualen, die eben noch in Dans Gehirn herumgewirbelt waren. Er hatte in eine rotglühende Grube geblickt: Dort drinnen zu schmoren war eine so große körperliche Qual, daß man es sich schlimmer nicht vorstellen konnte. Nie wieder wollte er sich so fühlen, solange er lebte.

Dan versuchte ruhig zu bleiben, als Hilfe kam. Er versuchte, der Sanitäterin klarzumachen, daß er nur verschwommen sah, und begann, ihr von den Schmerzen zu erzählen. Sie nickte, während sie seine Reflexe kontrollierte, knipste ihr Ophtalmoskop an und sah in Dans Augen.

Durch die dunkle Mitte seiner Iris schien das Licht ganz normal, aber anstatt die Linsen zu durchdringen und auf die Retina zu fallen, durchdrang es die Linsen und beleuchtete die Seite einer Eitasche – eine nebelige Membran aus transparentem Gewebe, die so geformt war, daß sie genau in den Raum hinter den Linsen paßte, ein winziger, kaum sichtbarer, mit klarer Flüssigkeit gefüllter Beutel, der hinter den Linsen schwamm und ihm die Sicht verdunkelte.

Sie stellte die Vergrößerung nach, untersuchte die vordere Kammer und sah jetzt durch die transparente Wand der Tasche die Köpfe junger Parasiten. Die, die noch nicht geschlüpft waren. Sie sah die winzigen Häkchen. Winzige kreisrunde Mäuler. Sie bewegten sich ...

Die Frau fuhr auf, als hätte sie der Schlag getroffen, und

wich sofort von Hammer zurück. Da sie nur zum Rettungspersonal gehörte und keine Medizinerin war, berichtete sie einem Arzt das Gesehene. Danach konnte sie niemandem mehr in die Augen sehen, ohne daran erinnert zu werden. Die Dinger würden vielleicht wieder auf sie warten.

In der Notfallabteilung des Allgemeinen Krankenhauses Denver mußte auch die Assistenzärztin zugeben, daß sie so etwas wie diesen Fall noch nie gesehen hatte, und rief den Oberarzt. Sie berieten sich und machten sofort einen dringenden Anruf bei den CDC, um die Spezialisten dort zu Rat zu ziehen. Die Dinger, bislang nicht identifiziert, lebten und schwammen in der Augenkammer herum wie winzige weiße Schnabelfische.

Und binnen Stunden erfüllte sich der Wunsch von Sheila Woods: Dan Hammer war tot.

Als Teddy seinen eigenen Bericht über den schrecklichen Tod las, den die Heuschrecken erlitten hatten, war er schon seit Monaten bereit, mit der Neunten Plage ans Werk zu gehen: der Finsternis, die drei Tage währte.

14

Montag, 31. August
Direktorenzimmer, Zoonose-Laboratorium, Guilderland
14.00 Uhr

Das rote Notfalltelefon auf der rechten Seite von Brynes Schreibtisch läutete.

»Arboviruslabor«, bellte Jack in den Hörer. Er hatte zu tun, Drew war essen gegangen und hatte ihm mit dem mageren Proviant eines Hershey-Riegels die dringenden Hilfe-Anrufe überlassen.

»Dr. Bryne?« fragte vorsichtig eine männliche Stimme, und als Jack sagte, das sei er, fuhr die Stimme fort: »Ich bin Dr. Jerome Marlowe aus Connecticut, gleich nebenan sozusagen. Hoffentlich habe ich Sie nicht zu einer ungünstigen Zeit erwischt. Dr. Bryne, ich bin Arzt und ProMEDer.«

»Dann nennen Sie mich Jack.«

»In Ordnung, ähmm, Jack. Ich will versuchen, es kurz zu machen. Ich arbeite hier drüben in North Haven bei einer großen HMO, Teil eines ziemlich großen Netzes in vierzehn Staaten: Ostküste und drüben im Westen. Wir kommen einmal die Woche alle in einem Telekommunikationssystem zusammen und tragen unsere Fälle vor, tauschen Informationen aus.«

»Ja, und weiter?«

»Letzte Woche präsentierte unsere kalifornische Zweigstelle

einen ungewöhnlichen Fall, äußerst selten und, offen gesagt, ziemlich erschreckend. Einer auf eine Million.«

»Einer auf eine Million?«

»Ja, Jack, bloß hatten wir in den letzten drei Wochen hier in Connecticut zwei Fälle, und in diesem Staat kriegen wir im Jahr vielleicht höchstens vier Fälle zu sehen.«

»Und was ist es für eine Krankheit?«

»Neurozystizerkose. Schweinebandwurm. Ich bin kein Epidemiologe, aber ... ich oder vielmehr wir sind on line gegangen und haben mal schnell gezählt. In den vierzehn Staaten sind wir auf sechsundzwanzig Fälle gekommen ...«

»Und das ist etwa einer auf eine Million Amerikaner pro Jahr.«

»Richtig«, antwortete Marlowe, »aber die sechsundzwanzig Fälle erstreckten sich auf einen begrenzten Bereich, vierzehn Staaten, über die letzten zwei Monate, was das Zehn- bis Zwölffache des nationalen Durchschnitts bedeuten würde, wenn's dabei bleibt. Wir repräsentieren etwa zehn Prozent des HMO-Markts landesweit, und der Zeitrahmen, mit dem wir arbeiten, ist etwa ein Sechstel eines Jahres. Das würde über eintausendfünfhundert Fälle im Jahr ergeben, nicht einen auf eine Million, sondern etwa sechzehn pro Million ...«

In Brynes Innerem begann eine Alarmglocke zu läuten. Neurozystizerkose war eine sehr seltene Komplikation einer noch selteneren Krankheit – und ein ungewöhnliches Vorkommnis, das ausschließlich auf jemanden begrenzt war, der Wirt eines Schweinebandwurms war. Weder der Wurm noch die Komplikationen durch den Wurm waren Probleme der öffentlichen Gesundheit in der westlichen Welt.

Die Krankheit galt inzwischen selbst in den meisten Entwicklungsländern als Anomalie.

»Was denken Sie darüber?« fragte Bryne und langte nach seinem fünfzehn Jahre alten Text über Parasitologie.

»Entweder ist es ein Erhebungsfehler, ein A- oder B-Fehler,

bei unserer Klientel«, antwortete Marlowe, »oder wir haben möglicherweise eine bedeutende Zunahme vor uns.« Er machte eine kurze Pause. »Das ist etwas, woran ProMED interessiert sein könnte – oder die CDC, wenn die verdammte Geschichte groß genug wird. Mir gefällt die Sache nicht, aber ich werde für diese Art Forschung nicht bezahlt. Ich möchte es gerne Ihnen überlassen.«

Bryne sagte Marlowe, er würde sich die Angelegenheit ganz bestimmt ansehen, dankte ihm und legte auf, gerade als Lawrence von der Mittagspause zurückkam.

»Drew«, rief Jack, »ich brauche dich, bitte – und rasch!«

Drews erste Reaktion auf die erste Kurz-Info war ein ungläubiges Pfeifen, dann folgte: »Jack, das kann doch nicht wahr sein. Es sei denn, jemand ist ... Wenn die Zahlen stimmen, passiert gerade etwas ganz Entsetzliches.«

Binnen einer Stunde hatten sie einen Schlachtplan. Faxe folgenden Wortlauts waren an alle fünfzig Staaten und die drei Bezirksepidemiologen mit der Bitte um Hilfe geschickt worden:

31. August 1998

Lieber Kollege!

ProMED hat von einer möglicherweise absoluten Fallzunahme einer Infektionskrankheit erfahren, die in den meisten Staaten nicht meldepflichtig ist. Um beurteilen zu können, ob unsere Beobachtung eventuell stichhaltig ist, erbitten wir Ihre Hilfe bei der Feststellung der Häufigkeit dieser seltenen Krankheit in Ihrem Staat in den letzten vierundzwanzig Monaten.

Zystizerkose, eine Komplikation des *Taenia-solium*-Befalls, ist in letzter Zeit mit einer alarmierend und ungewöhnlich hohen Häufigkeit in einigen Ost- und Weststaaten beobachtet worden. Diese Beobachtung kann vielleicht einen Erhebungsfehler darstellen. Auf der anderen Seite nimmt die Zahl der Fälle möglicherweise tatsächlich zu, sie werden aber von einzelnen Ärzten, Krankenhäusern oder staatlichen Gesundheitsbehörden nicht erkannt. Wie Sie wissen, ist das Krankheitsspektrum der Zystizerkose breit. Fälle mögen von Kinderärzten, Internisten, Fachärzten für Infektionskrankheiten und Parasitologen beobachtet worden sein. Im Falle einer Neurozystizerkose könnten Neurologen Kenntnis von entsprechenden Fällen haben. Pathologielabors, Entlassungs-Codierungssysteme von Krankenhäusern und Eintragungen in Totenscheine könnten benutzt werden, um Fälle zu identifizieren.

ProMED ersucht Sie dringend um Ihre Hilfe bei der Identifizierung jedes einzelnen Falles, der in Ihrem Staat/Gebiet während der letzten zwei Jahre aufgetreten ist. Für Informationen, ohne Nennung der Informanten, über Alter, Rasse/ethnische Gruppe, Geschlecht, Reisegewohnheiten, Beruf und Resultat der Fälle wären wir sehr dankbar. Uns ist klar, daß einige staatliche Epidemiologen diese Aufgabe schwierig finden werden. Wir betonen, daß unsere Bitte dringend ist. Wir ziehen unvollständige Angaben einer verspäteten Mitteilung vollständiger Daten vor. Alle Informationen werden ausnahmslos vertraulich behandelt und nur mit staatlichen und regionalen Epidemiologen erörtert. Eine Zusammenfassung der Daten wird Ihnen zugeschickt, sobald sie eingetroffen und analysiert worden sind.

Mit Dank für Ihre Zeit, Aufmerksamkeit und Freundschaft.

Dr. Jack Bryne, ProMED, Programmleiter

Bryne hatte daran gedacht, sich direkt an die CDC zu wenden, aber er wußte, dort würde man Einsprüche erheben und auf ausführlichen Überprüfungen von Vergleichsgruppen bestehen, ehe man eventuell einen knappen Fragebogen ausgearbeitet hätte, der dann – vielleicht – von einem ... Paragraphenreiter gutgeheißen wurde.

Zwei Monate mindestens für einen auch nur flüchtigen Blick. Empfindlichkeiten waren zu berücksichtigen ... die

Schweinefleischindustrie, die Nahrungsmittelhersteller, die FDA, die Medien.

Wenn man so dem normalen Gang der Dinge mit Hilfe von ProMED ausweichen konnte, dachte er, würde er in weniger als einer Woche eine rasche, ungefähre Antwort erhalten. Die CDC könnte dann ja, wenn sie es wollte, das Resümee aufpolieren, wenn es zu etwas führte.

Bryne wußte, daß Statistiken über eine »nicht meldepflichtige Krankheit« wie diese in keiner Datenbank ohne weiteres erreichbar waren; niemand zählte sie, und es existierte kein Überwachungssystem, um eine mögliche Zunahme von Fällen festzustellen. Dem nachzuspüren würde zeitintensive Arbeit erfordern; in Staaten wie Kalifornien zum Beispiel würde man mit Tausenden von Ärzten Kontakt aufnehmen müssen, aber der Epidemiologe Stan Dance in Wyoming konnte die vier dort ansässigen Neurochirurgen einfach anrufen und innerhalb einer Stunde eine Antwort haben. In anderen Staaten gab es computerisierte Krankenhausentlassungsdaten oder Sterbeziffern. Die eintreffenden Zahlen wären unsystematisch: unvollständig, unterbewertet, »unzuverlässige Daten«, die von der Forschung bei den politisch korrekten CDC nicht mehr akzeptiert wurden. Teufel noch mal, trotzdem war es den Versuch wert!

Dienstag, 1. September
Zoonose-Laboratorium, Guilderland
9.30 Uhr

Seit die Neurozystizerkose-Anfrage rausgegangen war, kam Lawrence mit jeder neuen Fax- oder E-Mail-Antwort in Jacks Arbeitszimmer gestürmt wie ein Fernseh-Nachrichtenreporter mit allerersten Resultaten.

»New Jersey, dreiundzwanzig Fälle.« »Montana null, New Mexico drei.« Später: »Oregon fünfzehn, Illinois siebzehn!«

Die Zahlen gingen tatsächlich nach oben. Aber es gab keine Vergleichswerte. Zu dieser Krankheit waren noch nie Statistiken angelegt worden.

Nach der ersten Woche machten sie sich an die Analyse, wobei Lawrence an den Rohdaten arbeitete. An einem Dienstagmorgen verkündete Drew nach dem dreitägigen Wochenende: »Hab' was für dich, Jack. Aber ehe du dir's ansiehst, mußt du dir immer sagen, daß die Daten –«

»Roh sind«, unterbrach ihn Bryne.

»Laß mich ausreden. Was ich sagen wollte, ist, daß die Neurozystizerkose zunimmt, besonders in den USA. Weißt du warum?«

»Keine Ahnung.«

»Die Ursache«, führte Drew aus, »sind veränderte Verarbeitungsmethoden in der Agrarproduktion südlich unserer Grenze. Es werden nicht bloß Menschen damit infiziert. Es steckt auch im Obst und Gemüse aus Mittel- und Südamerika. Die Eier des Wurms sind in Himbeeren, Erdbeeren und Melonen in jedem normalen Supermarkt verborgen. Verstehst du, in Guatemala, San Salvador und Honduras werden jetzt in der Agrarproduktion riesige Hochberieselungsanlagen eingesetzt. Phantastisch, was die Wirksamkeit betrifft. Schlecht für dich und mich.«

»Warum?«

»Die effektiveren Berieselungsanlagen in lateinamerikanischen Agrarunternehmen sind voller Kloakenabwässer, die mit Fäkalien verunreinigt sind. Das Sprühwasser umhüllt das Obst mit Viren, Bakterien und Parasiteneiern. Die Sonne tötet die Mikroben ab, aber die Eier von ein paar Viechern überleben Sonnenschein, Waschen, selbst Chlor. So, das ist meine Deutung. Willst du einen Blick auf die Daten werfen?«

Lawrence reichte Bryne triumphierend ein Blatt Papier mit sechs graphischen Darstellungen und gab ihm zu bedenken, daß die Ergebnisse unvollständig seien, vielleicht 56 Prozent der tatsächlichen Zahlen. Und obgleich nur einunddreißig

Staaten bis zum Ende der ersten Woche geantwortet hätten, sagte Drew zu Jack, sei er der Meinung, die Zahlen stellten ein ziemlich gutes Modell für das Land als Ganzes dar.

Tatsächlich war Drew in der Lage, ein vorläufiges Resultat zu benennen, wartete aber, bis Bryne nach den entscheidenden Daten fragen würde, der Schlußfolgerung in der letzten Graphik. Würde der Mann das Ergebnis sehen?

»Tip gefällig?« hänselte er Jack.

»Klar.«

»Nacht der lebenden TWERs«, antwortete Lawrence mit unbewegtem Gesicht.

»TWERs?« fragte Bryne. Toller Tip, dachte er. Bryne bemerkte, wie Lawrence sich mit seinen grazilen Fingern über den schwarzen Schädel fuhr und sein Gewicht verlagerte. Das stundenlange Sitzen auf diesem Stuhl hatte seine Gelenke verdammt steif werden lassen, und seine Hüfte tat ihm weh, aber Drew blieb hocken, bereit, seinem Kollegen dabei zuzusehen, wie er an dem Rätsel herumknobelte.

Wie üblich hatte Lawrence vorzügliche Arbeit geleistet; gleichwohl würde Bryne alles Lob einheimsen, trotz all seiner Bemühungen um eine gerechte Verteilung. Es lag sicherlich nicht daran, daß Lawrence ein Schwarzer war, daß er in den Medien nicht genannt wurde; es war Drews fehlender Doktortitel, der seiner Karriere Abbruch tat. Jeder, dem der Titel »Doktor« fehlte, das wußte Jack, landete auf den hinteren Kochstellen des akademischen Herdes, der sich für Titel und schicke Buchstaben vor dem Namen erwärmt. Die »Bevollmächtigten«, »Sonderprojektleiter«, »Abteilungsdirektoren«, »Laborchefs« – Männer, weiße Männer mit hohen akademischen Würden und eindrucksvoll klingenden Titeln – bekamen stets den Ruhm ab. Diejenigen, die tatsächlich die Arbeit machten – die komplizierten Tabellen, die raffinierten statistischen Analysen, die Regressionsanalysen erstellten, in denen die Schlußfolgerungen der Autoren dokumentiert wurden –, bekamen niemals die entsprechende Anerkennung. Kein Doktor? Gar nicht drum kümmern. Bryne wußte, dies Schild hing Lawrence um den Hals und um die Hälse vieler »Fast-Profilierter« wie ihm. Ein paar hunderttausend Dollar und ein kontinuierliches Studiendarlehen waren nötig, um sich von diesem Ladenhüter-Dasein freizukaufen; Lawrence hätte sich das niemals leisten können.

»Die Sache sieht gut aus, mein Lieber«, sagte Bryne sofort. »Drew, du ersetzt mir Augen und Ohren. Das hier ist sehr, sehr gut. Aber trotzdem sehe ich's noch nicht. Das Sample ist vielleicht zu klein.«

»Nicht genügend regionale Rückkopplung, Jack, aber sie genügt fast ... lies weiter ...«

Die zwei Graphiken oben auf dem Blatt waren simple Zeit-Ort-Histogramme, wie sie von Epidemiologen benutzt werden, um die Epidemie festzunageln – oder wie sie sagen, »zu orten« –, indem man die Fragen »wann?« und »wo?« stellt. Lawrence hatte die Zahlen der staatlichen Epidemiologen zusammengestellt und daraus zwei Histogramme entwickelt. Während der letzten zwei Jahre hatten Neurozystizerkosefälle offensichtlich nicht zugenommen, wenn man die Vereinigten Staaten als Ganzes betrachtete, und die Krankheit trat auch nicht verstärkt in irgendeiner bestimmten Region auf.

Die dritte Kurve, auf die Bevölkerungsdichte bezogen, war ebenfalls flach, wenn sie sich nach Fällen pro Million und Region errechnete. Regionen wurden von den CDC dazu benutzt, Trends bestimmter Krankheiten zu überwachen – Herzinfarkt, Schlaganfall, Zirrhose, Grippe und HIV. Manchmal wurden überraschende Unterschiede beobachtet; dann dachte man sich weitere Fragen aus, um die Unterschiede zu erklären und den Ursachen auf die Spur zu kommen. Für Neurozystizerkose wurden keine sichtbar. Sackgasse bis dahin ...

Jacks Augen konzentrierten sich auf die vierte Graphik. Als er auf »Personen«-Merkmale blickte, erkannte er interessante Unterschiede: Männer übertrafen Frauen bei weitem.

»Überrascht nicht, weil wir Daten über Parasiten betrachten«, sagte Lawrence zu Bryne. »Die meisten Jungen neigen dazu, schmutzigere Finger zu haben, sich weniger zu waschen und öfter barfuß zu gehen, sie sind eher auf Abenteuer aus und kommen eher mit Tieren in Berührung ... Hunde, Katzen, Waschbären, Fledermäuse und Mikroben, einschließlich parasitärer Würmer.« Bryne nickte.

Die vierte Graphik zeigte aber außerdem, daß bedeutend mehr Erwachsene als Kinder befallen worden waren, und das entsprach durchaus nicht der Norm und kam nur vor, wenn eine Krankheit langwierig war. Manche Menschen trugen Parasiten wie etwa Hakenwürmer jahrzehntelang mit sich herum, aber bei diesem Wurm war es anders. Schweinebandwürmer machten sich in der Regel in höchstens ein bis zwei Monaten bemerkbar.

Als Bryne die letzten beiden Graphiken betrachtete, verstand er, warum Lawrence sich nicht nur auf Erwachsene kapriziert hatte, sondern auch darauf, *wer* unter den Erwachsenen befallen wurde, und *wann* und *wo* der Befall eingetreten war. Lawrence hatte die Epidemie identifiziert, indem er Informationsteilstücke zusammengesetzt hatte. Die Zahlen waren unfaßbar.

»So viele Erwachsene, Drew? Warum? Warum mit einemmal in den Vereinigten Staaten?«

»Neurozystizerkose ist in den Staaten kein Problem mehr, Jack. Infizierte Schweine werden erkannt und vernichtet. Das Fleisch wird beschaut, und Schweinefleischprodukte werden gut durchgekocht aus Angst vor Trichinose. Die Trichinose ist ausgestorben, seitdem Tierabfälle als Schweinefutter verboten sind; das Fleisch wird außerdem streng auf Bandwürmer inspiziert. Sogenanntes ›schlechtes Schweinefleisch‹, der Ausdruck für Koteletts, Schinken und Lendenstücke, die mit weißlichen Larvenkapseln durchsetzt sind, wird bei der Beschau mühelos herausgesiebt.«

»Drew«, fragte Jack, »wenn Menschen das Schwein als definitiven Wirt ersetzen, werden sie dann nicht im Grunde zum

Zwischenwirt für das Schwein? Müßten sich nicht in ihren Herzen, Gehirnen, Augen und der Haut Larven entwickeln und Hunderte von parasitischen ›Tochterwürmern‹?«

»Klar. Passiert wahrscheinlich öfter. Wirf mal 'n Blick auf die nächste Darstellung.«

Bryne besah sich die sechste Graphik. Es hätte viele Möglichkeiten gegeben, die Informationen »aufzuschlüsseln«, die Drew zusammengestellt hatte – Unterteilungen nach Rasse, ethnischer Zugehörigkeit, gesellschaftlichem Rang, Einkommen und Tätigkeit.

Die letzte Graphik brachte die Sache auf den Punkt. Gott allein weiß, wie Drew das macht, dachte Bryne. Er wußte, die statistischen Angaben waren so verläßlich ... wie Lawrence. Trotzdem erschreckte ihn, was er da sah.

Bestimmte Berufsgruppen wurden vor allem befallen, besonders ... Rechtsanwälte.

»Nacht der lebenden Toten«, unterbrach ihn Lawrence, »aber nicht alle von ihnen sind tot, das ist sicher. Ich habe ein paar von unseren New Yorker Fällen angerufen. Fünfzehn im ganzen. Elf vernehmungsfähig. Sieben zu Auskünften bereit. Krank ... wirklich krank, aber nicht alle haben schon ins Gras gebissen.«

Bryne war erstaunt. »Und was haben sie nun alle gemeinsam?«

»Einmal möchten sie wissen, wen sie gerichtlich belangen können. Ich nenne sie die LWERs, die Lebenden Weißen Europäischen Rechtsanwälte. Keine Glückspilze, aber den TWERs um eines voraus, das ist mal sicher.

Es gibt eine Menge TWERs da draußen in den Vereinigten Staaten«, setzte Lawrence hinzu, »und niemand außer uns, weder die staatlichen Epidemiologen noch die CDC, die Ärzte und die Krankenhäuser, wissen von dieser Geißel. Jack, wir sind es. Der Trottelclub, der unser verlottertes medizinisches Versorgungssystem leitet, hat keine Ahnung, was hier vor sich geht.«

»Drew, wir müssen es ihnen sagen. Wir müssen etwas tun ...«

Ja, tu's nur, Jack, dann vergiß es, mein Freund, dachte Lawrence im stillen. Dann sagte er laut: »Ich mach' den Anruf. Ich faxe die Ergebnisse an alle Staaten. Aber Jack, es gibt ein altes türkisches Sprichwort ... ›Wer die Wahrheit sagt, wird aus neun Dörfern verjagt.‹ Laß es bleiben, Jack, dafür bist du nicht mehr verantwortlich.«

Verwandte der verstorbenen Anwälte waren nicht immer zu helfen bereit, als Bryne sie am Telefon zu befragen versuchte. Es hatte mehrere Stunden in Anspruch genommen, aber dank seiner Beharrlichkeit war er endlich auf Land's End gestoßen.

Er rief sofort den Direktor an, der, ohne jede Ahnung, was vorgefallen war, fast bis an die Grenze der Servilität behilflich war und versprach, Jack die vollständige Teilnehmerliste der dreitägigen Veranstaltung zu übersenden, dazu eine Beschreibung aller Speisen, die serviert worden waren.

»Ich muß Ihnen sagen, Herr Doktor«, fuhr der Direktor in seinem Loblied auf das Kurhotel fort, »daß die Herren Anwälte es hier wunderbar gehabt haben. So geht's jedem im Land's End. Sie müssen mal irgendwann mit Ihrer Familie herkommen.«

Bestimmt nicht, dachte Jack, sagte aber: »Ich denk' mal drüber nach«, dann gab er dem Direktor die Liste der Informationen durch, die er benötigte, und dankte ihm für seine Hilfe.

Der Großteil des Materials kam am nächsten Tag per Fax an. Kongreßabgeordnete und Senatoren hatten Grundsatzreden gehalten. Über dreihundert Gäste waren anwesend gewesen. Ein berühmter Komiker hatte die Anwälte einen Abend lang unterhalten. Die Speisen waren ausgewählt und hervorragend gewesen – Wildbret, Fasane, Freilandhühner, Enten, Gebirgsbachforellen, aromatische Blaukrebse, die aus Baltimore eingeflogen worden waren.

Bryne war erstaunt, als er die Speisekarten überflog, denn nichts darauf deutete auf Schweinefleisch hin. Warum? Weil Juden unter den Gästen waren? Wohl möglich. Auf jeden Fall hatte es keinen Schweinebraten, keine Schweinekoteletts oder -rippchen gegeben, keinen Speck, nicht einmal Smithfield-Schinken, der als Delikatesse galt.

Als nächstes las er sich das sorgfältig gedruckte Programm durch, auf der Suche nach etwas, das da sein mußte, das er einfach nur nicht sah. Aber dann fand er es:

Die Rede von »Screamin' Billy« Pusser.

Sie hatte so etwas wie ein Scherz sein sollen, wollte die Anwälte mit einem Branchenwitz vorsichtig aufs Korn nehmen. Der Titel der Rede hatte sie alle stillvergnügt in sich hineinlachen lassen, da war er sich sicher. Dem Satz entlehnt, den Oberrichter Warren Burger in seiner Abschiedsansprache gesagt hatte, warnte er vor der neuen Anwaltsgeneration, die inzwischen massenweise in die Welt gesetzt wurde. »Ein hungriger Heuschreckenschwarm«, so hatte er sie genannt. Ein hungriger Heuschreckenschwarm ...

Bryne erschauerte. Da war sie: Die Achte Plage. Die Heuschrecken hatten sich vollgefressen, und jetzt fingen sie an, über sich selber herzufallen.

Er nahm seine Liste vor und überprüfte sie genau. Der Centronella-Tod des Bischofs aus Louisiana war die Zweite Plage gewesen, die Frösche; die Mutterkornvergiftung war die Dritte Plage, die Läuse; die Honigbienen waren die Vierte Plage, der Ungezieferschwarm; der Milzbrand war die Sechste Plage – die in der Bibel geschilderten Eiterbeulen und Geschwüre.

Nun setzte er die Achte Plage hinzu, die Heuschrecken. Aber was war mit der Siebten Plage, dem Hagel? Oder der Fünften Plage, der Seuche, an der die Tiere sterben – das mußten die Pferde sein; das *muß* es sein, dachte er. Und was war mit der Neunten Plage, drei Tage Finsternis, oder der Zehnten, dem Tod der Erstgeborenen? Und wie stand es um die Erste

Plage, mit der alles angefangen hatte? Wie konnte irgendein Mensch, ganz gleich wie besessen er war, einen Fluß, Wasser, in Blut verwandeln?

15

Mittwoch, 2. September
Brynes »Cottage«, Guilderland
3.00 Uhr

Wie *konnte* man einen Fluß in Blut verwandeln? Die Frage beschäftigte Jack unentwegt, bis er, aus tiefem Schlaf aufgefahren, sicher war, eine Antwort gefunden zu haben.

Sein erster Gedanke war, Mia in Manhattan anzurufen – bis ihm einfiel, daß es 3.00 Uhr nachts war und sie sowieso schon dachte, er verliere den Verstand. Drew wollte er nicht wecken. Und er hatte die Absicht, Vicky in seine Plagen-Theorie erst dann einzuweihen, wenn er sich die Geschichte als Dokumentarbericht in *Hot Line* vorstellen konnte.

Drew kam immer früh ins Labor, aber an diesem Morgen schlug Jack ihn um eine gute halbe Stunde, er hatte den Kaffee schon fertig, als Lawrence hereinkam. Die Überraschung war Drew anzusehen.

»Dr. Bryne«, scherzte er, »wem verdanken wir denn diese unerwartete –«

»Drew«, unterbrach Jack ihn aufgeregt, »ich glaube, ich habe eine Idee für die Erste Plage!«

»Im Ernst?«

»Und ob. Überleg mal ... überleg mal ... was könnte ein Gewässer zu Blut, blutrot werden lassen?«

Drew überlegte nur kurz, bevor er antwortete: »Oder purpurfarben oder leuchtend grün ... Die ›rote Flut‹, eine Alge! ... Denkst du an eine Art Giftblüte?«

»Ja. All diese wunderschönen, tödlichen Blüten! Drew, ich möchte, daß du für mich in Nexis auf die Suche gehst. Kämme jede verfügbare Quelle nach giftigen roten Fluten durch, einschließlich Ciguatera-Vergiftung, wahrscheinlich in der Karibik, so am Anfang dieses Jahres.«

»Aber klar«, grinste Drew, der immer für eine schwierige Aufgabe zu haben war. »Ich zisch' gleich los!«

Und Lawrence war nicht mit leeren Händen zurückgekommen. Er hatte einen neun Monate alten Artikel aus dem *Miami Herald* mitgebracht. Er war kurz, zu kurz für Jack, um sicher zu sein, aber es war fraglos eine faszinierende Lektüre.

Miami. Januar. Reuters.
Holländische Beamte der Gesundheitsverwaltung auf der Insel Sint Maarten bestätigten heute, daß die tödliche Lebensmittelvergiftung von Reverend Cato Phipps, seiner Frau Georgianna und ihrer Tochter Gretchen durch eine Ciguatera-Vergiftung ausgelöst worden ist, wahrscheinlich durch Gifte, die in vielen karibischen Sportfischarten zu finden sind.

Die Familie Phipps und Dutzende von amerikanischen Mitgliedern ihrer Gemeinde hatten sich auf einer Neujahrskreuzfahrt befunden. Von den Hunderten von Touristen scheinen nur Phipps und seine Familie befallen worden zu sein. »Wir bedauern den Tod der Familie Phipps zutiefst«, sagte Dr. Nick Mertens, Staatssekretär im holländischen Gesundheitsministerium in Den Haag.

Die holländische Behörde hat kürzlich bekanntgegeben, daß Ciguatera-Toxin, das möglicherweise in einem aus roten Schnappbarschen bestehendem hors d'œuvre enthalten war, den plötzlichen Tod herbeigeführt hat. Die Familie Phipps hatte eine traditionelle *Rijsttafel* verzehrt, ein Festessen, bestehend aus holländischen und indonesischen Delikatessen, das von lokalen Honoratioren zu ihren Ehren gegeben worden war. Die zeremonielle regionale Fischvorspeise hatte der Geistliche selbst in Auftrag gegeben. Zum Essen gehörte außerdem ein feuriges *Sambal Oedong,* ein scharfes Gericht, das die einheimischen Ärzte zunächst für den Zusammenbruch der Familie verantwortlich gemacht hatten.

Der Kollaps von Rev. Phipps, seiner Frau und seiner Tochter während eines ihnen zu Ehren gegebenen Banketts löste nahezu Hysterie bei den Anhängern von Phipps aus, von denen viele sich ihm erst vor kurzem auf seiner Kreuzfahrt »Vorwärts Christliche Soldaten« angeschlossen hatten. In einem fast zum Handgemenge ausartenden Streit nach Phipps' Tod behaupteten zahlreiche Geistliche, Phipps habe sie, ehe er starb, zum neuen Anführer der Kirche bestimmt.

Bryne war sicher, daß offizielle Stellen der USA dem Tod der drei Menschen nicht einmal nachgegangen waren. Der »Reverend« hatte sich auf einem Kreuzfahrtschiff in der Nähe der holländischen Hälfte der Insel Sint Maarten befunden, wohin man wohl auch die Toten gebracht und die Autopsie vorgenommen hatte. Wenn Jack weitere Informationen haben wollte, würde er mit holländischen Gesundheitsbeamten reden müssen, entweder mit den auf der Insel ansässigen oder, wahrscheinlicher, mit Beamten in Holland.

Er drehte sich zu seinem Bücherregal um, klappte ein ziemlich abgenutztes Buch auf und blätterte zum Kapitel über Algen.

Die Ciguatera-Vergiftung, las er, war auf eine Vergiftung durch mikroskopisch kleine, Dinoflagellaten genannte Organismen zurückzuführen, die von größeren, zwischen Karibik und Südpazifik lebenden Raubfischen aufgenommen werden. Die Dinoflagellaten, als *Gambierodiscus toxicus* bekannt, werden von kleinen Meerestieren gefressen, und die Toxine werden in der Nahrungskette aufwärts in größere Fische wie Schnappbarsche, Barsche, Blaufische und Pfeilhechte weitergetragen.

Ciguatera konnte sicherlich jemanden töten, doch nicht innerhalb von Minuten, es sei denn, die Dosis war extrem hoch. Freunde von Bryne hatten einmal auf einer Segeltour nach Grenada geringe Dosen abbekommen und in der Leistengegend jegliches Gefühl verloren, einige für vierundzwanzig Stunden.

Bryne überflog rasch den Text. Suchte, überlegte. Wie einfach wäre es ...? Er las aufmerksamer weiter, auf der Suche nach den Methoden, den Giften. Die Meeres-Dinoflagellaten waren nur eine der vielen Phytoplanktonarten, die neurologische Probleme auslösen konnten – Taubheit, Lähmung, Parästhesie, Schwächung der Atmung. Im Laufe des letzten Jahrzehnts hatten Mikrobiologen aus Dutzenden von Ländern Ciguatera-Varianten an »Algenblüten« bemerkt, die über weite Strecken in Ozeanen und Meeren trieben.

Der Name »Rotes Meer« wurde einer Blütephase von *Fusarium rosaceum* zugeschrieben, die vor Jahrhunderten stattgefunden hatte. In der ganzen Welt hatte es grüne, braune, blaue und in neuerer Zeit leuchtend purpurrote Strömungen in Mündungsgewässern gegeben, jede mit eigenen, starken Giften. Selbst Süßwasserseen verfärbten sich blaßgrün von Algen, die so giftig waren, daß Wasservögel auf diesen Teichen gefährdet waren. Einige Meeresalgen leuchteten im Mondlicht und verliehen tropischen Meeren etwas Surreales.

Algenblüten produzierten die giftigen Moleküle als Nebenprodukt ihrer eigenen Atmung und Ausscheidungen. Manche Algengifte zerstörten das empfindliche Ökosystem des Meeres. Sie töteten Fische und Schalentiere in Millionen, ließen ganze Riffe veröden und verschmutzten Strände für Wochen. Andere Gifte waren für bestimmte Fische und Schalentiere ungefährlich, auch wenn sich die Toxine in ihren Muskeln und Kiemen sammelten. Die Gifte waren für diese Geschöpfe selbst zwar unschädlich, wenn aber ein größeres Lebewesen, wie zum Beispiel der Mensch, sie aß, konnten die konzentrierten Gifte schnell tödliche Wirkung zeigen.

Neuerliche Zunahmen des »Blühens« roter Algen waren von Satelliten überwacht worden, die die sich ausbreitenden Algen ausfindig machten, wenn sie Tausende von Quadratmeilen weit über die Ozeane trieben. Jahrelang wurden sie für harmlos gehalten. Doch neuere und alarmierende Daten zeigten, so las Bryne, daß der zunehmende Phosphatgehalt im

Meerwasser, durch Düngemittel und chemische Abwässer verursacht, oftmals das sich verselbständigende Wachstum auslöste, vor allem in wärmeren Küstengewässern; und dann führte die Kombination von beiden, beschleunigt durch die Wärme des Treibhauseffekts, zur Entstehung gewaltiger Flächen giftiger blühender Algen.

Bryne langte hinüber zu seinem Rolodex, blätterte zu Buchstabe D und fand die Nummer in Amsterdam, die er suchte. Er warf einen Blick auf seine Uhr – zu spät, um in Europa anzurufen. Bryne griff zu seinem Laptop. Es gab drei niederländische Online-ProMEDer, zwei Ärzte und einen Mikrobiologen. Vielleicht konnte ihm einer von ihnen die Regierungsberichte zu dem Vorfall besorgen. Es war allgemein bekannt, aber nie an die Öffentlichkeit gedrungen, daß sich bei Sint Maarten schon jahrelang immer wieder Ciguatera-Vergiftungen häuften. Dort angrenzende Riffe boten den Algen wachstumsförderliche Lebensbedingungen.

Die nahegelegene Insel St. Bart blieb von der Krankheit verschont. Dort gab es keine Riffe, die die Algen schützten und anzogen. Solche Riffe gab es dagegen im Südpazifik: Captain Bligh hatte während seines abenteuerlichen Exodus aus Tahiti im Ruderboot rohen Blaufisch gegessen und qualvolle Symptome durchlitten, die er in seinem Tagebuch festgehalten hatte, doch er überlebte die Vergiftung. Die Holländer (und die Franzosen im Südpazifik) hatten gleichzeitig auftretende Fälle von Ciguatera-Vergiftungen heruntergespielt, um den Tourismus nicht zu schädigen. Die karibischen Behörden wußten zweifellos von dem Problem, aber sie würden es natürlich nicht an die große Glocke hängen.

Trotzdem, überlegte er, war der Zufall zu groß.

Reverend Phipps und seine Familie waren vor fast einem Jahr gestorben, und von späteren Vorfällen oder »Zufällen« war ebenfalls die Geistlichkeit betroffen gewesen. Einige davon jedenfalls ... Und diese Heiligen überall, wie *Sint* Maarten ... Und *San* Diego ... Falls diese beliebigen Zufälle nur ...

Zufälle waren. Bryne hatte den Sprung von der Wissenschaft zur Spekulation schon vor Monaten gewagt, und er wußte, er würde damit nicht aufhören.

Wenn die Angelegenheit von Sint Maarten mit der Ersten Plage identisch war – die rote Alge, das sich in Blut verwandelnde Wasser –, dann hieß das, daß die Ciguatera-Vergiftungen den Anfang gebildet haben mußten. Da spielte nicht nur jemand das biblische Szenario noch einmal durch, er tat es auch der Reihe nach.

Bryne holte ein Blatt Papier hervor und machte sich daran, seine Liste abzuändern, indem er die Verknüpfungen in groben Zügen festhielt:

I = Wasser zu Blut = rote Alge/Ciguatera = Januar

Er überlegte, ob er die Heiligen dazutun sollte oder nicht. Konnte der Name St. John dabei eine Rolle spielen? War ihr Sohn ein Zufallsopfer gewesen? Sollte er einen Blick auf Sportmannschaften werfen? Die New Orleans Saints, die San Diego Chargers, die San Francisco 49er?

Er hielt einen Notizblock im Schoß und begann, die Geschichte der letzten Monate niederzuschreiben. Er legte ein Raster an.

Bibl.Plage	**Gegenwart**	**Wer?**	**Wo?**	**Wann?**
1 Wasser – Blut	Ciguatera	Pfarrerfam.	Sint Maarten	Jan.
2 Frösche	Baumfrösche	Bischof	Louisiana	Febr.
3 Läuse	Ergotismus	???	Connecticut	März
4 Ungezieferschwärme	Bienen	Touristen	San Antonio	April
5 Tierseuche	???	Pferde	Ill./Kent.	Mai
6 Geschwüre	Milzbrand	Kinder	San Diego	Juni
7 Hagel	???	???	???	Juli?
8 Heuschrecken	Zystizerkose	Anwälte	USA	Aug.
9 Finsternis	???	???	???	Sept.?

Bryne dachte die ganze Sache noch einmal durch. Er vermutete, daß irgendein namenloser Irrer, wahrscheinlich ein religiöser Fanatiker, eine Reihe zunehmend tödlicher Angriffe inszenierte, die sich vorwiegend gegen Angehörige der Geistlichkeit oder gegen Leute richteten, die mit ihnen in Verbindung standen, wie die Anwälte von dem Treffen im Land's End.

Wenn man es sich recht überlegte, war Joeys Vater ein äußerst einflußreicher Mann mit starkem, wiedererwachtem christlichem Glauben. Der Bienenschwarm in San Antonio war über Touristen hergefallen, aber erst nachdem er eine Baptistengemeinde angegriffen hatte. (Und wenn die Pferde in die Sache verwickelt waren – dieser eine Typ, Leigh: von dem hatte Vicky erzählt, er sei ebenfalls ein rechtskonservativer christlicher Fundamentalist.)

Phantastisch. Aber wo war der unwiderlegbare Beweis, die »rauchende Pistole«? Sie war da, er war sich sicher; er sah sie bloß nicht. Aber er mußte, er mußte sie einfach sehen, ehe das Ungeheuer wieder zuschlug.

Donnerstag, 3. September
Zoonose-Laboratorium, Guilderland

An diesem Morgen, der merkwürdig kühl war, schien die Sonne durch eine Gruppe von Eichen am entgegengesetzten Ende der abgeernteten Maisfelder, auf die man von Brynes Arbeitszimmer aus blickte. Es war noch vor sieben, in Europa schon nach zwölf, und Jack mußte dort unbedingt jemanden vor der Mittagessenszeit erreichen. Er genehmigte sich seine erste Tasse Kaffee, dann stellte er sorgfältig seinen Sessel so ein, daß er seinen invaliden Arm stützte, der ihm an Tagen wie diesem stets Kummer machte. Er begann auf ProMED eine Anfrage an Jan de Reuters einzugeben, einen seiner niederländischen Kontaktleute. Konnte de Reuters wohl herausbekommen, was, wenn überhaupt, auf der Kreuzfahrt geschehen war, die Reverend Phipps das Leben gekostet hatte? Besaß das Gesundheitsministerium irgendwelche schlüssigen Beweise dafür, daß Phipps und seine Familie an Ciguatera gestorben waren? Wie viele Leute waren sonst noch betroffen? Ob Bryne ihn anrufen könne. Oder ob er lieber Bryne per R-Gespräch anrufen würde? Er drückte auf die Sendetaste, und die ProMED-Botschaft war auf ihrem Weg.

Lawrence platzte herein. »Carl Rader aus Atlanta hat versucht, dich zu erreichen, gestern abend, nachdem du weg warst. Irgendwas braut sich da unten zusammen. Es sieht so aus, als träten gehäuft Botulismusfälle auf, einige gab's schon im Juli. Die Leute da unten denken, es ist mal wieder 'ne Kartoffelsuppe, verstehst du, irgend so ein Dosenprodukt. Falls ja, wird's heftig.«

»Was wollte Carl noch?« Bryne war hellhörig geworden. Ein Anruf von Rader, dem pensionierten Direktor der Centers for Disease Control, stellte sich fast immer als wichtig heraus. Rader war schon damals Direktor gewesen, als CDC noch keine Dachorganisation war. Damals war das Center die erste Regierungseinrichtung gewesen, die einen politisch korrekten Jargon benutzte, indem es seinen Namen und seinen ursprünglichen Auftrag von übertragbaren Dingen auf eine breitere Basis stellte: auf alles, was epidemische Ausmaße haben konnte, ansteckend oder nicht.

Rader war einer von der alten Schule, einer von den Wissenschaftlern, denen es um Infektionskrankheiten ging. Die neuen Centers for Disease Control (und, später, Disease Prevention also Verhütung) untersuchten Krankheiten, die durch Asbest verursacht wurden, Bleivergiftungen, umweltgefährdende Giftstoffe und Krebshäufungen. Heerscharen von Mikrobiologen, Parasitologen, Veterinären, Entomologen und Bakteriologen waren entweder auf der Karriereleiter nach oben befördert oder gezwungen worden, sich vorzeitig aufs Altenteil zurückzuziehen. Mit ihnen waren Generationen von Wissen verlorengegangen.

Im Jahr 1976 war die Legionärskrankheit ein Alarmzeichen gewesen, das anzeigte, wie viele neue Erreger es in der Welt gab, die bloß darauf warteten, ans Tageslicht zu treten, eine frühe Warnung, sich wieder den ursprünglichen Aufgaben der Center zuzuwenden. Die Ausbrüche des Lassa-Fiebers, das AIDS-Fiasko unter Reagan, das verspätete Erkennen neuer Infektionen wie der Lyme-Krankheit und schließlich die Ebola-Epidemien in Afrika und die Kryptosporidiose im Trinkwasser in Milwaukee, dies alles erregte die Aufmerksamkeit der Center und der Amerikaner. Doch die alte Wachmannschaft hatte sich zur Ruhe gesetzt, und die jungen Ehrgeizlinge, die Fachleute für chronische Krankheiten, die Berufsepidemiologen, die grauen Eminenzen mit ihrem Dr. phil. mußten schleunigst umgeschult werden, damit sie mit diesen neuen Krankheiten umgehen konnten. Sie lernten an den Modellen der älteren Krankheiten, mit denen Rader sich seine Sporen verdient hatte.

»Dr. Rader möchte, daß du ihn anrufst. Umgehend. Er kriegt nach und nach die demographischen Angaben rein. Sieht angsterregend aus. Er klang sehr beunruhigt.« Lawrence sah, daß Bryne nickte, aber er machte keine Anstalten, zum Telefon zu greifen.

»Das hört sich für mich nicht sehr nach Carl Rader an. Rader ist derjenige, der gesagt hat, er verdanke seinen Erfolg nur einem Geheimnis. Und dieses Geheimnis heiße Gleichgültigkeit.«

Lawrence warf einen besorgten Blick auf Bryne und zog sich langsam zurück.

Bryne las den alten Zeitungsausschnitt immer und immer wieder. »Das ist wirklich 'n Ding.« Er hielt den Zeitungsartikel in die Höhe.

»Ja, das stimmt. Sag mal, wie lange dauert's eigentlich, bis dein holländischer Freund dich zurückruft?«

»Bald, hoffe ich.« Bryne schüttelte den Kopf, denn er wußte, es konnte Tage, ja Wochen dauern. Er brauchte noch eine andere Informationsquelle zu der Phipps-Geschichte. Vielleicht sollte er seine Kirche anrufen. Könnte eine Abkürzung sein. Nein, vielleicht nicht. Bryne war so in seine Gedanken vertieft, daß er gar nicht bemerkte, wie Lawrence das Zimmer verließ. Fünfzehn Minuten vergingen, eine halbe Stunde. Bryne hatte immer noch nicht auf Raders Anruf reagiert, als das Telefon klingelte. Es war de Reuters.

»Jack, lieber alter Freund«, begann der Holländer jovial, »ich habe Ihre ProMED-Mitteilung erhalten. Hier ist schon fast Dienstschluß. Was ist so dringend?« Er unterbrach sich und begann mit seinem obligatorischen »Doch zunächst, wie geht's Ihrer schönen Frau, Jack? Ich hoffe doch, gut. Sagen Sie ihr meine besten ...«

Bryne ließ die Präliminarien einer holländischen Begrüßung über sich ergehen – die Ehefrauen, die Kinder, die Kollegen, die Freunde, alle wurden erwähnt. Schließlich kamen sie zur Sache.

»Jan, ich möchte gern etwas über ein paar Ciguatera-Fälle wissen, die sich unten bei Sint Maarten ereignet haben. Im Januar. Es war eine Sache auf einem Kreuzfahrtschiff, glaube ich ... Können Sie mir was darüber erzählen?«

De Reuters zögerte, seine Begeisterung über die Familie und die Freunde verwandelte sich in den Habitus eines ernsten Profis. »Tja, das könnte ich, Jack ... Möchten Sie eine offizielle Antwort oder ...«

»Inoffiziell, Jan, bitte ... es soll keine Quelle genannt werden ...«

»Ja. Inoffiziell. Deswegen habe ich angerufen. Ich möchte nicht, daß dies in irgendeinem Schriftstück auftaucht, Jack. Es kommt nicht von mir, verstanden? Die ganze Sache stinkt. Also lassen Sie mich beginnen ...«

Bryne suchte nach seinen Notizen. Das konnte gute oder schlechte Neuigkeiten bedeuten.

»Das erste ist«, verkündete de Reuters, »daß die Familie

tatsächlich an Ciguatera gestorben ist. Im Januar dieses Jahres.«

Bryne fühlte, wie sich die Haare an seinen Armen aufstellten. *Bleib ruhig*, sagte er sich, *solche Sachen passieren*. Jedes Jahr starben Menschen an der Vergiftung. Er wartete.

»Es entstand ein Kampf um die hoheitliche Zuständigkeit. Die Todesfälle ereigneten sich in internationalen Gewässern, aber die nächste örtliche Verwaltung war unsere, in Sint Maarten. Der Kapitän des Schiffes war Italiener, seine Mannschaft hundertprozentig spanisch, abgesehen von einem philippinischen Küchenchef. Von der Beköstigung erzähle ich Ihnen gleich. Das Schiff fuhr unter panamaischer Flagge, und der Kapitän versuchte tatsächlich zu verhindern, daß unsere örtlichen Beamten an Bord gingen. Etwa drei Minuten lang. Dann nahmen niederländische Soldaten und französische Gendarmen die Sache in die Hand.«

Er machte eine Pause, als wollte er nicht mehr verraten, doch Jack drängte ihn: »Weiter! Erzählen Sie weiter!«

»Die Beamten sprachen mit dem Küchenchef«, berichtete ihm de Reuters widerwillig, »konfiszierten die Fische, legten die drei Leichname auf Tragen und brachten sie in das Krankenhaus auf der Insel. Die drei Phipps' waren bereits tot ... oder es hatte den Anschein! Über den genauen Zeitpunkt des Todes gibt es Unstimmigkeiten ... Eines der unerkannten Symptome der Vergiftung ist Kataplexie. Das Opfer scheint tot zu sein, ist es aber in Wirklichkeit nicht. Es muß intubiert werden, bis es wieder von selbst atmen kann. Jedenfalls rief dann dank Ihrer Kongreßabgeordneten die amerikanische Botschaft an und bat um einen raschen Abtransport der Leichen.«

»Also«, Bryne zögerte, »sie sind an Ciguatera gestorben?«

»Ja, leider Gottes sind sie das, Jack. Und, lieber Freund, aus einleuchtenden kommerziellen Gründen sind wir und die Franzosen nicht sonderlich daran interessiert, dieses tragische Vorkommnis an die Öffentlichkeit zu tragen. Es ist schlecht im

Hinblick auf den Tourismus. In jedem x-beliebigen Jahr bekommen wir und unsere französischen Kollegen auf Sint Maarten, Martinique und Guadeloupe diese ... Plage mehr als einmal zu sehen. Unsere Regierungen wollen das nicht als ... schlechte Presse sehen.«

Bryne verstand. Vertuscht wurde ständig. In den fünfziger Jahren hatte die mexikanische Regierung dementiert, daß Gelbfieber je über die südliche Grenze in Guatemala eingedrungen sei. Es wäre schlecht fürs Touristengeschäft gewesen. Bryne erinnerte sich fast Wort für Wort an ein Gespräch, zu dem er eingeladen worden war, als er vor ein paar Jahren mit Mia in Hyannis Port im Sommerurlaub gewesen war. Auch in ihrer Heimat wurden solche Dinge vertuscht. In den siebziger Jahren begannen aus Marthas Vinyard und Nantucket Berichte über zwei seltene Krankheiten herauszusickern, beide durch Zecken übertragen: Rocky-Mountain-Fleckfieber und Babebiose. Diese von Touristen beherrschten Hafenorte mußten schließlich zugeben, daß auf ihrem Inselparadies Zecken eine Bedrohung darstellten. Man hätte denken können, es sei ein Vergeltungsakt dieser Tiere gewesen, genau wie in »Der weiße Hai«: Die Kauwerkzeuge der Zecken waren zwar mikroskopisch klein, aber ebenso tödlich.

Er war sich sicher, daß es noch andere Aspekte der Vergiftungen gab, die de Reuters nicht erwähnte ...

»Jan, lieber Freund, ist denn an den Befunden etwas ... ungewöhnlich? Sie kommen mir ein wenig zögerlich vor. Ihre Sorgen in Sachen Tourismus sind verständlich, aber ist da sonst noch was? Ist da etwas ... fischig?«

»Ja, ziemlich fischig, Jack. Genau gesagt, der Mann und seine Frau hatten überhaupt keinen Fisch im Magen. Sie haben etwas Reis und Brot gegessen, und der Pfarrer hat kurz vor seinem Tod einen kräftigen Schluck Scotch zu sich genommen. Und man fand ein paar Kokainmetabolite in seinem Blut, aber nicht genug, um dran zu sterben. Einen ungewöhnlichen und interessanten Geistlichen hatten Sie da mal in Amerika.

Seine Frau und seine Tochter waren clean. Auch sie hatten keinen Fisch gegessen.«

»Aber Sie haben doch gesagt, daß sie an Ciguatera gestorben sind?«

»Das stimmt, aber nicht an normalen, physiologischen Mengen, Jack. Es waren pharmakologische Mengen, etwa das Zehntausendfache dessen, was wir normalerweise bei Todesfällen feststellen. Es bestand keine Möglichkeit, keine natürliche Möglichkeit ...«

»... ihnen diese Menge zuzuführen, es sei denn ...«

»... jemand hat es ihnen verabreicht. Und da ist noch was. Wir haben nicht nur Ciguatera-Toxin gefunden, sondern auch Neosaxitoxin, Gonyautoxin und Mikrozystintoxine. Unser Giftalarmsystem ist sehr subtil, Jack, aber so etwas haben wir noch nie gesehen, und ich hoffe, wir sehen's auch nie wieder.«

»Was haben Sie unternommen, und was planen Sie in dieser Sache zu unternehmen?«

»Eines würden wir nicht gerne sehen, lieber Freund«, antwortete de Reuters, »die Geschichte sollte auf keinen Fall auf ProMED gebracht werden. Sie könnte – wie nennen Sie das? – Trittbrettfahrer auf den Plan rufen. Diese Algenblüten und Dinoflagellaten, die die Toxine produzieren, können in Aquarien von jedem hergestellt werden, der Zugang zum Meer oder zu Teichen oder Seen hat – irgendeinem Gewässer, in dem Organismen wachsen. Mit der entsprechenden Temperaturkontrolle, dem richtigen Salzgehalt und Licht kann man diese Blüte so einfach ernten wie man Entengrütze züchtet.«

»Okay, ich verstehe, was Sie meinen.«

»Jack, wir haben den Leuten von der Weltgesundheit, wir haben Interpol und Ihrer Regierung Mitteilung gemacht. Es gibt überhaupt keinen Verdächtigen. Zum Glück gibt es auch keinen Anhalt für einen weiteren Vorfall.«

Bryne dachte über den tieferen Sinn von de Reuters Worten nach. Natürlich konnte man ProMED mißbrauchen, sich

Hilfestellungen für eine solche Tat geben lassen. Und man konnte Informationen einschleusen – wie die Ergotismus-Geschichte deutlich gezeigt hatte. Das Allerschlimmste aber: Was tun, wenn der Psychopath, der all die Dinge tat, selber ein ProMEDer war? So viele Was-wäre-Wenns. So viele offene Fragen.

Donnerstag, 10. September
New York City
12.00 Uhr

Teddy Kameron, der Brynes E-Mail an de Reuters eine Woche zuvor genau überwacht hatte, wußte bereits, was der Virologe vorhatte. Ihm sagten zuerst sein Instinkt und nun diese Notiz, daß Bryne dem Phipps-Vorfall immer näher kam – der Ersten Plage, dem allerersten Mal, daß Gottes Stimme ihn zum Handeln aufgefordert hatte.

Die neuen Entwicklungen von Brynes zäher Verfolgung – eine Provokation für die »Stimme« – beunruhigten Kameron, doch gleichzeitig erregten sie ihn irgendwie. Das FBI andererseits hatte ihn gelangweilt. Dort saßen bloß Apparatschiks ohne jede Phantasie, die Befehle befolgten wie brave Soldaten. Bryne war ein ganz anderes Kaliber: Bryne war ein würdigerer Gegner. Kameron hatte bis jetzt die ganze Geschichte hundertprozentig unter Kontrolle gehabt. Sollte Bryne der Ersten Plage auf der Spur sein, so war er das ohne irgendwelche Hinweise von Teddy. Nicht gut. Gar nicht gut.

Als Teddy auf die schönen, tödlichen Algen schaute, die in den Aquarien blühten, überkam ihn Angst – Angst davor, daß Bryne ihm zu nahe kam, daß er gestoppt würde, ehe er mit allen Plagen durch war. Nein, nein, versicherte er sich. Die »Stimme« würde das nie zulassen. Teddy war der Abgesandte Gottes, stand unter göttlichem Schutz. Alles würde gutgehen. Alles würde so kommen, wie die Gottheit es geplant hatte. Es war unnötig, sich über Bryne Gedanken zu machen, der nur ein sterblicher Sünder war wie alle anderen auch.

Während Teddy sich ein Gläschen Williamsbirne eingoß, um seine Nerven zu beruhigen, rief er sich seinen Kurzbesuch in der Karibik vor fast einem Jahr in allen Einzelheiten ins Gedächtnis. Hatte er einen Fehler gemacht?

Von der Kreuzfahrt hatte er in Phipps' Fernsehsendung gehört, die er auf Befehl der »Stimme« angesehen hatte; dann wartete er auf Anweisungen, und die wurden ihm wenig später erteilt. Der Plan war so herrlich einfach. Teddy buchte als normaler Tourist eine Reise auf dem Dampfer, und an jenem tödlichen letzten Abend war es ihm gelungen, sich vor der Hauptmahlzeit in den Speisesaal der ersten Klasse zu schleichen. Er hatte alles aus nächster Nähe beobachtet, und es hatte ihn enorm erregt, denn der Pfarrer »starb« zwar rasch, aber seine letzten Augenblicke waren alles andere als angenehm.

Er goß sich noch einen Williams ein, klappte seinen Laptop auf, gab sein Codewort »LMPG« ein, rief die Datei über die Erste Plage auf und las seinen Bericht über das Ende von Phipps und seiner Familie noch einmal durch; die Datei war schon fast in dem Zustand, in dem er sie Bryne präsentieren würde.

Freitag, 30. Januar
Speisesaal erster Klasse
S.S. Rio Roha, *Hafen von Sint Maarten*
Reverend Cato Phipps saß mit seiner Familie auf den erhöhten Ehrenplätzen des Erster-Klasse-Speisesaals des Kreuzfahrtschiffs und beglückwünschte sich dazu, was für ein guter Einfall diese kleine Vergnügungsreise doch gewesen war. Er hatte die Sponsoren seiner Kirche auf eine Siebentagetour durch die Inseln eingeladen – die »Heiligen Inseln«, wie er sie genannt hatte, als er die Unternehmung im Fernsehen anpries: St. John, St. Croix bis runter nach Sint Maarten.

Um an der Reise teilnehmen zu dürfen, mußte man Phipps' religiösem Unternehmen eine beträchtliche Summe stiften; die hundert höchsten Spenden gewannen Plätze auf der Reise. Alles in allem hatte er mehr als zwei Millionen Dollar abgesahnt. Die Kreuzfahrtlinie hatte seine Reise übernommen und ein paar Tausend an Provision gezahlt; der Nettogewinn betrug fast 1,8 Millionen Dollar. Nicht schlecht für einen Jungen vom Lande! Er lächelte.

Phipps hatte vor, aus diesem Essen in mehr als nur einer Hinsicht das Letzte Abendmahl zu machen. An diesem Abend plante er, sich von seiner Frau und der Tochter loszueisen, den Ausflug nach Sint Maarten zu einer »Geschäftssitzung« zu nutzen und dann am Morgen nach Key Biscayne zurückzufliegen – er würde die Freude haben, seine Familie wenigstens für ein paar Tage nicht zu sehen.

Das Abschiedsessen der Kreuzfahrt, das wußte er, mußte für alle unvergeßlich sein. Das Festessen würde zum Stadtgespräch in Des Moines, El Paso und Charlottesville werden. Er wollte, daß man überall darüber redete, damit die Kreuzfahrt des nächsten Jahres die Einnahmen dieses Jahres wie ein Taschengeld erscheinen lassen würde. Er dachte an Europa – St. Tropez, St. Etienne, St. Raphaël ... all diese wunderbaren, nach Heiligen benannten Orte. Er würde sich irgendeinen neuen Trick einfallen lassen müssen, um rüber nach Bangkok zu kommen. Zu schade, daß die Jesuiten nicht weiter nach Asien vorgedrungen waren.

»Die Fische sind bereit, Hochwürden Phipps«, meldete der Steward.

»Ich hoffe, keine Judenfische!« witzelte der Reverend, dann fragte er in schärferem Ton: »Und die Brote?«

»Sie sind aus der Bäckerei von der französischen Seite der Insel geliefert worden, Sir«, teilte ihm der Steward mit. »Unmengen von Baguettes.«

»Vergessen Sie nicht, die Baguettes sind nur für unsere Leute, nicht für die Touristen auf dem zweiten Deck. Sor-

gen Sie dafür, daß die Leute, die unserer Kirche nicht angehören, gebeten werden, vor unserem Essen den Saal zu verlassen.«

»Ja, Sir«, gab der Steward zurück.

Wie immer achtete der Reverend auf sein Geld. Da er sich für einen netten und anständigen Menschen hielt, hatte er zur Cocktailstunde allen Passagieren Zugang gewährt, nicht aber zum Abendessen. Zusätzlich zur Rijsttafel sollte es als besondere Leckerei Blaufisch, Lippfisch und roten Schnappbarsch geben. Die besten Märkte auf den Inseln waren geplündert worden. Das exklusive Strandhotel La Samana würde an diesem Abend Beef, keinen Fisch servieren.

Phipps hatte vor, auf jeden Tisch zwei ganze rote Schnappbarsche stellen zu lassen, danach würde er zwischen den Gästen mit einem großen, mit warmem, frischem Brot gefüllten Korb herumgehen. Weitere Körbe würde man hinter einer spanischen Wand bereithalten, so daß sein Vorrat unbegrenzt erschiene. Brote und Fische. Eine Speisung vieler. Ein Wunder.

Während er von dem Ruhm träumte, der vor ihm lag, kostete er gedankenverloren von der Rijsttafel und bemerkte es kaum, als seine kleine Tochter Gretchen den Finger in die sämigen, scharfen Speisen bohrte; aber seine Frau Georgianna sah es, gab der Kleinen einen Klaps auf die Hand und zischte sie an, sie solle gefälligst die Gabel benutzen. Georgianna begann zu essen und hielt dann eine Gabel voll ihrer kleinen Tochter hin.

Etwas an der Gabel zog die Aufmerksamkeit des Reverends auf sich, und als er seine eigene besah, grinste er höhnisch. Es war sehr schwer, heutzutage Qualitätsservice zu bekommen. Keine der Gabeln schien richtig sauber zu sein, und seine hatte dem Essen einen ausgesprochen metallischen Beigeschmack verliehen. Plötzlich fühlte er, wie seine Lippen und seine Zunge von all den Gewürzen brannten, dann kribbelte es in seinen Fingern – allerdings nicht unangenehm. Köstlich, dachte er im ersten Moment.

»Daddy«, begann Gretchen zu jammern, »es ist so scharf! Meine Lippen brennen!«

»Trink einen Schluck von deiner Pepsi«, sagte er zu ihr, und das Kind mit seinen Zöpfchen trank gehorsam aus einem großen Glas, in dem Eiswürfel schwammen, doch es schien nicht zu helfen.

»Daddy, Daddy, es schmeckt so scharf! Es verbrennt mir die Lippen!«

»Unsinn!« schnauzte er und trank einen Schluck von dem Getränk. Sie hatte recht.

Ohne Vorwarnung sackte Georgianna auf ihrem Stuhl in sich zusammen. Nicht schon wieder, dachte er, so früh schon besoffen, doch dann fiel sie auf den Boden und fing an zu zucken – erst ihre Finger, dann ihre Beine und Arme. Während Phipps hinsah, sprang sein Stellvertreter von seinem Stuhl auf und rannte zum Podium, um zu helfen. Phipps versuchte, sich zu seiner Frau hinunterzubücken, aber plötzlich bemerkte er, daß er sich nicht mehr bewegen konnte. Er versuchte, seine Arme zu heben, den Kopf zu drehen, um Hilfe zu rufen. Nichts. Machtlos sah er zu, wie seine Frau in Krämpfe verfiel und sich auf dem Fußboden wand. Das Trockeneisgefühl, das er auf den Lippen verspürt hatte, breitete sich jetzt über sein ganzes Gesicht aus. Elektrische Impulse jagten durch die dicken Nervenstränge im brachialen Nervengeflecht in den Achselhöhlen, durch drei Hauptnerven hinab in die feinsten Nervenfasern in seinen Fingern. Dann wurde sein Geschlechtsteil taub. Er wußte, er hatte in die Hose gepinkelt, hatte aber nicht gespürt, wie der Urin herausrann. Auf seiner Haut jedoch machte sich der Urin wie kochendes Wasser an den Schenkeln bemerkbar, wie Bäche geschmolzenen Stahls, die an seinen weißen Socken herab in die Schuhe rannen.

Gretchen wand sich inzwischen am Boden neben ihrer Mut-

ter. Man rief nach Ärzten. Das komplette Chaos war ausgebrochen. Touristen strömten in den Saal. Phipps, der sonst mühelos ein ganzes Fernsehpublikum beherrschte, konnte nichts tun, denn wie seiner Familie war auch ihm die Fähigkeit abhanden gekommen, sich aufrechtzuhalten. Die Versammlung verschwand vor seinen Augen, als sein Körper schlaff wurde und sein Kopf in Richtung Tischplatte herabsank und in der roten Soße landete, dem Sambal Oedong. Nach einer Zeit, die ihm wie Minuten vorgekommen sein mußte, hob jemand Phipps' Kopf aus der scharfen Paste und rief: »Ach, du lieber Gott, Reverend Phipps ... Reverend Phipps? ... Können Sie mich hören?« Die Person beugte sich sanft über ihn und fühlte nach seinem Puls, der viel zu langsam und schwach war, um von einer ungeschulten Hand wahrgenommen zu werden. »O nein ... ich glaube, Reverend Phipps ist auch tot.«

Jemand anders rief: »He, kommt mal her! Gretchen atmet noch!« Und sie ließen von ihm ab und wandten sich dem Kind zu. »O Gott. Sie stirbt auch!« flüsterte jemand.

Phipps konnte sehr gut hören, aber da er sich weder bewegen noch sprechen konnte, war er nicht in der Lage, ihnen zu sagen, daß er gar nicht tot war. Daß sie sich schrecklich irrten. Schon stritten sich die Gemeindemitglieder über das Geld. Darüber, wer den Safe öffnen würde. Über die PAC-Mittel. Die Kongreßabgeordneten. Darüber, wer die Leitung übernähme.

Eine von den Frauen ging zu Phipps und wischte ihm das Gesicht mit einer Serviette ab. Es war eine einzige Qual. Strich um brennenden Strich wurde die ätzende Paste entfernt. Die Frau beugte sich vor und schloß dem Reverend die Lider, dabei blieben Klümpchen von der Soße und Reiskörner unter den Lidern stecken. Ein stechender Schmerz, äußerste Qual, scharf und höllisch, die Partikel brannten ihm auf den Hornhäuten.

Lieber Gott, es waren die indonesischen Pfefferschoten in

der Sauce, »die schärfsten der Welt«, hatte der Küchenchef gesagt, »schärfer als Feldschwindlinge oder Habaneros ... Sie können einem Blasen an die Finger brennen ... und kommen Sie sich damit nie, nie in die Augen, Reverend.«

Er hing jetzt reglos da, mit brennenden Augen, und sehnte sich danach zu sterben, doch seine Lähmung sollte noch zwei Stunden anhalten. Er hörte alles: die Komplotte seiner Mitarbeiter. Roch alles: den frischen, beißenden Geruch des Leichensacks, als sie ihn darin verstauten und den Reißverschluß zuzogen. Im Sack war es dunkel und warm, und er nahm alles wahr: die ganze schreckliche Erkenntnis dessen, was schließlich mit ihm passieren würde. Später hörte er, wie der Reißverschluß aufgezogen wurde, er fühlte die kalte Steinplatte unter sich und die kühle Luft des Autopsieraums. Inzwischen erblindet, sah er nichts, aber er wußte, was ihm bevorstand, und wenn er dazu in der Lage gewesen wäre, dann hätte er geschrien. Jetzt das Geräusch von Stahl auf Stein.

Langsam und überaus gnädig erschlafften die Muskeln seines Zwerchfells, und er merkte, daß er erstickte. Er starb, kurz nachdem Sint Maartens vornehmster Leichenbestatter seine Hohlnadel fertig geschliffen hatte, nur Augenblicke bevor mit dem Saugen begonnen wurde.

Anfang September
Zoonose-Laboratorium, Guilderland

Jacks Gespräch mit de Reuters hatte ihn mit einer verblüffenden Erkenntnis zurückgelassen: Er hatte nicht nur die Erste Plage entdeckt, eine giftige Algenblüte, die im letzten Januar ihr Unwesen getrieben hatte, vor acht Monaten, sieben Plagen zuvor. Dieser Verrückte hatte einen festen Fahrplan! Als nächstes rief er Rader in Atlanta an, der zum Glück sofort abhob.

»Ich könnte was für Ihre Sammlung merkwürdiger Vorkommnisse haben, Jack«, begann Rader ohne Umschweife. »Habe Ihre ProMED-Meldungen verfolgt. Und jetzt habe ich etwas, das überhaupt keinen Sinn ergibt, nicht mal für mich.«

Nicht gerade die Bescheidenheit in Person, dachte Bryne. »Und was wäre das, Carl?«

»Botulismus, Jack.«

»Botulismus! Kann vorkommen. Was ist los?«

»Ist nicht Ihre Spezialität, ich weiß, aber ungefähr Ihr Gebiet. Unsere illustre neue Klasse an Jungs vom Epidemie-Intelligence-Service und das FBI versuchen immer noch, dahinterzukommen. Die Sache ist, wir hatten Dutzende von Bot-Fällen überall in den USA, vor allem im und um den letzten Juli, aber einige noch vor einem Monat.«

»FBI?«

»Ja, Jack«, fuhr Rader fort. »Sieht so aus, als steckte Vorsatz dahinter. Wir haben's dem FBI vor einer Woche gesagt. Aus offensichtlichen Gründen baten sie uns, Stillschweigen zu bewahren.«

»Führt das FBI seine eigenen Nachforschungen durch?« Jack wußte, er würde bald wieder Besuch von Hubbard bekommen.

»Ja. Jedenfalls, einige Fälle verlaufen tödlich, aber nicht alle. Keiner von den Leuten hat seine eigenen Gemüsekonserven hergestellt. Die Fälle stehen nach Zeit, Ort und Beteiligten isoliert da. Keine Anzeichen von Wundbotulismus oder, was das betrifft, gemeinsamer Verpflegung. Die Gesundheitsämter sind die ganze Liste durchgegangen – vor kurzem verzehrte Nahrungsmittel, gemeinsame Restaurants, Konserven und Billiglebensmittel. In ein paar Fällen haben die Jungs von der FDA einen Treffer gelandet. Wollen Sie mal raten, wo, Jack?«

Bryne war sicher, Rader hatte eine Antwort oder wenigstens eine Teilantwort und wollte ihn hänseln. »Habe ich nur eine Frage frei?«

»Schießen Sie mal los. Wenn Sie die richtige Antwort wissen, dürfen Sie Türchen Nummer zwei öffnen.«

»Geistliche.«

»Bravo! Ich hätte wissen sollen ... Jack, behalten Sie Ihre Annahme für sich, sonst schaut das FBI bei Ihnen vorbei.«

»Haben sie schon, Carl, aber nicht wegen Botulismus; was ist los?«

»Es ist was Ernstes im Gange, Jack. Geistliche und ihre Familien einschließlich der Kinder sind der einzige Risikofaktor, der klar auszumachen ist. Woher haben Sie das gewußt?«

»Ich rate bloß, aber hat jemand von denen mal eine Kreuzfahrt in die Karibik unternommen?«

»Was ist das denn für eine abwegige Frage?«

»Sie ist von Belang, Carl, glauben Sie mir.«

»Okay, wenn Sie's sagen. Ich sehe mal, was ich finden kann. Nächste Frage, Jack. Wie haben sich die Leute vergiftet?«

Das war wirklich nicht Brynes Gebiet, Rader hatte recht gehabt. Das einzige, was er wußte, war, daß, von einer seltenen Stichverletzung wie bei Tetanus abgesehen, bei der Sporen aus dem Boden eindrangen, Botulismus besondere Bedingungen erforderte, um Toxine zu bilden. Er erinnerte sich an einen Ausbruch von Botulismus bei Kleinkindern, der durch Babynahrung ausgelöst worden war. Die Nahrung enthielt Honig, der aus Blütennektar hergestellt worden war, und dieser Nektar enthielt wiederum Sporen, die Bienen in den Stock mitgebracht hatten und die so widerstandsfähig waren, daß sie selbst nach der routinemäßigen Erhitzung des Honigs noch am Leben waren.

»Ich habe keine Ahnung«, gab Jack zu, »wenn man mal davon absieht, daß die meisten Botulismusfälle bei Erwachsenen durch Nahrungsmittel ausgelöst werden.«

»Falsch, keine Nahrungsmittel.« Ohne Frage liebte Rader sein Ratespiel. »Und seit die CDC die Toxine identifiziert haben, wissen wir, sie stammen nicht aus der Apotheke.«

»Woher dann? Verkauft jemand das Gift?«

»Eine Firma in Kalifornien. Es wird zur Schielbehandlung eingesetzt und zur Bekämpfung von Krämpfen der Augenmuskulatur. Die Sache ist nur, bei der Firma sind keine ungewöhnlichen Verkäufe festzustellen, und das Toxin, das dort hergestellt wird, ist der Typ A. Womit wir es hier jedoch zu tun haben, ist hundertmal stärker und eine Mischung aus A und B.«

»Aber muß man es denn nicht zu sich nehmen oder injizieren?«

»Üblicherweise ja, aber man hat noch etwas gefunden. Dimethylsulfoxid – DMSO. Das DMSO macht es möglich, daß das Gift direkt durch die Haut aufgenommen wird. Jemand – oder irgendeine fanatische Gruppe, die sich noch dazu bekennen muß – verschickte das Gift in kleinen kugelrunden Briefbeschwerern an Dutzende von Leuten, die nicht verwandt sind und in keiner Verbindung zueinander stehen.«

»Aber vorwiegend Geistliche sind.«

»Genau. Die Kugeln waren Souvenirs aus einem Skiort namens Padre Mountain und anonym als Geschenke verschickt worden.«

»Padre Mountain. Egal, wer's getan hat, er hat einen seltsamen Sinn für Humor, oder?«

»Das kann man wohl sagen«, antwortete Rader. »Jedenfalls, wenn die Opfer die Kugeln schüttelten, sickerte das Bot-Toxin heraus und drang dank DMSO in die Haut ein. Die Inkubationszeit war oft eine Sache von Minuten. Peng, Instantbotulismus, wie Instantkaffee.«

»Wie viele Fälle?«

»Geht immer noch weiter. Bis jetzt Dutzende, Jack. Und es können viel mehr sein als nur die, die im Meldesystem festgehalten sind. Wenn irgendein alter Knacker tot eingeliefert wird, wird der jeweilige ärztliche oder amtliche Leichenbeschauer den Tod auf einen Herzinfarkt oder Schlaganfall zurückführen. Jack, wir haben's hier mit einer von Menschenhand verursachten Epidemie zu tun. Und wer immer es auch ist, er mixt einen üblen Cocktail zusammen.«

»Irgendeine Idee, warum?« Bryne erinnerte sich, gelesen zu haben, daß Phipps versucht hatte, auf die Republikaner Einfluß zu nehmen.

»Keine. Aber etwas ist komisch. Es hat Bot-Fälle in Florida, Indiana, Kentucky, Mississippi, Missouri, Nevada, Ohio, Tennessee und New York gegeben. Die FDA, die die Leute nicht beunruhigen wollte, gab eine Meldung an die Öffentlichkeit heraus, daß eine Lieferung Padre-Mountain-Glaskugeln eine Verunreinigung durch Salmonellen – nicht Botulismus – enthielte. Daraufhin bekamen sie aus anderen Staaten über vierzig Kugeln zugeschickt – alle, stellte sich heraus, von Geistlichen.«

»Waren diese Geistlichen wohlauf?«

»Ja. Als wir die Kugeln untersuchten, waren sie vollkommen in Ordnung. Ach, ich sollte noch hinzufügen: Wenn man die kontaminierten Kugeln umdrehte, um den Schnee wirbeln zu lassen –«

»Schnee! Es waren Schneekugeln?« Bryne notierte sich im stillen: »Schnee = Hagel?«

»Stimmt. Aber worauf ich hinauswollte, war, daß am Boden der giftigen Kugeln ein Codewort aus vier Buchstaben stand.«

»Lassen Sie mich raten«, überlegte Jack. »Wie wär's mit ›LMPG‹?«

»Woher zum Teufel wissen Sie –«

»Wie steht's mit ICD-Codes?«

Raders plötzliches Schweigen gab seiner Verblüffung Ausdruck. Wieso wußte Bryne das alles? Entweder war er medial begabt oder ... Er würde das FBI anrufen müssen, wenn sie fertig telefoniert hätten. Er war jetzt mehr als besorgt, geradezu entsetzt. Der Soziopath, der Leute mit Botulismus umbrachte, konnte doch nicht Bryne sein. Aber Bryne wußte zuviel.

Bryne war ebenso entsetzt, wenn auch aus einem ganz anderen Grund. Die Anzahl der Opfer pro Plage nahm stetig zu. Ein raffiniertes Gift war Dutzenden, vielleicht Hunderten von Geistlichen zugeschickt worden, doch nur die Hälfte schien Zielscheibe gewesen zu sein, und sie waren nach Zeit, Ort und Person weit verstreut. Die Regeln epidemiologischer Forschung griffen einfach nicht. Aber er hatte es mit einem Irren zu tun, sagte er sich, nicht mit einer gewöhnlichen Plage. Er rieb sich die Augen. Es war ein verlegenes Schweigen eingetreten. Dann ergriff Bryne das Wort.

»Wann können Sie mir die Liste der Staaten faxen – und zwar sowohl der betroffenen als auch der verschonten? Ich würde gern mal einen Blick darauf werfen.« Rader hatte gehofft, daß Bryne die Liste erbitten würde. Er brauchte Hilfe. Die Computer bei den CDC und beim FBI hatten nichts erbracht.

»Ich bin sehr beunruhigt ... aber es freut mich, daß Sie die Statistik für mich mal durchlaufen lassen wollen. Haben Sie ein neues Programm da oben, Jack?«

Bryne sah Lawrence an. Drew hatte zugehört. »Ja, habe ich, Carl, ein sehr ausgeklügeltes. Eines der besten.«

»Wie heißt es, Jack?«

»Das ist ein großes, dunkles Geheimnis, Carl.« Bryne legte auf, ohne auch nur zu ahnen, daß sein »großes, dunkles Geheimnis« Rader bald dazu bewegen würde, mehr als nur einen Anruf beim FBI zu machen.

Lawrence wartete am Faxgerät, als es piepste. Plötzlich bemerkte er, daß Jack lächelte. Übers ganze Gesicht lächelte, eine Seltenheit in diesen Tagen.

»Jack«, fragte ihn Drew, »warum so guter Laune?«

»Weil, mein lieber Freund«, antwortete Bryne, »wir soeben unsere Siebte Plage gefunden haben!«

Ein paar Augenblicke darauf glitt ein einzelnes Blatt Papier aus dem Faxgerät:

Von Botul. betroffene Staaten	Staaten ohne Botul.
Florida, Indiana, Kentucky, Michigan, Missouri, Mississippi, Nevada, New York, Ohio, Tennessee, Oregon, South Carolina, Texas, Virginia, Vermont, Washington, West Virginia	Alabama, Arkansas, Kalifornien, Conecticut, Idaho, Massachusetts, Maryland, New Hamphire, New Jersey, Pennsylvania

16

Freitag, 4. September
Zoonose-Laboratorium, Guilderland

Fast alle UPS- und FedEx-Fahrer kannten und mochten Drew Lawrence. Im Laboratorium in Guilderland kamen jeden Tag stapelweise Pakete an, und die Fahrer bestanden immer darauf, ihm bei den unhandlicheren Sendungen zur Hand zu gehen. Lawrence trank gerade die letzten Schlucke von seinem Tee, als er den FedEx-Lieferwagen die Auffahrt heraufkommen sah. Mit einem Blick auf seine Uhr stellte Drew fest, daß es erheblich später war als halb elf, die übliche Lieferzeit am Morgen. Er sah den verlegenen Blick im Gesicht des neuen Mannes, als er zur Lieferantentür hinter dem L-3-Labor, dem Tollwut-Labor, abbog.

Der Regen, der bei Morgengrauen eingesetzt, dann wieder aufgehört hatte, prasselte von neuem herunter. Vom Wetter unbeeindruckt, ging Lawrence sofort nach draußen, um beim Abladen zu helfen. Der Fahrer stieg in den Laderaum des Wagens, überprüfte jede Kiste mit seinem Handscanner und reichte die Pakete dann Lawrence hinaus, der sie auf der Laderampe stapelte. Sie waren fast fertig, als der Fahrer plötzlich zu Eis erstarrte.

Zunächst sah Lawrence nichts Ungewöhnliches, nur ein

normales weißes Paket, wahrscheinlich in Tyvek-Packpapier verpackt, etwa von der Größe eines Weinkartons. Es war mit Bindfaden verschnürt und, wie die meisten Pakete, die Lawrence dieser Tage erhielt, mit leuchtend orangefarbenem »Achtung – Biologisches Gefahrengut«-Klebeband mit den typischen roten, klauenartigen Kreisen umwickelt.

Der Fahrer drehte sich, offenkundig besorgt, zu Lawrence um.

»Das hier leckt, Mann.« Er fuchtelte mit dem Daumen zu dem weißen Paket hinüber. Als Lawrence aus dem Licht trat, welches das Innere des Wagens beleuchtete, sah er dünne Dampffäden aus den Ecken des Pakets hervorquellen. Er roch nichts und streckte die Hand in die Wolke, die harmlos von seinen Fingern abprallte.

»Keine Sorge, das kommt hin und wieder vor. Mit dem Paket ist alles in Ordnung«, witzelte Drew, »nur daß es für manche Leute zu schwer ist.« Er hob das Paket mühelos hoch und schwankte damit ungeschickt ins Labor zurück, während er es dem Fahrer überließ, den Rest hereinzubringen.

Lawrence unterschrieb die Lieferung, stellte die Pakete auf einen kleinen Handwagen und transportierte sie damit zum Kühlschrank im Untersuchungsraum. Er machte eine Reihe kurzer Notizen in eine »Samples erhalten«-Spalte des Dienstbuchs, dann übertrug er die Seriennummern auf die verschiedenen Gläser und Fläschchen, Behälter, Plastiksäckchen, Teströhrchen und Objektträger und sortierte sie nach dem Grad ihrer Dringlichkeit.

Eine nachdrückliche Bitte aus Long Island um eine Tollwutanalyse führte die Liste an. Eine kleine braune Fledermaus hatte ein Vorschulmädchen in Sag Harbor bei einer abendlichen Vergnügungsfahrt auf dem Heuwagen ins Ohr gebissen. Nachdem der Vater des Mädchens die Fledermaus erschlagen hatte, war er so klug gewesen, das Tier aufzuheben und sich mit der Gesundheitsbehörde der Suffolk County in Verbindung zu setzen. Hasan, Brynes alter Freund in Riverhead, hatte die winzige, zerstückelte Kreatur, die tiefgefroren in einem Plastikbeutel steckte, mit dem Vermerk »Dringend« herübergeschickt.

Lawrence wußte, daß praktisch jeder Fall für irgend jemanden eilig war. War kein großer Unterschied, das wußte er sehr gut, ob man auf das Ergebnis eines Tollwuttests oder einer Gewebeprobe wartete – wenn die Angst erst mal da war.

Er legte seine Maske und die Handschuhe an, bereitete den winzigen Autopsietisch vor, taute die Fledermaus in warmem Wasser auf, öffnete ihren Schädel, zog das Gehirn heraus und tauchte es in ein Glas, das fluoreszeinmarkierte Antikörper enthielt. Minuten später schnitt er das Gehirn vorsichtig durch und trug es quer durchs Labor zum Mikroskop mit der UV-Lampe.

Er knipste die anderen Lichter aus, beugte sich über die Probe und suchte nach dem strahlenförmigen Aufleuchten grüner und gelber Fluoreszenzen, die die Verbindung zwischen dem tollwutspezifischen Färbemittel und dem Tollwutvirus im Gehirn anzeigen würden – falls das Virus vorhanden war. Er führte die Lampe näher heran, stellte sein Auge auf das schaurig dunkelrote Leuchten ein, mit dem das Schwarzlicht das Labor durchflutete, und spähte in das Gehirn der Fledermaus.

Nichts leuchtete. Negativ.

Er schaltete das Schwarzlicht aus.

Drew würde später genauer nachsehen, aber er war sich sicher, daß er ein echtes Negativergebnis bekäme. Was das für das kleine Mädchen und seine Eltern bedeuten würde! Es gab ihm ein herrliches Gefühl. Er beschloß, Dr. Hasan sofort anzurufen und die Schreibarbeiten danach zu erledigen.

Während er die Nummer wählte, sah er auf seine Uhr. Viertel vor elf. Drew entschuldigte sich wegen der Verspätung und bekam von dem dankbaren Dr. Hasan gesagt, daß im Gegenteil seine Schnelligkeit verblüffend sei. Lawrence legte auf mit dem Gefühl, nicht nur dem kleinen Mädchen geholfen zu haben, sondern auch Jack Bryne und ProMED. Er tat den Kadaver der Fledermaus in einen Metallbehälter und ihr erbsengroßes Gehirn in einen anderen, gab sie seiner Laborassistentin und bat sie, den erweiterten Test vorzunehmen und dann die Samples wieder einzufrieren und zu inventarisieren.

Als nächstes machte Lawrence sich an Tuckers neuesten Schwung Proben, denn er wußte, Bryne würde die Ergebnisse so schnell wie möglich haben wollen. Er rollte den Karren mit den Proben in ein größeres Labor und stellte alle sechs Pakete aus Kentucky vorsichtig auf eine lange Chromstahl-Arbeitsfläche. Das dampfende weiße Paket stellte er in ein tiefes Bekken, dann schaltete er eine Reihe großer Deckenlampen an.

Die Augen hatten Drew schon immer Schwierigkeiten gemacht, und er war dankbar für die helle Beleuchtung. Er preßte seine Handballen gegen die Schläfen. Seine Augen taten weh, sein Kopf tat weh, seine Hüfte tat weh. Er ging an ein Medizinschränkchen und nahm vier Aspirin. Für Lawrence war Aspirin der Lebensretter.

Er nahm seine alte Schildpattbrille ab, hielt sie an der Spüle unter den Hahn und spülte die Gläser sorgfältig in Seifenwasser, bevor er sich die Hände wusch. Dann zog er ein neues Paar Gummihandschuhe hervor und streifte sie über.

Drew griff nach dem weißen Paket und begann, die Verpakkung aufzuschneiden. Immer noch drangen dünne Kohlendioxidschwaden aus dem Inneren. Als er das Tyvekpapier aufschlitzte, entwichen noch größere graue, sich kräuselnde Wolken. Er achtete nicht darauf.

Die Kiste enthielt eine gewöhnliche rotweiße Zehn-Liter-Picknickkühlbox, deren Ränder sorgfältig mit orangefarbenem Bio-Klebeband versiegelt waren; an beiden Enden waren jeweils zwei kleine Löcher hineingebohrt worden, damit das Gas entweichen konnte. Lawrence schnitt das Klebeband durch und klappte den Deckel auf.

In der Kühlbox befanden sich sechs kleine, kompakte, leicht abgerundete Blöcke Trockeneis, jeder ungefähr halb so groß wie eine Zigarettenpackung. Lawrence beobachtete, wie die

Blöcke ohne Unterlaß mit solchem Druck eiskaltes Kohlendioxid ausstießen, daß die starke Umwandlungswärme das steinharte Eis vom Festzustand in Dampf verwandelte, ohne daß sich der Umwandlungsprozeß so weit verlangsamte, daß es sich verflüssigen konnte.

Drew, der sehr genau wußte, daß die eisigheiße Oberfläche brennen konnte wie ein Elektrokabel, griff zu einer Zange, um die ersten Eisstücke in ein anderes Spülbecken zu legen, ein Becken, dessen Wasserhahn dummerweise eine defekte Dichtung hatte. Als er das Eis hineinlegte, fiel ein dicker Warmwassertropfen auf einen der Blöcke. Sofort heizte das warme Wasser die Umwandlung zu einer Mini-Explosion an, und das Eis schoß durch das Edelstahlbecken, als wäre es lebendig. Drew drehte sich weg und legte den Unterarm vor seine Augen.

Das Becken sah jetzt aus wie der Kessel eines Hexengebräus, über dessen Rand silbrige Wölkchen des befreiten Gases quollen und zu Boden schwebten. Eine zweite Dampfwolke wehte zur Decke hinauf, als Lawrence sich wieder den Proben zuwandte, ohne weiter darauf zu achten.

Er öffnete die Samplesschachtel im Inneren der Kühlbox und nahm rasch die zehn kleinen runden Gläschen in seine Bestandsliste auf. Jedes war zirka acht Zentimeter hoch, mit einem schwarzen Plastikschraubdeckel verschlossen und mit einem kleinen Papieretikett versehen, auf dem eine Reihe von Informationen notiert waren – der Name des Pferdes, des Besitzers, ein Karteiname für die Probe und das Todesdatum des Tieres – alles wurde von Drew ordnungsgemäß aufgezeichnet. Manche Gläser enthielten ein kleines Stück Gehirn, das dem Hippocampus entnommen worden war, andere Proben stammten aus dem Kleinhirn und wieder andere aus der Brückenregion.

Diese Proben würden entweder etwas so Wichtiges wie eine vollkommen neue Tollwutvariante aufweisen oder aber nur den üblichen Waschbärstamm, den er normalerweise zu sehen bekam. Drei Paraffinblöcke waren in hauchdünne Scheiben zu schneiden und auf Negrische Körperchen zu untersuchen. Bryne würde die Proben sicherlich auch gern auf schwammartige Veränderungen überprüfen wollen, die auf von Prionen ausgelöste Schäden hinwiesen. Vielleicht würden sie diesmal wirklich etwas finden.

Im Laufe der letzten zehn Jahre hatte Drew Lawrence fast mehr Daten für Tollwutvergleiche zusammengestellt – Waschbär, Skunk, Fledermaus – als sonst jemand in den USA; er war der anerkannte Experte weit und breit. Da Bryne sicherlich wünschte, daß Lawrence persönlich diese Tests durchführte, machte er sich gleich an die Arbeit.

Drew würde es nie zugeben – dazu war er zu stolz auf seine wissenschaftliche Objektivität –, aber insgeheim wünschte er sich verzweifelt, daß die Pferdegehirne voller Tollwuterreger wären, damit Jack seine immer stärker werdende Obsession überwinden könnte. Es mußte ja irgendeinen logischen Grund für das Pferdesterben geben. *Also, Lawrence, laß die Apparate für sich selbst sprechen,* ermahnte er sich, *laß den Willen des Herrn geschehen im Labor wie überall auf Erden.* Und bald arbeitete er gewissenhaft die Proben eine nach der anderen durch.

Lawrence hatte erst seinen Kopfschutz und die Maske aufgesetzt und die Handschuhe und den Kittel angezogen, dann hatte er jede Probe zum Paraffinbad gebracht. Er ließ die Proben in heißem Wachs ziehen, um das schwammige Hirngewebe, das gekochtem Blumenkohl ähnelte, zu verfestigen, so daß es später, wenn es abgekühlt war, in hauchdünne Scheiben geschnitten werden konnte.

Die ersten acht Gläser hatte er geöffnet, ihnen eine Probe entnommen, verarbeitet und sie wieder normal verschlossen. Er kam mit der Arbeit gut voran. Jedesmal achtete er besonders sorgfältig darauf, jeglichen Kontakt mit dem Gewebe zu vermeiden, und er öffnete die Gläser unter der L-3-Abzugshaube, legte den Inhalt ins Wachs und ging sofort zum nächsten Probegläschen weiter. Zwar war er gegen Tollwut geimpft, aber er wußte, daß da draußen noch ganz andere Erreger auf der Lauer lagen.

Drew hatte die acht Präparate gestempelt, eine fluoreszierende Färbeflüssigkeit auf jedes getropft und sie auf ein Gestell zum Trocknen gelegt. Er war ein wenig verwundert. Die Samples kamen ihm fast von Anfang an merkwürdig vor. Jedesmal, wenn er das Hirngewebe ins Wachsbad legte, stellte er sichtbare Unterschiede an den Proben fest. Zumindest oberflächlich betrachtet waren sie ganz anders als alle Tollwutsamples, die er jemals zu Gesicht bekommen hatte. Nach den Kleinhirnschnitten zu urteilen, war er sich nicht einmal sicher, ob alle Proben von Pferdehirnen stammten.

Er schraubte das achte Gläschen zu und stellte es zurück in die Transportkühlbox. Noch zwei Proben, dann würde er das Ganze neu etikettieren und in ein Fach im riesigen begehbaren Kühlschrank des Labors stellen, wo es neben Hunderten von anderen Proben möglicherweise jahrelang warten würde, bis das Labor für die Probenbehälter eine endgültige Entsorgungsanweisung erhielt.

Lawrence hatte das neunte Probengläschen aus seinem Styroporgehäuse gehoben und wollte es gerade aufschrauben, als sich das Freisprechtelefon quäkend meldete. Es war Bryne, der Lawrence um den neuesten Stand der Untersuchung der Fledermaus aus Suffolk bat; der Chef der Gesundheitsbehörde hatte einen zornigen Anruf vom Vater des kleinen Mädchens erhalten.

»Die Fledermaus ist negativ«, teilte Drew ihm mit, »keine Fluoreszenz, brauchen sich keine Sorgen zu machen. Ich habe schon mit Hasan gesprochen. Und Jack, für die neue Lieferung aus Churchill Downs werden wir den Großteil der frühen Ergebnisse etwa morgen früh um zehn haben.«

»Danke, Drew, ich bezweifle, daß wir irgendwelche neuen Tollwuterreger finden werden, trotzdem würde ich mich gerne mit ein paar neuen radioaktiv markierten masernartigen Antikörpern befassen. Aber das kann warten.« Er machte eine Pause, dann fragte er: »Sag mal, hat Vicky angerufen? Ich hatte gehofft, sie könnte irgendwelche ermutigenden Neuigkeiten über Enoch Tuckers Zustand berichten.«

Lawrence zog es vor, nicht direkt auf diese Frage zu antworten. »Ich werde in Churchill Downs ziemlich bald wegen dieser Proben anrufen. Möchtest du, daß ich dir die Resultate gleich durchgebe? Damit du sie mit Vicky Wade besprechen kannst?« Lawrence zog Jack ständig auf, aber diesmal war die Mißbilligung in seiner Bemerkung nicht zu überhören.

»Ich schreibe einen Zeitschriftenartikel zu Ende. Bin in meinem Arbeitszimmer«, sagte Bryne brüsk, verärgert über Lawrence' moralischen Ton – es war ja schließlich nicht so, daß er Mia mit Vicky betrog. Ein paar Mittagessen stellten doch wohl kaum einen Ehebruch dar. Außerdem würde Vicky, so aufdringlich sie in ihrem Beruf auch war, sich niemals einem verheirateten Mann aufdrängen. »Ich werde den Rest des Tages dafür brauchen. Aber, ja, laß es mich wissen, falls sich plötzlich irgendwas ergibt.«

Er legte auf, und Drew ging zurück an seine Arbeit. Er sah auf die Uhr. Immer noch zu früh, um sicher zu sein. Er überprüfte die erste Probe von neuem, indem er das Schwarzlicht darüber streichen ließ.

Nichts.

Er drehte sich von den ersten Samples weg und ging zurück zur Abzugshaube, wo das neunte Gläschen wartete.

Zur Vorsicht zog er sich ein Paar neue Handschuhe an, doch während er sie überstreifte, merkte er, wie ein Fingernagel einen der Fingerschläuche ritzte und das Latex leicht einriß.

Er betrachtete den Handschuh. So ein kleiner Riß.

Es war fast ausgeschlossen, daß Tollwut diese Pferde umgebracht hatte, und er war schon spät dran. Was sollte es schon schaden?

Mach langsam, riet er sich, zog den beschädigten Handschuh aus, warf ihn weg und schlüpfte in einen neuen.

An der Abzugshaube griff er zu dem Glas mit dem unbehandelten frischen Hirngewebe, nahm es in seine rechte Hand und packte den Plastikdeckel mit der linken. Während er den Dekkel abdrehte, quäkte das Freisprechtelefon erneut.

»Drew, bist du noch da?« Einen Moment lang fühlte Lawrence eine leichte Gereiztheit über diese zweite Störung in sich aufsteigen. Schon wieder der Chef!

»Klar, ich bin hier«, antwortete er und trat von der Haube zurück.

»Drew, tut mir leid, wenn ich dich störe, aber könntest du mal einen Moment rüberkommen und dir was ansehen?«

Selbst durch das Telefon hörte Drew die Veränderung in Jacks Stimme. Vorher war sie sachlich gewesen; jetzt klang sie unheimlich ... düster.

»Bin gleich da, Jack«, rief Lawrence, humpelte von der Probe weg, ergriff mit der Zange ein Stück von dem Trockeneis und trug es hinüber zu dem Becken.

Mit seiner behandschuhten Hand schob er das Probengläschen neben das Eis, um die Temperatur stabil zu halten, dann setzte er das Gläschen Nummer neun, noch immer ungeöffnet, auf den Eisblock.

Als er sich umdrehte, fiel wieder ein Tropfen Wasser auf das Trockeneis, und der Dampfstrahl stieg erneut in die Höhe. Er zog die Handschuhe aus und machte sich auf den Weg zu Brynes Dienstzimmer.

Das Zimmer war dunkel. Bryne saß vor seinem Monitor, auf dem ein Bild von den Greueltaten der Japaner in der Mandschurei zu sehen war. Lawrence war erschüttert. Jack wollte doch arbeiten. Warum dies? Warum jetzt?

»Wußtest du das, Drew? Diese Internetseite beschuldigt den Großteil der älteren Ärzte im modernen Japan, während des Zweiten Weltkriegs in diesem Lager namens ›Einheit 731‹ gearbeitet zu haben.« Er deutete mit dem Daumen auf die Mattscheibe.

»Ich habe diese Internetseite aufgerufen ...« Lawrence hatte das Gefühl, als gestehe er etwas Verwerfliches.

»Ich war als Kind in diesem Lager. Wußtest du das, Drew?«

»Ja. Auf einer Fachkonferenz vor ein paar Wochen erwähnte jemand die Internetadresse. Ich war neugierig und habe die Seite markiert. Ich hoffe nur, es bringt uns nicht in Schwierigkeiten.«

»Natürlich nicht. Wir haben doch keine Geheimnisse voreinander. Mich erstaunt nur, daß alle Welt es zu wissen scheint. Ich hatte versucht, es für mich zu behalten.«

»Jack, das ist doch genauso, als hätte jemand die Lager in Europa überlebt. Es ist ein Ehrenzeichen ... Ich werde die Markierung löschen. Es tut mir sehr leid. Ich wollte dich nicht kränken.«

»Ist schon gut. Ich war bloß überrascht, als ich das sah. Ruft viele Erinnerungen wach ...«

»Jack, ich muß mit diesen Proben fertig werden.«

»Natürlich. Entschuldige, Drew ...« Bryne verabschiedete ihn mit einer Handbewegung.

Lawrence machte sich auf den Weg zurück zum Labor, doch dann öffnete er, weil er das Bedürfnis hatte, einen Strich unter diesen Vorfall zu ziehen, noch einmal die Tür zu Brynes Arbeitszimmer. Drew sah die mit Stacheldraht umzäunten Baracken der Einheit 731, sah den helleuchtenden Text und sah Jack lesen, indem er den Text nach oben rollen ließ.

Das Licht des Monitors verlieh Jacks Gesicht einen fahlen, kränklichen Glanz. Selbst in dem Dämmerlicht sah Drew Tränen an Jacks Wangen herunterrinnen, während er den Kopf langsam hin und her schüttelte, den Text las und die schrecklichen Fotos betrachtete.

Am liebsten wäre Lawrence zu Bryne gegangen, hätte ihm die Hand auf den Arm gelegt und ihn vom Bildschirm weggezogen, aber er war sich sicher, daß Bryne es nicht zulassen würde. Tränen, die in diesem Moment geweint wurden, wollten vergossen werden. Jack mußte allein sein mit seinem Schmerz. Drew schloß leise die Tür.

Im Labor zog er sich seine Handschuhe an und setzte seine

Maske wieder auf. Er hatte recht gehabt: Nicht ein einziges Anzeichen von Tollwut war an einer der ersten vier Proben festzustellen. Feiner Dunst umhüllte immer noch Sample Nummer neun, und er beugte sich herunter, um es sich anzusehen. Genau wie die anderen. Diesmal war er sicher.

Es war keine Tollwut, darum beschloß er, dieses Muster nicht hinüber zur Abzugshaube zu bringen. Drew beugte sich über das Edelstahlbecken und nahm das Glas in beide Hände. Er gab dem Deckel einen Ruck, und der drehte sich – viel zu leicht.

Er fühlte, wie etwas im Innern des Glases zerrte, und der Deckel schien sich zu bewegen. Winzige Schaumbläschen bildeten sich im Inneren des Behälters. *Schlecht geworden! Ich hätte mehr Trockeneis um das Glas herum legen sollen.* Er drehte den Deckel um eine weitere Vierteldrehung.

Noch mehr winzige Bläschen, geschwinder, mehr Druck. Der Deckel drehte sich inzwischen von allein. Dampf zischte um seine Ränder heraus und feuchtete seine Handschuhe an, die rutschig zu werden begannen. Der Deckel drehte sich von dem Glas herunter, zischend wie eine Diamantklapperschlange. Ein feiner Nebel fetzte mit solcher Gewalt um die Ränder des Deckels, daß der Glasinhalt aus der Spüle fast bis an die Deckenlampe hochspritzte.

»Huijui!« keuchte Lawrence. »Mann, ist das Ding reif!« Aber er hatte schon Schlimmeres gesehen, vor allem wenn im Sommer Kisten ohne Kühlmittel ankamen.

Zur Vorsicht wusch er sich die Hände und wechselte die Handschuhe. Tollwut höchst unwahrscheinlich. Und wie sah's mit diesem Prionen-Dingsbums aus? Nein, auch das bezweifelte er. Drew überlegte, ob er Jack von dem Vorfall erzählen sollte oder nicht, dann entschied er sich dagegen, als ihm einfiel, daß sein Kollege den Tag einsam in seiner eigenen, privaten Hölle verbrachte.

Die Muskelschmerzen, das Fieber und der Schüttelfrost setzten ein, als Drew nach Hause fuhr. Die Schmerzen begannen in seinen Schultern, zogen dann den Rücken hinunter in seine Oberschenkel- und Wadenmuskeln. Der heftige Schüttelfrost, der mit Fieberschauern abwechselte, kündigte wieder mal einen Grippeanfall an, den dritten in den letzten zehn Jahren. Lawrence hatte einen trockenen Husten bekommen, der innerhalb weniger Tage feucht und zähflüssig werden sollte.

Erschöpft und kleinlaut rief er am Abend Jack zu Hause an. »Jack, hier ist Drew. Ich muß mich einen Tag krank melden, wahrscheinlich Montag, 'ne Grippe hat mich vor ein paar Stunden erwischt.«

»Drew«, sagte Bryne energisch, »du bleibst auf alle Fälle da, wo du bist.« Lawrence würde nie am Abend anrufen, wenn es nicht ernst war. »Achte darauf, viel Flüssigkeit zu dir zu nehmen.«

Brynes offenkundige Besorgnis fiel Mia auf, die hochschaute. Er artikulierte stumm »Grippe«, und sie zog voll Mitgefühl die Stirn kraus.

»Sag mal, hast du dich dieses Jahr gegen Grippe impfen lassen?« Das war keine gute Frage: Drew machte für gewöhnlich um die Klinik der Gesundheitsbehörde des Staates New York einen Bogen, als wäre sie eine Quarantänestation.

»Ist das ein offizielles Verhör, Dr. Bryne?« keuchte Drew und bekam einen Hustenanfall.

»Ich war ziemlich sicher, daß du sie wieder mal ausgelassen hast.«

»Ist alles okay. In ein paar Tagen geht's mir wieder besser.«

»Im Ernst, Drew, dieser Husten hört sich gräßlich an. Ich an deiner Stelle würde Dr. MacKenzie anrufen. Der kommt sofort.«

»Neenee, ich komm' schon klar. Hab 'n schönes Wochenende«, brachte Drew heraus, bevor er wieder husten mußte.

»In Ordnung, Drew, danke ... Komm wieder auf die Beine, und hör zu, es gibt absolut keinen Grund, den Stoiker zu spielen. Ruf MacKenzie an.«

Nachdem sie aufgelegt hatten, saß Bryne auf dem Couchrand und dachte an Lawrence – an seine Sicherheit, an das Risiko, das er mit der Arbeit in einem gerade mal zureichenden L-3-Labor auf sich nahm.

Hör auf, paranoid zu sein, ermahnte Jack sich. Schließlich hat Lawrence schon seit Wochen nichts Gefährliches mehr in den Händen gehabt.

Sonntag, 6. September
The Cottage, Guilderland

Sonntag nacht um 23.45 Uhr bekam Bryne einen Anruf vom Leiter des Wadsworth-Laboratoriums des Staates New York, C. DeHavenon Lyman.

»Jack, ich habe Sie doch nicht geweckt, oder?« Hatte er, aber er wartete eine Antwort auf die Frage gar nicht erst ab. »Es gibt ein Problem, Jack, unten im JFK. Die Quarantäneleute haben ein krankes Rennpferd, das mit einem Flug aus Saudi-Arabien angekommen ist. Temperatur neununddreißigneun, Atemrate sechzig pro Minute, geweitete Nüstern, schwitzt und fängt an zu schäumen.«

»Irgendeine vorläufige Diagnose?«

»Die Quarantäne-Veterinäre meinen afrikanische Pferdeseuche. Aber es ist zu früh, um was zu sagen. Wie dem auch sei, der Besitzer ist irgendein Ölscheich, der in Washington alle Puppen tanzen läßt. Der Amtsleiter hat mich angerufen, um mir mitzuteilen, daß der Kerl seine eigenen Experten einfliegen läßt. Und der medizinische Direktor von Plum Island – ein Tierarzt – kommt von Suffolk rübergefahren.«

Plum Island! dachte Jack. *Das ist ungewöhnlich!*

Plum Island war die älteste Forschungsstation der USA für exotische, fremde und potentiell gefährliche Tierkrankheiten, die einzige Einrichtung an der Ostküste mit den Fachleuten, dem Labor und – am wichtigsten – dem nötigen Wissen, um das Land vor der Einfuhr zahlloser neuer Krankheitserreger zu schützen.

Das Landwirtschaftsministerium hatte die kleine, einsame Insel vor der Nordostspitze Long Islands, von der das Gerücht umging, sie sei eine Anlage der biologischen Kriegführung gewesen, im Jahre 1954 vom Verteidigungsministerium übernommen. Es gab Leute, die glaubten immer noch, Plum Island sei ein getarntes Versteck für CIA-Versuche, aber niemand wußte es mit Bestimmtheit.

»Warum wird Plum Island zugezogen?«

»Das würde ich selber gern wissen, Jack. Aber es ist die einzige bundesstaatliche Quarantäneeinrichtung für Tiere in den Staaten, und es liegt etwa eine Stunde von JFK entfernt. Das ergibt doch Sinn.«

»Und der wäre?«

»Unter uns gesagt«, teilte ihm Lyman vertraulich mit, »die CDC entscheiden über ihre Nachforschungen, ebenso das Landwirtschaftsministerium oder die CIA, was das betrifft. Bitte sagen Sie nicht, von wem Sie's haben, aber es könnte irgendwelche Probleme mit biologischen Stoffen geben.«

»Sprechen wir von BT?« drängte ihn Jack.

»Nun, Jack, wenn jemand aus Washington meint, in diesem Pferd stecken irgendwelche exotischen Infektionserreger, dann macht dieser ganze Rummel eine Menge Sinn. Ich möchte, daß Sie da hinfahren, die Dinge klären und die Interessen des Staates New York schützen.«

Mit einem kontaminierten Pferd konnten Terroristen eine Menge Schaden anrichten, aber Bryne hielt es für wahrscheinlicher, daß es sich um etwas aus den Bergen Ostafrikas handelte. Die afrikanische Pferdeseuche war real und eine reale Bedrohung. Nicht nötig, internationale Verschwörungen zu wittern.

»Einverstanden. Ich fahre hin.«

»Danke, Jack. Mir ist klar, wie verdammt lästig das alles ist.« *Das Allerschlimmste weißt du gar nicht*, dachte Jack und schaute zu Mia hinüber, die von dem Anruf ebenfalls wach geworden war.

Gott sei Dank ist es bald Herbst, überlegte Jack. *So viele Moskitos jetzt auf JFK*. Aber er betete: *Bitte, nicht noch eine Plage*. Er dachte über die afrikanische Pferdeseuche nach, darüber, wie leicht sie durch Moskitos übertragen wurde, an die Meilen von Sumpfland, die den Flughafen umgaben.

»Wann soll ich da sein, Chuck? Es ist jetzt Mitternacht ...« Er sah, wie Mia aufstand, in ihren Morgenrock schlüpfte und aus dem Zimmer ging. »Sie meinen wahrscheinlich sofort, oder?«

»Ich habe den Leuten gesagt, Sie kommen. Geben Sie Mia einen Abschiedskuß und versuchen Sie, den ersten Zug in die Stadt zu erwischen, so daß Sie's bis zum Morgen zur JFK-Quarantäne schaffen.«

Nachdem Lyman aufgelegt hatte, ging Bryne nach unten ins Wohnzimmer und fand seine Frau scheinbar schlafend auf der Couch. Er berührte sie an der Schulter, und sie blickte hoch und schirmte die Augen mit einer Hand ab. Er wollte ihr gerade sagen, was los war, aber sie fiel ihm ins Wort.

»Tu's, Jack. Was immer es ist, tu es. Ich bin zu müde, um mir noch mehr von deinen Ausflüchten anzuhören.« Und sie drehte sich von ihm weg.

Bryne seufzte und ging wieder nach oben. Er zog das Telefon und den Anrufbeantworter aus der Steckdose, legte sich wieder aufs Bett und schloß die Augen, dankbar, daß es in der Nacht keine weiteren Störungen mehr geben würde. Bei Tagesanbruch wachte er auf, zog sich an, packte eine Reisetasche und machte sich schnellstens auf den Weg zum Bahnhof, um den Zug nach New York zu erwischen. Beim Hinausgehen zog er die Decke über Mia und schloß die Tür hinter sich.

In seiner Eile hatte er vergessen, das Telefon und den Anrufbeantworter wieder einzustöpseln. Deshalb erhielt er nie den Anruf von Drews verzweifelter Frau Elise.

Montag, 7. September
Kennedy Airport
11.45 Uhr

Kurz vor zwölf kam Bryne auf dem großen Tierquarantänegelände des Kennedy-Flughafens an. Es war ein separates Gebäude, das ein ganzes Stück von den Hauptabfertigungshallen entfernt lag und mit Kisten voller schreiender Papageien, blökender Lämmer, winselnder Hunde und anderer erschreckter, nicht identifizierbarer Tiere angefüllt war.

Fast im selben Moment tippte ein Flughafenwächter Bryne auf die Schulter. »Dr. Bryne«, sagte er ruhig, »ich habe den Auftrag, Sie in einer dringenden Angelegenheit abzuholen. Bitte folgen Sie mir.«

»Also, was zum Teufel ...?« fragte Jack scherzhaft.

»Bitte, Sir, kommen Sie mit«, antwortete der Wächter bestimmt.

»Nun warten Sie einen Augenblick, Wachtmeister. Sie sind vom Flughafen-Sicherheitsdienst, stimmt's? Dies hier ist eine Einrichtung für Tiere, stimmt's? Gut, dann bin ich derjenige, der hier das Sagen hat. Ich leite das Tollwutlabor des Staates New York ... Was meinen Sie denn, wer hier die Befugnis zu dieser Untersuchung hat?« Bryne war wütend geworden und hatte gar nicht bemerkt, daß ein kräftig gebauter Mann in der Uniform eines Colonel der US-Army hinter ihn getreten war. Der Mann streckte die Hand aus und tippte Bryne auf die Schulter.

»Dr. Bryne, ich glaube, ich würde Ihnen darauf gern eine Antwort geben. Warten Sie einen Moment ...«

Der Colonel klappte sein Handy auf und tippte aus dem Gedächtnis zehn Zahlen ein. Bryne sah ungläubig zu, während der Offizier die Person, die sich meldete, bat, ihn zu Dr. Lyman durchzustellen. Der Colonel reichte Bryne das Telefon und verschränkte die Arme.

»Chuck, was zum Teufel ist hier los?« fragte Bryne. »Ich stehe hier mit irgendeinem verdammten Lieutenant ...«

»Für Sie *Colonel* Dan Edwards, Sir. Spezialgebiet Pathogene, Fort Detrick ...«

Edwards ließ den Titel wirken.

»Jack, hören Sie mir zu.« Lyman zischte ins Telefon. »Ich kann im Augenblick nicht reden. Ich habe Washington in der anderen Leitung. Tun Sie, was Edwards sagt. Er ist auf Plum Island gewesen, jetzt ist er mit der bundesstaatlichen Untersuchung beauftragt. Stellen Sie keine Fragen. Rufen Sie mich später an. Entschuldigung ...«

Lyman legte auf, und Bryne reichte das Telefon dem Colonel zurück.

Edwards nahm Bryne beiseite. »Dr. Bryne, wir glauben, Dr. Tucker könnte die Ursache des Pferdesterbens gefunden haben. Er sagt, es war *Stachybotris atra* – ein Mykotoxin in der Strohschüttung. Wir untersuchen das. Aber Tucker ist im Krankenhaus. Er ist total übergeschnappt.«

»Mykotoxine?« keuchte Bryne. »Schimmeliges Stroh! Natürlich! Aber was ist ...?«

»Das ist alles, was ich Ihnen im Moment sagen kann. Bitte, Doktor, gehen Sie mit dem Posten mit ...«

Der Sicherheitsbeamte machte ihm ein Zeichen, ihm zu folgen.

Jack versuchte noch etwas zu sagen, aber Edwards hatte sich schon weggedreht.

»Vielleicht sehe ich Sie später noch, Bryne«, rief Edwards über die Schulter zurück, als er auf eine Gruppe von Männern und Frauen zuging, die einen Hengst begutachteten.

Während Jack dem Wachtposten aus dem Gebäude nach draußen folgte, waren seine Gedanken mehr mit Drew als mit seiner eigenen seltsamen Situation beschäftigt. Vicky, die in Louisville war, hatte ihn Minuten zuvor auf seinem Handy erreicht, um ihm mitzuteilen, daß sich Enoch Tuckers Zustand verschlechtert habe. Als Bryne erwähnte, daß sich die letzte Serie Proben, die Drew bearbeitet hatte, verspäten könne, weil er sich eine Grippe gefangen hatte, schien sie verdutzt.

»Jack«, sagte sie, »ich habe mit den Tierärzten hier wirklich eng zusammengeabeitet, und ich bin absolut sicher, daß sie euch in den letzten Tagen keine Samples geschickt haben!«

Sonntag, 6. September
New York City

Monate zuvor hatte Kameron für seine Reise nach Kentucky einen perfekten Zeitplan festgelegt, ebenso für seine göttlich verfügte Suche nach dem perfekten mikrokosmischen Vehikel für die Neunte Plage. Seine Reise nach Washington neulich hatte die Wirksamkeit des Virus im großen Rahmen bewiesen. Wenn er Bryne einen Schlag versetzen wollte, und das wollte er, gab es kaum ein besseres Opfer als seinen hochgeschätzten Kollegen, seine Augen und Ohren, Drew Lawrence. Inzwischen war das FedEx-Paket aus Louisville sicherlich in Guilderland angekommen. Der Inhalt war entsprechend präpariert. Und außerdem hatte ihn die Dampferfahrt auf dem Mississippi zu seinem nächsten Abenteuer in Memphis an den Nil erinnert.

»›*Ex Africa semper aliquid novi*‹, hatte Plinius gesagt – aus Afrika kommt immer etwas Neues.« Er hatte sich stark und mächtig gefühlt, als das Paket das Transportband hinabglitt, um sich auf die Reise zu Drew Lawrence zu begeben. »Auf Wiedersehen, lieber Freund«, hatte er seinem tödlichen Inhalt stumm nachgerufen, »uralt wie dein Geburtsort in Afrika. Such dir jetzt ein neues Zuhause. Landbrücken, Säugetierwirte, Insekten als Überträger werden nicht mehr gebraucht.«

Dieses spezielle Virus stammte von einem Vorfahren ab, der Tausende von Jahren älter als es selbst war. Nun war Kamerons neuer »Freund« zu einer neuen, völlig eigenständigen Art geworden, einer stabilen Mutation, deren Merkmal ein bestimmter konservierter Polymeraseteil ist, ein wenig anders als die anderen Arenaviren – Machupo, Junin, Guanarito, Sabiá, aber auch anders als die Phleboviren, die seine Abkömmlinge waren. Es war ein Vollmitglied der Bunyaviridae, ein enger Vetter von Hanta, doch weitgehend eigenständig.

Kameron war hinter das Geheimnis gekommen, welches das Rift-Tal Jahrtausende bis zum Jahr 1918 für sich bewahrt hatte, als zum ersten Mal Berichte über eine neue Krankheit bei Schafen und Ziegen auftauchten. Dann hatte sich die Krankheit, die später Rifttalfieber genannt werden sollte, in Kenia ausgebreitet, von einer Reihe von Moskitos und allen möglichen anderen Insekten auf den Menschen übertragen, auf Zehntausende von Menschen.

Ausbrüche suchten 1978 Ägypten und 1985 Mauretanien heim. Außer Moskitos und Insekten als Überträger fanden Wissenschaftler andere Infektionsmöglichkeiten heraus: direkten Kontakt, Aerosole, selbst den Wind – die Chamsine aus der Sahara. Die Krankheit rief alle fünfzehn bis fünfundzwanzig Jahre Tierseuchen in ganz Afrika südlich der Sahara hervor.

Ach, diese afrikanischen Moskitos! *Dambos*, flache Senken im Boden, boten den Aëdesmücken paradiesische Brutplätze. Das Virus wurde zwischen den Moskitos auf sexuellem Wege wie eine Geschlechtskrankheit weitergegeben und konnte vom Weibchen über den Eierstock an Tausende ihrer Eier wie eine angeborene Krankheit übertragen werden. Die Aëdes-Eier konnten der Austrocknung selbst in heißem, trockenem Klima mühelos entgehen, während sie darauf warteten, daß die seltenen heftigen Regengüsse sie aus dem verkrusteten Boden herauswuschen.

Die Krankheit nahm bei Säugetieren einen verheerenden Verlauf. Sie konnte Rinder, Ziegen, Schafe, Kamele, Wasserbüffel, Affen und den Menschen befallen. Zu den Auswirkungen gehörten Fehl- und Totgeburten und ein besonders übelriechender Durchfall, der schließlich zum Tode führte.

Wenn Menschen sich das Rifttalfieber zuzogen, verspürten sie zunächst grippeähnliche Symptome. Dann fingen die Komplikationen an – Gelbsucht, Hepatitis und blutiger Durchfall, Blutungen unter der Haut und in tiefer gelegenen Organen.

Was diese Krankheit für die Neunte Plage, die Finsternis, geeignet machte, war, daß sie kleine Arterienlecks in der Netzhaut entstehen ließ, und die geborstenen Netzhautgefäße sprühten winzige Blutspritzer in die klare Glaskörperflüssigkeit des Auges. Die Bilder verfärbten sich rosa, dann rot; dann senkte sich Schwärze herab.

Opfer wurden tagelang blind, manche sogar für immer, vor allem wenn sie meinten, sie hätten sich eine Grippe geholt, und anfingen, beträchtliche Mengen blutverdünnender Medikamente zu schlucken, wie zum Beispiel Aspirin ...

Drew Lawrence war das perfekte Objekt für Rifttalfieber. Kameron hatte genug über die Arbeitsmethoden des Labors erfahren, um zu wissen, daß Lawrence alle Proben bearbeitete, ganz gleich, an wen sie adressiert waren. Und mit dem Poststempel aus Kentucky war ausgeschlossen, daß Lawrence das Paket nicht sofort in die Mache nähme.

Vom Rifttalfieber hatte die »Stimme« zu Teddy natürlich in dem größeren Kontext von Washington gesprochen, auch diese Aktion war bereits in Gang gesetzt. Und dennoch erschien es ihm göttlich inspiriert, denjenigen zu schlagen, der Teddys Feind, seinem Verfolger Jack Bryne, am nächsten war. Daß Drew Lawrence ein Erstgeborener war, diente nur dazu, Kamerons Mission erhöhte Bedeutung zu verleihen.

Teddy wußte, daß das Endspiel der teuflischen Schachpartie, die er und Bryne spielten, die Zerrüttung eines Geistes bedeutete, den Verlust aller Hoffnung. Stumpfe den Geist eines Menschen ab, und er verläßt das Schlachtfeld, blutend und gebeugt. Ja, Drew Lawrence war ein grandioser Zug, geradezu inspiriert. Beinahe bedauerte er Dr. John Bryne um Lawrence' Tod und um den, der danach kommen würde.

17

Montag, 7. September
New York City
9.30 Uhr

Um sicher zu sein, daß sein Prototyp auch funktioniert hatte, hatte Kameron das Labor in Guilderland angerufen, nach Drew Lawrence gefragt und behauptet, er sei ein alter Schulfreund aus der Stadt und zufällig in Albany. Als Lawrence' Laborassistentin an den Apparat kam, teilte sie ihm mit, daß Mr. Lawrence sich krank gemeldet hätte.

»Das sieht Drew gar nicht ähnlich«, hatte Teddy gescherzt. »Er hat in seinem ganzen Leben kaum einen Schultag versäumt.«

»Na ja«, hatte die junge Frau ohne die geringste Spur Humor geantwortet, »jeder kriegt doch manchmal Grippe.« Sie fragte, ob er seinen Namen hinterlassen wolle, und er sagte, nein, er würde Drew zu Hause zu erreichen versuchen.

Kameron rief Lawrence natürlich nicht zu Hause an – wenn er überhaupt zu Hause *war* und nicht auf irgendeiner Intensivstation – oder im Leichenschauhaus. Jetzt, da er alles wußte, was er wissen mußte, setzte er sich an seinen Laptop, gab sein LMPG-Codewort ein und begann damit, die jüngsten Ereignisse in Washington für die Nachwelt festzuhalten.

Am letzten Mittwoch vor der Sitzungspause des Kongresses hielten der Ausschuß »Neue Christliche Antwort« des Repräsentantenhauses und die noch einflußreichere »Konferenz Visionärer Christen« des Senats eine von vielen erhoffte, wichtige gemeinsame Sitzung ab.

Zum ersten Mal in der amerikanischen Politik hatte sich eine Gruppe reaktionärer christlicher Abgeordneter, die unterschiedlichen Parteien angehörten, bereit erklärt, sich zu treffen, um alle möglichen Finanzierungsvorlagen der Demokraten wie der Republikaner zu billigen – oder »abzusegnen«, wie sie es schließlich genannt hatten –, ohne vorher im Ausschuß zu beraten und im Plenum darüber abzustimmen. Die Machtverteilung verschob sich, und daraus ergab sich ein Transfer von Geldern weg von den Tresoren der Regierung. Ein mehrere Milliarden Dollar umfassendes Mandat war in Arbeit, und die Trennung von Kirche und Staat schien sich allmählich aufzulösen.

Diese Leute besaßen Macht. Sie lebten in ihrer Überzeugung. Sie lebten, überlegte Teddy Kameron leise in sich hineinlachend, *in einem blinden Glauben und mit blindem Ehrgeiz. Die Sitzung war auf 10.00 Uhr anberaumt worden. Die Delegationsmitglieder strömten aus den Plenarsälen des Senats und des Repräsentantenhauses, wo sie ihren eigenen Resolutionen zugestimmt hatten, um sich früh zu vertagen. Auf den Presseemporen summte es von Neuigkeiten vom »Rat für Christus«, wie die Mitglieder sich nannten.*

In Dreier- und Vierergruppen begaben sie sich in das Untergeschoß des Capitols und bestiegen die kleine Untergrundbahn, die den Kongreß mit den Bürogebäuden auf der anderen Seite der Constitution Avenue verband.

Die Versammlung sollte ironischerweise in dem Saal zusammenkommen, aus dem in der Frühzeit des Schwarzweißfernsehens die McCarthy-Verhöre in ganz Amerika übertragen worden waren. Diese Versammlung würde für einen Großteil der Mainstream-Presse nicht zugänglich sein. Der Rat hatte seine eigenen digitalen Kameras, Reporter und thematischen Schwerpunkte.

Erklärtes Ziel dieser Sitzung war, den Dienststellenleitern, die Bewilligungen kontrollierten, Treueide abzuverlangen. Eine »ausgewogene« Haltung zum Darwinismus würde die Finanzierungsparameter einer bestimmten Dienststelle erweitern. Positive Einstellungen zu biomedizinischer Forschung mit Fötusgewebe mußten ein Programmbudget schneller zum Einsturz bringen, als Feuer in einer Abtreibungsklinik gelegt werden konnte. Bestimmte Dinge mußten manchen Verwaltungsbeamten kristallklar gemacht werden. Teddy hatte das Gefühl, daß die Finsternis, die er herbeiführen würde, die Neunte Plage, es genauer treffen würde.

In dem mit Eichenholz getäfelten Konferenzsaal wimmelte es vor Furcht und Glaube, als die Diskussionsleiter der Versammlung ihre Sitze einzunehmen begannen, während ranghohe Vertreter der wichtigen Forschungszentren nervös auf ihren Plätzen hin und her rutschten. Diese leitenden Angestellten waren dringend aufgefordert worden, die Positionen des Rates zu unterstützen. Sie würden mit ihrem blinden Glauben ganz eigener Prägung Zeugnis ablegen. Die »Humanisten« auf der anderen Seite, diese Jünger einer gottlosen Wissenschaft, würden sich den Löwen zum Fraß vorgeworfen sehen.

Die Anhörungen begannen mit einem Segenswunsch, dem Eingangsgebete folgten. Umfangreiche Gruppen von Reportern mit ihren Kamera-, Ton- und Beleuchtungsteams hatten den Konferenzsaal in heillosen Wirrwarr von mit Klebeband am Fußboden befestigten Kabeln, Mikrofongalgen, Video-Aufzeichnungsgeräten und den dazugehörenden Gerätschaften verwandelt. Die Reporter und ihre Filmcrews, Teddy Kameron mitten unter ihnen – wie einfach war es doch, einen Presseausweis zu fälschen und sich in Jeans, Nikes, T-Shirt, Baseballmütze und dunkler Brille entsprechend zu verkleiden –, alle legten ihre Kamerawinkel fest und verteidigten ihre Plätze.

Da die Sitzung lange dauern würde, waren die Reporter dankbar für den Kaffee, die Donuts, Äpfel, Kuchen und die alkoholfreien Getränke, die wie von Zauberhand auf den Tabletts der Kongreßmitarbeiter zu erscheinen schienen, während ihre Herren und Meister den Zirkusvorhang hochzogen.

Eine Reihe schwerer Sessel war gegen die Wand am anderen Saalende geschoben worden, um Platz für Lampenstative zu schaffen. Dort sah es grauenhaft aus, alles war vollgemüllt mit zerknüllten Essenstüten, Styroporkaffeetassen, Cellophanhüllen von Sandwiches, benutzten Servietten und Mineralwasserflaschen. Niemand achtete auch nur im geringsten auf die braune Papiertüte, die auf dem Fußboden an einem Heizkörper lehnte. Niemand, das heißt niemand außer Teddy Kameron, der sie dort hingestellt hatte.

Diese besondere Tüte enthielt eine warme, halbvolle Halbliterflasche Mineralwasser, ein paar Bonbonpapierchen und eine Handvoll schmutziger Kleenextücher, alles sah so aus, als sei es vor kurzem benutzt worden. Niemand hätte die Sprudelflasche geöffnet, selbst wenn er in die Tüte geschaut hätte. Die Flüssigkeit darin wurde im Laufe der Anhörung wärmer und wärmer.

In die Plastikflasche hatte Teddy ein kleines Kügelchen Trockeneis getan, das rasch zu schmelzen begann, als die Temperatur stieg. Inzwischen waren die Wände des Plastikgefäßes so straff gespannt wie das Fell einer kleinen Trommel. Teddy begab sich unauffällig aus der Schußlinie, während sich noch mehr Trockeneis in Kohlendioxid verwandelte.

Der erste Zeuge, Seine Exzellenz, Bischof und Hochwürden Michael Deven von der Ersten Kirche von Woonsokket, der von dem republikanischen Senator aus Missouri vorgestellt werden sollte, wurde einen Augenblick aufge-

halten; Blitzlichter gingen los, als der Senator sich erhob. Es entstand ein kleiner Tumult, als ein Mann Buhrufe von sich gab und auf der Stelle aus dem Saal befördert wurde. Dann ruhten aller Augen auf Seiner Exzellenz, die sich auf ihre würdevolle, wichtigtuerische Art zum Tisch in der Mitte begab.

Es trat für einen kurzen Augenblick etwas ein, was in Washington als Stille verstanden wird. Noch mehr Lampen wurden eingeschaltet. In der Hitze begann man sich von seinen Jacketts zu befreien. Der Bischof machte Anstalten, aus seiner Bibel zu lesen.

Genau in dem Moment, als Hochwürden Deven die Hand hob, um das Wort zu ergreifen, platzte die Plastikflasche, der Schraubverschluß schoß aus der Tüte drei Meter hoch in die Luft.

Leute, die am äußeren Rand des Saales standen, bückten sich, als würden sie beschossen. Drei von den Kongreßabgeordneten gingen hinter den schweren Schreibtischen in Deckung, die extra aufgebaut worden waren, um sie vor jedem möglichen Angriff zu schützen. Innerhalb von Sekunden stürmten drei weitere Capitol-Wachleute in den Saal und griffen nach ihren Pistolen.

Ein Kameramann, der in der Nähe des Heizkörpers auf einem Stuhl stand, versuchte die Ordnung wiederherzustellen, indem er schrie: »Ist okay ... Ist okay ... Es ist nur eine Seltersflasche. Es ist so heiß hier drin, da hat's den Deckel weggesprengt. Kein Problem.« Er sprang vom Stuhl herunter und ging hinüber zu den Überresten der Papiertüte.

Die Seite der Plastikflasche war durch die Explosion zerfetzt worden. Der Kameramann sah den beschädigten Metallring, von dem der Verschluß der Flasche weggerissen worden war. Schwacher weißer Dampf stieg in die Luft, und die wäßrige Flüssigkeit am Boden der Flasche sprudelte noch heftig. Es war nichts zu riechen.

Als die Sicherheitsleute auf ihn zukamen, hatte er die Fla-

sche ergriffen, sprang wieder auf den Stuhl und fuchtelte mit den Überresten der Flasche herum. »Nicht nervös werden«, rief er, »es ist nur Mineralwasser!«

Inzwischen tauchten hinter dem Podium der Kongreßabgeordneten langsam wieder deren Köpfe auf. Eine Frau auf der rechten Seite des Anhörungssaals begann zu klatschen. Nach und nach schwoll der allgemeine Applaus an, während der Kameramann die Flasche in die Höhe hielt, als wäre sie der Kopf der Medusa. Der Bischof gab dem Kameramann ein Zeichen näherzutreten und segnete ihn, während Kameras blitzten.

Der Kameramann wurde hinüber an den Senatorentisch gerufen, wo ihm von jedem einzelnen der Herren die Hand geschüttelt wurde, danach von jedem Abgeordneten. Wenig später schlug jemand ein kurzes Gebet vor, und alle dankten Gott für die Erlösung von ihren Ängsten. Die Anhörungen verliefen dann so glatt, daß sich die gesamte Abordnung bald vertagte. Viele begaben sich sofort auf die Heimreise in ihre Heimatstaaten, um in ihren Kirchen Gottesdiensten beizuwohnen und den Zeitplan für ihre Jahresschluß-Geldsammelaktionen festzulegen.

Vier Tage später waren bis um Mitternacht insgesamt siebenundfünfzig von den Leuten, die in dem Sitzungssaal gewesen waren, an grippeartigen Symptomen erkrankt. Die prominenteren Kongreßabgeordneten, die im Capitol zurückgeblieben waren, wurden direkt ins Bethesda Naval Center geschafft, aber die Routineuntersuchungen auf Influenza Typ A, B und C verliefen negativ. Negativ waren auch die Tests auf Parainfluenzaviren, Mykoplasmen, Chlamydien, Legionärskrankheit, Papageienkrankheit und selbst auf das Hantavirus. Die Experten standen vor einem Rätsel bei dieser Krankheit, die inzwischen den Spitznamen »Kongo-Grippe« trug. Das einzige, worüber sie sich inzwischen einig waren, war die Tatsache, daß die Krankheit durch die Luft übertragen wurde.

Am Sonntag war der Kameramann tot, und am Ende des Monats war der Bischof an einer Netzhautblutung erblindet, kurz bevor er einen schweren epileptischen Anfall erlitt. Innerhalb von Stunden fiel er ins Koma, und wenig später starb er.

Kameron ging seinen Resultaten nach, und eine Woche nachdem die Flasche geplatzt war, hatten sich mehr als siebzig oder achtzig Teilnehmer der Sitzung die rätselhafte Krankheit zugezogen. Die meisten waren wohl von Washington quer durchs ganze Land zu ihren Heimatorten ausgeschwärmt. Jeden Fall würde man für einen Einzelfall halten. Viel später würde man vielleicht dahinterkommen, daß es eine Verbindung zwischen ihnen gab, aber bis dahin würde es zu spät sein.

Montag, 7. September
Sicherheitsabteilung im Flughafen JFK
Queens, New York
12.00 Uhr

Der Sicherheitsbeamte hielt die Tür auf und gab den Blick auf ein karges, düsteres Zimmer frei, das lediglich flackernde Neonröhren an der Decke, schmutzige Fenster, eine kleine Wandtafel, ein paar Stühle und ein Schreibtisch zierten, an dem Scott Hubbard saß.

»Das ist aber eine Überraschung«, sagte Bryne, als der Wachbeamte ging und die Tür hinter sich schloß.

»Wie war's in der Quarantäne? Alles unter Kontrolle?« Hubbard stand nicht von seinem Stuhl auf. Er wies auf eine andere Sitzgelegenheit ihm gegenüber.

»Unter Kontrolle? Ich habe keine Ahnung. Ihr Mann schnappte mich in dem Moment, in dem ich das Gebäude betreten wollte. Ist da wirklich ein krankes Pferd, oder war das nur ein Trick, um mich herzulotsen?«

Hubbard sagte nichts. Jack fühlte sich frustriert.

»Hören Sie«, fragte er verärgert, »warum zum Teufel ist das FBI überhaupt hier? Ich bin als Berater hierher gerufen worden. Das hat mit Ihrem Job nichts zu tun. Oder vermuten Sie BT? Glauben Sie im Ernst, ich bin ein Terrorist, Herrgott noch mal?«

»Wir wissen, daß Sie nicht irgendein übergeschnappter Fanatiker sind, Bryne. Vergessen Sie das.« Eine Äußerung, die Jack noch mehr das Gefühl gab, daß Hubbards wahre Gedanken seine Worte Lügen straften. »Sehen Sie, Sie hier zu treffen ziehe ich einer Fahrt nach Albany vor, und um sicherzugehen, daß ich Sie nicht verpasse, habe ich Sie, gleich als Sie ankamen, durch den Sicherheitsdienst abfangen lassen.«

Er stand auf, ging zu Bryne hinüber und streckte ihm die Hand hin, die Jack vorsichtig ergriff. »Schön, Sie wiederzusehen.« Hubbard setzte dieses seltsame, rätselhafte, kalte Lächeln auf. Als Antwort räusperte Bryne sich geräuschvoll.

Unbeeindruckt fuhr Hubbard fort: »Wir können uns hier unterhalten, oder wir fahren zusammen zurück nach Manhattan und reden in meinem Büro in der Worth Street. Ich muß Ihnen nur ein paar Fragen stellen. Okay? In der Stadt?«

Bryne wurde klar – und genau das war Hubbards Absicht gewesen –, daß das Bureau auch Mia einer Sicherheitsprüfung unterzogen hatte. Ihre Diensträume lagen ebenfalls in der Worth Street. Aber warum hatte Hubbard den ganzen Weg raus nach Kennedy gemacht, um ihn zu treffen?

»Ist das offiziell?«

»Ziemlich offiziell.« Alles an Hubbard, einschließlich seiner – oder ganz besonders seiner – Verbissenheit ärgerte Jack. Nun, worum auch immer es ging, es war am besten, er brachte es hinter sich.

»Okay, gehen wir.«

»Mein Lieber.« Hubbard hatte die Stirn, ihm einen Klaps auf den Rücken zu geben. »Ich erkläre Ihnen alles während der Fahrt. Sie sind bei meinen Freunden ziemlich beliebt, und ich habe ein paar Freunde in sehr hohen Positionen!«

Was zum Teufel kommt denn jetzt? fragte sich Jack beunruhigt, während er nach dem Agenten das Haus verließ.

Montag, 7. September
Manhattan
9.00 Uhr

Teddy war normalerweise dort, wo die Arbeit auf ihn wartete, in seinem abgelegenen Behelfslabor im Norden Manhattans, dort, wo er schrieb und plante und auf die »Stimme« wartete. Heute jedoch hatte er in seiner Wohnung einiges zu tun.

Trotz des Windes öffnete er das Badezimmerfenster über der Badewanne, justierte die Maske am Überdruckatemgerät und zerdrückte zur Probe eine Ampulle stark riechender Salze unter seiner Nase. Er konnte das Ammoniak nicht riechen. Gut. Die Maske war dicht, was hieß, er war vollkommen geschützt. Als nächstes zog er Gummihandschuhe an, die er bis zu den Ellenbogen hochzog, und vergaß nicht, die Ampulle mit der Toilettenspülung zu beseitigen.

Die Gardinen blähten sich und flatterten in der Luft, und der Wind packte eine alte Landkarte, die an die Wand gepinnt war, an den Ecken, als er warme Zimmerluft an Kameron vorbeisaugte. Kameron beugte sich über die Wanne und rührte die Maismasse langsam und sorgfältig um wie einen dicken Haferbrei. Den Rührlöffel durch die zweihundertfünfzig Liter giftigen Matsch gleiten zu lassen erforderte Muskelkraft, und jede Sehne in Teddys Armen war bis zum äußersten angespannt, während er sich mit den Anstrengungen seiner Mission herumschlug.

Mit diesen Zubereitungen nahm er es besonders genau. Vor weniger als sechs Tagen hatte er in die Badewanne zwei Pfund gereinigtes Lysin eingerührt, und jetzt war es an der Zeit, die Mischung zu testen. Das Lysin beschleunigte den Stoffwechselprozeß. Würde die Mixtur nun stark genug sein?

Einem Schränkchen entnahm er eine lange, dünne Pipette, mit der er weniger als einen Tropfen der Flüssigkeit aufnahm, dann schaffte er das Tröpfchen hinüber zu einem Behälter mit fünfzehn Litern entionisiertem Wasser und begann den Dekokt herzustellen.

Durch eine Transferkammer aus Lucite, die oben auf dem neuen Behälter befestigt war, setzte er dem Wasser das winzige Tröpfchen zu. Er schüttelte die Flasche in seinen Armen, dann entnahm er der Flüssigkeit, die aussah wie klares Wasser, einen Tropfen und vermischte ihn mit weiteren fünfzehn Litern entionisiertem Wasser. Er hatte eine Verdünnung hergestellt, die dem Zufügen eines Sandkorns zu einem ganzen Strand entsprach – ein Verdünnungsquotient, der alle homöopathischen Erfordernisse übertraf und sich bereits der Avogadroschen Zahl annäherte.

Jetzt war Kameron bereit, die Mischung zu testen und festzustellen, ob er sie zu sehr verdünnt hatte. Wenn sie funktionierte, wäre das konzentrierte, unverschnittene Gebräu endlich fertig. Er zog eine frische Injektionsspritze aus ihrer Hülle und steckte eine feine 27er-Nadel an die Spitze. Langsam und vorsichtig zog er weniger als einen Millimeter Flüssigkeit aus dem Hals der Flasche, dann drehte er sich zu einem Käfig um, der auf dem Toilettensitz stand.

Aus dem Käfig nahm Teddy eine pummelige, seidige weiße Ratte, die er fachmännisch an den losen Hautfalten im Genick gepackt hielt. Die Ratte fing an zu zappeln.

Teddy sorgte immer gut für seine Tiere, ehe er sie tötete. Für ihn waren sie viel mehr als nur Versuchsobjekte. Manche waren richtige Schoßtierchen mit Namen. Auch an die, die geopfert werden mußten, würde er sich erinnern. Die hier hatte er Elvis getauft.

Er versteckte die Spritze hinter seinem Rücken, um Elvis nicht mit dem Instrument zu erschrecken. Er setzte die Ratte auf eine kleine Digitalwaage und tippte das Gewicht in einen Laptop neben der Waage. Elvis machte Männchen und blinzelte ihn an. Teddy starrte zurück. Gewicht 275 Gramm – ein schöner Fettklops, genau wie »the King«.

Er nahm die Ratte wieder hoch und ließ sie in der Luft baumeln, während er mit der freien Hand den Plexiglasdeckel eines großen leeren Aquariums aufschob, dann setzte er Elvis mitten in das Bassin. Der Nager stellte sich auf seine Hinterbeine, sah sich um und zuckte mit seiner rosa Nase. Teddy schob den luftdichten Deckel wieder teilweise über die Öffnung, während Elvis ihm dabei zusah. Teddy stellte seine Stoppuhr.

Liebevoll preßte Teddy einen hauchdünnen Strahl der verdünnten Flüssigkeit aus der Spritze in das Bassin, weit weg von Elvis. Danach schloß er den Deckel völlig.

Nichts war zu sehen.

Kameron knipste das Badezimmerlicht aus und griff zu einer Ultraviolettlampe.

Er schaltete sie ein und hielt sie über das Aquarium.

Ein blaßgrüner Faden schien von oben auf Elvis herabzuschweben.

Die Ratte erhob sich auf ihre Hinterbeine.

Neugierig.

Teddy ging mit dem Schwarzlicht näher.

Die versprühte Flüssigkeit, die immer noch ein blaßgrünes Leuchten von sich gab, war Zentimeter von der Ratte entfernt. Sechsundzwanzig Sekunden waren vergangen. Plötzlich erstarrte Elvis. Wurde steif. Quiekte. Teddy sah auf die Uhr. Achtundzwanzig Sekunden.

Die Ratte wand sich traumatisiert in Krämpfen, und plötzlich ringelte sie sich zu einem weißen Schmerzknäuel zusammen. In roten Schüben sickerte Elvis das Blut aus der Nase, während er sich in den eigenen Schwanz biß. Dann starb er.

Fünfunddreißig Sekunden von Anfang bis Ende, notierte Kameron.

Stark genug vielleicht für Elvis, aber nicht annähernd stark genug für die, die bei der Zehnten Plage dran glauben sollten. Nicht annähernd stark genug war das Material, um die Erstgeborenen zu töten.

Teddy beobachtete noch ein paar Augenblicke, wie der grüne Dampf über der toten Ratte verharrte, dann wandte er sich ab. Der Badewanneninhalt fluoreszierte. Er schaltete die Lampe aus, knipste das Licht im Badezimmer an und überprüfte noch einmal die Uhrzeit, die er notiert hatte.

Er griff in das Schränkchen und holte die Ammoniakflasche heraus, zog die Spritze oben aus Elvis' Käfig und legte sie in eine Schale. Er bedeckte die Nadel mit Ammoniak, dann zog er noch mehr Ammoniak in die Spritze und sprühte es in den Behälter mit der toten Ratte.

Er schaltete das Deckenlicht aus und knipste noch einmal das Schwarzlicht an; er sah, wie das schwache grüne Leuchten des Giftes, das durch das Ammoniak neutralisiert wurde, immer schwächer wurde. Es verblaßte schnell und erlosch.

Wahrlich, die Zehnte Plage würde vollkommen sein. Ehre sei Gott in der Höhe.

Montag, 7. September
Federal Plaza Nr. 26, Manhattan
13.00 Uhr

Federal Plaza Nummer 26 rühmte sich einst einer riesigen Skulptur à la Brancusi auf ihrem offenen Platz und eines Springbrunnens, der ein beliebter Treffpunkt für Mittagessen im Freien gewesen war. Nach dem Bombenattentat auf das World Trade Center und vor dem Anschlag in Oklahoma City waren diese Kunstwerke beseitigt worden. Es blieb ein halbwegs öffentlicher Platz, bis jemand in Washington darüber entschied, welche Art von Absperrung am besten an dieser Stelle zu errichten wäre, um das Gebäude vor Feuerteufeln zu schützen. Die Sicherheitsbestimmungen waren streng. Es war mühevoll gewesen, in das Haus hineinzukommen, selbst mit Hubbard als Begleiter.

Hubbards überraschend kleines Dienstzimmer hatte eine angenehme Aussicht. Am Horizont sah man die grandiosen Spinnwebmuster der Brücken über den East River, die Manhattan mit Brooklyn verbanden.

Der Special Agent war auf der Fahrt in die Stadt recht höflich gewesen, distanziert, doch nicht reserviert, sondern ganz geschäftlich, und dazu gehörte, daß er jetzt ein Bandgerät laufen ließ, als er die ersten Fragen an Jack richtete.

»Dr. Bryne«, begann er und drehte sich in seinem Drehstuhl herum. »Ihr Name ist an den merkwürdigsten Stellen aufgetaucht.« Er hielt eine dicke Akte in die Höhe. »Ihr Dossier ist höchst bemerkenswert, Ihr CV eindrucksvoll. Besonders bemerkenswert: Ihre Kindheitserlebnisse in Pingfan – zumindest soweit sie das alte OSS und die CIA in der Akte haben erscheinen lassen. Erinnern Sie sich an irgend etwas davon?« Er fuhr mit dem Daumen durch die Akte.

»Ich wünschte, ich könnte jedes bißchen davon vergessen.« Bryne geriet langsam in Wut. »Aber *das* kann doch nicht der Grund sein, warum ich hier bin; das Thema meiner Kindheit ist niemals zur Sprache gekommen, weder in San Diego noch als Sie das Labor besucht haben.«

»Richtig. In San Diego sind zwei Kinder an Milzbrand gestorben, deswegen war ich dort. Mir ist der ganze Vorgang übertragen worden. Ich brauche Ihre Hilfe, das ist alles. Das ist der Grund, weshalb wir jetzt hier sind.« Hubbard unterbrach sich, er war bereit, Bryne geheime Informationen zukommen zu lassen, um sein Vertrauen zu gewinnen. »Was wäre, wenn ich Ihnen sagte, daß es noch andere Vorkommnisse geben könnte, andere ungewöhnliche Umstände, die mit biologischen Kampfmitteln zu tun haben?«

»Ich würde Ihnen zustimmen«, sagte Bryne, der vermutete, daß er nichts zu verlieren hatte, dafür aber viel zu gewinnen, sollte das FBI denselben Weg verfolgen wie er.

»Ach ja?«

»Ja. Es ist nur eine Theorie. Kein unwiderleglicher Beweis; aber ich denke, ich weiß vielleicht das meiste von dem ›Was?‹, ›Wann?‹ und ›Wo?‹ – vielleicht sogar das ›Wer?‹.«

»Sprechen Sie weiter.« Hubbard war froh, daß das Band lief, während Bryne seine Theorie auseinandersetzte.

»Erstens glaube ich, daß die Milzbrandfälle mit dem Pferdesterben in Kentucky in Zusammenhang stehen. Es kamen dort zwar keine Menschen zu Schaden, und es gibt immer noch keinen Anhaltspunkt für ein Verbrechen. Jeder, mit dem ich bisher darüber gesprochen habe, denkt, es war ein Unglück.«

»Und Sie denken, daß es kein unglücklicher Zufall war«, sann Hubbard.

»Dann sind da alle diese Botulismusfälle.«

Hubbard setzte sich mit einem Ruck kerzengerade hin.

»Und mit Botulismus«, Hubbard öffnete einen braunen Aktendeckel, wie um seine Fakten zu überprüfen, »meinen Sie die Fälle, von denen Ihnen Carl Rader erzählt hat?« Bryne hatte eindeutig das Gefühl, genauestens gemustert zu werden.

»Ja, ich kenne Carl Rader seit Jahren. Er findet nichts dabei, wenn er mir vertrauliche Informationen überläßt.«

»Aber Sie wußten darüber doch schon Bescheid, ehe Rader es Ihnen erzählt hat, nicht?« Erst jetzt wurde Jack klar, daß ein alter Freund ihn bei der Bundesbehörde angeschwärzt hatte.

»Im Falle dieser Botulismusvergiftungen hat das Bureau sowohl mit der FDA als auch mit den CDC zusammengearbeitet.« Hubbard erhöhte den Druck. »Es ist nie was an die Öffentlichkeit gekommen. Woher also wußten Sie es?«

»Ich *wußte* es nicht«, hielt Bryne fest. »Es war nur eine gezielte Vermutung. Ich vermutete, die Opfer seien alle Geistliche gewesen, das ist alles.«

»Das ist ’ne saubere Vermutung. Rader war derselben Meinung, deswegen sah er sich genötigt, uns anzurufen«, sagte Hubbard.

»Hören Sie, es ist nicht das erste Mal, daß die Geistlichkeit

– oder die Geistlichkeit und ihre enthusiastischeren Anhänger – ins Zielfeuer geraten sind.« Brynes Zorn kämpfte mit seiner Enttäuschung. »Die Milzbrandsache hängt ebenfalls damit zusammen. Joey St. Johns Vater ist ein einflußreiches Mitglied des rechtskonservativen Christlichen Rates.«

»Okay. Reden Sie weiter.«

»Wollen Sie noch eine unglaubliche ›Vermutung‹?« fuhr Bryne unbeirrt fort. »Erinnern Sie sich an die Wasserpistole in San Diego? Sie trug den ICD-Zahlencode für Milzbrand und die Buchstaben ›LMPG‹. Rader hat mir erzählt, daß in diese Schneekugeln der Botulismus-Code geritzt war – sowie die Buchstaben ›LMPG‹. Können Sie mir so viel bestätigen?«

»Unter Verschluß. Aber fahren Sie fort, ich möchte diese Theorie von Ihnen kennenlernen ...«

»Sicher, ich erzähle Ihnen alles.« Bryne zögerte. »Aber es ist nach zwölf, und ich muß meine Frau anrufen; ich muß Drew Lawrence anrufen.«

Hubbard starrte Bryne durchdringend an; sollte das eine Schockreaktion darstellen – oder eine gespielte Überraschung? Zumindest schien es ein Test zu sein.

»Dr. Bryne.« Hubbards Gesichtsausdruck war mit einemmal traurig geworden, was irgendwie beängstigender wirkte als das gutgelaunte Lächeln. »Dr. Bryne, ich habe eine sehr traurige Neuigkeit für Sie. Drew Lawrence ist heute morgen gestorben.«

Bryne starrte Hubbard an. Hubbard starrte teilnahmslos zurück, dann sagte er: »Mr. Lawrence ist im Medizinischen Zentrum in Albany gestorben. Die Todesursache waren Komplikationen im Zusammenhang mit einer Grippe.«

Jack schüttelte fassungslos den Kopf. Lawrence tot? An einer Grippe gestorben? Etwas in seinem Inneren beharrte darauf, daß man es ihm früher hätte sagen sollen. Dann kam ihm der Gedanke, daß Hubbard es wahrscheinlich schon Stunden wußte, es schon auf dem Kennedy-Flughafen gewußt hatte.

Am liebsten hätte er dem Mann die Lunge aus dem Leib gerissen.

»Sie Mistkerl«, schrie Jack, »Sie haben über Drew Bescheid gewußt! Warum haben Sie's mir nicht gesagt? Haben Sie wirklich geglaubt, ich hätte es getan, hätte irgendeines dieser Dinge getan?«

Hubbard, der ihn zu beruhigen suchte, sagte leise: »Ich wollte die Umstände unseres Gespräches unter Kontrolle haben, Jack, ich ...«

»Mann, dann versuchen Sie jetzt mal, die Situation zu kontrollieren!« Jack sprang von seinem Stuhl hoch und beugte sich über Hubbard. Der Special Agent erschrak, erstarrte fast. Es wäre ganz einfach gewesen, seinen Hals zu packen und herumzudrehen, wie Bryne es in Pingfan beim Hühnerschlachten gesehen hatte. Packen, herumdrehen, Kopf abreißen, das Blut trinken. Hubbard langte nach seiner Pistole. Wonach Bryne schließlich griff, war das Telefon. Hubbard reagierte nicht.

Drew Lawrence' Sohn Ali meldete sich auf Jacks Anruf im Stadthaus im Zentrum von Albany. Geschockt, nicht wissend, was er oder wie er es sagen sollte, stotterte Bryne sich durch Entschuldigungen, Beileidsworte und Hilfsangebote hindurch. Dann kam Alis Mutter an den Apparat und erzählte ihm den Krankheitsverlauf.

Nachdem Drew mit Muskelschmerzen, mehrmaligem Schüttelfrost und dem hohen Fieber gekämpft hatte, fiel er in Fieberphantasien. Schließlich schrie er »wird finster«, erzählte sie, womit er hatte sagen wollen, daß er blind wurde. »Die Ärzte auf der Intensivstation sagten mir, er hätte alle möglichen Komplikationen gehabt. Am Schluß ist er vollkommen erblindet«, sagte Elise Lawrence traurig, doch mit der Würde und Zurückhaltung, die man von ihr gewohnt war. »Sie sagten, all das Aspirin, das er genommen hat, hat es schlimmer gemacht.«

Lawrence sei in die ICU verlegt worden, fuhr sie fort, aber er hätte dann darum gebeten, mit Elise sprechen zu dürfen, ihr ein Adieu ins Ohr zu flüstern. Plötzlich habe er zur Decke hinaufgeblickt, als könne er dort wirklich etwas sehen, das allen anderen verborgen war. »Wenigstens war ich dabei«, schloß sie.

»Haben Sie schon an die Beerdigung gedacht, Elise?« fragte Bryne sanft. »Kann ich irgend etwas tun?«

»Ja, Jack«, antwortete sie, und zum ersten Mal hörte er die Tränen in ihrer Stimme. »Kommen Sie am Mittwoch um zwölf zum Gottesdienst. Ali und ich haben beschlossen, ihn in Manhattan halten zu lassen, wo Drews Familie und Freunde wohnen. Können Sie kommen? Wir müssen miteinander reden, aber jetzt muß ich mich erst einmal hinlegen.«

Bryne umklammerte das Telefon so fest, daß seine Knöchel die Farbe von Pergament angenommen hatten. Er legte auf. Er wußte, was Drew umgebracht hatte, so sicher, als hätte er selbst die Laborberichte gesehen. Rifttalfieber. Es hatte Menschen erblinden lassen seit den Zeiten vor den alten Ägyptern; es war das, was Drew selbst als eine der vielen möglichen Krankheiten hinter der drei Tage währenden Finsternis vermutet hatte: die Neunte Plage.

Es geschah. Es geschah tatsächlich.

Bryne setzte sich schließlich wieder hin, nachdem er den Hörer aufgelegt hatte. Er legte den Kopf in die Hände und holte ein paarmal tief Luft, um sich zu fassen.

»Ich würde jetzt gern meine Frau anrufen, wenn Sie nichts dagegen haben. Sie hatte heute morgen vor, nach Albany zu fahren.«

»Nein, nein, natürlich, machen Sie nur. Aber dann ...« Hubbards Ton wurde provozierend: »Ich würde wirklich sehr gern hören, wie Sie all dies erklären.«

Bryne starrte Hubbard an, und seine Augen wurden schmal, ehe er zu ihm sagte: »Ich könnte Stunden damit zubringen, Ihnen meine Theorien auseinanderzusetzen, aber ich würde es vorziehen, sie einem erheblich größeren und informierteren Publikum vorzustellen. Wenn ich mit meiner Frau gesprochen habe, plane ich, ein Treffen zu vereinbaren, bei dem unter anderem Sie, aber auch andere Gesundheitsexperten, Kollegen meiner Frau anwesend sein sollen. Sie können ja Ihre weniger als hilfreichen Freunde mitbringen, wenn Sie wollen. Dies alles, denke ich, ist kein kleines Problem. Wir sind mit einem Problem konfrontiert, welches das gesamte Gebiet New Yorks betreffen könnte.«

Jack erreichte Mia endlich über ihr Handy, als sie schon wieder auf dem Heimweg nach New York war. Ihre brüske Art schreckte ihn. Als er ihr die furchtbare Neuigkeit von Drew mitteilte, hörte er sie plötzlich in das Telefon schluchzen. Er wußte, ohne zu fragen, daß sie jetzt zum ersten Mal seine »verrückte« Idee für plausibel, ja für wahrscheinlich hielt. Sie räusperte sich und fragte: »Was können wir tun?«

»Du mußt mir einen großen Gefallen tun, Mia, ob wir nun persönlich miteinander im reinen sind oder nicht.« Er erklärte ihr in groben Zügen, was er mit dem Treffen erreichen wollte. »Es ist dringend, Mia. Ich brauche deine Hilfe. Ich brauche dich. Ich glaube, daß ein Terrorist die Stadt ins Visier genommen hat. Kannst du das NYPD und das Notstandsbüro des Bürgermeisters anrufen, und vielleicht einige deiner Kollegen aus New Jersey und Connecticut? Ich bin jetzt hier beim FBI.«

»Wovon redest du, Jack?«

»Drew ist tot, Mia. Was ihn getötet hat, war entweder für mich vorgesehen, oder es sollte eine Warnung an mich sein. Was als nächstes kommt, denke ich, ist für das ganze Großstadtgebiet bestimmt.«

»Ach Jack, diese Art Reden ängstigen mich. Bist du sicher, daß du –«

»Mia, Herrgott im Himmel, mußt du erst erleben, daß eine Stadt wie New York angegriffen wird, ehe du mir zuhörst? Vielleicht hörst du dem FBI oder den CDC zu – sie verfolgen dieselbe Spur wie ich.« Hubbard registrierte, wie Bryne seine Frau bluffte.

Einen Moment nachdenklich gestimmt, sagte Mia zu Bryne,

so ein Treffen zu arrangieren, sei schwierig, aber nicht unmöglich. Sie würde mit dem Leiter der Gesundheitsbehörde reden. Es würde aber dauern, die wichtigsten Leute zusammenzubringen, vielleicht zwei Tage. Dienstag wäre zu früh. Es wäre denkbar, daß man das Treffen in der New Yorker Academy of Medicine abhalten könne, und zwar am Mittwoch nachmittag, im Anschluß an Drews Beerdigung. Sie schlug diesen Tagungsort vor, weil es auf einem für alle staatlichen und Regierungsdienststellen neutralen Gebiet abgehalten werden müsse, um von der Städtischen Gesundheitsbehörde gutgeheißen zu werden. Er stimmte ihr zu.

»Mia«, sagte Jack schließlich zu ihr, »vielen Dank, daß du zu mir hältst. Ich weiß, du denkst, meine Theorien sind völlig abgedreht.«

»Seit Drews Tod scheinen sie mir nicht mehr so abwegig zu sein«, antwortete sie mit neuer Besorgnis. »Und, Liebling, wenn da draußen ein Irrer sein Unwesen treibt, könnte er auch hinter dir hersein. Bitte versprich mir, daß du vorsichtig bist.«

»Kannst du mir glauben«, erwiderte er, »das gilt aber auch für dich, mein Schatz.«

»Sicher«, sagte sie, dann setzte sie hinzu: »Und Jack, es tut mir so leid um Drew, auch deinetwegen.«

»Ich weiß. Danke dir. Bis bald.«

Als nächstes rief Bryne seinen Chef an, C. DeHavenon Lyman, und sagte ihm, er wäre am Abend wieder zurück, würde sich aber am Mittwoch für Drews Beerdigung und für das Treffen, das Mia arrangierte, einen Tag freinehmen. Er versicherte Lyman, sein Labor würde bis zum Mittag des nächsten Tages irgendwie wieder funktionstüchtig sein.

»Jack«, antwortete Lyman, »ich kann Ihnen gar nicht sagen, wie sehr ich, nein, wie sehr wir alle die Sache mit Drew bedauern. Das schreckliche ist, daß hier bei uns gerade ein neues Gesundheitsproblem ausbricht.«

»Lassen Sie mich raten, Chuck. Ein bösartiges neues Grippevirus.«

»Woher zum Teufel wissen Sie das?«

»Es ist wahrscheinlich das, woran Drew gestorben ist.«

»Großer Gott! Glauben Sie das wirklich? Die CDC haben alle staatlichen Laboratorien aufgefordert, danach Ausschau zu halten. Könnte eine Abart von $H_3 N_2$ sein.«

Lyman erzählte ihm sodann, daß ein Dutzend prominenter Mitglieder des Kongresses am Sonntag, manche sogar früher, Symptome einer akuten Viruserkrankung gezeigt hätten. Mehrere seien ins Krankenhaus eingeliefert worden. Einige seien erblindet. Lyman mußte eine Massengrippeuntersuchung im staatlichen Axelrod-Laboratorium in Albany anordnen – obwohl er an Personal knapp war und Tausende von Samples zu erwarten waren. Vielleicht würde er einige von Brynes Fachkräften zur Hilfe heranziehen müssen.

»Jack«, schloß er, bevor er auflegte, »vergessen Sie nicht, mich anzurufen, wenn Sie wieder in Ihrem Labor sind. Sie und Ihre Mannschaft könnten dringend gebraucht werden.«

Bryne legte auf und wandte sich wieder dem FBI-Mann zu. »Hubbard«, sagte er, »ich brauche Ihre Hilfe. Sofort. Und vielleicht auch Hilfe von Ihren Freunden hier in dem Bundesgebäude.«

»Und Sie bekommen meine Hilfe, sobald ich Ihre Geschichte gehört habe, Bryne. Nicht vorher.«

Jack versuchte seine Gedanken zu ordnen. Drews Tod. Die Kongreßabgeordneten. Die Paketsendung, die Drew erhalten hatte. Jack beschloß, Hubbard von dem Paket zu erzählen, das, wie Vicky beteuerte, nie aus Kentucky abgeschickt worden sei. »Wenn Sie die Geschichte gehört haben, werden Sie verstehen, warum ich Ihre Hilfe brauche. Sie werden's sehen.« Bryne trat an die Wandtafel in der Ecke, einem alten Schiefermodell, das groß genug war für die zehn römischen Zahlen, die Bryne mit Kreide auf die linke Seite schrieb. Dann setzte er die biblischen Plagen hinzu und das, was er als die entsprechenden heutigen Vorkommnisse ansah:

I	Blut/Wasser	rote Flut/toxische Algen
II	Frösche	Baumfrösche
III	Läuse	Ergotismus
IV	Ungezieferschwarm	Honigbienen
V	Tod der Tiere	???
VI	Geschwüre	Milzbrand
VII	Hagel	Botulismus
VIII	Heuschrecken	???
IX	Finsternis	???
X	Tod der Erstgeborenen	???

Als Bryne fertig war, ging er zu Nummer IX zurück, wischte die Fragezeichen weg und schrieb »Rifttalfieber« hin.

»Wenn ich mit dem Rifttalfieber recht habe, sind wir in Schwierigkeiten. Es ist noch so eine Krankheit aus der Alten Welt«, erklärte Bryne. »Wie die afrikanische Pferdeseuche kommt es nur in Afrika vor und ist ansteckend wie Grippe, aber es ist tödlich. Außer durch Moskitos wird Rifttalfieber durch Tröpfchen, feine Feuchtigkeitspartikel und Husten übertragen. Und im Gegensatz zur Pferdeseuche befällt es Menschen. Ich bin fast völlig sicher, daß Drew daran gestorben ist.«

»Und wieso?«

»Wegen der einsetzenden Blindheit. Die herausstechendste Komplikation des Rifttalfiebers sind Netzhautblutungen, die vorübergehende, manchmal dauernde Blindheit auslösen. Es ist die drei Tage währende Finsternis. Es ist die Neunte Plage. Drews Frau hat mir erzählt, daß er blind geworden ist, bevor er starb ...« Bryne spürte das salzige Brennen seiner Tränen.

Hubbard trommelte mit seinem Bleistift auf einem Notizblock herum, sah zu, wie Bryne ein Taschentuch entfaltete und sich die Augen wischte, und äußerte die Vermutung: »Und nun meinen Sie, jemand hat dieses Fieber an Mitglieder des amerikanischen Kongresses weitergegeben?«

»Ich weiß es nicht. Es ist nur eine Theorie. Wenn Sie's herauskriegen wollen, ziehen Sie alle bundesstaatlichen Krankenhäuser zu Rate, die CDC, Walter Reed, Bethesda. Warum nicht auch Fort Detrick? Die Leute dort könnten in ihren L-4-Labors virologische Tests auf dieses Fieber vornehmen und sogar herausfinden, ob Drew und die Kongreßleute dieselbe Sache hatten. Aber man muß Rifttalfieber in Betracht ziehen, um es mit Tests ausfindig machen zu können.«

»Und was ist, wenn es das wirklich ist?« wollte Hubbard wissen. »Wie ansteckend ist es? Wird es sich ausbreiten?«

»Es wird verbreitet wie die Grippe, und wenn meine Theorie sich bewahrheitet, ist das hier schlimmer als das schlichte alte RVF. Selbst mit der Hilfe der Bundesbehörden könnte es unsere Möglichkeiten weit übersteigen. Es ist heilbar – wenn man danach sucht und schnell genug ist. Aber es gibt keinen erprobten Impfstoff.«

Hubbard hörte zu, fragte sich, ob er es mit einem Erlöser oder einem Satan zu tun hatte, wußte aber, daß er sehr vorsichtig sein mußte. »Dr. Bryne, ich kann Ihnen versprechen, daß ich an Ihrem Treffen in der Academy of Medicine teilnehmen werde. Ich werde sicher ein paar Leute auftreiben können, die uns bei alldem behilflich sein werden. Ich werde denen auch von Ihrer Rifttal-Theorie erzählen.«

»Kann ich jetzt gehen?«

»Bleiben Sie in Verbindung. Rufen Sie mich morgen an.«

Bryne drehte sich weg, zögerte, dann faßte er Hubbard ein letztes Mal in den Blick. »Hubbard«, sagte er, »danke, daß Sie mir glauben. Jetzt, wo Drew tot ist, sind Sie, fürchte ich, der einzige, der's tut.«

Nachdem Bryne gegangen war, rief Hubbard in Washington an und machte sich auf die Suche nach dem gemeinsamen Faktor, der die Kongreßabgeordneten verband, und fand ihn – das Treffen der Christlichen Versammlung. Er ordnete an, jeden Schnipsel Müll, der in der letzten Woche aus dem Rayburn Building geschafft worden war, per Hand zu sichten. Die geplatzte Mineralwasserflasche wurde sechs Meter tief auf einem kalten, nassen Müllplatz in der Nähe von Anacostia gefunden. Über Nacht hatten fünfundsiebzig Bundesbeamte sechzig Kubikmeter Müll aus Washington, D. C., durchgewühlt, um sie ans Tageslicht zu befördern. Mit einem scharfen Werkzeug waren in den Plastikboden die Buchstaben »LMPG« geritzt worden, und darunter stand die ICD-Nummer 066.3, die das Rifttalfieber bezeichnet – genauso wie Dr. Bryne es vorausgesagt hatte.

Hubbard hatte jetzt noch ein Problem zu lösen: Wie konnte er seine Vorgesetzten von Brynes Unschuld überzeugen? Der Virologe hatte nicht gleichzeitig in Washington und in Albany gewesen sein können. Es sei denn, es war eine ganze Organisation. War Lawrence einer von ihnen gewesen und hatte es sich dann anders überlegt und aussteigen wollen? Wie war Victoria Wade in die Sache verwickelt?

Und was war mit diesem Jungen aus Brooklyn, den das Bureau abgehört hatte, nachdem Brynes Labor angezapft worden war? Und was mit Mia Hart, seiner Frau? Sie war eine Ärztin, deren Fachgebiet sie zu einer mustergültigen Kandidatin machte. Stoff zum Denken ... Stoff zum Denken!

Eine Reihe von Anrufen in Washington brachte Hubbard auf den neuesten Stand. FBI-Agenten, Vertreter der Nationalen Sicherheitsbehörde und Geheimdienstagenten hatten alle die gleiche Information, alle wußten von den Milzbrand- und Botulismusvorfällen. CDC und FDA waren zur Bekanntgabe bewegt worden, daß ein Rückruf von »mit Salmonellen kontaminierten« Glaskugeln sowohl harmlose Kugeln als auch solche ans Licht gebracht hatte, in deren Flüssigkeit sich tödliche Mengen von Botulismustoxinen befanden.

Als nächstes meldete Hubbard ein Telefongespräch beim Admiral an; Olde war binnen Sekunden am Apparat.

»Na, Scott, wie ist es gelaufen?« fragte der Admiral mit seiner gewohnten Schroffheit.

»Nun, Bryne wußte eine Menge mehr über verschiedene Umstände, als er hätte sollen. Die Botulismusfälle zum Beispiel. Er behauptet, er habe nichts mit Bestimmtheit gewußt, bevor Rader ihm davon erzählte, erst dann hätte er, ausgehend von früheren Vorkommnissen, gezielte Mutmaßungen angestellt – über die Geistlichkeit zum Beispiel.«

»Glauben Sie ihm?«

»Ich bin nicht hundertprozentig überzeugt, Admiral. Er wirkt wie ein normal aufrichtiger Mensch, aber wenn er ein Soziopath ist, könnte das auch Mache sein. Und folgendes noch: Er behauptet, etwas, das Rifttalfieber heißt, sei die Ursache sowohl dieser Krankheit der Kongreßleute als auch das, woran sein Laborassistent kürzlich gestorben ist. Bryne ist sich sicher, daß Lawrence ermordet worden ist.«

»Aber warum sollte man Bryne des Mordes an seinem engsten Freund und Partner verdächtigen?«

»Die Logik sagt mir, daß er nicht verdächtigt werden sollte, Admiral. Und die Logik sagt mir auch, daß er zu vielen verschiedenen Zeiten an vielen verschiedenen Orten hätte sein müssen, um diese Taten zu begehen – und seine Aufenthaltsorte sind einwandfrei ermittelt worden.«

»Und wohin bringt uns das?« fragte der Admiral.

»Es bringt uns zu einem Mann, der entweder unschuldig ist oder ein Terrorist oder Teil einer Gruppe. Vielleicht hat Drew Lawrence ebenfalls zu der Gruppe gehört und wollte aussteigen, folglich hatte Bryne keine andere Wahl, als ihn umzubringen.«

»Scott, nehmen wir einen Unschuldigen ins Visier?«

»Bryne erfüllt noch immer das Persönlichkeitsbild, Admiral. Dieser traumatische Background, Erfahrung in BT, seine antiautoritäre Einstellung und einige ziemlich wenig schmeichelhafte Ansichten über ihn – anonym und offen ausgesprochen von seinen Kollegen. Ich bin einfach noch nicht bereit, ihn abzuschreiben. Und an diesem Punkt ist sein Wissen wirklich eine Hilfe.«

»Dann bleiben Sie ihm auf den Fersen.«

»Natürlich, Admiral. Wie ein Schatten.«

18

Montag, 7. September
Mia Harts Apartment, Manhattan
22.30 Uhr

Mia Hart schloß die Tür zu ihrer Wohnung auf, ließ ihre Einkaufstüten fallen und lief schluchzend zum Sofa im Wohnzimmer. Es gab so vieles zu beweinen. Es war schwer für sie, sich mit dem unersetzlichen Verlust von Drew abzufinden, der nicht nur Jacks bester Freund und Kollege gewesen war, sondern auch ein Mensch von außergewöhnlicher Charakterstärke und ihr getreuer Verbündeter. Gott, seine arme Frau! Wenigstens waren die Kinder erwachsen. Sie würde sie nicht allein großziehen müssen.

Wenn die Theorie, die Jack, das FBI und die CDC gemeinsam verfolgten, sich als richtig erwies, war Drew von einem Verrückten ermordet worden, der es sehr wohl auch auf ihren Mann abgesehen haben könnte. Daß sie an Jack so heftig und so lange gezweifelt hatte, hatte ihre Beziehung fast bis zum Knackpunkt strapaziert, und jetzt bereute sie verzweifelt ihr Verhalten.

Da war der Mann, den sie liebte und aus tiefstem Herzen bewunderte, und sie hatte dafür gesorgt, daß er sich weniger geachtet, noch nicht einmal mehr glaubwürdig fühlte. Würde Vicky Wade, überlegte sie, genauso reagiert haben? Wahrscheinlich nicht. Vicky hätte wahrscheinlich »Volldampf voraus« geschrien und wäre Jack ohne Bedenken in die Hölle und wieder heraus gefolgt. Aber Jack hatte dafür gesorgt, daß von seiner Theorie nur sie und Drew erfahren hatten; sie wußte, daß er keine *Hot-Line*-Reportage über die Plagen haben wollte. Mia würde also nie wissen, wie diese andere Frau reagiert hätte, die sie instinktiv als Rivalin sah.

Sie weinte um Drew, sie weinte um ihre Torheit, nicht an Jack geglaubt zu haben, sie weinte darum, daß sie die Ehebande hatte erschlaffen lassen und so in Jacks Leben Raum für diese Vicky Wade geschaffen hatte.

Dann zwang sie sich, mit dem Heulen aufzuhören, und machte sich an die Vorbereitungsarbeiten für das Treffen, um das Jack sie gebeten hatte. Ihr erster Anruf ging an Dr. med. Elijah Kent Wyatt III., den Präsidenten der New Yorker Academy of Medicine. Sie skizzierte das Problem und bat für Mittwoch um einen Tagungsraum. Wyatt, der für die Dringlichkeit der Lage Verständnis zeigte, bewilligte ihre Anfrage.

Mias Anrufe in Trenton und Hartford verliefen mit unterschiedlichen Ergebnissen. Reisen über die Staatsgrenzen hinaus waren durch die knappen Etats der Gesundheitsämter in New Jersey und Connecticut stark eingeschränkt worden. Auch wenn die potentiellen Probleme in der Tat den größeren Umraum New Yorks betreffen mochten und die Risiken von allen zu tragen waren, würden sich diese staatlichen Dienststellen an dem Treffen nicht beteiligen können. Jack hatte vorgeschlagen, daß sie, wenn sie auf Widerstand stieße, Special Agent Hubbard anrufen solle.

Während Mia Hart mit Dr. Wyatt telefonierte, rief Hubbard Juan Verde an, den Notstands-Chefberater im Öffentlichen Gesundheitswesen, der in dem Bundesgebäude drei Etagen unter ihm saß. Verde zeigte sich sehr interessiert an dem Mittwochstreffen und versprach, auch seinen FEMA-Kollegen dafür zu gewinnen. Er dankte Hubbard und versprach, mindestens zwei Vertreter aus seinem Verantwortungsbereich, dem Öffentlichen

Gesundheitsdienst der USA, zu delegieren. Die Region II, sein Zuständigkeitsbereich, umfaßte alle fünf angrenzenden Staaten im Nordosten.

So enttäuscht Mia auch darüber war, daß Jack an diesem Abend mit dem Spätzug nach Albany fahren würde, sie beschloß, es sich nicht anmerken zu lassen. Statt dessen schlug sie vor, wenigstens in einer Brasserie im West Village gemeinsam zu Abend zu essen. Beide hatten das Lokal in besseren Zeiten sehr geliebt. Zu ihrer Freude ging er auf den Vorschlag ein.

Sie stellten mit Entzücken fest, daß sich in La Vieille Auberge nichts verändert hatte – dieselben matt beleuchteten Bauernhauswände, dieselbe Freundlichkeit von Wirtsleuten und Bedienungspersonal, dieselben wunderbaren Speisen und erlesenen, bezahlbaren Weine.

Fast augenblicklich fühlten sie und Jack sich in dem behaglichen Beisammensein so gelöst wie zu Anfang ihrer Ehe. Trotz der Tragödie von Drews Tod und des Horrors, der um sie herum geschah, hatten sie einen Ort außerhalb der Zeit gefunden, wo sie sich bei den Händen halten, über den Tisch hinweg küssen und sogar damit beginnen konnten, Kinderpläne zu schmieden.

Jack fühlte sich, als sei er aus einem sonderbaren Traum erwacht, in dem er und Mia sich auseinandergelebt hatten. Wie um alles auf der Welt konnte ein Mann, der seine Sinne beisammen hatte, selbst ein arbeitsbesessener Mensch wie er, Mias ungeheuer sinnlicher Ausstrahlung widerstehen? Alle Zeiten, alle Orte, an denen sie miteinander geschlafen hatten, gingen ihm durch den Kopf und steigerten die berauschende Wirkung des Weines. Plötzlich begehrte er sie mehr als jemals zuvor. Er dachte daran, die Nacht in der Stadt zu verbringen, aber er wußte, es ging nicht. Es gab im Labor zu viele Dinge, um die er sich kümmern mußte.

Als sie widerstrebend zugeben mußten, daß es Zeit war, zur

Penn Station aufzubrechen, nahm er ihre Hand und sagte: »Liebling, ich werde nicht lange weg sein, und wenn ich wiederkomme, werden wir uns wie alltägliche, normale Menschen verhalten, die wahnsinnig verliebt ineinander sind und einfach nicht die Hände voneinander lassen können.«

»Ich kann es nicht erwarten«, lächelte sie, während er die Rechnung bezahlte. Ehe sie draußen ein Taxi anhielten, küßten sie sich ausgelassen, sie liebkosten sich im Wagen und küßten sich wieder, als Jack aussteigen mußte; beide waren aufgewühlt und voller Erwartungen.

Etwa um 21.30 Uhr bekam Dr. Hart einen Rückruf von Hubbard, der Jack vor seiner Abfahrt nach Albany sprechen wollte. An einem Gespräch mit ihr schien er nicht unbedingt interessiert zu sein. Sie sagte ihm, er habe zwar Jack verpaßt, aber es würde ihn sicher freuen, daß die Vorbereitungen für die Zusammenkunft am Mittwoch getroffen seien.

Nachdem sie aufgelegt hatte, sichtete Mia ihre Post und betrachtete das Päckchen, das der Portier ihr gegeben hatte, als sie vom Abendessen zurückgekommen war. Es hatte sie ein wenig erstaunt, daß FedEx so spät noch zustellte, aber dann hatte sie nicht mehr länger darüber nachgedacht, weil das Päckchen selbst so verdammt merkwürdig aussah und nicht an sie adressiert war.

Es war an Jack gerichtet, wog weniger als ein Pfund und war sorgfältig mit wasserfester schwarzer Tinte beschriftet, vollständig bis hin zur neunstelligen Postleitzahl. Es war nicht zu übersehen, daß die Schrift die einer Frau war – ordentlich, genau, profihaft.

Sie hob die Schachtel in die Höhe und schüttelte sie leicht. Nichts bewegte sich, es war auch nichts zu hören.

Groß genug für eine Bombe, überlegte sie, aber es war unwahrscheinlich, daß Jack die Unabomber-Typen auf sich zog. *Beruhige dich, es sieht harmlos aus,* sagte sie sich. *Es ist einfach so, daß Jacks Besessenheit von all den Krankheitsausbrüchen ansteckend ist. Du kannst sein Mißtrauen nicht ausste-*

hen, schalt sie sich, *und jetzt bist du selber davon befallen.* Es war lediglich ein FedEx-Päckchen, vielleicht sogar ein Geschenk; und der Absender war eine Adresse in Midtown Manhattan.

Sie legte das Päckchen auf den Tisch in der Diele und nahm sich vor, Jack deswegen am nächsten Tag anzurufen, dann ging sie an ihren Schreibtisch.

Eine Stunde verging. Aber ihre Gedanken kehrten immer wieder zu dieser weiblichen Handschrift zurück. *Vicky Wade!* Alle ihre Instinkte sagten ihr das. Und das ausgerechnet in dem Moment, da sie und Jack einen neuen Anfang gemacht hatten.

Das Päckchen war zweifelsfrei an Jack adressiert. Gab ihr die Tatsache, daß sie seine Frau war, das Recht, seine Post zu öffnen? Wie wäre ihr zumute, wenn er ihre aufmachte?

Wenig später ertappte sie sich dabei, daß sie wieder vor dem Tischchen in der Diele stand und auf das Päckchen starrte.

Sie wußte, sie hatte den Entschluß schon vor einer Stunde gefaßt. Sie ließ das Schächtelchen aus der Versandtasche gleiten, nahm es mit zum Sofa und legte es vor sich auf den Sofatisch.

Das symmetrisch gefaltete Geschenkpapier ließ sich mühelos lösen und enthüllte eine noch kleinere Schachtel – weiß, ohne Prägung und mit einem Band verschnürt, an das mit einem dünnen weißen Faden ein winziger Umschlag gebunden war. Sie öffnete den Umschlag, und es verschlug ihr die Sprache.

»Lieber Jack«, las sie, »Du wirst mich für ›gefühlsduselig‹ halten, aber seit wir uns im Laufe der letzten Monate wieder nähergekommen sind, bin ich sicher, daß Dir dieser göttliche Duft gefallen wird.«

Das Briefchen trug keine Unterschrift, aber Mia war sich vollkommen sicher: diese gottverdammte Vicky Wade. Das Weibsstück hatte es drauf abgesehen, ihre Ehe zu zerstören und sich Jack zu angeln. Sie besaß sogar die Frechheit, das

Päckchen hierher zu schicken, wo Mia es zu Gesicht bekommen mußte. Diese gottverdammte Fernsehzicke! Darüber würde sie mit Jack ganz entschieden ein Wörtchen zu reden haben!

»Schauen wir doch mal, was für einen altmodischen Geschmack das Flittchen hat«, sagte Mia laut und schüttelte das Päckchen. Es hörte sich an, als wäre Reis in der Schachtel. Sie drehte das Päckchen auf den Kopf, während sie die Lasche herauszog, und der Inhalt wäre fast auf den Boden gefallen, aber sie reagierte rechtzeitig und machte es dann vorsichtig auf.

Was sich wie Reis angehört hatte, waren dekorative Schmuckmaiskörner – rot, gelb, perlfarben, orange, dunkelrot und schwarz –, die anstelle von Styroporkügelchen als Verpakkungsmaterial benutzt worden waren. Wie süß! Sie scharrte die Kügelchen zur Seite und zog ein kleines olivgrünes Fläschchen in der Form eines Maiskolbens heraus, bei dem jedes einzelne Körnchen aus Glas geformt war.

Ein silberfarbener Zerstäuber saß oben auf der Öffnung, und auf einem hübschen auf das Fläschchen geklebten Etikett stand A-MAIZING GRACE. Schlimmer als süß. Zuckersüß. Mia sprühte sich einen Hauch des Duftes auf ihr linkes Handgelenk und roch daran. Ihre persönliche Wahl wäre es nicht gewesen. Sie gab es nur ungern zu, aber der Duft war angenehm, sehr angenehm. Er roch nach frisch gemähtem Heu, wie Mais, wie Wildgräser. Die Person, die den Duft geschickt hatte, wünschte sich wahrscheinlich, sie wäre tot.

Jacks Zug würde nach Mitternacht in Albany eintreffen. Sie könnte ja aufbleiben und ihn anrufen. Vielleicht würde auch er sie anrufen. Dann könnte sie ihm von Vickys empörendem Verhalten erzählen, vielleicht würde sie aber auch warten.

Es wurde eins, und er hatte nicht angerufen. Mia, noch immer über Vicky verärgert, beschloß, die Sache für heute auf sich beruhen zu lassen. Sie wickelte den Geschenkkarton wieder ein, stellte ihn auf den Tisch in der Diele zurück und ging ins Bett. Sie war schon halb eingeschlafen, da beschloß sie, Jack nicht mit dem Geschenk der Wade zu konfrontieren. Jedenfalls nicht sofort. Sie stand schlaftrunken auf, nahm das Päckchen von dem Dielentisch, schob es in der Schublade mit ihrer Wäsche ganz nach hinten – dorthin, wo er zuallerletzt nachsehen würde – und ging ins Bett zurück, während sie vor sich hinmurmelte: »Rache wird am besten kalt serviert.«

Während sie wegdöste, merkte sie vage, daß die Innenseite ihres Handgelenks, auf die sie das Parfüm gesprüht hatte, sich warm anzufühlen begann, dann wärmer, dann fast wie ein Sonnenbrand. Schon halb im Schlaf, bemerkte sie es kaum. Und am nächsten Morgen war die Röte fast verschwunden.

Mittwoch, 9. September
Manhattan
11.45 Uhr

Die ersten beiden tropischen Tiefdruckgebiete waren zeitig nach New York gelangt – ein paar rasche Stürme, einer nach dem anderen in weniger als zehn Tagen. Abfälle wirbelten durch die Straßen, und abgebrochene Zweige lagen über fast ganz Manhattan verstreut. In den Straßen stieg das Wasser aus den überfluteten Gullys, die mit Müll verstopft waren, und die stinkenden Lachen wurden zu Hindernissen zwischen parkenden Autos, Parkuhren, Müllkübeln und den ins Rutschen gekommenen Wällen aus recyceltem Papier, Plastik und Bauabfällen. Sie bildeten nasse Furten zwischen den Gebäuden, Bürgersteigen und Straßen.

Überall war das Leben in der Stadt schwieriger geworden; die Überflutungen hatten die Straßen schmaler werden lassen. Sie zu überqueren war in vielen Fällen unmöglich.

Als Bryne die Penn Station verließ, zuckte er zusammen, als er in einen Schwall heißer Luft geriet, der wirbelnd und naß durch die offenen Straßen von Manhattans West Side strömte.

Aus einer kühlen, dunklen Limousine beobachtete Scott Hubbard, wie es Bryne endlich gelang, ein Taxi anzuhalten. Er startete den Wagen.

Während er in den Verkehr hineinglitt, der sich an der 34. Straße die Eighth Avenue hinaufwälzte, achtete er darauf, Brynes Taxi auf dem Weg nach Norden im Blick zu behalten.

Der Taxifahrer bahnte sich gekonnt den Weg durch den Verkehr, der sich am Columbus Circle staute. Bryne merkte von alldem nichts. Der Wagen steuerte in den Central Park hinein. Oberhalb der verwaisten Kunsteisbahn drehte der Fahrer nach Nordosten ab, überholte vorsichtig Touristen in Pferdewagen und fuhr vorbei an welkenden Platanen und langen Bodenrinnen, in denen Wasser stand.

In seinem tiefen Kummer verwandelten sich für Jack die steinernen Gehwege außerhalb des Taxis langsam in die weiten, ebenen Felder vor dem Labor, in den Blick aus Lawrence' Fenster, wo sie viele wunderbare Herbsttage gesehen, wo sie so vieles gemeinsam erlebt hatten.

Der Gedanke, daß Drew so sterben mußte, war fast unerträglich. Und, o Gott, erinnerte sich Jack, was war mit Elise? Und den Kindern? Wie allein mußten sie sich fühlen, wie allein fühlte er sich.

Mia war zu sehr mit dem Treffen beschäftigt, um zur Beerdigung zu kommen. Vicky hatte mit aufrichtigem Mitgefühl angerufen, saß aber in Louisville fest. Und der Beistand, den er wirklich hätte brauchen können, Drew, tja ...

Er holte tief Luft und sah auf seine Uhr. Spät. Er biß die Zähne zusammen, kehrte in die Gegenwart zurück und bemerkte, daß das Taxi immer noch in den unteren Sechzigern war. Sie mußten es schaffen. Wenigstens einigermaßen pünktlich. Er mußte Elise finden ...

Mittwoch, 9. September
Baptistenkirche Eben-Eser, Harlem
12.00 Uhr

Bryne schleppte sich mühsam die Kirchentreppe hinauf; seine Reisetasche, seine lädierte Schulter und die Feuchtigkeit verschafften ihm die gleiche Schlagseite nach rechts, an der Drew sein ganzes Leben lang gelitten hatte.

Jack wurde von einer Woge tiefer Trauer ergriffen und blieb mit Tränen in den Augen stehen. Als er die Tasche auf die Betonstufen stellte und die langsame, traurige Prozessionsmusik von drinnen hörte, lehnte er sich auf das Geländer, um sich zu stützen. Allein und voller Angst verschafften ihm die Tränen ein wenig Erleichterung.

Bald zwang er sich, mit dem Weinen aufzuhören. Drew war tot. Dieser Teil war vorbei. Brynes Pflicht war es nun, zu den Menschen in dieser Kirche zu gehen, Elise und die Familie zu finden. Sie würden bestimmt schon auf ihn warten. Über ihm schwang die Tür auf, und ein schwarzer Mann winkte ihn die Treppe herauf.

Bryne hörte, wie sich die Stimmen des Chores für seinen Freund erhoben, und merkte, daß der Gottesdienst fast vorüber war.

An der riesigen Eichentür hatte Jack plötzlich Angst, überwältigende Angst davor, wer da drinnen sein und auf ihn warten könnte. Er beeilte sich einzutreten.

Eine tragische, schöne tiefe Baßstimme, die mit der Stimme eines Engels, mit der Qual Mose sang:

»Tell o' ... Pharaoh ... to ... Let ... My ... People ... Go...!«

Die Erkenntnis riß ihn fast von den Füßen. Let My People Go! *LMPG*!

In panischem Schrecken wäre er am liebsten aus dem Kirchenvestibül hinausgerannt. Er drehte sich zu den Türen an der Rückseite des Raumes um und sah nur, wie dort jemand hinausschlüpfte, gerade noch rechtzeitig, um der Masse zu entgehen. Eine Person, die ihm bekannt vorkam. Jemand, der aussah wie – Teddy Kameron. Teddy Kameron? *Ich muß Halluzinationen haben*, sagte er sich. *Warum sollte Kameron hier sein? Er ist nicht hier. Ich habe mich getäuscht. Warum bilde ich mir das jetzt ein? Warum denke ich jetzt überhaupt an ihn?*

Er kehrte in den vorderen Teil der Kirche zurück und sah die Familie hinter dem Sarg vorbeigehen, sah Elise, die ihren Kopf hoch und stolz trug. Suchend.

Ihre Augen trafen sich.

Die Prozession zog vorüber.

Bryne wartete.

Ali Lawrence, ein hochgewachsener, hagerer Mann in dunklem Anzug trat neben Jack. »Meine Mutter muß mit Ihnen reden, Dr. Bryne«, sagte er leise. »Bitte, sie hat mich gebeten, Sie hinaus an den Wagen zu bringen.«

Bryne folgte dem jungen Mann aus der Kirche und die Treppe hinunter, während der Sarg eben in den Leichenwagen geladen wurde. Sie gingen zusammen zu der Limousine, und Bryne blickte hinein und sah Elises tränenüberströmtes Gesicht. Als er nach ihrer Hand griff, wehrte sie ab.

»Drew wollte, daß ich Ihnen etwas sage, Jack. Er wußte, daß er sterben würde, und da flüsterte er mir zu ...« Sie schüttelte schluchzend den Kopf.

Sich über Elise Lawrence beugend, fragte Bryne: »Elise, was war es? Was hat Drew gesagt?«

»Drew sagte: ›Elise, sag Jack, sag Jack, ich hab' es. Sag ihm die Antwort auf das letzte Rätsel, die Kugeln. Es lautet Memphis und Goshen. Memphis und Goshen. Goshen wurde vom Engel des Todes verschont. Denke daran, es ihm zu sagen.‹ Und dann, Jack, ist er in meinen Armen gestorben.«

19

Mittwoch, 9. September
Academy of Medicine, Manhattan
13.00 Uhr

Die drittgrößte medizinische Bibliothek der Welt ist in einem ehrwürdigen steinernen Gebäude an der oberen Fifth Avenue untergebracht, direkt gegenüber vom Central Park. Den meisten New Yorkern unbekannt, dient die New Yorker Academy of Medicine medizinischen Gesellschaften, Fachgruppen und Nobelpreisträgern aus der ganzen Welt als Treffpunkt. Heute war dort eine kleine Gruppe von medizinischen, polizeilichen und militärischen Fachleuten zu Gast.

Die Academy befindet sich in der 103. Straße und somit in der Nähe des geographischen Mittelpunkts von Manhattan. Die Leute, die an Dr. Harts Treffen teilnahmen, strömten aus allen Richtungen zu dem Gebäude.

Auf der Ostseite des Parks mußte Mia Hart, begleitet von Mike Cuccia, dem Fellow des Epidemiologischen Geheimdienstes der CDC, und Lieutenant Winokur, einem altgedienten New Yorker Polizisten, von der U-Bahn-Station Lexington Avenue nur wenige Querstraßen zu dem Gebäude laufen; die Einheimischen wußten, daß die U-Bahn die schnellste Möglichkeit war, sich in der Stadt zu bewegen. Lt. Winokur war gebeten worden, an der Sitzung teilzunehmen, weil er der

»Operation Erzengel« angehörte, der Notstandsarbeitsgruppe der Stadt, die immer dann aktiviert wurde, wenn ein Terrorist Manhattan oder einen der anderen Stadtbezirke bedrohte.

Sie liefen an den düsteren und charakterlosen Wohnblöcken vorbei, die die Hochbahngeleise der Metro North umgeben, und stapften durch Straßen, in denen sich der Müll aus den vom Sturm überfluteten Abwasserkanälen türmte. In diesem Viertel kam es bisweilen zu Gewalttätigkeiten, und in Winokurs Anwesenheit fühlte sich Mia ein wenig sicherer. Sie dankte ihm überschwenglich, als er ihr bei der Durchquerung einer riesigen Pfütze den Arm reichte. Es war eine bezaubernd altmodische Geste; außerdem fühlte sie sich ein wenig benommen, und sie ergriff seinen Arm, um sich ein bißchen aufzustützen.

Eine Meile weiter südlich fuhren die Ärzte von der Gesundheitsbehörde von New Jersey durch den Central Park und verließen den Ring an der 102. Straße. Sie hatten an diesem trüben Tag eine lange Fahrt von Trenton hinter sich gebracht, und das alles wegen eines Treffens, über das Dr. Hart sich nur reichlich vage ausgelassen und nur so viel verraten hatte, daß es um eine unmittelbare Bedrohung der Gesundheit in dem Dreistaatenbereich gehe.

Bryne bewegte sich mit raschen Schritten von Harlem, aus dem Norden, auf die Academy zu, getrieben von Furcht und zwei neuen Enthüllungen: LMPG und Drews Äußerung auf dem Sterbebett. Er hoffte, daß Shmuel Berger mit den Diapositiven schon eingetroffen war.

Ein paar Querstraßen von der Academy entfernt saßen vier stattliche Männer eng zusammengepfercht in einer schwarzen Limousine, die die Madison Avenue entlangfuhr und dann nach Westen in die 103. Straße einbog. »Warum müssen wir uns eigentlich so weit oben treffen?« fragte ein rothaariger Mann in einem Trenchcoat. »Hinterher wird's die Hölle, um ein Taxi zu kriegen, und auf den Fifth-Avenue-Bus zu warten habe ich schon gar keine Lust.«

»Sie können jederzeit mit uns zurückfahren, Ray«, schlug der Fahrer vor.

»Kommt nicht in Frage, Jose. Das ist ja die reine Quälerei!«

Sie parkten auf einem Grundstück nahe der Academy, zwängten sich mit sichtlicher Erleichterung aus dem Wagen und gingen langsam auf das Gebäude zu.

»*Fast* zu naß für Straßenräuber«, sagte einer der Männer, der einen blauen Regenmantel mit zwei silbernen Sternen auf jeder Schulter trug. Konteradmiral Frank E. Olde zog seinen Kragen enger, als die Gruppe erneut gegen eine nasse Windbö ankämpfte, die vom Park herüberpfiff. »Yeah, die Banditen werden wahrscheinlich heute abend zu Hause bleiben. Heutzutage wird man eher von einem verrückten Inlineskater über den Haufen gefahren als bei einem Raubüberfall erschossen.«

Der Admiral wurde begleitet von Army-Colonel Dan Edwards, der von Fort Detrick herübergeschickt worden war, von Dr. Juan Verde, dem Chef des Öffentlichen Gesundheitsdienstes Region II, und von Ray Flynn vom Bundesamt für Krisenbewältigung – dem rothaarigen Mann, der sich über die Fahrt beschwert hatte. Flynn hatte zwar die Schlagworte »BT«, »unmittelbare Bedrohung« und »Bombe« aus Washington gehört, war aber trotzdem überrascht, daß der Colonel und der Admiral sich entschlossen hatten, zu erscheinen. Noch überraschter war er, als sich Special Agent Scott Hubbard mit grimmigem Gesicht vor dem Gebäude zu ihnen gesellte.

Die Dringlichkeitssitzung sollte in der ersten Etage des monumentalen Baus in einem Tagungsraum stattfinden, der auf den Central Park blickte. Der Regen hatte wieder eingesetzt. Die Lampen entlang der Westseite des Gebäudes verbreiteten flackerndes Licht über die dunklen Wipfel des Parks und verliehen der Szene zu dieser frühen Tageszeit etwas besonders Herbstliches.

Mia Hart gelang es, Bryne kurz beiseite zu nehmen, ehe die Sitzung eröffnet wurde. »Jack, es tut mir leid, daß ich nicht bei dir sein konnte.« Sie wirkte unsicher, gar nicht ganz bei sich, und ihre Augen waren eingefallen, aber Jack schrieb es dem Schock über Lawrence' Tod zu. »Ich wollte zur Beerdigung kommen. Er war so ein ...« Ihre Stimme verlor sich für einen Moment, dann schien sie neue Kraft zu sammeln und fuhr fort: »Er hat dir geglaubt. Jetzt glaube ich dir auch. Furchtbare Dinge sind geschehen, werden weiterhin geschehen, wenn wir nicht ... Jack, ich liebe dich so!«

Bryne liebte sie auch. Jetzt, da sie ihm endlich glaubte, wieder zu ihm hielt, war es wie früher. Es war eine Wohltat. Als er sie Shmuel vorstellte, begrüßte sie ihn sehr freundlich. »Shmuel hat uns was zu zeigen, wodurch sich alles zueinander fügt«, sagte Bryne. »Wir bauen mal die Apparate auf.« Er und Berger gingen in den Sitzungssaal, und während Bryne seine Liste der Plagen und ihrer Ursachen an die Tafel schrieb, stellte Berger ein Epidiaskop auf den Tisch und schaltete es ein.

»Dr. Bryne, bitte, ich muß scharfstellen ...«, sagte der Junge.

Bryne schrieb zu Ende und trat zur Seite, und der Projektor strahlte die Wandtafel an.

Jede Plage, die Bryne mit Kreide hingeschrieben hatte, paßte perfekt mit den hebräischen Schriftzeichen der Wörter überein, die Shmuel Berger übersetzt hatte. Die hebräischen Buchstaben hatte er gewissenhaft auf Filmplatten geschrieben, und zu vielen Plagen hatte der Junge auch die ägyptischen Hieroglyphen und den Text der »Ermahnungen von Ipuwer« gefunden. Die Plagen waren schriftlich ohne Unterbrechung bis in die Zeit der Pharaonen belegt.

Elijah H. Wyatt III., der Präsident der Academy, war ein hochgewachsener, eleganter Mann, der in dem Brooks-Brothers-Nadelstreifenanzug, einem weißen Hemd und der offiziellen, blau-grün-gestreiften Academy-Krawatte perfekt gekleidet war. In seinen kurzen einführenden Worten versicherte er den Teilnehmern, daß die Academy allen Regierungsdienststellen offenstünde und bereit sei, auf jede Art und Weise, die die Gesundheit der Stadt schützen und verteidigen könne, zu helfen.

»Dr. Hart«, schloß er seine Ausführungen, »würden Sie bitte die Tagesordnung skizzieren? Die Gesundheitsbehörde der Stadt hat dieses Treffen einberufen.«

Bryne bemerkte mit wachsender Sorge, daß Mia noch zerbrechlicher wirkte als bei ihrem kurzen Gespräch. Sie zeigte nur ein schwaches Lächeln, als sie ihre Aktentasche öffnete, einige Papiere herausnahm und ziemlich langsam zum Mikrofon hinüberging. Sie lehnte sich auf das Rednerpult, fast so, als müsse sie sich stützen, und begann eine Liste von Infektionskrankheiten zu zitieren, die mit dem Milzbrandvorfall in San Diego begann.

Plötzlich stockte sie und sah Bryne an. »Nun würde ich gern meinem Kollegen Dr. John Bryne das Wort übergeben, denn dies sind seine Gedankengänge, und er ist mit der Theorie enger vertraut, seiner Theorie.«

Sie setzte sich, Bryne warf ihr einen beruhigenden Blick zu und erhob sich. Er ging quer durch den Saal zu der großen freistehenden Tafel.

»Vielen Dank, Dr. Hart und Dr. Wyatt«, begann Bryne. »Ich möchte zunächst Dr. Hart und der New Yorker Gesundheitsbehörde dafür danken, daß sie dieses Treffen in so kurzer Zeit möglich machen konnten, und der Academy dafür, daß sie die Räumlichkeiten zur Verfügung gestellt hat.

Agent Hubbard, auch ein Dank an Sie, daß Sie für die Anwesenheit Ihrer Kollegen gesorgt haben. Schließlich möchte ich Ihnen einen jungen Forscher vorstellen, der zu diesem Projekt entscheidende Materialien beigetragen hat, Shmuel Berger. Shmuel, würden Sie bitte aufstehen?« Der Junge erhob sich schüchtern, er war sich bewußt, daß dieses aus so wichtigen Persönlichkeiten zusammengesetzte Publikum über seine Anwesenheit erstaunt war.

Bryne drehte jetzt die Tafel um, so daß für alle sichtbar war, was er geschrieben hatte, ehe sie hereingekommen waren.

	Bibel	Ereignis/Gift	Datum
I	Wasser zu Blut	Phytotoxin-Vergiftung	Januar
II	Frösche	Tod durch Centronella	Februar
III	Läuse	Mutterkornvergiftung	März
IV	Ungezieferschwarm	Bienengift	April
V	Tod der Tiere	Mykotoxine	Mai
VI	Geschwüre	Milzbrand	Juni
VII	Hagel	Botulismus	Juli
VIII	Heuschrecken	Neurozystizerkose	August
IX	Finsternis	Rifttalfieber	September
X	Tod der Erstgeb.	Unbekannt	Oktober?

»Wie Sie sehen, haben wir es mit einer Reihe von Vorkommnissen zu tun, die sich in den letzten neun Monaten ereignet haben. Scheinbar haben sie nichts miteinander zu tun, in Wirklichkeit stehen sie aber doch möglicherweise in Beziehung zueinander.«

»Jetzt«, sagte Bryne, »werden wir das Licht etwas dämpfen, und dann werde ich Ihnen zeigen, wie alles zusammenhängt.« Berger schob die Filmplatte ein, und jede der Plagen wurde mit der Bibel, der Thora, mit einem Tausende von Jahren alten Papyrus und der Erniedrigung eines Pharaos in Verbindung gebracht ... Als das Licht wieder anging, wandte sich Bryne an seine Zuhörer. »Im Zentrum dieser Vorkommnisse steht eine Mission, die dem Auftrag Mose ähneln soll. Jemand möchte sein Volk aus der Knechtschaft herausführen. Er hinterläßt einen Code: LMPG. Was bedeutet das? Ich werde es Ihnen sagen: Er bedeutet: ›Let My People Go ...‹ Und dieser Typ ist genau im Zeitplan.«

»Moment«, rief Flynn, der Mann von der FEMA, sichtlich skeptisch. »Wollen Sie damit sagen, daß diese ... diese Dinge wie Milzbrand in Verbindung stehen mit ...«

»Lassen Sie ihn weiterreden«, unterbrach Hubbard den Unterbrecher.

»Danke, Scott«, sagte Bryne, trank einen Schluck Wasser

und sah zu Mia hinüber, die jede Minute blasser zu werden schien. Sie sah wirklich krank aus. Trotzdem, er mußte weitermachen.

»Ich bin kein Religionswissenschaftler, und ich bin auch kein Detektiv«, gestand er der Versammlung, »aber mit Mr. Bergers Hilfe kenne ich mich jetzt im Alten Testament ganz gut aus – zumindest was die Entsprechungen zwischen neueren medizinischen Vorkommnissen und dem betrifft, was im allgemeinen als die Zehn Plagen Ägyptens im Zweiten Buch Mose bezeichnet wird.«

Im Publikum breitete sich Unruhe aus, man reagierte mit Verblüffung auf diese letzte Äußerung. War der Kerl verrückt? Hatten sie den langen Weg in diesem fürchterlichen Wetter auf sich genommen, um einem Spinner zuzuhören?

»Ziehen Sie keine voreiligen Schlüsse, bevor ich Ihnen nicht alles erklärt habe«, drängte Bryne, der ihre Skepsis verstand. »Schon in diesem Sommer, als sich erst wenige der Ereignisse abgespielt hatten, wuchs in mir der Verdacht, daß irgend jemand da draußen im Lande Plage auf Plage in ihrer biblischen Reihenfolge wieder aufleben läßt. In Gott weiß welcher Absicht.«

Nelson Rigg, Zweiter Direktor der Ägyptischen Abteilung am Bostoner Museum of Art, weltbekannter Fachmann für altägyptische Totenkulte und Einbalsamierungen, stand auf, um sich zu Wort zu melden. Er hatte das Glück, zur Zeit als Forscher am berühmten Metropolitan Museum in New York gastieren zu können. Diese Unterbrechung seiner normalen Tätigkeit brachte ihm eine ganze Menge Ansehen ein, und Rigg machte es, offen gesagt, Spaß, seinen Einfluß geltend zu machen. Für ihn war dieses Treffen eine unwillkommene Angelegenheit, es stahl ihm seine Zeit. Er wäre viel lieber im Metropolitan geblieben, wo er hingehörte.

»Hören Sie«, begann er mürrisch, »mir ist von meinem Chef aufgetragen worden, hierherzukommen, weil Sie einen Fachmann in ägyptischer Geschichte brauchten. Nach allem, was ich bisher hier gehört habe, brauchen Sie mich nicht. Die ganze Exodusgeschichte besteht aus nichts anderem als Legenden und Mutmaßungen.«

»Aber zu irgendeiner Zeit«, fragte ihn Jack, »*waren* Juden in Ägypten versklavt, oder nicht?«

»Natürlich«, räumte Rigg ein, »aber wir können die Existenz Mose nicht belegen, und noch viel weniger irgendwelche tatsächlichen Ereignisse, die diesen Plagen entsprechen. Die Teilung des Roten Meeres, der Auszug der Kinder Israels – alles Mythen. Könnten genausogut Märchen sein.«

»Aber die Vorkommnisse der letzten neun Monate sind ziemlich real, Dr. Rigg«, parierte Bryne.

»Vielleicht, aber ich vermag nicht zu erkennen, was ich beitragen könnte.« Indem er nach seinem Mantel griff, der auf dem Stuhl neben ihm lag, machte Rigg deutlich, daß er für derartig unakademische Narreteien keine Zeit hatte. »Ein junger Rabbinatsschüler mag Ihnen ja vielleicht Nutzen bringen, aber ein Kurator der Ägyptologie nicht. Wir differieren in unseren Ansichten.« Und er schritt hinaus, die inkarnierte Aufgeblasenheit.

Colonel Dan Edwards vom Fort Detrick bat ums Wort. »Und folglich ist, theoretisch gesehen, dieses Rifttalfieber Nummer neun?« Bryne war erleichtert: Riggs Bemerkung wurde übergangen.

»Richtig, es hat die Tage der Finsternis ausgelöst, die Blindheit«, erläuterte Jack.

»Na gut, aber«, fragte Edwards, »wo zum Teufel hat er das Virus hergekriegt? Das ist Stufe L-4. Nur ganz wenige Leute haben Zugang dazu, selbst in den USA – nur wir und die CDC.«

Endlich, das wurde Jack klar, redete er mit einem Experten in BW und BT. Endlich wurde er ernst genommen. Er hatte es nicht gern, in die Rolle des Fragers gedrängt zu werden, wenn er Antworten geben wollte.

»Um ehrlich zu sein, Colonel Edwards«, begann Jack, »ich

weiß es nicht. Wenn ich raten sollte, würde ich sagen, von einem Iraner, einem Iraker, einem Russen. Aber darüber würde ich lieber nicht spekulieren.«

»Was ist mit diesen Fröschen?« fragte Lieutenant Winokur und zeigte mit dem Finger drauf. »Können sie wirklich jemanden umbringen?«

»Natürlich. Und sie haben es ohne Zweifel auch getan. Dafür habe ich Belege.«

Winokur nickte, und Bryne fuhr fort: »Lieutenant, der Grund, warum ich Sie alle hierher gebeten habe, ist der, daß ich jeden Grund zur Annahme habe, daß Nummer zehn eine Riesengeschichte wird. Werfen wir einen Blick auf die Reihenfolge. Die ersten Fälle forderten eine geringere Zahl an Opfern, zwei, drei oder vier Menschen. Die jüngeren Anschläge haben mehr und mehr Menschen getötet – wahrscheinlich sogar mehr, als uns gemeldet worden sind.«

»Dr. Bryne«, meldete sich Scott Hubbard, »könnten Sie die Anwesenden über die religiöse Komponente ins Bild setzen?«

»Guter Hinweis, Mr. Hubbard. Von den meisten dieser Phänomene waren religiöse Gruppen oder einzelne betroffen, die mit solchen Gruppen in Verbindung standen. Eine spezielle Religion scheint für denjenigen – wer auch immer es ist, der diese Dinge tut – keine Rolle zu spielen, solange das Opfer politisch konservativ ist. Was allerdings von Belang zu sein scheint, ist, daß die Ursachen dieser Vorfälle fast deckungsgleich mit den biblischen Ursachen sind. Und die Plagen treten in derselben Reihenfolge auf.«

»Und Sie denken, die nächste, die Zehnte Plage, wird sich in bioterroristischer Form ereignen?« fragte Cuccia, der CDC-Fellow.

»Genau davon möchte ich Sie überzeugen. Sehen Sie sich die Liste an. Zu den häufigsten Praktiken gehörten Toxine Ciguateratoxine von Meeresalgen, giftige Baumfrösche, Bienengift, Mykotoxine aus schimmeligem Heu, Milzbrand-Endo-

und Exotoxine, Botulismustoxine und anaphylaktische Nebenprodukte eines Bandwurmparasiten. Zugegeben, wir haben sie nicht so schön der Reihe nach entdeckt, wie Sie sie hier auf der Tafel sehen ...«

»Darf ich einen Moment unterbrechen, Dr. Bryne?« Admiral Oldes Stimme hatte die Kraft, die sein Rang erforderte, er zog alle Blicke im Raum auf sich.

»Natürlich, Admiral«, antwortete Bryne, froh, eine Rückmeldung von ihm zu bekommen.

»Zunächst möchte ich Sie alle von folgendem in Kenntnis setzen«, fuhr der Admiral fort, »wenn etwas von dem, das ich gleich sagen werde, nach außen dringt, dann kann sich derjenige, der es hat durchsickern lassen, auf IRS-Revisionen von jetzt bis zum Jüngsten Gericht freuen. Bryne, wir haben möglicherweise eine andere Antwort auf die Pferde, die uns Nummer fünf erklären ließe.«

»Irgendwelche Mykotoxine?« riet Bryne.

»Nein«, redete der Admiral weiter. »Ich versuche es einfach zu sagen. Kochs Postulate wurden vor kurzem von einem sehr tapferen Freund von Ihnen erfüllt, von Enoch H. Tucker. Er wurde zufällig oder vorsätzlich mit einem Erreger infiziert, der auch zum Tod der Pferde beitrug – es ist ein RNA-Virus, kein Toxin –, und Tucker hat die Diagnose mit seiner Krankheit bestätigt. Gott segne ihn.«

»Um Gottes willen, was hat er?«

Hubbard beobachtete Bryne genau.

»Ich gebe die Frage an Colonel Edwards weiter«, sagte Olde.

Edwards war erheblich jünger als der Admiral, aber er strahlte dieselbe Autorität aus. »Kurz gesagt, es heißt Bornavirus, ein Virus, das nach einer Kleinstadt in Sachsen benannt ist, wo zum ersten Mal vor zweihundertdreißig Jahren von einer auf Pferde und Schafe begrenzten Infektionskrankheit berichtet wurde. Wiederum keine bedeutende Angelegenheit, bis sich herausstellte, daß das Virus nicht nur von einer Spezies auf die andere, sondern von einer Ordnung zur anderen übersprang von Säugetieren zu Vögeln zum Beispiel, was beunruhigend ist. Seine Übertragungsart ist unbekannt. Könnte durch Moskitos auf Vögel erfolgen, transsexuell bei Wiederkäuern, und niemand weiß, wie es in den Menschen gelangt ist oder wie schnell es sich ausbreitet.«

O Scheiße, dachte Bryne.

»In Deutschland machen sich Wissenschaftler inzwischen wegen Bluttransfusionen Sorgen«, fuhr Edwards fort, »weil regelmäßig Borna-Antikörper in einem kleinen Prozentteil ihrer Blutproben auftauchen ...«

»Das erscheint mir unmöglich. Davon haben wir bei den CDC nichts gehört«, versuchte Cuccia dazwischenzugehen, aber Edwards redete einfach über ihn hinweg.

»... Ihrer Blutbanken auftauchen, genauso wie es 1983 mit AIDS geschah. Es könnte der große Knaller sein, über den wir uns die ganze Zeit Sorgen machen.«

»Welches sind die Symptome, Colonel Edwards?« fragte Bryne.

»Borna löst bei Schafen Hirnhautentzündung aus und bei Pferden eine langsam zum Verfall führende Nervenkrankheit die sogenannte ›Drehkrankheit‹. Bis vor kurzem wurden davon ausschließlich europäische und afrikanische Pferde und Schafe befallen, aber neuere Übersichten zeigen, daß jetzt auch über zwei Prozent der japanischen Pferde infiziert sind, und es breitet sich weiter aus. Wie Tollwut ist es eine Virusinfektion, und wie beim Rinderwahnsinn hat bislang noch niemand den Erreger unter dem Mikroskop identifiziert. Inzwischen tritt es auch bei Hauskatzen auf! Aus Antikörpertests wissen wir, daß es sich um ein RNA-Virus wie bei der Tollwut handelt.«

»Ist sicher bewiesen, daß es genau das ist, was Tucker hat?« fragte Bryne leise.

»Inzwischen ja, dank Tucker selbst. Nach Auskunft der Plum-Island-Veterinäre waren alle Seren aus Churchill Downs positiv, ebenso das Serum von dem Pferd im Kennedy-Flughafen ... und Enoch Tuckers Blut«, fuhr Edwards fort.

»Das heißt, der Tod der Pferde war schlicht ›höhere Gewalt‹, nicht die Fünfte Plage?« fragte Bryne beunruhigt.

»Ganz und gar nicht, Dr. Bryne. Das Pferd auf JFK ja, wahrscheinlich. Aber wir haben herausgefunden, daß den Pferden in Kentucky absichtlich Mykotoxine *und* Borna verabreicht wurden.«

»Sagen Sie ihm, was die Leute auf Plum Island darüber denken«, mischte sich der Admiral ein.

»Die Rennpferde bekamen kontaminiertes Heu, das mit *beiden* Erregern versetzt war. Die Titer der Pferde deuten auf massive Dosen von Borna hin, wahrscheinlich durch die Nüstern verabreicht, möglicherweise in Futtersäcken.«

»Dann haben wir es mit einem neuen Erreger zu tun, wie?« fragte Dr. Wyatt. »Noch nie was davon gehört.«

»Richtig, Dr. Wyatt«, wandte sich ihm Edwards gereizt zu, »im Jahr 1975 hatte noch nie jemand etwas von Ebola, Hanta oder HIV gehört. Können Sie sich vorstellen, daß sich im Jahr 1975 ein Schriftsteller ein afrikanisches Virus ausgedacht hätte, das durch Sex und Drogen übertragen wird, das Immunsystem zerstört und bei seinem Zug um die Welt Millionen von Menschen tötet? Niemand hätte so was für möglich gehalten.«

»Da haben Sie auch wieder recht, Colonel«, räumte Wyatt ein.

»Und raten Sie mal: Das Bornavirus könnte dieselben Begleiterscheinungen haben wie HIV, nur daß es Geisteskrankheiten auslöst. Pferde, Schafe und Hauskatzen haben keine nachweisbare Persönlichkeit. Wenn Sie ins Endstadium der Krankheit kommen, straucheln sie, und ihr Verhalten ändert sich. Aber was *denken* sie?«

»Ach, kommen Sie«, flehte Cuccia. »Das ist doch nicht real.«

»Okay«, gab Edwards zurück. »Fakt eins: Bornavirus gilt seit 1776 als reale Krankheit. Fakt zwei: Fallkontrolle und

Vergleichsgruppenstudien in Deutschland, Japan und neuerdings auch den USA stützen die Behauptung, daß Bornavirus-Antikörper in zwölf bis vierzehn Prozent von manisch-depressiven und schizophrenen Personen gefunden werden. Sehen Sie ... ich könnte fortfahren ... aber es ist klar, daß die Pferde in Kentucky entweder an Mykotoxinen oder der Bornakrankheit oder an beidem gestorben sind und daß sie mit Absicht infiziert wurden.«

»Können wir denn, mit allem gebührenden Respekt«, warf der Admiral ein, »Plage Nummer fünf einräumen? Vielleicht hat unser Terrorist zwei Wirkstoffe benutzt, weil er fürchtete, einer könnte versagen. Uns fehlt noch Nummer zehn, der Tod der Erstgeborenen oder Ältesten. Brynes Standpunkt ist, daß die Zehnte Plage ohne weiteres das, was im Kongreß passiert ist, wie eine Lappalie erscheinen lassen könnte.«

»Aber warum hat man uns gerufen?« fragte der Katastrophenspezialist von der FEMA.

Bryne funkelte den Mann an. »Weil ich denke, das große Ding – Nummer zehn – wird bald passieren, und es wird hier passieren.«

»Warum hier?« fragte der Admiral.

»New York und Washington sind primäre Ziele, symbolische Ziele, und genau das mögen Bioterroristen. Er oder sie haben Washington bereits abgehakt, bleibt also noch ›the Big Apple‹ New York.« Er machte eine Pause. »Ich bin inzwischen zu der Auffassung gelangt, daß derjenige, der für all das verantwortlich ist, mich mit ins Visier genommen haben könnte.« Jack versuchte zu lächeln, als Mia bleich und besorgt den Blick hob.

»Einen Moment mal, Bryne«, sagte Edwards. »Sie behaupten, Sie sind ins Zielfeuer geraten? Inwiefern?«

»Nun ja, ich denke, unser Wahnsinniger hat die Mitteilungen auf ProMED verfolgt – das ist mein medizinisches Forum im Internet. Wir gehen Krankheiten nach, neuartigen Pathogenen.«

Der Colonel und der Admiral tauschten Blicke. Sie wußten über ProMED Bescheid.

»Und vor kurzem habe ich viele offene Fragen verschickt und diskret um Informationen über diese Ereignisse gebeten. Jeder der mehr als zehntausend Abonnenten könnte unser Mann sein. Außerdem wird ProMED von mindestens drei Online-Diensten kopiert, es ist also völlig unmöglich festzustellen, wann jemand eine meiner Botschaften empfangen haben könnte. Aber ich weiß, ich bin ins Visier geraten«, setzte er hinzu, mit den Gedanken bei Drew.

»Interessant«, war alles, was Edwards sagte.

»Hören Sie«, sagte Jack, der sich verzweifelt wünschte, sie würden ihm zuhören, »mein lieber Freund und Kollege Drew Lawrence könnte von diesem wahnsinnigen Killer, diesem neuen Mose mit seinen Giftpaketen ermordet worden sein. Er hat eins an mich ins Labor geschickt! Drew hat es geöffnet.« Bryne hatte einen Knoten in der Stimme. »Drew könnte uns ein weiteres Teil des Puzzles geliefert haben«, teilte Jack den Zuhörern mit und sammelte sich wieder.

Mia, die ihren Kopf hochzuhalten versuchte, es sehr angestrengt versuchte, schluckte die Mitteilung, daß Drew durch ein an Jack gerichtetes Paket getötet worden war. Ein an Jack gerichtetes Paket. Dann erinnerte sie sich an die Wärme an ihrem Handgelenk und die Röte und jetzt ... *O mein Gott*, betete sie, *laß es nicht wahr sein ...*

Bryne sprach noch immer: »Elise, Drews Frau, sagte mir, daß seine letzten Worte für mich bestimmt waren.«

»In welchem Zusammenhang?« fragte der Colonel.

»Ich muß etwas weiter ausholen. Die Schwierigkeit bei der Siebten Plage, dem ›Hagel‹, war, daß in elf Staaten durch Schneekugeln, die mit Botulismustoxinen gefüllt und mit DMSO imprägniert waren, Dutzende von Menschen gestorben sind, wogegen in fünfundzwanzig anderen Staaten Menschen, hauptsächlich Geistliche, Kugeln erhielten, die harmlos waren, ohne irgendein Bot-Toxin darin.«

»Und?« bohrte der Admiral.

»Der entscheidende Unterschied zwischen den beiden Gruppen war, daß nur die Kugeln der Botulismusopfer am Boden die Buchstaben ›LMPG‹ trugen. Leute in einigen Staaten bekamen beide Typen zugeschickt und nur *einige* die, die keine Botulismustoxine enthielten. Ich habe gehört, das FBI hat dafür keine Erklärung gefunden, aber einleuchtend ist doch, daß uns eine Art Botschaft übermittelt werden soll.«

»Wir haben die Namen der Städte oder Staaten nicht veröffentlicht, um die Öffentlichkeit nicht in Angst zu versetzen«, fügte Hubbard hinzu. »Die Rückrufaktion scheint geklappt zu haben.«

»Und Drew Lawrence hat uns jetzt die Erklärung gegeben. Es ist alles so klar. Drei kleine Worte ...« Bryne zögerte.

»Um Gottes willen, Mann, wie lauten sie?« schrie Hubbard beinahe.

»Memphis und Goshen.« Jack verstummte, dann wiederholte er die Worte, um ihnen Nachdruck zu verleihen. »Memphis und Goshen. Der Pharao und die hochgestellten Ägypter wohnten in Memphis, und die Hebräer wohnten in Goshen. Die Gebiete der Hebräer wurden vom Hagel verschont, während die Ägypter durch ihn erschlagen wurden. Das war es, was in den Kugeln war. Der Hagel.«

»Das muß es sein!« Cuccia hatte eine Liste aus seiner Tasche gezogen. »Alle Botulismusopfer lebten in Städten oder Dörfern, die Memphis heißen, wie zum Beispiel das erste Opfer in Memphis, Tennessee. Wenn wir uns ansehen, wie die Städte, nicht die Krankenhäuser oder tertiären Intensivstationen, heißen, aus denen sie stammten, werden wir feststellen, daß sie alle aus Orten mit dem Namen Memphis kamen!

Und diejenigen, die harmlose Kugeln erhielten, wohnten allesamt in Orten namens Goshen und wurden verschont.« Stille senkte sich über den Raum, alle Teilnehmer schienen vorübergehend in Gedanken versunken.

»Darf ich ein paar Fragen stellen?« hallte Admiral Oldes autoritäre Stimme erneut durch den Raum.

»Ja, Sir«, sagte Bryne mit aufrichtigem Respekt.

Olde war sowohl Arzt als auch Biochemiker und würde, neben Edwards vom Fort Detrick, eine Stellung von einzigartiger Bedeutung einnehmen, sollte BT oder BW in Amerika ausbrechen. Kein anderer Arzt hatte jemals mehr bioterroristische Vorfälle untersucht – über die zum großen Teil die Öffentlichkeit nie etwas erfuhr – als Olde und Colonel Edwards. Ihr Spezialgebiet besaß sogar ein Akronym: IRT – Internationaler Radikaler Terrorismus.

Seit dem Bombenanschlag auf das World Trade Center am 26. Februar 1993 hatte der Admiral eng mit FBI, CIA, NSA und der Biologischen Kriegführung der Army zusammengearbeitet. Man versuchte, auf internationaler Ebene terroristische Akte vorauszusagen und zu unterbinden. Die Sarin-Attentate in Japan hatten das OEP und die FEMA veranlaßt, während des fünfzigsten Jahrestags der Vereinten Nationen in New York in Alarmbereitschaft zu gehen, und Olde hatte dafür gesorgt, daß jeder Notarztwagen in der Stadt genügend Atropin geladen hatte, um zweitausend Menschen zu versorgen. Er erwartete noch immer eine Nachahmertat.

Bryne war über die Arbeit des Admirals informiert, war dem Mann bislang aber noch nie begegnet.

»Dr. Bryne«, begann der Admiral, »haben Sie einmal darüber nachgedacht, wie Ihre mutmaßliche Gruppe oder Einzelperson diese Toxine verabreicht? Sie führen neun Vorfälle auf. Bei den Bienen erheben sich klare Fragen nach der Durchführung. Natürlich«, fuhr der Admiral fort, »gibt es Alarmdüfte, die, nehme ich an, synthetisiert werden könnten. Aber die anderen – die Phytotoxine, lebender Milzbrand, die Bornaviren und Pilztoxine, die den Pferden verabreicht wurden, die Botulismus- und Neurozystizerkosefälle – wie wurden diese Leute infiziert?«

»Wir wissen seit Juni, daß sich die Milzbrandbakterien in

einer Wasserpistole befanden. Der gute Reverend Phipps und seine Familie haben Speisen zu sich genommen, die mit einer konzentrierten Phytotoxinlösung bespritzt worden sein müssen. Die Algen produzieren Toxine, die das Meer rot werden lassen – Wasser verwandelt sich in Blut«, erklärte Bryne. »Das Kreuzfahrtschiff war voll besetzt, und auf der Cocktailparty vor dem Abendessen hatte jeder die Möglichkeit, sich an den Speisen zu schaffen zu machen. Nebenbei war offensichtlich nur die Familie Phipps Ziel der Aktion, denn es wäre ebenso einfach gewesen, die ganze Gruppe zu ermorden. Aber es war die Erste Plage. Vielleicht war es eher noch so etwas wie ein Experiment.«

»Sprechen Sie weiter«, drängte der Admiral. »Sie liefern mir Beweismaterial für meinen Fall.«

Bryne hatte keine Ahnung, was Oldes Fall sein mochte, doch Hubbard schien zu verstehen. Bryne fuhr fort: »Baumfrösche enthalten normalerweise schon fast genug Toxine, um einen Menschen zu töten, aber diese Frösche hier wurden zusätzlich mit einer Vielzahl von Alkaloiden und Giften gefüttert, von denen einige bei in Freiheit lebenden Baumfröschen niemals vorkommen. Das Botulismustoxin wurde, wie wir wissen, in Glaskugeln geliefert, in DMSO und einer Salzlösung schwimmend. Die Bandwurmeier könnten im Land's End auf Teller oder Besteck gesprüht oder gestrichen worden sein; man brauchte das Essen selbst nicht zu vergiften.«

»Und?«

»Das Rifttalfieber, an dem Drew Lawrence gestorben ist, kam in einem mit Aerosol versetzten Probenglas an, und er atmete einen Sprühnebel ein. Wir wissen, daß die Kongreßabgeordneten infiziert wurden, als eine Plastikflasche platzte und sich das Virus im ganzen Raum verteilte.«

»Darf ich dann mal?« Der Admiral trat an die Tafel und fügte Brynes Liste eine fünfte Kolumne an. Er erklärte rasch die Angaben:

Blut	Algen	Essen	BESPRÜHT
Frösche	Frösche	Alkaloide	AUSGESCHIEDEN
Läuse	Ergotismus	Toxine	VERSTREUT
Ungezieferschwarm	Bienen	Gift	INJIZIERT
Tod der Tiere	Mykotoxine/ Borna	Stroh	GETAUCHT
Geschwüre	Milzbrand	Opfer	BESPRITZT
Hagel	Botulismus	Glaskugeln	MIT LECK
Heuschrecken	Würmer	Besteck	BESPRENGT
Finsternis	Rifttalfieber	Virus	AEROSOLISIERT

Hubbard nickte. Alles bekam plötzlich einen Sinn. Er hob die Hand. »Der Admiral hat uns einen entscheidend neuen Blick auf das Charakterbild unseres Mannes ermöglicht. Nun, ich habe den Eindruck, daß es eher eine Einzelperson ist und keine Gruppe. Und ziemlich sicher ein Mann.«

»Und was macht seine Geschlechtszugehörigkeit so sicher?« fragte Bryne.

Admiral Olde griff zu seinem Zeigestock und tippte damit auf die Tafel.

»Dieser Teil des Musters paßt exakt mit den Informationen zusammen, die wir über Serien- oder wahnsinnige Mörder im allgemeinen haben. Sehr oft haben sie Probleme mit dem Urinieren oder der Ejakulation.« Olde benutzte seinen Zeigestock, um die Aufmerksamkeit der Zuhörer auf die rechte Seite der Tabelle zu lenken. »Beachten Sie die Verwendung von Flüssigkeiten, Sprays, Spritzpistolen, Aerosolen. Unser Mann, und ich stimme dem zu, daß es wahrscheinlich eine Einzelperson ist, mag Schwierigkeiten beim Wasserlassen haben. Vielleicht mit der Ejakulation, wer weiß? Also ein Einzelgänger, fast sicher ein Mann.«

Hubbard zeigte auf die Tafel. »Müssen wir nicht auch die religiösen Gesichtspunkte ansprechen? Ich denke, wir brauchen einen Sachverständigen, der uns mehr über religiöse Fanatiker erzählen kann.«

Admiral Olde nickte Zustimmung und bat Bryne, dazu eine Bemerkung abzugeben, aber ehe er antworten konnte, streckte Olde die Hand in die Höhe und brachte ihn zum Schweigen.

Die schwere Eichentür hatte sich knarrend geöffnet.

Eine Sekretärin steckte den Kopf herein. »Verzeihung, aber da ist ein dringender Anruf aus dem FEMA-Hauptquartier.« Sie sah sich erwartungsvoll um.

Der Mann von der FEMA wollte sich gerade erheben, aber bevor irgend jemand etwas sagen konnte, brüllte Admiral Olde: »Machen Sie die Tür zu, junge Frau. Ich habe klipp und klar gesagt, keine Störungen ... oder etwa nicht?« Das Gesicht des Admirals war rot. Die Frau nickte erschrocken, verzweifelt, zog sich zurück und ließ die Tür krachend hinter sich ins Schloß fallen. Alle sahen Olde an.

»Leute, ich bestehe grundsätzlich darauf, daß nichts, worüber wir hier gesprochen haben, aus diesem Raum dringt. Ich habe die Macht, jeden von Ihnen in Haft zu nehmen, wenn dies geschieht, und das werde ich auch tun, wenn es erforderlich ist, um absolutes Stillschweigen zu gewährleisten. Ist das allen klar?«

Ein Piepser fiepte los. Der Fachmann von der FEMA langte nach dem Apparat an seinem Gürtel. Er schaute zu Olde hoch.

»Gehen Sie nur«, sagte Admiral Olde. »Sie haben gehört, was ich gesagt habe.« Der Mann entfernte sich unter Entschuldigungen aus dem Raum.

»Also, Dr. Bryne, nun zu den religiösen Zusammenhängen, wenn's Ihnen nichts ausmacht«, gab Olde das Stichwort.

»Also, noch einmal, dies ist nicht mein Fach, doch selbst wenn alttestamentarische Motive in diesen vergangenen Wahnsinnstaten zu finden sind, komme ich mir vor, als spielten wir Verstecken«, antwortete er. »Wir haben immer noch keine Vorstellung von der Zehnten Plage.«

»Nun, betrachten wir noch einmal, was wir wissen. Eine Plage, die nur die Ältesten oder Erstgeborenen tötet und das innerhalb von Stunden. Stellen wir uns doch einmal vor, was wirklich passiert ist in Ägypten. Und welche Art BW-Kampfmittel kann das heute zuwege bringen?«

»Mr. Berger und ich haben eine Theorie«, gab Jack zu, »aber die braucht noch Arbeit. Es könnte was mit Hunger zu tun haben, einem Mangel an Lebensmitteln. Es könnte mit den Algen beginnen – der roten Flut. Zuerst hatten die Ägypter keine Fische mehr, dann kein Vieh. Danach wurden Weizen und Gerste durch Hagel vernichtet oder von Heuschrecken gefressen. Wir stellen uns vor, es herrschte Milzbrand oder Rotz oder Typhus oder alles zusammen. Die Leute waren krank, verzweifelt, wahrscheinlich dem Hungertod nahe. Schließlich müssen sie darauf verfallen sein, Vorratslager zu plündern. Ich meine, wenn wir uns einen Menschen denken, der eine Ernte durch Toxine verunreinigen will, dann haben wir noch nicht einmal begonnen, uns vorzustellen –«

Es wurde geklopft, und der Vertreter der FEMA kam sichtlich erregt in den Saal zurück. »Entschuldigen Sie bitte«, verkündete er, »ich muß weg.« Er zeigte auf Olde und Hubbard und setzte hinzu: »Sie beide übrigens auch.«

»Was ist los?« fragte Olde.

»Sie werden das Timing nicht für möglich halten.« Der FEMA-Mann war aschfahl geworden. »Ein ganzes viertürmiges Getreidesilo aus Backstein ist soeben mitten in *Memphis,* Tennessee, in die Luft geflogen. Die Explosion hat die ganze Stadt erschüttert. Wir müssen sofort da runter, schlechtes Wetter hin oder her. Die Verluste sind gewaltig, und die Behelfsbaracken sind überfüllt. Es heißt, es ist schlimmer, viel schlimmer als Oklahoma City!«

In allgemeinem Chaos löste sich die Sitzung auf. Cuccia rannte an ein Telefon; Olde, Edwards und Flynn diskutierten hitzig, während es Dr. Wyatt vor Verblüffung die Sprache verschlagen hatte.

»Ein Getreidesilo?« überlegte Bryne laut. »In die Luft gesprengt?«

»Und wie!« sagte Hubbard. »Denken Sie, daß es das ist, Jack? Denken Sie, es ist die Zehnte Plage?«

Bryne hörte ihn nicht mehr, denn seine ganze Aufmerksamkeit war plötzlich bei Mia. Sichtlich am Ende ihrer Kräfte, war sie aschfahl geworden. Er lief mit ausgestreckter Hand um den Tisch herum auf sie zu, um ihr den Puls zu fühlen, aber ehe er bei ihr war, schnellte ihr Kopf hin und her, und sie sackte auf den Tisch.

O lieber Gott, nein. Bitte nicht ..., betete Bryne stumm. *Nicht Mia, nicht auch noch sie.*

Als Cuccia und Shmuel Berger um den Tisch herumkamen, um zu helfen, schrie Bryne: »Kommen Sie ihr nicht nahe! Berühren Sie sie nicht! Rufen Sie Neun-eins-eins an!« Ihm war klar, wie verseucht sie sein konnte, aber es ging ihr so schlecht. Sie sackte zusammen, würde jeden Moment vom Tisch herunter auf den Boden gleiten. »Rufen Sie Neun-eins-eins, verdammt noch mal!« schrie er zu Wyatt hinüber. Er streckte die Hände nach seiner Frau aus, hörte sie stöhnen.

Mit überdeutlicher Klarheit erkannte er, daß der Engel des Todes wieder einmal über ihn hinweggeschwebt war. Was immer es war, wer immer es auch war, er würde wieder verschont bleiben. Furchtlos nahm er ihren Körper in seine Arme, drückte ihr sanft die Hand und küßte sie.

»Hilf mir, Jack«, flüsterte Mia.

»Das werde ich, mein Schatz«, antwortete er, in der schrecklichen Gewißheit, daß es eigentlich nichts gab, was er tun konnte – er konnte nur das Ungeheuer zur Strecke bringen, das dies getan hatte ... und ihm das Herz aus dem Leib reißen.

Mittwoch, 9. September
Mt. Sinai Hospital, Manhattan
16.00 Uhr

Als der Rettungswagen endlich kam, wurde Mia ins Mt. Sinai Hospital transportiert, fünf Querstraßen südlich von der Academy. Bryne begleitete sie.

Notärzte nahmen sofort Blutproben ab, setzten ihr einen Tropf und beraumten augenblicklich Konsultationen mit einem Team von Spezialisten an. Bryne war die ganze Zeit bei ihr.

Nach einer Zeit, die Bryne unendlich lange vorgekommen war, hatte man Mia in die Intensivstation gebracht, wo nun ein Oberarzt zu Jack trat, der neben ihrem Bett stand.

»Dr. Bryne, kann ich Sie draußen sprechen?« Jack nickte, drückte Mias Hand und sagte ihr, er wäre in ein paar Minuten zurück.

Kaum waren sie draußen, schlug der Arzt einen ernsten Ton an. »Es ist ihre Leber, Dr. Bryne, soviel wissen wir. Es sieht nach einer akuten spontanen Hepatitis aus. Offen gesagt, die erste Serie der Blutproben ist ungewöhnlich. Ich würde Ihnen gern ein paar Fragen stellen.«

Bryne taumelte. Dies durfte nicht geschehen. »Sie ist gegen Hepatitis A und B geimpft«, antwortete er, ohne daß ihm die Fragen gestellt werden mußten: Er kannte sie alle nur zu gut. »Sie befindet sich in keiner medizinischen Behandlung, keine Auslandsreise in letzter Zeit, keine Lebererkrankungen in der Familienanamnese, kein Umgang mit toxischen Chemikalien ...«

Der junge Arzt nickte, dann sagte er zu Jack: »Es tut mir leid, aber wie Sie sehen, gibt uns das keinen Anhalt, und wir können keine Biopsie machen, weil die Leber zu stark geschädigt ist. Wir müssen auf die nächste Reihe Blutproben warten. Leider wird das erst in sechs Stunden möglich sein. Sie können bei ihr bleiben, aber überanstrengen Sie sie nicht. Wir werden vielleicht eine Transplantation in Betracht ziehen müssen.«

Bryne kehrte an Mias Seite zurück und zog den Vorhang um das Bett. Nun waren sie ganz für sich.

»Jack.« Sie griff nach seiner Hand. »Mir geht's so schlecht. Haben sie mein Blut kontrolliert? Ich fühle mich erschöpft. Was ist eigentlich los? Kannst du es mir nicht sagen?« Sie befeuchtete angestrengt die Lippen mit ihrer Zunge, dann lehnte sie sich wieder in die Kissen zurück.

»Jetzt wollen wir nur an deine Gesundung denken«, sagte Jack und küßte sie auf den Handteller. »Laß uns daran denken, was für eine herrliche Zukunft wir neulich abend beim Dinner geplant haben. Ich weiß, wir haben uns auseinandergelebt, und es war mein Fehler. Aber das ist vorbei. Wir sind uns näher als je zuvor, und ich kann es nicht erwarten, daß du hier rauskommst und wir unser herrliches neues Leben anfangen können. Ich liebe dich, mein Schatz, von ganzem Herzen.«

»Und ich liebe dich, Jack, ganz genau so sehr.« Sie lächelte trotz ihrer Schwäche.

»Ruh dich aus, mein Liebling«, drängte er sie sanft. »Schlaf, wenn du kannst. Ich bin hier. Ich gehe nirgendwohin.«

Plötzlich hob Mia den Kopf, als fiele ihr etwas ein, etwas Wichtiges. »Jack, ich weiß nicht, was das hier ist, aber ich weiß, wie ich es bekommen habe. So wie Drew.«

»Wie Drew? Was meinst du?«

»Ich meine ... Jack, könntest du mir etwas Wasser geben? Mein Hals ist so trocken.« Er tat, was sie verlangte, und bemerkte, wie schwer ihr das Sprechen fiel.

Nachdem er ihr das Glas hingehalten und sie ein paar Tropfen getrunken hatte, fuhr Mia fort: »Es war am Montag abend, nachdem ... ich dich am Bahnhof abgesetzt hatte. Als ich nach Hause kam ... gab mir der Portier ein FedEx-Päckchen ... das an dich adressiert war.«

Während sie ihn mit einer Bewegung um mehr Wasser bat, spürte Jack, wie es ihm eiskalt über den Rücken lief. »An mich adressiert?«

»Ja ... Ich wollte es nicht öffnen, aber ... ich dachte, es könnte wichtig sein ... und ...«

»Liebling, was war es?«

»Es war ...«, sie fuhr sich mit der Zunge über die Lippen, »... Parfüm ... Zerstäuberfläschchen ... mit einem sexy Kärtchen, von einer Frau ... Ich dachte, Vicky Wade ... Ich war wütend ...«

»Du hast dir's doch nicht angesprüht?«

Sie nickte. »Nicht viel ... nur ein bißchen auf mein Handgelenk ... aber ... es war genug ... Hatte eine Reaktion ... Wärme, Röte ... Jetzt das hier ...«

»Aber wenn du dir nur ein bißchen angesprüht hast, hast du vielleicht nicht die volle –«

»Jack«, sie schien vorübergehend Kräfte zu sammeln, »ich bin Ärztin. Ich weiß, wie krank ich bin.«

»Mia, wo hast du die verdammte Schachtel hingetan?«

Sie konzentrierte sich einen Moment, dann sagte sie: »Ich hab's ganz nach hinten gepackt ... und ich glaube, ich war halb im Schlaf, ich habe es auf dem Tisch in der Diele liegenlassen ... damit du es nicht übersiehst ... Nimm's dir ... auf dem Dielentischchen.«

»Tu ich, tu ich, mein Schatz ...«

»Jack, ich liebe dich sehr ... Mach diesem Übel ein Ende, ehe es dich vernichtet ... vernichtet ...«

»Mia, Liebling«, sagte er zu ihr, »ich will glauben, ich will hoffen, daß es vorüber ist. Diese neue Sache, die Explosion in Memphis. Das ist sie. Das ist die Zehnte Plage.«

»Vielleicht«, flüsterte sie. So krank Mia auch war, ihr Verstand war so scharf und kampflustig wie immer. Jack wurde klar, wie sehr er das in letzter Zeit vermißt hatte, als sie sich kaum gesehen hatten. Und er spürte, daß er es wohl lange, lange würde vermissen müssen. »Aber eines stimmt daran nicht ...

Die Explosion ist zu früh ... Nach deinem Zeitplan sollte sie erst im nächsten Monat kommen ...«

»Du meinst, es ist eine Finte? Um uns von seiner Spur abzulenken?«

»Ja – oder nur ein Prototyp ... ein Test ...« Sie wurde wieder schwächer, er konnte es sehen, schwächer denn je, aber sie brachte die Worte hervor: »... Hatte eine Idee ... hab' sie für dich aufgeschrieben ...« Dann schlossen sich ihre Augen, und sie schlief ein.

Stunden vergingen – oder waren es Tage, Wochen, Monate –, in denen Bryne an ihrem Bett saß und sie im unruhigen Halbkoma liegen sah, noch immer schön, während sie unglaublich schnell immer schwächer wurde. Er fühlte sich zermürbt vom Schmerz, von Vorwürfen wegen der letzten Monate ihrer Ehe, von Schuldgefühlen – denn was hier mit Mia passierte, war sein Fehler – und von Kummer, von einem viel zu großen Kummer. Bryne schlief nicht und aß nicht.

Wenn sie bei Bewußtsein war, hielt er sie in seinen Armen, fest, als wenn er sie damit wieder gesund machen könnte. Er sagte ihr immer und immer wieder, daß er sie liebte, und ihr gelang es gelegentlich, zurückzulächeln, so krank sie auch war.

Dann, irgendwann, jenseits von aller Zeit, wachte sie nicht mehr auf, sondern versank völlig im Koma, und ihr Atem wurde flacher. Jetzt begann Bryne ihr ins Ohr zu flüstern, wie sehr er sie liebe, und hoffte, sie könne ihn hören. Er tat dies, während sich ihr Zustand kontinuierlich und sichtbar verschlechterte und sie immer kleiner zu werden schien – so als bereite sich ihr Geist darauf vor, ihrem Körper zu entfliehen. Jack nahm vage Ärzte und Schwestern wahr, die lautlos in den Raum um Mias Bett hinein- und wieder hinausglitten, Meßgeräte und Skalen ablasen, sonst aber kaum etwas taten. Es gab letztlich nichts, was sie tun *konnten.* Dafür hatte Mias Mörder gesorgt.

Er war mit ihr allein, als das Ende kam. Sie hatte reglos dagelegen und kaum geatmet, als sie plötzlich röchelte – alle Luft verließ ihren Körper –, und sie erzitterte. Irgendwo begann eine Glocke zu läuten, und die Schwestern kamen im selben Moment herbei. Sie brauchten ihm nicht zu sagen, daß sie tot war. Bryne wußte, daß Mias Herz aufgehört hatte zu schlagen – und daß seines im gleichen Moment gebrochen war.

20

Donnerstag, 1. Oktober
Brynes Cottage, Guilderland
18.00 Uhr

Mia und Drew waren jetzt fast einen Monat tot, und Bryne, für den Tage wie Wochen waren, lebte in dem kleinen Haus in der Nähe des Laboratoriums wie ein Einsiedler. Ihrer beider Tod hatte eine große Wunde in seinem Inneren aufgerissen. Lang unterdrückte Gefühle – das Gefangenenlager, der Tod seiner Mutter, dann der von Lisle und nun die arme Mia – schwärten in dieser Wunde und machten ihn physisch krank. Wieder einmal beneidete er Menschen wie die St. Johns, die Trost in ihrem Glauben fanden, während ihm nicht der geringste Trost zuteil wurde. Mit der Zeit, so hoffte er, würde der Wille, den Tod seiner liebsten Menschen zu rächen, ihn wieder auf den richtigen Weg bringen; wenn es ihm an Glauben mangelte, konnte Wut ihn vielleicht vorübergehend ersetzen. Aber das war noch nicht geschehen.

Wenn er das Cottage durchstreifte und überall auf Mias Gegenwart stieß, befielen ihn Gewissensbisse und bitterste Reuegefühle. Er hatte seiner Arbeit den Vorzug vor ihrem Leben, ihrem gemeinsamen Glück gegeben, und der Preis dafür war höher gewesen, als er sich das jemals hätte vorstellen können. Warum, überlegte er, traf der Engel des Todes die,

die ihm am nächsten waren, und ließ ihn unversehrt? Warum nicht er?

Ohne Drew konnte er das Labor nicht ertragen. Lyman hatte das verstanden und ihm Urlaub gegeben. Er blieb im Cottage, trank zuviel und aß nur, wenn ihm einfiel, daß er Hunger hatte, dann fuhr er schnell rüber zu McDonald's – aber nie, wenn er getrunken hatte; er wollte nicht noch mehr Tote auf dem Gewissen haben.

Viele Menschen hatten angerufen, um ihm ihr Beileid auszusprechen. Er versuchte, ganz normal zu klingen, aber er war sich sicher, daß er niemanden hinters Licht führen konnte, vor allem Vicky Wade nicht, besonders nach drei oder vier Whiskeys. Sie machte sich ernstlich Sorgen um ihn, das wußte er. Trotzdem konnte er im Augenblick Menschen in seiner Nähe nicht ertragen. Sie schien das zu verstehen.

Dann rief Vinnie Catrini an. Bryne und der Kinderarzt hatten per Internet in Kontakt gestanden, seitdem Jack aus San Diego zurückgekommen war, aber persönlich hatte er von Vinnie schon eine ganze Weile nichts mehr gehört. Seit der Terror begonnen hatte. Eigentlich hatte er sich melden wollen. Dann hatte er nicht mehr die Kraft dazu gehabt.

»Jack, gut, Ihre Stimme zu hören«, begann Catrini. »Es hat mir so ungeheuer leid getan, als ich die Nachricht von Mias Tod bekam. Sie war jemand, den ich wahnsinnig bewundert habe.« Seine Stimme klang älter.

»Danke, Vinnie«, antwortete Jack, »von Ihnen bedeuten mir diese Worte sehr viel.«

»Und wie geht es Ihnen?«

»Ehrlich? Nicht gut. Und Ihnen? Warum haben Sie auf meine E-Mails nicht geantwortet?«

»Hier gab's 'ne kleine Überraschung«, antwortete Catrini. »Ich war gewissermaßen nicht ganz in Form – wegen Milzbrand. Ich bin augenblicklich immer noch im Krankenhaus, aber die Prognose ist hervorragend. Sie lassen mich nächste Woche laufen.«

»Vinnie, nein!«

»Tja, es war absolut kein Vergnügen. Aber Jack, es geht wieder aufwärts. Wenn man das Scheißding früh genug packen kann, ist es heilbar. Ich komme wieder in Ordnung. Ich hoffe, Sie werden wegen der Sache beobachtet ... Hören Sie zu, Jack, wenn Sie sich dazu imstande fühlen, schmeißen Sie sich in den Flieger und kommen Sie rüber zu uns auf Besuch!«

»Vielleicht tu ich das. Wenn ich mich dazu in der Lage fühle. Vinnie, es freut mich, daß Sie okay sind ... freut mich wirklich.« Und nachdem Catrini noch einmal sein Mitgefühl ausgedrückt hatte, versprachen sie sich gegenseitig, in engerem Kontakt zu bleiben, und legten auf.

Irgendwie war Vinnies Anruf heilsam für Jack. Vielleicht war es nur die Tatsache, daß ein anständiger, netter Mensch den Tod überwunden hatte – oder diesen soziopathischen Handlanger des Todes. Aus welchem Grund auch immer, Jack begann sich mit Mias Krankheit zu beschäftigen und nach einer Erklärung zu suchen.

Als er auf ihre Bitte hin in Mias Wohnung gewesen war, hatte er kein an ihn oder sonstwen adressiertes Päckchen auf dem Dielentisch gefunden. Auch die Mitteilung, die sie, wie im Krankenhaus von ihr erwähnt, für ihn notiert hatte, war nicht aufgetaucht. Nun mußte Jack sich fragen, ob beides nicht Phantasien ihrer Fieberträume gewesen waren.

Bryne und seine Schwiegereltern waren übereingekommen, daß es keine formelle Beerdigung geben würde. Eine schlichte Trauerfeier nach der Erledigung der Formalitäten hielten alle Beteiligten für die bessere Idee. Die Familie hatte versprochen, sich um Mias Wohnung, ihre persönliche Habe und ihre Kleider zu kümmern. Unterdessen untersuchten die Polizei, das FBI und der ärztliche Leichenbeschauer noch immer Mias Tod, der schon bald offiziell als Vergiftung bezeichnet werden sollte.

Kaum war die Dienststelle des ärztlichen Leichenbeschauers eingeschaltet, regierte das Chaos. Anfangs hatte man Jack mitgeteilt, Mias Erscheinungsbild lege Hepatitis B oder C oder eine durch Chemikalien ausgelöste fulminante Hepatitis nahe. An diesem Punkt wurde ein Arzt vom Giftkontrollzentrum als Berater hinzugezogen.

Ein paar Tage später kamen ein Beamter von den CDC und Admiral Olde mit Bryne zusammen und erklärten ihm, es sei weder B noch C gewesen, vielleicht jedoch ein anderer Typus einer Virushepatitis, vielleicht Typ G. Oder aber Mia sei so etwas Giftigem wie Tetrachlorkohlenstoff ausgesetzt gewesen.

Der Chef der Gesundheitsbehörde der Stadt intervenierte, und auf der Stelle war eine Autopsie angeordnet worden. Pathologen hatten nicht weniger als achtzehn Stunden gebraucht, um ihre Diagnose zu stellen: toxische Hepatitis, wahrscheinlich nicht durch Viren ausgelöst.

Hygieniker vom Städtischen Gesundheitsamt und vom Bundesgesundheitsamt nahmen alle Nahrungsmittel aus ihrem Kühlschrank, dem Mülleimer und ihrer Speisekammer mit und befragten Bryne und alle Freunde und Nachbarn danach, wohin Mia essen und einkaufen gegangen war. Nichts kam dabei heraus.

Die Leute von der Giftkontrolle nahmen die Flaschen mit Reinigungsmitteln, Clorox, Ammoniak, Geschirrspülmittel, Fensterreiniger, Abflußreiniger und alle anderen Produkte, die unter der Spüle standen, unter die Lupe. Kein Ergebnis.

Bryne wurde von Toxikologen, Kriminalbeamten, Hygienikern und einem ranghohen Wissenschaftler der FDA befragt, der von Washington angereist kam. Nach einer Woche voller verwirrender und manchmal tadelnder Wortwechsel mit kleinen Paragraphenreitern hatte die ärztliche Leichenbeschau endlich eine endgültige Diagnose vorzuweisen: Dr. Hart hatte eine tödliche Menge gereinigten Aflatoxins entweder zu sich genommen oder verabreicht bekommen.

Das Gift hätte gereicht, um tausend gesunde Erwachsene zu töten. Die Frage blieb, wie sie das Gift wohl zu sich genommen haben könnte, und wer es ihr gegeben hatte. Jack dachte wieder an ihre Geschichte mit dem Parfüm, aber ein derartiges Päckchen gab es nicht in der Wohnung, dessen war er sich sicher.

Mia hatte angenommen, daß die Explosion in Memphis nur ein Vorspiel gewesen war, und sie hatte recht gehabt. Sie selbst, die Erstgeborene in ihrer Familie, war ein Opfer der Zehnten Plage geworden. Sicherlich war der Mörder schon wieder unterwegs. Die Sache war alles andere als vorbei.

Das Telefon klingelte, und Jack hob sofort ab, obwohl er mit den Gedanken noch ganz woanders war.

»Dr. Bryne, hier ist Shmuel Berger«, sagte eine junge Stimme. »Ich habe vom Tod Ihrer Frau gehört und ein Gebet für sie gesprochen. Es tut mir sehr leid.«

Bryne murmelte seinen Dank, dann wechselte er das Thema. »Haben Sie noch weitere Nachforschungen betrieben, Berger?«

»Aber ja, Dr. Bryne«, sagte Shmuel aufgeregt. »Zu Ihrer Frage bezüglich der Zehnten Plage. Also, ich ... ich habe sie gelöst.«

»Berger, was meinen Sie mit ›Sie haben sie gelöst‹?«

»Sie haben gefragt, was die Ursachen in einer wirklichen Zeit, heute, sein könnten. Also, ich glaube, ich habe die Antworten.«

Brynes Kopf wurde immer klarer. »Erzählen Sie.«

»Ich bin noch mal zur Academy of Medicine gegangen. Sie wissen schon, zu der großen medizinischen Bibliothek.«

»Das ist ein guter Anfang. Und ...«

»Die Bibliothekare waren sehr hilfsbereit. Sie konnten mich gleich dort am Computer mit der Library of Congress verbinden. Ich konnte ein Programm namens GratefulMed benutzen, um mich auf die Suche zu machen. Gratis.« Er unterbrach sich wieder. »Die Ausdrucke ... kosten 'ne Menge.«

»Wieviel?«

»Siebenundzwanzig Dollar insgesamt.«

»Übernehme ich, Berger. Erzählen Sie bitte weiter.«

Eifrig fuhr Shmuel fort: »Also, Dr. Bryne, es gibt eine Menge Theorien über die Plagen. Bis jetzt habe ich neun Hinweise gefunden. Die früheste Veröffentlichung dazu ist ein Buch aus dem Jahr 1810. Die Bibliothekare haben mir erlaubt, es mir im Rara-Lesesaal anzusehen, aber es hat mir nicht weitergeholfen. Im Gegensatz zu einigen der jüngeren Abhandlungen.«

»Welche waren die systematischsten?«

»Also, die besten waren die von Hoyte, Schöntal und Marmal.«

»Okay, also, können Sie mir genau referieren, was dort über die Zehnte Plage gesagt wird?«

»Ja. Na ja, sie haben alle ganz unterschiedliche Theorien. Hoyte meint, sie war auf Salmonellen zurückzuführen, eine Art schwere Lebensmittelvergiftung ...«

»Kann man vergessen. Was besagen die anderen Theorien?«

»Schöntal meint, es waren Mykotoxine, aber Marmal war noch viel präziser, was die Toxine angeht ...«

Bryne erstarrte. Das mußte es sein. Wie hatte er es nur übersehen können? Es lag doch direkt vor seinen Augen. Buchstäblich. Mykotoxine. Natürlich. Und ein anderer hatte es bereits herausgefunden. Vor Jahren. Wer war dieser Marmal?

Angenommen, der Verrückte, der diese Dinge tat, hatte den Aufsatz gelesen? Sich davon inspirieren lassen? Sich den Weg weisen lassen?

»Shmuel, schreibt sich der Name M-A-R-M-A-L?« Bryne machte sich Notizen.

»Ja, Sir.«

»Erzählen Sie mir mehr über die Mykotoxine.«

»Also, Sir, die Theorie besagt, daß das Futtergetreide, das der Pharao für den Fall einer Hungersnot in Speicher hatte füllen lassen, wahrscheinlich mit Mykotoxinen kontaminiert war. Das Getreide war unsachgemäß gelagert worden, es war von Hagelstürmen naß und schimmelig und durch Heuschreckenkot verseucht, und es begann zu faulen. Dann kam die Hungersnot, die nicht zuletzt deswegen eine solche Katastrophe war, weil die Leute schon neun Plagen durchlitten hatten, ein Fischsterben, als der Fluß sich in Blut verwandelte – was in Wirklichkeit eine rote Algenblüte war –, die Frösche, das Vieh ...«

»Shmuel, kommen Sie zur Sache.«

»Ja, Entschuldigung. Also, die Ägypter litten unter dem Hunger und brachen in die Getreidespeicher ein. Die ersten, die reinkamen, atmeten die Mykotoxine mit der Luft ein und starben binnen Stunden. Andere aßen das schimmelige Getreide, und daran starben sie, Menschen und Vieh.«

»Aber die Erstgeborenen, Shmuel? Warum die Erstgeborenen von Mensch und Tier?«

»Weil die Erstgeborenen – die Ältesten – diejenigen waren, die die Macht hatten. Sie brachen als erste in die Kornspeicher ein und fütterten die größeren Tiere, die schlachtbereit waren, als erste.«

»Ja, ja, klingt plausibel. Aber dann ...?«

»Da der Schimmel auf dem Getreide lag, bekamen die ersten – die aufrührerischen Anführer, die Älteren – die stärksten Dosen ab und starben. Aber sie ließen frische Luft herein, und das Getreide weiter unten war nicht verschimmelt und konnte ohne Gefahr gegessen werden.«

»Berger, Sie haben phantastische Arbeit geleistet! Noch etwas: Wo ist Marmals Aufsatz erschienen?«

»In einer medizinischen Zeitschrift namens *Caduceus* im Frühjahr 1996. Marmal unterstreicht, daß die Mykotoxine tatsächlich inhaliert wurden – durch die Luft übertragen. Und das passiert noch immer.«

»Wo? Wann?«

»Staten Island 1997 – dort mußte die Bibliothek geschlossen werden. Und in Cleveland, Ohio, 1994. Acht Babys sind gestorben, als sie schimmelige Luft einatmeten. Marmal schreibt, die CDC hätten riesige schwarze Schimmelflecken gefunden, die an den Kellerwänden wuchsen. Lüftungskanäle und Heizungsventilatoren in den Zimmern der Babys pusteten hochkontaminierte Luft direkt über ihre Bettchen.«

»Shmuel, mein Lieber, Sie haben mir mit der Lösung dieses großen Problems einen Riesengefallen getan. Ich danke Ihnen, und bitte, bitte, Berger, bleiben Sie in Verbindung.«

»Natürlich, Dr. Bryne«, sagte der Junge stolz. »Ich gebe Ihnen am besten meine Adresse und Telefonnummer, damit Sie sie griffbereit haben.«

Kaum hatten sie aufgelegt, war Bryne klar, daß Mia mit Aflatoxin ermordet worden war: Aflatoxine infizieren vorzugsweise schimmeligen Mais, so wie Mutterkorn nur Roggen befällt. Er hatte auch den Verdacht, daß es auf irgendeine Weise vernebelt, versprüht oder verteilt worden sein mußte, vielleicht durch das Belüftungssystem.

War ihr Tod so etwas wie ein erstes Experiment gewesen? Ein Probelauf für ein viel, viel größeres Ereignis?

O mein Gott. Plötzlich fiel ihm der Getreidespeicher in Memphis wieder ein. Hatte jemand das Getreide auf Toxine überprüft? Würde auch nur jemand auf den Gedanken kommen, daß ein mit Mykotoxinen gefüllter Getreidespeicher als terroristische Waffe eingesetzt werden könnte?

Bryne wählte Hubbards Nummer in Washington, bekam aber nur den Anrufbeantworter. Er hinterließ eine dringende Mitteilung und hatte beim FBI in New York auch nicht mehr Glück. Er rief die CDC an und erreichte einen diensthabenden Fellow, der höflich, aber völlig verwirrt war, als Bryne versuchte, zu erklären, was er wollte. Er rief bei Carl Rader an; seine Tochter sagte ihm, er mache Urlaub in der Karibik. Er rief bei der FDA an und bekam gesagt, er solle am Morgen noch mal anrufen.

Schließlich stand Bryne auf, zog sich den Morgenmantel über, ging in die Garage und verriegelte das Kipptor. Dann ging er durch das ganze Haus und verschloß alle Fenster und Türen. Später versuchte er zu schlafen, aber das Haus machte die ganze Nacht Geräusche, die er noch nie gehört hatte. Zum ersten Mal seit dem Tod seiner Mutter hatte Dr. John Bryne Angst.

Freitag, 2. Oktober
Albany, N. Y.
8.15 Uhr

Am nächsten Morgen stand Bryne um 8.15 Uhr vor der Wadsworth' Axelrod-Bibliothek und wartete darauf, daß geöffnet wurde. Zwanzig Minuten später hatte er ein Exemplar des *Caduceus*-Artikels in den Händen.

Marmal hatte tatsächlich nachgewiesen, daß durch die Luft übertragene Mykotoxine alles ausgelöst haben könnten, von Tut-ench-Amuns Fluch bis hin zu den Krankheiten, die vor allem Museumskuratoren befallen, die Jahre über modrige Bücher und Dokumente gebeugt sitzen. Die Bibliothekare und Museumsleute atmeten die exotischen, uralten Pilztoxine, die sich schon vor Jahrhunderten auf den alten Papieren und Papyri abgelagert hatten, einfach ein.

Die findigen Erklärungen für jede der Zehn Plagen, die der Aufsatz bot, begeisterten Jack. Er fuhr eilig zurück zum Cottage, um Hubbard anzurufen, und fand vor der Haustür einen großen Karton, der in der Handschrift von Mias jüngerem Bruder an ihn adressiert war.

Er riß den Karton auf und fand einen Umschlag darin, der ein »Die Schwiegerfamilie« unterschriebenes Briefchen enthielt, in dem man sich erkundigte, wie es ihm gehe und ob er Hilfe brauche. Es war kurz und knapp gehalten und klang wie ein Abschied.

Der Karton selbst war mit Mias persönlichen Besitztümern gefüllt – amtlichen Papieren, Portemonnaies, Brieftasche, Adreßbuch, Schlüsseln, gerahmten Fotos, Schminksachen, Schuhen, Leibwäsche – *und einem kleinen an ihn adressierten Päckchen.*

Da war es, ans Licht gezogen und an dem Ort aufgetaucht, an dem es ungestört wochenlang gelegen hatte. Mia, mutmaßte er, mußte das Päckchen auf den Tisch in der Diele gelegt und dann, vielleicht halb im Schlaf, aus irgendeinem Grund woanders hingetan haben. Wahrscheinlich hatte sie es ganz nach hinten in ihre Wäscheschublade gesteckt, wo sie üblicherweise Dinge versteckte. Als ihr das Päckchen wieder einfiel, war sie so krank, daß ihr wohl entfallen war, daß sie es versteckt hatte.

Er ging rasch in die Garage und holte sich ein Paar Gummihandschuhe, eine Rolle Isolierband und zwei große Plastikmüllbeutel. Während er den Atem anhielt, streifte er die Handschuhe über und verklebte den großen Karton mit Isolierband, dann packte er ihn in einen Müllsack und alles zusammen in einen zweiten.

Er wusch sich Gesicht und Hände mit kräftiger Seife und spülte Nase, Hals und Mund mit Leitungswasser durch. Mit dem in die Plastikbeutel verpackten Karton ging er hinüber ins Labor. Dort angekommen, zog er sich einen Kittel und Gummihandschuhe an, setzte eine HEPA-Maske auf, schaltete die Ventilatoren für die L-3-Abzugshaube an und betrat den Tollwutraum, in dem Lawrence' Gerätschaften zum großen Teil noch an Ort und Stelle lagen. Es machte ihn traurig, und einen Augenblick lang vergaß er seine Angst.

Mach schon, mach schon, trieb er sich an. Er öffnete den Karton und zog das sorgfältig verstaute Päckchen heraus. Mit Erleichterung stellte Jack fest, daß sich Mias Familie dem Gift nicht ausgesetzt hatte; er sah, daß sie die Verpackung nicht einmal geöffnet hatten. Vorsichtig durchschnitt er das Klebeband und öffnete die Schachtel. Dann zog er das Parfümfläschchen heraus, legte es unter die Haube und schaltete das Licht aus.

Nachdem sich seine Augen an die Dunkelheit gewöhnt hatten, knipste er die ultraviolette Woodlampe an. Das Licht hatte die Farbe von klarem dunkellila Neon, das den Labortischen in der Nähe ein schauriges Indigoblau verlieh. Jack bewegte das

Parfümfläschchen unter der Haube und richtete die Woodlampe auf die Seite des Glases.

Er sah, was er erwartet hatte, nur in weitaus schlimmeren Ausmaßen. Tückisch, böse. Mit seinem schwachen, kalten Leuchten reiner Bösartigkeit glühte das Ding wie durch Zauber elektrifiziert und warf ein unerbittliches, pulsierendes Licht, das fast hell genug war, um in dem Raum zuckende Schatten zu erzeugen.

Die Farbe war grün, ein perfektes, phosphoreszierendes Chartreuse –

Tod und Verdammnis ausstrahlend. Ohne das Fläschchen herumzudrehen, wußte Bryne, daß am Boden die Codezahl für Aflatoxin und die Buchstaben »LMPG« eingeätzt waren.

Als Bryne Hubbard erneut anrief, wurde ihm nur gesagt, der Special Agent sei dienstlich unterwegs. Hubbards Piepsernummer wurde ihm verweigert, und er wurde nur höflich gefragt, ob er eine Nachricht hinterlassen wolle. Jack hätte am liebsten den Hörer aufgeknallt, versuchte aber, dem Mann am anderen Ende, so gut es ging, klarzumachen, wie dringend es war, daß er Hubbard so schnell wie möglich sprach. Und Hubbard war der einzige, der etwas ausrichten konnte.

Um sich beim Warten, Hoffen, Beten, Hubbard möge ihn anrufen, die Zeit zu vertreiben, begann Bryne die schmerzliche Arbeit, Mias Sachen durchzusehen. Mit Handschuhen an den Händen und einer Maske vor dem Gesicht blätterte er ihre Agenda durch und suchte die Einträge der Tage vor ihrem Tod nach der Notiz ab, von der sie ihm erzählt hatte. Wieso hatte er nicht bemerkt, wie krank sie gewesen war? Die Eintragungen der letzten beiden Tage wurden immer kürzer, rarer und unleserlicher. Sie war während des Treffens nicht einmal mehr in der Lage gewesen, sich Notizen zu machen. Kein Wunder, daß ihr nicht mehr klar gewesen war, wo sie das Päckchen hingesteckt hatte.

Eine interessante Notiz gab es vom Tag des Vertrags, die sie vielleicht sogar während des Treffens selbst gemacht hatte: ein

Ausrufezeichen neben einer zittrigen Zeichnung einer kastenartigen kleinen Kirche mit einem winzigen Kirchturm. Sie mußte sie hingekrakelt haben, so gut sie konnte, wenige Minuten bevor sie zusammengebrochen war. Als Bryne bemerkte, daß das Buch beschmutzt war, hielt er die Woodlampe über den Fleck: er leuchtete schwach, aber er leuchtete.

Plötzlich klingelte das Telefon. Es war Hubbard. Als Jack begann, ihm von dem Parfüm zu erzählen, bemerkte er ein Summen und spürte, wie die Verbindung für eine Sekunde stockte. Er wurde abgehört – oder zumindest waren andere Teilnehmer der Unterhaltung zugeschaltet worden. Bryne kümmerte das nicht mehr. Er unterrichtete Hubbard nur rasch von dem Fund des giftigen Parfümfläschchens, dann erzählte er ihm von seinen Befürchtungen in Bezug auf die Explosion des Getreidesilos in Memphis, Tennessee.

»Jack, warten Sie eine Sekunde ... Haben Sie einen Moment Geduld«, unterbrach Hubbard ihn. Bryne glaubte, Hubbard mit Leuten reden zu hören, ehe er wieder an den Apparat kam.

»Hören Sie zu, Jack«, Hubbard klang verbissen, »ehe Sie ein Wort weiterreden – ich bin beauftragt worden, Ihnen mitzuteilen, daß Memphis als BT-Anschlag betrachtet wird. Niemand sonst darf das wissen, verstanden?«

»Natürlich, Scott.«

»Okay. Die Behörden dort vermuten, beim üblichen Verfahren, das Getreide mit Ammoniak zu versetzen, sei gepfuscht worden. Entweder wurde das Getreide nicht genügend gemischt, oder von dem Ammoniak, das dazu verwendet wird, Pilzerreger, die normalerweise im Getreide enthalten sind, unschädlich zu machen, wurde aus Unachtsamkeit zuviel genommen. Auf jeden Fall ist durch die Explosion Getreide über zehn Quadratmeilen der Innenstadt verteilt worden.«

»Und durch die Explosion sind wie viele Menschen umgekommen?« fragte Bryne, der bemerkte, daß er schon seit Tagen weder Zeitung gelesen noch ferngesehen hatte.

»Einhundertdreißig allein durch die Explosion, aber das ist

nicht alles, Jack. Ob die Detonation nun Zufall war oder nicht, es ist noch mehr passiert.«

»Was meinen Sie damit?«

»Das Getreide selbst war von minderer Qualität, befallen, moderig, Klasse DDD. Selbst mit Ammoniak behandelt, hätte es in den USA nicht verkauft werden dürfen. Wie und warum das Getreide dermaßen kontaminiert wurde, wissen wir nicht.«

»Ich nehme an, Sie haben die Besitzer überprüft, und die Bauern und die Lkw-Fahrer und ...«

»Sicher. Der Rattenschwanz an Papieren war unglaublich lang, aber dann riß er ab. Wer immer dies getan hat, er hat in bar unter einem falschen Namen gezahlt. Ziemlich gute Arbeit.«

»Hmmm ... Erzählen Sie weiter.«

»Irgendwann im Laufe des letzten Vierteljahres hat dieser rätselhafte Jemand dieses minderwertige Zeug gekauft, dafür aber über Wert bezahlt. Er hatte nicht die Absicht weiterzuverkaufen: Das Getreide von der Klasse BBB blieb im Silo und verdarb. Es könnte ein Loch im Dach gewesen sein. Das Problem ist nur, der Pilz, der die Fermentierung ausgelöst hat, hieß *Aspergillus.*«

»Haben Sie die genaue Spezies?«

»Ja.« Bryne hörte Hubbard in Papieren herumkramen. »Es ist *Aspergillus flavus,* eine ziemlich reine Kultur.«

»Das kommt in der Natur nicht vor, Scott.«

»Ach, nein?«

»Nein. Normalerweise hat man's mit einer ganzen Mischung von Pilzen zu tun. Hört sich für mich so an, als hätte jemand das Getreide mit einem Auslöser geimpft, so wie man mit Hefe Brot macht. Und hören Sie mir jetzt zu, um Gottes willen. Irgendein medizinischer Wissenschaftler namens Marmal hat darüber, wie die biblischen Plagen entstanden sein könnten, schon vor zwei Jahren geschrieben!«

Hubbard ignorierte Brynes Bemerkung und redete weiter über das Getreide. »Doch ehe die Entgiftung beginnen konnte, explodierte der Speicher, und das Zeug wurde durch den Wind verstreut. Während wir miteinander reden, werden in den Krankenhäusern von Memphis immer noch Leute mit einer toxischen Hepatitis aufgenommen – aber nicht so schlimm wie im Falle Ihrer Frau.«

»Mia hat also den konzentrierten Stoff abgekriegt?«

»Scheint, als wär's reines Aflatoxin gewesen, ein Extrakt ... Das ist so, als wollte man Malzbier mit Napoleon-Cognac vergleichen. Verglichen mit der Dosis Ihrer Frau hat die Explosion eine vergleichsweise dünne Lösung auf die zwanzigtausend Leute herunterregnen lassen. Nur ein paar Dutzend sind krank geworden.«

»Mein Gott.«

»Und, Jack, wir denken nicht, daß es vorbei ist. In der Nähe des Silos haben wir einen Kanister gefunden, der die Aufschrift ›Ammoniak‹ trug, in Wirklichkeit aber Chlor enthielt. Wenn jemand die Kanister vertauscht hat, könnte das ohne weiteres das Ding zum Explodieren gebracht haben. Möglicherweise ein echtes, aber furchtbares Versehen.«

»Ammoniak mit Chlor verwechselt?« rief Bryne. »Werden dort die Tanks denn nicht mit Farbcodes markiert?«

»Es gibt keine allgemein gültige Codierung für die Tanks. Die OSHA ist nicht gerade glücklich darüber. Jede Firma benutzt ihre eigenen Farben, deshalb ist die Sache auch passiert. Zum Glück, meinen wir, hat der Regen die hyperchlorische Säure verdünnt, aber die Reaktion zwischen einer starken Säure und einer starken Lauge würde ausreichen, um die Explosion zu zünden. Kaum war das Getreide an der Luft, wurde die Kettenreaktion in Gang gesetzt, und das Ding ging hoch wie eine Atombombe. Es war zwei Querstraßen von einer dreiundzwanzig Morgen großen Altersheimanlage entfernt.«

»O mein Gott. Der Tod der Ältesten!« Bryne schwieg. *War denn alles Wirklichkeit geworden?* Er versuchte, mit den Gedanken bei dem Gespräch zu bleiben. »Irgendwelche Verdächtigen?«

»Nein, ich sagte Ihnen ja, die Beweiskette ist abgerissen. Überall in ganz Memphis haben wir Trupps von Kriminalbeamten und Sprengstoffspezialisten am Werk. Sie sind der Meinung, es war Ihr Freund. Sieht so aus, als wäre Mia der Probelauf gewesen und Memphis die Zehnte Plage – das giftige Getreide, die Ältesten als Opfer, ein Ziel mit religiöser Symbolik. Jetzt bleibt uns nur noch, ihn zu fangen.«

Bryne hörte zu, aber es fiel ihm schwer, sich zu konzentrieren. *Vielleicht ist es doch nicht die Zehnte Plage, vielleicht hat der Regen seine Pläne durcheinandergebracht. Er muß ausprobieren, ob alles funktioniert, ehe er die richtigen Ziele anpeilt.* Hubbard erzählte ihm Sachen, die er schon wußte. Er glaubte, Schritte draußen im Flur vor dem Labor zu hören. Er nahm den Hörer vom Ohr. Nichts.

»Jack, sind Sie noch da?« Bryne nahm den Hörer wieder ans Ohr. »Jack, da gibt's noch was. Sie müssen es nicht tun, aber ...«

»›Man wäre äußerst dankbar für jede Hilfe, die ich ...‹«

»Nein, Jack!« Hubbards Ton brachte ihn jäh zum Schweigen. »Es geht nicht um ›Sie helfen uns‹; es geht um ›wir helfen Ihnen‹.«

»Finden Sie endlich Mias Mörder, Drews Mörder. Legen Sie diesem Wahnsinnigen das Handwerk!«

»Jack, hören Sie mir zu«, redete Hubbard weiter. »Das meine ich ja. Ich habe nicht vor, Ihnen unnütz angst zu machen, aber das ist jetzt ernst. Was läßt Sie vermuten, er ist mit der Sache durch? Wir wissen nicht annähernd genug über diesen Kerl, um sagen zu können, daß wir außer Gefahr sind. Offenbar hat er versucht, Sie zu Hause und bei der Arbeit zu erwischen. Meinen Sie wirklich, er läßt von den Anschlägen ab?«

»Was soll ich denn Ihrer Meinung nach tun? Soll ich runter nach New York kommen?«

»Nein, um Gottes willen, kommen Sie bloß nicht hierher. Und gehen Sie nicht nach Hause. Öffnen Sie keine Post mehr oder irgendwelche Päckchen. Verlassen Sie das Labor. Fahren Sie runter zum Ramada Inn und nehmen Sie sich ein Zimmer. Rufen Sie mich an, wenn Sie dort angekommen sind. Gehen Sie nicht nach draußen, und bestellen Sie keinen Zimmerservice. Ich schicke jemanden rüber. Dauert nicht länger als ein paar Stunden.«

»Das klingt mir ein bißchen sehr nach –«

»Darüber möchte ich nicht diskutieren, Jack. Ich versuche nur sehr ernsthaft, Sie zu beschützen.«

»In Ordnung«, gab Bryne nach. »Ich tue, was Sie sagen.«

»Gut, dann tun Sie's sofort«, und er legte auf.

Wie Jack vermutet hatte, waren Zuhörer zugegen gewesen. Hubbard hatte den Lautsprecher an seinem Telefon eingeschaltet, und die Leute, zu denen Bryne ihn hatte sprechen hören, waren acht an der Zahl gewesen. Acht, die immer noch um den Schreibtisch des Special Agent herumstanden.

»Gut gemacht, Hubbard.« Der Älteste im Raum streckte die Hand aus und klopfte Hubbard auf die Schulter. »Klingt so, als käme er. Ist das Zimmer bereit?«

»Das war's schon gestern abend, Admiral Olde«, sagte Hubbard mit seinem steinernen Lächeln.

Freitag, 2. Oktober
New York City

Nur allzugern hätte Teddy Kameron den Tod von Drew Lawrence und Mia Hart LMPG als Teil der göttlichen Inspiration gutgeschrieben, aber er wußte, daß er es nicht tun durfte; nur die von der »Stimme« befohlenen Taten sollten für die Nachwelt festgehalten werden. Seine persönliche Rache an Bryne war eine völlig andere Geschichte. Aber welche Genugtuung ihm der Tod dieser beiden Menschen bereitet hatte! Und diese Folgerichtigkeit! Erst der beste Freund, dann die Ehefrau. Tritt einen Feind, wenn er am Boden liegt, und die Partie wendet sich zu deinen Gunsten. O ja, diese traurigen Ereignisse würden Bryne erheblich bremsen – und er hatte für die allerbeste seiner Missionen einen großen Vorsprung.

Während er in seinem Labor saß und sich den Tod von Drew Lawrence und Mia Hart noch einmal vergegenwärtigte, spürte Kameron, wie ihn ein gewaltiger Hunger befiel. Er holte Kaviar und Champagner aus seinem Kühlschrank und trank, bis er merkte, daß er einen Steifen bekam, dann ejakulierte er in einer Flut der Siegesfreude.

Als Bryne von seinem Labor wegfuhr, hatte er seine Gummihandschuhe noch an. Er streifte sie beim Fahren ab und warf sie auf den Rücksitz. Im Ramada angekommen, füllte er seinen Meldezettel aus und kam sich dabei ziemlich blöd vor. Dann ging er in sein Zimmer hinauf, wusch sich Gesicht und Hände und wählte Hubbards Nummer.

»Scott, ich bin im Hotel. Wie lange muß ich hier bleiben?«

»Jack, tun Sie mir noch einen Gefallen ...«

»Noch einen –«

»Haben Sie Geduld mit mir.«

»Okay.«

»Bleiben Sie ruhig und bewegen Sie sich nicht.«

»Was?«

Bryne hatte keine Zeit zu reagieren, als die Türen zum Korridor und den beiden Nachbarzimmern aufflogen und Bewaffnete in biologischen Schutzanzügen hereinstürmten und ihre Waffen auf ihn richteten.

»Hände hoch!« brüllte einer.

Ein anderer hielt Jack eine Maschinenpistole vor die Brust, während ihm ein dritter das Telefon aus der Hand nahm. Der Mann hielt den Hörer seitlich an seinen Helm und schrie hinein: »Haben ihn. Keine Gegenwehr. Ja, habe verstanden.«

Ein vierter Mann öffnete einen Matchsack und warf Bryne einen Mondanzug zu. »Anziehen.«

»Was zum Teufel?« Jack wollte sich von seinem Stuhl erheben, aber eine Hand drückte ihn nach unten.

»Ziehen Sie das sofort an, Mister.«

Während Bryne den Anzug überzog, senkten die Männer nicht eine Sekunde lang ihre Waffen. Es fiel kein einziges Wort.

Als er mit dem Anziehen fertig war, winkten sie ihn zum Personalfahrstuhl hinüber, schoben ihn hinein und fuhren mit ihm in den Keller. Dort wartete auf sie ein schwarzer Lieferwagen mit dunklen Scheiben und einem Nummernschild der US-Regierung mit winzigen schwarzen Zahlen. Alle stiegen ein, und der Wagen raste aus der Garage ins Freie.

In weniger als einer Viertelstunde waren sie beim Luftgeschwader der Nationalgarde des Staates New York. Der Lieferwagen fuhr sofort hinaus auf die Rollbahn. Zwei der Männer stiegen mit Bryne aus und gingen mit ihm an Bord eines Blackhawk-Helikopters der US-Rangers; innerhalb von Sekunden waren sie in der Luft.

Während des gesamten Fluges sprach niemand ein Wort. Jack begnügte sich damit, geistesabwesend auf das Hudson-Tal hinunterzustarren, das sich unter ihnen ausbreitete. In weniger als einer Stunde landete der Hubschrauber auf dem Helikopter-Flugplatz am East River, wo er von einem anderen schwarzen Lieferwagen erwartet wurde, in dem wiederum drei bewaffnete Gardisten saßen, alle in Mondanzügen, alle schweigsam.

Mit heulenden Sirenen fuhr der Wagen in Richtung Süden und ins Untergeschoß des Bundesgebäudes. Bryne, noch immer im Mondanzug, mußte den Wagen verlassen und wurde in einem praktisch leeren Raum allein gelassen. Er stand noch völlig unter Schock. Dies alles geschah, nur Stunden nachdem er zum ersten Mal das Toxin in Mias Parfüm zu Gesicht bekommen hatte!

Ein Lautsprecher an der Wand begann zu krächzen, und Hubbards Stimme war zu hören: »Jack, verzeihen Sie mir ...«

»Lassen Sie mich raten«, sagte Bryne. »Sie haben nur Befehlen gehorcht ...«

»Helfen Sie mir aus der Bredouille, Jack. Es gibt Leute hier, die müssen mit Ihnen sprechen. Dringend. Wir haben vor, Sie ein paar Tests zu unterwerfen, vielleicht über Nacht hierzubehalten, damit Sie endlich aus diesem verdammten Anzug rauskommen.«

»Was für Tests?« Jack lief wütend und verwirrt in dem Zimmer hin und her. »Was zum Teufel geht hier verdammt noch mal vor? Bin ich verhaftet? Ich verlange einen –«

»Beruhigen Sie sich, Mann«, redete Hubbards Stimme weiter. »Sehen Sie die Tür dort an der Wand gegenüber? Sie führt in ein Badezimmer. Gehen Sie hinein, benutzen Sie die Seife, die wir dort hingelegt haben. Wir möchten Sie bitten, die Teströhrchen mit Blutproben zu füllen. Sie können sich doch selbst Blut abnehmen, oder?«

»Natürlich, aber warum –«

»Zeit zu fragen ist später, Jack. Wir brauchen auch Urin und Stuhlproben. Es ist ein Fleet-Irrigator da, wenn Sie ihn nötig haben. Nehmen Sie die Antibiotika ein, die wir Ihnen hingelegt haben. Also, wie ich Ihnen sagte, wir werden einige Untersuchungen machen, und wir brauchen dabei Ihre Hilfe. Sie finden Kleider im Bad. Wenn Sie mit den Proben fertig sind, nehmen Sie eine Dusche, ziehen sich an und gehen in dieses Zimmer zurück. Dann warten Sie.«

»Nein!« schrie Jack beinahe. *»Sie* warten. Ich möchte ein paar Antworten haben, verflucht noch mal!«

»Können wir auf Ihre Zusammenarbeit setzen? Die Tests werden nicht lange dauern. *Wir* haben Zeit und werden warten ...«

»Warten bis ...?«

»Bis wir die Proben haben ...« Bryne blickte sich um – der Raum war leer.

Schließlich öffnete er die Tür und tat, was man von ihm verlangte. Stunden vergingen. Er saß wie betäubt da, äußerst unsicher, extrem bedroht, und sah sich erneut einem Alptraum ausgesetzt ... *Hiyiku!* ... *Hiyiku!* ... Er hörte es wieder und wieder, während seine Erinnerung zurückdriftete zu den Geheimnissen seiner Kindheit, die er niemandem anvertraut hatte, nicht einmal Mia.

Jack ist in Pingfan, noch ein Kind, noch immer voller Angst, daß seine Mutter ausgewählt wird, Tag für Tag diese schreckliche Angst. Und dann ist es eines Tages soweit. Von seinem Ausguck im Dach sieht er sie mit den anderen Frauen, die Hände auf den Rücken gebunden, wie sie von Soldaten mit Gewehren und Bajonetten zur Grube geführt wird. Nicht zu den Pfählen ... zur Grube!

Er kriecht vom Barackendach herunter und rennt auf seine Mutter zu, aber Stacheldraht trennt sie voneinander. Es fallen Schüsse. Er krabbelt unter dem Draht durch. Die Frauen fallen in die Grube.

Seine Mutter schreit, er hat das erste Drahtverhau überwunden und läuft auf sie zu. Aber der Posten sieht ihn und schlägt ihn mit dem Gewehrkolben nieder. Er stürzt, mit dem Gesicht an den Rand der Grube. Er sieht, was in der Grube liegt, Körper von Menschen und von Tieren, überall Fliegen – in seiner Lunge brennt es vom Ammoniak verfaulender Hufe, vom Methan verwesenden Fleisches. Er sieht, wie seine Mutter auf den aufgeblähten Bauch eines verwesten Pferdes steigt und versucht, sich aus dem Morast zu wühlen und aus den Bergen toter und sterbender menschlicher Versuchstiere herauszusteigen.

Manche Opfer sind mit hellroten Flecken übersät, roten und orangefarbenen Pusteln, nässenden Schwären. Pocken.

Andere Leichen weisen eine kalkweiße Färbung wie bei extremer Austrocknung auf. Diese Körper schwimmen in einer kotartigen Brühe wäßriger Exkremente. Cholera.

Zuoberst liegen die Körper ohne rote Punkte oder weiße Haut, gesund – bis auf die stinkende schwarze Flüssigkeit, die aus offenen Wunden in den Achselhöhlen und zwischen den Beinen heraussickert. Pest.

Er sieht seine Mutter, die noch am Leben ist, und beginnt auf sie zuzukriechen. Doch wieder tritt ihm ein Posten in die Rippen, zieht ihn auf die Füße, packt ihn bei den Haaren und zerrt ihn schreiend weg. Hinter sich hört Jack wieder Gewehrschüsse und das Dröhnen eines Bulldozers, der Erde in die Grube schiebt.

Und dann wird ihm das erste von vielen künftigen Malen klar, daß der Engel des Todes über ihn hinweggeflogen ist, daß er nicht in der Grube landen wird. Daß es für ihn nur Leid, nicht Tod geben wird. Denn er hört das Kreischen von Propellern: Jagdflugzeuge, MIGs, olivgrün mit roten Sternen, drei Raketen unter jeder Tragfläche. Russen. Direkt über sich, so nahe, daß er das Feuer aus ihren Bugkanonen sieht.

Die Sowjets greifen im Tiefflug das Feld an und befreien das Lager. Die Wachen ergreifen die Flucht, als sich am Himmel Fallschirme zeigen. Und Jack rennt zur Grube zurück, aber derselbe Posten schleudert ihn erneut zu Boden und zielt mit der blanken Klinge seines Bajonetts auf ihn. Jack gelingt es wegzurollen, doch nicht weit genug.

Die Spitze des Bajonetts dringt in der Ellenbogenbeuge in seinen Arm ein. Der Posten stößt zu, zerschlitzt das Fleisch. Die Spitze trifft auf Knochen. Rasiermesserschnell gleitet die Klinge unter Jacks Arm, unter den Muskel und zerfetzt den Bizeps, dann kommt die Spitze gleich über seiner Schulter wieder heraus. Der Posten zielt mit der Klinge auf Jacks Hals. Er sieht sie auf sein Gesicht zukommen – sie verfehlt ihn. An der Hauptschlagader vorbei bohrt sich die Spitze unmittelbar hinter seinem Ohr durch seine Schulter in den Boden.

Ein neuer Tieffliegerangriff. Der Posten spuckt aus, läuft weg und läßt Jack, mit dem Bajonett an den Boden geheftet, liegen und gegen die Klinge anstrampeln, sich zur Grube vorkämpfen. Hilflos, zappelnd, schreiend, bis er das Bewußtsein verliert.

Festgepinnt wie ein Präparat, das zum Sezieren bereitliegt. Dort findet ihn der russische Soldat kaum eine halbe Stunde später ... Jack spürte nicht einmal mehr, wie die Klinge aus ihm herausglitt.

»Swobodo! Swobodo!« sagte der Soldat zu ihm. »Du bist frei, frei – und am Leben.«

Endlich meldete sich der Lautsprecher wieder. Man befahl Bryne, das Isolierzimmer zu verlassen und durch den angrenzenden Flur hindurchzugehen. Er öffnete die Tür zu einem anderen Raum, in dem um einen Tisch herum Scott Hubbard und Admiral Olde saßen, inmitten einer Gruppe von Leuten, die Bryne noch nie gesehen hatte, bis auf – Vicky Wade.

Was tat Vicky hier? Sie wirkte ebenso verdattert und fassungslos wie er. Hatten sie sie ebenfalls hierher verfrachtet? Hatten sie auch mit *ihr* diese Tests gemacht?

Hubbard stand auf. »Jack, ich muß dafür um Entschuldigung bitten, wie wir Sie und Ms. Wade heute behandelt haben. Es gibt Dinge, die Sie nicht wissen, Dinge, die helfen werden –«

Admiral Olde streckte eine Hand in die Höhe, und Hubbard verstummte augenblicklich und überließ dem Admiral das Feld.

»Dr. Bryne«, begann Olde, »dies hier ist kein legales Verfahren, aber ich möchte mit Ihnen ein paar Fakten durchgehen. Also, können Sie das Folgende bestätigen oder dementieren? Erstens: Sie haben als Vorsitzender eines WHO-Ausschusses fungiert, der sich mit der Reaktion auf bioterroristische Akte befaßt hat. Richtig?«

Bryne nickte bejahend.

»Sie haben auf Ihrem Weg zurück nach Kalifornien kurz in Indianapolis und Kentucky Station gemacht?«

Er nickte wieder.

»Sie haben mit Carl Rader, früher bei den CDC, über eine

Häufung von Botulismusfällen in letzter Zeit gesprochen und Vermutungen geäußert?«

»Das ist richtig. Sie wissen das doch alles! Was zum Teufel ...«, brach es aus ihm heraus.

»Sie haben neulich auf einem medizinischen Internetforum namens ProMED, das Sie leiten, um Informationen über Terrorismus und Toxine gebeten?«

»Nun warten Sie mal eine verdammte Minute!« Olde ignorierte seine Proteste.

»Sind Sie der Programmleiter von ProMED?«

»Ja, ja, bin ich, aber das heißt nicht ...«

»Haben Sie nicht an fünfzig staatliche Epidemiologen Faxe geschickt und sich nach weiteren Zystizerkosefällen erkundigt?«

»Ja, und ich habe die Ergebnisse an sie zurückgegeben. Die CDC sollten sie inzwischen haben. Es sah nach einer landesweiten Epidemie aus.«

»Das wissen wir. Wir haben die Ursache in einem den Opfern gemeinsam servierten Essen festgestellt. Sind Sie jemals in der Bath County in Virginia gewesen?«

»Nein, also was zum –«

»Waren Sie kürzlich in der Quarantäne des Flughafens JFK?«

»Ja, aber was soll ...«

»Noch ein paar Fragen, Doktor. Ihr Assistent Drew Lawrence, der kürzlich an Rifttalfieber gestorben ist, ist er nicht früher ein Black Muslim gewesen?«

»Jetzt reicht's«, rief Jack und sprang auf. »Was zum Teufel glauben Sie, wer –«

Der Admiral streckte die Hand in die Höhe, aber diesmal beruhigte Bryne sich nur mit Mühe.

»Und trifft es nicht zu, daß Ihre Frau vor kurzem an etwas gestorben ist, das sich inzwischen als ein Toxin herausgestellt hat?«

Bryne nickte wieder.

»Also, da Sie all das wissen, können Sie immer noch nicht verstehen, warum wir Sie hier dabeihaben wollten?«

Jack hatte mittlerweile genug. »Okay, ich hab' verstanden. Mir wird ein Verbrechen zur Last gelegt. Nein, neun Verbrechen, nicht weniger als neun abscheuliche Verbrechen. Ich soll für diese Verbrechen vor Gericht gestellt werden, und auf jedes dieser Verbrechen steht die Todesstrafe. Sie haben *mich* hierher gebracht, damit ich Ihnen als Sündenbock diene, weil *Sie* den wahren Verrückten nicht finden können!«

»Ganz im Gegenteil«, lächelte Admiral Olde, »wir haben Sie hierhergeholt, um Ihnen mitzuteilen, daß Sie, Dr. Bryne, ein freier Mann sind!«

»Was?« Bryne verschlug es fast die Sprache.

»Dr. Bryne«, erklärte der Admiral, »die Proben, die Sie uns gerade übergeben haben, haben Sie aus dem Kreis der Verdächtigen ausgeschlossen. Das hatten wir auch erwartet. Sehen Sie, wer immer diese Dinge tut, hat mit einem Bandwurm in seinen Därmen gelebt, doch Ihre serologischen Befunde sind ebenso negativ wie Ihre Stuhlprobe. Sie sind clean.«

»Natürlich bin ich clean. Was geht hier vor?«

»Uns liegt ein Bericht des Pathologischen Instituts der Streitkräfte vor, der Sie interessieren wird. Dort sind siebzehn Proben untersucht worden, die Opfern des Neurozystizerkoseausbruchs entnommen wurden, den Sie und Lawrence aufgedeckt haben. Man würde doch Unterschiede zwischen den Würmern erwarten, die alle diese Fälle ausgelöst haben. Denn falls jemand überhaupt an dieser Wurminfektion erkrankt, müßte sie doch normalerweise als ein seltener, ungewöhnlicher Fall gelten. Als Zufall.«

»Und in diesem besonderen Fall?«

»Die AFIP-Docs waren in der Lage, in allen Proben identische DNA nachzuweisen, und sie ziehen den Schluß, daß alle Fälle durch die Eier eines einzigen Wurmes ausgelöst wurden. Eines Megawurms.«

»Weiter.«

»Alle Larven glichen einander genau, eine Homologie von siebenundneunzig Prozent. Wir mußten herausfinden, ob sie von Ihnen stammten.«

»Und was jetzt?« fragte Jack, nachdem er aufgehört hatte zu zittern.

»Jetzt bekommen Sie von uns jedwede mögliche Hilfe, und Sie helfen uns, diesen Kerl zu finden. Irgendwelche Vermutungen?«

Und plötzlich fügte sich in Jacks Kopf eines zum anderen, all die kleinen Verbindungsstücke, die beziehungslos herumgeschwirrt waren, fügten sich jetzt zu einer Theorie zusammen, zu der sogar der Name eines Mannes gehörte, aber er war nicht bereit, den Namen ohne harte, nüchterne Beweise preiszugeben.

»Okay, hören Sie zu. Als Sie mich ins Visier nahmen, haben Sie den falschen Typ Wissenschaftler ins Auge gefaßt: Ich bin Virologe. Ich denke, Sie werden mir beipflichten, daß der Schuldige ein besessener Perfektionist sein muß, der viel Erfahrung in *Toxikologie* hat – ein Psychopath im schlimmsten, ein Soziopath im besten Falle. Jemand, der ohne weiteres an diese Toxine kommen oder sie herstellen kann, muß eine umfassende Ausbildung und Sachkenntnis haben.«

»Also, was ist unser nächster Schritt?«

»Können Sie eine Überprüfung von Toxikologen vornehmen, genauso gründlich, wie Sie sie bei den Virologen vorgenommen haben, wenn ich diese unverschämte Bitte äußern darf? Vielleicht sogar von Pathologen, Fachleuten in Parasitologie, Veterinären. Sie sollten nach Leuten suchen, die aus irgendeiner Zunft rausgeschmissen wurden, vielleicht nach einem Angehörigen einer Medizinischen Fakultät, der zusammengebrochen und gefeuert worden ist, nach irgendwelchen Leuten mit einem nachhaltigen Groll auf die Welt – so wie das besonders bei denen so ist, die sich für Genies halten. Möglicherweise finden Sie jemanden, der später ein negatives Verhältnis zu mindestens einem Teil der Opfer hatte – ein geschäftliches Angebot, das ins Wasser gefallen ist, eine verweigerte Anstellung, die Entlassung aus irgendeiner Art Schule oder Organisation mit religiösen Konnexionen.«

»Sicher, wir versuchen das«, stimmte Hubbard zu.

»Als nächstes würde ich herauszufinden versuchen, ob irgendwelche von den Opfern gemeinsam in irgendwelchen Prüfungsausschüssen oder in irgend so einer Vereinigung saßen. Wenn ja, könnten sie möglicherweise in Verbindung zu unserem Mann stehen. Ich würde mich auch nach jemandem umsehen, der seit Januar seine gesellschaftlichen Kontakte vernachlässigt hat. Er mußte die Freiheit haben, von einem Ort des Verbrechens zum nächsten zu ziehen.«

»Sie sagen es! Sonst noch was?«

»Hmm, ja. Ich dachte an das Ergotismustoxin. Unser Mann mußte massenhaft schimmeligen Roggen züchten, viele, viele Scheffel zumindest. Und ich wette, wenn wir große Lieferungen ausfindig machen könnten, die im Laufe der letzten paar Monate an eine einzige Adresse gegangen sind – ich tippe auf eine untypische Adresse, keine Bäckerei, vielleicht ein Wohnhaus –, ich wette, dann könnten wir auch herausfinden, wo der Irre wohnt.«

»Ja, das ist einen Versuch wert, sicher.«

»Klar, denn wenn wir in die Wohnung kommen *und* seinen Computer finden könnten, erfahren wir vielleicht auch, was er als nächstes vorhat.«

»Wollen's hoffen, Bryne«, sagte der Admiral. »Aber wir sind davon überzeugt, daß eine große Geschichte auf uns zukommt.«

»Nämlich was?«

»Noch keine konkreten Vermutungen«, antwortete Hubbard. »Na ja, vielleicht doch. Es wird übermorgen in New York eine riesige religiöse Eintrachtskonferenz abgehalten. Dazu wird ein Großteil der Großbonzen von fast allen bedeutenden religiösen Gruppierungen anreisen – Katholiken, Protestanten, Juden, Moslems, alle. Das wäre ein gefundenes Fressen für unseren Typen. Es ist eine zweitägige Angelegenheit, und wie ich bereits sagte, sie beginnt übermorgen.«

»Dann sollten wir zusehen ...«, sagte Jack, »daß wir unsere Ärsche kollektiv in Schwung bringen!«

21

Samstag, 3. Oktober
New York City
22.00 Uhr

Bryne schritt in seinem kleinen Zimmer in dem Hotel an der Lexington Avenue auf und ab, in das ihn das Bureau einquartiert hatte. Er wartete darauf, daß die Experten mit irgendwelchen eindeutigen Beweisen gegen den Killer zurückkämen, von dem ihm mittlerweile jeder Instinkt sagte, es sei Theodore Kameron.

Es war *doch* Kameron auf Drews Beerdigung gewesen, ein Psychopath, der in der Welt herumstolzierte, der die Stirn besaß, Bryne in der Öffentlichkeit freundlich zu grüßen, und dabei kam der Gruß von einem Mann, der unermüdlich daran arbeitete – wahrscheinlich auch noch mit anonymen Fingerzeigen ans FBI –, ihn ans Messer zu liefern. Inzwischen hatte sich Jack vage an Dinge erinnert, die vor langer Zeit geschehen waren, Situationen aus dem Schweitzer Hospital in Haiti, wo er seltsame Geschichten über Theodore Kamerons zwanghafte Besessenheit von exotischen Giften gehört hatte. Das Krankenhauspersonal hatte Kameron lediglich für seltsam gehalten, aber für die Haitianer selbst ging ein sehr, sehr böser Zauber von ihm aus, und sie gaben sich mit ihm nur ab, weil er so gutes Geld für »Proben« bezahlte. Bryne und Hubbard besprachen alle Informationen über ihn, sowie sie hereinkamen.

Theodore Kameron, ein erfahrener Toxikologe, war in der Tat von den CDC aufs Altenteil abgeschoben worden und hatte begonnen, Wohltätigkeitsveranstaltungen mit Billy Pusser zu inszenieren, einem Anwalt mit Verbindungen zu reichen, rechtskonservativen, pseudowissenschaftlichen, religiösen Kreisen. Pusser, Joseph St. John, Bischof Gaston LaPierre und andere Opfer waren allesamt Mitglieder einer Organisation namens »Christlicher Rat« gewesen, die nach Monaten voller Versprechungen und Vertröstungen Kameron nicht nur Subventionsgelder kategorisch abgelehnt, sondern ihm auch alle Möglichkeiten abgeschnitten hatten, Gelder aus irgendwelchen anderen christlich-konservativen Fonds zu erhalten, geschweige denn von achtbaren weltlichen Organisationen.

Zwischen Januar und Juni oder Juli dieses Jahres hatte Kameron sich angeblich zu einem Studienurlaub in Europa aufgehalten, doch wenn, dann nicht unter seinem eigenen Namen.

Von Bryne unter Druck gesetzt, mußte Hubbard zugeben, daß er schon frühzeitig neben vielen anderen Wissenschaftlern mit Kameron gesprochen hatte. Ja, Kamerons Auskunft war nicht unbedingt anschuldigend gewesen, verglichen mit vielen anderen. Aus Hubbards Worten sprach echte Bewunderung, wenn auch sein Ton mißgünstig war, als er ihm erzählte, wie viele Typen aus dem Establishment Jack bestenfalls als Freigeist, schlimmstenfalls als Radikalen und Rebellen betrachteten, zu wer weiß was imstande, und wie viele diesbezüglich ganz und gar kein Blatt vor den Mund nahmen.

Hubbard lächelte wiederum, als er Bryne erzählte, wie viele aber auch das Wort »brillant« gebraucht hatten.

Als es mit den anonymen Hinweisen auf Jacks angebliche Schuld losgegangen war, hatte Hubbard eine Menge anderer, feindseligerer Leute verdächtigt, ja sogar überprüft. Über Kameron hatte er nur Routineauskünfte eingeholt. Der Mann hatte es offenbar raus, ein unauffälliges Leben zu führen und wasserdichte Alibis zu hinterlassen.

Teddys augenblicklicher Aufenthalt stellte sie vor ein noch viel größeres Problem. Auf Nachrichten, die auf seinem Anrufbeantworter hinterlassen wurden, reagierte er nicht, und der Portier seines Wohnhauses sagte, Kameron sei seit Wochen nicht mehr da gewesen. Sie hatten die Wohnung in der East Side nach Hinweisen durchsucht, aber sie war clean.

Sie würden nur weiterkommen, wenn sie wüßten, wohin all der Roggen geliefert worden war, und diese Recherche nahm mehr Zeit in Anspruch als erwartet.

Unterdessen verbrachte Bryne seine Zeit damit, über Telefon und Internet diskrete Erkundigungen über die Eintrachtskonferenz einzuziehen. Hunderte von Würdenträgern würden an Zeremonien teilnehmen, die eine erneute ökumenische Vertiefung religiös-konservativer Glaubensgrundsätze propagieren würden – Gottesdienste, die alle Konfessionen umfassen sollten. Dazu würde in der ganzen Stadt eine umfassende Feier mit Fahnen, Feuerwerk und Fontänen unter Einschluß aller Sicherheitsvorkehrungen gegeben werden.

Neben dem Zeitungsartikel, den er gerade las, war ein Foto der Andrusfontäne abgebildet, die aus diesem Anlaß wieder in Betrieb genommen werden konnte, nachdem Mia all die komplizierten sanitärtechnischen Verfahren durchgesetzt hatte. Der Gedanke stimmte ihn sehr traurig, daß sie das selber nicht mehr sehen konnte.

Der begleitende Artikel beschrieb, wie sicher die Fontäne nun sei, eine schmückende Ergänzung der Skyline von New York. Jack las, daß großzügige Spenden den Bau beschleunigt hatten, so daß die Eröffnung der umgebauten Fontäne den Höhepunkt der Eintrachtskonferenz bilden könne. Laserlicht würde den dreißig Meter hohen Wasserstrahl zu einer der schönsten nächtlichen Attraktionen in der Stadt machen. Auf ihrer eigenen kleinen Insel im East River errichtet, war die Fontäne noch nicht ganz fertig. Sie bestand aus einer Basis, einem großen metallenen Würfel, auf dem ein spitz zulaufender Turm mit einem Treppenhaus aus Gitterwerk in den Himmel aufragte. Sie sah genauso aus wie eine kleine Kirche. Am Sonntag abend sollte sie zum ersten Mal in Gang gesetzt werden.

Sonntag, 4. Oktober
Metropolitan Museum of Art, Manhattan
17.00 Uhr

Der hohe Kragen des Ornats scheuerte Dr. Kameron jedesmal am Hals, wenn er den Kopf drehte. Bald schon bewegte er den ganzen Oberkörper, um das Scheuern zu vermeiden, und das verlieh ihm eine noch königlichere, vornehmere Ausstrahlung. Die Rüstung Gottes anzulegen hatte ihm ungeheueren Spaß gemacht, und während er die unvertrauten Kleidungsstücke an seinem Körper herumschob, bedauerte er, daß er sie nicht schon früher getragen hatte, zur Probe.

Die Mitra allein, mindestens drei Pfund schwer, goldbestickt, kreuzweise mit feiner Spitze und kunstvollen Goldbändern besetzt, war mehr als dreißig Zentimeter hoch. Seine Gewänder waren aus Bahnen des feinsten weißen Samts zusammengenäht worden. Das Weiß symbolisierte die Reinheit Gottes. Die Ärmel waren mit verschiedenen Kreuzen verziert: dem arischen Hakenkreuz, einem Chi Rho, dem Kreuz Lothringens, einem griechischen Kreuz, dem Claviskreuz. Kleinere Medaillons waren zwischen die Kreuze verstreut: die Gleven-, Malteser- und Ankerkreuze der Kreuzritter.

Ein kapuzenförmiger Umhang aus schwerem Stoff, dessen Gelb Souveränität symbolisierte, war über seine Schultern drapiert. Dieser war mit goldenen Schnüren besetzt, eine Symbolik, die das Merkmal höchsten Adels untermauerte. Seide, tiefblau bemalt: königlicher Purpur, die Farbe der Macht, war ins Innere der verdeckten Ärmel und der Kapuze genäht. Er trug ein schweres silbernes Glevenkreuz und ein großes goldenes Henkelkreuz an einer Kette um den Hals. Alles stand ihm vollkommen, die Handschuhe aus Goldgeflecht, die Pelzstiefel aus Florenz, das farbige klerikale Plastron, der Stab.

Dr. Kameron hatte einen dicken, gebogenen Stab aus massivem Mahagoni in der Hand, der in der Mitte mit einem Band aus Sterlingsilber verziert war.

Das obere Ende des Schafts war mit Silber ummantelt, das sich an der Spitze nach außen wölbte und zurückbog, er sah aus wie der *Aspergillus*-Pilz. Der Name der Pilzart war von dem Kirchengerät, dem Aspergillum genannten Weihwasserwedel, abgeleitet worden.

Ein Aufseher am Metropolitan Museum of Art half Dr. Kameron beim Aussteigen aus der Limousine. Er tippte mit dem Finger an seine Mütze und eskortierte den Bischof zu dem roten Teppich, der in das Vestibül führte, das für Würdenträger reserviert war. Sicherheit wurde hier großgeschrieben, aber Kamerons falsche Referenzen waren einwandfrei. Als er den Aufsehern mitteilte, er sei Bischof Lansing und früher gekommen, um die Brote zu segnen, wurde ihm mit großer Hochachtung begegnet.

Dr. Kameron nickte, hob die rechte Hand, das rosafarbene Äußere den Aufsehern zugedreht, den Daumen auf die Brust gerichtet, und erteilte den Männern einen stillen Segen. Diener wiesen bei jeder Biegung des Korridors den Weg. Er fand den Tempel von Dendur und schritt auf die stillen Wasserflächen der Bassins zu, die so ruhig waren wie der Nil. Durch das riesige Glasgebäude, das den Tempel beherbergt, schien das Mondlicht auf Kameron. Er blieb für einen Moment stehen.

Ein Tempel für die falschen Götter ...

Er war bereit.

Er hörte die »Stimme« zum zehnten Mal, und er wußte, er war unbesiegbar.

Er hob den Stab in seiner Rechten, stand mit ausgestreckten Armen da, und seine weißen Gewänder leuchteten in dem blassen Licht, das über die Tempelmauern hinweg auf ihn herabschien.

Die »Stimme« sagte Teddy, daß die Ältesten vom ganzen Volke Pharaos bezahlen müßten. Nicht nur die Erstgeborenen. Auch die Ältesten.

Teddy kniete nieder, und seine Hände umklammerten den schweren Schaft, dann erhob er sich, nahm seinen Stab und hielt ihn quer vor seinen Körper. Er ging auf den Tempel Pharaos zu, vorbei an den Trümmern Roms und der aufgeschichteten Heuchelei von heute. Er schritt hinauf, vorbei an der Göttin des Todes – Mut –, hinauf in den Tempel selbst, in dem die Brote ausgelegt waren. Er sah die Tische mit den rituellen Broten, stand da, atmete tief und bewunderte sie alle.

Er streckte die Arme aus, hob seinen Stab und wartete, bis es im Raum still wurde. Ein paar Diener blieben stehen. Einige neigten ihre Köpfe. Ehrfurchtsvoll ging er mit dem Stab über die Brote hinweg, Hunderte waren es. Vollkornbrote, Pinienkernbrote. Langkornreisbrote, Hartweizenbrote, eines übers andere geschichtet. Er segnete sie alle.

Als er die Diener mit der heiligen Flüssigkeit aus dem Silberkopf seines Stabes besprengte, neigten sie ihm ihre Köpfe entgegen aus Dank für seine Weihe, für seinen Segen, für die Einsegnung der Brote. Und nun war seine Mission fast beendet.

Doch es gab noch jemanden, dem er einen Besuch abstatten mußte. Das Gewand seines Glaubens und das Leuchten auf seinem Gesicht öffneten ihm alle Türen.

Er stieg hinauf in den modernen Tempel der Tüchtigkeit. Gewaltige Röhren führten gefilterte Luft zur Erhaltung der zahllosen Antiquitäten herbei.

Er ging an den verschlossenen Magazinen, den Computerräumen, den Konservierungslaboren vorbei. Museen waren zu Geschäftsunternehmen geworden, das Met war eines der besten. In den Korridoren herrschte Stille, die Teppiche dämpften jedes Geräusch. Teddy schritt lautlos durch das Herz des

Museums. Er sah Licht unter den Türen von einigen wenigen Büros.

Er war mit sich im Frieden, dennoch voller Tatkraft, angetrieben von der »Stimme«.

Er seufzte erneut. Dies war sein Ziel, seine Mission, die Abteilung Ägyptischer Kunst. Hoch oben auf einem Balkon konnte man von der Abteilung aus den Tempel von Dendur sehen. Er sah die Brote. Alles war still im Tempel, ideal.

Vor dem Tempel entstand eine kurze Geschäftigkeit. Bald würden die Patriarchen eintreffen. Zum größten, angesehensten Fest des Jahres, vielleicht des Jahrzehnts. Sicherlich ihres Lebens ... Uniformierte Ober und Kellnerinnen schoben ihre Wagen am Eingang des Bankettsaals hin und her. Sicherheitsbeamte waren überall, aber die »Stimme« verschaffte ihm ungehinderten Zutritt. Als er nach dem Weg zum Dienstzimmer von Dr. Nelson Rigg gefragt hatte, dem berühmten Ägyptologen und ranghöchsten der an diesem Abend anwesenden Museumsbeamten, wurde ihm auf der Stelle ein Namensschildchen ausgehändigt und der Weg gezeigt.

Im Zimmer herrschte Stille, als Kameron die Tür nach innen öffnete.

»Dr. Rigg?« Seine Stimme war freundlich, fragend.

»Ich bin Dr. Rigg, ja. Aber das Museum ist geschlossen. Sehen Sie das nicht? Wie sind Sie hier reingekommen? Wer sind Sie?« Rigg erhob sich.

Dr. Kameron trat ins Licht.

»Bitte, seien Sie ganz beruhigt, Dr. Rigg, ich gehöre dem Empfangskomitee für die ›Tempel von Dendur‹-Veranstaltung heute abend an. Mein Name ist Kameron, Dr. Theodore Graham Kameron. Bitte entschuldigen Sie die Störung, aber ich habe Ihren Namen auf dem Türschild bemerkt und ihn wiedererkannt. Darf ich ...?« Er trat etwas weiter ins Zimmer.

Rigg schien verlegen, unsicher, wie er reagieren sollte.

»Dr. Rigg, ich habe einige von Ihren Aufsätzen gelesen ...«

»Sehr schön.«

Dr. Kameron trat näher, blieb stehen und schloß leise die Tür.

»Sie werden an der Zeremonie heute abend teilnehmen?« fragte Rigg und deutete auf einen Sessel, aber Dr. Kameron blieb stehen.

»O ja, ich habe gerade hiermit die Brote gesegnet.« Kameron hielt Rigg zur Begutachtung das mit Silber eingelegte Aspergillum hin. Es war denen ähnlich, mit denen der Papst besondere Segnungen im Vatikan vornahm, nur größer, eleganter und von einem Leuchten umgeben, das offenbar von den Wassertröpfchen stammte, die aus den vielen kleinen Löchern im Kopf des Stabes drangen. »Nun sind alle Brote gesegnet, und ich habe meine Mission fast erfüllt.«

»Mission?«

»O ja, meine Mission. Aber ich hatte gehofft, mich mit Ihnen über Ihre Forschungen unterhalten zu können, wenn ich darf. Haben Sie eine Minute Zeit?«

Rigg sah auf seine Uhr. Weniger als eine Stunde, bis in der Kathedrale die Feierlichkeiten zur Eintrachtskonferenz begannen. Dieses Gespräch würde kurz sein.

»Nun, ja also, natürlich. Einen Moment, Pater ... Äh ... Sie sagten, Sie hätten von mir gehört?«

»Aber ja. Sie haben doch an diesem Artikel im *Time-Magazine* mitgearbeitet, nicht wahr, diesem Aufsatz mit dem Titel ›Ist die Bibel Fakt oder Fiktion?‹?«

»Natürlich. Was glauben Sie, wo diese ungebildeten Reporter ihre Informationen herhatten? Von Jahwe? Meiner Meinung nach gilt es nicht einmal als sicher, daß die Israeliten bis zur sogenannten ›Israel‹-Stele von 1200 v. Chr. überhaupt in Ägypten waren. Damit kämen sie eine ganze Ecke später als Mose und seine Sippschaft. Der Auszug der Kinder Israels ist schlicht eine Fabel, Exzellenz ... Würden Sie dem nicht zustimmen? Moses, Aaron, der Exodus, Sinai, die Zehn Gebote. Sie sind nichts weiter als erdichtete Geschichten eines gebrochenen Volkes. Wie der Ipuwer-Papyrus, eine jämmerliche Klage um eine Zeit, die es vielleicht nie gegeben hat.«

»Nein.« Kameron, in Wut geraten, richtete sich bedrohlich über Rigg auf. Er beobachtete, wie Riggs Hand aufs Telefon zukroch.

»O bitte, ich will Ihnen nicht nähertreten«, sagte Kameron leise. Er streckte die Hand aus und legte sie auf Riggs Hand. Rigg fühlte die Stoppeln in Kamerons Handfläche und erstarrte. »Keine Angst«, sagte Kameron ruhig, während er die Muffe der zentralen Staubsauganlage in der Wand betrachtete. Ein Schlauch und die dazugehörige Tülle lagen neben dem Aktenschrank. Er ging hinüber zu dem Schlauch und steckte ihn in die Wand. Die Verbindung sprang schnurrend an. Rigg drehte sich zum Telefon, um zu wählen.

Dr. Kameron hob das schwere Aspergillum und ließ es krachend auf Riggs Schädel herabsausen.

Sonntag, 4. Oktober
Upper West Side, Manhattan
17.00 Uhr

Der Grat aus gewachsenem Fels, der Manhattan Island zweiteilt, tritt als sichtbares Kliff in Morningside Heights an die Erdoberfläche, wo eine gewaltige Gneisbarriere, die genau in nördlicher Richtung verläuft, von einer der größten und schönsten Kirchen auf der Welt gekrönt wird, der Kathedrale St. John the Divine. Die beiden Türme der Kathedrale erheben sich vom Grundgestein schnurgerade empor und erreichen eine Höhe von 120 Meter.

Jahrzehnte hindurch hatte die Kathedrale Dutzenden von ökumenischen Bewegungen Raum geboten; inzwischen hatten Fragen des Hungers, der Gesundheit und der Nächstenliebe für die Kirchgänger in diesem grandiosen neugotischen Bau Vorrang vor denen des Dogmas.

Bryne las Hubbard das umfangreiche Programm der Eintrachts-Zeremonien und -Feierlichkeiten vor, während die Dienstlimousine vom Bundesgebäude durch die verstopften Straßen nach Norden auf die Kathedrale zukroch.

Der Leitgedanke der Versammlung an diesem Oktoberabend war folgender: Der symbolischen Hingabe aller Kirchen der Welt an alle Kinder dieser Welt sollte durch ein Gelübde Ausdruck verliehen werden. Jede Kirche versprach den Kindern überall auf Erden Brot und Leben.

Bald würden sie eintreffen, die Pfarrer, Pastoren, Priester, Rabbis und Mönche mit ihren Fahnen, die geschmückt waren mit symbolischen Zahlen, Bildern heiliger Tiere und Pflanzen. Japanische, chinesische, griechische, arabische, hebräische, kyrillische, indianische, aboriginale und christliche Symbole des Lebens, der Vollendung, Wiedergeburt und des Glaubens würden zu sehen sein. Ziermotive mit Darstellungen von Löwen, Stieren, Fischen, Tauben, Olivenzweigen und Passionsblumen waren in kostbare Stoffe eingewebt, die aus Seidenfäden und Goldbrokat, maltesischer Seide, Gold- und Silberdrahtlitzen, Pailletten, Borten, kunstvollen Fransenbesätzen, Rips, Satin und Samt gemacht waren.

Besondere Kutschen und Limousinen waren reserviert, für die größten Annehmlichkeiten war gesorgt worden. Die Handarbeiten Tausender von fleißigen Händen schmückten diese heiligen Gewänder. Die Prälaten hatten stilvolle Goldstickereien an ihren Meßgewändern, an den prachtvollen Stolen, überladenen Manipeln, Dalmatiken, Chorröcken und Kapuzen. Jeder Kirchenführer trug eine Mitra, eine Burse, einen Almosenbeutel oder ein kleines Banner mit seinem Wappen. Das riesige Gewölbe der Kathedrale war schon mit den Düften von Weihrauch, Kerzen und Kräutern erfüllt, war durch das Wechselspiel von Farben, Formen und Spiegelungen der Fahnen der großen Religionen der Welt verwandelt. Für Patriarchen reservierte Betstühle waren mit kostbaren massiven Silberväschen versehen, jedes mit soviel Wasser versehen, daß die Schößlinge lebender Saatkörner nicht verdursten würden. Aus Gewächshäusern der ganzen Welt herbeigeflogen, säumten Arrangements dekorativer Pflanzen die von Kerzen erleuchtete Halle der großen Kathedrale. Ein immer wiederkehrendes Thema schien Getreide zu sein: Roggen, Dinkel, Sorghum, Reis, Mais und vieles mehr; Weizen, Gerste, Hirse. Man sah haufenweise Bulgur, heiliges Quinoa und Blüten von Roggen und Kümmel; und überall Garben aus buntem Bastardmais und exotischen einheimischen Maissorten. Von jeder Kirche in jedem Land waren heilige Brotlaibe und Arme voll geweihten Getreides eingetroffen.

Erst das Korn, dann das Brot, und so auch die Zeremonie. Von der größten Kathedrale der Welt würden die religiösen Oberhäupter dann hinübergehen zu einer der ältesten Kultstätten der Welt, dem Tempel von Dendur.

Der katholische Erzbischof von New York hatte Anstoß und Inspiration zu dem Treffen gegeben. Organisation und Vorbereitung hatten drei Jahre gedauert. Der fromme Zweck der Zusammenkunft war, alle Religionen zur Erneuerung der konservativen Glaubensinhalte zusammenzubringen. Religionen, die sich gegenseitig bekämpften, fanden sich in dem gemeinsamen Glauben zusammen, daß die Regierungen in der Beschränkung des jeweiligen Glaubens zu weit gegangen seien. Eine paradoxe Situation. Nun wollten sich die Hauptreligionen ernsthaft darum bemühen, neu bestimmen, erzwingen und fordern, daß die Menschen zu den Kernüberzeugungen zurückkehrten. Da den Regierenden die Kontrolle entglitt, mußte die Religion die Führung der Welt übernehmen, wenn die Menschheit auf die Jahrtausendwende zuschritt.

Die Katholiken, die die Synode erdacht hatten, verbündeten sich mit den Juden – Konservative, Orthodoxe, ja selbst die Chassidim hatten eingewilligt. Protestantische Sekten waren gefolgt. Schließlich hatten sich Muslime, Buddhisten, Sikhs, Taoisten, Hindus, Shintoisten, Animisten südlich der Sahara und ihre indianischen Entsprechungen aus Amerika angeschlossen. Alle wollten sie versuchen, ihre Differenzen soweit beizulegen, daß sie sich als Teil der Eintrachtskonferenz betrachten konnten.

Und unter welchem Motto stand diese Zusammenkunft? Welcher Gedanke erlaubte es unterschiedlichen, zerstrittenen Gruppen mit gegensätzlichen Zielsetzungen, sich zu vereinen und die herzlosen Verhaltensweisen ihrer gottlosen Regierungen zu korrigieren? Ganz einfach: Nahrung. Den Kindern der Welt das tägliche Brot zu bringen.

Kardinal O'Neill aus Dublin verkündete seine fromme Vision in einem Flugblatt, das zur Begrüßung an die Medien und alle Gäste verteilt werden würde. Bryne hatte ein Exemplar vorab erhalten und las: »... bestattet im Grab in Theben. Es waren die alten Ägypter, die den Säuerungsprozeß entdeckten, wozu sie eine der kleinsten Kreaturen Gottes verwandten, einen schlichten Pilz, den wir alle inzwischen Hefe nennen. Schon der Name für Ägypten entstammt dem alten griechischen Wort zur Umschreibung dieses uralten Landes. *Artophagoi,* was ›die Brotesser‹ bedeutet, war der Ursprung, die Inspiration, der Name, der dem Urquell der lebenswichtigen Nahrung, dem Brot, gegeben wurde. Die Kirchen der Welt wollen sich nun versammeln, um die Hungersnöte in aller Welt anzuprangern, um alle religiösen Gruppen unter einem Banner zu vereinigen, um *die* Speise zu feiern und zu segnen, die allen zu leben, zu beten und zu gedeihen erlaubte: das Brot.«

Bryne und Hubbard parkten die Limousine im Sicherheitsbereich und gingen auf die Treppe zu.

Jack ging schnellen Schrittes, ihn fröstelte, und er schlug den Kragen hoch. Er blätterte noch einmal rasch Hubbards Hintergrundakte über die Eintrachtskonferenz durch und warf einen Blick in die Broschüre des Bischofs, wobei er sich diesmal auf die bevorstehende Zeremonie in der Kathedrale konzentrierte und sich vorzustellen versuchte, wie Kameron sie wohl sah. Zu Beginn sollten sich alle Geistlichen in der Kathedrale zur Segnung des Getreides versammeln. Von allen großen Religionen wurde symbolisch ein lebender Getreidehalm in die Kathedrale getragen, dann zum Tempel von Dendur gebracht, wo jeder Patriarch die Brote empfangen würde.

Der Eintrachts-Gottesdienst geistiger Verpflichtung sollte folgen, in dem auf Dogmen aller Glaubensrichtungen Bezug genommen werden würde. Die Segnung des Getreides sollte einstimmig erfolgen. Der Anfangszeremonie würde sodann die Prozession der Patriarchen folgen, ein feierlicher Verpflichtungsmarsch zum Metropolitan Museum, wo man sich wieder zur feierlichen Übergabe der Brote und zum Bankett zusammenfinden würde.

Vor der Kathedrale stand an der Bordsteinkante mit laufendem Motor ein NYPD-Lieferwagen mit Hunden und ihrem Führer. Admiral Olde hatte ausdrücklich darum gebeten, die Hunde einzusetzen. Hubbard und Bryne sahen einen großen, schwarzen Labrador, gespannt und bereit, und ein Paar Beagles. Der Labrador war darauf abgerichtet, geschmuggelte Lebensmittel zu finden: Käse, Fleisch und Zitrusfrüchte, die verboten waren und nach denen USDA-Beamte, die auf dem JFK-Flughafen arbeiteten, suchten. Der große Hund war zuerst zum Metropolitan geschickt worden, wo er mit seinem Führer bereits die Galerien und Hallen des Museums durchstreift hatte; er hatte nichts gefunden und war dann zur Kathedrale zu den auf Sprengstoff trainierten Beagles gebracht worden.

Bryne und Hubbard, die das Vestibül durch eine kleine Seitentür betraten, zwinkerten im Halbdunkel, bis ihre Augen sich an die neuen Lichtverhältnisse gewöhnt hatten. Entmutigt legte Bryne seinen Kopf zurück und schaute nach oben, es schwindelte ihn, er war geradezu überwältigt.

Wenn er nach vorn sah, konnte er die Kirchenstühle und den Altar sehen, der mit den symbolischen Saaten der Fruchtbarkeit und Ermutigung geschmückt war: den Getreiden aus aller Welt. Es waren nur noch zehn Minuten bis zum Beginn der Prozession.

»Es könnte alles sein, was wir hier vor uns sehen, Scott, aber ich bin kein Bombenexperte und auch kein Toxikologe. Sehen Sie sich doch bloß all diese mit Korn gefüllten Körbe an. Sagen Sie mir, ob das Zufall ist ...« Bryne merkte plötzlich, daß er viel zu laut sprach. Verlegen verstummte er. Er stand mit dem Rücken zu den vier riesigen Haupttüren, und wieder blickte er an Hubbard vorbei nach oben in die gewaltige Kathedrale hinauf, hoch hinauf in die fernen verheißungsvollen Räume, die sich über dem Altar erhoben, und fühlte das Echo. Von überall her dröhnte die Warnung, die dem Zufall spottete. Bryne startete einen neuen Versuch ...

»Hören Sie zu, Scott ...«

Hubbard wußte, was kommen würde.

»Ausgeschlossen, Jack! Fragen Sie nicht einmal ...«, zischte Hubbard. »Ich kann diese Zeremonie nicht absagen. Jetzt hören *Sie* mal zu: Es hat keinerlei Drohung gegeben, es gibt keine Warnung. Noch nicht mal was Inoffizielles ... gar nichts.«

Bryne schaute hinüber zu den Sicherheitskräften, die die Seitengänge mit Metalldetektoren absuchten. »Und wie war das bei den Kongreßabgeordneten?« Er wartete auf eine Antwort.

»Sehen Sie's mal mit meinen Augen ... bitte. Ich werde den Oberhäuptern der Hälfte aller Kirchen auf dem Globus nicht sagen, daß sie heute abend diese Kathedrale nicht betreten dürfen, weil Jack Bryne das für gefährlich hält.«

»Ich täte es ... wenn ich könnte«, murmelte Bryne.

»Also, wie wär's statt dessen«, Hubbard fuchtelte zu dem Kreuz hinüber, »mit einem bißchen Glauben?« Er setzte sich in Richtung Kirchenschiff in Bewegung.

Bryne seufzte. »Sicher ... wenn's beim FBI funktioniert, warum nicht? Habe im Moment auch keine bessere Lösung ...«

Hubbard und Bryne gingen vor bis zum Taufbecken. Als sie sich dem Mittelgang zuwandten, kamen die beiden Beagles, der schwarze Labrador und der Hundeführer durch die mächtigen Eingangstüren herein und blieben stehen. Der Hundeführer ließ den Labrador neben der Tür zurück, machte sich zuerst mit den beiden kleinen Hunden an die Arbeit und hetzte sie in die Bankreihen, indem er immer einen Hund vorschickte, um die jeweilige Reihe zu sichern; die Beagles arbeiteten schnell, systematisch. Der Labrador, immer gehorsam, blieb am Eingang liegen und wartete auf seinen Einsatz.

Bryne und Hubbard traten lautlos auf den dicken roten Teppich, der für die Würdenträger hingelegt worden war, während Kathedrale-Mitarbeiter ihnen Zeichen gaben. Die mächtige Orgel begann mit den ersten Takten von Händels *Israel in Ägypten* loszudröhnen; die letzten Vorbereitungen hatten begonnen. Ein Kathedrale-Beamter kam mit ausgestreckten Armen und allen Anzeichen von Verzweiflung zu ihnen herüber.

»Meine Herren, wenn ich Sie bitten darf. Könnten wir hier entlanggehen? Ich muß jetzt wirklich damit beginnen, die Leute zu plazieren. Wenn wir uns nicht beeilen, bekomme ich die Patriarchen nie in ...«

»Danke für Ihre Geduld, Padre«, sagte Hubbard, der den Mann zu beruhigen versuchte. »Noch eine Tour mit dem Labrador, und wir sind hier fertig.« Er gab dem Hundeführer ein Zeichen, der gerade mit den beiden Beagles fertig war. »Bringen Sie sie raus zum Wagen«, sagte er, »und dann lassen Sie den Labrador los. Danke.« Hubbard drehte sich zu Bryne herum und zuckte die Achseln.

Bryne schüttelte ungehalten den Kopf. »Sie müssen das hier stoppen ... Etwas stimmt nicht ... Ich sehe mich noch mal um.« Der Geistliche hastete durch die Eingangstür, um die Menge zu besänftigen.

Eine Bö wehte herein, als die Tür auf- und wieder zuging, und ließ die Kerzen flackern. Auch die Korngarben schwankten. Bryne sah Körbe, roch das Korn.

Getreide. Überall.

Kein Brot.

Getreide war alles, was es hier in der Kathedrale gab.

Nicht die Brote!

Das ist es, dachte Bryne entsetzt, während er unter der Vierung der Kirche auf das Schiff zuschritt. *Keines der Brote ist hier!*

Plötzlich war ihm alles klar, so kristallklar wie die frische Kühle, die durch die geöffnete Tür hereindrang: Die Bedrohung lag im Metropolitan Museum. Und während die Fahnen von hundert frommen Religionsgemeinschaften im flackernden Licht der Kathedrale schimmerten, spürte Bryne Benommenheit in sich aufsteigen, Benommenheit darüber, wie durchsichtig die Bedrohung war. Das gewaltige Meer der rot und goldfarben bestickten Wimpel und Fähnchen, die über ihm flatterten, verstärkte dieses Gefühl.

Es ist das Brot, auf das die Ältesten die Hände legen, um es zu teilen. Zu essen! Es ist das Brot, das sie mit nach Hause nehmen werden. Es ist das Brot, das infiziert worden ist, nicht das Getreide!

Er und Hubbard mußten so schnell wie möglich zum Museum. Sie mußten sofort hier weg. Er mußte Scott begreiflich machen, daß ...

Er sah Hubbard an der Tür neben dem Labrador stehen. *Er ist wie dieser Hund,* dachte Bryne; *er wird hier erst weggehen, wenn er genau das getan hat, was man ihm gesagt hat.* Bryne eilte zurück zu Hubbard, packte ihn am Arm und zerrte ihn zu den Türen und hinaus auf die Treppe.

»Hören Sie, Scott, ich hab's. Ich glaube, ich habe das Rätsel gelöst. Es ist das Brot. Kameron hat die Brote vergiftet. Denken Sie mal nach. Die Brote. Drüben im Museum. Nicht hier. Kommen Sie, wir müssen rüber.«

»Weg? Sind Sie wahnsinnig? Die Leute kommen jetzt alle hier rein.« Hubbard zeigte hinaus zu dem mit Baldachinen überdachten roten Teppich, vor dem die ersten Limousinen hielten. »Sehen Sie denn nicht?« beharrte Hubbard. »Wir können hier nicht weg.«

»Wir können hier nicht weg? *Wir*? Sie können hier vielleicht nicht weg, Scott, Sie können verdammt noch mal auch hierbleiben und zusehen, wie *ich* gehe.«

»Jack, warten Sie ...«

Bryne ignorierte ihn und drehte sich um.

Hubbard trat ihm in den Weg. »Jack, Sie wissen nicht einmal, wonach Sie suchen wollen. All die Priester kommen jetzt hier rein, Herrgott noch mal. Ich kann hier nicht weg. Können Sie nicht einfach warten, bis wir den Rundgang mit dem Labrador gemacht haben?«

»Wie soll ich Ihnen das klarmachen, Scott? Es müssen die Brote sein. Der Hund da wird absolut nichts finden. Ich haue ab!«

»Jack, warten Sie ...«

»Ich bin hier mit meinem Latein am Ende, Scott. Kapieren Sie denn nicht?« Bryne trat um Hubbard herum und begann die Treppe hinunterzurennen.

Hubbard griff zu und packte Bryne am linken Bizeps, um ihn aufzuhalten. Seine Finger gruben sich in Brynes Arm, und Narbengewebe knirschte über den Nerv.

Bryne fühlte den Schmerz. Fühlte die Wut. Fühlte die Enttäuschung. Fast verlor er die Beherrschung. »Lassen Sie mich los.« Bryne sagte es langsam, deutlich und drohend. Hubbards Augen wurden schmal. »Das tut weh.« Bryne sah hinunter auf Hubbards Finger, die seinen Arm umklammerten. Hubbard sah auf Brynes Faust.

Beide Männer erstarrten, dann löste sich die Spannung. Hubbard ließ Brynes Arm los. Bryne öffnete seine Faust, sagte aber nichts. Er drehte sich um und ging, zitternd vor Zorn, Schmerz und Niedergeschlagenheit, auf die Straße zu.

Hubbard stieß einen Fluch aus, als Bryne hinunter zur Straße ging; dann wandte er sich von den Türen ab und lief hinter ihm her die Treppe hinunter. Angenommen, er hatte *recht*? Hubbard konnte sich nur zu gut den Gesichtsausdruck des Admirals vorstellen, wenn er ihm erklären mußte, daß er höchstpersönlich die Sache verbockt hatte.

»Jack, warten Sie ...« Er legte die Hände wie einen Trichter um den Mund und rief. Bei dem Wind hätte er ebensogut in einen Sandsturm schreien können. Er sah, wie Bryne nahe der Washington Avenue auf ein geparktes Taxi zuging und dann mit dem Fahrer redete. Hubbard rief noch einmal, dann fluchte er. Zu spät. Bryne hörte einfach nie. Der FBI-Mann drehte sich um und ging wieder hinauf zur Kathedrale.

Der Hundeführer, der die Beagles eingeschlossen hatte, winkte und kam die Treppe heraufgerannt, um den Labrador auf die Suche zu schicken, aber Hubbard hielt ihn auf. »Wie lange wird das dauern? Ich muß runter zum Metropolitan.«

»Zehn Minuten, höchstens. Wenn wir 'ne schnelle Runde machen.«

»So schnell wie möglich. So schnell wie möglich!« Sie rannten nach drinnen.

Bryne starrte wütend durch das Wagenfenster auf den Fahrer, der einen Turban trug. Als er gegen die Scheibe klopfte, winkte der Fahrer mit der Hand und schnalzte mit den Fingern in Brynes Richtung, so als versuche er, eine Fussel loszuwerden, dann schüttelte er den Kopf. Er fuhr nirgendwohin.

Bryne klopfte lauter und machte dem Fahrer ein Zeichen, das Fenster herunterzukurbeln. Wieder winkte ihn der Fahrer weg und schaltete die »Außer Dienst«-Lampe auf dem Dach des Taxis ein. Bryne schlug mit der Handfläche gegen die Scheibe. Der Fahrer kurbelte das Fenster einen Zentimeter herunter. »Außer Dienst«, sagte er endlich mit starkem indischem Akzent. »Können Sie nicht Englisch lesen?«

»Es ist ein Notfall ... Ich zahle Ihnen, was Sie verlangen. Ich muß in die Innenstadt. Bitte ...«

»*Tomar ma kuttar shathe gumai*«, murmelte der Taxifahrer leise vor sich hin, als er das Fenster wieder hochkurbelte. Das war Bengali und hieß: »Deine Mutter schläft bei den Hunden«, und er sagte es in einem Dialekt, den Bryne seit Cambridge nicht mehr gesprochen hatte; es war eine Beleidigung, so niederträchtig, daß man sie fast schon nicht mehr aussprechen konnte, ohne sich gegen den Koran zu versündigen. Bryne wußte sich nicht mehr zu beherrschen. Er riß die Tür auf und packte den Fahrer an der Jackenschulter, katapultierte den Mann auf die Straße, sprang in das Taxi und fuhr davon.

Fluchend kam der Mann wieder zum Stehen und blickte sich um. Er sah zwei Polizisten, die in einem blau-weißen Streifenwagen vor der Kathedrale parkten. Schreiend rannte er auf sie zu. Sein weißer *tupi*-Kopfputz löste sich auf und hing ihm über die Schulter. Während er noch immer rennend auf sein davonfahrendes Taxi deutete, bog Bryne nach Osten in die 113. Straße West ein, fuhr auf die Felsenkliffs zu, welche die Morningside Heights von Harlem trennen, und verschwand hinter St. John the Divine.

Hubbard verpaßte die Szene zwischen Bryne und dem Taxifahrer um wenige Sekunden. Er und der Hundeführer waren im Inneren der Kathedrale und gingen auf den Labrador zu. Der Hund lag eingerollt genau an der Stelle, an der man ihm zu bleiben befohlen hatte. Der Führer rief den Hund; der hob langsam den Kopf und mühte sich aufzustehen. Er zitterte heftig, und sein Kopf sank auf den Marmor. Der Hundeführer rannte zu ihm hin und ging in die Knie. Der Hund atmete angestrengt, und seine tiefliegenden, dunklen Augen blickten ängstlich zu seinem Abrichter hoch. Er versuchte, mit dem Schwanz zu wedeln, seine Flanken zitterten vor Anstrengung. Er erbrach dünne gelbe Gallenflüssigkeit. Wieder versuchte er aufzustehen und schaffte es nicht. Er erbrach sich wieder, diesmal war es Blut. Der Kopf des großen Hundes zitterte und sank auf den Steinboden. Er hörte auf zu atmen und starb mit einem letzten Winseln.

Der Hundeführer schluchzte. »Nicht doch, Zak! Er war der beste Hund, den ich jemals hatte.«

Hubbard langte nach unten und packte den Mann bei der Schulter. »Hören Sie mir zu. Wo ist der Hund vorher gewesen, wo genau?«

»Nur im Met. Er hat den Tempel abgesucht. Hat nichts gefunden. Da gibt's auch nicht viel, bloß die Tische mit den Broten.«

»Hat er an den Broten geschnüffelt?« Hubbard hielt selber den Atem an, als der Mann antwortete.

»Klar. Ich sagte Ihnen doch. Er ist der Beste ... He! He, warten Sie doch mal ...«

Hubbard lief schon auf den Eingang zu und drängte sich durch die hereinströmende Menge. Er stieß einen gigantischen Zulu-Priester zur Seite, der von Kopf bis Fuß in Tierfelle gekleidet war, und zwängte sich an einem Priester mit einem silbernen Kruzifix vorbei, desgleichen an einer Schar in safrangelbe Gewänder gehüllter Mönche, deren andächtigen Gesichtern keine Reaktion auf das Gerangel abzulesen war. Er schaffte es durch den Eingang gerade noch rechtzeitig nach draußen, um den aufgeregten Taxifahrer zu hören und zu sehen, wie er auf Bryne zeigte, der mit dessen Taxi davonfuhr. Hubbard sprintete die Treppe hinunter und lief zu den Polizisten, die den Fahrer zu beruhigen versuchten. »Wachtmeister, ich bin Agent Hubbard, FBI.« Er fuchtelte dem Mann mit seinem Dienstausweis vor dem Gesicht herum und zeigte auf das Taxi. »Folgen Sie diesem Wagen, schnell.« Die Gruppe sprintete zum Streifenwagen, einer der Polizisten schaltete Scheinwerfer und Sirene ein, und sie nahmen quer durch den vierspurigen Verkehr die Verfolgung auf.

Das Steuer des großen, alten Chevy war glattgewetzt von vielen Händen, und die Haube des Wagens zitterte, als Bryne das Taxi am Ende der 113. Straße stotternd nach rechts hievte und in Südrichtung auf die Amsterdam zufuhr. Er fummelte an den Wischerknöpfen am Ende des Fahrtrichtungsanzeigers herum und schaffte es, nach links abzubiegen, während er rechts blinkte. Er drehte noch mal an dem Hebel und setzte die Windschutzscheibenwaschanlage in Gang. Während der Wasserstrahl quer über die Windschutzscheibe spritzte, hätte er am Frederick Douglas Circle um Haaresbreite einen alten Mann überfahren.

Er sah, wie die Leute die Hände gegen ihn erhoben, und bekam Angst, bis ihm klar wurde, daß sie ihn nicht verfluchten, jeder von ihnen wollte nur das Taxi herbeiwinken. Er trat auf die Bremse, als die Ampel auf Rot schaltete, und war gezwungen, auf die Abbiegespur auszuscheren, die auf die südliche Umgehungsstraße des Central Park führte. NEIN! Wieder die falsche Richtung! Er mußte nach Osten bis zur Fifth und *dann* nach Süden bis zum Metropolitan. Er lehnte sich aus dem Seitenfenster, um zu sehen, ob die Einfahrt zur Central-Park-Ringstraße frei war. Wenn ja, könnte er vielleicht queren, würde er vielleicht sogar in der falschen Richtung um den Kreis herumfahren und dann aus dem Park heraus zur Central Park North vorstoßen. Er reckte den Hals, um eine Lücke im Verkehr ausfindig zu machen, aber nachdem die Ampel umgeschaltet hatte, floß der Verkehr in einem stetigen Strom an ihm vorbei und machte ein Linksabbiegen unmöglich; aufgebrachte Fahrer in den Wagen hinter ihm hupten wegen seiner Unentschlossenheit. Am liebsten hätte er sie alle geohrfeigt ...

Jack schaute in den Rückspiegel und zuckte zusammen, als er die blauen und roten Blinklichter eines Polizeiwagens sah, der vom Cathedral Parkway auf ihn zukam. Ohne sich umzusehen, trat er den Gashebel des Chevy bis zum Bodenblech durch, fuhr über die rote Ampel, riß das Steuer nach rechts herum und war an der 109. Straße mit vierzig Meilen pro Stunde endlich nach Süden unterwegs. Hubbard, der Bryne wie einen Verrückten fahren sah, ließ den Polizisten Blinklichter und Sirene ausschalten. Er hatte nicht die Absicht, Bryne bei der Verfolgungsjagd umzubringen.

Bryne überfuhr gelbe Linien und überholte langsamere Wagen, er konnte gerade eben noch einem nach Norden fahrenden M10-Bus ausweichen, als der an der 108. Straße von einer Haltestelle ausscherte. Er zermarterte sein Hirn, um sich zu erinnern, welche Querstraßen zu den Transverse Road Drives durch den Park führten, und fluchte wieder, als er feststellte, daß die Zufahrt an der 106. eine Einbahnstraße in verkehrter Richtung und von Polizeibarrikaden blockiert war, was bedeutete, daß die Ringstraße geschlossen war. Fluchend fuhr er weiter in Richtung Süden.

Die Ampeln Richtung Downtown waren für ihn günstig geschaltet. Er hatte den Abstand zwischen sich und dem Polizeiwagen vergrößert, als er die 96. Straße erreichte, die nach Osten führende Zufahrt zu der Central Park Traverse. Den Polizeiwagen hatte er seit der 110. Straße nicht mehr gesehen; er hatte eine Chance, wenn er einfach den Park zur Fifth Avenue durchqueren konnte, aber als er nach links in die Traverse abbiegen wollte, sah er, daß sich der ganze Verkehr in östlicher Richtung durch den Park staute. Fluchend raste er weiter nach Süden, auf Midtown zu.

An der 86. Straße holte der Streifenwagen Bryne endlich ein, schnitt ihm den Weg ab und rettete ihm wahrscheinlich damit das Leben. Hubbard hatte entsetzt gestikuliert: »O nein, er sieht den Nynex-Lkw nicht.« Während er sich den Trümmerhaufen vorstellte und den sich anbahnenden Zusammenstoß geradezu spürte, wurde er schneeweiß im Gesicht. Im letzten Augenblick schaltete der Fahrer des Streifenwagens die Sirene ein und trat aufs Gas. Sie machten einen Satz nach vorn. Bryne sah sie von der Seite kommen, und Blinklichter und Sirene lenkten seine Aufmerksamkeit von der Kreuzung ab. Dann sah er den nach Westen fahrenden Lkw. Er riß das Steuerrad nach rechts, trat auf die Bremsen und rutschte seitlich über die Kreuzung. Die Schnauze des Taxis verhakte sich an der hinteren Stoßstange des Lkw, Metall kreischte, und das Taxi drehte sich einmal um die eigene Achse, bevor es über die Bordsteinkante schlitterte, auf dem Gehweg entlangrutschte und ein Buswartehäuschen in einem Scherbenhagel in Trümmer legte.

Hubbard rannte zu Bryne und riß die Beifahrertür auf. »Sind Sie okay?« fragte er.

»Ja, ja, mit mir ist alles in Ordnung«, sagte Bryne erschrokken, aber unverletzt. »Ich habe wohl verloren.« Er sah Hubbard an. »Ich nehme an, ich bin verhaftet.«

»Noch nicht, Sie Schlaumeier. Aber Sie legen's drauf an ...«

»Was ist los?«

»Sie haben es wieder einmal vorausgesagt! Der Labrador ist vor unseren Augen verendet, bevor er auch nur damit beginnen konnte, die Kathedrale abzusuchen. Und vorher war er im Met.« Hubbard zögerte.

»Der Labrador?« fragte Bryne, dem Entsetzen nahe.

»Tot. Sie hatten recht, kapieren Sie? Was auch immer mit diesem Gift versetzt ist, es muß im Metropolitan sein, und wir müssen dorthin. Kommen Sie. Können Sie laufen? Daß Sie nicht fahren können, habe ich gesehen.«

Bryne hörte ihm nicht mehr zu. Er streckte die Hand aus und ergriff Hubbard am Arm, um sich zu stützen, kroch aus dem Wagen und stand auf, erleichtert, daß er so wenige Prellungen spürte. Sie stiegen in den Streifenwagen und waren in weniger als acht Minuten am Museum.

22

Sonntag, 4. Oktober
Metropolitan Museum of Art, Manhattan
18.15 Uhr

Als sie aus der Garage im Untergeschoß des Metropolitan die Treppe hinaufhasteten, hätten Hubbard und Bryne beinahe einen Priester über den Haufen gerannt, der dort die Stufen herabschritt und dessen Augen in einem derart überirdischen Blick leuchteten, daß er sie gar nicht zu bemerken schien. Während sie dem roten Samtstrick durch die Griechische und die Römische Abteilung und quer durch das riesige, leere Foyer folgten, hallten in dem Raum aus poliertem Marmor ihre Schritte wider.

Die Treppen und Korridore zu den vielen anderen Abteilungen des Museums lagen im Dunkeln, aber der Weg zum Tempel von Dendur war hell erleuchtet, und Aufseher standen an der Route, die lächelten und nickten, als Bryne und Hubbard vorbeihetzten. Und schon standen die beiden Männer vor den vier massiven Reliefsäulen, die dem Eingang zur Ägyptischen Abteilung seine Pracht verleihen.

Sie hetzten weiter, vorbei an den kunstvollen türkisfarbenen Ornamenten aus der Grabkammer eines Pharaos, schimmernden Alabasterfalken und aus Gold ziselierten Kobras, in die dämmerige Halle, die zu dem Tempel führte.

Als sie den gewaltigen Raum betraten, blieben sie abrupt stehen. Der Raum selbst war dunkel, aber der Tempel war in das bleiche Licht eines kalten, vollen Herbstmonds getaucht, und die Glaswände und -decken der Abteilung erweckten die Illusion, als stünde der Tempel im Freien. Das Mondlicht auf dem Tempel von Dendur hatte Andächtige in allen Zeitalterern hingerissen, und Bryne machte da keine Ausnahme. Wunderbar, friedlich, ideal in seinen Maßen schien der Tempel aus handbehauenem Sandstein zwei Meter über Brynes Augenhöhe zu schweben, getragen von einer enormen Plattform aus schwarzem, poliertem Granit.

Was Bryne am Eingang innehalten ließ, war der irrige Eindruck, daß er nicht nur einen, sondern zwei Tempel vor sich sah. Die transparente Wand war es, die diese Vision erzeugte. Bryne bemerkte, daß der Raum selbst, sechs Stockwerke hoch, aus riesigen vom Fußboden bis zur Decke reichenden Spiegelglasscheiben bestand. Bei Nacht wurde das Glas unsichtbar, pechschwarz, und so erschien auf der leicht geneigten Wand der Galerie ein vollkommenes Spiegelbild des Tempels – ein zweites Bauwerk, das zu ihm herunterleuchtete, eine Illusion, die durch das spiegelnde Wasserbecken verstärkt wurde, das den Tempel umgab.

Das Wasser dieses Bassins – dreißig Meter lang, sechs Meter breit und vielleicht hüfttief – geleitete die Besucher zu dem Zugang, so wie der Nil einst die Gläubigen herbeigetragen hatte, als der Tempel noch in Ägypten war.

Brynes Augen stellten sich auf den Raum ein, und er begann, ihn auszumessen. Um zum Tempel hinüberzugelangen, um auf die behauene Granitplattform zu steigen, auf der er zu schwimmen schien, würden er und Hubbard entweder links oder rechts sechzig Meter am Wasser entlanggehen und drei flache Stufen hinaufsteigen müssen. Aus dem Bassin strahlten ihnen Spiegelungen des vom Mond beschienenen Tempels geheimnisvoll entgegen.

Hubbard bemerkte, daß Bryne leicht schwankte, und fragte

ihn, ob mit ihm alles in Ordnung sei. Jack senkte den Blick auf den sicheren Granitboden, holte tief Luft und nickte hinüber zur Wasserfläche des Bassins. »Scott, sehen Sie dort.« Er zeigte auf das Wasser, denn da spiegelten sich nicht nur der Tempel, das Dach und die Sterne. Man sah auch die Spiegelbilder von Broten, mehr Broten, als sich irgend jemand vorstellen konnte, und von Tischen, von Dutzenden und Aberdutzenden von langen Klapptischen, die, aneinandergestellt mehr als sechzig Meter lang, gefällig über der spiegelnden Wasserfläche angeordnet auf der Plattform standen.

Alle Brote lagen auf den Tischen. Der ganze Tempel war von einem Rechteck aus Broten umgeben, einer Ansammlung von Broten, wie sie die Welt von heute noch nie gesehen hatte und vielleicht auch nie wieder sehen würde. Die Tische waren gerade erst hergerichtet worden. Umgeben von einem süßen, verführerischen Aroma Dutzender von Brotfabriken lagen dort Sauerteiglaibe, italienische Brote, spanische Chorizobrote, Gruaus aus Frankreich, ungarische Schwarzbrote, deutscher Pumpernickel, mit Sesam bestreute Brote aus der Türkei, Atrépas aus Kolumbien, mexikanische Tortillas, glasierte Wiener Wecken, israelische Matze, vorderasiatische Pitas, afghanische Fladenbrote, schwammige Austernbrote, Meteils aus der Bretagne, primitive Klötze des angelsächsischen Pullmanbrotes, irische Sodabrote, provencalische Fougasses, russische Beigels, ukrainische Bialys und polnische Babkas.

Die Brotteige waren geformt und gedreht worden, man sah Windmühlen, Laternen, Weizengarben, Weintrauben, Bänder, Bögen, Glocken, Tiere und Fische. Es gab Dreispitze, *casquettes*, *couronnes lyonnaises,* bepuderte *Boules tresees, pattes d'ours, pains spirals, fers à chevals, l'auvernats, pithiviers,* Croissants, Fendus, beutelförmige Tabatieren, Füllhörner, Trichter, Flechtkörbe, Blumenmuster, Pfefferkuchenhäuser, *crèches*, Erntedarstellungen, Kornfelder, gockelige Hähne, gewaltige Landbrote, Brote mit Äpfeln, Aprikosen, Pflaumen,

Rosinen, Trockenfrüchten, Apfelwein, Karotten, Kräutern, Oliven, Seetang, dampfende, nach Knoblauch und Zwiebeln duftende Brote, Schinkenbrote, Haselnuß-, Walnuß- und Mandelbrote. Der riesige Raum roch nach Hefe, frisch gebackenem Brot und dem durchdringenden Aroma von verdampftem Alkohol, der Essenz des Knetens, Formens, Lasierens und Bakkens.

Bryne und Hubbard, die die Anspannung unter den Helfern der Lieferfirmen bemerkten, die in dem Raum hin und her huschten, gingen rasch außen am Wasser vorbei. Der schmale Verbindungsgang war auf der linken Seite von sechs mannshohen Steinkatzen gesäumt – thronenden Gottheiten mit Frauenbrüsten und Katzengesichtern – und auf der rechten von zwei entsprechenden Figuren: einer schimmernden schwarzen Katze, die Mut darstellte, die Göttin der Pest, und eine Chimäre mit dem Körper eines Menschen und dem Kopf eines Widders, Amun, der Gott der Fruchtbarkeit.

»Hey! Langsam!« schrie Hubbard, als Bryne an den Broten vorbeihastete, die knapp außer Reichweite auf der anderen Seite des Bassins lagen, aber Bryne achtete nicht auf ihn. Als sie sich zu den Stufen drehten, begann Bryne in seiner Tasche nach der Schwarzlichtlampe zu kramen. Plötzlich wurden die Deckenlampen immer heller – und man hatte den Eindruck, die Sonne ginge über dem Tempel auf.

»Was soll die Starbeleuchtung?« fragte Jack.

»Zu solch feierlichen Anlässen drehen sie immer das Licht auf«, erklärte Hubbard.

»Also, das ist mir keine Hilfe. Ich brauch's dunkel.« Bryne fuchtelte mit der Schwarzlichtlampe vor dem FBI-Mann herum. Als sie an der Treppe ankamen und das spiegelnde Bassin überquerten, war der Saal hell erleuchtet. Hunderte von Brotlaiben lagen auf dem ersten Tisch vor ihnen. Bryne schaltete die Lampe an und fuhr mit ihrem blaßroten Lichtschein über die Brote.

Nichts. Er lief weiter. Immer noch nichts.

»Es ist für dieses Ding hier viel zu hell, die Toxine können so nicht sichtbar werden. Man muß den Raum abdunkeln, Scott.«

Hubbard machte einem der Museumsaufseher ein Zeichen, und der kam von seinem Posten am Eingang des Tempels herüber. Er zeigte dem Mann seinen FBI-Ausweis und die Marke und befahl ihm, den Saal zu verdunkeln.

»Das kann ich nicht.« Der Wärter schüttelte den Kopf. »Sehen Sie, das Ganze läuft nach einem festen Zeitplan ab ... Ich kann Sie zu der Lichtschalttafel bringen, aber ich brauche Dr. Riggs Einverständnis. Verstehen Sie, es ist wegen der Kameras; die fangen in ungefähr zehn Minuten an aufzubauen.« Er gestikulierte zu einem kleinen Panoramafenster hinüber, hinter dem man die ersten Fernseh- und Videokameratechniker erscheinen sah.

»Ich glaube nicht, daß ich Dr. Riggs Einverständnis nötig habe, um die verdammten Lampen dunkler zu machen«, schnauzte Hubbard. »Wo ist der Schalter?«

Der sichtlich in Bedrängnis geratene Aufseher sagte schließlich: »Im Maschinenraum eine Treppe tiefer.« Er deutete auf eine kleine Eisentür. »Aber ich darf das nicht. Niemand darf die Zeitschaltungen verändern. Nicht ohne –«

»Hubbard«, drängte Bryne, »tun Sie's einfach!«

»Nein, nein«, flehte der Wärter. »Lassen Sie mich Dr. Rigg holen.«

Hubbard packte den Mann am Ärmel. »Erst zeigen Sie mir diese Schalttafel, dann bringen Sie mich zu Rigg. Jack, Sie bleiben hier ...« Er ergriff den Mann am Ellenbogen, eilte an dem Bassin vorbei zu einem der Korridore und verschwand.

Bryne wartete. Und wartete. Schließlich sah er, daß sein Schatten weicher und die erste Reihe Quarzhalogenscheinwerfer dunkler wurden. Ja, das Licht nahm zweifellos ab. Er näherte das Schwarzlicht einem Tisch mit Metielbroten aus der Bretagne. Noch immer nichts. Er ging nach links hinüber, vorbei an Tischen mit Broten in der Form von Bärentatzen, Pferdehufen und Schildkröten; Reihen über Reihen schöner Mützen, Kronen und Zöpfe.

Bald war der Tempel fast so dunkel wie die Nacht draußen. Bryne beugte sich näher über die Brote und schirmte das Licht mit einer Hand ab. Da sah er sie.

Schwach leuchtend, kaum zu erkennen, aber real: winzige Punkte, bläulichgrün, unverwechselbar. Die tödlichen Mykotoxinmoleküle waren überall.

In dem Schwarzlicht hatten die Brote eine kränklich blaßblaue, giftig lumineszierende Aura. Bryne richtete sich auf und lenkte den Lichtstrahl seiner Lampe auf den nächsten Tisch. Der leuchtete.

Er ging zum nächsten. Sogar noch intensiver. Die Brote waren mit bösartig Wasserfarben fluoreszierenden Flecken übersät. Während es im Saal fast gänzlich dunkel wurde, begriff er, daß sich das Mykotoxin auf jedem einzelnen Brotlaib befand.

Bryne wich zurück, schaltete seine Lampe aus und schaute hinunter auf seine Hände und die Tische. Wo blieb Hubbard?

Er stand in dem dunklen Saal und wartete auf eine Eingebung, und sie kam ihm: Die Getreidekatastrophe in Memphis hatte ihn gelehrt, wie diese Toxine zu neutralisieren waren. Erst einmal die Brote im Bassin wässern, und zwar alle.

Er schnappte sich eine Serviette, tauchte sie in das Wasserbecken, bedeckte mit dem triefenden, zum Dreieck gefalteten Tuch sein Gesicht und verknotete es hinter den Ohren. Er stopfte sich den nassen Stoff in die Nasenlöcher und hoffte, die Feuchtigkeit würde den Staub binden.

Dann fing er an.

Bryne holte tief Luft und begann mit dem ersten Tisch zu seiner Linken, der dem Tempel am nächsten stand. Er richtete die Augen auf das scheinbar segensreiche Brot und beugte sich hinunter wie zum Gebet, während er vorsichtig mit jeder Hand eine Ecke des Tischtuchs packte. Langsam, stetig hob er die Arme, trat einen Schritt zurück und zog leicht an, raffte das Tuch zusammen, ruckte daran, hob es hoch, hob es in die

Höhe. Schon kamen die dicken, schweren, tödlichen Laibe ins Purzeln und Rutschen.

Er suchte sich einen stabilen Stand und zog das Tuch mit aller Kraft nach oben: Die Brote des ganzen Tisches schlitterten hinab, purzelten über die gegenüberliegende Tischseite und platschten in das spiegelnde Bassin.

Bryne schnitt eine Grimasse, schleuderte das Tischtuch ins Wasser, machte sich über die nächsten Tische her und wiederholte seine Aktion. Es gab viele Tische. Die Brote wogen schwer, und er versuchte, schneller und schneller zu arbeiten.

Er hatte erst wenige Tische abgeräumt, als ein Lieferant Notiz von ihm nahm und ein alter, vierschrötiger Aufseher erst beim zweiten Hinsehen glaubte, was er sah: einen hochgewachsenen, flinken, maskierten Mann, der wie ein Wahnsinniger von einem Tisch zum nächsten hastete und Hunderte von Broten ins Wasser warf.

Der Wärter schrie, dann rannte er los, aber Bryne war auf der entgegengesetzten Seite des Wasserbeckens. Der Wärter, dem schon der Atem versagte, langte nach seinem Sprechfunkgerät, das ihm durch die Finger glitt, auf den Granit prallte, in Scherben ging und keinen Ton mehr von sich gab. Langsam zog er sich in Richtung Eingang zurück, dann blieb er stehen und beobachtete Bryne bei seiner Tätigkeit.

Jack, der fieberhaft arbeitete und auf die Rufe nicht achtgab, erwartete jetzt, jeden Augenblick von hinten angegriffen zu werden, und so zwang er sich, schneller und schneller zu arbeiten.

Als er sich dem Tempeleingang näherte, blickte er zwischen den hochgereckten Armen der Katzen hindurch zum Haupteingang des Saales; noch war alles leer, und er hörte auch keinen Alarm. Er beeilte sich, wurde schneller und schneller. Die Zeit schien sich in Nebel aufzulösen. Und während er weiterhetzte, wurde der Tempel noch dunkler. Wo war Hubbard? Die Sicherheitskräfte mußten jeden Moment eintreffen.

Wie Hubbard es dem Wächter versprochen hatte, hatte er sich auf den Weg zu Dr. Rigg gemacht. Vor dem Zimmer angekommen, hörte er im Inneren des Büros das Geräusch eines laufenden Motors und bemerkte, daß die Tür nicht verschlossen war. Sie schien aber blockiert zu sein, so als drücke eine Last dagegen. Er schickte den verängstigten Aufseher nach einem Wächter, der ihnen schieben helfen sollte.

Zuerst gab die Tür langsam nach, aber weniger als einen Zoll. Hubbard hörte das Geräusch jetzt deutlich: Es war das Heulen eines Staubsaugers. Dann wehte ihm Windzug entgegen, der den schwachen, äußerst sauren, fast fäkalen Gestank von totem Fleisch, gärendem Blut und ekelerregend organischen Gasen in sich trug.

Hubbard war nahe daran, sich zu übergeben, aber er stemmte sich fester gegen die Tür, und sie glitt weit genug auf, daß er eintreten konnte.

Der Wächter sah ihm dabei zu, ging jedoch keinen Schritt weiter; er hatte den Gestank ebenfalls gerochen und griff nach seinem Taschentuch. Als er das Entsetzen in Hubbards Gesicht sah, wich er zurück.

Hubbard blickte in die starren, vorquellenden, geschwollenen Augen einer Leiche. Das Gesicht, das einmal Riggs Gesicht gewesen war, schien von innen her geschrumpft zu sein wie eine Rosine. Der Mund war in einem erstarrten Lächeln weit geöffnet, die Haut straff gezogen wie die eines mumifizierten Pharaos. Rigg war von hinten leergesaugt worden. Hubbard wußte jetzt, warum der Staubsauger lief.

Rigg lag auf der Seite und hing an seiner Krawatte, die an der Türklinke befestigt war. Sein Körper war dazu benutzt worden, die Tür zu blockieren. Der Mörder mußte den Raum über die angrenzende Galerie verlassen haben. Unter der Leiche, blutig und noch immer mit ihr verbunden, sah man die metallene Düse eines starken, ans Zentralsystem angeschlossenen Staubsaugers. Ein dicker, grauer Schlauch schlängelte sich über den Teppich zu dem Einlaßstutzen in der Wand, und der Apparat dröhnte metallen im Bemühen, noch mehr Flüssigkeit aus dem Körper zu saugen.

Hubbard zog sich aus dem Zimmer zurück, ohne etwas zu berühren, und gab dem Wärter die Anweisung, den Rettungsdienst anzurufen und das zentrale Staubsaugersystem abzuschalten.

Während er in den Saal des Tempels von Dendur zurücksprintete, rief er über sein Handy Verstärkung herbei.

In dem dunklen Tempelsaal fand er Bryne, der gerade die letzten Brote ins Wasser kippte. Jack drehte sich von dem Bassin weg und beugte sich nach vorn, die Hände auf den Knien, um wieder zu Atem zu kommen.

»Jack ...«, rief Hubbard.

Bryne sah, wie Hubbard auf ihn zulief. Er rang durch seine improvisierte Staubmaske nach Atem und schrie mit gedämpfter Stimme: »Es ist alles toxisch! Kontaminiert ... Beschaffen Sie sich eine Maske, ein Tuch ... bedecken Sie Ihr Gesicht.« Er rannte von der Plattform herunter, vorbei an den schwimmenden Broten und zog Hubbard von der Treppe fort, zurück zum Kontrollraum.

»Putzschrank«, schrie er Hubbard an. »Bringen Sie mich zum Putzschrank. Schnell. Es ist unsere einzige Chance.«

»Was?« fragte Hubbard. »Was *tun* Sie hier eigentlich?«

»Ammoniak, ich muß genügend Ammoniak haben, um die Toxine im Bassin zu neutralisieren.« Er deutete hinter sich auf die Brote und rannte weiter.

»Sagen Sie dem Aufseher dort, er soll den Saal schließen lassen ...«

Hubbard machte den Lagerraum im Keller ausfindig, und in einem Schrank mit Reinigungsmitteln fanden sie ganze Fächer voll mit Hausmeisterbedarf, Bohnerwachs, Polituren, Reiniger, Desinfektionsmittel, Seifen, kartonweise Toilettenpapier und schließlich vier Fünf-Liter-Plastiktrommeln Salmiakgeist. Sie schoben einen Handwagen an die Regale, und dann hievten Bryne und Hubbard die Kanister auf die Karre.

»Holen Sie den Aufzug, Hubbard. Zeigen Sie ihnen Ihre Pistole, wenn's nötig ist.«

Hubbard wartete bereits mit dem Aufzug, als Bryne ankam, und sie fuhren wieder hinauf in den Saal. Sie rissen die Deckel von den großen Kanistern und rollten den Handwagen am Bassin entlang, während sie die Behälter vorsichtig zur Seite neigten, um das Ammoniak in das trübe Wasser zu gießen, in dem Unmengen aufgeweichter Brote trieben.

Den Dämpfen preisgegeben, hustend und würgend mühten sich die Männer, die Trommeln zügig zu leeren. Dann traten sie zurück, vom Brechreiz fast überwältigt.

Die Eingangstür zum Tempelsaal füllte sich mit herbeilaufenden Wärtern, blauen NYPD-Uniformen und einer Unmenge anderer Spezialisten; die SWAT-Brigade war sicher dicht dahinter. Hubbard klappte seine Brieftasche auf, zückte seinen Ausweis und trabte hinüber zu dem Einsatzleiter der Polizei. Er war im Nu von Sicherheitskräften umringt. Bryne beförderte mit einem Fußtritt die letzten Container ins Bassin und sah zu, wie der Rest des Ammoniaks ins Wasser gluckerte, während sie untergingen.

Er brauchte frische Luft und drehte sich zum Eingang um.

Ihm brummte der Kopf, er würgte und taumelte, lief aber weiter. Er mußte unbedingt an die Luft. Er versuchte den nassen Knoten zu öffnen, der seine Maske hielt.

»He, Sie!« Es war der alte Aufseher, der vorher schon versucht hatte, ihn aufzuhalten. Jetzt zeigte er auf Bryne. »Halten Sie ihn auf, *er* ist derjenige, der's getan hat!«

Wankend drehte sich Bryne zu Hubbard um, damit der alles erklärte, aber Scott stritt sich gerade mit einem Sergeant. Alles war im Nebel. Er versuchte zu rennen. Luft ... Nach draußen ...

An den Zugängen zum Saal blieb Jack stehen. Seine Augen brannten, jeder Atemzug war ein einziges Keuchen. Endlich konnte er die Maske entknoten. Überall sah er schwarze Punkte. Es drehte sich alles, ihm war übel. Schwarze Punkte, die herumtanzten und auf ihn zeigten. Er konnte hören, aber nur schwach. Er keuchte. Schwarze Punkte. Er versuchte weiterzulaufen. Luft ...

Die Mündungen von sieben halbautomatischen Polizeipistolen waren direkt auf seine Brust gerichtet. Bryne blickte sich um. Hubbard war nicht zu sehen.

»Keine Bewegung!« schrien die Bullen.

Bryne grinste. *Wie dramatisch. Ich? Mich nicht bewegen? Ich gehe bloß raus, etwas Luft schnappen.*

Er machte einen Schritt nach vorn.

Er hörte es klicken, als die Pistolen entsichert wurden.

Er versuchte zu laufen ...

Und dann, als die Finger sich um die Abzüge krümmten, machte Bryne die zwei klügsten Dinge seines Lebens: Erst hob er seine Hände, um sich zu ergeben. Dann fiel er in Ohnmacht.

Das nächste, was er mitbekam, war, daß Vicky Wade neben ihm kniete und Hubbard ihn anschrie.

»Jack! Verdammt noch mal, Bryne, kommen Sie zu sich. Ich brauche Sie!«

Ein Sanitäter beugte sich über Bryne, legte ihm eine Hand hinter den Kopf und hob ihn hoch. Jack hörte das Knacken der Riechsalzampulle, die ihm der Sanitäter gleich unter die Nase halten würde.

»Nein«, wehrte sich Bryne. »Nicht noch mehr Ammoniak ... Nicht mehr ...«

Plötzlich war Bryne hellwach. Und würgte.

Hubbard ließ einen anderen Sanitäter Wasser holen. Keuchend trank Bryne. Dankbar.

Zehn Minuten später war sein Kopf wieder klar. Er und Hubbard saßen in der Sicherheitsabteilung und sahen die Videobänder der Sicherheitskameras durch, die rings um das Metropolitan aufgestellt waren. Wade, die über das Ereignis berichten würde, hatte zu der Sitzung zugelassen werden wollen, aber Hubbard hatte ihr eine entschiedene Absage erteilt. Das Videoband war in Farbe und zeigte die Vorderseite des

Museums, in einem kleinen Fenster wurde die Zeit in Stunden, Minuten und Sekunden angezeigt.

»Sehen Sie, Jack.« Hubbard richtete sich auf. »Das ist er doch, oder?«

»Lassen Sie's noch mal zurücklaufen. Irgendwelche Großaufnahmen von seinem Gesicht?«

Als sie das Band noch einmal laufen ließen, sagte einer der Museumsarbeiter: »Das ist der, der hergekommen ist, um die Brote zu segnen. Das haben mir die Leute des Lieferanten erzählt.«

»Jack, Jack, zum Teufel«, drängte Hubbard ihn. »Wer ist das? Wer ist das?«

»Was meinen Sie, wer, Scott? Es ist Kameron.«

»Gott verdammich noch mal«, knurrte der FBI-Mann, »wir sind direkt an ihm vorbeigerannt!«

»Tja, der Kerl hat sich für alle sichtbar versteckt«, sagte Bryne.

»Ich werde mal meine Leute anrufen, um zu sehen, ob man schon was darüber weiß, wohin die Roggenlieferungen gegangen sind«, sagte Hubbard. »Lassen Sie uns den Kerl in seinem eigenen Revier schnappen.«

Hubbard zog sein Handy hervor, ging ein paar Schritte und drehte ihm den Rücken zu. Als er telefoniert hatte, grinste er.

»Bingo!« sagte er zu dem erstaunten Bryne. »Viele Getreidehändler werden es dem Bureau nie verzeihen, daß wir ihnen das Wochenende verdorben haben, aber wir haben ihn, Jack, wir haben ihn! Wir finden den Kerl in der 83. Straße Ost, Nummer 699, Apartment 15 A.«

20.00 Uhr

Der Hausmeister hatte, so wie das Haus und das Viertel, schon bessere Tage gesehen, aber er war nüchtern genug, um alle Schleusen zu öffnen, kaum daß er Blechmarken und eine Polizeischwadron vor sich sah. Der Bewohner von 15A sei ein Einzelgänger, ecke bei niemandem an, reise viel, gehe aber nicht viel aus, wenn er da sei – bis auf heute, da müsse er wohl zu einem Kostümball gefahren sein, und das obendrein in einer Limousine. Aber sie hätten ihn gerade verpaßt. Er habe eine Menge Päckchen bei sich gehabt und sei mit einem Lieferwagen weggefahren.

Als sie endlich vor der Wohnung standen, sahen sie sich mit sechs schweren Sicherheitsschlössern konfrontiert. Der Schlüssel des Hausmeisters, in das harmloseste der Schlösser gesteckt, ließ sie sogleich ein. Kein gutes Zeichen: Wenn Kameron sich nicht die Mühe gemacht hatte, die Sicherheitsschlösser abzuschließen, war er vielleicht endgültig abgehauen. In der Erwartung einer Falle streiften sich die Polizisten Gummihandschuhe über und zückten ihre Waffen – Vorsicht war besser als Nachsicht.

Die Wohnung war schmutzig und so gut wie leer. In dem Raum, der als Wohnzimmer durchgehen mochte, hingen an den Wänden Hunderte von Fotos, die Brunnen, Fontänen und Wasserstellen zeigten: Liegende Meerjungfrauen, pissende Putten, lotrecht stehende Fische, Gartensprenger, Küchenwasserhähne, Zapfhähne, Düsen, Hydranten, Schläuche, Gießkannen; alle Arten von Wasser versprühenden Gerätschaften – dazu Stiche von Wasserfällen, Kalender mit Flußbildern, Fotos vom Trevi-Brunnen – und das Museum of Art in Indianapolis. Es war sogar eine Postkarte des Turner-Gemäldes an die Wand geheftet.

Bryne bemerkte etwas aus dem Augenwinkel und rief Hubbard zu: »Gucken Sie mal, das ist ein lederner Futtersack, sehen Sie das? Die Riemen sind nach innen geschlagen. Er war dort, in Churchill Downs!«

In einer Ecke des Zimmers stand ein Zeichentisch, leer. Die Küche war kahl, und als einer der Polizisten den vorsintflutlichen Kühlschrank öffnete, fand er darin stapelweise Teströhrchen und Babynahrungsgläschen, in denen Schimmel wuchs. Er wollte gerade die Tür wieder zuschlagen, als Bryne ihn daran hinderte. Der Beamte hatte im Butterfach ein Arzneifläschchen übersehen, auf dessen Etikett PRAZIQUANTEL und Instruktionen zur Behandlung eines Bandwurms zu lesen waren. Bryne forderte die anderen auf, nichts zu berühren, dann machte er die Kühlschranktür vorsichtig wieder zu.

Eine Tür mit einer Glasscheibe, die gelbgrün zugestrichen war, führte in eine noch kleinere Kammer, fast schon ein Kabinett, in dem eine weitere Tür angelehnt gelassen worden war. Ein Polizist stieß die Tür mit seiner Schuhspitze auf. Dort lagen in einem Regal Fach für Fach säuberlich geordnet Dinge. »Herrgott, sehen Sie sich das mal an. Sind das alles Pariser?«

Nachdem Hubbard die Auslage überprüft hatte, nickte er, drückte die Tür langsam zu und zeigte auf eine andere Tür, die in einen zweiten winzigen Raum führte, in dem sechzehn Aquarien an der Wand standen. In keinem davon waren Fische zu sehen; einige enthielten Wasser, und in manchen funkelte irgendein Schleim, der an den Scheiben nach oben kroch. In einem Bassin ohne Wasser zuckten und wanden sich im Sägemehl Hunderte von blassen Wanzen. An der Wand hing eine Landkarte aus einem 1939 in *National Geographic* erschienenen Artikel mit dem Titel »Die heiligen Länder von einst: Auf der Spur der Flucht der Israeliten aus Ägypten ins Land der Verheißung.« Bryne bemerkte einen orangefarbenen HAZMAT-Schutzanzug mit seiner Plastikhaube und ein kleines Überdruckatemgerät, die zusammengeknüllt in eine Ecke geworfen worden waren.

Die Tür gegenüber führte ins Bad. Verschlossen. Ein Beamter riß an der Klinke, aber Hubbard befahl ihm, damit aufzuhören. Bryne bemerkte die PAPR-Gasmaske neben der Tür. Er schaltete das Deckenlicht aus und knipste seine füllfederhaltergroße UV-Taschenlampe an, die den Raum in das vertraute purpurrote Licht tauchte. Er trat an die Tür und hielt die Lampe neben das Schlüsselloch. Sofort wechselte die Farbe von

Rot auf Grün, und man sah ein Dampfwölkchen, das aus dem Schlüsselloch austrat und auf die Polizisten zuschwebte.

»Treten Sie zurück«, rief Bryne. »Überlassen Sie den HAZMAT-Leuten diesen Raum. Die können da drin beweisen, was sie wert sind. Was gibt's da hinten?«

Durch einen langen Korridor kamen sie jetzt ins Schlafzimmer. Die Tür war offen, und Hubbard gab den anderen ein Zeichen, ihm zu folgen. Er betätigte den Lichtschalter, und nun sahen sie ein Fernrohr auf einem Stativ und ein Fernglas auf dem Fensterbrett.

Mitten im Schlafzimmer stand ein ein Meter zwanzig hoher, erleuchteter Schaukasten, in dem sich ein maßstabgetreues Modell der Andrusfontäne befand. Bryne wußte jetzt genau, was Mia hingekritzelt hatte, worauf sie ihn hatte aufmerksam machen wollen – auf die Fontäne im East River, den perfekten Schauplatz für die Zehnte Plage.

Bryne trat ans Fenster und sah durch das Fernrohr, das in Richtung Downtown auf die Südspitze von Roosevelt Island gerichtet war – er konnte den Brunnen kaum erkennen, aber er wußte trotzdem, worum es ging. Diesmal war Kamerons Ziel die ganze Stadt New York – das Memphis, Sodom und Babylon der Neuen Welt.

»Das ist es, Scott«, rief Bryne Hubbard zu. »Das ist der große Knaller. Die Fontäne! Die Getreidesilos waren bloß ein Probelauf. Sehen Sie's nicht? Dasselbe Toxin, dieselbe Plage. Er wird wieder Aflatoxin anwenden.«

Noch einmal beugte Bryne sich über das Fernrohr und stellte es scharf. Jetzt konnte er die Fontäne deutlich erkennen.

»Scott«, sagte Bryne zu dem FBI-Mann, »wir brauchen eine Riesenmenge Ammoniak – und das sofort!«

»Okay.«

»Aber das verdünnte Zeug, wie's in Flaschen zu kriegen ist, wird's nicht bringen«, setzte Jack hinzu. »Wir müssen außerdem irgendeine Möglichkeit finden, zu verhindern, daß die Fontäne angeschaltet wird. Wenn dort genügend Gift im Spiel ist, bringt Kameron in der Sekunde, in der die Fontäne anspringt, Tausende von Menschen um. Sie haben gesehen, wie windig es ist. Eine Giftwolke würde auf der Stelle meilenweit treiben.«

»Was genau brauchen wir?« Hubbard sah zuerst Bryne an, dann die Polizisten, die hilflos danebenstanden. Alle sahen so aus, als würden sie erwarten, daß Bryne sie rettete.

»Es gibt nirgendwo genügend Salmiak, soweit ich weiß«, erklärte Bryne. »Prüfen Sie, ob die Feuerwehr helfen kann. Die HAZMAT-Brigade vielleicht ... Floyd Bennett Field, dort lagert die Stadt alle ihre Chemikalien für Notfälle.«

»Tun Sie das«, befahl Hubbard einem der Polizisten. Und als er einen Computer auf einem Tisch stehen sah, setzte er hinzu: »Und nehmen Sie den gleich mit, wenn Sie schon mal dabei sind!«

»Hören Sie zu, Scott«, fuhr Bryne fort, »entweder brauchen wir einen Tank konzentrierten Salmiakgeist oder einen Sack Amoniumanhydrid, einen Riesensack, Schläuche, Kupplungen, mindestens eine Klempnerwerkzeugtasche, einen echten Klempner, wenn möglich, und ein verdammt gutes Boot.«

»Warum keinen Hubschrauber?« fragte Hubbard.

»Überlegen Sie doch mal, Scott«, sagte Bryne. »Wenn wir zu spät kommen, verteilt der Helikopter das Gift noch effektiver.«

Hubbard zog sein Handy aus der Tasche, rief den Admiral an, bekam grünes Licht, ein Defcon One, und er und Bryne machten sich zum East River auf den Weg, im Wettlauf mit einem Irren, im Wettlauf gegen die Zeit.

21.40 Uhr

An ihrem Liegeplatz vertäut, dümpelte die robuste, dickbauchige Polizeibarkasse im kalten Wasser nahe der Bootsrampe am East River. Eine schmale eiserne Fußgängerbrücke beförderte Bryne und Hubbard hinüber auf den Kai – einen alten, aber heute abend alles andere als verlassenen Ankerplatz an der 79. Straße, wo einmal die Boote abgelegt hatten, die die Kranken hinüber zu dem alten Metropolitan Hospital schafften. Als die Insel noch den Namen Welfare Island trug, hatte das Hospital auf dem direkt gegenüberliegenden Ufer von Roosevelt Island gestanden. Bryne schaute über das dunkle, ölige Wasser hinüber zu den häßlichen Ruinen der einstürzenden, verlassenen Anlage.

Gemeinsam hievten sie eine Werkzeugtasche an Deck der Barkasse, dann sprangen sie an Bord. Hubbard sprach mit dem Bootskapitän, der ihm sagte, daß Säcke mit Salmiakblöcken von der Anlage auf Governor's Island, gegenüber der Freiheitsstatue, flußaufwärts unterwegs seien. Hubbard schlug vor, daß sich die Küstenwachenbarkasse mit dem Polizeiboot in der Nähe der Brooklyn Bridge treffen und dann die Spezialladung den Fluß hinaufbringen sollte, wenn man ihn und Bryne auf Roosevelt Island abgesetzt hätte. Der Plan wurde gutgeheißen, und die Barkasse legte ab.

Bryne beobachtete, wie sie sich der Insel näherten, und empfand ein Gefühl der Vorfreude, das er kaum bändigen konnte. Rache. Reine, vollkommene Rache. Die Rache war sein nach den Gesetzen Gottes und der Menschen, und er war entschlossen, sie diesmal einzufordern.

23

Sonntag, 5. Oktober
19.00 Uhr

Nach Verlassen seines Geheimlabors war Kameron achtsam die Second Avenue hinunter und über die Brücke an der 59. Straße aus Manhattan heraus nach Queens gefahren. Genau nach Zeitplan kurvte er am Hafenviertel entlang durch die verfallenen Tore einer verlassenen Bäckerei. Er folgte der Route, die er so viele Male vorher schon erprobt hatte, und fuhr an den rostenden Ladestationen vorbei hinüber an das stählerne Schott direkt am Wasser. Er schaltete den Motor aus und kurbelte das Fenster herunter. Der Bodennebel lichtete sich, und als die Herbstnebel über dem East River vom Wind weggefegt wurden, sah Teddy die Silhouette des Andrusbrunnens, die sich deutlich gegen die Lichter des UN-Komplexes abhob. Er beobachtete, wie der Fluß in seiner schäumenden Bewegung nach Norden die schmale Fahrrinne füllte, und sah, wie das Treibgut von den Strömungen mitgerissen wurde. Der East River war an dieser Stelle nur eine halbe Meile breit, und im Moment war das alles, was ihn von den zwei Millionen Menschen auf Manhattan Island trennte. Er sah, daß sich sein Boot, das neben den Piers sicher vertäut lag, mit der Flut hob. Er warf einen prüfenden Blick auf seine Uhr. Die Flut war pünktlich bald würde sie ihren Scheitelpunkt erreicht haben –, und er konnte mit dem Beladen beginnen.

Da er wußte, daß er nie wieder in sein Labor zurückkommen würde, hatte er alle Dateien und Aufzeichnungen aus seinem Computer auf CD-ROM gespeichert und so sein ganzes biographisches Material, seine Formeln, seine Codes, seine Patente, die Nummern seiner Bankkonten und all die Tabellen, Protokolle, Fotos, Labortests und Bibliographien, die Summe seines Lebenswerks kopiert. Er hatte bestimmte Dateien, von denen er wollte, daß Bryne und das FBI sie fanden, auf eine neue Festplatte kopiert und sie in die Ladestation eingeschoben. Dann war er mit seinem alten Plattenlaufwerk hinaus auf die Feuertreppe gegangen, hatte es mit Spiritus übergossen und angezündet. Alles, was er erreicht hatte, und alles, das ihn zu dem gemacht hatte, was er heute war, befand sich auf zwei CD-ROMs. Er ließ sie in die Tasche seines Jacketts gleiten, schaltete die Kontrollkameras ein und verließ das Labor.

Er hatte seinen Laptop mitgenommen, und während er nun in seinem Lieferwagen saß und auf Stillwasser wartete, schaltete er ihn ein, tippte sein Codewort in sein Handy und klinkte sich ins Internet ein. Er erhielt Zugang zu seinem Netz im Labor und aktivierte die Kameras über seinem Monitor. Nichts Außergewöhnliches. Er entspannte sich. Er wußte, sie waren nicht mehr weit. Er hätte im Met fast laut losgelacht, als Bryne an ihm vorbeigelaufen war. Nun spielte er sich die Aufzeichnungen des Überwachungssystems voller Erregung vor. Auf der Mattscheibe seines Laptops sah er deutlich das Innere seines Labors. Während er in Queens saß, sondierte eine Digitalkamera alle fünfzehn Sekunden das Labor in Manhattan, speicherte die Bilder und übermittelte sie an Teddy. Da er die Internetverbindung über sein Handy aktiviert hatte, gab es für die Polizei keine Möglichkeit, festzustellen, wo er war. Selbst wenn er auf sie wartete.

Er freute sich schon darauf, Jack Bryne zu beobachten. Wenn er richtig vermutet hatte, würde Bryne möglicherweise sogar in das Labor einbrechen, während er zusah. Vielleicht, so hoffte Teddy, würde er sogar Bryne und Hubbard dabei zusehen können, wenn sie die Geschichten seiner großen Meisterleistungen lasen. Während Kameron geduldig auf den nächsten Schritt in der Durchführung der grandiosesten und inspiriertesten aller seiner Taten wartete, schob er eine CD-ROM in seinen Laptop und suchte die Dateien durch, bis er zum Prolog seiner Autobiographie gelangte, Kostproben der verseuchten Worte, die er zu formulieren versucht hatte, um sein Leben zu beschreiben, es zu definieren, zu erklären und zu verherrlichen. Diese Worte waren der Versuch, seiner eigenen Existenz ein Denkmal zu errichten. Er betrachtete sie zum – wie er wußte – wohl allerletzten Mal in der stetigen Hoffnung, daß er vielleicht doch noch zum Nobelpreis vorgeschlagen würde. Er wartete, daß die ausgewählten Dateien auf seinem Bildschirm erschienen, während er genußvoll die Gerüche des Flusses in sich aufnahm und die Skyline genoß. Er sah, wie sich ein Moran-Schlepper mit dröhnenden Dieselmotoren flußabwärts gegen die Flut vorankämpfte, einen Lastkahn im Schlepptau. Ah, New York, immer in Bewegung, dachte er und startete lächelnd seine Autobiographie.

PROLOG

Es heißt, daß das Genie bedeutender Männer ihren Müttern zuzuschreiben ist. Theodore Graham Kameron ist keine Ausnahme von diesem Diktum. Wer weiß, was aus ihm geworden wäre ohne die fromme Heuchlerin, die sich der Mühe unterzogen hatte, ihn zu gebären – nur um ihn zu züchtigen, zu verletzen und zu erniedrigen aus Gründen, die ihn ängstigten, als er ein Kind war, und die ihm unmenschlich erschienen, als er größer wurde. Sie haßte ihn, sie nannte sein blondes gutes Aussehen teuflisch (»Luzifer war golden wie die Sonne – wie du, Theodore!«). Sie zwang ihn, jeden Tag eine neue Lektion aus der Bibel zu lernen, be-

strafte ihn für jeden Fehler, zog ihm die Kleider vom Leibe und las ihm den Abschnitt wieder und wieder vor, bis er ihn zuerst mit ihr und dann ohne sie hersagen konnte. Sie ließ ihn nackt dastehen, bis er den Text vollkommen auswendig wußte. Für kleine Versehen hatte sie immer den Riemen bereit, und das Waschbecken für ernstere Fehlverhalten oder Nachlässigkeiten. Als er drei war, konnte er jeden Psalm aufsagen: Entweder er lernte sie, oder sie hielt ihm in ihrem Badezimmerwaschbecken das Gesicht so lange unter Wasser, bis er sie auswendig konnte. Wenn er, selbst als er älter war, die tägliche Lektion nicht gelernt hatte, mußte er zur Strafe nackt dastehen. Sie hänselte ihn dann wegen seiner vernarbten Hände und wegen seines Körpers. Als er noch größer wurde und es zum ersten Mal wagte, sich selbst zu berühren, war sie darauf verfallen, ihm die Finger zu verbrennen, um ihn davon abzubringen, und sie verhöhnte ihn wegen seines großen Penis. Um zu überleben, verkroch er sich in die Welt seiner Träume, seiner Sehnsüchte, wo er vor ihren neugierigen Händen, den schmerzlichen Stockschlägen und den Handschellen sicher war. Mit den Handschellen trieb sie es zu weit. Die Fesseln sollten normalerweise bewirken, daß er seine Hände von sich fernhielt, aber schließlich hatte er davon Blasen und Entzündungen an den Händen, und dann waren da auch noch die Verbrennungen über den Entzündungen. Zu diesem Zeitpunkt wurde ihr klar, daß sie ihn zum Arzt bringen mußte, und sie wußte, sie würde die Narben an seinen Fingern verbergen müssen. Sie wußte, sie würden alles sehen, diese Ärzte, und so schaltete sie schließlich den Backherd ein, ließ ihn glühend heiß werden, und dann rief sie den Jungen in die Küche. Mrs. Kameron sprach ein Gebet, als sie den Herd aufklappte, den Jungen bei den Handgelenken packte und zu der Ofenklappe zerrte. Sein ganzes Leben erinnerte er sich der Worte, als sie seine Hände gegen den glühenden Stahl drückte und so all seine Verbrennungen in eine verwandelte. Sie hatte da-

mals gesagt, dies tue sie für Gott. Sie schrie heraus, daß Gott es niemals wolle, daß er sich an sich selbst verginge, und schwor, daß sie dafür sorgen würde, daß er es nie wieder täte. Teddy roch sein verbranntes Fleisch, aber vor Schmerzen nach Atem ringend, wurde er bewußtlos, bevor er auch nur schreien konnte. Damals war er elf gewesen, und er faßte sich selbst nie wieder an. Er hatte auch nie einen Orgasmus, außer wenn er kleine Tiere quälte und tötete oder noch kompliziertere Zerstörungen durchführte. Und nirgendwo hatte er mehr Frieden als in seinen Träumen. Diese Träume handelten stets von den zwei Dingen im Leben, die er erreichen wollte.

Zum einen wollte er Schauspieler werden. Er wußte, daß er sich gut verstellen konnte. Die ganze Zeit an der Privatschule tat er so, als sei seine Mutter die Witwe eines leitenden Versicherungsangestellten. Er tat so, als sei sie eine gute Mutter, nur ein bißchen streng, was der Grund dafür war, daß er keine Freundschaften schließen konnte, wie die anderen Kinder – er mußte immer sofort heim und »der Mann im Hause sein«. Er tat auch so, als lachte er, wenn jemand einen Witz erzählte, und als sei er freundlich, aber nur wenn es ihm paßte. Ja, er würde einen großen Schauspieler abgegeben haben.

Doch für seine Mutter war das Theater Teufelszeug; sie war eine von denen, die immer noch glaubten, Schauspieler dürften niemals in geweihter Erde begraben werden. Sie wußte, er hatte den Teufel im Leib, und der Teufel labte sich am Vergnügen. Also keine Schulaufführungen. Kein Kino. Kein Fernsehen, als es aufkam.

Das zweite, was Teddy Kameron werden wollte, war entweder Wissenschaftler oder Arzt, vor allem einer von denen, die auf die Krabbeltierchen aus dem Wald spezialisiert sind, von denen er wahnhaft besessen war, solange er sich erinnern konnte. Seine Mutter glaubte weder an die Evolution noch an die Wissenschaft, und sie konnte es kaum ertragen, einen Arzt aufsuchen zu müssen. Die Mitteilung, daß ihn das Heilen interessiere, erweichte sie ein bißchen. Und so ließ sie ihn in die Bibliothek gehen, wo er Tage, später Jahre zubrachte und nicht die Heilkunst, sondern den Tod studierte – Toxine und Gifte – und sich Notizen machte, die sie nie zu Gesicht bekam, und in einem verlassenen Geräteschuppen am Rand des Grundstücks, wo sie nie hinkam, Experimente durchführte.

Als er die High-School als Klassenprimus verlassen hatte und mit einem vollen Begabtenstipendium an die Cornell gegangen war, kannte er sich in Toxikologie besser aus als viele seiner Universitätslehrer.

Als er in Ithaca lebte, teilte sie ihre Zeit zwischen Kalifornien und ihrer Farm in West Virginia auf, wo sie ihre Pferde hielt. Sie war weit genug entfernt, so dachte er sich, um ihn nicht länger quälen zu können. Aber das stimmte leider nicht. Es war, als trüge er sie in seinem Kopf mit sich herum, als brumme sein Schädel vom Geleier der Unterdrükkung und Verdammung trotz der Ferne. Ihre Briefe, eigentlich religiöse Traktate, versengten seine von Narben verdickten Handflächen. Nach ihren herzzerreißenden Anrufen, in denen sie ihn bat, sie doch besuchen zu kommen, fühlte er sich tagelang körperlich krank. Er schickte die Briefe ungeöffnet zurück und bat sie, nicht zu schreiben, nicht anzurufen, doch sie bestand hartnäckig darauf; es war die Strafe dafür, daß er von ihr weggegangen war.

Da kam ihm der Gedanke: Sie, die ihn als Teufelsbrut betrachtete, als einen Schüler Onans, war es doch in Wirklichkeit, die verdammt war, sie war es, die Strafe verdiente. Schließlich unternahm er, noch als Student, eine lange aufgeschobene Reise nach Hause, angeblich um sich mit ihr auszusöhnen.

Der verlorene Sohn kam nach Hause zurück. Er umarmte sie, ging mit ihr in die Kirche und kaufte ihr sogar ein paar seltene und schöne Exemplare für ihr Aquarium, die einzige

Sache auf der Welt, die sie neben ihren Pferden und der Bibel liebte. Noch in der ersten Nacht war Teddy, als sie schlief, nach unten geschlichen und hatte mit erregter Wonne nur ein, zwei Tröpfchen von dem farblosen Ciguateratoxin in das Bassin geträufelt. Er hatte es aus einem zwei Kilo schweren Schnapperfisch gewonnen und extra dafür nach Kalifornien mitgebracht.
Am nächsten Morgen weckten ihn ihre Schreie. Er wußte, was sie entdeckt hatte. Er ging in aller Ruhe ins Badezimmer und betrachtete sich im Spiegel, nackt, wie sie es immer verlangt hatte. Er drehte den Wasserhahn auf und füllte das Becken, dann ejakulierte er, ohne sich zu berühren. »Siehst du, Ma«, sagte er laut zu seinem Spiegelbild, »ohne Hände ...« Dann ging er zu ihr nach unten.
Er tat so, als sei er über das Massaker genauso bestürzt wie sie, und tröstete sie, bis es Zeit war abzureisen. Von Hunger überwältigt, machte er auf dem Weg zum Flughafen an einem Diner halt, bestellte sich Schinken, Eier, Pfannkuchen und Kaffee für zwei und genoß jeden Bissen.
Zwei Monate vergingen ohne ein Wort zwischen ihnen. Dann kam plötzlich der Anruf aus Kalifornien. Sie war an einem Herzinfarkt gestorben. Teddy hatte gehofft, der Tod ihrer Fische hätte ihr das Herz gebrochen. Ihr Geld war zwar ein Geschenk des Himmels, aber andererseits war es doch zu schade, daß sie nicht mehr da war, um vor Scham darüber zu sterben, was ihr kleiner Junge im Schilde führte. Teddy hatte es nicht erst von seiner Mutter hören müssen, daß er anders war als die anderen; er hatte es schon immer gewußt. Aber er hielt sich eher für etwas Besonderes. Natürlich bestätigte ihn darin die auf ihn gefallene göttliche Wahl. Der Welt erschien er, selbst als Erwachsener, ziemlich scheu, als ein äußerst brillanter Einzelgänger, gutaussehend, aber distanziert. Tatsächlich wußten nur wenige, wie distanziert. Er war ein Mensch begrenzter, doch glühender Leidenschaften, unter denen romantische Liebe nicht zu fin-

den war. Er war leidenschaftlich in seiner Arbeit, die das Beste an ihm war, voller Leidenschaft, seinen Beitrag zu leisten, sich in Erinnerung zu bringen.

Seit dem Beginn der göttlichen Mission, mit der er beauftragt worden war, in deren Namen er die Plagen herbeiführen sollte, seit der Zeit, da er zum ersten Mal die »Stimme« gehört hatte, hatte er es sich zur Pflicht gemacht, detailliert Buch über seine Leistungen zu führen. Sein Beitrag zur Geschichte würde erstaunlich sein, und er wünschte sich, daß die Welt schließlich davon erführe.

Er unterbrach seine Lektüre – davon überzeugt, daß er seine Mutter richtig dargestellt hatte. Er konzentrierte sich; er war auf die Ursache seines Wahnsinns, seine giftige Mutter, zu sprechen gekommen, und er mußte das Wesen der Toxine selbst ansprechen, warum sie ihn verfolgt hatten, warum er der Wissenschaftler geworden war, der er war, und wie es dazu gekommen war, daß er sich infiziert hatte. Es besteht eine enge Verbindung zwischen Genie und Wahnsinn. Nur jemand, der beides erfahren hatte, konnte dies zu erklären hoffen – daher sein dringendes Bedürfnis, sich zu konzentrieren. Daher das im Entstehen begriffene Werk, das Werk, das er geschaffen hatte, um nicht nur Wahnsinn oder Krebs zu dokumentieren, zu erklären, vorauszusagen und zu beherrschen, sondern auch das Göttliche ...

Teddy blickte von seinem Laptop auf. Ein Geräusch hatte ihn aufgeschreckt. Er neigte den Bildschirm ein wenig, um die Helligkeit im Innern des Lieferwagens zu dämpfen. Er sah nichts als die steigende Flut, er hörte nichts als die Geräusche der Stadt. Er klappte den Laptop wieder auf und steuerte die Kameras im Labor an, suchte die Räume ab, sah nichts und kappte befriedigt die Verbindung. Er schaltete seinen Monitor wieder auf die Texteintragungen um und las weiter, überflog Kapitel eins, sprang weiter vor und blieb endlich in Kapitel zwei hängen.

– II –

Tragischerweise werden der Allgemeinheit wichtige medizinische Entdeckungen aus Habgier, Borniertheit und Dummheit vorenthalten. Galilei wußte das nur zu gut, wie auch Theodore Graham Kameron. Wegen der Bigotterie, die ihn umgab, würde die wissenschaftliche Welt nie etwas von dem Kameron-Test erfahren. Einer der herausragendsten, aber unbekanntesten Toxikologen der Welt, Dr. Theodore G. »Teddy« Kameron, verbrachte den größten Teil seines Lebens damit, den organischen Toxinen der Erde auf die Spur kommen. Dr. Kameron verschrieb sich dieser Forschung, weil er wußte, daß die elementare Maschinerie des Todes das Geheimnis des Lebens enthielt.

Dr. Kameron erfand einen Test, der die großartige Erkenntnis von Sir Alexander Fleming, daß das bakterielle Wachstum durch einen Schimmelpilz eingedämmt werden kann, und Bruce Ames' Entdeckung, daß simple Petrischalen ausreichen konnten, das Vorhandensein von krebserregenden Stoffen nachzuweisen, miteinander verband. Der Kameron-Test, wie sein Entdecker ihn gern nannte, benutzte ebenfalls eine Petrischale, er konnte so sehr schnell große Bereiche häufiger Umweltstoffe unter die Lupe nehmen, um deren antibiotische und antikarzinogene Potentiale festzustellen.

Mit Hilfe dieses Tests überprüfte Kameron systematisch unzählige Insekten- und Schlangengifte; er untersuchte Tausende von Bodenproben und isolierte Bakterien- und sogar Pilzgifte, die eine Infektion durch Mikroben und, so glaubte er, selbst bösartiges Zellwachstum hemmen konnten. Siebzehn Jahre lang war er erfolglos geblieben, bis er sich in das Dritte Königreich der Mikrobischen Chimären und Greife hineinwagte: dem Phytoplankton und den Algen.

Kameron war es, der die Theorie entwickelt hatte, daß Phytoplankton die effizienteste und stärkste aller toxinbildenden Arten sei. Wirklich toxisches Phytoplankton wie die das Meer rot färbenden Dinoflagellaten, Pyrodinium bahamese,

produzierten starke chemische Stoffe, die ohne weiteres kleine Fische töteten. Größere Raubfische, die die kleineren fraßen, starben aber merkwürdigerweise nicht. Sie speicherten die Toxine in ihren Muskeln, so wie die Baumfrösche, die giftige Insekten fraßen, die starken Gifte in ihren Hautdrüsen sammelten, sie speicherten und so ihre Leistungskraft steigerten. Und sowohl die Fische als auch die Frösche nutzten die Toxine zu ihrer eigenen Verteidigung.
Ein anderes Phytoplankton tötete selektiv Bakterien. Kameron glaubte, daß aus diesen Toxinen eine völlig neue Art von Antibiotika gewonnen werden konnte – gefahrlose, die Immunabwehr unterdrückende Stoffe zur Behandlung von Krebs, Leukämien und vielem mehr.
Und geradezu unausweichlich hatte er nach fast zwanzigjährigen Versuchen genau so ein natürlich vorkommendes Phytotoxin in einer obskuren, in Brackwasser gedeihenden Algenblüte gefunden. Für normale Zellen war es nicht toxisch, aber es tötete praktisch alle Bakterien, seine chemische Struktur war nie auch nur genau bestimmt worden. Als er die Kultur widerstrebend an seine Gönner im christlichen Rat abgab, hatten sie ihm versichert, daß die ranghöheren Mitglieder ihres Entscheidungsgremiums seine Entdeckung pharmazeutischen Firmen vorlegen, ja sich für eine Finanzierung durch die Regierung stark machen würden. Er hatte mindestens ein unangefochtenes Patent erwartet, einen Leitungsposten, Aktienbezugsrechte, die Nominierung für einen Lasker Award und schließlich ein paar Jahre später vielleicht für den Nobelpreis. Seiner Frau erzählte er, bald würden sie alles haben – massenhaft Geld und Ruhm. Und dann fand er eines Tages sein Labor verschlossen vor, als er hinkam.
Schließlich war sein ganzes Leben über ihm zusammengebrochen, ein Kartenhaus, von Bigotterie und Heuchelei umgeweht, und er war ein ruinierter Mann. Er verlor alles: seine Frau, seine gesellschaftliche Stellung, alles – bis auf

den größten Teil seines ansehnlichen Erbes, das er wohlweislich auf einem Off-shore-Konto auf den Caymans versteckt hatte.
Und wo einst Leere geherrscht hatte, da glühte jetzt ein wilder Haß, der danach schrie, auf die Welt losgelassen zu werden.

Er las die Worte, die er vor vielen Monaten geschrieben hatte, und war erstaunt, wie richtig die inzwischen vergangene Zeit dies alles erscheinen ließ, denn sein Wissen über Gifte hatte der Welt die größten Hoffnungen geboten, und dann war es das giftige religiöse Dogma, das ihn fast vernichtet hatte. Behandle Gift mit Gift, erinnerte er sich ...

Und er kehrte zurück in seine Dateien, in denen er seine frühesten Erinnerungen gespeichert hatte, die Entwürfe seiner Beschreibungen der ersten Momente, da er sich seines Wahnsinns bewußt geworden war. Es hatte ihn immer verwundert, wie er in einem Raum voller Menschen seinen Verstand verloren hatte, und niemand außer ihm hatte es bemerkt. Er blätterte den Index seines Tagebuchs durch, bis er auf die Januareintragungen stieß. Januar, nur zehn Monate nach dem Unfall bei den CDC und dem Anfang vom Ende, dachte er. *Das ist länger, als das Virus gebraucht hatte, um Tucker anzustecken, ich frage mich, ob er's weiß*, überlegte Teddy, als er das Kapitel fand und die Datei öffnete. Er las langsam, um sich von neuem an den überschwenglichen Berichten zu ergötzen:

Freitag, 2. Januar
Für einen Januarnachmittag war es ungewöhnlich warm. Draußen herrschten mehr als zehn Grad, doch die Luft in dem zentralen Vortragssaal war ziemlich kühl. Kameron zitterte beinahe, aber nicht vor Aufregung, während er vor der Kerngruppe seiner Kollegen aus der Toxikologie den Vortrag hielt. Teile seines Referats hatte er schon früher zum besten gegeben, doch als er heute die toxische Wirkung der

modifizierten Doppelhelix zu schildern begann, schien sich das Bild von der Leinwand vor dem Diaprojektor zu lösen und bewegte sich wellenförmig auf die Mitte der Saaldecke zu, wo es sich in der Nähe des Lüftungsloches im Kreise drehte.

Gegen Ende setzte er seinen Vortrag fast automatisch fort, konterte sogar sechs rasche Fragen bezüglich der Darstellung und sprach ausführlich mit den meisten seiner Kollegen darüber, wie in ihren diversen Labors die Forschungsmethoden zu verbessern seien. Doch währenddessen beobachtete er recht beunruhigt, wie die beiden furchteinflößenden Bilder, nur ihm sichtbar, über den Zuhörern miteinander in ein Wechselspiel traten.

Die schlangenartige Doppelhelix wand sich, tanzte und umschlang sich in der Luft, als besäße sie Materie und Leben, doch sie mußte unwirklich sein, sonst würde die gesamte Versammlung darauf reagiert haben. Aber die anderen schienen sie nicht zu bemerken. Nachdem er den Vortrag mit Erfolg zu Ende gebracht hatte und man sich vielmals gegenseitig gedankt hatte, wand sich die Helix noch immer an der Decke. Und dann verwandelten sich ihre Windungen langsam in den Leib einer riesigen grünen Schlange. Noch während er die Schlange beobachtete, spürte er, wie Panik in ihm aufstieg – und er zwang sich, den Saal zu verlassen, um frische Luft zu schöpfen.

Die Türen gingen auf, ein Strahl kristallklares Sonnenlicht fiel von hoch oben schräg in den matt erleuchteten Vortragssaal, und er fühlte den Zwang, sich umzudrehen und nachzusehen, ob das Licht die Schlange durchbohrt hatte. Die Helix war inzwischen so reptilienhaft, so furchterregend geworden, daß er sich einem hysterischen Anfall nahe wußte. Seine Brust hob und senkte sich, und er hatte das Bedürfnis davonzulaufen.

Dennoch fühlte er den Zwang nachzusehen, ob das Sonnenlicht diese ... ja was? – Halluzination? Vision? Göttliche Er-

scheinung? – zerstören würde. Und statt hinauszugehen, drehte er sich abermals um. Und da war sie immer noch: die Schlange, die sich in einer welligen Spirale in die Höhe wand. Die Doppelhelix rollt sich auf, *dachte er entsetzt, den Blick noch immer nach oben gerichtet.* Mutationen existieren nicht mehr. Die ganze Helix kann jetzt im Labor nachgeschaffen werden. Meine Sammlungen ohne Belang. Meine ganze Arbeit sinnlos. Wie kann ich sie jemals wiederherstellen? Wie?

Jetzt verwandelten sich die Windungen in den Leib der Schlange, die sich um den Äskulapstab schlängelt, und während er noch hinsah, teilten sich die Spiralen.

Und so gewiß, wie aus der einen Schlange zwei wurden, so fielen die beiden empfindungsfähigen Teile seines Verstandes auseinander. Vernunft und Aberglaube trennten sich. Er erkannte mit schrecklicher Klarheit, daß die Schlangen von der einen Großen Schlange im Garten Eden abstammten – sich aber nun dazu entschieden hatten, zwei zu werden: die Erbsünde seiner Feinde und die Ur-Rache – die Rache ist mein, spricht der Herr. In diesem Augenblick wurde ihm klar, daß er seine Mittel vervollkommnen und wider seine Feinde zurückschlagen mußte. Er hörte die »Stimme«, und sie erfüllte ihn mit einem schrecklichen Plan, und eine überwältigende Erkenntnis überkam ihn, als er sah, daß alle Teile des Puzzles am Ende zusammenpaßten.

»Let My People Go ... Laß mein Volk ziehen«, vernahm er seine eigene Stimme, die die Heilige Schrift zitierte.

Und in diesem Moment geschah es schließlich, daß sein schlechtes Gewissen ihn verließ.

Wenn diese Idioten im Christlichen Rat an die Heilige Schrift als ein buchstabengetreues Dokument glaubten, dann konnte er von seiner höflichen Art Abschied nehmen, die biblische Hand erheben und die heuchlerischen Sünder heimsuchen, die sein Leben und seine Karriere vernichtet hatten, sie heimsuchen mit »der flammenden Schlange der Israeliten«.

Er hatte mit einer »Stimme« geschworen, von der er nicht wußte, daß es seine eigene war, und sie ängstigte ihn mehr als alles, was er jemals erlebt hatte. Es war der Ton reinen Zwanges: denn Kameron hörte in diesem Augenblick, und jedesmal, wenn er die »Stimme« für den Rest seines Lebens hörte, das Wort Gottes des Allmächtigen. Wie merkwürdig, dachte er, daß Gott sich einem Mann offenbart, der an nichts glaubt als an das Nichts. Wie merkwürdig und wie wunderbar. Von den Gläubigen war er betrogen worden, um den reinsten Glauben von allen geschenkt zu bekommen.

Eine Hand bewegte sich in dem Raum zwischen den Schlangen und Kamerons Augen. »Teddy, mein Lieber, ist mit Ihnen alles in Ordnung?«

Teddy hatte nur genickt. Er wußte, was zu tun war. Wie er ihn in Gang setzen würde – diesen ganzen reinigenden Horror.

Die »Stimme« hatte ihm perfekte Anweisungen gegeben.

Teddy las den letzten Satz und merkte, daß er trotz der kühlen Luft schwitzte. Er fühlte seinen Puls. Am liebsten hätte er sich eine Blutprobe abgenommen. War es nur die Lektüre, oder würde die »Stimme« bald wieder zu ihm sprechen? Verunsichert holte er mehrmals tief Luft, versuchte sich zu entspannen und schob die Gedanken seines verseuchten Inneren beiseite. Er liebte den Gedanken daran, daß seine größte Tugend die Beharrlichkeit war und daß er als Wissenschaftler seine Sache nur am Beispiel zu belegen hoffen konnte. Deshalb war es ihm eine Freude, noch einmal bestätigt zu sehen, daß er auf seinem Standpunkt beharrt hatte und obsiegen würde.

Mit ohrenbetäubendem Dröhnen schoß ein Helikopter über den Fluß hinweg. Teddy beobachtete ihn lächelnd. Er wußte, solange die Hubschrauber noch flogen, waren sie seinem Plan nicht auf der Spur. Er schaute auf den Fluß. Die Strömung wurde schwächer. Teddy bemerkte, daß es fast an der Zeit war, sich wieder auf die Reise zu begeben, aber er hatte noch Zeit, sein Lieblingskapitel zu lesen.

– XXIII –

Theodore Kameron liebte Flugreisen. Das Reisen hatte im Mittelpunkt seines Lebens gestanden, und er freute sich auf jede Abreise, jede Ankunft, das Planen, das Überlegen. Regelmäßig flog er über den Atlantik und den Pazifik, und es machte ihm Spaß, in der Luft zu arbeiten. Und heimische Kurzreisen liebte er ebensosehr. Am meisten genoß er die Zubringerstrecken, wenn er Regionalbusse, Fähren und Züge benutzen konnte.

Früher war das Reisen unumgänglich gewesen, weil er seine Sammlungen zu erweitern und Proben zu verpacken hatte; jeder Gang zu einem Kleinstadt-Drugstore war ein Experiment im Rahmen der amerikanischen Gesellschaft, von dem er amüsiert, wütend oder fasziniert zurückkehrte.

Die Drohung, daß Gepäck verlorengehen konnte, war natürlich das Haar in der Suppe, deshalb gab er nie etwas auf, sondern zog statt dessen Bordcase oder FedEx, DHL oder Parcel Post vor, um in seinem Zeitplan nicht ins Hintertreffen zu geraten. Normale Speditionen transportierten seine schwereren Muster, die Bücher, Kleider, Kameras und Diaprojektoren, Koffer, Kisten mit Aufzeichnungen, Stapel von Zeitschriften, Kollektionen von Getreideproben, Dias in Karussellcontainern, Filme in Kanistern und unredigierte Aufsätze in Transportkisten.

Das war die effizienteste Art, seine exotische Ausrüstung zu befördern. Schließlich waren von seiner Vortragsrundtour noch Vorstellungen bei mehr als zwanzig Berufsseminaren im Jahr übriggeblieben – bei anderen Toxikologen, Arzneimittelfirmen, medizinischen Fakultäten und Forschern an mehreren Forschungszentren der National Science Foundation.

Er war in der Wissenschaft eine respektierte Größe gewesen mit seinen über 150 in namhaften Journalen veröffentlichten Artikeln, seiner Beteiligung an der Gründung einer angesehenen medizinischen Zeitschrift und seiner Entdeckung von fünf neuen biologisch aktiven Alkaloiden.
Er besaß außerdem eine der weltgrößten Sammlungen organischer Toxine und trug Proben von überallher zusammen: von Schlangen, Eidechsen, Baumfröschen, Kröten, Insekten, Spinnen, den Federn tropischer Vögel, den Schnäbeln des Schnabeltiers, von Süß- und Salzwasserfischen, Dutzenden von Bakterien, verschiedenen leuchtend-farbigen Algenblüten und Toxinen von unzähligen Schimmelarten, Gallen, Schwämmen und mikroskopischen Pilzen.
Seine Vorträge über den Einfluß von adrenergen Alpha-I-Antagonisten auf Nikotinrezeptoren an den Ganglien waren von Kollegen in der pharmazeutischen Industrie besucht worden. Und seine Arbeit über den therapeutischen Einsatz von Mykotoxinen war immer aufregend. Dann hörte er plötzlich und aus nicht erkennbaren Gründen auf, über seine Arbeit zu reden. Es hatte Gerüchte darüber gegeben, daß die CDC ein Geheimlabor für biologische Gefahrenstoffe entwickelte, das sich mit hochgeheimem Material befassen sollte, es war die Rede von einer L-5-Gefahr gewesen. Seine Kollegen wunderten sich stets, aber die Wahrheit war schlicht, daß er sich verändert hatte, auch schon vor der Offenbarung in Aspen. Dagegen schoben hinter seinem Rükken Kollegen die Veränderungen auf den Unfall und auf seine Entlassung aus den CDC. Eine Zentrifuge hatte versagt: Kameron hatte die volle Verantwortung übernommen. Er hatte ein ganzes Labor verseucht, hatte mit Material gearbeitet, das nicht zu seinem speziell finanzierten Programm gehörte, und mußte der sehr hohen Wahrscheinlichkeit, sich selbst kontaminiert zu haben, ins Auge sehen. Es war dieses Risiko-Verhalten, das Kamerons ganzes Leben charakterisierte und letztlich seine Karriere bei den CDC zum Schei-

tern verurteilt hatte, es aber auch unvermeidlich werden ließ, daß der Christliche Rat ihm den Stuhl vor die Tür setzte.

Schon vor dem Borna-Austritt und viele Monate vor der ersten Offenbarung hatte sein impulsives Verhalten begonnen, hatten sich sein Engagement und seine Beharrlichkeit in den Vordergrund geschoben. Vielleicht schon unbewußt in Bereitschaft, hielt er bedeutend weniger Vorträge, reiste dafür aber mehr, um seine Toxinsammlung zu erweitern. Er sammelte Proben in Obstplantagen, in Straßengräben, auf Fischmärkten, in Zoos, bei Viehauktionen, in Fleischereien, Blumenläden, Kürschnereien, Frisörsalons – allerorts und überall.

Von Seen, Flüssen, Wegen durch Naturschutzgebiete, Tierställen, Getreidesilos, Bienenhäusern und den Sumpfgebieten Afrikas trug er unermüdlich Proben zusammen. Er entnahm sie Tsetsefliegen, Moskitos, Kriebelmücken, den Eiern von Sandflöhen, den Speicheldrüsen von Stechfliegen, dem Inneren von Schneckenhäusern, dem Schleim, den Schnecken hinterließen, und den von Reptilien abgeworfenen Schuppen. Seine Studien hatten ihn nach Zaire, Vietnam, Haiti, Sri Lanka und in den Himalaja geführt. Er sammelte Erde vom Rasen des Phebe-Hospitals in Liberia, beschaffte sich Tierkot aus dem Herpes-Institut in São Paulo, senkte seine Spitzhacke in den Guano der Fledermaushöhlen Neu-Spaniens und die Tundra der Falkland-Inseln. Seinen einzigen dauerhaften Ruhm erlangte er auf der anderen Seite des Globus – ein kleiner Gipfel neben einem gewaltigen Berg in der Brooks-Kette trug tatsächlich seinen Namen. Und warum war er dort gewesen? Wegen der Kötel des Polarbären und der Darmmikroben, die sie enthalten.

Er hatte seine Toxinsammlung schon vor vielen Jahren, als Student im letzten Semester, begonnen. Bei der Untersuchung einer einzelnen Bodenprobe hatte er die von Mikroben wimmelnde Erde gesehen. Er kam auf die Idee, Boden-

und Kotproben zu sammeln, sie zu etikettieren, während seiner Reisen systematisch zu horten und Jahr für Jahr in der geheimen New Yorker Wohnung, in der er sein Labor unterhielt, hingebungsvoll zu deponieren.
Doch es gab ein Problem: Worin konnte er seine kostbaren Proben aufbewahren, wenn er unterwegs war? Früher hatte es reichlich hölzerne Streichholzschachteln gegeben, aber als man sie in Bars, Hotels und Bonbonläden nicht mehr erhielt, wurde ihm klar, daß ein anderer neutraler Lagerbehälter vonnöten sei.
Dann fand er in der Herrentoilette eines heruntergekommenen Motels mit Grill die Antwort: Ein Automat mit der prahlerischen Aufschrift VERKAUF NUR ZUR VORBEUGUNG GEGEN KRANKHEITEN. Damals glaubte er noch, sein Auftrag sei es, Krankheiten zu verhindern, und für den Silber-Vierteldollar in seiner Tasche bekam er einen Pariser, das erste von Tausenden von Kondomen, allesamt mit Zwanzig-Gramm-Proben gefüllt, die er bei seinen ausgedehnten Stops am Straßenrand auf den endlosen Auslandsreisen gesammelt hatte.
Seine Sammlung war eine der größten und eindrucksvollsten Kondomsammlungen, die je zusammengetragen worden waren: Darin fanden sich Fourexe, Trojaner, Ramsesse, X-Cellos, Spartaner, sogar drei rare Goldfasane in ihren Metallschächtelchen, auf denen Karawanen mit geschmückten »Wüstenschiffen«, auf den Tieren sitzende Araber und ein phallischer Kaktus im Hintergrund zu sehen waren; eine Mickymaus mit kleinen Ohren aus Amsterdam, ein verschnörkelter Drache aus Bangkok, rote, blaue Gummis, und eines, das im Dunkeln leuchtete. Manche waren mit Zusätzen versehen – die Kitzelkondome; neuere waren gerippt und besaßen Reservoirspitzen. Aber sein Liebling war nach wie vor ein altes Blechschächtelchen mit Ramses darauf, eine winzige, auf den Deckel gemalte ägyptische Landschaft, bunte Hieroglyphen und zwei sitzende Darstellungen

von Ramses selbst, thronend und eingekleidet, in der Hand ein zweideutiges gebogenes Zepter, das so lang war, daß es ihn im Sitzen überragte. Jedes einzelne Kondom war mit einer Probe gefüllt und mit Fundort und -datum beschriftet. Irgendwann, hatte er sich gesagt, würde er die Proben auf Spuren einer neuen Pilzart untersuchen und die Kultur auf ihr antimikrobielles Potential überprüfen. Er würde finden, was noch niemand vor ihm gefunden hatte, es züchten, das Nebenprodukt veredeln, es verkaufen. Sein ureigenes Antibiotikum!

Die Jahre flogen vorbei, und die Arbeit wurde nie erledigt, aber die Kondome blieben. Frühere Erwerbungen mußten manchmal neu verpackt werden. Mickymaus verlor ein Ohr. Latex ist verderblich. Die teureren Marken, viele aus Schafdarm, waren zwar poröser, aber geradezu unzerstörbar. Neuere Marken waren am besten.

Da Kameron nur ein Mensch war, fragte er sich von Zeit zu Zeit, warum er das machte, und gab die Hoffnung nicht auf, daß ihm irgendwann der Zweck der Sammlung, ihr vorbestimmtes Schicksal aufgehen würde.

Und dann kam Aspen und die Vision und die »Stimme«, und er wußte, er mußte den Gedanken an das aus einem Mykotoxin gewonnene Wundermittel aufgeben, Antibiotika vergessen, die heilenden Pilze vergessen. Damals begann er zu begreifen, daß die kostbaren toxischen Proben zu einem ganz anderen Zweck gebraucht werden konnten. Für eine göttliche Berufung.

Er blickte von dem Bildschirm auf, als sein Laptop ein Meldesignal von sich gab. In den Dielenbrettern vor seinem Labor befand sich ein Bewegungssensor, und Teddy wußte, er würde jeden Augenblick die Leute sehen können, die in sein Labor eindrangen. Er berührte rasch seine Tastatur. Das Labor kam ins Bild.

Er beobachtete, wie Bryne, Hubbard, die NYPD und die

HAZMAT-Brigade in seine Wohnung einfielen. Leider war es jetzt Zeit zu gehen. Er schaltete seinen Laptop ab und steckte die CD-ROM in die Tasche. Dann stieg er aus dem Lieferwagen, ging hinüber ans Wasser und schleuderte den Laptop, so weit er konnte, auf den East River hinaus.

Kamerons Boot, das am Kai vertäut war, schaukelte in den Wellen, als er vorsichtig ein paar Kanister und Pakete einlud, den Bug losband und langsam in das gestiegene Wasser hinaussteuerte.

Teddy war vom Vorgefühl des Kommenden hingerissen, aber er ging mit Bedacht vor, denn er war sich seiner kostbaren Fracht bewußt: drei große Plastiktrommeln, die zweiundsiebzig Pfund reines, destilliertes, hochkonzentriertes Aflatoxin enthielten. Den Rest der Maische hatte er ebenfalls eingepackt.

Der Ostwind wurde stärker, perfekt für seine Mission. Nichts konnte ihn jetzt mehr davon abhalten, das uralte Diktum zu erfüllen, das ihm die »Stimme« offenbart hatte: Lebe nach der Schrift, stirb nach der Schrift.

24

East River, New York
22.40 Uhr

Nachdem Bryne und Hubbard ans Ufer geklettert waren, hatte ein Polizist von der Barkasse jedem von ihnen eine starke Taschenlampe herübergereicht. Dann hörten sie, wie das Boot flußabwärts fuhr, auf das Küstenwachenschiff zu, das mit den Kanistern in Richtung Norden unterwegs war.

Sie bahnten sich ihren Weg durch die Ruinen des verfallenen Krankenhauses und liefen auf das Südende der Insel zu. Auf dem Weg vorbei an den Hochbauten und dem Goldwater Hospital sahen sie jenseits der letzten gepflasterten Straße am Inselende die Fontäne, die auf einem kleinen Wellenbrecher, ein paar Meter von der Südspitze der Insel entfernt, montiert war. Bryne bemerkte mit Besorgnis, daß diesen Teil der Insel zu viele Klippen umgaben: Das Polizeiboot würde an der Fontäne nicht festmachen können.

Der Mond beschien ihren Weg, und das Goldwater Hospital hinter ihnen und Manhattan auf der anderen Seite des Wassers spendeten ebenfalls Licht. Während sie über die Balken, Betonbrocken und Stahlträger eines zweiten verfallenen Krankenhausgebäudes hinwegkletterten, frischte ein Wind aus Osten auf. Sterne wurden sichtbar. Sie sahen die hell erleuchtete City von den exklusiven Wohnungen an der East End Avenue und dem Sutton Place bis hinunter zu der eleganten Fassade des Gebäudes der Vereinten Nationen. Im Osten lag Queens – langgestreckt, flach, dunkel und abweisend.

Über das teilweise zusammengestürzte Krankenhaus zu klettern war gefährlich, aber es war der einzige direkte Weg zu der Fontäne. Vor langer Zeit war dieses Hospital das erste Pesthaus der Stadt gewesen, eine Isolierstation für Opfer von Pocken, Typhus und Lepra hinter dem Graben des East River. Später war es durch das Metropolitan Hospital, eine Meile nordwärts, ersetzt worden. Das ursprüngliche Pesthaus, das inzwischen verwüstet und nahezu zerstört war, war zu einem Schandfleck geworden, und es war gefährlich, sich dort aufzuhalten. Vom FDR Drive aus jedoch konnte man es für ein verwunschenes Schloß halten.

Keller, unterirdische Gänge und Schächte waren unter verkrüppelten Bäumen und Unkraut verborgen, die das Südende der Insel bedeckten. Verrottete Planken, zusammengebrochene Treppen und Berge von Metallschrott, die einmal Rollstühle, Untersuchungstische und veraltetes elektrisches Inventar gewesen waren, lagen da, halb von Erde bedeckt. Was an Metall aus dem Boden ragte, konnte ohne weiteres Schuhe oder Hände durchbohren. Eine kupferne Kuppel, die zerschmettert am Boden lag, hatte ihre Farbe von Grünspan zu Braun verändert, da Bäume und Büsche das wenige Kupfer verdeckten, das die Lumpensammler nicht gestohlen hatten.

Hinter den Trümmern konnte Bryne die Fontäne sehen – einen würfelartigen Bau, der in Beton verankert war. Man hatte die Konstruktion auf diese Weise gegen den ungeheuren Stoß stabilisiert, der auftreten würde, wenn die ganze explosive Kraft der Wasserdüse in Gang gesetzt wurde. Dennoch wirkte der Aufbau instabil – ein aus Granitblöcken erbautes Miniaturinselchen von vielleicht sechsunddreißig Quadratmetern, das nur ein paar Meter vom Ufer entfernt zu liegen schien.

Auf einmal hörte Bryne ein durchdringendes Quietschen, er

ging sofort in die Hocke und begann sich leise umzudrehen, um nach Hubbard zu sehen. Hinter sich nahm er ein plötzliches Bersten wahr, dem ein lautes »O Scheiße!« folgte. Es brach und splitterte noch mehr faules Holz, dann gellte ein Schrei von Hubbard durch die Nacht, schließlich war Stille. »Jack, passen Sie auf! Alles ist morsch!«

Bryne kroch zurück, auf Hubbards Stimme zu, suchte mit der Taschenlampe die Gegend ab und machte etwas aus, das wie eine Grube aussah. Als er an den Rand robbte, sah er Hubbard, der zu ihm hochblickte. Dessen rechter Fuß sah fürchterlich verdreht aus.

»Ich hab mir meinen verdammten Knöchel gebrochen!« rief er zu Jack hoch. »Machen Sie ohne mich weiter!«

»Nein, ich komme runter und hole Sie da raus.«

»Dazu ist keine Zeit, Jack«, beharrte Hubbard. »Kommen Sie zurück, wenn Sie fertig sind.«

Bryne zögerte, er wußte, Hubbard hatte recht. »Okay, ich lasse Sie auf jeden Fall von hier fortschaffen. Rühren Sie sich nicht!«

Hubbard winkte Bryne weg. »Ich kann sowieso nirgendwohin!« rief er.

Bryne schnappte sich die Werkzeugtasche, stand auf, drehte sich um und kroch allein zu der Kupferkuppel zurück. Als er durch deren Lüftungsschlitze spähte, hatte er eine Szene vor Augen, die ihn viele Jahre zurück wieder in die Mandschurei versetzte: Die Metalltrümmer, die aus dem Boden ragten, und die dunklen Umrisse des verlassenen Piers erinnerten ihn an die Pfähle im Boden von Pingfan – und brachten ihn zurück in die Wirklichkeit, zu den Dingen, die dringend zu tun waren.

Die Fontäne lag mindestens zweihundert Meter jenseits der Kuppel. Jack hörte nichts außer dem Wasser des Flusses, das gegen die Felsen klatschte, und sah das Wasser – dunkel und fließend auf der rechten Seite. Ansehnliche Stücke Treibgut glitten langsam nach Norden, während größere Gegenstände, ein Bücherregal, eine Kiste, Dutzende von faulenden Brettern bewegungslos dalagen, von der Flut angeschwemmt.

Bryne mußte eine Furt überqueren, um zu der Fontäne zu gelangen. Die Flut war jetzt auf ihrem höchsten Stand. Nach ein paar kurzen Augenblicken des Verharrens würde der East River umkehren und wieder hinaus ins Meer fließen. Die von Jack abgewandte Seite des Inselchens war von einer Barriere umgeben, die aus Granitbrocken lose aufgeschüttet worden war, aber die Ostseite bot einen Zugang zu dem gigantischen Stahlkasten, der die Generatoren, Motoren und Filtersysteme der Fontäne enthielt. Bryne setzte seinen Weg nach Süden fort.

Mit Mia zusammen hatte er sich vor Monaten die Pläne der Fontäne angesehen. Er wußte, wie sie funktionierte, wußte, was er zu tun hatte. Aber würde es ihm gelingen, dorthin zu kommen, bevor das System zu arbeiten begann und den Bewohnern von Manhattan einen Anblick bescherte, der ihnen im wahrsten Sinne des Wortes den Atem verschlagen würde? Eine Lichterkaskade, Laserstrahlen in allen Farben würden von dem hoch aufsteigenden, mächtigen Wasserstrahl zurückgeworfen werden, ihre Farben verändern und dem Thema religiöser Vereinigung Licht und Glanz verleihen. Es würde wahrhaftig eine Feuersäule sein.

Noch einmal führte Jack sich vor Augen, was er über die Fontäne wußte. Sie war auf einem großen Betonblock errichtet und mit einer breiten Pyramide aus Betonblöcken und Pylonen verankert, die auf Muttergestein erbaut worden war. Es war eine künstliche Insel, die ein Gebilde trug, das wie eine Kirche aussah – genau wie Mia es gezeichnet hatte.

Aus einer Öffnung in der Mitte des Würfels ragte ein konisch zulaufender kupferner Turm nach oben, der wie eine gigantische Feuerwehrdüse geformt war und sich pfeilgerade in den Nachthimmel erhob wie ein Geschütz. Er war mindestens vier Meter hoch und an der Spitze von einem profilierten Ring umfaßt; eine kleine Leiter war seitlich angeschweißt. Bryne bemerkte, daß sich bereits Schutt an der Basis des Würfels angesammelt hatte. Würde er oder sonst irgend jemand so verrückt sein, den Sprung über die Furt zu wagen?

In diesem Moment sah er das Motorboot, das hinter einem Steinblock an der kleinen Landzunge festgebunden war. Nur die Armaturenbrettbeleuchtung brannte, der Bug zeigte nach Süden, und das Heck trieb stromaufwärts. Ein starker Motor lief, wenn Jack richtig hörte, im Leerlauf und stieß blubbernd eine graue Auspuffwolke aus, die leewärts davonflatterte. Kameron!

Bryne mußte hinüber zu der Fontäne, und das sofort. Er ließ kurz einen Lichtschein seiner Taschenlampe über die in kränklichem Industriegrün gestrichene Oberfläche des Stahlwürfels streichen. Nieten und Schweißkanten markierten die Ecken der Konstruktion. An der Ostseite des Würfels befand sich eine Luke mit einem Vorhängeschloß aus Chromstahl, das so groß war wie seine Faust und von einem Schließband herabhing. Das Schloß war aufgebrochen worden, und die Lukenabdeckung war leicht angelehnt. Bryne lief weiter. Wenn er dort hineingelangen konnte, würde er die richtigen Absperrventile und eine einfache Methode finden müssen, um den Chlortank unter Kontrolle zu bringen.

Vor ihm lagen nur noch ein paar Meter auf glitschigem Fels. Das Stillwasser verlieh dem Fluß eine trügerische Ruhe. Er prüfte seinen Stand und entschloß sich zu springen, wobei er eine angeschwemmte Kiste, die in der Gegenströmung schaukelte, als Trittstein benutzte. Für den Moment trug sie sein Gewicht, als er sich vom Fels auf die Kiste und dann, erstaunt über sein Glück, auf die kleine Insel der Fontäne hinüberschwang.

Er hob ein Stück rostiges Eisen auf und ließ es schnell wieder fallen; das verbogene Metall hatte sich tief in seine Handfläche gebohrt. Es fiel klirrend auf den Beton, als eine Bö ihn beinahe umriß. Noch eine halbe Stunde bis Mitternacht. Er machte seine Taschenlampe aus. In der New Yorker Düsternis spiegelte der Fluß die gewaltige Skyline über ihm.

Gebückt kletterte Bryne zu der Lukenklappe hinauf und sah hinein. Nur ein kurzer Blick, und er zog sich zurück. Kein Licht war zu sehen. Der Würfel – soviel konnte er erkennen – war so groß, daß ohne weiteres zwei Leute darin stehen konnten. Die gegenüberliegende Seite des Raumes endete abrupt in einer Gitterwand. Metall. Dahinter befand sich der Motor für die riesige Fontäne und ein Bedienungsfeld, das aussah wie der Feuerschirm einer Dampflokomotive: Skalen, Ventile, Pumpen, und am Fuß der Wand lagen Werkzeuge herum.

Bryne konnte mühelos hinaufsteigen und sich über den Rand der Tür hinaufziehen, dann wäre er im Inneren des Raumes. Er wartete, lauschte auf den Wind, der vom Wasser heraufwehte, auf das stete Plätschern der Flut, auf das Brummen des Verkehrs auf dem FDR Drive, der die Geräusche im Inneren des Pumpenraums fast übertönte. Nichts geschah.

Schließlich knipste er seine Lampe wieder an, gab der Tür vorsichtig einen Stups und leuchtete den Raum mit der Taschenlampe aus. Wieder nichts. Er sah hinein. An der rechten Wand konnte er die Druckmesser und Hebel sehen, jeder mit roter Schablonenschrift markiert: DÜSE DURCHMESSER (CM), FALLKURVE (GRAD), WASSERSÄULE HÖHE/STÄRKE (M/PH). Er kletterte hinein.

Unter den Apparaturen, am Sockel des Pumpenschaltkastens, mündete ein Chromstahltrichter in ein Rohr, das im Fuß des Düsenblocks verschwand. Daneben war ein Einlaßventil, das zur Aufnahme einer Stecktülle diente. An der Innenwand waren zwei Zweihundertachtzig-Liter-Fässer befestigt, die die Aufschrift »NATRIUMHYPERCHLORIT 5 % VORSICHT« trugen. Ein Stemmeisen hing an der linken Wand an einem Haken, daneben eine Schaufel und ein großer Besen. Er hörte nichts. Sah niemanden. Er knipste die Taschenlampe aus und zwinkerte in der Dunkelheit mit den Augen.

Bryne griff nach seinem Schwarzlicht und ließ dessen Strahl im Inneren des Würfels herumstreichen. In der Ecke, in einem schaurigen Ultraviolett leuchtend, lagen ein Haufen Lappen, ein gelber Ball aus zusammengeknülltem Zeitungspapier, ein paar leere Einkaufstüten aus Plastik und eine Ölkanne. Er leuchtete mit der Lampe in die Ecken. Nichts. Die Druckmesser wirkten unberührt.

Im Inneren des Trichters bemerkte er dann erneut das fluoreszierende Leuchten, das jetzt wogte wie ein Irrlicht im Moor. O Gott! Das Leuchten war hier stärker, ein eindeutiges helles Grünlichgelb, das von ein paar kaum wahrnehmbaren Flecken etwa so groß wie Wassertropfen ausging. Als er sich bückte, um sie genauer zu betrachten, erkannte er sofort die körnige Mixtur: gequetschter Mais.

Er fand die Hauptventile. Das letzte kam ihm anders als die übrigen vor. Bei näherem Hinsehen bemerkte er, daß die letzten Gewindedrehungen glänzten. Er sah, daß das große Ventil gelockert, um mindestens fünf volle Umdrehungen herausgeschraubt worden war. Es ragte jetzt fast zwei Zentimeter aus dem Rohr heraus, und es leuchtete grün.

Das Steuerventil war weit über die Höchststellung geöffnet worden; sollte die Fontäne in diesem Moment angestellt werden, würde ihre Wasserfahne mehr als dreihundert Meter in die Höhe schießen, mehr als dreimal soviel, wie die Markierung »HÖCHSTER ZULÄSSIGER DRUCK« auf dem Druckmesser anzeigte.

Er schaltete die UV-Lampe aus und knipste seine Taschenlampe wieder an. Das Licht blendete ihn vorübergehend.

Plötzlich hörte Bryne, wie die Tür quietschte und sich hinter ihm schloß. Er fuhr herum, riß den Besen von der Wand und stieß ihn gegen den Türpfosten, bevor die Tür sich ganz schließen konnte. Der Besenstiel drehte sich, als die Tür fest zugeschlagen wurde, aber Bryne stieß ihn weiter nach draußen, bis er nur noch den Besenkopf in Händen hielt. Jemand zog an dem Stiel und versuchte, den Besen aus der Tür zu zerren.

Bryne lockerte seinen Griff, der Besenkopf wirbelte ihm aus den Händen, verdrehte und verklemmte sich. Er griff nach dem Stemmeisen und schlug damit gegen die Metalleinfassung der Luke. Der Besenstiel fiel zu Boden. Bryne stemmte das Eisen in die Tür und zwängte sie auf.

Er hörte Schritte auf den Steinen, hörte, wie jemand auf den Betonplatten ausrutschte und sich von der Fontäne fortbewegte. Er sprang durch die Tür und jagte dem Mann hinterher, der niemand anderer als Kameron sein konnte. Der Lichtstrahl von Brynes Taschenlampe strich über das dunkle Wasser, als er ans Ufer sprintete. Kurz vor dem Boot rutschte die dunkle Gestalt, die schwarze Jeans, ein schwarzes Hemd und schwarze Laufschuhe trug, aus und stürzte auf den Felsen, gerade als Jack sie packte. Beide Männer gingen unsanft zu Boden, kamen wieder auf die Beine und musterten sich.

»Na, na! Wenn das mal nicht mein alter Zechkumpan aus Haiti ist!« sagte Kameron. »Wie geht's denn der Frau Mama?«

Bryne registrierte mit Schrecken die Leere in den Augen des Mannes, den Haß, der aus seinen Worten sprach. Aber Kameron machte keine Anstalten, sich zu wehren. Es war an Bryne zu handeln, und ihn trieb der pure Zorn.

Im Namen der Vergeltung, im Namen von Drew und Mia hob Bryne das Eisen, das er wie ein rituelles Schwert in der Hand hielt, und dachte: *Gib ihm, was er verlangt, töte dieses Stück ...*, und dann hielt er inne.

Er erinnerte sich an das Funkeln aus einer anderen Zeit, an ein blankes Bajonett. Es schrie: *»Hiyiku, hiyiku! Ich töte dich, ich töte dich!«* Und genau das war es, was Bryne schrie, als er die Spitze des Eisens auf Kamerons linke Seite richtete und sie ihm mit der Kraft all seines Hasses in sein Herz stieß. Blut war auf Kamerons schwarzer Kleidung zu sehen, und er ging zu Boden. Bryne hob die Eisenstange von neuem: *»Hiyiku! Hiyiku!«*, stieß sie dem am Boden liegenden Mann erneut in die Brust und stemmte sie mit der Anstrengung beider Arme so fest nach unten, daß sie tief in den Boden unter seinem Opfer eindrang.

»Du kommst zu spät, um mich aufzuhalten!« fauchte Kameron. Er kämpfte gegen das Eisen an und brüllte vor Schmerzen. »Glaubst du das, Kameron?« schrie Bryne die gepfählte Gestalt an. »Deine Zehnte Plage wird sich niemals ereignen! Wir werden dich aufhalten!«

Kameron schien das nicht mehr zu kümmern. Er streckte sich auf dem Sand aus und verzog das Gesicht vor Schmerzen. Plötzlich erschauerte er, rang nach Atem, und dann öffneten sich seine verstümmelten Hände, leblos, seine Arme streckten sich seitwärts, gekreuzigt.

In dem Moment hörte Bryne einen Motor und erkannte die grünen und roten Positionslichter der Polizeibarkasse. Die starke Bogenlampe blendete ihn, sein verzerrter Schatten legte sich über die Steine.

»Dr. Bryne, wir sind hier!« schrie der Bootskapitän. »Wo soll das Salmiak hin? Wir haben einen dicken Sack, das ist alles, was wir finden konnten.«

Es waren nur noch wenige Minuten Zeit. Bryne riß sich von Kameron los, der fest an den Boden geheftet war, deutete auf den Metallwürfel und rief: »Es wird hoffentlich reichen! Kommen Sie so nahe ran, wie Sie können. Machen Sie den Sack fertig. Wenn Sie nahe genug sind, werfen Sie ihn auf den großen Felsen dort an der Tür. Ich werde nur fünf bis zehn Minuten brauchen, dann müssen wir hier weg, und zwar mit Vollgas. Sorgen Sie dafür, daß keine Hubschrauber herkommen. Falls die Fontäne doch in die Luft geht, sind die das letzte, was hier über unseren Köpfen herumschwirren sollte.«

Die Flut hatte den Höhepunkt erreicht, und der Fluß war träge, fast glatt, er glänzte und funkelte im Mondlicht. Die Barkasse kam auf der Leeseite näher, und zwei Beamte in schwerer Ausrüstung hievten den Vierzig-Pfund-Sack mit dem anhydrischen Salmiak über den Schandeckel der Barkasse und rollten ihn auf den Felsen. Sie bewegten sich in Richtung Leiter.

»Was ist mit ihm?« schrie einer der Polizisten und zeigte auf Kameron.

»Laßt ihn in der Hölle verrotten! Der entkommt nicht mehr«,

fluchte Bryne. »Wir müssen das Salmiak in die Chlorkammer füllen. In dieser Fontäne ist genug Gift, um alle Männer, Frauen und Kinder im Umkreis von zwanzig Kilometern zu töten. Wir müssen es neutralisieren. Mit dem Salmiak!«

»Aber da ist doch 'ne Menge Chlor im Tank!« warnte der HAZMAT-Beamte. »Wenn man Salmiak hinzutut, wird es reagieren ...«

»Das ist milde ausgedrückt«, sagte Bryne zu ihm. »Aber sollte es hochgehen, dann erst, wenn das Salmiak seine Arbeit getan hat. Es braucht Zeit, um durch die Maismasse zu sikkern. Bis dahin sind wir von hier weg.«

»Und wenn Sie sich irren?«

»Dann werden wir mitten in der Explosion alle zu Salz erstarren.«

»Gott im Himmel!« sagte der erste Offizier. »Na dann, sehen wir zu, daß wir hier weiterkommen!«

Bryne half, die schwere Last bis vor die Tür zu rollen und sie in den kleinen Raum zu hieven. Er ging nach drinnen und riß den Sack auf. Das Salmiak trat augenblicklich mit der feuchten Luft in Reaktion und gab einen in den Augen beißenden Dampf ab. Bryne kippte den gesamten Inhalt in den Trichter und beobachtete, wie die körnigen Teilchen in den Tank darunter rieselten. Er kroch aus dem stählernen Pumpenhaus nach draußen und sprang auf die Barkasse. Der Motor röhrte auf.

»Dr. Bryne, Dr. Bryne!« rief einer der Polizeibeamten. »Er haut ab!« Irgendwie hatte sich Kameron von dem Eisen befreit. Er rannte auf den Würfel zu, kletterte auf ihn hinauf und über die Leiter nach oben, bis er mit ausgebreiteten Armen auf der Düse der Fontäne stand.

»Zur Hölle mit ihm!« brüllte Bryne. »In ein paar Minuten wird er ins Jenseits gejagt. Wenden Sie das Ding hier in Richtung Süden!«

In dem Moment hörte man das erste feuchte Rumpeln aus dem Metallwürfel, dichter Dampf quoll in Wolken aus der offenen Tür und der Hauptdüse und umhüllte das Dach der Pumpenstation. In dem Dunst verlor Bryne Kameron aus den Augen.

»Sie fliegt in die Luft!« schrie der Kapitän der Barkasse, während er das Steuer herumriß und Gas gab.

Die Düse auf dem Dach des Würfels stieß eine kurze, dicke, explosive, rülpsende Fontäne aus. Eine schwere Schleierwolke wehte nach unten, direkt auf das Boot zu. Die Barkasse begann rückwärts zu treiben, von der wechselnden Strömung gezogen. Als der Kapitän eine enge Kurve um die Felsen nahm, heulten die Motoren auf.

»Abstand halten von der Wolke da!« schrie jemand, aber es war zu spät.

»Nicht einatmen!« rief Bryne. Das dichte Rauchband zog zum Fluß hinunter und hüllte die Barkasse ein. Obwohl die Leute an Bord den Atem anhielten und Mund und Nase bedeckten, fingen alle an, hemmungslos zu husten. Sie hatten es in den Nasen, den Augen, den Lungen.

Bryne rieb sich die brennenden Augen. Schmerzen wie Flammen leckten an seinem Rachen. Die Lunge tat ihm weh, aber es war der vertraute Geruch von Ammoniak, und der sagte ihm, daß alles noch mal gutgegangen war. Er hatte es geschafft. Das Salmiak mußte rechtzeitig durch die Maische aus gereinigtem Aflatoxin, die Kameron in den Tank gefüllt hatte, gesickert sein, um das Gift zu neutralisieren. Die Frage war jetzt, ob am Boden des Tanks das Salmiak noch mit dem Chlor reagieren würde. Wenn ja, dann war diese erste Explosion nur so etwas wie ein Vorspiel gewesen.

»Bringen Sie uns schnell weg von hier!« schrie Bryne. Die Barkasse zog in den Ebbestrom und raste nach Süden.

Als er ein letztes Mal zurückblickte, war er sicher, daß er Kameron immer noch mit ausgestreckten Armen auf der Fontäne stehen sah. Und obwohl er wußte, daß der Mann dort zum Sterben verurteilt war, beschlich ihn eine seltsame Furcht. Plötzlich durchschnitten die ersten Laserstrahlen den Himmel und vereinigten sich über der Fontäne. Er sah auf seine Uhr. Noch zwei Minuten.

Genau um Mitternacht schoß der erste unglaubliche Wasserstrahl in den Himmel, erhob sich fast sofort zu einer Höhe von über hundert Metern und stieg höher und höher. Auf die Minute genau wechselten alle aufeinander zulaufenden Laserstrahlen einer nach dem anderen die Farbe und durchstachen die Dampfwolken: rot, gelb und blau. Schneller und höher donnerte die Fontäne in den Himmel, weit über ihre Grenzen hinaus und immer noch höher.

Feuerbaken auf den Brücken in Queens und Manhattan beschossen den gigantischen Geysir mit stroboskopischen Blitzen, die vollkommen synchron schlagartig an- und ausgingen, und dann vereinigten sich alle Strahlen zugleich über der Fontäne und fingen die gewaltige Explosion ein. Eine kreisförmige Welle weißblauen Lichts fetzte die Stahlplatten von dem Pumpenhäuschen und schickte die Messingdüse pfeilgerade in den Nachthimmel empor wie eine Rakete, der eine zig Meter hohe Feuerwolke folgte. Die Gewalt der Detonation und die gleißende Helligkeit des Lichts blendeten Bryne für einen Moment. Er strauchelte und fiel rücklings ins Boot, das weg von den herabstürzenden Trümmern nach Süden raste.

Fast im gleichen Augenblick erreichte die Männer auf dem Boot der Geruch hyperchloriger Säure, der durchdringende Gestank eines Swimmingpools, der mit zuviel Chlor behandelt worden war. Bryne, naß, bibbernd, mit blutigen Händen, kollabierte beinahe.

Eine Viertelstunde später meckerte praktisch die gesamte Bevölkerung von Downtown Manhattan über die sich ständig verschlechternde Qualität der Luft in der Stadt; aber alle waren sich einig, daß die Light-Show phantastisch gewesen war.

25

Montag, 26. April

Bryne hatte man auf direktem Weg von der Polizeibarkasse ins Bellevue Hospital gebracht. Hubbard war von einer HAZMAT-Brigade gerettet worden; er hatte einen komplizierten Knöchelbruch erlitten.

Jack wurde prophylaktisch gegen Verseuchung behandelt, und an der verletzten Hand mußte schließlich sogar eine Hauttransplantation vorgenommen werden. Vicky Wade blieb an seinem Krankenbett, bis die Ärzte ihr sagten, er würde wieder gesund. Danach besuchte sie ihn fast jeden Tag, oft zusammen mit Shmuel Berger, der Jack immer riesige Portionen irgendwelcher Köstlichkeiten mitbrachte, die seine Mutter gekocht hatte. Sie verbürgte sich dafür, daß er von der Kost gesund würde.

Den ganzen düsteren Winter hindurch hatte Jack mit Hubbard Kontakt gehalten, während die Suche nach Kamerons Leiche – oder Leichenteilen – weiterging. Zu dem beschlagnahmten Computer hatten sie über das Codewort »LMPG« Zugang erhalten. Sie lasen die selbstmörderischen Botschaften, die er ihnen hinterlassen hatte. Kamerons Tagebuch hatte diejenigen, die die Genehmigung hatten, es zu lesen, abwechselnd angeekelt und fasziniert.

In Kamerons seltsamer kleiner Wohnung waren zusätzliche Dokumente und Briefe zum Vorschein gekommen, darunter der Ablehnungsbescheid des Christlichen Rates und Unterlagen über andere Ablehnungen, die darauf gefolgt waren. Alles in allem hatten ihn nur wenige Leute gekannt, wenige hatten ihn gemocht, und keiner würde ihn vermissen.

Bryne fuhr nach Hause und versuchte weiterzuarbeiten.

Fünf Monate waren vergangen, seitdem die Fontäne explodiert war, fast schon zwei normale Jahreszeiten, aber dieser anhaltende Winter weigerte sich heftig und entschlossen, dem Frühling zu weichen. Für Bryne war es der längste, unerfreulichste Winter seit China. Ein paar Tage in Kalifornien hatten ihm Auftrieb gegeben. Und jetzt endlich konnte er ab und zu wieder tief schlafen.

Bryne war von Hubbard und dem NYDP häufig nach New York gebeten worden, um noch einmal die Vorgehensweise Kamerons zu erörtern. Bis März hatte man von Kamerons Leiche keine Spur gefunden, und Bryne wurde seine Nervosität allmählich los. Er war mit Vicky ein paarmal essen gewesen, aber sie hatte seine Trauer respektiert und nie versucht, ihn auf Drinks oder ein Abendessen einzuladen. Sie deutete ab und zu an, daß sie ihm ein wunderbares Geheimnis verraten könne, wenn er sich nur eine Weile gedulden wollte.

Und so befand er sich eines Montagmorgens, Ende April, in Manhattan, um sich mit Vicky, Shmuel Berger und Scott Hubbard in Scotts winzigem Büro im Bundesgebäude zu treffen. Er war früher angekommen als geplant und schaute aus dem Fenster des Wartezimmers auf den Platz hinunter.

Die Federal Plaza schwang sich in einem Bogen um die Fassade des Wolkenkratzers herum. Menschenmassen, die zur Arbeit strömten, wichen den Gärtnern aus, die auf ein großes rundes Beet, wo einmal moderne Plastiken gestanden hatten, Blumen pflanzten.

Frische Blüten bildeten konzentrische Kreise in üppigen Farben: In Dreierreihen wechselten sich orangefarbene und blaue Blumen ab, die Farben der Stadt New York. In der Mitte standen Hunderte von Tulpen in Rot, Weiß und Blau. Ein frischer Rasen im Hintergrund, noch blaßgrün, verletzlich, kündete an, daß das Leben offiziell auf die Gehwege Manhattans zurückgekehrt war.

Bryne blickte auf die Leute hinunter, die an den Lasten ihres Lebens trugen: Alle kämpften sie mit Problemen, die drohten, sie zu überwältigen, und alle bemühten sie sich um innere Ruhe. Doch er sah einen Anflug von Frühling in ihren Bewegungen.

New Yorker! Er schüttelte den Kopf. Sie hatten schon wieder vergessen, was ihnen um ein Haar zugestoßen wäre. Bryne war sich klar darüber, daß sie es lieber nicht wissen wollten. Die meisten von ihnen waren fürsorgliche und vertrauensvolle Männer und Frauen. Vergessen oder leugnen, fragte er sich. Was kommt zuerst?

Er hatte seine Pflicht getan. Er hatte eine weitere Plage verhindert, die Massenvergiftung der Stadt. War auch dies nur ein Vorspiel des großen Dramas gewesen, das im nächsten Jahrhundert auf sie zukommen würde? Wie viele Teddy Kamerons gab es auf der Welt? Bioterrorismus war einfach, Nationen und Bevölkerungen vertrauensvoll und verwundbar. Das Unvorstellbare konnte in einer Sekunde Realität werden.

Während er auf Hubbard wartete, zogen dicke Wolken auf, die dunkle Schatten auf die Straße warfen, und die New Yorker beschleunigten ihren Schritt. Regenspritzer, dicke Frühjahrstropfen begannen gegen die Scheiben zu trommeln und hinterließen ihre Spuren in dem Ruß. Fußgänger hielten Zeitungen über ihre Köpfe und rannten im Eilschritt über den Platz. Andere stellten sich bei den Übergängen unter, dicht aneinandergedrängt und ungeschützt.

Als der kurze Wolkenbruch allmählich nachließ, tauchte ein Polizist auf einem wunderschönen weißen Pferd auf. Der Mann und sein Tier bewegten sich wie ein einziges Wesen und bildeten eine lebende Barriere, die den Verkehr in Richtung

Downtown vor dem Gebäude stoppte und so den durchnäßten Menschen die Möglichkeit bot, auf der anderen Straßenseite Schutz zu suchen. So plötzlich, wie der Regen begonnen hatte, hörte er schließlich wieder auf.

Daraufhin ritt der Polizist von der Kreuzung zu einer Parkbucht, stieg ab und band die Zügel des Pferdes an der Parkuhr fest. Bryne sah, wie er seinen Regenmantel auszog, einen Regenschutz von seiner Mütze abknöpfte und beides in einer Trommel verstaute, die wie ein Köcher aussah und hinter dem Sattel festgeschnallt war. Aus unerklärlichen Gründen löste der Anblick bei Jack das überwältigende und beängstigende Gefühl eines Déjà-vu-Erlebnisses aus.

Bryne beobachtete, wie der Reiter mit der Hand aus der Mähne seines Tieres das Wasser herausstrich. Ein paar Fußgänger blieben stehen, um das Pferd zu bewundern. Eine Frau streckte die Hand aus und streichelte zart die Nase des Pferdes. Bryne sah näher hin. Es war Vicky Wade. Zu früh wie immer. Während er sie beobachtete, tauchte am U-Bahn-Ausgang ein Halbwüchsiger in einem langen schwarzen Mantel auf und ging auf Vicky zu. Shmuel Berger. Auch zu früh. Während die beiden sich begrüßten und dann auf den Eingang des Gebäudes zugingen, verdunkelte sich der Himmel abermals. Abfall wirbelte über die Straßen: Zeitungen, Pappbecher und braune Papiertüten kreiselten und tanzten durch dic Luft. Der Regen kam plötzlich und war heftig.

Der Polizist schirmte die Augen mit der Hand ab und realisierte, daß das Pferd zu scheuen begann. Er setzte den Fuß in den Steigbügel, packte den Sattelknopf mit der Linken und schwang sich langsam in den Sattel. Das Pferd trippelte zur Seite. Plötzlich glühte inmitten des Regens ein Sonnenstrahl auf, der von dem Gold in der Mütze des Beamten reflektiert wurde und Bryne direkt in die Augen traf, er blendete ihn.

Roß und Reiter noch im Visier, mußte er unwillkürlich blinzeln. Er sah genauer hin. Der Reiter saß inzwischen wieder fest im Sattel. Bryne blinzelte noch einmal, als es wieder finster wurde, ein Blitz zuckte am Himmel, dem ein heftiger Donner folgte. Brynes Déjà-vu-Gefühl hatte fast die Stärke einer Halluzination erreicht.

Das Pferd erhob sich auf die Hinterbeine, und mit angelegten Ohren, flatternden Nüstern und verstörtem Blick keilte es mit den Hufen nach oben aus. Der Körper des Reiters hob sich scharf ab, er bemühte sich, im Sattel zu bleiben. Der Reiter kämpfte, noch einmal bäumte sich das Pferd auf, dann erlangte der Polizist die Gewalt über das Tier zurück.

Für den Augenblick hielt er das Pferd fest im Zaum; der Moment der Panik war vorbei. Bryne lehnte sich gegen das Fenster und blickte schwitzend nach unten. Irgend etwas an dieser Szene hatte ihn bis ins Mark erschüttert, und er hatte keine Ahnung, was es war. Er atmete immer noch heftig, als die Tür aufging und Hubbard hereinkam.

»Ist alles in Ordnung, Jack?« fragte er. »Sie sehen ja schrecklich aus.«

»Na ja«, antwortete Bryne endlich, »ich fühle mich, als wäre gerade jemand über mein Grab gelaufen ... Das ist alles.« Bryne zögerte. »Irgendwelche Neuigkeiten von Kameron?«

»Gar nichts – weder die Leiche noch Teile davon.« Sie betraten Hubbards Büro.

»Wissen Sie, Scott«, meinte Bryne, »eigentlich ist es doch gleich, ob Sie eine Leiche finden oder nicht ...«

»Wirklich? Warum?«

»Sehen Sie, Kameron hat ohne Frage existiert, aber all diese unsäglichen Ereignisse könnten sich auch ohne einen Wahnsinnigen, ohne einen Terroristen zugetragen haben.«

»Was meinen Sie damit?«

»Sehen Sie sich alle zehn Plagen an: giftige Algenblüte, Mykotoxine in Getreide, der Import fremdartiger Tierkrankheiten, ökologische Störungen – wir haben gar keinen Wahnsinnigen nötig, der diese Dinge zusammenbraut. Die Arbeit erledigen wir schon selber.«

»So?«

»Unsere Risiken werden nicht kleiner. Mein alter Professor, Josh Lederberg, pflegte immer zu sagen: ›Die Frage ist nicht, ob sie eintreten, sondern wann und wo.‹«

In diesem Augenblick ging die Tür auf, und Vicky Wade, Shmuel Berger und eine Sekretärin des Bureaus kamen herein. Die Sekretärin stellte ein Tablett mit Kaffee ab und ging wieder hinaus.

»Scott.« Bryne stellte dem FBI-Mann Shmuel noch einmal persönlich mit den Worten vor: »Das hier ist der Junge, der den Fall tatsächlich geknackt hat. Agent Hubbard, dies ist Shmuel Berger, offizieller ProMEDer. Sie kennen ihn schon von dem Vortrag an der Academy of Medicine.« Hubbard schüttelte dem Jungen die Hand.

»Also, wir alle wissen«, lächelte Hubbard, »daß Sie es sind, Shmuel, und nicht Dr. Bryne, der sich den Dank des Bureaus verdient hat. Ich kann Ihnen gar nicht sagen, lieber Freund, was für ein Vergnügen es für mich ist, dem Mann die Hand zu schütteln, der uns schließlich die Hinweise geliefert hat, die wir brauchten.«

»Freue mich, daß Sie's einrichten konnten, Berger.« Auch Bryne schüttelte ihm die Hand, dann sah er lächelnd Victoria Wade an. »Gibt's was Neues von Tucker? Ich höre, es geht ihm besser.«

Victoria zögerte, bevor sie antwortete. »Er leidet zweifellos an einer Bornavirusinfektion. Er hatte monatelang Depressionen, und die Psychologen schrieben es einfach der Tatsache zu, daß es ihm nicht gelungen war, zu diagnostizieren, woran die Pferde starben. Aber in Wirklichkeit hat er die Ursache festgestellt! Wußtest du, daß er sich absichtlich infiziert hat, mit einer Probe, die er von einem der Pferde gewonnen hatte, und Buch darüber führte?«

»Mein Gott!«

»Ja, und die Notizen und Tagebücher liefern entscheidende Einblicke in Hirn und Verstand eines Patienten mit einer fortschreitenden geistigen Verwirrung. Die entwickelte sich schließlich fast zur Schizophrenie. Weil die Gesundheitsbehörde einschritt, nahmen sich schließlich Neurologen an der Universität des Falles an.«

»Und fanden was?«

»Ein MMR zeigte Veränderungen an anderen Teilen des Gehirns, als man sie von Untersuchungen üblicher Schizophreniefälle kennt. Es gab also eine echte organische Ursache. Man probierte es mit einigen der neueren starken Antidepressiva und mit dem Antivirusmittel Amantadine. Es wird gegen Influenza A und Parkinson eingesetzt. Er hatte die Sache fast über Nacht hinter sich.«

»Ist er wieder gesund?«

»So einigermaßen. Er publiziert wieder, aber seine Titer zeigen, daß er weiterhin Virusträger ist. Enoch Tucker, so wie du ihn mal gekannt hast, gibt es nicht mehr, er ist ein völlig anderer Mensch geworden, aber es geht ihm ganz leidlich. *Hot Line* plant für diesen Herbst eine größere Sendung über ihn *und* Borna. Wir halten die Geschichte für eine der bedeutendsten psychiatrischen Erkenntnisse dieses Jahrhunderts. Stell dir mal vor, eine infektiöse Ursache von Depressionen, vielleicht sogar der Schizophrenie!«

Abrupt wechselte Vicky das Thema. »Aber Jack, eigentlich sind wir ja hier, damit du Shmuely deine Glückwünsche aussprechen kannst!«

Bryne war verwirrt. Was denn für Glückwünsche? Er wußte, daß Berger und Vicky wegen irgendeines Projekts über das Internet in Verbindung gestanden hatten. Er konnte sehen, daß sie ein phantastisches Team abgaben, aber beide hatten sich über ihre Arbeit in völliges Schweigen gehüllt.

Victoria sah, daß Shmuel langsam rot wurde, und sagte zu ihm: »Shmuel, erzähl Jack und Scott, was du gemacht hast.«

Shmuel errötete jetzt wirklich, dann faßte er sich und zog einen Brief von den Herausgebern des *Caduceus* hervor. »Sie haben unseren Aufsatz angenommen! Er wird im Herbst veröffentlicht!«

»Dürfte ich fragen, um was für einen Aufsatz es sich handelt?« fragte Bryne und kniff ihn ein bißchen.

»Über die zehn Plagen und den Auszug der Kinder Israels aus Ägypten. Die Abhandlung von Dr. Marmal brachte mich auf diese Idee, und schließlich konnte ich meinen Rabbi dazu überreden, mit mir gemeinsam daran zu arbeiten. Wir haben uns für eine Gemeinschaftspublikation entschieden. Er zeichnet als Hauptautor.«

»Können Sie uns kurz skizzieren, was drin steht, Berger?« fragte Hubbard.

»Aber ja. Die ganze Sache entstand aus Dr. Brynes Anfrage auf ProMED, ganz zu schweigen von seinen jüngsten – äh – Abenteuern, sozusagen. Verstehen Sie, beim jüdischen Pessachmahl wird gefeiert, daß die Hebräer vom Engel des Todes bei der Zehnten Plage ›übergangen‹ wurden – vierzig Jahre bevor das Volk der Hebräer das Gelobte Land fand und sie zu Israeliten wurden.«

»Und ...« Bryne war wirklich neugierig, mehr zu erfahren.

»Na ja«, fuhr Shmuel fort, »das hebräische Volk hatte in Goshen gewohnt, Meilen vom Pharao und den Ägyptern in Memphis entfernt, und deshalb gingen die meisten der Plagen an ihnen vorüber, vor allem die letzten vier. Die Hebräer hatten gesunde Tiere, gutes Getreide, und sie litten bestimmt keinen Hunger. Sie hatten es nicht nötig, die Speicherhäuser zu plündern, um an Vorräte zu kommen. Das war es, was sie vor schimmeliger Nahrung bewahrte.«

»Ihr Aufsatz handelt davon?« fragte Hubbard. »Das ist interessant. Sie sagen, die Hebräer litten keinen Hunger?«

»Ja, das stimmt. In unserem Aufsatz untersuchen wir die Symbolik der Speisen, die bei unserem Seder, dem traditionellen Passahmahl gegessen werden – dem Mahl, das in der Nacht abgehalten wurde, als alle Ägypter an der Zehnten Plage sterben sollten.«

»Und?«

»Es war die Passage über die Erstgeborenen, die mich auf

die Idee brachte«, erklärte Shmuel. »Das hebräische Wort für Erstgeborene lautet בכר, was sich mit ›erste Früchte‹ übersetzen läßt. Als ich Rabbi Solomon darauf aufmerksam machte, war er von der Deutung begeistert. Vielleicht hat jemand den letzten Buchstaben weggelassen, so daß aus ›erste Früchte‹ ›Erstgeborene‹ wurde. Wer weiß?«

»Die Überlegung ist auf jeden Fall interessant«, bemerkte Vicky.

»Dann fing ich an, mir über das Seder-Mahl Gedanken zu machen. Heute essen wir eine Reihe von Speisen, die alle für Pessach symbolisch sind. Aber was haben die Juden damals gegessen? Das war's, was ich rausfinden mußte. Das hat mich echt zum Nachdenken gebracht. Rabbi Solomon auch.«

»Kommen Sie, Shmuel, hören Sie auf, uns auf die Folter zu spannen«, lächelte Bryne und sah, daß der Junge wieder rot wurde. »Erzählen Sie uns vom Seder.«

»Als erstes«, fuhr Shmuel fort, »kommt die Keule eines neugeborenen Lammes auf den Tisch. Eines Lammes, das zu jung ist, um mit Milzbrand infiziert zu sein. Als zweites frische Kräuter, die gerade erst gezogen worden sind – keine Mykotoxine. Als drittes genießen wir eine bittere Wurzel, üblicherweise Meerrettich oder Sellerie. Sie wächst unter der Erde, somit wäre sie auch vor Hagel und Heuschrecken oder sogar vor Mykotoxinen sicher.«

»Sonst noch was?« fragte Bryne.

»O ja, Dr. Bryne. Vieles. Gebratene Eier und eine Mischung aus Salzwasser, Walnüssen, Äpfeln, Honig und Wein, die *charojssess* genannt wird. Es werden zwar noch andere Speisen gereicht, aber das wichtigste Symbol des Sedertellers ist ...« Um der Wirkung willen legte er eine Pause ein, sah sich in dem Zimmer unter seinen älteren Freunden um und genoß den Moment.

»Matze!« flüsterte Jack. Natürlich! Matze! Es war so einfach.

»Das stimmt«, sagte Shmuel. »Ungesäuertes Brot. Ein Brot,

das ohne Hefe hergestellt werden *muß*. Und vergessen Sie nicht, Hefe besteht aus Pilzen. Angeblich wurde das Brot, die Matze, in Eile hergestellt, um dem Zorn der Ägypter zu entgehen. Aber mein Rabbi und ich nehmen an, es wurde mit Absicht ohne Hefe gebacken, weil die Hefe in Ägypten schlecht geworden war. Sie war voller Schimmel, einem Fungus. Toxischen Pilzen ...«

Verblüfft schüttelte Bryne den Kopf. Alles so undurchsichtig – und dabei so augenfällig.

Shmuel berichtete weiter: »Weil die Matzen keine Hefe enthielten, enthielten sie keine mykotoxischen Wirkstoffe. Das von Mose geführte Volk der Hebräer wurde vor dem Tod bewahrt, weil es über die Hefe, die Pilze und über ihre Gifte, die Mykotoxine, Bescheid wußte. Es wußte, wie man sie meidet.«

Vicky Wade mischte sich ein. »Und es ändert die Tradition in keiner Weise, es macht sie nur noch wunderbarer. Shmuely und ich haben die Mykologen in Indianapolis und Peoria gebeten, die Untersuchung zu dokumentieren und uns Belege aus medizinischen Bibliotheken zu beschaffen.« Ms. Wade lächelte, als der Junge von neuem rot wurde. »Jetzt zeig ihnen das Verzeichnis.«

Der Junge rollte ein mit der Hand beschriebenes Blatt Papier auf, das alle wissenschaftlichen Erklärungen auflistete, die für die zehn Plagen jemals vorgeschlagen worden waren. Bryne sah sie sich verdutzt an. Er sah, wie jüdische und christliche Fachleute versucht hatten, den wissenschaftlichen Hintergrund der Plagen zu klären, und gescheitert waren.

Er sah, daß Spezialistengruppen jeweils eigene Erklärungen für bestimmte Plagen hatten: Entomologen erörterten die Läuse, den Ungezieferschwarm und die Heuschrecken; Veterinäre debattierten über die Bedeutung der Frösche und die Ursache des Tiersterbens; Klimatologen stellten Theorien über den Hagel und die Ursache der drei Tage dauernden Finsternis auf; Ökologen unterhielten sich über blutiges Wasser; Epidemiologen richteten ihr Augenmerk auf Geschwüre und Pusteln und auf Erklärungen für das plötzliche Sterben.

Alle waren sie Experten, die ihrer Gemeinde von Gläubigen predigten und in ihren eigenen Gemeindeblättern publizierten. ProMED, ein Forum für alle Fachleute, konnte vielleicht die Diskussion eröffnen und für den Austausch von Ideen sorgen, damit man sich auf die große Katastrophe vorbereiten konnte. Das Alarmsystem konnte auch dazu dienen, eine große Epidemie oder eine ökologische Katastrophe zu verhindern.

Vicky bemerkte Brynes diskretes Zeichen. »Shmuel, mach bitte die Augen zu. Jack hat ein kleines Geschenk für dich.«

Bryne grinste. »Na los, Shmuel, machen Sie die Augen zu.«

Shmuel preßte die Lider zusammen. Bryne zog einen nagelneuen Laptop aus seiner Aktentasche und drückte ihn dem Jungen in die Hände. Der machte die Augen auf und starrte völlig ungläubig nach unten.

»Bedanken müssen Sie sich dafür bei Dr. Enoch Tucker«, begann Bryne, »einem wunderbaren alten Herrn in Louisville. Er hat mir den Laptop geschickt. Aber es ist für mich genaugenommen rechtlich nicht zulässig, Geschenke anzunehmen, doch Sie dürfen es, Shmuel.«

Der Junge traute seinen Augen nicht.

»Ich habe Ihnen tonnenweise Software aufgeladen, Berger. Er ist bis zum Rand voll, mit GIDEON – direkt aus Israel – und Netscape. Er hat ein Checkpoint-Betriebssystem, VetNet, Medline, ToxNet ... und natürlich ProMED, an dem Sie, wie ich hoffe, in ein paar Jahren mitarbeiten werden.«

Er reichte Shmuel den Laptop, ein batteriebetriebenes GEO/POS-Modell mit Funkverbindung zum Internet, einer 5,4-GB-Festplatte und einem 128-MB-Arbeitsspeicher.

»Versuchen Sie's, Shmuel, es ist Ihrer. Er ist noch auf mein Codewort eingestellt, also müssen Sie Ihr eigenes reinprogrammieren.«

»Sie meinen, er gehört wirklich mir?« Shmuel fuhr mit den Händen über das Gehäuse und ließ den Deckel aufschnappen.

Er fand den Hauptschalter, und Licht überflutete den Bildschirm.

Bryne beobachtete, wie Berger überglücklich in seine Zukunft blickte. Der Junge tippte noch einmal auf die Tastatur, und die Arbeitsflächenpiktogramme kamen ins Bild. Shmuel wählte ProMED an, war in Sekundenbruchteilen auf der Titelseite und tippte Brynes Codewort ein.

Plötzlich wurde der Bildschirm schwarz. Ebenso schnell blinkte er wieder auf, und ein strahlender farbiger Sprühregen ergoß sich leuchtend über den Bildschirm. Innerhalb von Sekunden erschien ein explodierender Stern – schön, tragisch, vertraut, erschreckend.

»Klasse Bildschirmschoner, Dr. Bryne«, rief der Junge.

»Danke. Das Foto ist von Hubble aufgenommen worden: eine Supernova im Krebsnebel – vierzig Millionen Lichtjahre entfernt.«

Shmuel drehte den Laptop herum, damit auch die anderen etwas sehen konnten.

Sie lächelten. Plötzlich wurde der Bildschirm eine Sekunde lang dunkel, es entstand eine Pause, dann erschien ein bedrohliches, jahrhundertealtes Schwarzweißbild, wo vorher die Supernova gewesen war. Ein Bild, das vertrauter und unheilschwangerer war als das erste. Noch ein Bildschirmschoner? überlegte Shmuel.

Jack beugte sich zu dem Computer vor, schaute konzentriert auf den Bildschirm und spürte, wie ihn ein zweifaches Grauen packte: zuerst das Entsetzen, das ihn erfaßt hatte, als Vicky ihm vor vielen Monaten sagte, daß das Päckchen, das Drew tötete, nicht aus Louisville gekommen war, und dann der Schauder, wie er ihn gerade vor wenigen Augenblicken an diesem Morgen verspürt hatte, als er das Pferd mit dem Reiter beobachtet hatte, das sich in dem blendenden Blitzstrahl aufbäumte.

Er hatte das Bild im Computer schon früher gesehen und kannte es. Es war Albrecht Dürers Holzschnitt *Die vier apoka-*

lyptischen Reiter, inzwischen fast fünf Jahrhunderte alt. Am unteren Bildschirmrand begann Text aufzuleuchten: *»Albrecht Dürer ... 1471-1528 ... Entstehungsjahr des Holzschnitts ... 1498.«*

Plötzlich hätte Bryne schwören können, daß er sah, wie sich die zweite Ziffer der Jahreszahl veränderte und die »4« von »1498« sich langsam aufzulösen begann, bis die Jahreszahl unter dem Bild ... 1998 lautete.

So unversehens, wie es erschienen war, verblaßte das Bild und verschwand wieder, es blieb der leere Bildschirm. Bryne wollte etwas sagen, aber dann schwieg er und nickte dem Jungen zu, weiterzumachen. Er fragte sich, ob die anderen seine Furcht bemerkt hatten, ob sie gesehen hatten, daß die Botschaft ihre Wirkung tat.

Dr. John Bryne mußte nicht das Kürzel »LMPG« auf dem Bildschirm sehen, um zu verstehen, daß die Elfte Plage noch bevorstand. Ihm wurde klar, daß er im Begriff stand, den Kampf gegen einen Toten aufzunehmen.

Liste der Abkürzungen

AFIP	Armed Forces Institute of Pathology
ARDS	Acute Respiratory Syndrom
BT	Biological Terrorism
BW	Biological Warfare
CDC	Centers for Disease Control
CORE	Congress of Racial Equality
CT	Computerisized Tomography
CV	Curriculum Vitae
DMSO	Dimethylschwefeloxid
DNA	[dt. DNS] Desoxyrobonukleinsäure (Träger genetischer Informationen)
EMS	Emergency Medical Service (Mediz. Notfalldienst)
FDA	Food and Drug Administration (eine Behörde ähnlich dem Bundesgesundheitsamt)
FDR	Franklin D. Roosevelt
FEMA	Federal Emergency Management Agency (Bundesamt zur Krisenbewältigung)
HAZMAT	Hazardous Material (Gefahrengut)
HMO	Health Maintenance Organization (privater Gesundheitsdienst)

ICD	International Klassifikation of Diseases
ID	Infectional Diseases
ICU	Intensive Care Unit
IRS	Internal Revenue Service (Bundesfinanzamt)
ISU	Iowa State University
JFK	John F. Kennedy (–Flughafen in New York)
LAX	Los Angeles International Airport
Met	Metropolitan Museum of Art (in New York)
MPH	Master of Public Health
MRI	Nuclear Magnetic Resonance (Kernspinresonanz)
NIH	National Institutes of Health
NSA	National Security Agency
NYPD	New York Police Department
OSHA	Occupational Safety and Health Administration (Amt für Sicherheit und Gesundheit am Arbeitsplatz)
OSS	Office of Strategie Services
PAC	Political Action Committee
RNA	[dt. RNS] Ribonucleid Acid (Ribonukleinsäure Bestandteil von RNA[RNS]-Viren)
RVF	Rift Valley Fever
SNCC	Student Nonviolent Coordinating Committee
SWAT	Special Weapons and Tactics (Antiterror etc.-Spezialtruppe der Polizei)
USDA	United States Department of Agriculture

DANKSAGUNG

Ihren Dank möchten die Autoren den vielen Freunden und Kollegen aussprechen, die bei der Entstehung des Romans behilflich waren, vor allem Gwyneth Cravens für ihre akribische Vervollkommnung der dokumentarischen Unterlagen, Mark Hammer für konzeptionelle Vorschläge und Formulierungskünste, Suzanna Lesan für ihren redaktionellen Sachverstand und Kimberly Chiarella, Curtis Malloy und Marcy Shaffer für ihre Lektüre und ihre kritischen Kommentare. Danken möchten wir auch John Boswell, John Cathey, John Talbot, Constance Fisher, Drew Taylor und Peter McCabe für ihre unermüdliche Unterstützung während des Schreibens, ebenso unseren Ehefrauen Ann und Helen wie auch Jessica Marr, die uns von unseren Familienverpflichtungen immer wieder entbunden haben. Und besonderer Dank gilt Jack Woodall für immer neue Anregungen. Spezieller Dank geht an Diane Reverand und Carolyn Fireside für ihre brillanten kreativen Beiträge. Wir trauern um den Tod von vier Freunden, die unsere Ratgeber und Kollegen waren: Kenneth Mott, M. D., E. K. Hubbard III, David A. McCabe und Kurt Koegler.

Zusätzlich möchte ich, John Baldwin, folgenden Freunden, Familienangehörigen, Mentoren und Ratgebern meinen tief empfundenen Dank ausdrücken, deren Glaube an meine Schriftstellerei es ihnen ermöglichte, mir auf meinem Weg zu diesem Buch zu helfen, mich zu beraten oder einfach nur zu ertragen: Robert, Kennon und Alison Baldwin, Dr. Linus Abrams, Phyllis Amicucci, Judy Asman, Doro Bachrach, Laura Benfante, Ron Bernstein, Hillel Black, Ben Blackburn, Polly und Frank Blackford, Frank und Carol Borassi, John Boswell, Stuart Bronfeld, H. Lee Browne, Patti Browne, Andy Brucker, Anthony Bueti, Ward Calhoun, Alf Callahan, Peter Cerilli, Darrell Chapnick, Dr. Debbie Choate, Dudley Cocke, Kiana Davenport, Dick Dickerson, Meaghan Dowling, Karen Eckert, Nicole Eisenman, Ken Eshelman, David Eyre, Carolyn Fireside, David Flora, Ashe Gupta, Judy Hart und Chris Lavin, Joe Heller, Craig Hurley, Whittle, Jim, Martha und Beck Johnston, John Karoly, Sarah Kernochan und ihren Eltern, John und Adelaide, Richard Kerrigan, Georgianna Koulianos, Jimmy Lathrop, David G. Lewis, Jane Lewis, Martin Mannion, Marci Mansfield, Michael Maren, John Markham und Liz Reade, Jessica Marr, Janet McCarthy-Fabis, Shaun McConnon, Gil Messenger, Mrs. Maureen Micek, Pat und Andy Micek, Andrea Molitor, Steve Morin und Claire Talbot, Michael Newbarth, Dr. Marc Newberg, Antoinette Owen und dem Brooklyn Museum of Art, David Penzak, Dr. Kermit Pines, Raptor Systems Inc., Anne Raver, Diane Reverand, Lora Richard, Matt Roshkow, David Schutts, Brian Schwartz, Milton Sherman, Arlene Shulman, Bon Solomon, Dr. John Sparks, Mark Stevenson, Dr. Richard Talbot, Ed Tedeschi, Carole Thomassy, Dr. Larry Toder, Rob Toohey, Gary Tragesser, Mikhail Tsivin, Mary Ann Tucker, Derek Uhlman, Lance Urbas, Vito Virga, Kyoko Watanabe, Ann A. White, Susanne Whittle und Dr. Felice Zwas. Nicht an Dank sparen möchte ich auch bei meinem Vater Dr. John M. Baldwin jr., der mir gezeigt hat, wie aufopfernd Berufsmedizin letztlich sein muß, und meiner Mutter

Detty, die mir bewiesen hat, daß das Drama zur inneren Natur des Lebens werden kann. Auch meinem Koautor, Dr. John Marr, möchte ich danken, dessen Geduld, Rat und Erfahrung ihn zu einem meiner besten Lehrer haben werden lassen und dessen Hingabe an die Medizin, dessen enzyklopädisches Wissen ihn in eine Reihe mit den hervorragendsten Ärzten stellt. Besonders dankbar bin ich Connie Fisher, die das alles möglich gemacht hat. Auch möchte ich John Talbot dafür danken, daß er mich so vieles gelehrt hat. Und mehr als allen anderen danke ich Babes – für alles.

"Seien Sie vorsichtig mit Ihren Wünschen. Sie könnten in Erfüllung gehen."

Die bildhübsche LuAnn lebt mit ihrem Töchterchen Lisa und ihrem nichtsnutzigen Lebensgefährten in einem heruntergekommenen Wohnwagen. Gefangen im Teufelskreis der Hoffnungslosigkeit, schlägt sie sich mit Gelegenheitsjobs durch - bis sie ein mysteriöses Angebot erhält: Ein Mann namens Jackson bietet ihr an, sie zur Hauptgewinnerin in der staatlichen Lotterie zu machen. Einzige Bedingung: Sie müsse genau das tun, was er ihr sage, und dürfe sich niemandem anvertrauen. LuAnn akzeptiert - und gewinnt. Aber dann erkennt sie, daß das Spiel mit dem Glück in Wirklichkeit tödlicher Ernst ist ...

"Vergessen Sie Grisham. Die neue Antwort auf Thriller-Fragen heißt Baldacci."

Frankfurter Rundschau

ISBN 3-404-14348-5

BASTEI
LÜBBE

Sechs einflußreiche adelige Greise trauern in einem privaten Altersheim am Fuße des Kyffhäusers den verlorenen Welten des Preußentums nach. Da sie die Politik der Bundesrepublik mißbilligen, wollen sie selbst noch einmal Weltgeschichte machen. Dabei ist ihnen – fast – jedes Mittel recht ...

Zur gleichen Zeit kommt in einer ehemaligen Zechensiedlung im Ruhrgebiet unter ungeklärten Umständen ein Mann ums Leben: Rüdiger Strombach, genannt Einstein, ein an den Rollstuhl gefesseltes Computergenie. Welche Rolle spielt das Dokument, das ihm sein Freund Max Wilhelms kurz zuvor zur Recherche übergeben hat? Denn Wilhelms, einst ehrgeiziger Journalist, nun nurmehr exzessiver Trinker, wird plötzlich von Geheimdiensten und Verfassungsschutz gejagt. Als sein journalistischer Spürsinn wiedererwacht, erkennt Wilhelms, daß er der Story seines Lebens auf der Spur ist, bei der die Zukunft eines ganzen Landes auf dem Spiel steht ...

ISBN 3-404-12985-7

BASTEI LÜBBE